抗命

周健良★著

北京联合出版公司
Beijing United Publishing Co.,Ltd.

图书在版编目（CIP）数据

抗命 / 周健良著. —北京：北京联合出版公司，2015.6

ISBN 978-7-5502-5204-2

Ⅰ. ①抗… Ⅱ. ①周… Ⅲ. ①长篇小说－中国－当代 Ⅳ. ①I247.5

中国版本图书馆CIP数据核字（2015）第087056号

抗命

作　　者：周健良
选题策划：北京磨铁图书有限公司
出 品 人：唐学雷
责任编辑：王　巍
排版制作：刘碧微

北京联合出版公司出版
（北京市西城区德外大街83号楼9层　100088）
三河市祥达印刷包装有限公司印刷　新华书店经销
字数391千字　700毫米×980毫米　1/16　印张21
2015年7月第1版　2015年7月第1次印刷
ISBN 978-7-5502-5204-2
定价：36.00元

未经许可，不得以任何方式复制或抄袭本书部分或全部内容
版权所有，侵权必究
如发现图书质量问题，可联系调换。质量投诉电话：010-82069336

目录

楔　子

天刚大亮的工夫，清乐县南城门前便排起了长长的队伍。赶早进城卖些劈柴、山货的庄稼汉，半躺在独轮车上、脑袋上还裹着厚手巾、打算进城寻大夫瞧病的病人，夹杂着一两个瞧着像是来寻亲访友的外路人，全都耷拉着脑袋慢慢朝前挪动着步子，瞧着也都是丁点儿精气神都不带的模样。

而在城门洞前，几个挎着大枪的皇协军士兵，正仔细检查着每一个想要进城的人随身携带的行李、货品。成捆的劈柴散了挑子摊开验过才算，包袱皮里裹着的几块粗面干粮也都掰成了渣儿才行。浑身上下摸索搜检了个全活儿，就连一双破布鞋都得脱下来磕打几回方才罢休！

除了在城门前搜检过往行人的皇协军士兵之外，在城门两侧用沙袋垒成的工事中，四个日本兵半蹲在工事后边，把着两挺机枪虎视眈眈地盯着城门前排成了队伍的人们。还有三四个端着三八大盖的日本兵，更是时不时地朝着几个皇协军士兵吆喝着，像是在监督着那些皇协军士兵搜检过往行人一般。

眼瞅着日头越升越高，已经在城门外等了许久的队伍中，一个挑着副劈柴担子的壮棒小伙子有些焦急地舔了舔干涩的嘴唇，低声朝着排在自己前边的老人问道："大爷，今天这清乐县城是出了啥事了？平日里进出城门，虽说也有人搜身查验，可也没今天这么仔细呀？"

回头看了看那担着劈柴挑子的壮棒小伙子，胳膊肘上挎着个篮子的老人轻轻叹了口气："后生，你怕是有日子没来清乐县城了吧？听说……就三天前，八路军武工队大白天在清乐县城日本兵营门口贴了告示，只说是七天内要来清乐县城取鬼子的机关枪！这不，清乐县城南北两扇城门，全都跟过篦子似的搜检进出人物，就怕有八路军武工队的人混进清乐县城！"

那担着劈柴挑子的壮棒小伙子惊讶地张大了嘴巴，压低了嗓门叫道："八路军武工队？又是那位……"

“能把清乐县城的鬼子和皇协军吓成这模样的人物，还能是谁呀？那不就是那位莫天留莫队长？！听说小俩月前，莫队长也是贴了张告示，三天内要取黄村维持会长黄歪脖的人头！那黄歪脖花了大价钱，请了二十号皇协军枪兵和七八个鬼子住到自个儿宅院里护命，连小老婆都送到了鬼子兵屋里伺候着。可到了第三天天亮，黄歪脖的人头还是挂到了村口大树上！”

仿佛是听到了那壮棒小伙子与老人之间的低声议论，一个推着独轮车、车上还码放着几个粮食口袋的中年人也凑拢了过来：“都说这位莫队长是西天如来佛祖驾下伏魔金刚转世，懂呼风唤雨、缩地成寸的神通。来无影、去无踪，手里还有一支判官笔、一本生死簿，说叫恶人三更死，绝不留命听鸡鸣……”

“嗨……这都是打哪儿传出来的闲话呀？那莫天留莫队长，原本是铁屏山下大武村里江老太公捡回来的苦孩儿，爹娘全都饿死了，打从他脖子上挂着的个名牌上知道他姓莫。再加上这苦孩儿在大雨地里淋了三天三夜都没死，江老太公这才给他取了个天留的名儿，说的就是老天爷都不收他，要留下他一条活命呢！”

“那我可还听说……这莫队长手底下有三猛、四彪，一共七位好汉，全都是听着了莫队长的赫赫威名，这才不远千里前来投奔……”

“那也是大武村里的人物，打小就跟莫队长一块儿长大的苦孩子！”

“咦？这位大兄弟，你怎么对这莫队长的事儿这么明白呀？难不成你也是……”

“都是乡里乡亲的，这点家长里短的事儿，能有什么不明白的？我家就住小武村，翻过铁屏山就能瞧见江家祠堂，也算是江老太公侄孙辈的一房亲戚！真要细论起来，那莫天留还得叫我一声三叔呢！”

低低的议论声中，压根没人留意到通往城门的大路上，不知何时走过来十几个盔歪甲斜的日本兵。为首的一名日军军曹满脸都是被硝烟熏黑的模样，边走边咬牙切齿地低声咒骂着什么，手中胡乱挥舞着的南部式手枪，更是让排队等候进城的乡亲躲避瘟神般走避不迭！

紧随在那名日军军曹的身后，横端着三八大盖的几名日军士兵围拢着个身量比寻常人高了两个头的魁梧大汉，时不时地拿枪托在那被反绑了双臂的魁梧大汉身上打砸着，驱赶着那魁梧大汉朝着城门方向走去。

眼看着这情景，排队等候入城的人群中，顿时响起了低低的惊呼声。而那名日军军曹在离着城门洞还有十好几丈远的时候，已然提高了嗓门用日语吆喝起来：“清乐县守备队的家伙都是笨蛋吗？八路军的人已经潜到了清乐县城里，而你们却还在城门口白费力气。”

尽管听着那日军军曹说着一口地道的北海道口音日语，几个蹲踞在工事后的日军士兵却依旧没有放松警惕，就连那些横端着三八大盖的日军士兵，也都飞快地跳进了掩体中，举枪瞄准了那个大步走来的日本军曹，其中一名日军士兵更是扬声叫道：“站住！报上你们的部队番号和长官姓名！”

很是不情愿地停下了脚步，那名日军军曹厉声朝城门口摆出了防御姿态的日军士兵叫道：“宫南县守备队，支川精一军曹！快去通知雪隐次郎阁下，我随身带有雪隐太郎阁下给他的亲笔信！”

耳听着那名日本军曹的叫喊声，几名端着三八大盖蹲踞在工事后的日军士兵顿时信了七分。

宫南县与清乐县毗邻而处，两个县城中的日军守备队队长刚巧也是兄弟二人。或许是因为在电话中有些话不太方便说的缘故，雪隐太郎与雪隐次郎之间常有书信往来，这已然是叫两座县城的日军士兵习以为常的事情了。

慢慢地站起了身子，一名日军士兵毕恭毕敬地朝着那名怒气冲冲的日军军曹鞠了一躬：“前辈辛苦了……”

还没等那名日军士兵把话说完，方才被迫停下了脚步的日军军曹已然大步朝着城门方向走来，口中兀自大声喝骂道：“简直就是一群混蛋！八路军昨晚已经有不少人潜入了清乐县城，你们居然对此一无所知？！马上封闭城门，把我们抓到的这个八路送去守备队仔细审问……”

一迭声的叫嚷声中，那名日军军曹脚步飞快地走到了城门口的工事前，抬手便是一记耳光，重重地抽在了一名日军士兵的脸上：“还要傻乎乎地发愣吗？把机枪架到城墙上去，马上封闭城门！”

也许是不忍看见与自己一样的低阶士兵遭受上级军官的肆意殴打，几名押解着那魁梧大汉的日军士兵也小跑着赶到了工事旁，帮着几名日军士兵收拾着机枪与码放在一旁的弹药箱。而那名被反绑了胳膊的魁梧大汉，也被推搡到了几名不知所措的皇协军士兵身边……

乱哄哄的场面之下，不过一锅烟的工夫，原本架在沙袋工事上的两挺机枪已经扛在了两名日军军曹带来的士兵肩头。而在几名皇协军士兵的驱赶之下，城门口排成了队伍的老百姓也都不得不远离了城门附近，很有些不甘愿地走开了回头路。

打量着几个搬着弹药箱、正准备走进城门洞里的日军士兵，方才还一脸凶恶神情的日军军曹猛地龇牙一乐，朝着那被两名皇协军看押着的魁梧汉子扬声叫道：“棒槌，你还等啥呢？！”

如同大晴天骤然响起的旱天雷一般，那足足比寻常人高了两个头的魁梧汉子霹雳般地一声大喝，看着绑得结结实实的绳子，竟然在眨眼的工夫寸寸断裂开来。都没等那两个看押着他的皇协军士兵回过神来，那魁梧汉子已经伸出一双蒲扇般的大手，拍蒜般砸在了那两名皇协军的头顶上！

清脆的骨裂声中，那两个皇协军士兵的脖颈子顿时被拍进了腔子里，吭也不吭一声地瘫软在地。而在那魁梧大汉出手的同时，几个跟随在那日本军曹身边的日军士兵也纷纷从袖子里抽出了明晃晃的短刀，闪电般地刺进了身侧近在咫尺的目标心口。

眼见着同伴纷纷得手，那日军军曹得意地把两根手指朝着嘴边一搁，响亮地打了个呼哨。伴随着呼哨声响起，原本磨磨蹭蹭走开了回头路的老百姓当中，几十个担着劈柴挑子的壮棒小伙子飞快地冲到了城门口，熟门熟路地将肩头挑着的劈柴在城门洞中架成了一座柴山。

伴随着又一声呼哨响起，几个推着独轮车的小伙子脚步飞快地推着独轮车奔到了柴山旁，一股脑地将独轮车上载着的麻袋撕扯开来，将一些看上去毫无出奇之处的枯枝败叶撒到了柴山上。

摘下了随身带着的水壶，一个完成了刺杀任务的小伙子将水壶中装着的煤油倒在了柴山上，这才转头朝着那日军军曹打扮的青年人扬声叫道：“队长，点火啊？”

大手一挥，那日军军曹打扮的青年人一边抓下了扣在脑袋上的日军战斗帽扇着风，一边漫不经心地叫嚷着应道：“这还用问我？赶紧点上了回去，今天伙房做的是白面硬馍的好饭，回去晚了怕就剩不下啥了！”

“那这些个鬼子的衣裳……”

“照老规矩扒了带走！”

眼看着堆在城门洞里的柴山被点燃后烧出了滚滚浓烟，那日本军曹打扮的年轻人慢条斯理地走到了几个双手举枪、跪在一旁的皇协军士兵面前，轻轻地扬了扬下巴颏：“还挺懂规矩？”

压根都不敢抬头，几个举枪跪地的皇协军士兵当中，一个颇有了些年岁的皇协军士兵哆嗦着嗓门应道：“懂！规矩都懂——缴枪不杀、优待俘虏……”

“知道我是谁吧？”

“不知道……”

“嗯？！”

“知道知道……八路军武工队，莫队长！”

“知道就好！看在你们还挺懂规矩的分上，今天不杀你们，留着你们几个给我放句话出去！”

“莫队长，你老人家吩咐……”

“告诉皇协军里面那几个领着鬼子祸害乡亲的王八蛋，再要是狗改不了吃屎，就等着人头挂树上！再告诉雪隐次郎，他这条命是老子的，老子早晚来取！”

★ 第一章 往事前尘（上）

有道是上阵的煎饼、凯旋的硬馍，香油调的凉菜得管够，不论粗细的荤腥得上席，这才能显出来个士饱马腾、赳赳雄兵的气势做派。

搁在铁屏山上八路军武工队的营地里，伙房烟囱上扣着的松枝子烟帽把烧柴冒出来的青烟滤得干干净净，凑近了细看，也就能瞧出来点热乎气在慢悠悠飘散，压根都不怕炊烟暴露了营地的位置。

而在几间圆木干垒的屋子外边，刚刚把清乐县城门口闹腾了个底朝天的武工队员们人人手捧着个大碗，熬得稠乎乎的小米粥配上新烙出来的白面硬馍吃得香甜，切得头发丝般细细的咸菜疙瘩用香油调过了，正经算得上是能招待姑奶奶回门的好菜。

新到手的两挺机枪搁在院子当中的碾盘上，在阳光下散发着幽幽的金属光泽，叫人一看就觉着这是能拿来打硬仗的好家什。几支三八大盖早早拆卸擦拭过一遍，正叫几个枪法出挑儿的武工队员抱在怀里，任谁也不叫轻易摸上一回。

朝着蹲在屋子外的那魁梧大汉碗里搁了块拳头大小的酱驴肉，伙房管事的老费头一边看着那魁梧大汉三两口把那块酱驴肉吃了个干净，一边颇有些宠溺地朝着那魁梧大汉低声说道："慢着些吃，伙房房梁上吊着的篮子里，我还给你多留了两块酱驴肉……"

像是听见了老费头那刻意压低了嗓门的话语，蹲在那魁梧大汉身边的一名瘦小的武工队员，顿时扯开嗓门嚷嚷起来："好你个老费头，当真是个偏心眼的！凭啥棒槌就能多吃多占？"

翻手从腰后摸出一杆旱烟袋，老费头毫不客气地拿烟锅子在那瘦小的武工队员脑袋上轻轻敲了一记："凭啥？就凭着十里八乡的乡亲都知道，咱们清乐县武工队里有个沙邦粹，能生生摔死三个鬼子，捎带手还缴了鬼子三支三八大盖的沙邦粹！就连军分区李家顺李司令员，不也都亲自交代军分区伙房，但凡见着了沙邦粹到了军分区，饭要管饱……"

梗着脖子，那瘦小的武工队员半真半假地叫嚷着接应上了老费头的话茬："那军分区李司令员不也夸过我，说我叶猴子腿脚快、脑筋活，天生就是个干交通的材料……"

“跑得快也算能耐？要说打鬼子，还得从枪法上论个高低！这十里八乡的乡亲谁不知道，我万一响祖上五代都是猎户，打大牲口从来都是一枪打透大牲口的两个眼珠子、不伤丁点皮毛……”

“你可拉倒吧！你一枪才能干死一个鬼子，我老韩家的崩天雷，那可是一声炸雷响，好几个鬼子就得见阎王！”

“吹牛不上税，嘴上就没了把门的！就你们几个那点本事，谁不是老队长来了大武村之后，跟着老队长和他身边那些个老同志学来的？要不是老队长……”

话说半截，原本三三两两蹲坐在屋子外边吃喝的武工队员们，却全都闭上了嘴巴、耷拉下了脑袋……

重重地叹了口气，老费头环顾着院子里蹲坐着的武工队员，良久之后，方才慢慢站起了身子，自言自语般地嘟囔着：“这才小两年的工夫，老队长带过来的那些人……一个都没了……全都打没了呀……”

狠狠咬了一口捏在手中的白面硬馍，叶猴子抬眼看了看蹲坐在屋外的武工队员，低声朝着转身要走的老费头叫道：“队长呢？咋没见着队长来吃饭？”

朝着一间房门紧闭的屋子努了努嘴，老费头也下意识地压低了嗓门：“那不是……在屋里跟老队长说心里话呢！”

“那饭……”

“放心，给留着呢！”

“我是说老队长那份。”

“头一锅白面硬馍就拿着给老队长供上了！”

虽说屋外的议论声隐隐约约传到了耳朵里，可独自待在屋子里的莫天留却是一副充耳不闻的模样，只是盘腿坐在一张颇有些老旧的八仙桌旁，朝着八仙桌上供奉着的一座灵位低声絮叨着：“老队长，今天我又杀了八个小鬼子，还取了小鬼子两挺机枪……

“老队长，要是咱们老早就能有机枪，还能有子弹，那蒺藜口的一仗，你也不会……

“老队长，我是真不该由着性子来呀……要是都听你的……

“老队长，你还记得你刚来大武村的时候，咱们一块儿吃的头一顿饭，就是白面硬馍不？你还跟我说，等打跑了小鬼子，咱们就能顿顿吃白面硬馍了！老队长，白面硬馍给你供上了……你吃……管饱……”

絮絮叨叨的语句中，生得剑眉虎目、鼻直口方的莫天留猛地扭过脸去，伸手抹去了眼角渗出的泪水。小两年前初遇到老队长的那一幕，此刻却清晰地浮现在莫天留的眼前……

仰脸躺在关帝庙大殿内的供桌上，耳听着江老太公家的管家把软和话说了几箩筐，自个儿嘴里头叼着的一根长长的麦草，也都被慢慢嚼巴成了手指头长短的一截，莫天留总算是懒洋洋地伸着懒腰坐起了身子，扭脸朝着站在供桌旁的族长江老太公伸出了三根手指头。

睁着一双昏花老眼，江老太公看着莫天留伸出来的三根手指头，顿时长长地舒了口气，忙不迭地点头应承着："能成！能成！只要是你能带路，领着那些八路把叫日本人抓走的人弄回来，三顿白面硬馍的好饭，一顿都少不了你的！"

眼睛骤然一睁，生得一副惫懒模样的莫天留顿时吊着嗓门吆喝起来："三顿白面硬馍的好饭，就想打发我去领着那些报号八路的外路人跟邱县炮楼里的日本兵和皇协军照面儿？门儿都没有！"

眼看着莫天留作势又要朝着供桌上躺下，已然须发皆白的江老太公急得把抓在手中的鹿头拐杖在地上杵得山响："那你倒是要咋样才成？"

"大、小武村里村头到村尾，屋顶上能见了瓦的人家轮着吃三回，白面硬馍的饭要管饱，菜里面还要见着有香油！"

"成！我许了你这事儿，你可是要快着些，这日本兵和皇协军都走了一晌午了，这会儿怕都过了三岔湾前头三十里的路口了！只要是日本人一上了大路，把人朝着三岔湾的炮楼里面一关，那就是神仙都没法子了……"

"这就看那些个报号八路的人能走多快了。脚底下要能有能耐跟上我，抄近路翻羊头岭、钻蒺藜沟，再从三岔湾上游的石滩上过河，该是能截住那些个日本兵和皇协军！我说管家，赶紧叫人磨新麦子面烙白面硬馍，我说话可就回来，就打你家吃这头一顿好饭！"

眼看着莫天留不急不慌地走出了关帝庙，站在江老太公身边的管家禁不住惋惜地低声叹道："这莫天留……火上房了占水桶、娃跳井了攥绳子，还真是个能拿捏住关节的行家！这大、小武村里屋顶上见了瓦片的人家足足三十来户，来回地吃三遍，都够这莫天留吃到了明年开春了！"

缓缓摇了摇头，江老太公却很是不以为然地瞥了管家一眼："只要是能把那些叫皇协军抓走的壮丁弄回来，几顿新麦面的硬馍饭又能值得几个？回去开了暗窑取三斗新麦子，磨面去！"

"取三斗新麦子磨面？老爷，那莫天留能吃了这许多面？"

"那些个报号八路的人马真要是救了被皇协军抓走的人回来，咱还能不管顿吃喝？再者说，就算是他们救不回来人，怕是也免不得要回头在大武村里得些好处，且盼着他们还能念着吃人嘴软的老话，手底下略略留情吧……”

且不论江老太公与管家在关帝庙中暗自合计，出了关帝庙的莫天留已然趿拉着一双前露脚指头、后敞脚后跟的破布鞋，在陡峭的山路上连蹿带蹦，如同一头野山羊般朝山下大武村跑去。

搁在清乐县左近而论，能有三百多户、小两千人丁的大武村算得上是排得上字号的大庄子，庄子里大多是姓江的住户人家，还有小一百户旁门小姓。村子里医馆、私塾、裁缝、木匠之类的行当一应俱全，大小事儿不必出村也就能办个八九不离十。

隔着一座铁屏山，山那边还有个小武村，也住着姓胡的小二百户人家。大武村里江姓人家自认是当年关公爷麾下三百亲兵后裔，小武村中胡姓人家也自诩为岳王爷驾前背嵬军传人，拜的都是铁屏山屏风岭上的关帝、武穆庙中的神祇，平日里也都有习武强身、保家护宅的习俗。

打从前清时候起，大武村与小武村两座村庄之间已然彼此联姻走动。晚清时候世道不靖、盗匪横行之时，更是两村联保、闻金而动，屏风岭远近百里的大小盗匪绺子在大、小武村着实吃过几回恶亏之后，轻易也都不敢再朝着大、小武村滋扰祸害。一时之间，屏风岭下的大、小武村倒还真有了几分世外桃源的模样。

可自打日本人打过了卢沟桥，就跟铺天盖地的蝗虫一般席卷了半个中国的地面，连远离官道的屏风岭下大、小武村，也都没能逃过日本兵的劫掠。尤其是在日本人折腾出来了个挂着“皇协军”字号的队伍之后，大、小武村隔三岔五便要被抢去些粮食、牲口，这回更是叫绑走了二十几个来不及躲开的壮丁，只说是要拉去当了皇协军扛枪吃粮！

都说“好男不当兵，好铁不打钉”，更何况是去替日本人扛枪吃粮、祸害乡里？

这要是叫四邻八乡的乡亲见着了皇协军的队伍里有大、小武村出来的壮丁，那岂不是丢了八辈儿祖宗的脸面？

★ 第二章　往事前尘（下）

都还没等急得火上房一般的江老太公从围拢了自己连哭带喊的族人中想出个子丑寅卯的法子来，另一群报号八路军的人马却在这时候又进了大武村，当时便惊得围住了江老太公的族人四下逃散，只把个拄着鹿头拐杖的江老太公撂在了那些报号八路军的人物面前，硬着头皮上前招呼。

可说来也怪，那些个报号八路军的人物虽说是穿得破烂褴褛、脸上一个个也都泛着菜色，手中家什更是参差不齐，可说话却是透着一股子和气劲儿，礼数上也都算得上周全。才听江老太公说出来有村中壮丁叫皇协军抓走，更是丁点都没耽误地一口应承下来，要帮着把大武村被抓走的壮丁救返回村。

打躬作揖地谢过了那些报号八路军的人物之后，江老太公心里却是再次犯了嘀咕……

自古匪过如梳、兵过如洗，天下乌鸦一般黑，世上哪儿就能有这初来乍到就肯豁出命去救人急难的主儿？

尤其是这些报号八路军的人物人生地不熟，只说是要叫大武村里寻个能引路的壮棒汉子出来，这才能抄近道抢在那些皇协军和日本兵进了炮楼之前救人。可村里的壮棒汉子现如今都藏在祠堂下面的暗窑里头，真要是叫这些报号八路军的人物见着了剩下的壮棒汉子，天知道他们会不会翻脸不认人，把剩下的壮丁也全都绑了走？

思来想去，倒是跟在江老太公身边的管家急中生智，趴在江老太公的耳朵边嘀咕了几句，这才扶着频频点头的江老太公奔了屏风岭上的关帝庙，去寻大武村中那天生地养活的莫天留！

小二十年前冀南大旱，赤地千里、饿殍遍野，就连大、小武村也都是靠着族中公议之后开了救急的公仓放粮，这才算是救活了大、小武村几千条性命。可面对着打从外路前来大、小武村讨吃求活的饥民，江老太公也只能狠狠一咬牙、一闭眼，哑着嗓子号令封村——大、小武村里的住户，每人每天也就一碗稀汤吊命，哪里还有多余的粮食救助旁人？

眼瞅着大、小武村中也寻不到吃食，讨吃求活的饥民哭声震天，却也只能怏怏而去，只在大、小武村村外的寨墙下留下了百十来号实在走不动、只能闭目等死的饥民。

估摸着是老天爷都看不下去这世上有如此凄惨的场面，已然旱了有大半年的大、小武村最近居然晴天一声霹雳，紧接着就下起了瓢泼大雨。而在这下了三天的瓢泼大雨之中，守在村外寨墙上的壮丁，却全都隐隐约约听见雨声中有个娃娃的啼哭声响起。等到雨过天晴，江老太公登上寨墙一瞧，赫然便瞧见寨墙下的泥水中躺着个赤条条的毛娃娃，口鼻都快要叫泥水淹没了，却兀自挥舞着小手、小脚啼哭不休！

几乎是跌扑着下了寨墙，江老太公顾不得满地的泥水，亲手从水洼中抱起了那赤条条的毛娃娃！

——能在这瓢泼大雨中饿着肚子哭了三天不死，这娃娃的命数已然硬得能克死阎王爷！像是这样天不取、地不收的生灵，要是再不相帮着叫他活下去，怕是连天地鬼神都要不容的！

耳听着江老太公斩钉截铁的一番话，大、小武村里的男女老少自然再无异议，就连这奶娃娃的姓都没敢更改——这奶娃娃的脖子上挂着个木头雕的长命锁，上头有个“莫”字。

也都是为了叫这奶娃娃好养活，江老太公替这奶娃娃取了个“天留”的贱名。

就靠着东家一口、西家一勺，莫天留慢慢长成了人。可也不知是这莫天留当真是天不敢管、地不能拘的命格，打从懂事的时候起，莫天留在大、小武村两头混闹，一天消停的日子都没有，捎带着还领着大、小武村里差不多大小的娃儿们跟着耍弄厮混。

今儿堵东家房顶烟囱，明儿卸西家车轴榫头，鸡窝里掏刚下来的鸡蛋，豆地里掐才结籽的豆荚，村里人上江老太公跟前告状，江老太公端起来水烟壶，才想着嘬一口水烟稳稳心气，登时便被呛得涕泪双流——烟丝里头居然叫莫天留塞了辣椒末儿！

打也打过，骂也骂过，绑在村口大树上晒过，吊在村尾枯井里冻过，可才一转眼的工夫，瞧着已然被收拾得蔫头耷脑的莫天留又在别处闹得鸡飞狗跳。人都说好了伤疤才能忘了痛，这莫天留愣就有这带着伤疤祸害人的本事！

眼瞅着当年救回来的一条性命如今成了祸害，江老太公差不离都动了开祠堂、请家法，把莫天留逐出大、小武村的念头。却不想一股外路来的盗匪绑了村里几个放羊的孩子，要村子里三天内拿出来五百大洋、一千斤白面赎人。都还没等村里人开了祠堂合计出来个子丑寅卯，平日里人嫌狗不待见的莫天留，却是满脸血、一身伤地领着那几个叫绑了肉票的孩子慢悠悠走进了祠堂中，话都还没来得及说出一句，已然一头栽倒在祠堂中供奉的祖宗牌位前。

经了这一出变故，大、小武村里的住家对莫天留自然存了一份感激，平日里对莫天留的胡作非为也都睁一眼、闭一眼，顶天了喝骂几句、捶打几下，就当是村里多了个埋汰人，且不认真搭理就罢！

看着一身埋汰装扮的莫天留三蹿两蹦地跑到了村中打麦场上，聚在一块儿远远瞧着那些八路军的大武村中妇孺，顿时长长地舒了口气。有几个自认还能跟莫天留说上话的妇道人家，更是忙不迭地朝着莫天留嚷嚷起来：“狗儿啊，这回可就都靠着你了！”

“你双柱哥叫抓走了，你们俩可是打小一块儿长大的呀……”

“就是就是！去年婶子家刚晒出去的新苞谷全叫你给摘了走，婶子再不怪你咧……”

很有些惫懒模样地朝着那些上了年纪的妇道人家坏笑着，莫天留脚下不停、口中却也丝毫不闲着：“吃你一串苞谷你能记一年？那你还记得你追着我从村口骂到村尾不？”

“我都站山梁上吆喝三遍咧，双柱都还舍不得砍下来那捆柴火，活该叫他个傻子被抓！”

“靠我？我就是给带个道儿，旁的我可是啥都不问！”

吆喝声中，莫天留大大咧咧地站到了那些在打麦场中拢成了一堆儿的陌生人面前，懒洋洋地朝着其中一个腰间挎着短枪的中年汉子挑了挑下巴颏：“你是八路的官儿？”

很是和气地朝着莫天留点了点头，那看着足有四十上下年纪、肩膀要比寻常人宽厚了不少的中年汉子应声笑道：“我是队长！你是大武村里选出来给我们带路的乡亲？”

耳听着那中年汉子并不地道的冀南话，莫天留丝毫也不客气地坏笑起来：“听你这话音，咋也不是冀南这片的，咱们哪儿就能成了乡亲？旁的闲话不说，脚底下要能跟得上我，咱们还能兜在那些皇协军前头打个埋伏！”

像是压根也不在意莫天留话音里毫不客气的语气，那中年汉子微微侧过了身子：“那就辛苦老乡了！”

瞥了一眼拢堆儿站在一起的二十来个八路手中参差不齐的武器，莫天留很有些不屑地撇了撇嘴，低声自语着嘀咕道：“一共就七八支硬火家什，就这还想着去拦皇协军的人马？又是来溜达一趟、骗吃骗喝的主儿……”

显然是听见了莫天留的嘀咕，那些将各自手中武器扛在了肩头、准备着长途奔袭的八路中，一个年纪与莫天留不相上下的小伙子很是不忿地挥了挥手中的红缨枪：“打仗可不是光靠着手里家什好就能赢！真要是有胆子、够聪明的，空手也能打赢拿枪的！”

冷笑一声，莫天留也不搭理那与自己言语冲撞的小伙子，只是撒腿奔着村口大路小跑起来。而在莫天留的身后，二十几个已然将武器上肩、连绑腿都早早重新打过了一遍的八路军，全都飞快地跟上了莫天留的脚步。

才在大路上走了不过两三里地，莫天留飞快地朝右一拐，自顾自地钻进了一处被杂草遮掩起来的山坳中，踩着山坳中被雨水从山顶上冲刷下来的石块，一蹦一跳地朝着山顶攀登。不过是一袋烟的工夫，山顶上一块足有两间房子大小、形状却像是个蘑菇伞盖般的巨石已然在望。

微微喘了口气，莫天留很有些得意地扭头朝后望去，却愕然发现身后紧跟着的八路军队伍并没有像是自己预想的那样被甩下很远。尤其是那挎着短枪的八路军队长，竟然就在自己身后两三步远近，正如同一头矫健的山豹般跳跃前行。

抬眼看了看在自己身前停下了脚步的莫天留，八路军队长的脸上顿时浮现出了一丝和蔼的笑容，软和着口气朝莫天留低声叫道："老乡，要是累了就歇歇。虽说这走山路从来是不怕慢、只怕站，可咱们的脚程怎么也能比那些个日本鬼子和皇协军快，能赶趟！"

朝着那大气都不带喘的八路军队长打量几眼，莫天留很有些不服地哼了半声，转头朝着那生得像是个大蘑菇似的巨石吆喝起来："棒槌！傻棒槌！"

★ 第三章 查形问势

伴随着莫天留的吆喝声，从那大蘑菇似的巨石后边，一个瓮声瓮气的嗓门顿时响起："我不叫棒槌！我都跟你说了八百遍了，我有大号！我叫沙邦粹，不叫傻棒槌！"

声起人现，从那大蘑菇似的巨石下边，猛不丁地冒出来一个身量比寻常人高了足有两个头的大汉，双手中还紧紧攥着一把开山大斧，横眉竖目地瞪着莫天留："再要叫我棒槌，我可就……可就……"

像是天生嘴拙，又像是实在想不出能有什么法子收拾莫天留，那像是个巨灵神般的大汉吭哧了好半天，却还是没能说出来个办法章程，只是狠狠地一跺脚："我把我寻着的那野地瓜全吃了，一个都不给你留！"

连蹿带蹦地跳到了作势转身的沙邦粹身边，莫天留一把拽住了沙邦粹的胳膊，涎着脸朝满脸怒色的沙邦粹叫道："野地瓜能有啥好吃的，这回我可揽了个好活儿！你跟着我走一遭，回村了我请你吃白面硬馍！"

余怒未息地瞪着拽住自己胳膊的莫天留，沙邦粹拧着脖子叫道："你又蒙人！上回你哄我，说请我吃摊鸡蛋，叫我一个人撑着压鸡窝的顶盖石，可你摸了鸡蛋跑了，倒叫我给人逮住了，狠狠抽了我好几棍子，我举着压顶石都没法挡，现在我这后腰还疼着呢……"

"要不说你是个傻棒槌，你就不会撒手跟着我跑了？"

"那我一松手，压鸡窝的压顶石拍下来，鸡窝里的几只老母鸡不就给拍死了？现如今能养几只鸡多不容易……”

“……那是你家的鸡不是？”

“那倒不是……可人家养鸡也不容易！咱们都偷摸了人家的鸡蛋了，再弄死人家的鸡……不合适吧？”

狠狠一跺脚，莫天留很是没好气地低声朝沙邦粹叫道：“要不还得说你是个棒槌呢……赶紧跟我走，把后边这些人带到了地头，咱们这就回村吃白面硬馍！”

仿佛是刚瞧见了莫天留身后陆续登上了山顶的八路军队伍，沙邦粹微微一缩脖子，很有些害怕地朝着莫天留低声叫道：“天留，你怎么跟这些个扛枪吃粮的搅和到一块儿了？”

扭头瞥了一眼站在身后不远处的八路军队长，莫天留也压低了嗓门：“谁跟他们搅和到一块儿了？！这就是江老太公派的个差事，把他们领到三岔湾前面就算完事！赶紧撂下你那些零碎玩意，这就跟我走！”

闷声答应着，沙邦粹刚把手中的开山大斧背在身上，莫天留却又伸手拽住了抬腿要走的沙邦粹：“你挖的那野地瓜呢？拿来！我这一早上都水米没打牙了，先拿着这野地瓜垫垫饥！”

愣怔了片刻，沙邦粹方才像是刚回想起来自己挖到了些野地瓜一般，低声咕哝着转过了身子：“又说一会儿叫我吃白面硬馍，这会儿还是要吃野地瓜，说不准又是蒙我的……”

口中咕哝自语，沙邦粹手上动作倒是一点都不慢，转眼间便从身后的草丛中摸出了四五个野地瓜，捧在巨大的巴掌里朝着莫天留递了过去。

一把抓过了沙邦粹递来的几个野地瓜，莫天留胡乱将野地瓜在袖子上蹭了蹭，三两下便吃掉了两个最大的野地瓜。

眼看着莫天留吃得痛快，站在一旁的沙邦粹禁不住急声叫道：“给我留点！我一大早也啥都没吃……”

选了个最小的野地瓜扔到了沙邦粹的怀里，莫天留一边抬腿朝着那大蘑菇般的巨石走去，一边含混不清地边嚼着野地瓜边说道：“凑合吃一口垫垫就成了，留着肚子一会儿好吃白面硬馍！”

小心翼翼地把比自己手指头都粗不了多少的野地瓜塞进嘴里，沙邦粹亦步亦趋地跟上了莫天留的脚步：“咱们奔哪儿？”

“翻羊头岭、钻蒺藜沟，再从三岔湾上游的石滩上过河！”

丝毫不顾紧跟在自己与沙邦粹身后的八路军队伍，莫天留脚步飞快地顺着一条雨水冲刷出来的旱沟跑到了山脚，这才折转了方向，朝着左近一座乱石密布的山岭爬去。

寻常庄户人家望山取名，大概都是瞧着那山势形状像些什么，或是有什么口口相传的典故，羊头岭自然也不例外。

依照着古老相传的故事来说，这羊头岭原本是大、小武村左近宋末时一处古城备来守城的羊头石堆积而成，专门就为了防备外敌入侵。可没想到那古城守将辛苦备下这如山的羊头石，朝廷却发来了一纸改弦易张的军令，勒令这一心守卫国门的守将向来敌投降。

气愤之下，那苦心备战的守将一把火烧了古城，自己也在火中以身相殉。原本好端端一座锦绣城池，现如今就只剩下了这羊头石堆成的山岭，任由后人凭吊叹息。

虽然传说故事总有些夸大其词、以讹传讹，可这羊头岭上的石块倒全像是山羊头颅般大小，石块之间也都是虚浮着搁住的模样。外路人不明就里一脚踩了上去，说不好脚下看着挺扎实的石块就能在眨眼间滑落下去，叫人猝不及防之下猛摔一跤，狠狠给那外路来的人物一个下马威！

头也不回地领着沙邦粹一股劲地朝着羊头岭上攀爬，原本就存了看热闹心思的莫天留竖起了耳朵，仔细倾听着身后那些八路军爬山时的动静。可等到快要爬上山顶了，身后也没传来一声羊头石被踩塌后发出的滚动滑落声，更没听见有人摔倒的动静。

微微扭脸看了看身后那些跟随着自己亦步亦趋攀越羊头岭的八路军，尤其是看明白了那些八路军落脚时也像自己与沙邦粹一样，全都是踩在两块羊头石之间的凹缝上时，莫天留禁不住低声嘀咕起来："倒没瞧出来，这还真是走山路的行家。"

仿佛是听到了莫天留的低声嘀咕，原本就隔着莫天留不远的八路军队长伸着袖子抹了一把额头上的汗水，一边解下了身上背着的水壶朝莫天留递去，一边朝莫天留笑道："老乡，这山上全都是羊头石，可当真是不好爬！你先喝口水歇歇脚，咱们养养力气好下山！"

老实不客气地接过了八路军队长递过来的水壶，莫天留一口气喝了半壶水，方才把水壶塞到了站在自己身边的沙邦粹手中："瞧你也是个惯走山路的，都知道这山上全是羊头石的地方，下山要比上山难。"

笑着点了点头，八路军队长倒也没那乔装样，很是坦然地朝莫天留笑道："八路军别的本事暂且不说，光是脚底下的这点功夫，全都是走多了道儿之后练出来的！这满是羊头石的山岭，以往倒是真叫我们吃过亏，自然要在心里头记住怎么应对！"

上下打量着面带微笑的八路军队长，莫天留很有些不屑地低声哼哼着自语道："脚底下见功夫的，可不光是你们这些个报号八路军的人物！早些年关外跑回来的东北军，扛不住日本人、撒了丫子的第五军，哪个不是脚底下的功夫比手上的强？拉了村子里的壮丁挖了壕沟、竖了鹿砦，架势倒是扎得十足，可才听见日本人枪炮一响，全都跑得飞快，兔子见了都得管他们叫亲爹！”

虽说把莫天留的话语听了个真切，那八路军队长却丝毫也没不高兴的模样，反倒是半蹲下身子，拿脚丫子踢腾开了一块裸露出沙土的地皮：“老乡，咱们八路军腿脚上的功夫，那可不是躲日本鬼子练出来的！趁着这会儿大家歇脚的工夫，辛苦你给咱说说这三岔河左近的地势模样？”

诧异地瞅了瞅八路军队长，莫天留嘀咕着蹲下了身子：“这倒还真是个听过三国、瞧过说岳，知道问地求形的人物……”

伸出了一根手指头，莫天留随手在地上划拉出了几条横七竖八的线条，再把一块小石头疙瘩放到了那些线条的一端：“这是三岔湾炮楼，里面常年住着六七十号鬼子，还有小二百号皇协军，有时候还能见着大队的鬼子奔他们那儿歇宿。一大五小六座碉楼，把三岔湾路口堵得严严实实，连只苍蝇都甭想悄悄飞过去！想要绕过这鬼门关似的地界，那就得朝北多走四十里山路，走迷魂洞朝外钻。别说你们这些外路人，就算是本乡本土的乡亲，那也有走进迷魂洞里没出来的……”

晃悠着手指头，莫天留看也不看频频点头的八路军队长，在那块象征着三岔湾鬼子炮楼的小石块前画出来一条曲线：“这是青蟒河，宽的地方能有十好几丈，窄的地界也有七丈挂零。水最深的地方能有五六丈，赶上桃花汛的日子，大水能漫过三岔湾炮楼前面的护城河沟。眼下正是枯水的时节，咱们从这片浅滩过河上大路，就能挡在那些个鬼子和皇协军的前头了……”

仔细看着莫天留草草画出的地形图，八路军队长紧紧皱着眉头琢磨了好一会儿，方才伸手指向了莫狗儿刚刚指出的浅滩位置：“老乡，你是说打从这片浅滩过去，就是通往三岔湾鬼子炮楼的大路？”

“没错！上河滩不出百十步就能上大路，当年怕水大浸坏了路基，那一截路都是拿青石干垒之后才铺的黄土，又能走人，又能挡水！”

“路有多高？”

“差不离一丈！”

“路边上有草、有树没？”

“这么好的近水河滩地，那还不种庄稼？一水儿种的都是秋苞米，眼瞅着再过一个月就能收了！”

“那……方才听老乡说，咱们要走过个叫蒺藜沟的地界？”

“没错！二里多长的一条山沟，满地生的钢针蒺藜，入水沉底、鸟兽不近，牤牛在里边走一回，那身上都得叫划拉得鲜血淋漓！”

★ 第四章 初战之殇（上）

踢腾着大道上的尘土，二十来号从大武村中被抓走的壮丁被一根老长的粗绳子拴住了脖子连成一串，双手上也都捆着浸过水的细麻绳，死死地勒紧了皮肉，直勒得一双手涨红发紫，丝毫也动弹不得，只能在三个鬼子兵和二十几个皇协军士兵的驱赶下跌撞前行。

而在这些壮丁身侧周遭，几个同样走得歪歪倒倒的皇协军士兵横端着大枪，时不时地拿着枪托在走得稍慢了些的壮丁身上打砸几下，吊着嗓门喝骂着那些哭丧着脸行进的壮丁："想死是不是？前面有那装病、卖傻的人物，你们可都是瞧见了的！皇军一个磕巴都不打就搁在道旁拿刺刀挑了！再要敢慢腾腾地磨洋工、蹭阳寿，太君手里的刺刀可就得再见一回血！"

"甭想着能偷摸跑了——这几位太君那可是打日本关东军里派过来的人物，手里一杆枪抬手就有！跑得再快，你们能有枪子跑得快？！"

"不知好歹的东西！你们算是揽上好活儿了——三岔湾炮楼要修壕沟、竖铁丝网，每天干完活儿了还能有顿带油花的饭吃，不比你们在家里蹲着喝野菜汤强？活儿干得好，说不定太君一高兴，还能给你们几张日本军票！搁在县城里，那可是能买着咸盐、洋火的好物件！"

除了几个看押着壮丁朝前赶路、一脸凶神恶煞模样的皇协军士兵，另外十来个皇协军士兵却全都是堆着一副谄媚的笑脸、众星捧月般地拢着三名日本兵走在了队列的最后。有拿着帽子替那些日本兵扇风的，还有捧着水壶时不时递到那些日本兵嘴边的，更有攥着洋火、烟卷儿在日本兵身边小心伺候的，怎么看都是一副奴才模样的架势！

三岔湾炮楼正当地势要冲，原本修建的时候就很是下了些本钱。光为了把那些个青岩条石从山里运出来，就生生累死、砸死了三十来号老百姓，调和洋灰、糯米浆的时候更是烧坏了三五个积年老工匠的一双巴掌。

绕着一大五小梅花样摆开的六座碉堡周遭，环绕着三丈多宽的护墙沟渠。足有小两丈深的沟渠底下还密密麻麻撒满了碎瓦碴子和拿油炸过的竹蒺藜，当真叫个神仙难过。借着依傍在碉堡旁边的青蟒河，护城沟渠里面还有三处暗渠跟青蟒河相通，引的都是青蟒河的活水，压根都不怕有人负土填沟、越壕爬城。

五座小碉堡全都是上下两层，全都配着一挺日本歪把子机关枪，大碉堡足有四层楼房高，轻重机枪各有四挺，顶上还架着两门迫击炮。有那懂军事行当的人偷摸瞧过三岔河碉堡的格局架势之后，全都暗地里摇头——这要是没有大炮压阵助威，怕是一个营的枪兵上去，也得叫人打得灰头土脸溃败下来！

可就这么一座瞧着固若金汤般的雄城要塞，经了秋天一场中秋汛，却把那护城壕沟冲垮了好几处地方，连沉底安放的碎瓦碴子和竹蒺藜也都冲了个干净。虽说这对三岔湾据点的防御并不构成太大的威胁，可架不住无巧不巧地，有一位从保定府日本驻军司令部前来三岔湾据点视察的日军高官，瞧见了护城壕沟几处坍塌的模样，当即大发雷霆，几个脆亮的耳光打得三岔湾据点的鬼子小队长好几天听人说话，耳朵里都带着回音！

既然是要修缮坍塌的护城壕沟，那自然是不能让日本兵亲自动手干这些粗重活计，而养在三岔湾碉堡里的皇协军士兵，吃喝玩乐、抽大烟、嫖堂子倒个顶个是好手，正经扛活儿却是样样稀松，只能是重施故伎——下乡抓壮丁应付差事！

三岔湾碉堡左近的村寨之中，早已经跟过篦子似的抓过了好几回壮丁。累死一些、打死一批，剩下的也全都跑了个差不离，现如今村寨里边能动弹的全都是些老弱妇孺，只能是奔着远处些的村寨踅摸壮丁。

可今天这趟差事却是颇有些不顺，明明仗着几个皇协军士兵对地形熟悉，抢先堵了大武村进出的几个路口，可到头来却还是只抓到了二十来个躲藏不及的壮丁。一路上其他的几个小村寨里更是所获无几，能抓着的几个壮丁不是憨傻痴呆，就是病怏怏的模样，抓回去了估摸着也派不上用场。

一想到回去之后闹不好就得被三岔湾据点的小队长脆亮耳光伺候，几个压阵的日本兵心里头全是一股子无名邪火，走半道上生生就拿着刺刀把几个憨傻痴呆或是有病体弱的壮丁挑了泄愤！

烦躁地将一名皇协军士兵递到了自己嘴边的水壶打飞了老远，一名日军士兵怒气冲冲地低吼起来："真是混账！这些支那人就像是稻田里的虫子一般，看着飞得到处都是，可一旦要把他们抓起来，却一个都看不见了！如果今天只有这样的战绩，恐怕回到三岔湾据点之后，我们就要承受伊矢小队长的怒火了啊！"

同样粗暴地将一个正用帽子替自己扇风的皇协军士兵推了个趔趄，另一名日军士兵点头附和道："的确是这样！不过说起来，伊矢小队长不过是……一个辎重兵出身的家伙，反倒成了小队长！而我们这些从关东军中历练出来的老兵，只是因为一点点微不足道的过失，就被发配到守备部队，听候一个辎重兵的指挥，简直是……混蛋啊！"

深深吸了一口皇协军士兵为自己点燃的香烟，唯一一个将步枪横抓在手中、眼神阴鸷的日军士兵慢悠悠地吐出了一口烟气："不管怎么说，我们已经尽力了！如果伊矢小队长还要刁难我们的话……”

话没说完，那名眼神阴鸷的日军士兵像是踩到了一块尖利的石头，猛地跳了起来：“混蛋啊……我的鞋子居然被扎穿了……你们先走，我处理一下这破烂的鞋子！”

带着几分幸灾乐祸的模样，最先开口说话的那名日军士兵嘿嘿怪笑起来：“不是刚刚发下来的新鞋子吗？怎么这么快就磨出了窟窿？”

“混蛋！难道你们的新鞋子没有被伊矢小队长拿走吗？”

“既然是辎重兵出身，自然会想要把所有的好东西都拿到自己手里的啊！鞋子、香烟、罐头、纳豆和糖果……你快些跟上来吧，要是遇见了敌人可就麻烦了！”

一屁股坐在了路边的石块上，那名眼神阴鸷的日军士兵骂骂咧咧地脱下了自己的鞋子：“这附近哪里还有敌人？只有那些抢夺粮食和女人的支那土匪……”

像是很认同那名日军士兵的说法，另外两名日军士兵自顾自地跟随着前方被押解的壮丁队伍朝前走去。其中一名日军士兵接过了又一名皇协军士兵递过来的水壶，才喝了一口便将含在口中的水喷到了那名皇协军士兵的脸上：“这是什么东西？已经发臭的水，还敢拿来给皇军喝吗？”

眼看着那名恼怒的日军士兵已经摘下了挎在肩上的步枪，把马屁拍到了马腿上的皇协军士兵禁不住连声叫嚷起来：“太君，这都走了大半晌的工夫了，天气又太热，水壶里的水肯定是……不好喝……前面……前面道边就是青蟒河，那儿的水干净清凉，等到了那儿，我给太君打水去……”

尽管那名皇协军士兵摆出了一副告饶的模样，可从肩头摘下了步枪的那名日军士兵却还是一枪托砸到了皇协军士兵的肩头：“混账！叫他们快点走，再这么磨磨蹭蹭的，等回到三岔湾据点，恐怕连晚饭都要吃不到了！”

捂着被砸得生疼的肩头，那名倒霉的皇协军士兵龇牙咧嘴地点头答应着，一迭声地催促着前方押送壮丁的同伴加快脚步。不过是十来分钟之后，临近大路的青蟒河已然隐约在望，青蟒河中的流水声也渐渐传到了耳中。

抿了抿干涩的嘴唇，两名日军士兵甚至都忘了身后的同伴，异口同声地叫嚷起来：“就在那棵树下……休息！”

忙不迭地答应着，几个腿快的皇协军士兵立刻抢先冲到了那株邻近道边的大树下，三两下便将树下的枯枝败叶清理了个干净，还有几个皇协军士兵更是一点都不心疼地冲进道路一侧的庄稼地里，将已经开始灌浆的秋苞米秆子掰了不少，在大树下铺垫出了一张席子的模样，谄笑着让那两名日军士兵坐了下来。

背靠着大树，两名日军士兵伸展着并不长的一双罗圈腿，却也还没忘了将各自的三八大盖横放到腿上，懒洋洋地盯着那些被皇协军士兵驱赶着蹲在了一起的壮丁，嬉笑着交谈起来：“你说这一次抓到的这些家伙，能用多久呢？”

“怎么样也能熬过十天吧？这些支那人看着瘦弱，可用来干活的时候还是很好用的，每天给他们一点点刷锅水就行……”

“可惜今天的行动没能看见合适的女人，要不然……”

“你在做梦吗？这样的地方，稍微好些的女人早已经跑光了！倒是听说县城里要开一家慰安所，会有些从高丽来的慰安妇。”

“高丽慰安妇吗？好吧……总比没有强……”

趁着两名日军士兵闲聊、歇脚的工夫，一名皇协军士兵带着好几个水壶，飞快地跳下了用青石垒成的路基，直朝着青蟒河河滩方向跑去。

眼见着那名皇协军士兵去青蟒河边打水，同样走得喉干舌燥的壮丁当中，有个胆子大些的禁不住低声朝看守在一旁的皇协军士兵叫道：“老总，容我们也喝口水吧……都是老实庄户人家，我们不跑……真不跑……”

冷笑一声，横端着一支步枪的皇协军士兵怪声笑道：“唷……还没瞧出来你是个金贵人。爷都还没喝水，你倒是想拔头筹？水没有，爷这儿有泡尿你喝不喝？！”

★　第五章　初战之殇（中）

越是临近三岔湾左近地界，青蟒河水就越是流淌得平缓柔畅。尤其是在这一片足以让人涉水而过的地界，河底下全都是慢慢沉积下来的细沙，河岸边一眼都能瞧见半丈开外的河底。从这地界打上一碗水喝下去，一点泥沙怪味都不带，稍许还有些淡淡的甜味。

任由挎在身上的几个水壶碰撞得叮咣作响，奔到了河岸边打水的那名皇协军士兵先就跪到了岸边，把脑袋伸进河水中猛灌了一通清冽的河水，这才仰头长长地嘘了口气，将几个水壶按到了河水中灌满了清水，这才扭头奔回了两名日军士兵歇脚的大树下。

劈手夺过了那名皇协军士兵递过来的水壶，两名日军士兵一口气喝干了一壶清水，全都响亮地打了个饱嗝，很有几分感慨地叹息起来：“这水的味道……真有些叫人想起家乡的那条小溪啊……”

“的确是这样，我家门前也有一条小河。年幼的时候，经常跟着父亲去河边捕鱼，挽着裤腿站在浅水中，看着游鱼从身边飞快地游过……”

“这条河里好像也有鱼，也许下一次，我们可以建议伊矢小队长派人去抓一些回来。”

嘴里聊着闲话，两名日本兵全都扭头朝着平缓流淌的青蟒河中看去，却在一瞬间同时闭上了嘴巴——方才还看着人影皆无的青蟒河中，居然有七八个光着身子的壮年男子在河中央排成了一条弯弯曲曲的队列，各自拿着用树条编制的笆斗，在清冽平缓的河水中捕捞着游鱼。

几乎是同时翻身趴在了地上，两名日军士兵飞快地举枪瞄准了那几名光着身子、站在河心位置捕鱼的壮年男子。其中一名日军士兵悄声问道：“会是陷阱吗？”

盯着那几个身上寸缕无存、只顾着专心捕鱼的壮年男子，另一名日军士兵眯着眼睛摇了摇头：“不太像！他们捕鱼的动作很熟练，抓到的鱼也都扔到了河岸上他们搁着衣服的地方……你，过来！”

耳听着那名日军士兵的低声呼喝，一个同样趴在地上摆出了举枪动作的皇协军士兵撅着屁股爬到了日军士兵身边：“太君，您有啥吩咐？”

伸手指了指那些在河心位置捕鱼的壮年男子，眼睛始终没有离开步枪瞄准具的日军士兵低声叫道：“这附近，有渔夫的村子吗？像这样年龄的渔夫，很多吗？”

眨巴着一双眼睛，那名皇协军士兵琢磨了好一会儿，方才磕磕巴巴地低声应道：“太君，这附近七八里有两三个村子，村子里的壮丁全都不见人，估摸着是知道太君要来，躲进山里边了。平时这些村子里倒也有人来青蟒河抓鱼，可要说专门打鱼的村子……像是没有。”

很有些得意地点了点头，问话的日军士兵轻轻将手指搭在了扳机上：“难怪他们没有渔船……狡猾的支那人，想用这样的手段避开皇军的劳役征集吗？看我的……”

眼瞅着那问话的日军士兵已经慢慢地预压着扳机，摆出了一副瞄准后随时可以击发的标准射击姿势，另一名日军士兵却猛地低声叫道：“别开枪！”

疑惑地扭过头去，问话的那名日军士兵颇有些奇怪地看着自己的同伴：“怎么啦？难道你还要施舍给这些支那人怜悯和饶恕吗？”

“杀了他们并没有什么稀奇的，可要是能把他们抓回去……这些人的样子，看上去就是能干重活儿的！只要能把他们抓回去，伊矢小队长也会感到满意了吧？”

恍然大悟一般，那名问话的日军轻轻松开了搭在扳机上的手指，但却又疑惑地低叫起来：“可他们为什么不跑？一般的支那人看见皇军士兵，不全都是没命地逃跑吗？”

“我们的位置高，他们站在河中央看不到我们，可我们却能看见他们！你们，留下三个看守，其他人全部悄悄地下河，去把河中央的那些家伙抓过来，一个都不许放跑！”

稀疏杂乱的答应声中，十几个皇协军士兵蹑手蹑脚地将身上挂着的零碎物件摘了下来，只抱着各自的步枪，三三两两地滑下了小一丈高矮的路基，如同一群准备围捕猎物的野狗般，哈着腰朝河滩方向摸了过去。

也不知道是那些站在河中间捕鱼的中年汉子们太过专心，又或许是因为青蟒河水流淌的声音遮盖了那些皇协军行动时的脚步声，直到十几名皇协军士兵全都走进了河滩旁齐膝深的河水中，这才有个中年汉子在无意中扭头，瞧见了那些端着步枪逼近的皇协军士兵。

惶恐至极地大叫一声，那名中年汉子抬手便将自己手中的笆斗扔出去老远，大喊大叫地吆喝着同伴朝河对岸跑去。但齐腰深的河水却叫他们无法快速奔跑，只能眼看着那十几名皇协军士兵越追越近。

就像是看着猎物即将被捕获的野狗群一般，同样蹚着水朝河心包抄过来的十几名皇协军士兵，顿时得意扬扬地胡乱叫嚷起来：“都他妈给我站住！再跑可开枪了！”

“打领头跑的那个……”

“你们几个快着点儿，围住他们！”

胡乱的叫嚷声中，有好几个皇协军士兵甚至拉动了枪栓推弹上膛，摆出了一副当真要开枪射击的架势。可还没等那几名拿捏着举枪架势的皇协军士兵抬起枪口瞄准目标，其中两名皇协军士兵却猛地怪叫一声，原本在河水中就有些站立不稳的身子猛然一歪，整个人扑面栽倒在河水中。

无独有偶，好几个皇协军士兵也像是踩到了水下的什么尖锐物件，纷纷怪叫着跌翻在并不算太深的河水中，挣扎着想要再次站稳了身子。可越是在河水中扑腾挣扎，那些皇协军士兵身上却叫越来越多的尖锐物件刺中。有个运气不好的连着被扎了好几下，估摸着是惨声呼痛的时候呛了口河水，眨眼工夫便脸朝下地在河水中漂浮起来！

转瞬之间，下河抓捕壮丁的十几个皇协军中，只剩下了一个还能在河水中站直了身子的，双手横端着步枪左右看着在河水中挣扎惨叫的同伴，一张脸吓得惨白，却压根也不敢挪动步子。

而在这同时，原本仓皇奔逃的七八个中年男子却全都停下了脚步，弯腰在河水中摸索了片刻之后，再次直起腰身的时候，手中已然拿上了大刀或是长矛之类的家什！对面河滩上的乱石后面，也冒出来两个端着汉阳造的年轻人，举枪瞄准了那站在河中央发愣的皇协军士兵。

很有些目瞪口呆地看着青蟒河中发生的这一切，两名始终举枪瞄准了青蟒河中那些中年男子的日军士兵面面相觑地对望一眼，几乎同时惊叫起来：“真的是陷阱……你们几个过来，杀光那些支那人！”

叫喊声起处，却没有听到脑后传来那几个看守壮丁的皇协军答应的声音，反倒是其中一名日军士兵惨叫半声，背脊上已经多了一根白蜡杆长矛。足有一尺长的矛尖几乎全都扎进了那名日军士兵的脊椎骨当中，一时半刻却还没死，只能从口鼻中喷涌着血沫与气泡，手脚徒劳地在地上抓挠着，活像一只叫人钉穿了背甲、动弹不得的王八。

变生肘腋，另一名日军士兵反应倒也算快，抱着手中的三八大盖猛地一个翻滚，人还没在地上稳住身形，手中的三八大盖已经指向了眼前晃动着的一个身影。

锐器破空的呼啸声，几乎就在那名日军士兵将手指搭在扳机上的同时响起。伴随着尖锐得像是裂帛般的呼啸声，一支大拇指粗细、一尺有余长短的花羽弩箭，准确地从那名日军士兵的眼眶中钉了进去！在那名日军士兵惨叫着瘫软下去之前，他仅剩的一只眼睛看到的，是几个被一尺长的短刀割开了喉咙的皇协军瘫软在地的尸体……

来不及替那些满脸惊恐神色的壮丁解开捆绑在脖子与双手上的绳索，从秋苞米地里钻出来的两名年轻人飞快地拉扯着绳索，拖拽着那些壮丁跌跌撞撞地藏进了秋苞米地。而其他几名出手袭杀日军与皇协军士兵的年轻人，也全都熟门熟路地将被袭杀的日军与皇协军的士兵尸体拖拽到了秋苞米地中。

与此同时，站在河中央的一名中年汉子扭头接过了河对岸举枪警戒的年轻人抛来的一根绳索，双手蝴蝶穿花般地将那绳索挽成了个拴马扣，抬手朝着那僵立在河心的皇协军士兵抛了过去：“不想死的，把枪背到身上，双手伸进拴马扣里面拽紧，我们拉你上岸！”

下意识地伸手接住了那中年汉子扔过来的绳索，僵立在河心的皇协军士兵先是左右看看兀自在河水中挣扎惨叫的同伴，再瞅瞅河岸上瞄准了自己的两支步枪，顿时便将手中的步枪背到了肩膀上，再将绳索一头挽成的拴马扣绑在了双手手腕上。

也不见那中年汉子如何用力，只是轻轻将抓在手中的绳索一拽，那名皇协军士兵的身子顿时横拍在了河面上，三两下便被拖拽到了那中年汉子的身边。不等那呛了好几口水的皇协军士兵再次站稳身子，其他几个赤精着身子的中年汉子已然熟门熟路地围拢了过来，三两下便将那皇协军士兵身上的大枪、子弹和手榴弹摘了个干净，连挂在腰带上的刺刀都没放过。

麻利地用那名皇协军士兵的皮带将他捆了个结实，中年汉子手中的长绳再次飞向了另一名在河心中载沉载浮、眼看着已经快要支撑不住的皇协军士兵：“有样学样，赶紧的吧。”

★ 第六章 初战之殇（下）

并肩趴在秋苞米地里，莫天留与沙邦粹目瞪口呆地看着那些报号八路军的男人三下五除二地将两个鬼子兵与十几个皇协军料理了个干净，脑子里全都是一片空白，就连叼在嘴里嘬着清甜浆水的秋苞米穗子都忘了吸吮……

打从下了羊头山，那八路军队长的眉头就紧锁着，原本带着和气笑容的脸庞也渐渐地蒙上了一层青气，叫人一看就觉着像是寺庙中守殿护法的金刚模样。而在快要走出蒺藜沟之时，八路军队长却猛地停下了脚步，招呼着手底下人马用大刀片砍起了满坑满谷的铁蒺藜，却没叫莫天留与沙邦粹沾手。

眼瞅着那些个报号八路军的青壮汉子下手飞快地砍着铁蒺藜，但因为不得要领，叫刺猬般的蒺藜丛扎得满头满身的血印子，却没砍下来多少铁蒺藜，站在一旁瞧着的沙邦粹禁不住摘下挂在背后的车轮巨斧，三两下便将几株生长得极其茂盛的铁蒺藜砍了下来，这才朝着那八路军队长露出了憨憨的笑脸。

有了沙邦粹做出来的把式模样，其他人自然明白照猫画虎的道理，手中挥舞着的大刀片全都奔了铁蒺藜丛的根上招呼，不过一锅烟的工夫，已然砍下来堆得像是小山般的铁蒺藜。

转悠着眼珠子，莫天留一句话也都不问，哪怕是沙邦粹跟在自个儿身后絮絮叨叨缠磨不休，也只顾着自个儿闷头带路。当那些报号八路军的青壮汉子兵分两路，再将那些铁蒺藜刺丛用石块压在河心处时，趴在秋苞米地里的莫天留方才恍然大悟般地点了点头，自言自语地低声咕哝起来："这计策……木门道、街心锁加调虎离山，倒还真是个细听过三国的人物。"

趴在了莫天留身边，沙邦粹一边用几片秋苞米叶子上的绒毛糊住了手上被铁蒺藜划出的血口子，一边憨憨地凑到了莫天留的身边："你说啥？"

没好气地横了沙邦粹一眼，再瞧瞧趴在自个儿身边不远处、正在给弩弓上弦的一名八路军士兵，莫天留挪动着身子将嘴巴凑到了沙邦粹的耳边："一会儿打起来，瞅个机会跑！"

把一双眼睛瞪得溜圆，沙邦粹拧着脖子低叫道："跑？跑啥？"

伸手在沙邦粹后脑勺上重重拍了一记，莫天留很有些恨铁不成钢地低叫道："不跑？不跑留着当壮丁呀？"

"那咱们不是来领路救人回去的吗？咋还扯上当壮丁了？这些报号八路军的人物，我瞅着挺和气的……"

“黑吃黑你听过没有？你瞧瞧这些个报号八路的人物，拢共也就十几号人、七八条枪，想要拉杆子靠枪吃饭，没人马哪能踢腾得开？瞧好了吧……这要是真能把那些日本人和皇协军打跑，估摸着从大武村里抓出来的壮丁，以后就得归了八路，说不准咱们俩还得搭进去！”

“那你还哄我来奔这倒霉的活儿？你还骗我有白面硬馍……”

“瞎喊啥呀？我告诉你，等会只要他们一放枪，这场面肯定就乱了，到时候我给你指个去向，你猫着腰抱头一路撞过去，我就跟在你后头跑！只要冲出了这一大片秋苞米地，进了山咱们就没事了。脚底下加紧点，回村咱们还能赶得上吃刚出锅的白面硬馍！可记住了，不能顺着庄稼垄沟跑，那人家能瞧见咱们！”

“好……你等会儿，为啥是我在前面一路撞过去，你跟着我后头跑？”

“你身量大、力气大，秋苞米地里这么密的苞米秆儿，我撞起来费劲，咱们也跑不快呀！”

“嗯……可我怎么觉着你又在蒙我？”

“我蒙你干啥……别说话，鬼子来了！”

猛地伸手压低了沙邦粹仰起的脑袋，莫天留与沙邦粹一人嘴里叼着个刚灌浆的秋苞米穗子吸吮着清甜的汁水解渴，眼睛却全都盯着那些在大树底下乘凉休憩的鬼子与皇协军士兵。可出乎莫天留的预料，意想当中的放枪驳火并没有发生，反倒是那些躲在自己身侧周遭的八路军士兵悄没声息地蹿了出去，三两下便将两个鬼子和三个皇协军士兵料理了个干净。

眼见着那些被长绳拴成了一串的大武村壮丁被拽进了秋苞米地里，就连那几具日军和皇协军士兵的尸体也都被拖到了茂密的庄稼之中，沙邦粹这才像是刚回过神来似的，伸手捅了捅趴在自己身边的莫天留：“天留，咱们朝哪儿跑啊？”

狠狠地吐掉了叼在嘴里的秋苞米穗子，莫天留悻悻地从地上爬了起来：“跑？没法跑了，等着叫人一勺烩了当壮丁吧！”

亦步亦趋地跟着莫天留从地上爬了起来，沙邦粹脸上还是那副憨憨的模样：“可你刚才还说要跑……”

朝着那正在给弩弓再次上弦的八路军士兵努了努嘴，莫天留低声咕哝道：“方才我还当这些个报号八路军的人物跟土匪差不多，顶天了也就是放几枪、吆喝几声吓唬人，能趁乱裹回来几个壮丁都算是不错了！可眼下……人家一枪没放，杀鸡似的就弄死了好几个鬼子和皇协军的枪兵。能有这样一身本事的人物在跟前，怕是咱们还没跑出去三十步，身上就得多个窟窿眼！”

“那咱们咋办？”

“瞅机会、抽冷子，等能溜的时候再说！棒槌，一会儿你可千万跟紧了我，我叫你干啥就干啥，别那么多废话！”

几乎是在沙邦粹忙不迭点头答应的同时，一个手里拿着大刀的八路军士兵已经将那些被绳子拴成了一串的壮丁拽到了莫天留面前，压着嗓门朝莫天留叫道：“老乡，瞧瞧这是不是你们村里的？”

都没等莫天留答话，那些惊魂未定的壮丁已经乱糟糟地点头答应起来：“就是就是，我们都是大武村的！天留哥，你咋在这儿呢？”

“棒槌，快帮我把这绳子解开……我这胳膊都勒得木了……”

“长官行行好……军爷行行好……庄户人可怜……我家里还有八十老母……”

龇牙朝着那些吓得面无人色的壮丁露了个笑脸，手持大刀的那名八路军士兵反手从腰后摸出一把锋利的匕首，倒转了刀把将匕首朝着莫天留递了过去：“老乡，我们还得打扫战场，你帮着把这些位老乡身上的绳子挑开吧！叫老乡们都别乱跑，一会儿咱们一块儿回大武村，还得辛苦你再带路——大路怕是走不得，再遇见了鬼子就麻烦了！”

很有些惊异地看着那将匕首递给自己的八路，莫天留迟疑着挑开了一名壮丁手腕上绑着的细麻绳，再将缠在那壮丁脖子上的绳索也割裂开来。而在莫天留身边的沙邦粹也伸出双手抓住了另一名壮丁手腕上的细麻绳，双臂微微一使劲，那浸过水的细麻绳竟然像是丝线般地被沙邦粹扯得断裂开来！

都没等莫天留与沙邦粹将所有壮丁身上捆绑着的绳索割开，几个刚刚摆脱了束缚的大武村壮丁却开始左顾右盼地打量着秋苞米地周遭的情形。当莫狗儿将最后一个壮丁身上捆绑的绳索解开时，也不知是哪个壮丁猛地一矮身子，扭头便朝着秋苞米地外边撞了出去。

犹如被头羊带领着的羊群一般，有了第一个飞速逃离的壮丁，其他的壮丁也在片刻的犹豫之后，呼啦一下四散奔逃开来。有几个慌不择路的壮丁，甚至重新跑回了大路上！

乍然间见到这卷堂大散的混乱场面，几个正在从鬼子和皇协军士兵尸体上收集武器弹药的八路军士兵猝不及防，全都惊得站起了身子，一迭声地朝着四散奔逃的壮丁叫喊起来：“老乡，别乱跑！”

“小心鬼子……我们是八路军，我们不抓壮丁……”

话音未落，从大路远处的一块石头后，却猛地响起了三八大盖那独有的尖厉枪声。一名没头苍蝇般撞到了大路上的壮丁猛地一个趔趄，再又朝前跑了十好几步，方才像是骤然间被雷电击中的树干一般，直挺挺地倒了下来！

枪声炸响处，原本就四散奔逃的壮丁们更是被吓得魂不附体，脚下奔跑的速度越发快了许多。跑在大路上的几个壮丁甚至是号哭着亡命狂奔，却压根也不知道自己朝着枪声响起的地方更近了一些。

再次响起的两声枪响，让另外两个跑在大路上的壮丁倒了下去。其中一个像是被打中了心口，在地上翻滚了几下便不见了动静。而另一个壮丁却是被打伤了小腿，抱着受伤的小腿在地上号哭着翻滚起来。

几乎是不假思索地，原本还有些愣怔模样的沙邦粹猛地跳起了身子，不管不顾地朝着在大路上哭喊翻滚的壮丁冲了过去。而在沙邦粹的身后，莫天留与那手持弩弓的八路军士兵几乎同时大喊道："别去，有鬼子！"

如同一头在海洋中劈波斩浪的巨鲸般，沙邦粹那壮硕的身板飞快地在密密麻麻的秋苞米秆子当间撞出了一条通道，口中兀自大叫道："是二婶子家的双柱，我去年吃过他家一碗扁食，我得救他……"

急得连连跳脚，莫天留扯破了喉咙大骂起来："一碗扁食你就玩命？你真是个棒槌呀……"

虽说口中叫骂不迭，可莫天留脚底下却也没有丝毫的迟疑，径直朝着沙邦粹在秋苞米地里撞出来的通道冲去。还没等莫天留跑出去几步，那手持弩弓的八路军士兵却已然后来居上地超越了莫天留的身形，闪电般地冲到了大路上，闷吼着用肩膀将沙邦粹撞得翻倒在地！

几乎就在这同一时刻，一声汉阳造步枪的枪声与一支三八大盖的尖厉枪响，不约而同地响了起来……

★ 第七章　出乎意料

呜呜咽咽的哭声，在大武村村头和村尾同时响了起来，香烛纸钱燃烧后的味道，也伴随着暮色笼罩了整个大武村中的街道……

时逢乱世，人命贱如草。兵灾匪劫之下，有些临近官道、大路的村子里一年到头都能见着披麻戴孝的孤寡号哭。相比之下，远离大路的大武村真还算不上经历过太多祸乱场面。乍然间因为抓壮丁而死了两名青壮，死者家人的悲切号哭声，自然引得整个大武村中弥漫着一股悲戚氛围。

站在一处屋顶有瓦的院子外边，拄着鹿头拐杖的江老太公与管家足足等了小半个时辰的工夫，这才听见院门门缝中透出来了一句话：“病人没大碍，在我院里过得了三天，再回家仔细将养俩月就好，不会落下什么大毛病！”

耳听着那显然带着些陕西口音的话语，江老太公与管家同时松了口气。伴随着江老太公双手拢住了鹿头拐杖，站在江老太公身边的管家慌忙从怀里摸出来一个小布包，恭恭敬敬地搁在了院门门槛上。

双手拢着鹿头拐杖，江老太公恭敬地朝着那院门一拱手：“劳烦韩老先生！”

就像是没听到江老太公的致谢，紧闭着的院门里再没传出一点声息。管家小心地伸手搀扶着江老太公在暮色中走出去老远，方才回头看了看那座院落，很有些不忿地低声咕哝起来：“老爷，这韩老先生的架子可也当真不小！寻常人去求他瞧病，守着他那病患之外、旁人不得入院的规矩也都罢了，可您去了……居然都不叫进院门……”

微微摇了摇头，江老太公很是不以为然地和声应道：“你从小不读书，更不读史，自然不明白这韩老先生的来历！”

诧异地再次回头看了看韩老先生家的院落，管家很有些纳罕地接应着江老太公的话头：“这韩老先生……还有村子里这些个陕西路来的小姓人家，不就是江家老祖当年可怜他们无处可去，这才收留了他们在大武村落脚吗？穷到根儿、败到底儿的人物，还能有啥了不得的来历？”

“谁家天生富贵、哪个胎里困穷？这大武村里韩姓人家的来历，据说是当年大宋朝西军名将韩世忠麾下亲兵后人，遭了奸人陷害才从陕西路流落到了大武村！咱们大、小武村拜的是关帝、岳爷，跟这路韩姓人家总还有些香火人情，老祖这才收留下他们……”

“既是这样，那这韩姓人家也该知恩图报……”

“你又懂个什么？你细想这大武村中贱业、偏行，哪个不是韩姓人家一肩挑起？人都说报恩百年、可比亚圣，这韩姓人家在大武村中操持贱业、偏行，又何止百年？现如今……倒是我江家欠了他们一份情义呀……”

尽管心头依旧有些不服不忿的感觉，但看着江老太公清癯的面孔上露出的感慨模样，管家顿时知趣地换了话题：“老爷，咱们大武村还幸亏有关帝、岳王保佑，被抓去的壮丁虽说死了两个，可其他的好歹都回来了……”

不等管家把话说完，江老太公却是重重地叹了口气：“唉……你就只见着壮丁寻回来大半，见不着这大祸说不准就在眼前了！”

悚然一惊，管家情不自禁地压低了嗓门：“老爷，您是说……那些报号八路军的外乡人？”

重重地点了点头，江老太公紧皱着眉头说道：“自古匪过如梳、兵过如洗，虽说祸害乡里、荼毒黎庶，可说到根由上，也不过就是要些钱、粮打发！可那些报号八路军的人物……”

抢着伸腿踢开了道路上一块并不算大的石块，再搀扶着已经越走越慢的江老太公在一户人家门前的石碾上坐定，管家这才开口接应着江老太公的话茬：“既然是要钱、粮，那咱们在村子里寻几个口舌灵便、见过些世面的老练人物先去问个大概数目，再跟他们好生情商，能少拿些就少拿些，打发走了他们了事？”

伸手按着自己酸痛的腰杆，再瞧瞧半跪在地上替自己捶腿的管家，江老太公微微闭上了眼睛：“你当我是心疼那些钱、粮？这些报号八路军的人物卖命替咱大武村抢回了被抓走的壮丁，于情于理，咱大武村也不能亏待了人家。钱粮支应，也都该从优从厚，切不能把这人情交道办成了矫情冤仇。可如今……那些报号八路压根都不提钱、粮报偿，就连他们折损的人也都自管在村外寻地方掩埋了……”

“老爷，您是担心他们漫天要价？”

长叹一声，江老太公出神地望着大武村中院落里稀疏点燃的灯火，缓缓地摇了摇头：“我怕的是……那些壮丁，怕还是保不住啊……”

“那我这就叫露过脸的壮丁赶紧走？趁黑翻过山，到小武村先避避？”

“知人有、求有方！这些报号八路军的人物明知道咱们村里有壮丁，哪里还躲得掉？跑得了和尚，还能跑得了庙？”

“那……老爷，您可得快点拿个主意呀！这回露了脸的这些壮丁，不少都是家里的独子，真要是抓去当了壮丁，这乱世上枪弹无眼……”

抬手止住了管家惶急的低叫，江老太公颤巍巍地站起了身子：“生逢乱世，这也真就是命里应有之劫，怕是躲不掉！那些报号八路军的人物，为了替大武村抢回这些壮丁，已经折损了一条性命……自古以来的道理——欠债还钱、杀人偿命呀……”

任由管家搀扶着自己慢慢走到了自家宅院门前，都还没等应在门口的长工满仓说话，江老太公已然抢先低声朝长工满仓说道：“都招呼好了？”

点了点头，满仓却又飞快地摇了摇头：“这回可有些怪了，老爷。那些人就坐在席面前头说话，连一个伸手碰筷子的都没有，就是站起来低了会儿头，说是替他们一伙儿的那伙计……摸……摸矮？倒是莫天留和沙邦粹俩人在偏厢屋里吃得欢实，一会儿的工夫，白面硬馍吃了一簸箩了……”

皱着眉头，江老太公站在自家宅院门前琢磨了好一会儿，方才像是下了决心一般，狠狠地将手中的鹿头拐杖在地上一顿：“是福不是祸，是祸躲不过！管家，先去备足了钱、粮，一会儿看我眼色行事！”

甩开了还想要伸手搀扶着自己的管家，江老太公独自一人朝着灯火通明的客厅方向走去。人还没走到门口，已然亮开了嗓子朝着客厅里的诸人吆喝起来：“各位长官辛苦！慢待各位长官，千万恕罪，千万海涵！”

脚下紧走几步，江老太公身上再看不到一点方才流露无疑的疲惫模样，迎着客厅里三桌席面上齐刷刷站起来的青壮年汉子便是一个团团罗圈揖：“诸位长官先受小老儿一礼，今日仓促慢待，诸位长官……”

不等江老太公把话说完，八路军队长已经几个跨步走到了江老太公眼前，双手托着江老太公的胳膊，和声朝着江老太公应道：“老人家，我们可当不得您这么大的礼数呀！话要说起来，我们还得先向您赔个不是——要是今天我们计划周全，说不定就……我们对不住大武村里的乡亲啊！”

喉头咯咯作响，江老太公原本琢磨好的一番客套话，全都憋在了嗓子眼里……

就如今这世道，有枪便是草头王，从来只见过各路枪兵仗着手中家伙寻衅生事，何曾有过豁出性命替人消灾之后，还抢着先认了个思虑不周的错处？

似乎是对江老太公表现出来的这副惊愕模样早有预料，八路军队长搀扶着僵硬着身架的江老太公坐到了一桌席面旁的椅子上，这才和声朝着江老太公说道：“老人家，咱们八路军是穷人的队伍，是……这一时半会儿的，咱们又是初来乍到，话说不清楚、人辨不明白。以后咱们相处的日子长了，您自然也就知道了！”

犹如乍闻惊雷一般，江老太公好悬从椅子上跳起来，哆嗦着嗓门朝那八路军队长说道：“长官是说……你们要在这大武村长驻？”

温和地微笑着，八路军队长轻轻点了点头：“不光是大武村，我们的工作范围就在清乐县周遭十里八乡！”

“工作……敢问长官，诸位的工作……是要做些什么？”

“抗日！打鬼子！”

“那……粮秣军饷……我大武村中须得给诸位长官支应多少？”

“老人家，恐怕您还是误会我们八路军的队伍了。咱们八路军的队伍，绝不从乡亲们身上搜刮抢掠……老话说得好——路遥知马力，日久见人心！空口白牙说啥都不算，这道理我栗子群也懂！今天等了这许久，就是想请老人家帮忙寻个能歇脚的地方。咱们歇一晚上，明天天亮就走！”

僵硬着脖子，江老太公如同在梦境之中呓语似的应道：“诸位长官是说……明天天亮就走？”

坦然地点了点头，栗子群依旧是那副好声好气的模样：“老人家，咱们是八路军里派来咱们清乐县地区的武工队，是当真来发动乡亲一起打鬼子的，自然是不能贪着舒坦，就在一处村子里常驻了。再说了，这不也怕给乡亲们招麻烦不是？您老人家放心，明天一早，咱们给乡亲们做过动员工作，也就暂时撤离大武村了！”

★ 第八章 计较从军

安顿了栗子群与那些八路军士兵在自家宅院中待客的屋子里歇宿下来，夜色也已渐渐浓厚，可在惊恐中忙碌了一天的江老太公，却是丝毫睡意也无，只是站在客厅门外，拄着鹿头拐杖，怔怔地望着夜幕下铁屏山的轮廓发愣。

从古至今，倒是也有史册记载岳家军“饿死不掳掠、冻死不拆屋”，但眼前实实在在看到的，却全都是兵匪一家亲，强掳恶夺、贪得无厌。

却没想到，栗子群与他手下那些八路军士兵当真是在自家院子里选了一处宽敞些的客房，十几条汉子扯开各自携带的简单被褥挤成了一堆，就连吃食也都是啃的自己随身带着的野菜干粮。

不仅如此，在自家宅院外派出的两个瞭哨的八路军士兵只是在黑暗中一晃便不见了身影，单是凭着这手本事，就算是不知兵的人物，也能看得出这些八路军士兵是经惯战阵的老练悍卒！

侧耳听听客房里传出的隐约呼噜声，江老太公沉吟片刻，抬手朝着站在不远处伺候着的管家轻声招呼道：“腿脚麻利些，去把族里几个老人请到祠堂议事，我随后就来！”

低低答应一声，管家刚转身要走，却又扭头凑到了江老太公身边，抬手朝着还亮着一盏油灯的偏厢屋子一指：“老爷，那莫天留和沙邦粹还在偏厢屋子里吃喝着呢，这夜静更深的，咱家院子里留着外姓人也不合适……”

微叹一声，江老太公举步朝着院门走去：“今天他们也算是拿性命拼了一回，枪子底下逃得条性命回来……不过是些吃喝用度上的琐碎，且由着他们吧！”

趴在窗沿旁，已经吃得沟满壕平的沙邦粹看着江老太公与管家慢慢走出了院门，方才转头朝着靠在炕头慢条斯理吃喝着的莫天留低叫道：“天留，还真叫你说着了，老太公和管家出门了……”

伸手从盘子里拈起一根拌过香油的咸菜条扔进嘴里，莫天留一边慢慢咀嚼着脆生生的咸菜条，一边漫不经心地应道：“我就琢磨着今天这事儿不是钱粮能打发的，闹不好……明天咱们就得跟着这些报号八路军的人物走了！”

讶然地张大了嘴巴，沙邦粹三两下从窗户边爬到了莫天留身边：“天留，你啥意思？”

“这不明摆着吗？人家那些报号八路军的人物不要钱、粮，为了救大武村里的壮丁，自个儿还折损了人马，不论是照着人情世故情商，还是论着江湖规矩掰扯，咱大武村里少说也得替人把兵丁补足了不是？”

“那你怎么就知道是咱们俩要跟着人家走？”

“我打小吃百家饭、天生地养活的主儿，你独门小院子，一人吃饱全家不饿，这大武村里上下人等数算一遍下来，还能有比咱俩更合适的没有？”

讪讪地低下头，沙邦粹嚅动着厚实的嘴唇，犹豫了老半天方才开口咕哝道：“天留，要实在是躲不开……明天我跟他们走，你就犯不上了吧？”

乜斜着眼睛瞅了瞅蹲坐在炕上的沙邦粹，莫天留很是不屑地冷哼半声：“哼……还真把自个儿当个人物了？凭啥就是你去了就能顶事？”

犟牛般地拧着脖子，沙邦粹闷声哼道：“这事儿也怨我……我要不是心急慌忙要奔过去拉二婶子家的双柱，怕是那八路军当兵的也不能吃枪子……天留，咱不能昧良心！人家是替我挡枪子才丢的性命，咱们……我……得还上！”

拈起炕桌上一个花生壳，莫天留毫不客气地将那花生壳砸到了沙邦粹的脑袋上：“我就说你是个棒槌！吃人一碗扁食你就玩命，现如今还想着把自个儿的命填进去！我说你也不琢磨琢磨，就你那傻呵呵的模样、脑袋到屁眼就一根筋的主儿，扛枪吃粮你能活几天？这要是没我跟着你，怕是不出十天，你那尸首就得叫狼叼狗啃！”

闷头任由莫天留唠叨了半天，沙邦粹也不反驳，只等到莫天留过足了嘴瘾，沙邦粹方才抬头朝着莫天留憨憨地应道：“天留，我知道你脑子活络，这些年你悄悄在大武村里那些韩姓人家里，也偷学了不少本事……旁的事儿我靠你照应、听你调派，可这是卖命的活儿……我不能坑你！”

“你当你是谁？你说不坑就不坑呀？！明白话告诉你，说不定眼下江老太公已然开了江氏宗祠寻人议事了！等着瞧吧，天不亮江老太公就得上咱们屋里来寻咱们商量。我说棒槌，到时候你可一个字儿别说，听我的就成！”

“行！可……天留，这事儿你跟江老太公能说出来个什么？”

“……棒槌，有时候我真想知道你那脑仁儿里边装的是脑浆子还是苞米糊糊？！我问你，你给人扛活儿，主家给工钱不？”

“看干啥活儿……都是乡里乡亲的，小事也犯不上要工钱，管顿饭就成！”

“我把你个……没法跟你掰扯了！睡觉！”

眼看着莫天留赌气般地躺倒之后闭上眼睛，沙邦粹急得抓耳挠腮、在宽敞的炕席上坐卧不安，却又不敢去搅扰显然没睡着的莫天留。

把眼睛睁开了一条缝，莫天留盯着沙邦粹那着急为难的模样看了老半天，终于深深叹了口气，重新盘腿坐起了身子：“棒槌，我且问问你，你沙家在这大武村里当了两辈子的佃农，你娘去得早，你爹到闭眼那天，手里头还攥着炕头那攒家当的瓦罐，你就真不知道你爹想的是啥？”

默默地低下了头，沙邦粹顿时像叫霜打了的茄子一般萎靡下来：“我知道……打我爷爷那辈子起，就想着能有块自己的地！都不用上好的水浇地，能有块山砬子地种苞米、高粱就成！可我爷爷加上我爹娘，攒了两辈子的钱，都还不够……”

双手在大腿上一拍，莫天留很有些当家把式模样地低叫起来：“还是呀！眼下咱们俩遭遇的这事情，那就是王八趴到门槛上——进出都得滚一骨碌！左右躲不过，那还不如趁着这事情，从江老太公那儿拿捏些好处！”

怔怔地瞪着莫天留，沙邦粹像是全然没听懂莫天留在说些什么，老半天才像是骤然间回过神来似的开口叫道：“天留，你是说……咱们要寻江老太公要一块地？！”

郑重地点了点头，莫天留扭头看了看黑漆漆的窗外院落，小心翼翼地压低了嗓门：“不光要一块地，那还得要离着你家近些，旱天能抢先浇上水的上好水浇地！没听老辈子人说过庄户人家过日子，‘丑妻近地家中宝，相安无事过到老’？！”

“那……江老太公能答应？再说了，咱们这要是真去扛枪吃粮，都不知道啥时候能回家，这家里头再好的地，不也全都撂荒糟蹋了？”

“嗨……大武村周遭左近的山寨、绺子，这些年你见过谁能熬得住三年不倒旗杆？今天他打你，明天你杀他，寨子里喽啰杀当家，当家的攒够了家当金盆洗手，那些个啥也没捞着的喽啰不全都是一哄而散？你看看这些个报号八路军的人物，哪怕是再能打能杀的，那也只有十几个人、七八条枪！说他们能撑起了三年旗杆，我这都是朝着宽里算计了！到时候只要他们旗杆一倒，咱们踏实回村种地，不比这么整天打短工、砍柴混日子强？！”

看着被自己说得一愣一愣的沙邦粹憨憨的模样，莫天留很有些得意地伸腿踢了踢沙邦粹那结实的腿脚：“再说起江老太公，你还不知道他这一辈子，就为了守住大武村江家宗祠这点家当、这点人丁？只要能把这些为大武村里出过力、卖过命的八路军哄走，甭说是一块水浇好地，就是你再要他给你从江家宗祠拿钱粮盖个三间大瓦房、一坪打麦场，他也能立马点头！”

“不用三间大瓦房，我就一个人，加上你也就俩，要了三间大瓦房也是空着糟蹋，那一坪地大小的打麦场……我一个人哪儿打得了那么多粮食……”

接二连三地被沙邦粹那憨憨的言语模样堵得心头火起，莫天留禁不住从炕上跳起了身子，挥着巴掌劈头盖脸地朝着依旧一副懵懂模样的沙邦粹抽打过去，口中兀自低声喝道：“我打你个棒槌……我打你个稀里糊涂过日子……你别躲，你叫我打一顿没准儿能明白点人事……”

犹如儿时彼此间嬉闹时一般，沙邦粹熟门熟路地缩起了身子，双手抱头蹲在了炕上，闷着嗓门嚷嚷起来：“天留你轻点……我这不是有你拿主意吗……我琢磨那么多干什么……”

正自打闹之间，从偏厢屋子外猛地传来了一声重重的咳嗽声。才听得咳嗽声入耳，莫天留与沙邦粹全都忙不迭地停止了打闹的举动，莫天留一本正经盘腿坐在炕头的同时，捎带手地还拉扯了一把正打算跳下炕穿鞋的沙邦粹，瞪着眼睛示意沙邦粹照着自己的模样坐了下来。

伴随着偏厢屋子房门被管家推开，江老太公拄着鹿头拐杖慢慢走进了屋子，刚要朝着屋内二人开口说话，莫天留已然抢先朝着江老太公叫道：“太公，旁的话您也不用费神多说了——三间大瓦房、一坪打麦场，捎带一块靠村边的水浇地，我和棒槌就替大武村里走这一遭卖命的活儿！”

★　第九章　鄙陋村人

太阳正当午的时候，莫天留与沙邦粹已经夹在八路军武工队的队伍中央，穿行在树木葱茏的铁屏山中。

跟莫天留算计的一样，江老太公磕巴都没打一个，一口便应承下来莫天留开出的条件。而跟莫天留估摸的不一样的，却是在八路军武工队队长栗子群站在全村能露面的男女老少跟前做完抗日动员宣传之后，大武村中呼啦啦冒出来七八个小姓人家出身的壮丁。再细一打量，这些肯出头当兵的壮丁，居然全都是大武村中无田少地的主儿！

眼珠子转悠三圈，莫天留已然琢磨明白了江老太公肚子里打的是个什么主意……

连年战乱，清乐县左近十里八乡的山林中出了不少山寨绺子的人物。哪怕大武村中壮丁素来有习武强身、护卫家园的习俗，总也架不住人家手中有能响的硬火家什，隔三岔五就要叫那些报号忠义救国军、安民守业党、混天龙、一只虎的绺子敲些竹杠、讹些好处。

以往倒也有人提过买枪护村，可这兵荒马乱的年头，手里有枪说不定就是招惹祸事上门。既然这报号八路军的人物说了日后不离清乐县左近周遭地面，看着也还算讲理，大武村中又躲不过要给人招揽走些壮丁的命数，那还不如索性豁出去些江氏宗祠公产，叫村子里缺田少地的壮丁扛枪混口饭吃，捎带手还能护卫自家村子平安！

既能不担干系，又能护卫家宅，何乐而不为？

显而易见地，栗子群压根也没想到自己的一次抗日动员能有这样热烈的反响。在喜不自禁地接纳了莫天留等人加入自己的武工队之后，栗子群倒也没叫江老太公失望，就像是头天晚上说好的那样，率领队伍迅速离开了大武村，径直朝着铁屏山中走去。

都是庄户人家苦出身的壮棒小伙子，寻常时砍柴打猎也都没少走山路，莫天留和新加入武工队的大武村壮丁在行军时，并没有拖那些老武工队员的后腿。加上平日里就喜欢在铁屏山中游逛的莫天留指引路径，更是叫武工队员们少走了不少冤枉路。不过是太阳当顶的时辰，武工队员们已经能从山林中茂密的树木枝杈间，隐隐约约地看到铁屏山中一座小村落的模样。

耳听着队列最前方传来了“原地休息”的命令，莫天留拉着沙邦粹飞快地寻了一处树荫坐了下来，从自己怀里摸出个白面硬馍一掰两半：“去寻口水来，这走了许久的山路，倒是真渴了！”

还没等沙邦粹依言起身，一只被磕碰得几乎看不出漆皮颜色的日军军用水壶，已经递到了莫天留眼前：“我这儿有水！”

抬眼看了看伸手把水壶递到了自己面前的栗子群，莫天留随手把半个白面硬馍扔给了傻愣在自己身边的沙邦粹，腾出手来接过了栗子群的水壶：“大当家的客气！”

和蔼地朝着莫天留摆了摆手，栗子群站起了身子，扬声朝着四散在树荫下休息的大武村壮丁叫道：“大家都聚拢过来，我有几句话朝大家伙说说！除了负责警戒工作的，老队员也都过来！”

喊声起处，武工队中的老队员迅速聚拢到了栗子群身边，有模有样地围绕着栗子群拄着手中的家什半蹲下来。而那些刚打大武村加入到武工队中的壮丁，却是你看看我、我望望你，好半天之后才很有些胆怯模样地扎堆蹲在了栗子群面前。

朝着刚加入武工队的大武村壮丁和蔼地点了点头，栗子群朗声朝众人说道：“老话说‘无规矩不成方圆’，国有国法、家有家规，咱们八路军武工队，自然也有纪律！这《三大纪律八项注意》，以后咱们慢慢会教给大家。眼下咱们一步步来，先说说这称呼上的事情……”

转眼瞧了瞧端着水壶、捏着白面硬馍一个劲儿吃喝，一副漫不经心模样的莫天留，栗子群倒也不以为意，自顾自地说道：“咱们革命队伍里，彼此间都互称同志，上、下级之间也可以称呼职务！”

眨巴着眼睛，沙邦粹却在此刻接应上了栗子群的话头：“同志是个啥？还有……不该叫你大当家的，那该叫个啥？”

“同志就是……这个问题比较复杂，一两句话也说不明白，咱们先搁下，往后再细说。至于称呼……你们叫我队长就成！”

懵懵懂懂地点了点头，沙邦粹咕哝着自语道：“队长……大当家的、掌把子、大拿、拢事儿的、杆头……这报号可是越来越多了，都记不住……”

很有些无可奈何地看了看一副懵懂模样的沙邦粹，再瞧瞧那些同样像是没听明白自己说些啥的大武村的壮丁，栗子群无奈地摇了摇头：“咱们革命队伍里还有个老带新、熟帮生的传统，老同志要照顾新同志，新同志也要向老同志勤学多问！打从现在起，咱们就实行这老带新、熟帮生的传统做法，每位老同志帮助一位新同志背随身的包袱，尽快让新同志们熟悉咱们八路军武工队里的纪律！”

眼看着那些拄着家伙蹲踞在栗子群身边的老武工队员利索地站起了身子朝着自己走来，原本就扎堆拢在一块的大武村壮丁顿时连连朝后退去，有几个叫身边同伴腿脚一绊，顿时摔了个屁股墩，龇牙咧嘴地朝着那些老武工队员叫唤起来：“长官行行好，家里都快揭不开锅了，临出门老娘给了俩馍馍，牙缝里省出来面烙的干粮……”

“我一家三口就这一件厚夹袄……”

“家里穷，啥也没带出来，不信长官你看……”

乱纷纷的叫嚷吆喝声中，七八个打从大武村中加入武工队的壮丁不是死死抱着怀里的包袱告饶，就是攥紧了显见得缝了几个钱的衣角闪躲，更有那格外各色的，索性一把拉开了裤腰带，光不出溜地露出了黝黑的身子，以示自己当真是一贫如洗……

看着那些大武村壮丁张皇的模样，一群老武工队员禁不住停下了手中举动捧腹大笑起来，有几个老武工队员更是笑得蹲在了地上，倒是把那些吆喝求饶的大武村壮丁闹了个丈二金刚摸不着头脑。

强忍着心头笑意，栗子群使劲咳嗽几声，方才朝着那些笑得没了正形的老武工队员叫道：“一个个的傻笑个什么？你们刚加入革命队伍的时候，不也是这模样？！都不说你们，就是那冀南军分区李家顺李司令员，当红小鬼的时候都没穿裤子，赤精着身子跟着队伍走了三十里，攥着一把菜刀打了六仗，这才缴获了一支汉阳造！”

虽说见着了栗子群一脸严肃吆喝着大家的模样，可那些笑得喘不上气的老武工队员却像是不以为意一般，脸上笑容不减，各自寻了个战战兢兢模样的大武村壮丁，将那些大武村壮丁并不沉重的包袱抓到了自己手中。

抬头看着一个朝着自己走了过来的老武工队员，半蹲在树荫下的沙邦粹连连摇晃着巴掌，将怀里一个不过坛子大小的包袱搂了个结实，身子也下意识地朝着莫天留身边靠去：“我用不着……就跟着天留……”

抬手朝着回头看向自己的老武工队员摆了摆，栗子群倒也不强求，只是朝着莫天留开口笑道：“天留，往后你就跟在我身边。听说这铁屏山里的山头路径，就没有你不知道的，今后咱们队伍的行动路线，可就得仗着你了。”

满不在乎地晃悠着脑袋，莫天留三两口吃光了手中的半拉白面硬馍：“这没二话！铁屏山方圆三十里，就没我莫天留不清楚的地界！我说大当家的，咱们从大武村出来的时候，你说要奔着铁屏山中的碾子村来，可这碾子村不过十来户人家，缺钱少粮，连壮丁都少……你带着人马来这儿干吗？”

从怀里摸出一张粗糙的地图，栗子群压根也不避讳地将地图摊在了树荫下：“按照这地图上画出来的，碾子村周遭地势险要，进可攻、退可守，再加上……”

不等栗子群把话说完，莫天留已经不屑地哼道：“我说大当家的，你那地理图怕是画得不准吧？这铁屏山中碾子村，瞧着是只有前后三叉路能进能出，进可攻、退可守，可左近周遭山势压根都算不得险要。抛开那些光我知道的小路不算，大武村里人就能知道好几条近道能翻山进村，村子旁边的山上也都有不少砍柴的小路！大当家的要是想寻一处给大家伙安身的寨子……”

话说半截，莫天留已然看着栗子群的眉头紧皱起来，顿时便把剩下的话茬咽回了肚子里。而在盯着那张粗陋的地图看了好一会儿，再站起身看看碾子村周遭山势形貌之后，栗子群无可奈何地叹了口气：“唉……真要是全信了这地图，怕是打起仗来就得出大事！”

像是很认同栗子群的说法，一名扛着弓弩的老武工队员低声附和着说道：“这地图还真是……准不准地就朝着上头画，军分区司令部那些个参谋，就不能给咱们找幅好些的地图？”

伸手从怀里摸出一支拿小布袋包好了的铅笔头，栗子群小心地在地图上做了个标记，这才叹息着将铅笔和地图收回了怀中：“就这样的地图，都已然是军分区司令部侦察科长归茂超豁出命去闯保定府才弄来的。听说这图还是大清国的时候画的，有些地方都还缺着呢！咱们清乐县武工队还算好，那宫南县武工队压根就没地图。听说刚到宫南县就折了三个，都是……”

同样说了个半截子话，栗子群猛地打住了话头，转头看着坐在树荫下的莫天留说道："天留，这铁屏山方圆小二百里，哪儿地势险要、又能住人？还有，以后叫我队长，别叫大当家的！"

双手在大腿上一拍，莫天留顿时来了精神："要说地势险要、又能住人的地方，铁屏山里倒是有好几处！不过离着咱们最近的就是茶碗寨，大当家的，那茶碗寨可算是个有来历的地界，听老辈子人说……"

看着莫天留眉飞色舞、口沫四溅地朝自己叙述着茶碗寨的来历和现如今的情形，三句话里就得捎带上一句"大当家的"称谓，栗子群不由得微微叹了口气，无可奈何地摇了摇头……

★ 第十章　各有打算

铁屏山方圆小二百里，奇峰迭起、峻岭丛生，自古就有强梁占山为王。人少时龟缩山寨，劫掠行路客商度日，聚众后穿州过县，宛如蝗虫过境肆虐！历朝历代官府全都在铁屏山盗匪身上花了大力气或清剿、或招安，可全都收效甚微。

而在这些占山为王的盗匪看来，铁屏山中险要去处，茶碗寨该是数得着的好地方。

四面环山，中有盆地，活脱脱就是个茶碗的模样。背靠一座名为茶壶岭的高峰，山顶流泉飞瀑蜿蜒而下，刚巧在这形如茶碗的盆地中蓄起一潭清水。潭水下有深坑与地底阴河相通，水满不溢，冬暖夏凉。水中有鱼，长不过半尺，通体无鳞，滋味绝美。

也许是应了老辈子人说的天阙地损的命理定数，围绕着茶碗寨的群山之间，微微开了个曲曲折折的峡谷豁口，长短二里有余。从茶碗寨外想要爬上夹住峡谷的两侧山峰是千难万难，可从茶碗寨内却可以顺着蜿蜒的山路爬到峡谷两侧的山顶上，当真是"一夫当关，万夫莫开"的绝佳防御之地。

按照铁屏山中老辈子人传下来的说法，在大宋朝的时候，茶碗寨内倒也是一处桃源胜地，避世之民耕种自足，倒也算过得逍遥自在。

可也不知道是从哪儿来了一伙强人，趁着月黑风高洗劫了在茶碗寨中生息的良善百姓，捎带手地看上了茶碗寨易守难攻的地形，顺势便把茶碗寨当成了一处藏污纳垢的强梁巢穴。

天长日久，朝岁更迭，这茶碗寨中强梁亦有兴衰。人少的时候也就二三十号土匪作恶，人多时足有七八百号强盗横行。尤其是在日本人打进了山海关之后，茶碗寨外更是聚拢了一群溃兵。仗着手中枪多弹足，也着实懂些战阵门道，三两天工夫愣是拿十几条人命撞开了茶碗寨中原来那股土匪把守的峡谷通道，砍瓜切菜般把茶碗寨中原有的土匪杀了个干干净净，换上自家忠义救国军的旗号坐地当了山大王！

好容易等到了又一次休息的时候，早已经憋了一肚子话的沙邦粹总算是逮着了机会，凑到了莫天留的身边：“天留，你干吗要引着那栗大当家的朝茶碗寨走？茶碗寨里可是有……”

伸手狠狠在沙邦粹胳膊上掐了一把，莫天留斜着眼睛朝沙邦粹看去：“就你明白不是？咱们大武村里出来的壮丁，谁不知道茶碗寨是个啥去处？谁不知道茶碗寨里少说得有四五十人、四五十条枪？到咱村讹钱、抢粮食的时候，他们大当家的抬手一枪能打落天上飞的野鸡？”

被莫天留掐得朝后一缩，沙邦粹却又不甘心地重新凑了过去：“那你还跟栗大当家的说茶碗寨里就十来号人马、三五条枪？还撺掇着人家去夺茶碗寨的地盘？”

小心地朝着在不远处休息的栗子群瞟了一眼，莫天留下意识地压低了嗓门：“江老太公答应咱们的——只要这八路军的绺子一垮，咱们就能回村得着他许下的水浇地和房子！就眼下他们这十几号人、七八条枪去抢茶碗寨，那还不是鸡蛋碰石头？到时候咱们趁乱一跑……来回不过一天一夜的工夫，走上几十里山路就换一大块上好的水浇地和带大院子的三间新草房，这买卖，值！”

犹犹豫豫地看了看坐在不远处休息的栗子群，沙邦粹吭哧着说道：“道理是这么个道理，可是……咱们这坑人去送死……不好吧？我瞅着这栗大当家挺和气的模样，还叫他手底下人替咱们扛行李……”

无奈地叹了口气，莫天留哀声叹道：“棒槌……你日后要是死了，那一定就得是笨死的！这些人说是帮着咱们扛行李包袱，还是一个帮一个，那不就是把咱们一个个都看起来，想跑都没门？耗子药外边包上糖饼，你就当人家是拿好饭待你？这天底下哪来的这么多善人……”

“可我总觉着……”

“想要水浇地不？！”

“想……”

“那就听我的！咱们手里没家什，到时候肯定还得缩在后头瞧着他们上去跟茶碗寨的人厮拼！等他们拼差不多了，你跟着我开溜就成！”

“……行！那我跟他们几个说说，到时候一块儿跑！”

一把拉住了想要去寻其他几个大武村壮丁说话的沙邦粹，莫天留急声低叫道：“你给我回来！这天底下最聪明的人就得数你！这还用你去说？人家不会有样学样？给我老实歇着，晚上跑的时候可千万跟紧了我，茶碗寨周遭山林里叫那些土匪挖了不少陷坑，万一掉进去，不死你也得脱层皮！”

懵懂地连连点头，沙邦粹纳罕地盯着莫天留说道：“天留，你是咋知道茶碗寨那些土匪在山林里挖了陷坑的？”

打从鼻孔里轻哼一声，莫天留很有些得意地闭上了眼睛，懒洋洋地靠在了身后的石块上：“你忘了上回茶碗寨的土匪上村里讹粮食，村里可是叫我领着人给挑去茶碗寨的？别看着那些个土匪故意带着我们在山里面左绕右绕，可来去路径我都记在心里了！那些个土匪避开的地方，草、树、石头都有些跟旁的地方不一样，不是陷坑还能是啥？”

“就走了一回，天留，你管保能全记住呀？”

“你当人人都是你个傻棒槌，光长个子不长脑瓜子？记准了，跟住了我跑，千万不敢跑错了！”

坐在离莫天留不远处的一棵大树下，栗子群半闭着眼睛靠在树干上，看着就像是在打盹的模样。而在栗子群的身边，扛着弩弓的老武工队员钟有田却是睁着一双很有些狭长的眼睛，细着嗓门朝栗子群说道：“队长，我看那莫天留不地道呀？给咱们带路的时候就觉着他话多，是个光占便宜不吃亏的村油子模样。今天早上你的动员刚落音，他倒是第一个蹦出来要参加咱们武工队。还有他方才一说那茶碗寨，我就看着大武村里新来的这几个全都不吭气了……队长，咱们是不是得防一手？”

耷拉着眼皮子，栗子群脸上看不出任何的表情，就连嘴唇也只是轻轻嚅动着轻笑道：“有田，你哪年参加的革命？”

带着几分诧异的模样，钟有田低声应道：“我是三五年在四川被队长你从大凉山土司的水牢里救出来的，看着你砍了那土司就加入了革命队伍，跟着你走完了长征！队长，这你怎么都忘了？”

依旧是面无表情地呵呵轻笑着，栗子群低声笑道：“三五年参加革命，大小仗打了无数，怎么算也该是老同志了吧？怎么连这点事情都看不明白？”

“队长，你也觉出来这莫天留不对劲了？”

“冀南地区叫鬼子祸害了这么久，又到处是土匪、恶霸、会道门的反动武装，寻常老百姓对咱们初来乍见，哪里就能那么信任？也就因为冀南地区抗日群众的基础底子薄弱，冀南军分区才一下子派出来这么多武工队发动群众啊！”

“那咱们就这么着朝着茶碗寨撞过去？”

“方才莫天留不是说了吗？咱们歇脚的这地方，离茶碗寨不过二十里山路，腿脚快些的天擦黑就能赶到。咱们在这儿多歇一会儿，等天快黑了再上路，到时候可就看你和孟满仓的本事了！我说有田，这冀南地区的山林可是跟你们川西的山林不太一样，有把握吗？”

“不管是哪儿的山林，只要有草有树有活物，那就难不住我钟有田！再加上孟满仓……满仓，满仓！你过来一下！”

伴随着钟有田轻声的吆喝，一个干瘦得皮包骨头模样的黧黑汉子飞快地跑到了钟有田与栗子群身边蹲了下来：“队长，啥任务？”

慢悠悠地睁开了眼睛，栗子群上下打量着蹲在自己身边的黧黑汉子，伸手在那黧黑汉子腰间一拍：“你孟满仓的三把刀，今晚上怕是要开荤了！怎么样，刀备好了吗？”

朝着栗子群露出了一口雪白的牙齿，生得枯瘦黧黑的孟满仓就像是一条即将外出狩猎的黑狼般，无声地笑了起来：“老孟家祖上六代都是刀客，如今参加了革命，这刀上的功夫自然是不敢撂荒，免得上阵丢了人，回家叫家里人抬不起头！”

伸手拍了拍孟满仓瘦骨嶙峋的肩头，钟有田嘿嘿低笑着调侃道：“你老孟家在秦凤路是出了名的满门刀客，这刀上的手艺可是祖传下来的看家本事，我钟有田当年在川西彝家寨子里，那也是有名有姓的好猎手！今晚上咱们俩比试比试，看看是你的刀快，还是我的弩准！”

很有些不屑地嗤了半声，孟满仓自信满满地拍了拍别在腰间的两把短刀，再伸手摸了摸背在背后、刀尖朝上、刀柄却从腰后露出的长刀：“一远攻，一近战，这比起来就压根没法公道数算！倒是王安使唤的也是弩弓，你咋不跟他……”

像是猛一下在心尖子上堵住了一口气，孟满仓乍然间止住了话头，沉默着低下头来：“说起来，王安也是川西彝家寨子出来的同志，打从川西一路打到冀南，大小仗都打得数不清了，身上几十处伤都没撂倒他，没想到在冀南地界……折了……”

眼看着孟满仓与钟有田俩人都耷拉下了脑袋，栗子群却是猛地坐直了身子，沉声朝着一脸黯然模样的孟满仓与钟有田低喝道：“革命就会有牺牲！打从长征开始到现在，我们身边有多少同志倒下来？那可都是我们亲生弟兄一样的好同志啊……他们倒下了，可我们还活着，那我们就得继续朝前走，继续走完他们想走下去、但却没机会再走下去的革命道路！今晚上这一仗，不仅仅关系到我们清乐县武工队能不能找到一处好营地，更是要打出个样子来，这才能叫新加入武工队的同志们看到我们的能力！有田、满仓，你们有没有信心？！”

不约而同地挺直了腰杆，孟满仓与钟有田齐声应道：“保证完成任务！”

★ 第十一章 月黑风高（上）

秋风起时，白天的时候倒是能说一句金风送爽，可到了晚上，带着寒意的风在林子里钻来撞去，稍微穿得单薄些的，小半个时辰就能觉得遍体生寒。

裹紧了身上那件单薄的夹衣，莫天留与沙邦粹肩并肩蹲坐在一处洼地里，一边借着沙邦粹那厚实的身板挡着很有些清冷的夜风，一边看着三两下扒光了身上衣裳，再用泥土将全身抹了个遍的钟有田与孟满仓，咕哝着低声自语：“这是个啥路数？扒光了再闯林子……走不出半里地就得叫树枝条划拉成棋盘格！”

像是听见了莫天留的低声自语，不远处正在朝着身上涂抹泥土的钟有田扭头朝着莫天留瞅了一眼：“彝家寨子里的猎手打猎，从来都是脱光了衣裳钻山林！再说一家七八口人就一条裤子，谁舍得穿着去钻林子呢？”

心有戚戚地点了点头，已经将浑身上下都抹上了泥土的孟满仓压着嗓门接口说道：“秦风路上的娃也差不多，男娃十二三岁了还光着腚满地跑！我家出门当刀客的还好些，那些只能下苦力当麦客的，为了省一件衣裳，不也是光着腚下麦地割麦吗？！”

张了张嘴巴，莫天留犹豫了片刻，方才低声叫道：“这儿离着茶碗寨可还有五里山路，你们这时候就脱了个光不出溜奔过去，怕是到地头都冻半死了……”

使劲抽了抽鼻子，钟有田煞有介事地朝着黑暗的树林间指了个方向：“茶碗寨里的土匪，瞧着像是有打过仗的人调派，暗哨都放出来三里地了！这要不是风里头有旱烟的味儿，闹不好我们就一脑袋撞上去了！天留，你说的这茶碗寨里就十几个人、三五条枪？”

使劲咽了口唾沫，莫天留犟着脖子应道：“是……是啊！反正……他们上各处村子里讹钱、抢粮食的时候，露脸的就这么几号人、几条枪！”

轻轻嗤笑半声，钟有田捧起一把湿漉漉的泥土，三两下把自己抹成了个大花脸：“梭子话，两头尖，左右都扎人，拿捏在中间！”

瞪圆了眼睛、横着身板为莫天留挡风的沙邦粹愣怔了片刻，方才低头朝着缩在自己身边的莫天留低叫道：“天留，他这话不像是好话呀？”

拿胳膊肘狠狠在沙邦粹腰眼上一捣，莫天留愤愤地低喝道：“还用你说？！”

把一个穿着牛皮绳子、只有胳膊粗细的竹筒箭囊背在了光溜溜的背脊上，再将手中的弩弓上好了弦，钟有田轻轻地将一支箭杆有小指头粗细的弩箭按在了弩弓上的凹槽中，转头朝着背着长刀、手中抓着两把短刀的孟满仓一龇牙：“你先走？”

用地上的烂泥糊住了散发着隐隐青光的短刀刀身，同样用烂泥涂成了大花脸的孟满仓用力点了点头，弯下腰身便借着林间树木遮掩着身形，朝着黑漆漆的树林中摸了过去。而在孟满仓出发后不过两分钟的工夫，钟有田朝着蹲在不远处的栗子群一挥手，同样悄无声息地摸进了黑暗之中。

秋夜虫鸣，就在这一刻渐渐地嘹亮起来。或许是知道自己的生命即将结束，那些只能在山林中存活几个月的各样虫豸，几乎全都拼尽全力地发出了鸣叫声。一时之间，树林中夜风穿过树梢时发出的动静，也都被那些虫鸣声盖了过去。

轻哼一声，莫天留一屁股坐到了地上，贴着沙邦粹的耳朵说道："差不离了！一会儿听见枪响，他们这些人再朝上一冲，咱们顺着山脚下那条水冲沟跑就成！这地界我认得，顺着水冲沟跑出去五里地就是一片挺大的林子，钻进林子咱们就踏实了！"

闷闷地答应了一声，沙邦粹扭头看了看坐在自己身边的莫天留，一副想要说话、但又怕莫天留责怪的模样。看着沙邦粹那坐立不安的神色，莫天留禁不住轻轻叹了口气："知道你想问什么——这帮人旁的路数不说，瞧着还挺抱团儿！只要这俩前去探路的人物一失手，他们肯定就得冲过去救人！到时候咱们不就能跑了？"

眉开眼笑地朝着莫天留点了点头，沙邦粹闷声应道："那你就能知道那俩出去探路的人一定能失手？"

"秃头上的虱子——明摆着！这大晚上的，林子里的各样虫豸都在玩命地叫，可只要有活物经过的动静，这些虫豸立马就能消停下来。茶碗寨里的土匪都是溃兵出身，又能把哨探安放得这么远，哪儿还能不明白这点道理？再加上林子里那些陷坑……你瞧着吧，这俩出去探路的人物，没好果子吃……"

秋虫唧唧声中，夜风也越发强劲。哪怕莫天留与沙邦粹待着的地方多少还能避风，可时间长了，却也渐渐觉着浑身发凉。哆嗦着拽紧了身上穿着的夹衣，莫天留不自觉地朝着沙邦粹身上靠了靠："棒槌，你冷不冷？"

不由自主地打了个寒噤，沙邦粹用力摇了摇头："我还能成……扛得住！"

斜眼看了看一个寒噤接着一个寒噤的沙邦粹，莫天留轻轻撇了撇嘴："我穿着个夹衣都觉着冷，你穿着个单衫还扛得住？你扛得住个屁！坐下，把腿搁我怀里！"

虽说顺从地按照莫天留的话语坐了下来，一双小腿也叫坐在地上的莫天留抱在了怀里，沙邦粹却依旧有些不解地低声叫道："天留，你这是干啥？"

恨恨揉捏着沙邦粹结实得像是石块般的小腿肚子，莫天留没好气地低叫道："在这儿傻乎乎蹲了这么长时间，腿脚都蹲得僵硬、冻得冰凉，一会儿跑起来你能迈得开步子？"

感激地任由莫天留下死力气揉捏着自己小腿，沙邦粹龇牙咧嘴地吭哧着说道：

“天留，还是你照应我……等……回村，你那份水浇地里的活儿，我……我包了！一会儿你也把腿伸过……过来，我给你也揉揉……哎呀……天留你轻点！”

没好气地横了沙邦粹一眼，莫天留伸手在自己小腿上一拍：“你当我是你？瞧见没有——我腿上老早就绑了好几块干树皮壳子，又能捂住点热乎气，又能防着在林子里跑起来叫石头、树根磕碰！这在水浒里面，那就是神行太保戴宗腿上绑着的甲马，日行千里，夜行八……”

话没说完，从莫天留等人视线可及的树林中，猛地冒出来两个巨大的黑影，一点动静都没发出便冲到了莫天留等人身旁。还没等莫天留等人有所反应，那两个巨大的黑影几乎同时低声叫了起来：“过来搭把手！这俩家伙，死沉死沉的……”

耳中听着钟有田与孟满仓说话的声音，再细听不远处树林中虫豸依旧欢快鸣叫的响动，莫天留一把将沙邦粹两条腿推了开去，猛地从地上跳了起来：“这俩人还真……真有点本事！自己在林子里活动，能虫豸不惊也就挺能说得过去了，扛着俩大活人回来，居然也……”

乍然间叫莫天留掀翻在地，沙邦粹一边飞快地从地上跳起了身子，一边同样诧异地咕哝着：“好大的力气……扛着个人还跑得飞快，这在大武村里也没几个人能办到！”

不等沉浸在诧异中的莫天留与沙邦粹回过神来，栗子群与几个老武工队员已经飞快地朝着钟有田与孟满仓两人迎了过去，利落地从两人肩头卸下了他们扛着的两个土匪。

挥手示意手下的老武工队员将一名土匪远远抬了开去，栗子群与钟有田抬着另一名土匪三两步走到了莫天留等人身边，轻轻将那被捆绑了手脚、堵住了嘴巴的土匪放在地上：“这就把你嘴里东西掏出来，可别胡乱叫喊，要不然……”

惊惶地看着手持两把短刀的孟满仓凑到了自己眼前，被搁在了地上的土匪忙不迭地点着头，任由栗子群将堵在自己嘴里的一把树叶掏了出来。

任由那土匪使劲喘息着，栗子群盯着那土匪身上穿着的衣裳，沉声低喝道：“扛枪吃粮有年头了吧？”

下意识地点了点头，却又飞快地摇了摇头，那叫钟有田抓来的土匪惊惶地应道：“这位好汉，咱们往日无冤，近日无仇……有话好说，有话好说啊！”

伸手捏了捏那土匪腰间系着的皮带，栗子群毫不客气地低声喝问道：“茶碗寨里一共有多少人、枪？守关卡的有多少人、多少枪？多长时间换岗一次？”

“茶碗寨一共五十来号人，长枪倒是有六十多支，还有五支短枪，两支花机关和一挺轻机枪！守在茶碗寨关卡上的有七八号人，清一色都使长枪，轻机枪也架在隘口上。一晚上换一回岗，月亮升到头顶上之后，一炷香的工夫就能见着换岗的人来！”

“两支花机关在啥地方？”

“茶碗寨里当家的收在他屋里，寻常不叫旁人碰！”

“有手榴弹没有？”

“拢共就二三十个，都在隘口两边的山顶上存着，也都有人把守……”

“今晚上换岗的口令是啥？”

“这位好汉，看着你也是军伍行里出身的好手，你该是知道的。就现如今这世道，出山就能碰见日本人，回乡估摸着也没好日子过，大家伙活一天都是捡来的，谁还过得那么较真？刚占了茶碗寨的时候，倒是还正经照着军伍行里的规矩，设明哨、暗哨、游动哨，可现在……谁还搭理那些个闲事？”

“哪儿这么多废话？！口令是啥？！”

“压根就没口令啊……都是一块儿厮混出来的弟兄，谁见谁还能不认识？再说这大晚上的，能从茶碗寨方向过来的，那也只有自己人哪……”

“那来换岗的人，就不怕你们被人给摸了？”

“我们藏着放哨的地界，左近周遭都插了木刺、竹签，寻常人走过来就得叫扎穿了脚板，哪儿还能摸了我们的哨？可就是真没想到，你这俩兄弟能从树上跳过来……”

仿佛想起了什么似的，钟有田猛地插口狞声低喝道：“你们上回去祸害大武村里的乡亲，到底去了多少人、枪？”

惊惶地看着钟有田用烂泥抹出来的大花脸，仰面躺在地上的土匪急声叫道：“天地良心哪……真就去了二十来号人、枪，捎带着还亮了一支花机关压阵，再多一个都没有了！”

似笑非笑地抬眼看了看蹲在不远处、显然是听见了那土匪答话的莫天留，钟有田慢悠悠地站起了身子，朝着栗子群低声说道：“队长，我再去问问那边那家伙？”

“抓紧着点儿，眼看月亮就升到头顶上了……”

★ 第十二章 月黑风高（下）

示意手下两名老武工队员架着那惊魂不定的土匪走远了些，栗子群大步走到了大武村中壮丁扎堆蹲着的洼地中，蹲下身子和声说道：“大家伙害怕不？”

除了不停转悠着眼珠子的莫天留和大张着嘴、压根都没回过神来的沙邦粹，其他的大武村壮丁耳听着栗子群的问话，全都木愣在原地，既不敢点头，也不敢摇头，只是带着几分惊惶地盯着满脸和蔼模样的栗子群发呆。

仰脸看了看快要升到头顶的月亮，栗子群盘腿坐到了地上，和声朝着大武村中那些木愣着面庞的壮丁说道："趁着还有一会儿工夫，我跟大家伙唠唠闲话——大家伙在大武村里的时候，都是靠种地、打柴、打猎过日子吧？"

彼此间对望了几眼，聚拢着蹲成了一堆的大武村壮丁中，终于有胆子稍大些的接应上了栗子群的话茬："租着江老太公家的地种，自己家也有两小块山砬子地，种点苞米、高粱糊口。"

"地里不忙的时候也打猎，以往能用火枪的时候，还能打几个大牲口卖点钱，换些油盐酱醋的。可日本兵占了县城之后，家里怕留着火枪惹事，把火枪都给埋……给砸了！"

朝着那些答话的大武村中壮丁慢悠悠点着头，栗子群倒是着实像在与人拉家常一般，慢悠悠地接茬问道："那一年下来，收成还成？"

"江老太公家厚道，租子收得轻，灾荒年间还能减免不少！加了自家那点山砬子地里种出来的苞米、高粱，掺和着野菜什么的，勉强能吃到来年秋收。"

"能存下点粮食不？"

"大当……队长，庄户人家日子苦，一年到头能混个半饱都算老天爷照应了。大武村里小姓人家，家里能有存粮的没几个！"

"叫土匪抢过没有？"

"抢过！大武村里谁家没遭过土匪祸害？尤其是小姓人家都住得靠村边，土匪一来，最先倒霉的就是我们这些小姓人家……"

"本来家里就没啥存粮，叫土匪抢了，这日子可为难了吧？"

"队长，你这可真说到节骨眼了！遭土匪祸害一回，家里头不到过年就揭不开锅了……这要不是村里江老太公仁义，每回都从公中支应些粮食救命，怕是……"

"那要这么说……你们恨土匪吗？"

"咋不恨呢？！好容易打着个大牲口，千万小心剥了皮子，本打算拿去清乐县城里换点药材给老娘治病，愣是叫那帮土匪抢了！要不是央告着韩老先生舍了七服药，怕是老娘都熬不过开春……"

端正了脸色，栗子群盯着那几个开口说话的大武村壮丁沉声说道："既然恨土匪，那咱们为啥还由着他们抢掠？为啥不抱团护着本该就是自个儿的东西？！"

讪讪地低下了头，几个大武村中的壮丁吭哧着低声咕哝起来："他们有枪有炮……咱们庄户人家，打祖辈上都是老实种地、打猎过日子，哪儿能是他们的对手……”

轻轻哼了半声，栗子群回手指了指那被老武工队员拽远了的土匪：“寻思着豁出命去跟土匪厮拼也落不着好，所以大家伙就忍气吞声？！”

看也不看那些连话都不敢回的大武村中壮丁，栗子群顺手从身边抓过了一截胳膊粗细的枯树枝，双手抓着那枯树枝用力一掰：“这棵枯树枝就好比是各处的乡亲，抱团扎堆在一块儿，压根都奈何不得！”

伸手从腰后摸出了一把隐隐闪着寒光的匕首，栗子群利落地从那枯树枝上劈下了一片干枯的树皮：“这就是土匪抢劫咱的乡亲，抢得也不多，就这么一丁点，忍忍说不定也就过去了！”

口中说话，栗子群手上却也没停，就像是个山西厨子在做刀削面一般，飞快地从那胳膊粗的枯树枝上削下了一片又一片的枯木。

众目睽睽之下，栗子群手中那胳膊粗的枯树枝，转眼间就只剩下了拇指粗细。将那拇指粗细的枯树枝举在了众人眼前，栗子群握着树枝的巴掌微微一用力，那拇指粗的枯树枝顿时随手而断！

随手抛开了拿着的枯树枝，栗子群微微叹了口气：“庄户人家都心善，也都能忍。只要还能留着条活命，不到了最后的节骨眼，谁也不会去打那豁出去跟人厮拼的主意！可要真叫人这么一点一点地劫掠抢夺，等到咱们实在是活不下去了，想跟人厮拼的时候，还有那个能耐、那份气力吗？”

咂着厚实的嘴唇，蹲在一旁的沙邦粹倒是在此时飞快地接应上了栗子群的话茬：“这话在理！以往在山里遇见大牲口叫我打伤了，那大牲口都是玩命地逃，血都洒了一路！等到那大牲口叫我追得没地方跑的时候，想回头跟我厮拼，也都压根没力气……哎呀……”

捂着叫莫天留恨恨掐了一把的腰眼，沙邦粹一脸莫名地看向了莫天留：“你掐我干啥？人家大当……队长，说的是正理啊！”

似笑非笑地看了一眼正瞪着沙邦粹的莫天留，栗子群扭头朝着那些脸上多少有些动容模样的大武村壮丁说道：“我老家有句话——人能哄人、地不哄人！庄户人家一颗汗掉地上摔八瓣，地里长出来的庄稼自然就得吃到这流汗的庄户人嘴里，这才算是下力气求活的正路！可如今咱们辛苦卖命，好容易从土里刨出来的一点粮食、山上打来的一点皮货，倒是全叫那些个土匪得了去，这天底下哪有这样的道理？！”

恨恨一巴掌拍在身边的石块上，扎堆蹲在一起的大武村壮丁当中，一个黑瘦得皮包骨头、可手脚都生得异常粗大的年轻人恨恨地低叫道：“我早说要跟那些土匪拼了，可家里老娘拽着不叫去……反正如今也出来扛枪吃粮了，老子要打的就是这些土匪，先狠出了这口恶气再说！”

有了一个挑头的，其他那些原本有些胆怯模样的大武村中壮丁也纷纷应声附和起来：“说的就是这道理！好容易从山砬子地上收了几斗高粱，都晒干筛净了，自家一口都没吃上，全都叫土匪抢了个精光！凭啥呢？！”

“打柴一年卖钱换的新袄，上身都没捂热就叫扒了去，还叫那土匪打了几枪托……瞅瞅，我脑袋上这疤瘌，就是那时候落下的！”

“咱们也去抢！把土匪抢了咱们的东西给抢回来，不算伤天害理……”

双手在膝头上用力一拍，栗子群利索地站起了身子：“大家伙有这话、有这心气，那就是大好事！可你们才刚加入咱八路军武工队，要说行军打仗，你们可还都是生瓜蛋子——光见汁水不见甜！就这么冒冒失失地顶着一口气朝枪口上撞，那就得是白白送死！旁的闲话且不多说，今天晚上打茶碗寨的任务，咱们分工来办——我带着老队员去前面打茶碗寨，你们在后头仔细瞧着，捎带手地看好了这俩俘虏就成！”

乍然间听见栗子群这番话，不仅扎堆蹲在一起的大武村中壮丁全都耸然动容，就连缩在一旁冷眼旁观的莫天留也禁不住惊讶地张大了嘴巴……

打从懂事的时候起，在清乐县城左近十里八乡见过的兵也好、匪也罢，彼此驳火相争的时候，从来都是新入伙的壮丁被驱赶到队伍最前面冲阵，身后的老匪持枪督战。有时候一场火拼下来，死在战场上的新入伙壮丁当中，倒有一多半是因为想扭头逃命、被自己一方督战的老匪打死的……

原本瞅着栗子群三言两语间撩拨起了大武村中壮丁的气性，甚至连沙邦粹都傻呵呵地直朝上凑热闹，莫天留还以为栗子群也要跟那些清乐县周遭的土匪绺子一样，糊弄着这些刚入伙的壮丁去冲阵、挡枪子，可没想到栗子群却压根都不叫这些壮丁直面枪火，反倒是打算带着那些老武工队员去攻茶碗寨。

这倒算是哪门子的绺子门道、江湖规矩？

还没等莫天留转悠完自己那点小心思，钟有田与孟满仓两人已经飞快地走到了栗子群身边蹲了下来，不约而同地朝着栗子群微微点了点头。

虽说对钟有田与孟满仓两人的举动心领神会，可栗子群却还是低声追问了一句：“都问仔细了？”

再次朝着栗子群点了点头，钟有田低声应道：“两个土匪分开问的，答话都一样，该是出不了娄子了！瞧着今晚上这天气，怕是过了半夜就得有一场雨，最差也是个云遮月的模样。到时候黑咕隆咚啥也瞧不明白，咱们混进茶碗寨前土匪关卡，又多了几分把握了！”

自信满满地伸手拍了拍腰间别着的两把短刀，孟满仓也是低声附和道：“只要叫我近了身，先抢下那些土匪的机枪，拿下土匪关卡就不算是个事！可就是……队长，关卡头顶上那看着手榴弹的土匪咋办？我们动手的时候，只要露了一点不对劲的模样，人家手榴弹从脑袋瓜顶上扔下来，那咱们连跑都没地方跑啊……”

微微一皱眉头，栗子群沉吟片刻，方才低声朝孟满仓说道：“当真把那两个土匪审问仔细了？从茶碗寨外边，就没地方能爬到峡谷两边的山顶上？”

“问仔细了！那些土匪也怕茶碗寨外有人爬山进去，当初占了茶碗寨之后，仔细把峡谷两旁的绝壁清扫过几遍，看着稍微能朝上爬的地方，也都拿炸药给炸塌了……队长，没别的法子，咱们只能硬碰硬试试了！”

都没等栗子群答话，从扎堆蹲在一起的那些大武村中壮丁里，却猛地响起了个带着几分胆怯的声音：“倒也不是……全然没路，就是……太险了些……”

★ 第十三章 奇人异技

跟钟有田说的几乎一模一样，才在林子里走了不过一里地的工夫，天空中皎洁的明月旁便有了一丝丝昏黄的光晕，连树林间的夜风也骤然强劲起来。

回头看了看紧随在自己身边的沙邦粹与一名精瘦得像是猴子似的老武工队员，莫天留扭过了脑袋，暗地里狠狠扇了自己一巴掌！

搁在大武村中靠打猎为生的小姓人家数算起来，万一响家倒也算得上是有名头的人家，祖上好几辈子仗着一杆火枪在铁屏山中讨生活，打大牲口从来是一枪穿过大牲口两只眼睛，压根也不伤着那大牲口的皮毛，着实算得上是一份能拿出来见人的手艺。

可老话都说“瓦罐不离井口破、将军难免阵前亡”，万一响家祖上好几辈子的老人，也都是把一条性命交待在了铁屏山中。不是叫凶猛的大牲口祸害了，就是失足掉下了悬崖峭壁，连尸首都没能囫囵个地寻回来。等得那杆祖传的火枪传到了万一响手中时，日本人却又打过了卢沟桥，生生断了万一响靠着那杆火枪在铁屏山中打猎求活的路径。

眼瞅着家里已经实在揭不开锅，哪怕一天一碗野菜汤吊命的日子都没法再过下去了，万一响这才把心一横，也顾不得家中老娘哭哭啼啼拽着自己衣裳拦阻，闭着眼睛接应下了这扛枪吃粮的活儿！

也怪这万一响见识浅，叫那栗子群几句话一煽呼，立马便忘了自个儿出门扛枪吃粮，只是为了能在回家之后得着些水浇地和粮食，生生就说出来他在打猎、采药的时候，寻着了一条在茶碗寨外能爬上山崖的石缝。虽说要从那石缝中爬上山崖顶部的确是危险了些，可多少也算得上是个管用的门道！

可自个儿……

怎么就能那么不服不忿爱显摆？

非得说出来自个儿也知道一条能爬上山崖的路径，还刚巧能爬上峡谷另一侧山崖？

虽说心中很有几分懊恼，可话已然说出了口，当着那么些个大武村中出来的壮丁拍过了胸脯，那怎么也得领着人爬上山崖，这才能证明自个儿没满口胡吣吹大牛吧？

扭头看了看死活要跟在自己身边一同进退的沙邦粹，再瞧瞧那精瘦得像是猴子似的老武工队员，莫天留压根都没好气地朝着沙邦粹低叫道：“一会儿爬那山崖的时候，手脚可记着要活泛点儿！虽说那地界有不少老藤能借力，可眼睛能瞧见的不少石头都是虚浮着的，一个踩空可就出娄子了！”

仿佛是知道莫天留这话是说给自己听的一般，那精瘦得像是猴子似的老武工队员嘿嘿低笑着朝莫天留摆了摆手：“不用操心我，打从会走路就得钻山跳涧，到如今都还没出过岔子！”

耳听着那精瘦得像是猴子似的老武工队员轻描淡写的话语，莫天留很有些不服气地轻哼一声：“这茶碗寨外的山崖可不比别处，灵猫朝上爬都有掉下来摔死的时候！这时候说大话，到地头了可别手软！”

也不与莫天留再多说什么，那精瘦得像是猴子的老武工队员不紧不慢地跟在莫天留与沙邦粹身后，不大工夫便走到了茶碗寨外陡峭的山崖下。

仰着脖子看了看朝外伸出、就像是座屋檐一般的山崖，那精瘦得像是猴子似的老武工队员一边伸手从腰后摸出了两个像是手套似的玩意儿戴在了手上，一边喃喃自语般地低声说道：“这山的模样……压根就寻不着几个能让腿脚踩踏实的地方，只能靠着一双手把稳了老藤、山石，也难怪灵猫都有摔下来的时候！”

带着几分奚落的模样，莫天留一边收拾着有些松垮的衣裳，一边嘿嘿冷笑起来：“怎么着？瞧着这山的模样，腿肚子转筋了不是？实话告诉你，不光这山难爬，最要命的是爬到半截子的时候，山崖中间还有不少小山洞，里面生着不少的飞鼠（鼯鼠、寒号鸟），哪怕是大白天趁着飞鼠睡觉的时候爬这山崖，那能借力的老藤、绳索都能叫飞鼠咬断了，这大晚上正好是飞鼠出来找食的时候……”

不等莫天留把话说完，那精瘦得像是猴子似的老武工队员顿时来了精神：“飞鼠？那这山崖上能采着五灵脂？这可是能治心疼的好药，还能止血、治蛇伤呢！本以为这东西只有南边我们老家才有，没想到冀南地面上也有这好东西！”

斜眼看了看那满脸兴奋神色的老武工队员，莫天留颇带着几分诧异地低叫道：“你也知道飞鼠的粪能入药？”

变戏法似的从腰后摸出个不大的粗布口袋，那精瘦得像是猴子似的老武工队员把那粗布口袋朝着莫天留一晃：“在我老家贵州，山崖上不光能采着五灵脂，还能采着石板蜜。运气好的时候，辛苦一个秋天就能够家里吃一年！可要是运气不好……”

仿佛是想到了什么令人伤心的往事，那精瘦得像是猴子似的老武工队员骤然间止住了话头，却把那粗布口袋系到了自己胸前，活脱脱就是一副老练的采药人模样。

上下打量了几眼收拾停当的老武工队员，莫天留一把将同样在手忙脚乱收拾衣裳的沙邦粹推了个趔趄：“瞎忙活什么呀？从小到大爬树、爬山崖，你哪次不是摔得鼻青脸肿，到末了还得我想法子把你拉上去？老实在下边待着，一会儿我爬上去了再寻几根老藤把你拽上去！”

很有些讪讪地退到了一旁，沙邦粹重重地点了点头：“那老藤你可记着选结实的，我身量大，一般的藤条经不住我这分量……”

还没等莫天留再奚落沙邦粹几句，那精瘦得像是猴子似的老武工队员却是猛地一纵身，双手牢牢地抓住了一根悬空垂挂着的老藤，三两下便朝着山崖上攀缘出去好几米的高度。眼瞅着已然爬到了那老藤扎根的位置，那精瘦得像是猴子似的老武工队员拽着老藤晃悠了几下身板，如同荡秋千似的猛然一跃，戴着手套的一双巴掌平平地拍到了一片带着龟裂纹路的石板上，身板也平平地贴了上去。

耳听着那老武工队员双手拍打石板时发出的隐约铁器撞击声响，莫天留禁不住轻声叫道：“嗬……还真是个爬山跳涧的积年行家。我说怎么这么金贵自个儿，爬山还戴着个皮护手？闹了半天，那皮护手上还有铁齿子。”

嘴上嘀咕着，莫天留手上倒也没闲着。朝着一旁走出了十几步远近，仰头看看自己已经避开了那老武工队员攀爬的路线，莫天留攀着山石朝山崖上爬了几步，也是纵身抓住了一根老藤，慢慢地朝着山顶攀缘上去。

伴随着夜风越来越强劲，天空中被风驱赶着奔涌的乌云，渐渐地将月亮遮掩起来，只是偶尔才能从云朵的缝隙中投射出些微光亮。而在月亮完全被乌云遮掩的时候，整个大地一片漆黑，这也叫攀爬在山崖绝壁上的莫天留丝毫不敢胡乱动弹，生怕稍有行差踏错，那就只能是坠崖身死的下场。

可趁着天空中偶尔有月光投下的时候忙不迭攀爬几步的莫天留，却总能发现那精瘦得像是猴子一般的老武工队员在山崖上又爬出了老长一段距离，好像压根也不受黑暗阻碍一般。

尤其是在爬到山崖半截的时候，那些平日里趁着夜色四处乱撞乱飞、见人就咬的飞鼠，也像是回避着某些天敌般地躲避着那老武工队员，甚至是任由老武工队员把手伸进一个个飞鼠栖息的小洞中掏取五灵脂，也都压根不敢发出丁点动静。

眼看着不过一壶茶的工夫，那精瘦得像是猴子一般的老武工队员已经攀爬到了靠近山崖顶端的位置，紧盯着那老武工队员动作的莫天留却险些叫出声来——也不知道是在啥时候，山崖顶端的藤条，居然被人铲除得干干净净，能稍微借力的几块岩石，也都叫人或炸或凿折腾成了滑不溜丢的模样！

花了这许多气力爬上山崖，眼看就要成功的时候，眼前的场面却足以叫人明白什么叫功败垂成。抑制不住地重重叹了口气，莫天留正打算招呼着那老武工队员回头爬下山崖，却猛地看见那老武工队员像是猴子似的一纵身，整个人飞扑到那片几乎无处借力的光滑石壁上！

瞠目结舌之中，莫天留几乎是傻愣愣地看着那老武工队员如同灵猿一般，手脚并用地在山崖上连续几个飞扑，轻飘飘地纵身跃到了山崖顶上。不过片刻的工夫之后，伴随着一声几乎细不可闻的惨叫声，一根被人砍断的老藤慢悠悠地从山崖顶部垂挂下来，落到了莫天留的眼前！

如同在梦里一般，莫天留下意识地抓住了那根垂挂到自己眼前的藤条，急不可待地爬到了山崖顶端。才刚刚站稳了脚跟，莫天留已然朝着那精瘦得如同猴子般的老武工队员伸出了个大拇指："大哥，你这手功夫……我莫天留服了！"

熟练地将几根刚被砍断不久的老藤连接到了一起，那精瘦得如同猴子一般的老武工队员佝偻着腰身低声应道："从小爬山跳涧找饭吃，逼出来的本事，算不得啥……"

"大哥，还没请教你高姓大名？"

"你看我长得像个啥？"

"像……"

"有啥不好说的？我长得像只猴，刚巧也姓侯，同志们闲着没事都叫我'猴子'，年纪小些的，也叫我声'猴哥'！"

"猴哥……这山崖顶上不还有土匪看守着吗？刚才我还听见有动静……"

"那不是？"

抬头朝着猴子指点的方向看去，两个捂着脖子瘫软在地、双腿还在不断痉挛的土匪赫然映入了莫天留的眼帘。而在莫天留的身边，已经把几根老藤连接结实的猴子，正慢悠悠地把韧性十足的老藤朝着山崖下垂挂下去……

★　第十四章　夜袭关卡

费了九牛二虎之力，莫天留与猴子总算是把身形魁梧的沙邦粹从山崖下拉扯上来。而在此时，对面山崖上也猛然传来了两声夜枭的啼叫声。

嘬起嘴唇，猴子朝着对面山崖上回应了两声夜枭的啼叫，又朝着峡谷口方向的山林中学了两声寒鸦的叫声，这才拽着莫天留与沙邦粹爬到了临近峡谷入口处的山崖旁，小心翼翼地探头盯住了峡谷入口处土匪关卡的动静。

也许是觉着前出的暗哨足以给自己提供足够的预警时间，设立在峡谷入口处的土匪关卡上，竟然连一个待在工事里放哨的人都没有。紧贴着峡谷两侧石壁搭建的简陋木屋中隐隐透出些微的光亮，阵阵吆五喝六的动静，倒是清晰地从两座木屋中传了出来，叫人一听就能明白那些土匪赌兴正浓。

借着天空中偶尔透射下来的月光，莫天留仔细打量着在峡谷中用石块和沙袋垒成的两座环形工事，咕哝着低声自语道：“这阵势摆得……人枪都缩进茶碗寨的山缝里面，只要稍微有点防备，怕是外面的人露头就得挨打！再加上这山崖顶上朝下扔手榴弹……百十号人填进来，怕是也冲不破这关卡。”

略带着几分诧异地扭头看了看口中念念有词的莫天留，猴子疑惑地开口低叫道：“天留，你……见识过打仗？”

晃悠着脑袋，莫天留毫不犹豫地接口应道：“要说见也见过一回——两拨土匪抢山头、争地盘，各自招呼了几十号人厮拼，一共打了三五枪就分了胜负……”

难以置信地瞪圆了眼睛，猴子犹豫了片刻，方才伸手指了指峡谷入口处的土匪关卡：“那你怎么能瞧得出来这关卡的用处？”

很有些得意地指点着峡谷中的土匪关卡，莫天留低声笑道：“这不明摆着的吗？山缝外边是一大片空地，压根都藏不住人，只要见着有人开枪就打，枪法还凑合就能干死好几个！这山缝拢共就这么宽，人多了也施展不开，硬朝着里头挤，一枪都能打出来好几串糖葫芦！再仗着有一挺机关枪压阵……说百十人都冲不开这关卡，我可都是朝着少了数算的！”

很有些懵懂地眨巴着眼睛，趴在莫天留身边的沙邦粹却在此时开口低叫道：“天留，这关卡要真这么难打开……那这些个土匪是怎么撞开了原来那伙绺子的关卡的？”

伸手在沙邦粹脑袋上狠狠拍了一巴掌，莫天留丝毫没好气地低叫道：“原来那伙土匪绺子就没几杆大枪，一多半人都是拿着火枪充数吓唬人！可就凭着那几杆大枪，如今这股土匪有机枪压阵都填进去十好几条人命，这才撞开了山缝里这道关卡！”

不闪不避地踏实挨了莫天留一巴掌，沙邦粹嘟囔着垂下了头：“那咱们怎么办？加上大武村里出来的壮丁，咱们一共也就不到三十号人、十来条大枪……”

“谁告诉你大当家的打的是硬撞关卡的主意？等着瞧吧……肯定就是三国里头乔装改扮、骗开城门的路数！再者说了，就算是没能糊弄过去这些关卡上的土匪，那两边山崖上头不还有我们？都不说朝下扔手榴弹，那就是用石头砸，也够山缝底下守着关卡的土匪喝一壶！”

“噢……那我去寻点石头来……”

一把没拽住猛然起身去寻石头的沙邦粹，又不敢开口大声吆喝，莫天留禁不住朝着沙邦粹的背影低声骂道：“还说你不是个棒槌……脑袋里估摸着全都是苞米糊……”

同样瞥了一眼佝偻着腰身去找石块的沙邦粹，猴子却嘿嘿低笑着摇了摇头：“这大兄弟……实在人哪！要是赶上太平年景，家里还能有几亩地，踏实下苦力干几年，小日子肯定能过得红火！”

不屑地嗤笑一声，莫天留懒洋洋地哼道：“就棒槌这样的……一辈子架不住人家三句软和话，大冷天见旁人挨冻就能脱了身上的大袄送人，自个儿一把一把朝着衣裳里面蓄麦草……给他几亩地，怕是地里的收成也得叫他送了旁人救急！”

猛地朝着莫天留一摆手，猴子却在此时低声急叫道：“来了！”

顺着猴子望去的方向仔细打量，莫天留立马看见两个身穿着那俩被抓的土匪衣裳、肩头还扛着一杆大枪的壮棒汉子拖泥带水地朝峡谷入口走了过来。其中一个壮棒汉子似乎对能下哨休息感到相当满意，口中居然还不清不楚地哼唧着荤曲儿。略带着几分沙哑的声音被夜风吹送着，断断续续地飘送到了山崖上：“王老二两口子……贩大烟哪……小寡妇等得……好心焦……”

好像是同样听到了那荒腔走板的荤曲儿，峡谷入口处的一处木屋子猛地敞开了小门，一个显见得是输光了全部家当的土匪骂骂咧咧地被人从小木屋中踹了出来，扯开了破锣似的嗓门朝那俩下哨归来的土匪骂道：“他娘的于老四，每回听见你唱荤曲儿，老子不出一碗茶的工夫就得输个精光！你他娘的那嘴当真是叫保定万花楼的婊子开过光的不是？！”

口中喝骂着，那输光了全部身家的土匪三两下扯开了裤带，摆出了一副撒尿的架势。而在木屋之中，也猛地传来了一声暴喝：“狗日的戴小三，你他娘的一泡尿给老子憋住，滚远些再撒！成天到晚地偷这几步路的懒，弄得这卡子周围臊哄哄的，顶着这山缝里的穿堂风都能臭十里……埋汰人不？！”

像是对那喝骂自己的人很有些畏惧，输光身家后被人赶出木屋的戴小三闷声不吭地提着裤子，径直朝着峡谷深处走去。而在峡谷外慢慢悠悠晃荡过来的两个下哨的土匪，也在此时接近了峡谷中的两座环形工事！

几乎就在那两名跳上了环形工事的土匪猛地甩掉肩头扛着的大枪、分别朝着两座简陋木屋扑过去的瞬间，两座简陋木屋之中却同时响起了一阵吆喝声："输光的滚出去守卡子！别他娘的在这儿占着茅坑不拉屎！"

"他娘的！又出豹子……真他娘的邪门了……"

伴随着两座简陋木屋中的吆喝声响起，几个或是被人驱赶出来，或是输光后悻悻离开的土匪，几乎在同一时刻推开了简陋木屋的房门，懒洋洋地朝着屋外走了出来。

没有丝毫的犹豫迟疑，刚刚甩脱了肩头大枪的两名土匪不约而同地闷吼半声，全都从怀中摸出了个手榴弹，和声朝着两座木屋敞开着的窄门撞了过去，生生将那些即将走出木屋的土匪撞了个跟头。只在眨眼的工夫之后，两座简陋的木屋里，同时响起了一声低喝："都别想乱动！谁动咱们就一块上西天！"

变生肘腋，两座木屋中聚赌的土匪显然是被突然撞进屋内的人吓了个愣怔。等得再看清堵住了木屋门口的人手中高举着的手榴弹和被另一只手拽得紧紧的导火索，更是没有一个土匪敢动弹分毫！

眼见着混进峡谷中关卡的人掌控住了场面，在峡谷外的林地中，十来条黑漆漆的人影飞快地冒了出来，迅若奔马地只朝着峡谷中冲了过来。而在那十几条人影后边，是七八个大武村壮丁，也在推推搡搡地驱赶着那四个被反绑了双手、口中也堵着树叶的土匪狂奔。

乍然间见着貌似万无一失的关卡转眼间落入敌手，被驱赶到峡谷中稍远些撒尿的戴小三禁不住吓得怪叫一声，一泡尿全都撒到了裤裆里，提着裤子扭头便朝峡谷纵深处跑去，口中兀自胡乱叫喊道："有人撞窑口啦……风紧扯乎呀……并肩子抄家伙啊……"

眼见着提着裤子的戴小三连喊带叫地越跑越远，趴在山崖上的莫天留禁不住指着戴小三朝猴子急叫起来："要跑了……猴哥，打他呀！"

抓着一支从栗子群那儿借来使唤的德造二十响手枪，早已经瞄准了戴小三的猴子犹豫片刻，却颓然地垂下了枪口："太远了……子弹够不着了！"

话音刚落，莫天留与猴子的身后却猛地传来了沙邦粹的闷吼声："子弹够不着？瞧我的！"

讶然地转过了身子，莫天留与猴子惊讶地看着手中抓着两块西瓜大小的石头的沙邦粹甩开了大步，顺着山崖边缘直冲着提着裤子逃命的戴小三追了过去。不过是片刻的工夫，身高腿长的沙邦粹已经与峡谷中跌跌撞撞奔逃的戴小三跑了个齐头并进！

眯着眼睛略一算计，狂奔中的沙邦粹猛地止住了脚步，健壮的身板借着前冲的力道猛地一个盘旋，如同一台旋臂投石机一般，将手中抓着的两块西瓜大小的石头狠狠砸了出去。

石块带起的呼啸风声之中，压根都没想到山崖上还有人袭击自己的戴小三被几乎同时飞到的石块砸得飞了起来，才落到地上便瘫软了身子，一双腿却玩命地蹬踹起来，眼见着是叫砸断了脊梁、震碎了心肺的模样！

大张着嘴巴，猴子禁不住讶声叫道："好家伙……棒槌兄弟这把子力气都不说啥了，就这准头……可真难为他是怎么练出来的。"

很有些得意地瞥了一眼满脸惊讶神色的猴子，莫天留刻意拿捏出了一副淡然的模样："打小就在山里钻，想要打个野物祭祭五脏庙，可手里又没合适的家什，那也就只能靠着扔石头砸了，倒也算不得啥出奇的本事……"

"算不得出奇的本事？天留，那这手功夫你也会？！"

"我……我会的可比棒槌多，要不怎么棒槌都听我的呢……"

★　第十五章　规矩方圆

抽腰带、解裹腿，一枪不发便抢下了茶碗寨外土匪关卡的武工队员们，熟练地将那些压根都不敢动弹的土匪捆绑到了一块，这才腾出手来搜检起了那些土匪胡乱扔在两座简陋木屋中的枪支弹药。

与先后被擒的四个前出瞭哨的土匪招供的一样，设立在茶碗寨前峡谷口的关卡中，原本只有七八个守卫关卡的土匪。可与那四个土匪招供的不一样的，却是下值的土匪并没着急回去休息，反倒是扎堆在关卡后的简陋木屋中聚赌起来，倒是生生叫假扮土匪撞进两座木屋的钟有田、孟满仓二人得了大彩头——只是拿着两颗手榴弹亮了亮相，便有惊无险地一家伙收拢了十四条长枪和两支短枪。

可凡事也总有美中不足之处，跟着大队人马撞进关卡的几个老武工队员才一见架在环形工事上、还用块油布仔细遮盖着的机枪，眼睛里都快要冒出火来——哪怕是在八路军的老部队中，一个营里面撑死也就四挺机枪，一个团人马都不一定能占一门小炮，不到要命的节骨眼上，轻易都舍不得叫那宝贝疙瘩亮相、听响！

这要是清乐县武工队有了机枪……

大话且不说，估摸着想打清乐县城还有点为难，可往常那些个轻易啃不动的鬼子炮楼、伪军据点，岂不是也能打下几个、试试轻重深浅？

都还没等几个老武工队员乐上片刻，手快把那挺机枪抱到了怀里的老武工队员一拉枪栓，顿时便沉下了脸，狠狠朝着地上吐了口唾沫：“七月十五的坟头供——哄鬼的摆设！”

话音刚落，就连站在环形工事外把控场面的栗子群脸上都有了些失望的神色，抑制不住地低声问道：“咋了？”

双手托着那挺看着挺像回事的机枪朝栗子群一抛，那手快抢到了机枪的武工队员愤愤地叫道：“撞针、击簧都坏了，枪栓上都有了黄锈，瞧着就是坏了有日子的模样……队长，估摸着这帮子土匪最后一回用这机枪，就是抢茶碗寨的时候吧？”

麻利地接过了那名武工队员抛来的机枪，栗子群熟练地卸下了机枪弹匣瞧了瞧，惋惜地点了点头：“弹匣里压根都没子弹，弹匣弹簧都锈了……可惜了……等咱们扎稳了脚跟，到时候把这家什送回军分区，看看军分区枪械修理所能不能用得上！”

“送回去？队长，那咱们可不能白给送去，少说都得换……换两箱子弹？再要十个手榴弹。要缴获来的日本手榴弹，可不能拿咱们自个儿造的那秤砣充数！”

把机枪朝着脚边一搁，栗子群朝着那急三火四开口的武工队员笑骂道：“都说你们山西出人精，半岁大的奶娃子都会掐着脚指头做买卖……倒是真不假。赶紧收拾好了其他的武器弹药，茶碗寨里可还有几十号土匪等着咱们收拾呢！子弹呢？找着多少？”

“一共就一百来发，瞧品相还得有十几发打过了、没舍得扔的臭子儿！队长，我怎么觉着这场面不对劲呀？按说看家的门户上，那怎么也得备足了枪弹，以防万一吧？就这十几条枪、百十发子弹……遇见稍微大点的场面，怕是一个照面就得叫人抢了关卡！”

没等栗子群开口说话，拽着一根老藤从山崖下滑到关卡前的莫天留却抢先叫嚷起来：“我说呢……这茶碗寨里的绺子有几十个人、几十条枪，倒是从来没听说过他们仗势吞了其他小绺子，只是寻着咱们这些个老百姓祸害。闹了半天，光有枪、没子弹，一杆机关枪还只是个样子货，这才老老实实闷头躲在茶碗寨里装王八……”

嘴上唠叨，莫天留手脚上倒也不慢，三步并作两步地冲到了那些被捆好的土匪身边，伸手便朝着一个土匪的裤裆摸了过去：“啥值钱要命的物件呀？还拿着个布兜子贴大腿根绑着？是大洋不是？”

没容那土匪有丝毫的挣扎，原本就被解了裤腰带捆得结实的土匪，眼睁睁地看着莫天留把手伸进了自己裤裆，一把便将一个用细麻绳捆在大腿上的小布兜拽了出来。

得意扬扬地轻轻一抖那小布兜，莫天留侧耳听了听那小布兜里传来的大洋碰撞轻响，伸着两根手指头便从小布兜里摸出来两块大洋揣进了自己怀里，这才将那小布兜朝着站在不远处的栗子群扔了过去：“大当家的，绺子规矩我懂——见十抽二归自个儿，大头是大当家你的！”

伸手一抄，栗子群分毫不差地将莫天留扔过来的小布兜抓到了掌心，脸上带着微微笑意，看着莫天留在那些被捆成了一堆的土匪身上东搜西摸，不一会儿的工夫，莫天留已经朝着栗子群扔过来好几十块大洋，甚至还从一个土匪的狗皮帽子里摸出来一把一寸来长的鹰钩小刀，又从另一名土匪的裤裆里找到了一把锋利的小攮子！

把莫天留朝自己扔过来的大洋在环形工事上垒着的一片青石上码放得整整齐齐，栗子群只等到莫天留把那些土匪身上都搜了个干净，方才开口朝着几个负责捆绑土匪的老武工队员说道：“你们瞧瞧……都说是参加革命多年的老同志了，对敌斗争经验也都算得上丰富，可刚刚从大部队里抽调到武工队工作，你们就……这要不是天留仔细，从土匪身上搜出来了这些武器，等会儿负责看守俘虏的新同志，怕就得要吃大亏！”

耳听着栗子群那声量不高、但语气却颇为严厉的话语，几个老武工队员纷纷耷拉下了脑袋，反倒是在自己怀里揣了七八块大洋的莫天留，此刻却是大大咧咧地接应上了栗子群的话头：“大当家的，这事儿也怪不得旁人。绺子人物藏物件、帽子发髻大裤裆，这讲究军伍行的人怕是不太明白！”

朝着莫天留微微点了点头，栗子群又开口说道：“仔细检查武器弹药，等战斗结束之后，咱们开经验教训会的时候，再细说这事！天留，把你怀里揣着的大洋也拿出来搁下，咱们革命队伍里有纪律——一切缴获要归公！”

下意识地伸手捂住了怀中还没揣热乎的大洋，莫天留很有些不甘心地低叫起来：“大当家的……这江湖绺子里见十抽二的规矩可够讲究的了，你都拿了八成，这还不许我这经手的得着两成好处？那要不……抽一？见十抽一行吗？”

很有几分无奈地摇了摇头，栗子群和声朝莫天留说道：“天留，这一切缴获都要归公，可不是归我！”

瞪圆了眼睛，莫天留亢声叫道：“归公？这公是谁？”

“公……就是大伙儿！”

“全都给大家伙均分？那这管分钱的是谁？”

“这个就得等打完了仗，大家开民主会来定！”

“家有千口，主事一人，不管是啥会，那大家伙不还得听大当家你最后这一锤定音？话说到头儿，那不还是你说了算？大当家的，抽一……见十抽一吧？我这光不出溜地从大武村出来入了绺子，你好歹给我留几个体己钱买双鞋不是？”

眼看着莫天留缠杂不休地唠叨个没完，栗子群无可奈何地叹了口气：“这事儿一两句话说不明白，等咱们打完了仗再开会细说！还是照着方才的老规矩——老同志在前，新同志押着俘虏跟在后边，两边山崖上的同志跟着咱们一线平推，堵住了这山缝里面的口子再说，能不开枪就别开枪！有田，去寻点东西把俘虏的嘴都给堵上，可千万检查仔细了！”

不等钟有田答话，莫天留却又再次抢过了话头：“这还用得着寻什么堵嘴的东西……大当家的，你看我的！”

也不等栗子群答话，莫天留已经撒腿朝着关卡外不远处的树林奔去。不过是眨巴眼的工夫，手里头捧着一大把刺栗子的莫天留兴冲冲地奔了回来，朝着那些被捆绑得结结实实的土匪龇牙一乐：“想好的可都别怪我手狠，这法子还是你们茶碗寨绺子里的好汉们想出来的——你们上大武村里抢粮食，有人要不说粮食藏在哪儿，你们就朝着人家嘴里塞这刺栗子，扎得人吞不得、吐不出的满嘴是血，疼得一个劲儿跺脚都叫唤不出来！今天……你们自个儿也尝尝这滋味！”

眼看着莫天留捧着那些黑乎乎的刺栗子朝自己走了过来，被捆得结结实实、压根都没法闪避的土匪禁不住惶急地低叫起来：“三江四海是兄弟，这位当家的饶兄弟一把，日后江湖相见，自然感激恩德……”

“可不关我的事儿……我就是守窑口的，一回买卖都没出去做过……”

一把拽住了莫天留的胳膊，栗子群迎着莫天留不解的目光，微微摇了摇头：“天留，咱们队伍上有纪律——要优待俘虏！”

傻愣愣地看着满脸认真模样的栗子群，莫天留手中捧着的刺栗子撒了一地：“大当家的，咱们这绺子的规矩……可也太各色了吧？”

★ 第十六章 兵不厌诈

天公作美，原本乌云遮月的天象，在武工队员们顺着通向茶碗寨内的峡谷疾奔时起了一阵大风，生生把层层叠叠遮挡住月亮的厚重乌云吹散开去。而在武工队员们刚刚冲出了峡谷、瞧清楚了茶碗寨内房舍模样的时候，又一阵狂风将乌云重新堆砌到了月亮前。不过一碗茶的工夫之后，淅淅沥沥地，天空中渐渐飘起了一阵小雨……

趴在一块巨大的卧牛石后，栗子群斜瞪着眼睛，反复打量着茶碗寨内大小房屋的门窗朝向与往来路径，老半天方才轻轻舒了口气：“这茶碗寨里面，看着倒是叫不少土匪经营修整过，还真有些懂行的人物伸过手！真要是这茶碗寨里的土匪警惕性高些……怕是咱们抢下了山缝里的那道关卡，也得在这茶碗寨里扔下几十条人命！”

很有些赞同地点了点头，方才那手快抢到了机枪的武工队员悄声应道：“背水扎营，这就先省了七分的防备气力。屋前能藏着人身形的树桩子、石块都没几处，再加上这些屋子之间还有好几座山石堆……队长，给我一挺机枪，只要子弹管够，我能封死了这山缝的出口！不填进来百十号鬼子，这茶碗寨内绝对万无一失！”

伸手指了指茶碗寨中仅存的一间亮着灯火的屋子，钟有田细着嗓门叫道：“我说苟大却，你别一天到晚地惦记着你的机枪！先琢磨琢磨怎么拾掇这茶碗寨里的土匪头子。”

满不在乎地抽出了两把短刀，孟满仓眯缝着眼睛盯了那亮着灯火的屋子几眼：“不算是啥为难事！听被抓住的那些土匪招供，这土匪头子平日里都是一个人住着，天见黑就掌灯，通宵都不灭灯火！有田，等会儿我冲进去之前，你先把他那灯火打灭了！有他那一慌神、一眨眼的工夫……”

轻轻摇了摇头，栗子群喃喃自语般地打断了孟满仓的话头：“没这么简单！方才那些土匪身上穿着的，一多半是国民党保定保安团的衣裳，土匪头子还是保定保安团手枪队出身，该是没那么好收拾！”

诧异地扭脸看了看栗子群，孟满仓很有些不满地晃了晃手中的两把短刀：“队长，咱们手上收拾过的小鬼子都不算少了，一个国民党保安团出身的家伙，能有多难对付？！”

双眼猛地一睁，钟有田却在此刻低叫起来：“我想起来了……我说方才听着那些土匪说保定保安团和什么手枪队，怎么就那么耳熟……冀南军分区李家顺李司令手底下四大金刚里，侦察科科长归冒超，当年不就混过保定保安团的手枪队，还是副队长？孟满仓，平时你都说你刀快，可你在归科长面前，得着过便宜？”

像是叫一口气憋在了嗓子眼里，孟满仓吭哧了老半天，方才耷拉下了脑袋：“归科长身上带着的是家传的八极刀功夫，跟我家传的秦风路斩将刀路数……那就不是一码事！不过人家归科长的枪法……倒是真好！”

朝着孟满仓龇牙露了个笑模样，钟有田颇带着几分奚落的口吻朝孟满仓笑道：“你也知道归科长的枪法、刀法都比你强？听说归科长当年手里两支德造二十响，左打眼前、右打天边，从来是枪响人倒！眼前这土匪头子估摸着是没归科长那样的身手，可咱们也得多留个心眼！这要是阴沟里翻船……”

挥手打断了手下武工队员的议论，栗子群仰脸看了看天空中慢慢变得密集起来的雨点，低声朝着已经做好了攻击准备的武工队员叫道：“趁着这会儿雨大了些，马上行动！还是照着以往摸营的路数来，三个人一组——俩人进屋，一人在屋外放哨！有田、满仓，咱们仨人去收拾那土匪头子！家什都备齐了没有？”

几乎是异口同声地低声答应着，几个早已经做好了准备的武工队员纷纷举起了手中挽成了活套的拇指粗麻绳，而另外一些武工队员也亮出了用湿泥涂抹过的匕首或刺刀。

举起的胳膊朝下猛地一劈，栗子群与钟有田、孟满仓三人并没动地方，只是静静地看着其他的老武工队员如同离弦之箭般，悄无声息地冲进了雨幕中，分头朝着茶碗寨中几间屋子摸了过去。

雨声蔽耳，更兼暗夜无光，冲到了茶碗寨中几间屋子旁的武工队员们压根也没惊动在屋内酣睡的土匪。等得几个手持匕首或刺刀的武工队员从门缝里轻轻拨开了门闩，再用手捧了些雨水浇到了门轴上，手中抓着绳套的几个武工队员立刻端着劲儿推开了房门，游鱼般地闪进了屋内。

也不知道是啥时候，原本跟着那些刚加入武工队的大武村中壮丁一起看守俘虏的莫天留，悄没声地摸到了栗子群等人的身后，探头探脑地瞧着那些钻进了屋里的老武工队员，口中兀自喃喃自语般地低叫道：“好家伙……这又是活口绳、又是墨里刀的……是打算使唤蹬炕沿的手艺？！”

豁然转身，孟满仓手中的两柄短刀直指向了莫天留的咽喉所在，而同样翻滚着转过身来的钟有田才刚刚在地上蹲稳，手中端着的弩箭也已经对准了莫天留的双眼。

猛地一缩脖子，莫天留嘿嘿讪笑着慢慢蹲下了身子：“这么一惊一乍地干啥呀？”

彼此间对望一眼，孟满仓与钟有田两人，全都从对方的眼里看出来一丝惊讶……

为了加强冀南地区抗日群众基础建设，被冀南军分区从八路军老部队中抽调到武工队的干部、战士，几乎全都是有一手看家本事的老兵，无论从政治上或军事上都算得上极其过硬。

可就这样的三个百战老卒，居然就叫个刚加入武工队的新手悄没声地摸到了自己身后，而三个人却都还一无所知？！

轻轻咳嗽一声，栗子群先是朝着孟满仓与钟有田摆了摆手，方才朝着蹲在三人面前、脸上压根也看不出惊惧神色的莫天留说道：“天留，你这手功夫倒是真不错呀。悄没声地摸到了咱们仨身后，一点动静都没有……你是打小练功夫？”

拨浪鼓似的摇着头，莫天留一边涎着脸凑到了栗子群跟前，一边低声朝栗子群应道：“啥功夫呀？不就是在大武村里跟着姓韩的那些个人家偷学了点，再又打说书先生那儿听过几回故事，自个儿再瞎琢磨琢磨，这也就能夜半能看路、翻山无响动、涉水不兴波了！”

饶有兴趣地点了点头，栗子群却又接口说道：“那你又怎么知道这门蹬炕沿抓活口的路数？”

脖子一拧，莫天留振振有词地低叫起来：“这不秃子头上的虱子——明摆着？打小就听老人讲故事说过，这想要趁夜摸进人家宅里拿活口，最好使的法子就是拿活口绳朝人头上一套，一条腿在地上扎住了功架，另一条腿朝着炕沿一蹬，躺在炕上的人立马就叫勒着脖子从炕上拽下来了，一点动静都带不出来！再加上那涂了墨的刀也不会叫月亮、灯火照出来光亮，哪怕有活口绳失手的时候，黑咕隆咚一刀攮心口、咽喉上，那也叫人摸不着格挡的门儿！”

故作恍然大悟般地连连点头，栗子群不经意似的接茬说道：“那这茶碗寨里有几十人、枪的事儿，你也是早知道了？”

“那哪能不知道啊？我都能知道从山外边爬到山崖上的路径，这茶碗寨里我不说门儿清，那也能说……能说……”

自知失言，莫天留磕磕巴巴地再也说不下去，却又强撑着拿话搪塞着：“大当家的，那亮着灯火的屋子，该就是茶碗寨里的绺子头儿住的屋子，咱们去拿下他，估摸着茶碗寨里旁的土匪也就该服帖了。老话说‘射人先射马、擒贼先擒王’……”

闷哼一声，钟有田冷冷地打断了莫天留那自说自话般的絮叨：“这还用得着你说？！队长，我看其他同志也把各屋住着的土匪拾掇得差不多了，咱们也动手？”

才见着栗子群微微一点头，蹲在了栗子群身边的莫天留却猛地朝着那亮着灯火的屋子蹿了过去，口中兀自没话找话般地说道：“不就是拿下这绺子的头儿吗？瞧我的……”

一把没捞住急冲而出的莫天留，钟有田与孟满仓急得恨恨地“嘿”了一声，全都从藏身的卧牛石后跳起了身子，一个劲地朝着冲在最前面的莫天留追了过去。而在钟有田与孟满仓身后，只是迟缓了半步的栗子群也疾奔而出，口中低声急叫道：“注意安全！有田、满仓，保护好天留………”

虽说脚下急冲，可踏着泥泞雨水狂奔着的莫天留却没发出太大的动静，只等得快要冲到那亮着灯火的屋子之前时，方才猛地刹住了脚步，弯腰从地上抓了两块不算太大的石块，抬手便扔到了那亮着灯火的屋子房顶上！

风雨声中，两块石头落在屋顶上时，并没有砸出太大的声响。但几乎在那两块石头在屋顶上砸出声响的同时，原本亮着灯火的屋子里骤然一暗，爆豆般的枪声顿时响了起来，屋顶上覆盖着的树皮、麦草更是被子弹打得四处翻飞！

齐刷刷地在泥泞中伏下了身子，栗子群等人还没来得及看一眼把石块扔上房顶的莫天留，已然溜到了屋门旁的莫天留已经半蹲着身子叫嚷起来："清乐县皇协军大队进山剿匪，二百号人把你这屋子围了个水泄不通，你手底下的那些个绺子里的人物也都叫拿了活口！不想死的，扔了手里家伙出来认栽！爷们儿今天来只为求财，可没打算伤命！给你一支烟的工夫，自个儿心里可掂量清楚了！"

压根也不为莫天留胡乱喊叫的话语所动，灭了灯火的屋子里只是安静了片刻的工夫，从门板和窗口同时激射而出的子弹，顿时把木质的门、窗打成了筛子。爆豆般密集的枪声之中，屋内一个粗豪的嗓门厉声咆哮着："放你娘的狗屁！清乐县那些个皇协军能有几分本事，老子还能不知道？想一枪不响就摸进老子的茶碗寨，除非是……他娘的是哪个吃里爬外的狗东西，带着外人祸害自家兄弟！"

也不管满地泥泞，莫天留利索地一个翻滚，蹲在被子弹打成了筛子的窗户下边嚷嚷起来："你倒还真是个明白人！这茶碗寨里上下几十号兄弟，有好处你拿大头、有祸事兄弟上，你倒也真有个大当家的模样？明白话告诉你——你茶碗寨里的机枪是个样子货，我清乐县皇协军的机枪可是真家伙！我再数十个数，你要再不扔了家伙出门认栽，捎带着交出你这些年得着的钱财，那你可就等着成漏勺吧！我倒要看你那两支花机关，能不能顶得住我清乐县皇协军的两挺机关枪！我可开始数了啊……一……"

★ 第十七章　小有斩获

天色大亮的时候，整个茶碗寨内所有的屋子，已经都叫武工队员们仔细搜查过一遍。从各处屋子里搜查出来的枪支弹药被仔细地收拾到了茶碗寨内土匪头子住的那间屋子里，而堆积在另外几间屋子里的粮食、腌肉和五花八门的杂物，也都被一一点验明白。

两个荷枪实弹的老武工队员喜不自胜地抱着刚到手的两支花机关，与那些刚加入武工队中的大武村壮丁一块看守着俘虏，而莫天留却领着沙邦粹在茶碗寨各处胡乱晃悠，时不时地钻进那些老武工队员仔细检查过的屋子里，却又在片刻之后带着几分失望的模样溜达出来……

坐在一张摆在屋外的桌子旁，栗子群一边用个铅笔头在小本子上记录着缴获的枪支、弹药和粮秣数量，一边不时地抬头瞟一眼在茶碗寨内各处屋子闲逛的莫天留与沙邦粹，嘴角上微微泛起了一丝笑容：“这莫天留……还真有几分邪性本事……”

蹲在桌子旁仔细检查着缴获的子弹，做梦都想要一挺机枪的苟大却抬头看了看四处闲逛的莫天留与沙邦粹，很有些不满地将几颗臭子儿扔到了左手边的小木箱中：“啥邪性本事呀？昨晚上就因为他瞎叫唤，那躲在屋子里的土匪头子生生打光了四个弹匣的子弹！队长，我可瞧过了那两支花机关了，正经的是高鼻子洋人造的花机关，这可比山西造的花机关强太多了！那子弹都是洋人兵工厂里造的，颗颗都能打响的好货色……一百二十发花机关子弹，生生就这么糟蹋了啊……想想我这心尖子都疼！”

仔细擦拭着自己的两把短刀，额头上磕碰出了个大疙瘩的孟满仓闷着嗓门附和道：“说得是！这莫天留也太有自个儿的主意了，想起一出是一出！打了这些年的仗，近身摸哨的时候我可从来没失过手，身上连肉皮都没蹭破过一处！可叫他昨晚上那一通瞎胡闹，我卧倒的时候……”

抬眼看了看孟满仓额头上磕碰出来的青疙瘩，再瞅瞅正在分拣子弹的苟大却两手中抓着的子弹，栗子群轻轻搁下了手中的铅笔头：“这话还得分开两头说！莫天留在战场上不顾战场纪律胡闹，自然是有错，往后咱们得想法子帮他改！可你们俩仔细琢磨琢磨——你们头回上战场的时候，是个啥样儿？”

伸手指了指孟满仓，栗子群笑呵呵地低声说道：“满仓，我记得你参加革命之后的第一仗，是打陕西秦凤路的一处土顽的土堡吧？大家伙才刚进入阵地，正等着营长发信号呢，你可倒好，冷不丁就从阵地里跳出来了，还喊了句啥来着？”

嘿嘿坏笑着，显然也知道孟满仓当年故事的苟大却接口应道：“要说满仓还真是个人物！顶着那土顽修的土堡里飞出来的子弹朝前冲，脚蹬着土堡外墙蹿上墙头之后一刀砍了那土顽都不说了，跳出来还记得喊一嗓子——秦凤路刀客孟家子弟在此，刀下不取无名之辈头颅，想死的报上名来……”

面红耳赤地瞪着坏笑不已的苟大却，孟满仓很是不服地哼道：“那你可比我强！听老同志们说，你当年见机枪手和副射手都牺牲了，上去抱着机枪就搂火，一匣子子弹追着尖刀排排长的屁股打过去的，差点就把尖刀排排长给干挺了……”

猛地把手中抓着的两把子弹朝着脚边箱子里一摔，苟大却气急败坏地跳了起来：“那你咋不说我后来一梭子干掉敌人半个班呢？”

“打土顽的土堡，我孟满仓手里长刀可也砍了七八个敌人的脑袋！”

“打人不打脸，骂人不揭短……”

“你先揭我短处的……”

眼瞅着自己手底下两员大将较开了真，栗子群方才不紧不慢地用手指头敲了敲桌子：“争什么呢？世上百业千行，哪行刚入门的徒弟都得出几回洋相，这才能慢慢咂摸出行当里的门道不是？现如今你们都是参加革命多年的老同志了，见着新同志有不懂、不明白的地方，那就得好好教人家，叫新同志少走点你们当年走过的弯路！话说回来，咱们这回在大武村里找来的这些新同志，虽说瞧着一个个面黄肌瘦的，可只要吃几顿饱饭，个顶个的都能是庄户人家当门立户的壮棒小子、军伍行里冲锋陷阵的好把式！”

彼此间对望一眼，苟大刦与孟满仓同时讪笑起来，几乎是异口同声地低叫道：“瞅着这些新来的同志，身上都还带着点庄稼把式？”

轻轻一点头，栗子群朝着那些看押着俘虏的大武村中壮丁一努嘴：“咱们从军分区出发之前，我大概找了解清乐县情况的同志问过，这大武村和翻过铁屏山的小武村都有习武强身的习俗。听说早些年，大武村中江姓人家里只要有习武的男丁，每年都能在祠堂里领一斗麦的贴补。虽说咱们这回招到武工队里的新同志都是小姓人家出身，可照猫画虎也该能有个凑合！”

很是兴奋地看着那些刚加入武工队的大武村中的壮丁，孟满仓将擦拭得雪亮的两把短刀朝着腰后一别：“有功夫底子就成！到时候我挑几个喜欢用刀的新同志，把我秦凤路孟家的刀法传给他们，这也都算得上是开馆收徒弟了！”

同样兴奋地连连搓手，苟大刦喃喃地絮叨着：“我倒是瞧上老跟着莫天留的那个大个子了！天生的机枪手，先叫他从副射手干起，估摸着扛两三箱子弹都能撵得上我……”

“那你也得先有机枪不是？再者说了，都不论咱们这刚开张的清乐县武工队，哪怕就是冀南军分区的老部队，谁家机枪能配着两三箱子弹供你使唤？”

“好你个孟满仓！你就当是叫我做梦娶媳妇，我美一会儿不成吗？非得朝着人心尖子上扎刀子，你还真就是个耍刀的……”

咳嗽一声，栗子群慢条斯理地收拾好了搁在桌子上的铅笔头和小本子，抬眼看了看又要抬杠的孟满仓与苟大刦：“都别在这儿瞎琢磨了！满仓，你老孟家的刀法算得上是近战一宝，这时候可不能藏着掖着，刚加入武工队的新同志都得学，尤其是得学会你长刀破长枪的招数，将来打鬼子拼刺刀的时候肯定用得上！大刦，眼下虽说是没机枪，可咱们武工队里的老同志当中，你用长枪的本事该是头一份，这手艺你也得全给我掏出来！当真要有那天生就喜欢你们那私房手艺的，再看实际情况细论！”

干脆利落地答应了一声，孟满仓却又朝着莫天留努了努嘴：“队长，旁的新同志我瞧着都还好，可这村油子、刺头儿……怕是不好教啊？”

“革命队伍是打铁炉，只要他是块铁，那就不怕打不出好刀！大劫，除了放警戒哨的同志，其他人集合，咱们先把这些俘虏收拾了再说！”

“是！队长，对待这些土匪……啥章程？”

“先对他们进行批评教育，再让他们检讨揭发！身上没血债的，乐意留下的咱们欢迎，想要回家的给路费！身上有血债的……孟满仓，交给你了！”

看着孟满仓与苟大劫领命而去，栗子群倒也没着急走近那些被扎堆捆在了一起的俘虏，反倒是扬声朝着不远处刚刚从一座屋子里出来的莫天留叫道：“天留，过来一下！”

扭头看了看正朝着自己招手的栗子群，莫天留略一犹豫，方才领着亦步亦趋跟在自己身后的沙邦粹走到了栗子群跟前，压着嗓门朝栗子群说道：“大当家的，我觉着这茶碗寨的土匪头子没跟咱们交实底！”

眉尖微微一挑，栗子群疑惑地看向了满脸神秘模样的莫天留：“你咋知道？”

朝着被单独捆在一旁的土匪头子看了一眼，莫天留低声说道：“打从他屋里寻出来的东西，不过就是一小包袱大洋和十来个金戒指，再就是些子弹！可茶碗寨祸害周遭村寨这么久，那就是光算计从大武村里讹走的钱粮，也不止这数目了！我估摸着……他还有藏好玩意儿的暗窖！”

恍然大悟般地点了点头，栗子群悄声应道：“你方才领着邦粹在茶碗寨中各屋进出，寻的就是这土匪头子藏起来的物件？找着了没有？”

“没找着！可我琢磨出来点事情……大当家的，能叫我过去跟那土匪头子说道几句吗？”

看着栗子群在片刻踌躇之后便点头表示答应，莫天留立马领着沙邦粹走到了单独绑在一旁的土匪头子身边蹲了下来：“相好的，跟你商量个事儿？”

恶狠狠地瞪了莫天留一眼，生得颇有几分狞恶模样的土匪头子扭头朝着地上吐了口唾沫：“呸！仗着嘴头子上蒙人才绑了你爷爷我，算得什么本事？！有本事把你爷爷我松开，咱们一对一单挑！”

重重地叹了口气，莫天留扭头一拽蹲在自己身边的沙邦粹：“棒槌，交给你了！”

闷闷地答应一声，沙邦粹伸出蒲扇般的一双巴掌，毫不客气地拿捏在了那土匪头子的肋巴骨上，略略使上了三分气力捏了下去……

★ 第十八章 青眼有加

除了在通往茶碗寨外的峡谷口关卡处放哨、戒备的老武工队员外，其他的武工队成员不论新、老，全都围拢了坐成一个圆圈，把刚刚缴获到手的武器弹药围拢在了当中。而手中捧着那小本子的栗子群，也站在架好的长枪旁，眼睛盯着小本子上记录的文字和数目侃侃而谈：“这一仗打下来，咱们清乐县武工队一枪没放就缴获了这么些武器弹药，还有不少粮食，碰头彩、开门红，咱们清乐县武工队，算是得着了个齐全！”

耳听着栗子群话音一顿，几个间杂着坐在人圈子里面的老武工队员立刻拍起了巴掌。而那些个刚加入了武工队的大武村壮丁，在片刻的迟疑之后，也有样学样，犹犹豫豫地把巴掌拍了个山响。

含笑看着那些朝着老武工队员们有样学样、但却又明显带着几分生疏模样的大武村壮丁，栗子群轻轻合上了手中的小本子，朝着围拢在自己身边周遭的众人摆了摆手：“既然是战后总结会，那咱们就得说说打这一仗，咱们都有啥优、缺点！照着我打了这么些年仗的经验来说，优点不说跑不了，缺点不说不得了——咱们就先来说说这缺点。”

怯怯地望着栗子群端正了脸色的模样，坐在人圈子里的万一响禁不住伸手拽了拽与自己一起爬上了山崖的老武工队员：“大哥，啥叫……优缺点？”

扭头看了看满脸怯生生模样的万一响，坐在万一响身边的老武工队员压低了嗓门和声说道：“就是做得对劲和不对劲！做对劲了，那往后再有这样的仗，还就照着这章程打。要做得不对劲，那就得赶紧改！要不然……战场上枪子不长眼，傻愣木呆可当真是一天都活不下去！咱们先不说话，听队长说……”

像是早预料到那些刚加入武工队的大武村壮丁会有疑问，栗子群并没在意万一响与那名老武工队员之间窃窃私语的举动。咳嗽一声清了清嗓子，栗子群扬声说道：“这头一桩缺点，就得落到我这当队长的头上——不注意战场实地侦察，全都信了那张到处是错误的地图。要不是莫天留同志指出来这实地与地图上的错误，估摸着咱们的同志们就得白耗功夫瞎费劲，说不定遇见个紧急情况，那就当真有可能葬送了咱们清乐县武工队，让同志们白白流血牺牲！”

朝着坐在地上、猛地抬头看向了自己的莫天留，栗子群微微摆了摆手：“这其二，对敌情侦察不重视，对敌人的战斗力也估计不足，导致了同志们只能冒险进攻、摸着石头过河！虽说这一回是有惊无险、侥幸成功，可现在回想起来……我当真是一身冷汗！

“在战斗结束之后，被取得的胜利冲昏了头脑，光顾着清点战利品，却没对战场进行仔细打扫检查。如果不是莫天留和沙邦粹两位同志仔细观察、认真分析，恐怕我们都会遗漏了这茶碗寨里还有另一个出口！将来跟鬼子作战的时候，鬼子要是也知道了这茶碗寨的另一处出口，给咱们背后来上一刀……”

抬眼看了看茶碗寨内那一汪清澈见底的水潭边矗立的巨大元宝石，栗子群深深地吸了口气：“要仔细说起来，咱们武工队里的老同志也都是参加革命多年，有一定的对敌斗争经验了！在大部队里枪林弹雨的场面也经历了不少，乍然间被抽调到武工队工作，心里面多少都觉着大江大海都闯过，还怕浅滩小河浜？可是同志们，在战场上可是容不得有丝毫仗着有经验就马虎的事情，那是会害死身边同志的啊！”

眼看着栗子群脸上一本正经的模样，好几个老武工队员都耷拉下了脑袋。而蹲在人圈子中的莫天留却眨巴着眼睛看着栗子群的背影，自言自语地低声咕哝起来：“好家伙……这可真是个混久了江湖的老把式……”

蹲坐在莫天留身边，原本就竖着耳朵在听栗子群讲话的沙邦粹自然听到了莫天留的低声自语，立刻便把耳朵伸到了莫天留的嘴边：“天留，你说的啥？啥老把式？”

一把将沙邦粹的脸推了开去，莫天留朝着栗子群的背影努了努嘴：“我是说这栗大当家的，当真是混江湖的老把式！说人先论己，那就是被他说道的人想要张嘴分辩几句，都得先掂量掂量自个儿说的话是不是能戳着这栗大当家的心窝子！就凭着这手本事……怕是这栗大当家，以往就得是个在江湖上有名有姓有来头的人物！”

眨巴着一双铜铃般大小的眼睛，沙邦粹直愣愣地吭哧起来：“这……天留，我听着栗队长也没说别人，说的都是他自个儿啊？你是不是琢磨错了？”

“错？你打小跟着我在大、小武村里面来回厮混，啥时候见我琢磨错过人？这栗大当家把茶碗寨里那些个土匪教训了一顿之后都给放了，一人还给发两块大洋的回家路费，这帮子逃得了性命、还能得着回家路费的土匪出门一传扬，栗大当家立马就能在江湖上得着个仁义的名头！再加上砍了茶碗寨里土匪头子立威，捎带手地还替不少叫茶碗寨土匪祸害过的村子报了仇……有打有拉，这手段……啊！”

“我还是不明白……天留，你给我细说说，栗队长说的这些话，到底哪儿就勾连上你了？”

“打锣听音、说话听声，这话说明白了就没了那个味儿了！把话算计到头，这栗大当家还是怪罪我当初给他的消息不对，再又说我打仗的时候不听招呼的事儿！得了……我也不等着人家指名道姓地说啥，我自个儿认了吧……”

叹息一声，莫天留刚要扬声说话，栗子群却已经转过了身子，朝着莫天留含笑说道：“说完了我的缺点，咱们再说说这场仗中间打得出彩的地方！这头一件事儿，还得说莫天留和万一响两位新同志，刚加入了咱们清乐县武工队，就立了一功——要不是他们指点出了两条能爬上山崖的道路，怕是咱们根本就没法一枪不发地拿下茶碗寨外的土匪关卡！来，大家为莫天留和万一响同志鼓掌！”

一片响亮的掌声之中，蹲坐在莫天留身边不远的万一响不禁面红耳赤，站起了身子想要打躬作揖，却又觉着这打躬作揖的礼数不见得合适，只得尴尬地嘿嘿憨笑。而莫天留却是在片刻的愣怔之后，蹲坐在地上高举双手连打拱手，口中兀自扬声叫道：“谢谢诸位抬举！谢谢诸位抬举！”

也不制止莫天留那插科打诨般的油滑举动，栗子群等到掌声稍息，方才再次开口说道：“还有沙邦粹同志，在战场上出现突发情况的时候，能够灵活处置，保证了咱们一枪不发地拿下茶碗寨，这也得算一大功！大家鼓掌！”

再次响起的掌声之中，沙邦粹窘迫地一屁股跌坐在地，蒲扇般的双手连连摇晃着，嘴里也胡乱叫嚷起来：“我不是……我没有……”

和蔼地朝着沙邦粹点了点头，栗子群扬声说道：“不光是沙邦粹同志在战斗中表现得机智勇敢，莫天留同志也在战斗中表现得很出色——俘虏暗藏的武器，是莫天留同志发现的！茶碗寨中的另一处通道，也是莫天留同志仔细观察之后，通过审讯土匪头子才找到的！要论起这一仗的功劳，莫天留同志该居首功！”

好像是没看见莫天留脸上浮现的惊讶神色，栗子群翻手从架在了一起的长枪中抓过了一杆八成新的汉阳造，捧在手中朝莫天留递了过去：“为了表扬莫天留同志在这场战斗中表现出来的机智勇敢、胆大心细，这支步枪，就归莫天留同志使用了！天留，接枪！”

脸上依旧带着惊讶的神色，莫天留慢吞吞地站起了身子，却没去接栗子群递向了自己的那支汉阳造步枪，反倒是朝着武器弹药堆积的地方指了指：“大当家的，要当真能赏我个家什……我倒是想要那家什！”

诧异地扭头看了看堆积在一起的枪支弹药，栗子群略作踌躇，返身将手中的汉阳造步枪放了回去，却伸手抓起了一支散发着烤蓝幽光的德造二十响手枪。

将拿在手中的德造二十响手枪翻来覆去看了几眼，再拔出弹匣、拉动枪机验过了枪膛内并无子弹，栗子群抬手将那支德造二十响手枪朝莫天留递了过去：“天留，按说在八路军里面，短枪一般都只配发给指挥员和有革命斗争需要的老同志。刚参加革命的新同志就能得着一把短枪的……当真不多！可是……天留，我相信你能好好用上这把短枪！”

看着栗子群再次递到了自己眼前的那支德造二十响短枪，莫天留依旧没着急伸手接枪，反倒是朝着栗子群低声问道：“我说大当家的，你就这么信得着我？”

郑重地点了点头，栗子群和声说道：“既然你参加了咱们八路军武工队，那就是咱们的革命同志，大家伙自然都相信你，你也能信得着大家！”

★ 第十九章 暗里琢磨

一连十来天的工夫，茶碗寨内的武工队员们都没片刻的消停。茶碗寨入口处由土匪胡乱搭建的环形工事，被几个老武工队员三下五除二地拆了个干净，就连那两幢简陋的木屋也没能幸免。拆卸下来的粗大木料用茶碗寨中寻着的铁钉牢牢钉成了一排，再在坚硬的土地上刨了两道一米多深的壕沟，将那木排半埋半露之后夯实筑紧，立刻便形成了一道一人多高的夹心木墙。

木墙之后，也都不知道猴子是从茶碗寨中什么地方寻来了些枯藤杂草，熬成了黏稠的浆液之后拌合上从水潭里捞出来的卵石、细沙，半干不湿地灌进了夹心木墙中。不过三五天的工夫，那被填进了夹心木墙中的卵石砂浆，已然坚硬得像是山中青岩一般，估摸着连手榴弹都炸不开！

木墙后边隔着不过二百米，几个老武工队员借助着山缝曲折的走向，紧贴着山壁用青石垒出了两座半埋在地下的地堡，同样用猴子调制出来的卵石砂浆厚厚糊了内外两层。从地堡上那只高出地面两丈高度的射击孔望去，被刻意平整过地面的山缝一览无余，凭着两支花机关就能形成交叉火力，足以封锁突破了木墙之后冲进山缝中的敌人。

再朝后一里地远近，几个山缝两侧山崖上的天生石洞也派上了用场。搭着高高的楼梯钻进算不得太大的石洞中，山缝底下的人瞧不见石洞中的情形，而石洞中埋伏的人马却能从半封住石洞入口的石头缝隙中瞄准目标，好整以暇地点射狙杀！

山缝两边的山崖上，能从外面爬上山崖的两条石缝都叫仔细清理了一遍，能让人搭手借力的老藤全都砍了个干净，就连能蹬脚的凸起石块，也叫腰里拴着绳子从山崖上缓缓坠下的猴子用大锤砸了个干净。从山崖上各处收集来的羊头石、牛头石，沿着山缝两侧摆放成堆。遇见有人冲进山缝中时，只要将拦着石头的藤网绳索一刀砍断，凌空坠下的石头必定如流星坠地般威势惊人。

原本就被土匪清理过的山缝前平地上，已经有些枯黄的灌木又被仔细清扫了一回。茶碗大小、一尺来深的陷坑挖了无数，人马在朝着山缝中木墙冲击的时候，只消踩中一个，少说就得断一条腿！而那些在树林间密布的各样陷阱，在经过了猴子与钟有田的改进加固之后，杀伤效果变得更为显著。

新加入武工队的大武村壮丁在另外几个老武工队员的带领下进行着最基本的队列训练与格斗训练，两者相比之下，负责传授刀法的孟满仓倒是显得颇为轻松，甚至已经开始对几个有较强的武术功底、且对刀法掌握较快的新队员开始了进一步的传授。

而负责队列训练的钟有田则是有些哭笑不得——除了莫天留在极短的时间里就能对队列训练的口令做出正确反应之外，其他的新队员几乎全都是左右不分。逼得实在没法子的钟有田情急之下，干脆让所有的新队员都脱掉了左脚穿着的鞋子，这才勉强让新队员们知道了左、右的区别。

由苟大却负责的枪械保养与使用训练进行得不愠不火，除了万一响能较快对枪械的保养与使用上手之外，其他的新队员几乎都没太多出色的表现，甚至还出现过不少在瞄靶训练时呼呼大睡的人物。每天晚上的政治纪律学习更是如此，哪怕栗子群讲得再是深入浅出、绘声绘色，下边坐着的新队员也全都是强打着精神应付差事，莫天留更是每逢政治纪律学习便打瞌睡，有几回睡得酣畅，干脆打着呼噜一脑袋杵到了地上，倒是把其他的新队员逗得哈哈大笑，更是叫栗子群哭笑不得……

可别看莫天留在政治学习课上从来都是瞌睡虫钻了鼻子眼的模样，但凡是跟栗子群聊起铁屏山中各处的村寨情况，山势走向，鬼子、伪军的据点和大大小小的土匪绺子，立马便来了精神，从来都是手舞足蹈、眉飞色舞。才不过十来天的工夫，栗子群与莫天留一问一答、神吹海聊之下，栗子群手中当宝贝攥着的那张清乐县地图，已然叫涂改得面目全非。

眼看着茶碗寨中的防御工事已经初具规模，而那些新加入武工队的大武村壮丁也都被训练得略有了几分模样，栗子群选了个秋高气爽的日子，留下了几个老武工队员把守茶碗寨，率领着所有新加入武工队的大武村壮丁挑着缴获的粮食出了茶碗寨，直奔着大武村方向走去。

挑着满满一担麦子，身形原本就瘦小的万一响几乎都要被那沉重的担子压弯了脊梁骨，可一想到栗子群说过这些粮食都是挑回家给家中老母，万一响立时便有了精神，在陡峭的山路上走得虎虎生风，不一会儿便走到了队伍的最前边，差不多都要跟空手在队伍前面蹚路的钟有田走了个并肩的模样。

同样挑着一副粮食担子，莫天留拖拖拉拉地走在了靠近队伍末尾的位置，很有些没精打采地跟随着队伍朝前挪动着脚步，时不时还开口朝着走在自己前面不远处的沙邦粹低声招呼："棒槌，你再走慢点……再帮我匀过去些粮食……"

叫莫天留连着吆喝过了几回，挑着满满一担粮食的沙邦粹索性停下了脚步，伸手从道路旁的树木上扯下几根藤蔓，三两下便将莫天留挑着的粮食担子与自己挑着的粮食担子捆成了担山架的模样，一个人将所有的粮食扛了起来，这才闷声朝着空着双手的莫天留低声叫道："天留，你这到底是咋了？打从栗队长说要送粮回大武村，我瞧着你脸上就像是挺不乐意的模样。给我说说——你又琢磨啥呢？"

看看身边没人，莫天留很是有气无力地摇了摇头："这还能琢磨啥……我说棒槌，你和我……还有大武村里出来的这些壮丁的水浇地，怕是得悬！"

瞪圆了眼睛，沙邦粹顿时停下了脚步："咋？当面锣、对面鼓说好的事儿，江老太公还能混赖了咱们不成？"

朝着沙邦粹一摆手，莫天留依旧是一副有气无力的模样："这就不关人家江老太公的事儿！你想想看，打从咱们小时候明白人事到如今，你都不说见过——你听说过哪家绺子朝村寨里面送粮食的没有？"

愣怔了片刻，沙邦粹缓缓摇了摇头："这倒是……真没听说过！各处绺子都只是从村寨里边抢粮食，入了绺子的人想要攒点体己送回家，那还都得偷摸着才行，都怕叫旁的绺子里有人瞧见了，再把祸事招到自个儿家……"

伸手在沙邦粹挑着的担山架上一拍，莫天留朝着走在队伍中间的栗子群一努嘴："大当家的把原来茶碗寨绺子里的人都给放出去了，十来天的工夫，估摸着铁屏山里大大小小的绺子，全都能知道茶碗寨换了当家！今天再这么大张旗鼓地朝着大武村里送粮食，那就更坐实了茶碗寨跟大武村穿的是一条裤子不是？"

"那又能咋样？"

"……你这辈子就只能是个棒槌！这消息传出去之后，大武村和茶碗寨就算是绑到了一张板凳上！有茶碗寨在一天，旁的绺子就不敢轻易招惹大武村！可只要是茶碗寨不护着大武村……你觉着能出啥事？！"

"那咱们不都在茶碗寨里待着吗？哪儿还能不顾大武村？"

"那咱们的水浇地呢？"

眨巴着眼睛，沙邦粹紧锁着眉头嘟囔着算计起来："在茶碗寨待着就没水浇地……回村里种地就没茶碗寨护着村子……这顾头就顾不了腚……耗子钻风箱——两头受气……"

轻轻叹了口气，莫天留脚下加紧，与沙邦粹走了个并肩："我算是琢磨出来了……这要是栗大当家的能一直照着他每天晚上说的那些规矩路数办事，怕是咱们当真难把大武村里的水浇地拿到手里了！就那些个规矩路数，哪条都是奔着人心里头的公道去的，哪条也都是先人后己的门道！听栗大当家话音里的意思，他还只是这报号八路军里一个听规矩办事的小官，还有比他大不少的官，也都是照着这些规矩行事！闹不好……这八路军能成大事！”

疑惑地看着走在自己身边的莫天留，沙邦粹不禁低声问道：“每天晚上栗队长教规矩，你不都靠我身上打瞌睡吗？有好几回你可都睡得栽地上了……”

“你傻我也傻？！你看着我每天晚上都闭着眼，可我那耳朵都是支棱着的，栗大当家说的每个字我都听清楚了！就他前天晚上说的，等将来打跑了鬼子、天下太平了，大家伙都能得着一块地去种……这打跑了鬼子，可真不是三年就能办到的事儿！哪怕他栗大当家说的话当真算数，咱们的水浇地……那也得好多年后才能到手里了……”

“那咋办？”

“能咋办？老实跟着栗大当家混着干吧！先前打的那等栗大当家散伙倒秧子的主意，怕是真不成了……”

★　第二十章　无奈断臂

人逢喜事精神爽，身上也显得格外有劲。才过了正午的工夫，走在山林间的武工队员们已经能隐约地看到大武村那依照着村落中房屋布局建立的青石外墙，就连大武村前牌楼上斗大的“大武村”三字，也大致可辨。

伸着胳膊用袖子擦了擦额头沁出的汗水，始终都走在队列最前方的万一响总算是停下了脚步，重重地喘了口粗气，将一路上都没离肩的粮食挑子放了下来。

折返到万一响身边，在队伍前边蹚路的钟有田伸手解下腰间挎着的水葫芦朝万一响递了过去：“还真没瞧出来，你万一响这精干精瘦的身板，倒也是个能挑着二百斤的担子走长路的人物。喝口水、歇歇脚，一会儿咱们可就到了地头了，把自个儿收拾得精神些，家里人瞧着也高兴不是？”

感激地朝着钟有田笑了笑，万一响双手接过了钟有田递过来的水葫芦，却只是浅浅地啜了几口水葫芦中的清水，稍微润了润干涩的喉咙。

赞许地朝着万一响点了点头，钟有田随手把万一响递回来的水葫芦扔给了另一个刚放下肩头粮食挑子的武工队员：“都照着万一响的样子，小口喝点水润润嗓子眼就好！在山林里走得浑身见汗的时候，千万记着不能大口喝水，那会呛伤肺管子的！”

憨笑着接过了钟有田扔来的水葫芦，那刚加入武工队的大武村壮丁连连点头应道："这都明白，干重活、跑长路，都不能着急喝凉水！往年替人扛活儿割麦，主家送来的凉茶水里面都要撒一把麦糠，就是怕有渴急了的大口喝凉水落下病根呢！"

见着队伍前面的人停下了脚步，走在队伍中间、同样也挑着一副粮食挑子的栗子群也搁下了肩头沉重的粮食挑子，顺手从肩头摘下了斜背着的日本军用水壶，美滋滋地抿了一口清水润润喉咙，这才扬声朝着其他武工队员叫道："都搁下粮食挑子歇歇脚，拾掇拾掇身上的衣裳，等会儿回家见着了家里人，一个个可都打起了精神头！咱们这是打了胜仗、除了祸害，回家给亲人报喜来了！"

轰然而起的应诺声中，栗子群随手把手中的水壶递给了身边的一名武工队员，大步走到了折返回来的钟有田身边："村子周围没啥情况吧？"

朝着栗子群摆了摆手，钟有田朗声应道："清静得很！我爬到高处看过，村子里瞧不见有生火做饭的人家，村边的麦地里也瞧不见几个人，估摸着是回家躲正午的毒日头了！也不知道是不是有哪家孩子顽皮，村子前面的牌楼上还挂了个麦草圈儿……"

只一听村子前面的牌楼上挂了个麦草圈，站在钟有田左边拾掇身上衣裳的万一响顿时瞪圆了眼睛，急声朝着钟有田叫道："有田哥，你没瞧错了？村子前面的牌楼上，当真有个麦草圈？！"

下意识地点了点头，钟有田开口朝万一响应道："没错！就在牌楼上飞檐角上挂着的，咋了？"

脸上神色骤变，万一响语气更急："坏了……有田哥，这清乐县地面上的村寨有规矩，但凡是村寨里面有了过人的疫病，那就得在村前牌楼或是进村的路口旁大树上挂个麦草圈，好叫想进村的人止步，也免得把村寨里的疫病过到别处去祸害旁人！我们这才出来十多天的工夫，怎么大武村里面就能出了过人的疫病了……不成，我得先回家看看我老娘！"

一把拽住了不管不顾就要朝着大武村奔去的万一响，栗子群沉声朝万一响喝道："先别慌张！上回我去大武村的时候，听说过村里可是有出名的大夫的，按说不会出啥大事！"

急得连连跺脚，万一响直着脖子朝栗子群叫嚷起来："队长，村里的韩老先生拿手的是治红伤，平时也能捎带手地收拾个头疼脑热的毛病，可这能过人的疫病……怕是韩老先生也没法子了，这才在村口牌楼上挂了麦草圈！"

手上加了把力气，栗子群再次拽住了想要挣脱自己的万一响："那就更不能莽莽撞撞朝着村子里冲了！要是村子里真有了不得的过人疫病，那咱们只要一出村，说不定就会把这过人的疫病带得到处都是！可要是叫困在了村子里，咱们又什么忙都帮不上……”

皱眉思忖片刻，栗子群轻轻放开了抓在万一响胳膊上的巴掌，扭头朝着身边聚拢的老武工队员叫道：“共产党员、共青团员到前面来！”

没有丝毫的迟疑停顿，几乎全部老武工队员都聚拢到了栗子群身边，默不作声地等候着栗子群的命令。环顾着身边的老武工队员，栗子群抬手指向了刚刚前出蹚路的钟有田：“有田你走一趟，先去村里找江老太公把情况打听清楚，然后到村口喊话联络！其他人原地待命，没有我的命令，任何人不许靠近大武村！有田，你自己也多留神！”

利落地答应一声，钟有田拔腿便朝着大武村中奔去。而其他的武工队员也纷纷聚拢到了栗子群身边，伸长了脖子眺望着大武村方向，连手中紧握着的水葫芦也忘了送到嘴边。

足足等了有一顿饭的工夫，栗子群总算是看见了钟有田站到了大武村中朝着自己这边的寨墙上，脱下了身上的衣裳使劲挥舞，像是在招呼着自己赶紧过去一般。

再次制止了刚加入武工队中的大武村壮丁朝村子方向奔去的举动，栗子群正要领着猴子朝大武村方向走去，一路上都几乎是空着双手走路的莫天留却猛然凑到了栗子群身边，低声朝栗子群说道：“大当家的，要不我跟着你一块去？大武村里和周遭几个村子的情形我都算熟悉，当真有个啥要问的情形，也犯不上来回折腾传话。”

略一思忖，栗子群微微一点头，领着猴子与莫天留大步朝着大武村方向走去。才刚走出去几步，浑身大汗的沙邦粹却是不管不顾地追了上来，闷着嗓门朝栗子群说道：“队长，我跟着天留……”

也都顾不上再与一脸坚决模样的沙邦粹说些什么，栗子群领着莫天留等人大步走到了能看清寨墙上钟有田的地方，双手在嘴巴前拢成了个喇叭筒模样，大声朝着钟有田喊道：“村子里啥情况？”

居高临下，更兼着刚巧身后有风朝前吹过，钟有田倒是用不着像栗子群那样费力喊话，只是提高了嗓门叫道：“前几天村子里来过个货郎，跟那货郎换过东西的人家，都有人得了病，上吐下泻的，一天工夫就起不来床了！江老太公打发出去寻大夫的人在村外十里见着了那货郎的尸首，怕是病根就从那货郎身上来的！”

“病得最重的是啥情形？”

“人都瘦成了一把柴，水米不进，怕是熬不过两天了！”

“有多少人得了病？”

“一传十、十传百，等江老太公下令封村净街的时候，已经有小二百号人病躺下了！到今天差不多有三百多号人见了病症，村子里懂医病的韩老先生看过了，只说怕是像小二十年前宫南县那场瘟疫……”

只一听钟有田答话，莫天留顿时变了脸色，冲口朝着栗子群叫道：“小二十年宫南县那场瘟疫，听说死了好几万人，牛羊猪鸡都死绝了！听说清乐县当时派了人堵死了通往宫南县的大小路口，不让一个宫南县的人过境，这才没叫瘟疫过到清乐县……”

心有戚戚地点了点头，沙邦粹粗着嗓门应道：“我也听说过这事，宫南县好几个村子都死成了绝户，上好的水浇地就那么撂荒了好几年都没人敢再去种那些地，怕再沾染上那能过人的瘟疫！”

神色凝重地点了点头，栗子群再次朝站在寨墙上的钟有田喊道：“问过了江老太公没有？能有啥治病的法子吗？”

同样用力地点了点头，钟有田放声叫道：“法子倒是有，可怕是有挺大的为难处。现在江老太公开了祠堂在商议着这事，一半会儿的工夫，该就能有个准定的说法了！”

话音才落，大武村中已然响起了清亮的铜锣声。等得铜锣声响过了三遍，一个略带着几分沙哑的大嗓门吆喝的声音，从大武村中隐约传来：“大武村中江氏子弟听了——家中无人得病且有壮丁者，家中壮丁速到祠堂前候令了啊……家中无人得病且有壮丁者，家中壮丁速到祠堂前候令了啊……”

喊声起处，大武村中骤然响起了一片压抑不住的哭叫之声。而在大武村寨墙外居住的不少小姓人家的屋子里，也陆陆续续走出些当家主事的男丁，阴沉着面孔看向了寨墙内……

重重地一跺脚，莫天留紧紧地闭上了眼睛：“完了………这场疫病肯定是没法收拾了，太公这才打算……洗村！”

诧异地看着满脸痛苦神色的莫天留，再看看涨红了面孔、紧握双拳不断喘着粗气的沙邦粹，栗子群急声问道：“天留，啥叫洗村？”

“庄户人家缺医少药，但凡是撞见了了不得的过人疫病，为了不叫一村人都死成绝户，就只好……把得了病的人家赶出村子，寻地圈禁起来。老天爷要是开恩，说不定还能有人捡回来一条命！可是……打从我记事的时候起，这清乐县周遭十里八乡洗村撵出来的人，就没见着能有几个活人……”

★　第二十一章　有胆回天

铜锣响过了三遍，大武村中只是安静了一壶茶的工夫，凄楚的哭喊声便渐渐地响了起来。伴随着那凄楚的哭喊声响起，几十个手里攥着棍棒之类武器的大武村中江姓壮丁飞快地跑出了村口，每个人脸上都还蒙着一块白羊肚手巾。伴随着微风吹过，一股淡淡的酒味顿时飘送到了栗子群等人的鼻端，顿时便能叫栗子群等人明白那些江姓壮丁脸上蒙着的手巾上浸透了烈酒，多少能起到些防病的作用。

急声交代了钟有田在村口左近等候消息，栗子群领着莫天留等人疾步奔向了那些冲出村口的江姓壮丁，远远地便朝着那些江姓壮丁喊道："乡亲们停一步，我有话要说！"

喊声入耳，再看看栗子群身上挎着的德造二十响手枪，那些急急忙忙冲出了村口的江姓壮丁慢慢地停下了脚步。一个看上去像是主事人物的中年人分开挡在自己身前的壮丁，很是带着几分胆怯的模样站到了栗子群面前，抱拳朝着疾奔而至的栗子群和声说道："这位好汉爷，村里出了过人的疫病，不得已正在洗村……好汉爷要有啥事吩咐咱村里办理，还请容咱们过了这一遭，日后定有……"

还没等栗子群开口说话，跑在栗子群身后的莫天留却猛地钻了出来，迎着那主事的中年人开口叫道："三叔，我是天留啊！村子里到底咋样了？"

瞪圆了眼睛看着同样挎着一把德造二十响手枪的莫天留，那用手巾蒙面的中年人愣怔了好一会儿，再看看跟在莫天留身后的沙邦粹，这才像是多少放心了些地舒了口气："我还当是哪路的好汉爷，闹了半天……天留，你咋在这时候回村了呢？村子里现在可是乱了套了……江家各房都有人染了这过人的疫病，老太公下令洗村……正闹腾得不可开交呢！天留，我知道你们这些小姓人家的孩子入了绺子，从此就是张嘴吃八方、认亲不顾亲的人物，可好歹你打小也是吃大武村里百家饭长大的孩子，多少也给大武村里留点方便吧？"

略一愣怔，栗子群顿时明白过来，和声朝那主事的中年人说道："老乡，估摸着你想错了，我们不是来大武村里寻乡亲们要好处的，反倒是要给参加了武工队的同志家里送点粮食，这也是实行我们八路军优待军属的政策，刚巧就赶上……"

同样愣怔了片刻，主事的中年人疑惑地盯着莫天留与沙邦粹看了好一会儿，方才将信将疑地点了点头："要只是给那些个参加了绺子的孩子家里送粮食……倒是不妨事！那把疫病过到了大武村的货郎挑着货郎担在村中大路上走了个来回，可是把不少人家招揽去换了各样杂货，把病也过到了不少人家里。也亏得小姓人家的屋子差不多都在寨墙外边和村头村尾，反倒是阴差阳错地躲过了这一劫！要不然……”

侧耳听了听大武村中越来越响亮的哭喊声，栗子群很有些纳闷地朝主事的中年人说道：“老乡，这病当真就是没法治？非得要用上洗村的法子？”

蓦地红了眼眶，那主事的中年人哑着嗓子应道：“能有旁的法子，谁乐意拿着刀子从自个儿心口剜肉啊！能治这病的大夫也访着了，可那大夫……那大夫是清乐县城福缘药号里的刘红眼，白眼珠子见钱就红，跟日本人也扯着勾连……”

嘴巴张得老大，从来都话少的沙邦粹惊讶地接上了那主事中年人的话茬：“刘红眼？就福缘药号的掌柜、翻书医病、无参不药的刘红眼？！他啥时候能有这治瘟疫的本事了？”

拄着手中的枣木齐眉棍，主事的中年人叹息着耷拉下了脑袋：“老话不都说药王子弟，命里都带着有三年大运吗？这刘红眼平日里压根都没人找他看病，他那福缘药号也只是挂了个药号的幌子，骨子里是靠贩大烟挣黑心钱！可也不知道这回他是从哪儿得着了个老方子，熬出来的药刚巧就能治这回的疫病，听说是医好了清乐县城里好几家染了疫病的大户！”

眉毛一立，莫天留顿时狠狠地攥紧了拳头：“三叔，是不是这刘红眼趁着这要人命的节骨眼，把那能治病的药卖出了个天大的价钱？”

“天大的价钱也就罢了，太公也不是那种舍命不舍财的人。可那刘红眼只卖成药、不卖方子，连药都得去清乐县城里他那福缘药号去喝。明面上说是那药得刚熬好就喝下肚才灵验，可实底下……还是怕有懂行的人尝了药汤、得去了他那方子，他那独一份的缺德买卖就做不成了！”

“这大武村里好几百号得病的乡亲，穿村越寨地到清乐县城……怕是路上就得出事啊……”

“能把病人送去也罢了！可就是把病人送去福缘药号，清乐县城里的鬼子也不让啊……听说别的几个村子也有人得了这病，十几号病人送去清乐县城，走在半道上就叫炮楼里出来的鬼子拿刺刀挑了，尸首都叫泼上油烧了，说是叫……消毒！天留，但凡有一点法子，谁又能狠心朝着自己亲眷下手，动这洗村的念头……”

眉头紧皱，栗子群沉吟片刻，方才朝着那主事的中年人开口说道：“老乡，以往村子里遭遇了这样的事情，都是把病人送去哪儿？”

抬手朝着大路旁不远处的山坳口一指，主事的中年人低声叹息着应道：“从那山坳口走进去十五里地，有一处闷葫芦样的山沟。山沟里面有一眼泉水，凑合着能让人有口水喝。柴草之类的也能寻着些，能烧口吃食……听老辈子人说，大武村以往有不得已洗村的时候，都是把人朝着那儿送。可从来都是送进去一大堆人，出来的……没几个……”

略一点头，栗子群朝那主事的中年人说道：“老乡，你看这么着行不行？咱们先把病人从村子里请出来，可别朝着那山沟里面送，就在这左近方便些的地方寻个下处让病人们待着。我这就带人走一趟县城，试试看能不能想办法把那能治病的药给弄回来。”

瞪圆了眼睛，主事的中年人愣怔了老半天，方才犹豫着朝栗子群开口说道：“这自然是……我估摸着……好汉爷，咱们村子里这事情……不知道好汉爷得要多少使唤钱、多少粮？”

朝前迈了一大步，莫天留摇晃着身板横到了栗子群与那主事中年人之间，扬声朝着那主事中年人说道：“三叔，你在家里都从来是听三婶拿主意，这关系到村里几百口人丁性命的大事，你就别在这儿瞎琢磨耽误工夫了！赶紧地回村去请江老太公示下，看看他老人家有啥说道？”

就像是一语惊醒梦中人，主事的中年人忙不迭地点头应道：“说得是……说得是！好汉爷稍等，我这就回村问过了太公……”

一把拽住了那扭头就要回村的中年人，栗子群和声朝那主事的中年人说道：“老乡，我队伍里的同志现在也在大武村里。哪怕是为了我队伍里的同志，这趟县城我也非得走一回不可了！这事情，也请老乡向江老太公说明才好！”

鸡啄米似的点着头，那主事的中年人显然就是个心里拿不准主意的人物，都没朝着身边那些个手持齐眉棍的大武村壮丁交代一声，只顾着拔腿朝着大武村中冲去……

眼巴巴地看着村子里主事的人物撂下自个儿跑了个一溜烟，那些用浸了烈酒的手巾蒙脸、手中还抓着齐眉棍的大武村壮丁面面相觑之下，有个胆大的终于犹豫着扯下了包在脸上的手巾，怯怯地朝着站在众人面前的莫天留说道：“天留哥，我是……我是满顺！你挎着这匣子枪的样子……可真是气派！”

伸手在腰间挎着的德造二十响手枪上一拍，莫天留很有些得意地朝着满顺笑道：“你就是不把蒙脸的手巾摘下来，我也能瞧得出满顺你个吃啥啥没够、干啥啥不成的白坯子身板！怎么着？大武村里都没人能用了，把个从来都听媳妇话的三叔找出来主事？把你个看着结实、可手上都没二两气力的家伙也搬出来当了壮丁？”

讪讪地低下了头，满顺吭哧着朝莫天留说道：“天留哥，你就别笑话我了……这大武村里谁不知道，要论脑子活就得属你，要比身板壮那就得是邦粹兄弟……天留哥，我跟你打听一句……”

很有些胆怯地看了看站在一旁的栗子群，满顺拉扯着莫天留走开了十几步，方才把嘴巴凑到了莫天留的耳边，细声细气地朝着莫天留说道：“天留哥，你们这绺子里当家的，听说是个狠角儿？上回刚从村子里面出去，一晚上的工夫就灭了茶碗寨的绺子？”

微微扬起了脸，莫天留拿捏着几分傲慢腔调，拖腔带嗓地朝一脸好奇与紧张神色的满顺叫道：“这是哪路的碎嘴子呀？不大点儿的事情，才十来天的工夫就传到大武村了？”

“这事情还小？这铁屏山里大大小小的绺子，谁不知道占了茶碗寨的绺子人多枪猛，寻常时节压根都没人敢去碰他们一指头？可就这么一晚上的工夫，就叫你们给拿下了，听说还把原来占了茶碗寨的绺子大当家给剁了立威？”

“你还听说了啥？”

“还听说你们绺子的大当家没为难旁人，一人还给了些路费叫人能平安还乡……”

“还有呢？”

“还有……还有啥呀？”

“那就没听人说我莫天留三句话吓得茶碗寨原来那绺子的大当家缴枪求饶？！”

“这倒是……没听说！天留哥，你这绺子的大当家要真是这么个狠角儿，那这回去清乐县城寻刘红眼找药，该是十拿九稳的事情了吧？”

乜斜着眼睛，莫天留很有些不乐意地看向了满顺：“嗬……这一口一个绺子、一口一个大当家，这么乐意入绺子混江湖，那怎么就没见着你前些天抛家舍业地入伙？满顺，你是不是觉着离了我这绺子里的大当家，这上县城里寻刘红眼取药的事儿，当真就办不成了？明白话告诉你，这大当家的再是混老了江湖的好手，那也得明白个强龙不压地头蛇的道理！这要是离了我，他连刘红眼在清乐县城里住哪儿都找不着！我说满顺，你啥时候学会这狗眼看人低的毛病了……”

显然是看出了莫天留脸上不乐意的神情，满顺讪讪地低下了头：“天留哥，我不是那意思……”

打从鼻孔里哼了一声，莫天留扭头看了看抱着个小包袱急匆匆从村子里狂奔出来的主事中年人，喃喃自语般地低声说道：“瞧着三叔跑得跟恶狗抢屎似的架势……怕是太公答应咱大当家的主意了……”

★ 第二十二章 蒙混过关

照旧是钻山沟、涉河滩地抄着近路，眼看着太阳就要偏西的时辰，莫天留等人总算是瞧见了清乐县城的城门洞，还有高挑在城门楼子上的膏药旗！

擦了把脸上的汗水，莫天留重重地喘了口粗气，扭头朝着跟在自己身后的栗子群说道：“大当家的，咱们歇歇脚吧。等把身上的汗水收收，慢慢朝着城门口过去就成，赶得上在关城门之前到县城里！”

敞开了衣襟，同样走得浑身是汗的栗子群抬眼看了看城门楼子上随风飘荡的膏药旗，伸手把别在腰间的德造二十响手枪摘了下来，朝着身后背着个粪筐的孟满仓一递：“收拾起来！天留，你带着的武器也交给满仓保管，过了城门口的鬼子哨卡再说！”

伸手摸了摸别在腰间的德造二十响手枪，再看看孟满仓背着的粪筐里一路拾捡而来的粪肥，莫天留毫不迟疑地摇了摇头：“这也太埋汰了……好好一把家什搁在粪肥里面，往后拿着都一股子牛粪味，使唤着都觉着难受！大当家的，你们甭管我了，我有招！”

端正了脸色，栗子群看着一副满不在乎模样的莫天留说道：“天留，这可不是能胡闹着耍的事儿！真要是叫鬼子发现了你身上带着武器，不但你会有危险，取药的任务也会被耽搁……”

没等栗子群把话说完，莫天留已经拔出了腰间别着的德造二十响手枪，朝着站在栗子群身边的沙邦粹一龇牙：“棒槌，还记得那座贴墙根的废园子不？”

愣愣地点了点头，沙邦粹瓮声瓮气地应道：“哪能不记得？每回你在清乐县城里惹了祸，都是奔那废园子里去，抬手就把从别人手里坑来的物件扔过城墙豁口……”

仿佛是为了证明莫天留的确干过这样的事情，沙邦粹伸手一指自己脑袋上一道一寸来长的疤痕：“上回你打清乐县饭馆弄来两坛子香油，叫那饭馆里的人追急了，不管不顾地就把那两坛香油朝着外边扔，连招呼都不打一声！还好我脑袋瓜子结实，换个人挨那坛子砸一下，怕是立马就得砸晕过去，哪儿还能想着接住第二个扔出来的坛子……”

脖子一拧，莫天留振振有词地朝沙邦粹叫道：“我不都告诉你了吗，我要去城里饭馆把他们掌柜的从咱村里骗去的香油弄回来，让你在城墙外边接应，你找个草窝就睡觉，你还好意思说我？！白白糟蹋了一坛子上好的香油，全洒你脑袋上了……”

嘴里说着话，莫天留一把将自己那支德造二十响塞到了沙邦粹的怀里：“这回可得机灵着点儿！站那城墙豁口外边等着，听见我在城墙里面废园子吆喝你了，你再把枪扔过来，听明白没有？！”

闷闷地点了点头，沙邦粹把莫天留塞到自己怀里的那支德造二十响朝衣裳里面一揣，扭头便朝着一条通往城墙边上的小道走去。目送着沙邦粹大步走远，莫天留这才扭头朝着栗子群一龇牙：“大当家的，咱们这就走着？”

微微一点头，栗子群与莫天留两人并肩朝着县城城门方向走去。而在两人身后将武器藏到了粪筐中的孟满仓，却是在两人走出去了老远之后，方才背着个粪筐不紧不慢地沿着大路溜达，看着就是个寻常拾粪农人的模样。

眼看着通往城门口的大路上有不少都是要赶在城门关闭之前进城的行人，再瞧瞧城门口几个拦着行人检查的皇协军士兵和两名日军士兵，栗子群扭头朝着走在自己身边的莫天留低声说道：“天留，沉住气，别慌张！这会儿正是要赶着进城的人扎堆的时候，估摸着那些皇协军也不会认真细查！可要是万一……”

心领神会地一点头，莫天留同样细着嗓门说道：“大当家的，你说话多少还带着几分外路人的口音，万一要是那些皇协军当兵的细查，你就说是我远房亲戚，做生意做蚀了本钱，这才到我家来帮工干活，讨一口吃的，等麦熟了再借几个钱回乡！”

嘴角微微浮现出一丝笑意，栗子群低声笑道：“天留，看你像是老早就琢磨过拿什么招数糊弄这些鬼子和皇协军？”

很是不屑地瞥了一眼城门口拦路检查行人的皇协军士兵，莫天留低声哼道：“自个儿投了皇协军去当兵吃粮的，十有八九都是清乐县左近的浪荡闲人、痞子无赖，鬼子没来的时候就是人嫌狗不搭理，抱上了鬼子的大腿之后，更是变本加厉，无事生非地讹人好处、抢人钱粮！对付他们这些人，我心里早都有谱！大当家的，一会儿真要是那些皇协军的兵寻是非、找麻烦，你别多说话，我来支应就行！”

低语交谈声中，莫天留与栗子群已经走到了排队等候进城的行人队列末尾。伸头看了看几个借着检查的机会从行人口袋里掏摸点钱财、挑子上搜刮些瓜菜的皇协军士兵，再看看两个满脸凶相站在城门洞里监视皇协军士兵行动的日军士兵，莫天留咽了口唾沫润了润嗓子，捏弄出一副沙哑的公鸭嗓嚷嚷起来：“这一个个地查验下来，怕是天黑关城门了，大家伙都还有一多半人在城外边呢。我说几位官长，都是乡里乡亲的，手底下照应着点，就别那么较真了吧？”

话一出口，被几个把守城门的皇协军士兵拦住去路的行人顿时被撩拨起了心头汹汹之意！

要赶在关城门之前进城的行人，大多是清乐县城里各处商号的采买账房和伙计，还有些大户人家的家人，更有不少是有急事在身、需要进城办理的人物。紧赶慢赶地走到城门口，早已经是口干舌燥、身疲腿软，眼瞅着家门口就在眼跟前，偏偏却叫几个狐假虎威的拦路犬挡住了去路，心里头早已经有了三分急火气。

眼里瞧着那些皇协军士兵时不时地强抢硬讹些好处，那心中的怨愤更是蒸蒸而起。耳听得有人挑头开腔说话，不少被堵在城门口的行人都扯开了嗓门朝那几个皇协军士兵吆喝起来："几位长官，我们几个都是清乐县城里厚德园老号的伙计，采买的也都是些不值钱的果蔬，晚上城里徐老爷宴客还等着用呢。帮帮忙、抬抬手，容我们几个先进城。徐老爷今晚上请的贵客，可是你们皇协军治安大队的队副，要贺他乔迁之喜！"

"老总行行好，打从宫南县走到清乐县城就走了两天，片刻都没敢停，急着上清乐县里寻亲报信！家里头老人病得快不成了，就等着把儿子寻回去见最后一面呢……"

"花小九，我是你没出五服的二大爷呀！你小时候我可还抱过你、给你买过吃食呢！现如今长大了，穿号衣扛枪吃粮，你就不认亲戚了不是？"

乱哄哄的叫嚷声中，堵在城门口的行人自觉不自觉地扎堆朝着城门口涌去，转眼间就在城门洞前挤成了一堆。眼看着场面就要乱套，两个站在城门洞里监视着皇协军士兵的日军士兵顿时一拉枪栓，举枪对准了那些朝着城门洞涌来的行人，而几个皇协军士兵也全都装模作样地摘下了背在肩头的大枪，哗啦啦拉动着枪栓胡乱喝骂起来："找死哪？！再有敢朝前乱撞的，打死勿论！"

"我瞧是谁敢挑头闹事？！皇军的子弹可不长眼……"

面对着黑洞洞的枪口，朝前涌动着的人群不由得猛然一滞，叫众人推搡到了人群前面的几个人更是急声大叫起来："后面的别胡乱挤了！鬼……皇军可真开枪啊！"

拽着栗子群的胳膊，莫天留早趁着人群涌动的时候挤到了城门洞左近，此刻却是扯着嗓门吆喝起来："可都别乱！别叫这几位长官当真开枪呀……好好听长官支派着进城，晚个一时半会儿的回家，那可比叫人抬回家强！"

嘴里大声吆喝着，莫天留拽着栗子群挤到了人堆前面，很有些讨好地冲着几个横眉竖目的皇协军一哈腰："几位长官，咱都是老实庄户人家，咱不闹事……跟长官通禀一声，我是得了皇协军治安队队副的令，去替他家里整治一房新家具……"

上下打量着朝自己一个劲儿点头哈腰的莫天留，再看看莫天留身边一副木讷模样的栗子群，挡在了城门洞中的一名皇协军士兵半信半疑地朝莫天留叫道："替我们队副整治一房新家具？你是哪村的？"

脸上谄媚笑容不减，莫天留恭顺地应道："清乐县城左近十里八乡，碾子村出石匠，滴水寨做豆腐，可要论好木匠，那还得数咱们墨斗铺！"

“你们俩是墨斗铺的木匠？既然是出门扛活儿，怎么连木匠吃饭的家伙都不带？”

“长官该是知道，墨斗铺的木匠出来扛活，从来是先掌眼画样，再请主家定下用啥料子，这才回村做好了家具送来。今天进城就是办那掌眼画样的事情，吃饭的家什就是这一双眼睛！”

“废话还挺多！过来搜身！”

顺从地将双手高举过头顶，莫天留与栗子群两人任由两个皇协军士兵在身上胡乱搜查了一遍，这才在没捞着丁点油水的皇协军士兵骂骂咧咧的吆喝声中被放进了城门。都没等俩人从城门洞里走出来多远，身后已经传来了一名皇协军士兵闷声闷气的咒骂声：“他娘的！这活儿都快干完了倒碰见个拾粪的……这味儿沾身上都能臭半宿，赶紧滚！”

扭头看了看同样走出了城门洞的孟满仓，栗子群这才在莫天留的耳边说道：“天留，你怎么知道这皇协军保安队的队副要整治一房家具？”

很有些得意地一咧嘴，莫天留朝着栗子群挤了挤眼睛：“方才不听见有人喊，说要给这皇协军保安团的队副庆贺乔迁之喜吗？就皇协军里这些当官的王八蛋，想要住好房子从来都是想法子把人挤对得家徒四壁、走投无路，这才好一个大子儿不花地占了人家房子。搬进新房子的时候，也自然会想要整治一房新家具！我说大当家的，这眼看就到了吃饭的时候了，咱们这一路走过来也是水米没打牙，等把棒槌接应进城了，咱们先寻个地方打打牙祭？”

上下打量着莫天留那透着几分诡谲的笑容，栗子群不由得讶然笑道：“天留，你这又是打的什么主意？！”

“大当家的，这把戏不能说破，说破就不灵了……你要信得着我，今晚上咱们这顿饭就能有酒有肉，没准还能吃着整桌的席面呢！”

“天留，咱们身上可有替大武村里乡亲们找药的任务，不能儿戏呀！等一会儿接应上了棒槌，咱们就直奔福缘药号。能早一点得着救命的药，比什么都强！”

“那……大当家的，左右不过是去废园子接应棒槌扔过来的家什，你也不用跟着我费劲磨鞋底子不是？你跟老孟在这儿稍等我一会儿，我去去就来……”

也不等栗子群再说些什么，莫天留扭头直奔了城门旁的一条荒僻窄巷，脚底抹油跑了个一溜烟……

★ 第二十三章 另辟蹊径

与其他冀南地面的县城相比，清乐县城在大小上倒是与其他的县城相仿，可因为地处要冲，城防上头从来都是下足了本钱心思，光城墙就修建了内外两道。外城墙高有两丈上下，依托地势而起，用的都是从保定府花大价钱买来的老火城砖，砌墙勾缝用的也都是糯米浆混猪血勾兑出的材料，寻常枪子打上去也只能落个白点，压根伤不了城墙丁点皮毛。

而内城墙离外城墙足有一里地远近，比外城墙还高出半丈有余，使用的材料却是铁屏山里一块块凿好了搬运过来的青花岩。清末时候闹拳乱，土匪攻城略地、杀人劫财，豁出去几百条人命撞开了外城墙，却在内城墙下黯然止步……

——好几门当看家宝贝似的红毛炮照着内城墙打了一早上，瞧着倒是硝烟弥漫、火星四溅，可等硝烟散去一瞧，那铁屏山中的青花岩上只留下几个鸡窝大小的凹坑。再加上内城墙中住着的差不多都是些大户人家，知道贼匪进城就得是家破人亡的下场，全都豁出性命保家护宅，自然叫那些乌合之众般的贼匪望而却步……

可就算是有这样坚固的城防，在面对着日军大举入侵时，却压根也没起到阻挡日军铁蹄的作用——都不提原本就驻扎在清乐县城中的警备部队，除了国民革命军第二十九军跟日本人打了几场硬仗之外，其他的国民党部队在遭遇日军攻击时，几乎全是望风而逃，当真叫——纵使天堑无人守，寇仇轻易入门来！

自古兵匪祸乱，寻常百姓人家从来讲究的都是“小乱进城大乱下乡”的道理。眼看着日本人直奔清乐县而来，不少清乐县中的主家都是收拾了家中粮食细软下乡投亲躲避，不少房子就此撂荒颓败。尤其是外城墙后那些贴着城墙修建的宅院，更是叫进城后的日军拆了个七零八落，再将那些拆卸下来的木料砖石拿去修筑了围绕清乐县城的城防工事。

顺着那荒僻的小巷溜溜达达走到了一座被日军拆毁的园子旁，莫天留扭头看了看身后并无人影，这才闪身走进了那废园子里面，仰脸朝着城墙上被日军炮弹炸开的一处豁口吹了声口哨，又朝着城墙外压着嗓门叫道：“棒槌……棒槌……撂进来吧！”

耳听着城墙外沙邦粹闷闷地应了一声，被沙邦粹用身上衣裳紧紧包裹起来的德造二十响手枪在半空中划了道弧线，准确地朝着莫天留站着的位置落了下来。

忙不迭地伸手接住了那支德造二十响手枪，莫天留一边费力地解开包裹在手枪上的衣裳，一边压着嗓门朝城墙外叫道：“棒槌，你甭走城门了！你回头瞧瞧，一棵大杨树上有个鸟窝，爬树上去把那鸟窝里搁着的绳子取上，隔着城墙扔过来！”

像是没想到莫天留会骤然间改变进城的计划，沙邦粹犹豫了片刻，方才闷着嗓门叫道：“不是说好了把枪扔给你，我走城门口进去？咋又改了扔绳子爬城的主意了？天留，你知道我不大会爬树……”

费力地将那支德造二十响从捆得紧紧的衣裳里拽了出来，莫天留一边将那支德造二十响手枪别在了腰后，一边仰头朝着城墙外叫道：“让你爬你就爬，哪儿那么多废话！可快着点，这城墙上隔一会儿就得有鬼子来回溜达放哨。要是你挂半空中叫鬼子瞧见了，开枪打你你是个死，松手摔下去你也是个死！”

仿佛是叫莫天留这番话给吓唬住了一般，城墙外再没了沙邦粹说话的动静，隔了差不多一碗茶的工夫，一条用麻线、藤筋编成的手指头粗的细绳被扔过了城墙。

抓起那拴了块石头的细绳看了看，莫天留一边将那细绳绑到了废园子里的残破石廊柱上，一边低声嘀咕着：“这棒槌还行，还知道光扔绳子不成，还没傻到家……得了，爬吧！”

伴随着莫天留扬声吆喝，原本松松垮垮的细绳骤然一紧，猛地左右摇晃起来。不大会儿的工夫，沙邦粹那健硕的身形已经出现在了高耸的城墙上。

松开了手中抓着的细绳，沙邦粹低头看了看站在废园子里的莫天留，很有些犹豫地朝莫天留低叫道：“天留，这城墙上就没个能拴绳子的地方，我……我怎么下去？”

瞪圆了眼睛，莫天留抬手指了指城墙下的空地：“这还用问我？跳下来呀！”

“可这也太高了……”

“行！你不跳也成，那你就站在城墙上等着鬼子过来宰了你吧！等我回了大武村，我再告诉村里的乡亲，就说你沙邦粹是个㞞包样子货，瞧着人高马大，可肚子里生了个兔子胆！”

“我……我还是不敢……要不我还是走城门吧？”

很有些得意地举起手中抓着的细绳，莫天留嘿嘿坏笑着朝沙邦粹晃了晃绳头：“行！你跳城外边去走城门吧！”

哭丧着脸，沙邦粹看着莫天留手中不知道啥时候拽回去的绳索，狠狠地一跺脚：“天留，你又坑我……”

无可奈何地咬了咬牙，沙邦粹从城墙上纵身一跃，如同砸夯般地跳到了废园子中的平地上。半弯着腰揉着发麻的脚踝，沙邦粹愤愤不平地嘟囔着：“下回可再不听你的了……哪回你都坑我……打小你就坑我，从来都坑个没够……”

麻利地将那用来爬城的细绳收拢好藏到了废园子中的石廊柱下，莫天留返身扶起了一个劲揉着脚踝的沙邦粹：“我这哪儿是坑你呀？我这是有好事照应你哪！”

一把甩开了扶着自己胳膊的莫天留，沙邦粹就像是个赌气的孩子一般，拧着脖子低叫道：“从小到大，你能有啥好事照应着我？哪回不是你要偷驴就叫我拔橛，得好处的是你，挨打的是我……”

“这回是当真有好事照应着你！我问你，走了一整天了，你饿不饿？渴不渴？”

“早饿了……这不是还要进城给村里乡亲寻药，压根就没顾上吃啥东西……”

“还不是？跟我走，我带你去吃好的！二指宽的白面条子，宽汁的软溜肉段，说不准还能上条红烧鱼呢！”

“真有这好事？！那……队长和老孟呢？怎么不见人？”

“这事情不能叫上他们……”

“为啥？”

“……棒槌，我跟你说句实话——那福缘药号的刘红眼，在清乐县城里边可不止一家买卖，这你知道不？”

“知道！他不还开了间百味鲜饭馆吗？听说那饭馆原来的东家，就是他勾连着日本人给赶走的，一个大子儿都没花就占了人家买卖，连炒菜的大师傅都给强留下来干活……”

双手在大腿上一拍，莫天留很是带着几分兴奋的模样叫道：“那我再问你，这福缘药号开在哪儿？百味鲜饭馆又开在哪儿？”

“福缘药号在内城墙里面，百味鲜饭馆……倒是开在离城门口不远的地方……天留，你到底打的啥主意？”

“这不明摆着的吗？内城墙里有鬼子宪兵队，里面好几十号鬼子，咱们这几支枪压根就拾掇不下！还有皇协军的警备队队部，那不也在内城墙里，就在刘红眼家隔壁？咱们要寻刘红眼拿那能治病的药，肯定就不能进内城墙去掰扯呀！要不然稍微有个风吹草动的，咱们可就出不来了！”

“噢……可眼看着天就黑了，刘红眼肯定是回家吃饭去了呀。咱们奔百味鲜饭馆有啥用？”

“要不说你是个棒槌呢！刘红眼那人，这辈子一双眼睛里啥也不搁，只认银子！咱们只要……说多了你也听不懂，你跟着我走就是了！”

“那你还没说，为啥就不能叫上队长和老孟？天留，你要不给我说明白了，这回我可怎么也不听你的了！”

看着一脸坚决模样的沙邦粹，莫天留无奈地叹了口气：“棒槌，咱们离开大武村才十来天的工夫，村子里面的乡亲瞧着咱们就觉着外道了。今天满顺跟我说话的时候，一口一个绺子、一口一个大当家，里里外外都把咱们当成嫁出去的媳妇、泼出去的水，回了娘家都讨不着个好脸了！就这回给村子里得病的乡亲找药的事情，要再叫大当家的一手拿捏下来，怕是往后大武村里的乡亲就只认得绺子里的大当家，不记得村里出去的莫天留、沙邦粹了！”

莫名其妙地看着莫天留，沙邦粹眨巴着一双眼睛摇了摇头：“天留，你绕了半天，到底是要说啥？”

“物离乡贵、人离乡贱，这话你听过吧？这要是村里乡亲真的跟咱们外道了，以后回家种地的时候都没人乐意搭把手！棒槌，你也算是说得过去的庄稼把式了，可你能耐再大，你一个人能伺候下来多少地？没乡亲们帮衬着，就是地里打下来粮食，你一个人多少天才能拾掇到嘴里？！”

“天留……打小你就在村子里四处祸害乡亲们，啥时候你倒是转性子了？这么在乎村里乡亲跟你外道不外道？再说了，你上回不还说咱们好几年怕都种不上江老太公答应咱们的水浇地……”

“你个傻棒槌倒是有完没完了？该说的话都跟你说到头了，你要听我的，这就利索跟我走！要信不着我……你自个儿上城门口寻大当家的和老孟去！”

眼看着莫天留拿捏着一副生气的模样拔腿要走，沙邦粹顿时急了眼：“我啥时候说不听你的了？跟你走！跟你走还不成！”

“棒槌，你属啥的？”

“属牛的呀，比你小一岁，这你还能忘了？”

“属牛？我看你是属驴的——牵着不走，打着倒退！”

“驴？天留你……又骂我……”

你来我往地斗着嘴，莫天留与沙邦粹飞快地出了废园子，朝着另一条小巷走去，全然都没留神身后的街角处静悄悄站着的栗子群与孟满仓……

★ 第二十四章 引蛇出洞

民以食为天，哪怕是兵荒马乱的年月，刚熄了兵火纷争的地方，说不定就能有卖吃食的大小商铺冒出头来。也不管卖的是杂粮窝窝头还是野菜苞米粥，能入口下肚、养活人命就行！

就像是清乐县城里开了差不多有四十来年的“百味鲜”，原本的东家本来只是个挑着担子在街边卖羊杂汤的小贩。因为手艺地道、人也踏实，十来年下来攒了几个本钱，也就在清乐县城里坐地开起了“百味鲜”饭馆，拿手的就是一碗羊杂汤、一盘白切羊羔肉，在清乐县周遭十里八乡都算得上是有名的吃食。

日本人刚打到清乐县城的时候，“百味鲜”的老东家举家下乡避祸，好容易熬到日本人兵锋过后，才壮着胆子回了县城重开买卖。眼瞅着二回开张的生意才见了些起色，却不想宾客盈门的场面招来了刘红眼的觊觎，生生就叫安了个“散布抗日言论”的罪名，把“百味鲜”老东家抓进了日军宪兵队，逼得“百味鲜”老东家的家里人不得不散尽家财、割让了店铺，这才把被折磨得奄奄一息的“百味鲜”老东家扔出了日军宪兵队大牢。

虽说刘红眼打从骨子里贪婪成性，可脑袋瓜子倒也着实不笨，深知“百味鲜”饭馆值钱的就是那一碗羊杂汤、一盘白切羊羔肉，在把“百味鲜”老东家扔出日本宪兵队大牢之后，却并不让“百味鲜”老东家离开清乐县城，反倒是寻了个破屋子将“百味鲜”老东家一家人软禁起来，三天两头地逼着“百味鲜”老东家交出做菜的秘方。

老话说“家财万贯不是钱，身上手艺万万年”，在日军宪兵队里被折磨得奄奄一息的“百味鲜”老东家眼瞅着家产被刘红眼强占了去，一口气早已经闷在心头，再见着刘红眼三天两头上门索要做菜的秘方，一口心头血终于喷了出来。临死前一双眼睛瞪着在“百味鲜”里掌勺的大徒弟余锁柱，直到大徒弟余锁柱跪在地上答应了宁死不交秘方，这才愤愤合上了眼睛……

顾忌着师傅一家老小的性命，“百味鲜”老东家的大徒弟余锁柱自然不能一走了之，面对着刘红眼三天两头地催逼，也就只能推说自个儿并没得了师傅真传，知其然不知其所以然，忍气吞声地在“百味鲜”当起了拿徒弟工钱的掌勺大师傅。

眼瞅着一大锅羊杂汤转眼间就卖得见了底，备好的白切羊羔肉也端出去好几十盘，忙得浑身大汗的余锁柱总算是寻着了机会喘口气，在灶间后头搬了个小板凳坐了下来，仰脸朝着在灶旁帮手打杂的小伙计叫道：“去给倒碗茶来，这烟熏火燎一晚上，嗓子眼都冒烟了！”

端过了一碗坐在灶头旁温着的粗茶，打杂的小伙计一边把那粗瓷大碗递到了余锁柱的手中，一边偷眼瞧了瞧在灶间门口盯着人干活的大跑堂：“师傅，今晚上来的客人当真是不少。我偷偷瞧了一眼，差不离每张桌子上都必点羊杂汤和白切羊羔肉，全都是冲着你的手艺来的！”

一口气把那碗温热的茶水喝了个干净，余锁柱很没好气地把手中的空碗塞到了打杂的小伙计手中：“不冲着我这手艺来，还能冲着他刘红眼的名头来不成？”

怯怯地看了一眼站在灶间门口的大跑堂，小伙计不由自主地压低了嗓门：“师傅你可小声着点，叫那刘红眼的便宜连襟听见了，回头又得招惹是非……”

很是不屑地瞥了一眼站在灶间门口的大跑堂，余锁柱重重地哼了一声：“我怕个啥？我余锁柱是靠师傅传下来的手艺吃饭，又不用靠着卖媳妇大胯活人，我还用得着看人脸色活命？！有本事传闲话的，叫刘红眼带日本兵来崩了我呀？我倒看这刘红眼舍不舍得‘百味鲜’每天的这好多进项！还有，说过多少回了？我自个儿都拿的是徒弟的工钱，哪儿能再带徒弟？往后要再叫我师傅，你可小心你顶瓜皮！”

显然是听见了余锁柱那粗门大嗓的吆喝，站在灶间门口盯着人干活的大跑堂顿时像被马蜂蜇了屁股般跳了起来，指着余锁柱叫嚷道：“余锁柱，你又满嘴胡沁些啥呢？”

猛地站起了身子，身板比大跑堂足足宽了一拳的余锁柱瞪着那气急败坏的大跑堂，毫不客气地叫道：“我余锁柱还用得着靠满嘴胡沁混饭吃？你敢说你媳妇这会儿不在刘红眼炕上？十冬腊月的天气，你蹲自家窗户底下一晚上不敢进屋是咋回事？成天价搬弄是非、欺负伙计，你也就这点狗眼看人低的出息！”

叫余锁柱几句话戳到了心头痛处，大跑堂撸胳膊挽袖子地直冲着余锁柱冲了过去：“我他妈打你个……”

冷眼看着朝自己冲过来的大跑堂，余锁柱不闪不避，只是顺势抓过了切羊羔肉的大菜刀，狠狠一刀剁在了案板上！

眼看着那刃薄如丝、背厚一指的菜刀几乎把案板砍成了两半，方才还气势汹汹朝余锁柱冲过来的大跑堂顿时刹住了脚步，跳着脚地朝余锁柱叫嚷起来：“你给我等着！收拾不了你，我还收拾不了你那死鬼师傅一家子？！我这就去找掌柜的，叫掌柜的带着日本兵抓了你那死鬼师傅一家，全关日本宪兵队去……”

虽说那大跑堂语带威胁的叫嚷当真像是那么回事，可在灶间忙活着的大师傅和打杂的小徒弟们却全然没当回事，就连余锁柱也都是面带鄙夷地朝着地上吐了口唾沫，重又坐到了身后的小板凳上……

不光是“百味鲜”中人，就连清乐县城中都有不少人知道，“百味鲜”中这位大跑堂原本不过是清乐县中一间小杂货铺的伙计，三年学徒没满就因为手脚不干净、嘴头子上也没个把门的，叫那小杂货铺的掌柜给撵了出来，好悬就得流落街头当了要饭花子。

可也不知道这位大跑堂是走了哪路的运气，居然就叫清乐县城中一个半掩门的暗娼瞧上了眼，俩人明铺暗盖地厮混到了一处，虽无三媒六聘，可也算是坐实了一对野夫妻的名头。等得日本人打进了清乐县城后，眼看着刘红眼勾搭上日本人做起了大烟买卖发财，这大跑堂的立马寻了个路子，把那挂着夫妻名头的暗娼送到了刘红眼跟前，换来了这“百味鲜”中大跑堂的活儿。

都说是小人得志、祸殃四邻，这大跑堂的旁的啥本事没有，盯人隐私、搬弄是非倒像是胎里带来的功夫，整日在“百味鲜”中袖手溜达，专一地给人挑刺、寻人不是，再跑到刘红眼跟前去递小话邀功请赏。

估摸着刘红眼也明白这大跑堂的身上没啥真本事，虽说是看在大跑堂跟自个儿是便宜连襟，多少还能给几回好脸，可骨子里却从来都没拿大跑堂当个玩意儿，大跑堂求着的事情几乎是百不允一，也就更别提会为了这大跑堂断了自个儿的财路！日久天长，“百味鲜”里的各色人等也全都看明白了这里面的关窍，自然就没人会拿大跑堂说的这些话当真。

眼瞅着灶间里忙活着的诸人再没一个搭理自己，自顾自唱着独角戏的大跑堂自然觉出了无趣，嘴里叫骂的声音越来越低，脚底下也慢慢朝着一帘之隔的铺面里退去。

还没等大跑堂退到门帘旁，前头铺面招呼着客人的一个小伙计已经撩起了门帘，冲着大跑堂的背影急声叫道：“大管事的，你快到前边瞧瞧去吧，有客人说咱们这馆子不地道，正闹着不肯结账呢！”

眼睛骤然一亮，原本准备快快退出灶间的大跑堂顿时站住了脚步，扭头冲着那来灶间找自己报信的小伙计亮开嗓门叫道：“有客人说咱们馆子不地道？不肯结账？那客人点了些啥菜呀？”

伸手抓了抓脑袋上的短发，报信的小伙计几乎是不假思索地应道：“到咱们‘百味鲜’来的主顾吃客，那自然是点了羊杂汤和白切羊羔肉了，还要了四两衡水老白干和……”

不等小伙计把话说完，大跑堂已然盯着坐在小板凳上的余锁柱嚷嚷起来：“嚯……刚还有人说自个儿是凭着手艺吃饭，这才眨巴眼的工夫，就有主顾吃客说这羊杂汤和白切羊羔肉不地道。我说余锁柱，你那做菜的手艺……怕是跟你师娘学来的吧？”

都没等霍然起身的余锁柱开口，站在灶间门口的小伙计却是急声叫嚷起来：“大管事的，那不肯结账的主顾倒真不是挑菜上的理儿，他们俩是说……说……”

猛地回转身，刚得意了片刻的大跑堂很是愕然地看向了来寻自己报信的小伙计：“不是挑菜上的理儿？那是哪儿叫人说道了？”

“我……我这笨嘴拙舌的，我学不会那话……”

“装样是不是？有什么话能叫你个跑堂的伙计都学不会的？那你还怎么记菜名？赶紧给我说！”

“那俩主顾说……说咱们‘百味鲜’的羊杂汤和白切羊羔肉的味儿倒还地道，就是……就是好好的一家饭馆，换了个王八蛋当掌柜的，更有个小王八当大跑堂，吃饭都能闻着一股子王八尿的味儿，叫人直犯恶心吃不下去……”

话还没说完，原本怒气冲冲站起了身子的余锁柱已然仰天打了个哈哈：“嘿……这还真有明白人，能知道这‘百味鲜’饭馆到底是叫谁坏了风水、脏了招牌！我说，赶紧去外边给那俩懂行的主顾再上两碗羊杂汤、两盘白切羊羔肉，打我那学徒的工钱里算账就是！”

暴跳着推开了那站在灶间门口的小伙计，当真叫自取其辱的大跑堂一路破口大骂着朝铺面里冲了过去：“这他妈是谁在老虎头上拍苍蝇？当真是老寿星吃砒霜——活得不耐烦……妈呀……”

伴随着一声惨叫，从“百味鲜”招待食客的铺面中，一个拖腔拿调的嗓门骤然间响了起来：“原本是指望收拾刘红眼那大王八，可没想到你这小王八倒是先露了头。棒槌，刚吃饱了可别说手上没力气，给我着实了打！”

大步走到了灶间门口，余锁柱撩开低垂着的门帘朝外一看，赫然瞧见大跑堂叫个巨灵神般的壮棒汉子踩在了脚下，沙包大的拳头更是如同狂风骤雨一般，砸夯似的打得大跑堂满脸是血、惨叫连连！

而在那巨灵神般的壮棒汉子身边，一个同样精悍的壮棒小伙子正跷着二郎腿坐在了一副座头旁，一边拿着根不知道哪儿踅摸来的麦秆剔着牙，一边拖腔拿调地不断吆喝：“好好打……这小王八的壳儿可硬，不着实了打一回，怕是松不了他筋骨，也长不了他那狗记性！”

眉头微微一皱，余锁柱略一踌躇，亮开嗓门朝铺面里叫嚷起来：“这打狗可得看主人哪……‘百味鲜’东家这会儿可就在内城墙里外宅歇着，要是得着了信儿，腿快些一碗茶的工夫可就能带着枪兵到‘百味鲜’！”

抬眼看了看站在灶间门口的余锁柱，跷着二郎腿坐在一副座头旁的莫天留顿时嬉笑着叫道：“好啊！打了小王八，引出来个老王八，正好一回打个痛快！棒槌别打了，放这小王八去寻老王八哭丧去！我说‘百味鲜’里还有能管事的没有？再给我们哥俩上四两衡水老白干，拣肥的切五斤羊羔肉，我们哥俩就在这吃着坐等刘红眼那老王八，倒是要瞧瞧他有多大本事？！”

连滚带爬地从沙邦粹松开的脚下逃了出来，满脸是血、连槽牙都叫打飞了好几颗的大跑堂跌跌撞撞地跑到了“百味鲜”铺面外边，这才捂着足足胖了一圈的脑袋，含糊不清地叫道：“有本事的别走！我这就去找掌柜的把你们抓去日本宪兵队，我叫掌柜的弄死你们……哎呀……”

作势抓起了另一个空盘子，莫天留指着叫自己狠狠砸了一盘子的大跑堂喝道：

“有本事你别走，你看我不打出你的蛋黄！”

眼看着叫吓破了胆的大跑堂朝内城墙方向跑了个一溜烟，余锁柱从灶间门口走到了莫天留坐着的座头旁，朝着刚把空盘子放下的莫天留一点头：“这位兄弟，容我多嘴说道一句，这穿新鞋不踩臭狗屎，你也别当真在这儿等着那大、小王八回来朝你龇牙，多少也免了个麻烦不是？”

朝着余锁柱打量几眼，莫天留猛地龇牙一乐：“谁说我要在这儿等着那大、小王八了？我可也不傻，得了便宜我就溜，我生生气死那俩王八蛋！我这不等着我要的那四两衡水老白干、五斤羊羔肉吗？我们哥俩倒是在这儿吃香的、喝辣的混了个肚儿圆，可家里一块来的伙计还没吃呢不是？”

微微一个愣怔，余锁柱猛地一扭脸，扯开嗓门朝在灶间探头探脑的打杂小伙计大吼起来：“这还有一个眼里有活儿的没有？！给这位兄弟拿一坛衡水老白干，羊羔肉拣肥的取十斤，算我余锁柱账上，快着点儿！”

★ 第二十五章 手到擒来

憋着一肚子的邪火，生得瘦小干瘪的刘红眼狠狠一个大嘴巴，生生把站在身边的大跑堂给抽了个趔趄！

说起刘红眼开着的福缘药号，在清乐县城周遭十里八乡都算是顶风臭十里——药材卖得比旁的药号贵也就罢了，连个正经的坐堂大夫都舍不得请。自个儿胡乱看过两本医书，连《汤头歌诀》和“十九畏、十八反”都背得磕磕巴巴，也就敢强充大夫替人治病。这要不是趁着采买药材的时候夹带着些大烟在清乐县城倒卖，怕是福缘药号老早就得关张大吉。

可自打日本人占了清乐县城，刘红眼靠着以往贩卖大烟的时候在保定府日本商社混的脸熟，就此抱上了日本人的大腿，福缘药号立马就是个咸鱼翻生的场面。非但是把在药材中夹带大烟改成了在大烟上薄薄盖一层药材遮人耳目，捎带手地还借着日本人的势力霸占了“百味鲜”饭馆。虽不说日进斗金，可也算得上是腰包里有了几个活钱，整日价在清乐县城招摇过市，装腔作势地扮起了人样！

人都说“饱暖思淫欲，饥寒起盗心”，刘红眼自然也不例外。趁着白天刚收了一笔贩大烟的利钱，天刚擦黑的时候，刘红眼就出了福缘药号，径直奔了自个儿养着的那外宅当中，打算胡天胡地快活一回。却不想刚勾搭厮磨了片刻，屋子外边已经响起了“百味鲜”饭馆大跑堂那爹死娘嫁人般的号哭声……

架不住那当过半掩门暗娼的外宅软磨硬泡，憋了一腔子邪火的刘红眼总算是耐着性子听完了大跑堂那添油加醋、缠杂不清的絮叨，再又奔了皇协军治安大队请了几个枪兵做伴，这才抬腿奔了“百味鲜”饭馆，想要去瞧瞧到底是谁敢在太岁头上动土、老虎口中拔牙！

可紧赶慢赶地撞进了“百味鲜”饭馆，铺面里头早已经空空荡荡，大跑堂说的那俩闹事的人物早不见了踪影。再问过了饭馆里跑堂的伙计，都说是大跑堂临走的时候吆喝着要请日本宪兵队的人来镇压场面，吓得旁的主顾跑成了个一窝蜂的场面，连一个结账的都没有！

打眼瞧着饭馆里面十几副座头上杯盘狼藉的模样，刘红眼顿时心疼得差点背过气去——就这十来桌酒菜的价钱，少说也得有十七八块大洋的进账，居然就叫大跑堂一句吓唬人的话折腾了个鸡飞蛋打！

更可气的是身后站着的三四个皇协军治安队的枪兵，要没一桌七碗八碟的席面伺候，怕是压根也打发不走！

心疼肉疼地招呼了几个跑堂的小伙计收拾场面，捎带着整治几个荤菜招呼陪着自己过来镇压场面的皇协军治安队枪兵，刘红眼翻手又赏了大跑堂重重一记耳光，再去柜上收了一天下来挣着的利钱，这才一个人气呼呼地扭头奔内城墙方向走去。

夜色已深，虽说街边住户人家的门缝里多少还能透出点灯光照亮街道，可走在空空荡荡的大街上，却多少叫人觉着心头发麻——自打日本人占了清乐县城，清乐县城中寻常百姓人家没事都不敢出门，生怕一个不留神招惹上是非。除了少数几家买卖商铺在天刚黑的时候还开门做买卖，其他住家全都是天傍黑就关门闭户。好好一座清乐县城，到晚上竟然像是空城鬼域一般！

敞开衣襟发散着方才一路疾走涌出的汗水，一只手捏了捏衣兜里刚收来的利钱，另一只手再摸摸别在腰后，从保定府日本商号买来防身的那支南部式手枪，刘红眼眯缝着眼睛辨别着眼前道路，脚下也不由自主地加快了几分。

方才只顾着生气，刘红眼倒是真没细琢磨在“百味鲜”饭馆闹事的人物唱的是哪一出。可出了“百味鲜”饭馆的大门，叫徐徐而来的夜风吹散了几分心头火气之后，刘红眼却隐隐约约觉出来有些不对劲的地方。

照着被打得鼻青脸肿的大跑堂所说，那俩在“百味鲜”饭馆闹事的人物该是知道自己跟日本人能扯上勾连，甚至都知道大跑堂跟自个儿是便宜连襟。既然能在知晓自己根底的情况下对大跑堂照打不误，那显然就是专程上门挑衅，必然也留着应对自己的后手！

一念至此，再看看夜色中隐约可见的内城墙轮廓，刘红眼几乎是小跑着朝内城墙方向奔去。可还没等刘红眼跑出去几步，一个阴森森的声音却猛地从街边一处黑暗中传来：“刘红眼，你跑得再快，能有我枪子跑得快吗？”

猛地停下了脚步，刘红眼一把抽出了别在腰后的南部式手枪，伸着胳膊将枪口对准了声音传来的方向：“你是谁？哪路的？有本事出来在你刘爷面前露个相！这么藏头露尾的，算什么英雄好汉？”

嘿嘿怪笑着，那阴森森的声音毫不客气地笑骂道：“对付你刘红眼，那还用得着啥英雄好汉？你也太把自个儿当个玩意了吧？你手里那块破铁，该是你贩大烟的时候得来的添头吧？来……爷爷我让你先打三枪！能打死爷爷，那算你刘红眼吉星高照，今晚上这一关就算是你过了，往后自然会有人接着找你算账！可要是打不死爷爷我……你那便宜连襟的德行，你该是瞧见了？”

狞笑着朝声音传来的方向走近了几步，刘红眼眯缝着眼睛，试图从那处黑暗中找到说话的人：“你还真别拿这套江湖路数来吓唬你刘爷！刘爷我走南闯北这么些年，吃的就是把脑袋别在裤腰带上、刀头上舔血的饭，什么样的江湖人物刘爷我没见过？都不说打你三枪，只要刘爷手里这支枪一响，内城墙里的皇军说话就到，看你还能装到啥时候！”

怪笑连连，那藏身在黑暗中的人物像是跟刘红眼斗上了瘾头，就连嬉笑着说话的声音也大了不少：“刘红眼，你还当真把鬼子当了你亲爹不是？还枪一响鬼子说话就到，那也得你手里那块铁能打响才成！”

话音落处，从街边一处房顶上，一个巨灵神般的身影猛地扑了下来，一巴掌重重地拍在了刘红眼的头顶，生生把刘红眼拍得闷哼一声，整个人像是烂泥般地瘫软在地，就连手中的南部式手枪也摔出去了老远！

飞快地从街边黑暗中蹿了出来，莫天留抬手把一条不知道从哪儿寻来的破麻袋扔到了沙邦粹的脚下，急声朝沙邦粹低叫道：“赶紧绑了塞麻袋里背去废园子，我随后就到！”

一边弯腰从刘红眼身上解下了腰带，沙邦粹一边朝着低头在街上四处踅摸的莫天留低叫道：“天留，你不跟我一块走？你还在踅摸什么呀？！”

头也不抬地在街面上四处踅摸，莫天留急促地低声叫道：“枪！方才刘红眼手上拿着的那支枪，也不知道摔哪儿去了……这好玩意儿不能糟蹋了，棒槌你赶紧走，我随后就到！要是刘红眼半道上醒了，那你就再给他来一下！可记住了，手上拿捏着点力气，可别一家伙打死了，咱们还指望着从他身上拿着治病的药呢！”

如同提起一条死狗般将瘫软在地的刘红眼塞到了麻袋里，沙邦粹轻轻把麻袋提在了手中，急声朝四处寻找着那支南部式手枪的莫天留叫道：“那你可快着点！听说鬼子和皇协军一到了晚上就有出来巡街的，要是撞见了他们，被缠住了就麻烦了！”

“说得也是！怎么我们今晚上闹腾了这么久，倒是没见着一个巡街的鬼子和皇协军……找着了，赶紧走！”

把找到的南部式手枪朝腰里一别，莫天留与提着刘红眼的沙邦粹脚步飞快地钻进了一条黑漆漆的小巷中，不大会儿的工夫便钻进了靠近城墙的废园子里。

抬头看看城墙上并没有来回巡逻的鬼子，莫天留这才让沙邦粹放下了提在手中的麻袋，扒拉着破麻袋将刘红眼的脑袋搬弄到了麻袋外面，抬手便捂住了刘红眼的口鼻。

不过是片刻的工夫，让莫天留堵住了口鼻不能呼吸的刘红眼已经下意识地挣扎起来。再过得片刻，被捆绑着塞进麻袋的刘红眼猛地一睁眼，“呜呜”怪叫着摇晃着脑袋，玩命地想甩开莫天留捂在自己口鼻上的巴掌。

朝着叫憋得双睛暴起的刘红眼一龇牙，莫天留压着嗓门低声笑道：“刘红眼，我松开手之后，你要是敢胡乱吆喝，那我可就只能对不住你了。瞧见我兄弟手里拿着的玩意没有？不用多，拍你一下就得打出你脑浆子来！”

扭动着脖子，刘红眼看着手中抓着一块老城砖的沙邦粹，忙不迭地点了点头，口中也不再发出“呜呜”怪叫的声音。

慢慢松开了捂在刘红眼口鼻上的巴掌，莫天留静静等着刘红眼大口喘息了好一会儿，方才用抓在手中的德造二十响手枪枪管敲了敲刘红眼的脑袋：“知道我们来找你是为了啥吗？”

骨碌碌转悠着眼珠子，刘红眼忙不迭地接口应道：“两位好汉，我身上带着的你们全拿走，自当是咱们交个朋友……”

狠狠地将枪管杵进了刘红眼嘴里，莫天留狞声朝被噎住了话头的刘红眼低喝道：“还敢跟我装糊涂？！好好琢磨琢磨，再要跟我装傻充愣，下回我可就让我兄弟动手了！”

惊恐地眨巴着眼睛，刘红眼只等到莫天留将枪管从自己嘴里抽出去好一会儿，方才颤抖着嗓门低声说道：“两位好汉，我是当真不知道我哪儿得罪了二位，要不……劳驾二位提点一句？”

“敢情你是缺德事做多了，自个儿都不知道是哪儿来的报应？！行，今天就叫你做个明白鬼——这七天之内，你合计合计你做了啥事？”

“七天之内……二位好汉是保定府野尻株式会社来的吧？天地良心哪……我是当

真不知道那批烟土叫人动了手脚，我自个儿还留了些货打算在清乐县城里卖，切开来才知道那烟土中间夹了不少贵土，只有外头包裹着一层清水云土……我这也是折进去不少本钱哪……”

眼珠子一转，莫天留毫不客气地打断了刘红眼的话头：“掺杂使假也都不说了，你居然还敢借着送货的机会，把能过人的疫病过给了收货的兄弟！眼下保定府铺面里好些个兄弟都得了那能过人的疫病，这事你有啥要说道的？”

莫名其妙地看着满脸凶相的莫天留，刘红眼磕磕巴巴地低叫起来：“这事儿可不赖我吧？清乐县周遭左近有人得了过人的疫病不假，可我和送货去的伙计都没沾上呀？再说了……能治那疫病的药，不还是野尻太君赏我的……你们俩不是会社来的？你们到底是哪路的？！”

嘿嘿怪笑一声，莫天留用力扳开了德造二十响手枪的击锤：“爷是哪路的你管不着——药呢？！”

★ 第二十六章 锦上添花

推杯换盏、吆五喝六，被刘红眼从皇协军治安大队里请出来镇压场面的几个枪兵占住了“百味鲜”饭馆铺面当中的一张八仙桌，一个个全吃得满嘴流油，喝得五迷三道！

能主动卖身投靠日本人在皇协军里扛枪吃粮的，差不多全都是清乐县城左近的地痞无赖，鬼子没来的时候就是打瞎子、骂哑巴、踹寡妇门、刨绝户坟的下三滥人物。自打抱上了鬼子的大腿，更兼得扛着一杆大枪壮胆助威，这些个皇协军治安大队中的人物除了见着鬼子的时候像是哈巴狗似的谄媚巴结，见着旁人时无不吹胡子瞪眼，拿捏出来一副天老大、我老二的做派胡作非为。

眼瞅着又一坛衡水老白干见了底，早已经喝得浑身燥热、把身上衣服扒拉得敞胸露怀的枪兵顾老二扯着嗓门吆喝起来：“上酒啊！爷们几个可是你们掌柜的请来的贵客，还不好生伺候着？！赶紧上酒，再把那羊羔子肉拣肥的切十斤！”

赔着笑脸，躲在柜台后边的账房伙计小心翼翼地凑到了顾老二面前，先朝着顾老二打了一拱手：“顾爷，今天店里生意还算是不错，那衡水老白干原本也存得不多，眼下已然是没有了。再说这后厨……这时候也都封了火……”

不等账房伙计把话说完，顾老二已经瞪起了眼睛：“怎么着？这是要撵爷们几个走人不是？今天顾爷带着兄弟几个来给你们掌柜的镇压场面，那已经是给足了他刘红眼面子！这眼下爷们几个一个大子儿的好处都没得着，吃喝上头还叫你们这么抠搜？！你可琢磨明白了——酒菜是他刘红眼的，大耳刮子可是得你自个儿挨的！”

看着顾老二瞪着一双血红的眼睛、满脸狞恶的模样，账房伙计吓得一缩脖子，无可奈何地朝着顾老二连连拱手：“顾爷，我哪儿能那么不懂事，还敢在这点吃喝上克扣了几位爷们？只是柜上当真是没了存着的衡水老白干，灶间也……要不我替您到后边瞧瞧去，看看还能给您整治点啥酒菜上来……”

不等顾老二答话，已经上了门栓的铺面外头，却猛地响起了刘红眼那拖腔拿调的吆喝声：“里边的来一个，给我开开门！”

如蒙大赦一般，账房伙计也顾不上细想刘红眼为啥会去而复返，忙不迭地奔到了门边，一边答应着门外刘红眼的吆喝声，一边麻利地摘下了门栓：“东家你来了就好……你来了就好……”

才把沉重的门栓摘下，门外的人就像是叫火烧了眉毛一般猛一推门，生生把站在门后的账房伙计撞了个大跟头。不等铺面里喝得五迷三道的顾老二等人看清门外的情形，莫天留已经抢步撞进了“百味鲜”饭馆的铺面中，两只手中一手抓着德造二十响手枪，另一只手中攥着一把南部式手枪，黑洞洞的枪口直指向了还没来得及从凳子上站起来的顾老二等人。

紧跟在莫天留身后，沙邦粹一手捏着刘红眼的后脖子，像是提溜着一只死狗般将浑身散发着臊臭味的刘红眼双脚离地地提进了铺面中，空着的一只手飞快地关上了门扇。

朝着傻愣愣看着自己的顾老二等人一龇牙，莫天留嘿嘿怪笑着低叫道：“哟……这时候还吃着、喝着，这小日子过得不错呀！”

慢慢地站起了身子，顾老二上下打量着手持双枪站在门口的莫天留，拧巴着嗓门喝道：“哪路的人物？手里攥着两块铁，就想着能在清乐县城里横着走？出门看黄历了没有？！”

猛地一瞪眼，莫天留左手中抓着的南部式手枪笔直地指向了顾老二的脑门：“鬼心眼还不少！你当你拿身板挡着，我就瞧不见你身后那位在偷摸着抄家伙？你是正打算试试，到底是你那伙计手快，还是我这手指头动得快？！”

脸色一僵，顾老二微微转头看了看身后刚把靠在桌子上的大枪抓到手中的同伴，狠狠瞪了那同伴一眼，这才扭头朝着莫天留说道：“这位朋友，你到底是哪条道上的？就算今天我们兄弟几个认栽了，可也得知道是栽在哪路好汉手里、知道个来龙去脉的由头吧？”

枪口微微下垂，莫天留毫不客气地哼道：“这你还真问不着我！实话告诉你，今天我们兄弟全伙下山，来寻的就是这刘红眼的晦气！我说地上躺着的那位，别再躺着了——过去把这几位的大枪都取过来搁在门口！”

哆哆嗦嗦地从地上爬了起来，账房伙计强撑着朝顾老二等人走出去两步，却又猛地瘫软在地上，扭头看着莫天留带着哭腔叫道：“好汉爷……我不敢……您饶了我吧，好汉爷……我就是个算账的伙计……”

还没等莫天留开口发话，从灶间门口却猛地传来个中气十足的声音：“这位好汉爷，您高抬贵手、饶过了我们这算账伙计吧！您要看着合适……我替您办了这活儿？”

抬眼看了看站在灶间门口一脸镇静的余锁柱，莫天留也不多话，只是轻轻点了点头。

眼见着莫天留点头首肯，余锁柱大步走到了顾老二身边，朝着恶狠狠盯着自己的顾老二一抱拳：“顾爷，你可也瞧见了眼前这场面，枪子跟前低个头，不算㞞包，你说是不是？”

就坡下驴一般，顾老二狠狠地一点头，任由余锁柱取走了靠在身边桌子上的大枪，而其他几个皇协军士兵也都没丝毫反抗的举动，一个个耷拉着脑袋僵坐在凳子上，全然一副任人宰割的老实模样。

目不转睛地看着余锁柱面不改色走到了门边，轻轻将那四支大枪依靠在了门扇旁，莫天留方才开口说道：“看着这位兄弟倒是个有胆子的。那索性一事不烦二主，辛苦你再走一趟内城墙里刘红眼的外宅。知道地头吗？”

微一点头，余锁柱沉声朝莫天留叫道：“好汉爷叫我去那地界干啥？”

朝着被沙邦粹提着的刘红眼一歪嘴，莫天留低声说道：“这刘红眼从保定府的日本商号里弄来了些洋药，刚巧我们兄弟用得上！”

“这位好汉爷，我可算不得‘百味鲜’饭馆这位新东家身边信得过的人物，就这么空口白牙地奔他外宅拿物件，怕是得空跑一趟，耽误了好汉爷的正事，我可是吃罪不起！”

抬手把从刘红眼身上搜出来的装着大洋的口袋朝余锁柱怀里一扔，莫天留侧身让开了门口的出路：“不认人，可得认得钱，更该认得这装钱的口袋！跟那外宅里的娘们说，刘红眼今晚上要跟人谈一笔大买卖，拿药过来就能卖大价钱！一壶茶的工夫不见你带着药回来……”

扭头似笑非笑地看了看余锁柱，莫天留刻意提高了些嗓门：“我这两支枪里的子弹，可是够这屋子里的人每人来一颗了！我说这位兄弟，你心里可掂量仔细了！”

默不作声地点了点头，余锁柱紧攥着手中装钱的口袋走出了铺面大门，拔腿便朝着内城墙方向奔去。才不过一碗茶多点的工夫，紧闭着的铺面大门外已经传来了余锁柱那气喘吁吁的吆喝声：“给开开门，我回来了！”

开门看了看手捧着个胳膊粗的玻璃药瓶子、跑得浑身是汗的余锁柱，莫天留微微一点头，却又朝着余锁柱笑道：“还真是个能办事的麻利人物！得了，药瓶子搁下，再去把屋子里这几位爷们的裤腰带都解下来，四个人一堆给我捆一块儿，捎带着寻个物件堵住他们的嘴！”

毫不迟疑地招呼着在灶间门口扎堆看动静的厨子和伙计走到了铺面里，余锁柱一个个解下了所有人的腰带，再照着莫天留的吩咐将所有人捆绑起来，这才站起来看向了莫天留：“这位好汉爷，您吩咐的事情我可都照办了，求您高抬贵手，饶过了我们这些靠手艺吃饭的伙计。”

把两只手枪一前一后地朝着腰上一别，莫天留笑呵呵地点了点头：“光棍打九九，不打加一，今天我们兄弟原本就只为来寻刘红眼的晦气，跟旁人无干！往后诸位要是觉着心里气不顺，那只管去寻刘红眼说道！来吧……把你和刘红眼也给绑上，我们兄弟俩这就告辞了！往后要有个山高水低、街逢路遇，到时候再论交情！”

示意沙邦粹将早被捏得昏死过去的刘红眼捆成了个粽子模样，莫天留伸手抽出了余锁柱的裤腰带，一边松松垮垮地在余锁柱手上绕了几圈，一边细着嗓门在余锁柱耳边说道：“这位兄弟，你这份人情，我们哥俩记下了，今天先委屈你，来日有机会见面，再谢过了兄弟！”

耷拉着脑袋，余锁柱也是细着嗓门应道：“这算不得啥委屈……好汉爷，我这儿多嘴说一句——再晚点儿街上就该有不少鬼子和皇协军巡逻队往来巡城，城门也早都关了！你们要今晚上出不了城……怕是就得有麻烦，刘红眼外宅里那婆娘方才就有点要信不信的架势，万一……刘红眼那外宅住着的地方旁边，可就是皇协军治安大队呀！”

“这你放心，我们兄弟有法子出城！”

随手抓了块顾老二等人吃剩下的干粮堵住了余锁柱的嘴巴，再一一吹灭了“百味鲜”饭馆里的灯烛，莫天留与沙邦粹两人飞快地溜出了铺面大门，直奔着不远处的废园子跑去。

一手搂着四支大枪，另一只手死死地抱着怀里那一大瓶洋药，沙邦粹一边跟着莫天留疾奔，一边压着嗓门朝莫天留低叫道：“天留……咱们是不是忘了啥事？！”

头也不回地狂奔着，莫天留随口答应道：“药拿着了，捎带还得了一短四长五件家伙，还能忘了啥事？”

“……队长！队长和老孟！他们可人生地不熟的，咱们闹腾这么长时辰，他们俩去哪儿了？！”

猛地止住了脚步，莫天留转身瞠目结舌地看向了沙邦粹：“我还真……忘了个干净！”

急得连连跺脚，沙邦粹连声低叫道：“这可怎么办？！黑灯瞎火的，又不能开口吆喝，我们上哪儿去寻队长和老孟去？！这要是他们叫鬼子和皇协军给抓了，我们回去……回去可怎么跟大家伙交代？！”

不等莫天留开口接应沙邦粹的话头，从沙邦粹身后的漆黑小巷中，却猛地传来了栗子群压低了嗓门的吆喝声：“天留，棒槌，是你们吗？”

霍然转身，沙邦粹几乎要大叫起来：“队长……是我和天留啊……”

伴随着细碎的脚步声，浑身上下都带着一股子血腥味道的栗子群与孟满仓飞快地冲到了沙邦粹的身边。都没等沙邦粹再开口说话，肩膀上分别扛着两支大枪的栗子群与孟满仓已经异口同声地低叫起来：“快走，鬼子的巡逻队马上就到！”

★ 第二十七章　人前人后

都说庄户人家命贱，给瓢杂粮浆水就能活命，饶上半拉窝头就当过年。才把莫天留从刘红眼那儿弄回来的药片吃下，十好几个病得有出气、没进气，眼瞅着就要一命归西的病人隔夜就还了阳，能睁开眼睛喊口渴肚饿。

而那些刚刚发病的病人在吃下药片之后，不过两个时辰就止住了上吐下泻的病症。再等到第二天天亮时分，好几个平日里身子骨还算健壮的小伙子已经急不可耐地从床上爬了起来，四处踅摸着想找镰刀下地割麦——地里的麦子眼瞅着就黄透了，再不赶紧收回去脱粒晒干，怕是一场秋雨下来，一年的辛苦就得白费！

好说歹说，再加上江老太公亲自站到了集中起来的病人面前发了话，说清楚了今年地里的麦子不论主家是谁，全都有大武村中还能动弹的劳力从北往南集中收割，这才算是定下了大家都认可的规矩——再等一天，只要病人身上再没发出来病症，那就算是万事大吉、上上平安，该回家的回家、该收麦的收麦去吧！

眼瞅着还得在一块儿耽误两天工夫，左右也是无处可去、无事可做，几乎康复的病人们全都扎堆围拢在了把药送来的莫天留与沙邦粹身边，七嘴八舌地朝莫天留与沙邦粹表达着钦佩与感谢："天留，这回婶子一大家子人可都靠你捡了性命……你可叫婶子怎么谢你才好呀？这会儿婶子身边啥拿得出手的东西都没有，等过两天回了村，婶子给你烙白面硬馍，再把那老母鸡也杀了，好好给你补补身子骨！"

"三岁看大，七岁看老，这天留打小就是个活泛心思、机灵人物，也难怪长大了能有这胆子、心思，敢去清乐县城里从刘红眼手里给咱们寻药！天留，好样的！"

被大武村中乡亲如同众星捧月般地围拢在了当中，莫天留一边毫不客气地嚼着乡亲们随身带着的干粮，一边满不在乎地摇晃着脑袋胡乱答应着："这能有个啥？不就是寻个药吗？当真算不得啥事……谁有咸菜，给来块咸菜……"

忙不迭地朝莫天留递上了块咸菜疙瘩，一个已经恢复得差不多的大武村中壮丁借机凑到了莫天留面前："天留哥，起初不是说你去清乐县城，找刘红眼寻治病的药方子去了吗？怎么你带回来的是那洋人的药片子？"

乜斜着眼睛看了看那凑到自己跟前的大武村中壮丁，莫天留很是不屑地笑道："这事情……我起初就觉着不对劲！那刘红眼是个什么货色？从来是恨人有、笑人无，坑蒙拐骗偷样样拿手，可就是正经本事啥也不成，怎么就能转眼的工夫得着能治病的药？等我抓着他一审……噢，还有棒槌一帮腔，刘红眼立马就撂了实话不是？那能管用的药是他从保定府日本商号里弄来的，就指望着把这药卖个大价钱，发这丧良心的不义财呢！"

"可刘红眼那福缘药号里，卖出来的不都是熬好的汤药吗？也没听说他给病人吃这洋人的药片子呀？"

"你傻呀？那是刘红眼耍弄的障眼法，胡乱弄点药水汤，再把这洋人给的药片子给兑到里边遮人耳目！要不然都知道了这洋药能治病，谁还能求着他刘红眼呀？那不都想法子去保定府买这对症的洋药去了？！"

"那是……见了天留哥挎着的这盒子炮，怕是刘红眼立马就吓出尿来了吧？肯定就跟戏文里说的那样——双膝跪地，乖乖把那解毒灵丹送上！"

"哪儿有那么简便的？要说那刘红眼还真是个属鸭子的——嘴硬！都叫我和棒槌拿捏下来了，可心里还憋着坏，要跟我动那拿假药蒙事儿、狸猫换太子的主意，一个劲儿说那药都存在他药号里面了，想骗我和棒槌跟着他去内城墙里取药呢！"

"那可咋办？虽说福缘药号里做的不是正经的药材买卖，可各样的药片子也得有不少吧？"

"说的就是呀！可我莫天留是谁呀？我这稍微一琢磨，立马就明白这刘红眼是想要坑我！就刘红眼那见钱眼开、谁也信不着的德行，他能把那药搁在福缘药号里面，让他手底下那些伙计都能沾着手？因此上，我掏枪朝着刘红眼脑门上一顶……”

伸手从腰间拔出那支德造二十响手枪，莫天留神气活现地站起身子摆了个猛虎坐山岗的架势：“我就这么朝刘红眼说——知道你想拿假药给爷蒙事儿，可爷还真就不怕你这江湖上的路数，你给爷把这给吃了吧！”

“吃了？天留哥，你给刘红眼吃了点啥？”

“就是顺手在地上抓着的一只活虫子！我吓唬刘红眼说，这玩意儿可是我从山西五毒门里得着的奇药，吃下去从嗓子眼一直痒痒到肚子里！要敢拿着假药糊弄我，我都不必再寻他刘红眼的晦气——三天之内得不着我那独门解药，刘红眼就得肠穿肚烂而死！”

捏着一块干粮慢慢啃着，坐在莫天留身边的沙邦粹抬眼看着莫天留那副得意扬扬的模样，禁不住低声咕哝起来：“也就你能想出来这样的损招！你怎么不说那刘红眼叫你吓得屎尿流了一裤裆，顶风都能臭十里？！还非得我提溜着那吓晕厥了的刘红眼，到铺面门前还得把他弄醒了叫门……你倒是在前面耍威风走得轻省，我提着那臭得跟死狗似的刘红眼……”

像是想起了那叫人恶心的场面，沙邦粹狠狠晃了晃脑袋，这才强把口中的干粮咽了下去，沙哑着嗓门叫道：“光顾着自个儿动心眼、耍威风，压根都忘了队长和老孟在县城里满世界找咱们！这要不是队长和老孟帮着咱们把巡街的鬼子给料理了，怕是咱们且没那么容易得手呢？！”

猛地打了个磕巴，莫天留很有些讪讪地收了那猛虎坐山岗的架势，把那支德造二十响朝着腰后一别：“不管怎么说，这管用的药弄回来了，顺手我还得着了四长一短五支家伙！你们是没见着那几个皇协军的二鬼子见了我那模样……”

站在不远处的一株大树下，孟满仓看着手舞足蹈、口沫横飞的莫天留，禁不住扭头朝站在自己身边的栗子群低声说道：“队长，这天留也太能吹了。这要不是咱们跟在他和棒槌身后料理那些巡街的鬼子和皇协军，怕是他们俩老早就得露了馅。还有刘红眼那外宅，取药的人前脚走，她后脚就打算出门奔皇协军治安大队……这俩傻小子，都还以为是光靠着自个儿的本事办成了这事情呢，倒是没了咱们什么事了！”

眯着眼睛看着被众人如同众星捧月般围拢在当中的莫天留，栗子群却笑着摇了摇头：“我倒是觉着天留不错！刚加入咱们武工队，就想法子帮着拿下了茶碗寨，让咱们有了个安身的地方。这又有胆子领着棒槌闯县城，弄回了这能救命的药……不论手艺只算胆，天留就是个好苗子！往后好好教育引导，估摸着不出两年，就能是个挑大梁的角色。只要是正经事情办成了，这人前谁露脸，咱们革命队伍里还讲究这个？吃苦在前，享受在后，这话不用我多说了吧？”

伸手抓了抓头皮，孟满仓很有些纳罕地看着栗子群说道：“队长，你这是不是有点……太惯着他莫天留了？”

幽幽地叹了口气，栗子群涩声应道：“这天留……倒是真像我老部队里的那几个红小鬼——机灵、能干，脑瓜子活络，胆子也大。虽说一个个都跟小公鸡似的，见了天亮就忍不住想打鸣，可打起仗来就没一个㞞的！这要是能活到今天……小袁子牺牲的时候，就想吃一口野菜团子，可那时候我连个野菜团子都没有……”

伸着手背抹去了眼角骤然沁出的泪花，栗子群咳嗽几声清了清嗓子，这才朝着兀自吹嘘不休的莫天留一努嘴：“再说了，咱们武工队的任务本来就是发动群众打鬼子，既然天留能起到对群众进行抗日事迹宣传的作用，那总比咱们一个个喊得口干舌燥、乡亲们还半信半疑的强吧？且由着他去吧……缴获来的那几支枪呢？”

伸手朝不远处的一棵大树一指，孟满仓应声答道：“加上咱们俩得来的四支长枪，一共两支汉阳造、四支晋造三八式和两支鬼子的三八大枪！要说这莫天留还是经验不够——光知道把那些个二鬼子的枪给收了来，子弹倒是忘了取！就咱们眼下的情况，枪倒是当真够使唤了，挑好的都能一人一支，可就是子弹……”

“子弹不足，咱们再琢磨其他的办法。咱们前些天收拾了三岔湾鬼子炮楼里出来的三个鬼子，这回又在清乐县城一家伙处置了两个鬼子和两个二鬼子，怕是要不了多久，鬼子就得摸着咱们的来路，会要照着咱们动手……等过几天，大家伙身上都没啥发出来的病症，咱们派人跑一趟军分区，看看能不能从军分区领点子弹？！”

“军分区？队长，咱们出来的时候，你那把德造二十响的子弹，可都是从李家顺李司令身上抠搜来的，你该不是忘了吧？虽说咱们出来的时候，李司令说了要筹办兵工厂和修理所的事情，可这才十来天的工夫，李司令就是孙悟空，那也变不出来那么大一摊子家当，更变不出来子弹吧？”

“可倒也是……我说满仓，不是还有支小鬼子的南部式手枪吗？”

“正要跟你说这事情呢——天留死活都不肯把那支南部式手枪交公，愣说拿在他手里能派上大用场，问他啥用场他也不肯说……呀，江老太公来了。”

也顾不上孟满仓把话说了个半截子，栗子群赶忙领着孟满仓朝江老太公迎了过去，隔着老远便朝着江老太公招呼道：“太公，这大热的天气，您怎么又亲自过来了？”

朝着栗子群举着手中的鹿头拐杖连连拱手，江老太公脸上笑意盈盈，亮着嗓门朝栗子群应道：“比起栗大队长以身犯险、救我乡亲急难，我老头子出村走几步，又能算得了什么？我是坐在家中左思右想，实在是不该让栗大队长和诸位好汉在这荒郊野外苦等到一天之后，索性备办了些薄酒粗菜，陪着栗大队长和诸位好汉唠唠家常，还请栗大队长千万赏我几分薄面，切莫推辞。”

微微回身示意，紧随在江老太公身后的管家立马领着十好几个壮棒后生搬运着些苇席、竹棍，三下五除二地搭建起了个简陋的苇棚，又把一张八仙桌和一些酒菜安置到了苇棚子下面。

看着江老太公那热诚模样，栗子群不得不笑着点了点头："恭敬不如从命，那就谢谢江老太公、谢谢乡亲们了！"

★ 第二十八章 祸从天降

阴沉着脸端坐在办公桌后，岛前半兵卫歪着脖子，斜着眼睛盯着站在办公桌后的两个日军军官和四五名皇协军军官，半天没说出一句话来，可眼睛里却是凶芒大盛，如同一条正准备择人而噬的恶狗一般！

如果不是在喜峰口战斗中被二十九军大刀队砍断了脖子上的一根大筋，岛前半兵卫或许还在日军甲种师团里混得春风得意。可伤愈后只能歪着脖子斜眼看人的岛前半兵卫，却被原部队中的上司毫不留情地扔到了清乐县城中当了守备军官——自己手底下军官里面天天戳着个歪脖斜眼看人的家伙，那岂不是丢了自己的脸，更丢了大日本皇军甲种师团的脸面？

带着一肚子丧门气，岛前半兵卫不得不接受了自己成为丙种师团成员的事实。可刚坐上了清乐县日军宪兵队队长的交椅不过两个月，原本还算得上太平的清乐县境内就连续发生了两起袭击日军士兵的事件。抛开离清乐县城还有些路程的三岔湾据点守备士兵遭遇袭击不说，昨晚的袭击居然就发生在清乐县城中。两名巡逻的日军士兵和他们带领的两名皇协军士兵没来得及做出任何的抵抗，全都叫人用短刀割开了喉咙，抢走了随身携带的武器弹药！

盯着站在自己面前的几名皇协军军官，岛前半兵卫狞声低吼起来："为什么你们的士兵会在半夜擅自离营？而你们的执行军官居然都不报告？皇协军的军纪，已经溃散到这样的地步了吗？简直是混蛋！"

如同传声筒一般，站在岛前半兵卫身侧的翻译官何龅牙立刻将岛前半兵卫的话翻译成了中文絮叨了一遍，末了却又加了一句自己的私房话："我说白麻子，别说我不照应你这本乡本土的人物！岛前太君这回可是动了真火，你手底下那几个当兵的该怎么处置，你心里该有谱吧？"

小心翼翼地看了满脸凶相的岛前半兵卫，皇协军治安大队队长白麻子朝何龅牙翻了个白眼：“何龅牙，你也别揣着明白装糊涂——刘红眼做的那点买卖，你我可都在里边有干股，真金白银的你也没少拿！这事情你要不帮我兜着点……我倒霉了，你也好不了！”

眼睛一瞪，生得白白净净的何龅牙禁不住急声低叫起来：“我说你白癞子真就是个滚刀肉，死到临头了都不忘了拉扯个垫背的。那你也多少说句话呀，要不我怎么帮你圆场？”

“那你就说……昨晚上的执行军官五十军棍，擅自离营的四个一人三十军棍，禁闭三天。”

“怕是不成吧……我说白癞子，岛前太君可没这么好糊弄。这事情要不见点血……”

“我就知道日本人就只会这招，动不动就杀人……得了，我那儿还关着几个倒霉的外路爷，崩了了事！”

眼看着岛前半兵卫看向自己的眼神中已经涌起了狐疑的神色，翻译何龅牙忙不迭地朝着岛前半兵卫一鞠躬：“岛前阁下，白队长已经把那几个擅自离营的皇协军士兵和昨晚的执行军官关押起来了，一会儿就集合皇协军治安大队的士兵，当众枪决，以儆效尤！”

从鼻孔里哼了一声，岛前半兵卫这才扭动着身板看向了那两名笔直站在办公桌前的日军军官：“阵亡的两名皇军士兵是怎样的情况，调查清楚了吗？”

猛地一个立正，留着一撮仁丹胡子的日军军曹深井太郎飞快地应道：“阵亡的两名皇军士兵是在城门关闭后派出的第一支巡逻队，随行的还有两名皇协军士兵。从他们被害的地点判断，他们刚刚开始巡逻就遭遇了不测，随身携带的武器装备也全部被抢走，连火柴和香烟都没有被放过！像这样的袭击手段，估计不是中国军队的士兵所为，反倒像是那些土匪的行径！”

同样一个立正，身材矮胖得像是个水瓮的日军小队长牟口田沙比接着深井太郎的话头说道：“同样是在昨天晚上，清乐县城中的亲善商人刘红眼在他开的饭馆里被人袭击。按照刘红眼的描述，袭击他的那些人，看上去也很像是当地的土匪！”

斜着眼睛，岛前半兵卫死死地盯住了深井太郎与牟口田沙比：“土匪？你们是想说大日本皇军的士兵，作战能力还比不过几个土匪吗？”

猛一点头，牟口田沙比毫不迟疑地应道：“如果是在战场上光明正大地厮杀，一名大日本皇军的士兵，恐怕可以消灭一百名土匪！可是那些土匪从来也不会遵守武士之间战斗的规则，只会躲在暗处下手！在这样的情况下，大日本皇军的士兵才会遭遇不测！还有……”

犹豫片刻，牟口田沙比伸手从衣兜里摸出了一份报告，双手递向了岛前半兵卫：“三岔湾炮楼驻防的皇军士兵递交的情况报告，也说明了阵亡的三名皇军士兵是遭受了伏击！其中两名皇军士兵所受的致命伤，都是弓箭一类的武器造成的，只有一名皇军士兵是被步枪射杀！如果是中国军队的士兵发动了这次袭击，恐怕他们是不会用这么原始的武器进行作战的吧？”

示意翻译何龅牙接过了牟口田沙比递过来的报告，岛前半兵卫只是草草浏览了一眼，立刻扭转了身板看向了站在自己身边的何龅牙：“何，清乐县境内，有很多的土匪吗？！”

支吾几声，何龅牙无可奈何地低头在岛前半兵卫耳边说道：“岛前阁下，鄙人虽然是清乐县人，可是自幼便被家父送往大日本帝国留学，对清乐县本地的情况，实在是不甚了解……倒是白队长……或许知道。”

眼看着岛前半兵卫的目光在何龅牙的指引下斜斜地看向了自己，白癞子顿时低声骂道：“何龅牙，你这又撺掇着岛前找我麻烦不是？”

尴尬地朝着白癞子讪笑着，何龅牙低声应道：“我这不也是没辙了吗？岛前太君问清乐县有没有土匪，这事情我哪儿知道去？倒是白队长你……没当皇协军之前，你不就是在清乐、宫南两县吃绺子饭的行家吗？这事情不问你，估摸着就没人能说清楚了吧？”

狠狠瞪了何龅牙一眼，白癞子谄笑着看向了岛前半兵卫：“岛前太君，这清乐县里有座铁屏山，山高林密、地势险要，自古就有不少土匪在这铁屏山中安营扎寨。虽说在皇军占了清乐县之后，不少土匪都吓得倒了杆子、堕了旗号，可总还有些不知死活的在山里强撑着。不过……岛前太君，我这儿跟您说句实话，土匪欺负欺负那些庄户人家、老百姓还行，跑县城里跟皇军作对……我是真不觉着有哪股土匪能有这胆子。就算是有这胆子，怕是他们也没这本事……”

很有些着急上火地朝着白癞子一个劲眨眼，何龅牙一边把白癞子的话翻译成了日语，一边把手伸到了腰畔，朝着白癞子的膝头指点起来。

下意识地随着何龅牙的手势看了看自己的膝盖，白癞子嘴上话倒没停，可眼珠子却一个劲儿地转悠起来，话风也猛然间转了方向：“可是要细一琢磨……岛前太君，我倒是真想起来有这么一股子土匪，说不定跟皇军被杀的事情有勾连。”

长长地舒了口气，何龅牙把白癞子的话拣要紧的翻译成了日语说过后，岛前半兵卫的眼睛顿时瞪了起来：“真的有敢跟皇军作对的土匪吗？白，你仔细地说清楚！”

几乎都没等何龅牙把话翻译完全，白癞子已经冲口而出地叫道：“在铁屏山中有一处只有小一百号人的村子，住着的人都姓涂，江湖上报号‘土行孙’，专门就会泥里钻、土中藏的功夫，从来都不敢跟人明刀明枪地较量，只会趁人不留神的时候抽冷子下手！仗着他们住着的那地方偏僻，皇军来了之后，他们涂家村也不向皇军缴粮纳税。要说敢在大晚上朝着皇军下黑手的……那就只能是他们！”

何龅牙才把白癞子的话翻译完毕，岛前半兵卫已经猛地从椅子上站了起来，扭着身板看向了挂在办公室内的清乐县县境军用地图：“涂家村……在地图上指出来！”

屁颠屁颠地凑到了地图前，何龅牙在那幅画得极其详细的军用地图上找了好一会儿，方才在地图上伸手一指：“这儿！岛前阁下，涂家村在这儿！”

歪着身子走到了地图前，岛前半兵卫仔细看着涂家村所在的方位，好一会儿方才狞声低笑起来：“这样的地形，倒是很适合防御。而且地处深山，也很不适合大部队讨伐……”

谄媚地朝着岛前半兵卫一哈腰，何龅牙凑在岛前半兵卫身边说道：“岛前阁下，这走大路去涂家村就绕远了，要是能从……”

伸手在地图上指点着，何龅牙谄声说道：“要是能从大路先到何家大集，再翻山走小路去涂家村，早上出发，下午就能到！”

扭转身板看着何龅牙，岛前半兵卫狐疑地叫道：“何，你认识路？”

“认识！我家就在何家大集上，翻山去涂家村的小路，我打小就熟悉！岛前阁下要是怕不稳当，那白队长应该也熟悉从何家大集去涂家村的小路。”

微微点了点头，岛前半兵卫回身看了看对自己点头哈腰的白癞子：“命令部队做好讨伐土匪的准备！皇协军治安大队全部出动配合，一定要把这股胆敢袭击皇军士兵的土匪全部歼灭！”

一迭声地答应着，何龅牙与白癞子肩并肩地走出了岛前半兵卫的办公室，两人几乎是异口同声地朝对方开口低叫道：“你这使的可是借刀杀人的计策！”

话刚出口，两人再次异口同声地嘿嘿低笑起来，何龅牙边笑边朝着白癞子说道：“我说白队长，幸亏你还记得当年涂家村的人给你膝盖上赏的一棒子。要不然，这话我都没法一个人朝下圆了。”

“何龅牙，你可别把这事情朝我一个人头上栽！你家老太爷二十年前就谋算着想要涂家村的药材地，这才请了我出手对付涂家村的人！可谁知道……涂家村里那些练家子，当真是不白给呀！”

“所以呀……这回有日本人替我们收拾涂家村那些人，该是十拿九稳了吧？我就真不信那些涂家村的练家子能练得刀枪不入？枪子、炮弹跟前，我倒看看那一大片药材地，是姓涂还是姓何？！”

“亲兄弟，明算账，这事情我皇协军治安大队全伙出马帮着你何家办事，你何家大少爷总也得有个说法吧？”

“事成之后，分你白队长……半成！”

“半成？打发叫花子呢？！我说何大少爷，你可比你爹还狠哪！你爹当年可还答应分我两成的分例钱……”

“这不是年景不好，药材也没那么好销不是？再说了，涂家村这回怕是没活人能剩下来。没了种药材的老把式，这还说不准那药材地会不会撂荒呢。”

“少了三成，你何大少爷就别指望我皇协军治安大队卖力了！别的不会，开个口子放走涂家村里几个人我还不会？到时候你何家大少爷千日防贼，你就不怕有个老虎打盹的时候？”

“姓白的……行，三成！你这回可得给我好好卖卖力气！”

“爽快！瞧我的吧……我说何龅牙，皇帝可都不差饿兵，今天晚上我皇协军治安大队里的几个弟兄，怎么着也得见点荤腥、喝上几盅。”

“我说你真是……棒子骨你啃着香、蚊子腿你也吃得下？我说这世上还有你白癞子不占的便宜没有？”

“啃……还真没有！何大少爷，给句痛快话？”

“……行！今天晚上‘百味鲜’饭馆，酒肉管够！”

“我说何大少爷，你这还真是从日本人那儿学来的做买卖手艺，这么贼精？今晚上上‘百味鲜’饭馆的这一顿，怕是你用不着掏腰包，反倒是那刘红眼该给的孝敬吧？”

“有吃有喝，你管是哪儿来的呢……”

★ 第二十九章 歪打正着

跑得满身大汗，脚底下的鞋子都跑丢了一只，涂扣儿抬头看了看天空中在云层里忽隐忽现的半拉月亮，顺手在路边扯了些半枯的杂草打起了草鞋，也借着这打草鞋的机会让自己多少能歇一会儿……

打小得过的一场大病，让涂扣儿的身子骨伤损了根本，非但不能像涂家村里同龄的孩子那样习练涂家的祖传功夫，就连下地干农活都比不过那些身强力壮的同辈孩子。无可奈何之下，家里大人只能想法子托了清乐县城里的朋友，让涂扣儿在“百味鲜”饭馆里当了灶间打杂的伙计。只盼着三年出师、五年成角儿，好歹也算是叫自家孩子有了个安身立命的吃饭手艺。

也亏了涂扣儿命中有贵人相助，虽说跟着的师傅余锁柱平日里见人都没个笑脸，干活的时候也从来是把涂扣儿支使得滴溜溜乱转，可一来在做饭的手艺上舍得教真招绝活儿，二来在吃喝穿用上也从不刻薄涂扣儿，跟着余锁柱学了小两年的手艺，涂扣儿已然能抓着炒勺整治几个家常小菜，就算是老主顾也不大能吃出来这是涂扣儿的手艺，都以为那是余锁柱亲手操刀。

照着饭馆里面的行规，在灶间打杂的小伙计，原本就不能在前边铺面里头露脸，怕一身烟熏火燎的气味、模样扰了食客的兴头。可在莫天留与沙邦粹把“百味鲜”饭馆狠狠搅闹了一回之后，大跑堂被连打带气，躺床上压根就起不来，就连账房伙计也被吓得告了病回家将养，铺面前头人手顿时吃紧，压根就忙不过来。

没奈何之下，涂扣儿也就只能客串了一回上菜的小跑堂，专门伺候着天黑时撞进铺面的那些个皇协军军官和翻译官何龅牙。

几杯黄汤下肚，何龅牙和那几个皇协军军官嘴上就没了把门的，吆五喝六地把第二天要去偷袭涂家村的事情说了个干净，只把端着盘子上菜的涂扣儿吓得手脚冰凉，走进灶间便双膝一软跪在了余锁柱面前，带着哭腔求余锁柱帮忙想法子救救涂家村的家人。

耳听着涂扣儿前言不搭后语地将听来的事由说了个大概，余锁柱倒也真算得上是个能拿主意的人物，当下便伸手从灶脚的小酒坛子里抓了两块大洋，再拿着张干荷叶包了几块羊羔肉，拽着涂扣儿从“百味鲜”饭馆的灶间后窗户跳了出去。

仗着两块大洋开道，再用几块羊羔肉堵嘴，余锁柱总算是说通了看守城门的几个皇协军士兵用绳子把涂扣儿坠出了城外。双脚才一落地，已经吓得魂不守舍的涂扣儿只是稍稍辨别了下方向，便撒腿朝着涂家村的方向狂奔起来。

半夜的光景，涂扣儿在山野间跑出去好几十里地，这才发现在慌乱之中，自己像是有些迷了路，跑掉了鞋的那只脚上也叫石砬子划拉得鲜血淋漓！

胡乱打好了一双草鞋，涂扣儿借着月色朝周遭山岭中打量了好一会儿，却还是弄不明白自己究竟是跑到了哪儿了。无可奈何之下，涂扣儿只能顺着山中一条看上去比较平坦的小路走去，希望着能找到一户人家讨口水喝，也能顺便问问回涂家村的路径。

顺着山路又走出去好几里地，还没等涂扣儿寻着一户人家问路，从路边的一棵大树上，却猛地跳下个人来，迎着涂扣儿低声喝道：“干什么的？”

骤然间看见眼前蹦出来条人影，涂扣儿压根都没听清楚那人影朝着自己吆喝了些什么，只是吓得连连后退。可都没等涂扣儿朝后退出几步，从涂扣儿刚刚经过的一块大石头后边，又冒出了一条人影，猛虎扑羊般地将涂扣儿按在了地上！

被身后的人按着脖子踩在地上，涂扣儿压根都动弹不得，只是一个劲地扯开嗓门叫嚷起来：“好汉爷……好汉爷饶命啊！我身上啥值钱的都没有，是家里有急事要回家呀……好汉爷饶命啊……家里百十口子人的性命啊……”

微微松开了按在涂扣儿脖子上的巴掌，把涂扣儿踩在地上的那人闷着嗓门低吼起来：“别胡乱吆喝！问你啥你说啥——叫啥名？哪儿人？”

张大嘴巴喘了口粗气，涂扣儿哑着嗓门应道：“叫涂扣儿……涂家村人！”

带着几分诧异，把涂扣儿按在地上的那人沉声喝道：“涂家村？你大半夜的跑这儿来干啥？这可不是涂家村奔这边的道儿。”

扎煞着两只胳膊，涂扣儿哀声叫道：“好汉爷……求你松松手……喘不上气……我真是涂家村人……从县城出来回村里……”

猛地松开了按在涂扣儿脖子上的巴掌，将涂扣儿按倒在地的那人像是提着一捆稻草般将涂扣儿提了起来，另一只巴掌在涂扣儿身上仔细摸索了一遍之后，方才松开了抓在涂扣儿衣服领子上的巴掌：“从县城去涂家村也不是走这条道！说实话吧——到底是干啥的？再要胡扯歪缠，可没你好果子吃！”

哭丧着脸，涂扣儿耷拉着脑袋，压根也不敢去看自己身前站着的那人：“我真是……好汉爷，我是在县城里‘百味鲜’饭馆学徒的……求好汉爷饶了我吧……我要是不赶紧回村里报信，怕是我涂家村百十口子人，明天晚上就得遭了大祸啊！”

轻轻“咦”了一声，站在涂扣儿身前的那人一把抓住了涂扣儿的双肩用力一捏：“一肩高、一肩低……倒真是颠弄炒勺的身架。你说你在‘百味鲜’饭馆学徒？抬头叫我瞧瞧。”

怯怯地抬起头来，涂扣儿借着月色看了看站在自己面前的那人面目，猛地惊声叫嚷起来：“你不是……好汉爷，前天不就是你在‘百味鲜’饭馆叫你兄弟把大跑堂给狠揍了一顿，还把东家给收拾了……”

朝着涂扣儿一龇牙，站在涂扣儿身前的莫天留笑嘻嘻地点了点头：“你认出来了我，我可也认出来了你——一坛衡水老白干、十斤白切羊羔肉，是你给我送桌子面前来的吧？”

鸡啄米一般地点着头，涂扣儿长长地舒了一口气：“好汉爷，你们做下的事情，鬼子和二鬼子找不着真的事主，就把黑锅给安到涂家村头上了……好汉爷，求求你救救涂家村……百十口子老小的性命啊……”

伸手在涂扣儿肩头一拍，方才把涂扣儿按在了地上的沙邦粹沉声喝道：“这也不是说话的地方，跟我们走，进村了再坐下说话！”

下意识地回头看了看沙邦粹那巨灵神般的身板，涂扣儿怯生生地开口说道：“这位……这位好汉爷，我这到底是走到哪儿了？”

抬手朝着前方道路一指，沙邦粹应声答道：“再朝前五里地，你都能瞧见大武村的寨墙了！小兄弟，你这走岔道的本事可还真行——从县城出来，大武村在南边，涂家村可在东边，你看看你走差了多少？”

低头看了看满脸惶急神色的涂扣儿，再借着月色瞧了瞧涂扣儿一只脚上穿着的草鞋，沙邦粹不由分说地将涂扣儿一把扛到了肩头：“瞧你这架势也走不动道儿了，老实别动，我扛着你回村再说！”

伸手从衣兜里摸出了个木哨子吹出了几声老鸹夜啼般的动静，莫天留侧耳听着不远处的山林中隐约传来了几声蛙鸣，这才扭头走在了沙邦粹前边。

朝着大武村中一路走去，每隔一里地远近，在道边的大树、巨石后，都会有骤然响起的鸟啼蛙鸣。当大武村寨墙在月色下骤然映入涂扣儿眼帘时，从大武村中迎出来的栗子群在道边悄悄显露了身形，迎着走在前面的莫天留低声叫道：“天留，有啥情况？”

回身朝着被沙邦粹扛在肩头的涂扣儿一指，莫天留低声应道：“大当家的，咱们在清乐县城里干的那些事，怕是给旁人招惹上麻烦了……”

边走边说，在莫天留等人回到大武村中武工队员驻扎的屋子里时，被沙邦粹扛在了肩头的涂扣儿已经把自己知道的情形说了个大概。交代了猴子用随身带着的草药帮涂扣儿处理着脚上的伤口，栗子群朝着莫天留等人使了个眼色，起身走到了隔壁的屋子里。

不等栗子群开口说话，莫天留已经搬弄着桌子上的茶壶、茶碗，摆放成了个四象图的模样：“大当家的，照着涂扣儿说的情形，从县城里出来的鬼子和二鬼子该是天不亮就坐汽车到何家大集，再翻山走小路奔涂家村。要是他们腿脚快些的话，天还没全黑就能赶到涂家村外边。等他们撒开了阵势围住涂家村……那时候涂家村里的人也都回村吃饭、睡觉了。叫人堵着被窝收拾，怕是一个人都跑不出来呀！”

大致看看莫天留在桌子上摆着的茶壶、茶碗间的距离，栗子群皱着眉头应道：“天留，从大武村赶到涂家村，怕是路程也不近吧？”

眨了眨眼睛，莫天留应声答道：“要是叫万一响现在就去涂家村，那差不多下晌的工夫就能到！可那样的话，怕是鬼子和二鬼子也离涂家村不远了。百十号人的村子里，壮棒汉子也就三十来号，剩下的老老小小想要逃命……怕是难！”

“那……从大武村到何家大集呢？路程也不近吧？”

“不赶趟！倒是……从县城到何家大集的大路，有一段离大武村还算近。我说大当家的，咱们是不是……拦腰给要去何家大集的鬼子和二鬼子来一下？”

“天留，说说你咋想的？”

“鬼子和二鬼子这回想去祸害涂家村，仗着的就是他们有汽车，这才能叫鬼子和二鬼子抢在天黑前围了涂家村！可我琢磨着……这要是废了鬼子的那些汽车呢？我瞧见过鬼子的那些汽车，平地上倒是真能跑得一溜烟，可离了大路就不成了——大当家的，咱们把路给他废了？！”

赞许地朝着莫天留点了点头，栗子群朗声笑道：“成！是个能动脑袋瓜子打仗的主儿！不过……天留，你再细琢磨琢磨，就凭着咱们武工队里这些人手，怎么才能把路给毁得叫鬼子压根爬不动？”

★ 第三十章 截击袭扰

趴在离大路足有二百米的灌木丛后，莫天留一边把从远处揪扯来的灌木枝条盖在了自己身上，一边扭头朝着趴在自己身边的沙邦粹低声叫道：“再趴低点！就你那门神一样的身板，还撅着个磨盘大的屁股，隔着三里地都能瞧见你！”

扭动着身躯，沙邦粹恨不能把身子钻进地皮里，身上盖好的灌木枝条也随着沙邦粹扭动身形的动作好一阵摇晃，脸贴着地皮说话的声音也显得格外沉闷：“这地方的地势就比大路上高出一截，我趴再低也不顶事啊……”

伸腿踹了沙邦粹一脚，莫天留伸手帮着沙邦粹盖好了那些揪扯下来的灌木枝条：“还学会跟我犟嘴了？你可听好了，一会儿我手里头枪一响，你赶紧把你备好的家伙什扔出去！记着该朝哪儿扔了没有？”

“哪儿人多就朝哪儿扔！你都说好几遍了……”

“那扔完了呢？”

“跟着你扭头就跑啊。这你也说过好几遍了……天留，你琢磨出来的这法子到底能不能管用，我这心里老觉着玄乎……”

再次踹了沙邦粹一脚，莫天留并没答话，只是扭头看了看趴在身边不远处、端着一杆三八大盖瞄准了公路的苟大却……

只是在大武村中简短地商量了几句，栗子群便做出了决定——由武工队中腿脚最快、也最擅长翻山越岭的万一响与猴子两人急赴涂家村报信，尽量为涂家村中的乡亲抢出撤离涂家村避祸的时间。其他的武工队员则是携带着从大武村中借来的各样农具、家什，连夜抄近路在清乐县城通往何家大集的大路上设下埋伏，尽量拖住鬼子的脚步。

虽说在赶到适合设伏的地点后，所有的武工队员全都忙活得没停过片刻，一个个都累得满身大汗，连说话的力气都有些欠缺，可在设立好所有的埋伏手段之后，一宿没合眼的莫天留却再没有丝毫的睡意，抓着德造二十响手枪的巴掌也多少有些冒汗……

以往参与过的那些开枪动刀的场面，不是对付茶碗寨里的土匪，就是收拾压根都没来得及防备的皇协军，仔细计较起来，怎么说也都是些有惊无险的场面。

但今天要设伏袭击的却是清乐县城里的鬼子和大队的皇协军，且不说鬼子和皇协军的人马加起来要比武工队多了好几倍，就连家伙也要比武工队强了许多。一旦出了啥纰漏，叫鬼子和皇协军咬住了不放，怕是想不丢下几条人命都难。

使劲咽了口唾沫，莫天留终于忍不住心头惶恐，扭头朝着趴在身边不远处的苟大却低叫起来：“大却……苟大却……老苟！大却哥……”

眼睛都没朝莫天留这边看上一眼，苟大却眯着眼睛盯着通往县城方向的大路，很有些漫不经心地应声答道：“沉住气，别慌张！埋伏下来的时候，队长可是把一会儿鬼子来了该怎么打，掰开揉碎了跟大家伙说过！只要照着队长交代下来的那么打，咱们吃不了亏！”

叫苟大却一番话说中了心事的莫天留顿时讪讪地闭上了嘴巴。可在片刻之后，却又忍不住低声叫道：“大却哥，咱们倒是能照着队长交代的法子打，可鬼子和那些二鬼子……未必就能照着队长想着的模样来呀。这要是万一……”

依旧是没朝着莫天留看上一眼，苟大却把小手指头伸到嘴里蘸了点唾沫，再把手指头伸在风里吹了一会儿，这才接应上了莫天留的话头：“打仗这事情，从来都讲究个事前反复琢磨、仔细准备，把该想着的事情全都考虑过一遍，打起来的时候自然能心里有底。可到了战场上，那就得讲究个机智灵活、随机应变！天留，你平时不都说你爱听说书先生说《三国》《水浒》《杨家将》吗，那里头可都该有两句话吧？”

眨巴着眼睛，莫天留思索了好一会儿，方才朝着苟大却低声叫道：“大却哥，你就别卖关子了，到底是两句啥话？”

拉动着枪栓推弹上膛，苟大却稳稳地将枪托抵在了宽厚的肩膀上：“兵无常势、水无常形！”

若有所思地点了点头，莫天留接口追问道：“那还有一句呢？”

眯起眼睛从三八大盖的瞄准具中看向了通往县城的公路，苟大却沉声低喝道：“兵来将挡，水来土掩！做好战斗准备，小鬼子来了！”

朝着通往县城的公路方向看了一眼，莫天留顿时低头趴在了遮掩自己身形的灌木丛后，只是透过灌木丛的缝隙，紧紧盯着公路上排成了一队的六辆卡车。

显然是因为在清乐县境内没吃过亏的缘故，打头的卡车上站着的两名日军士兵虽说把着一挺架在车头顶部的机枪，可两人却在脸对脸地说着话，压根都没留神道路前方的动静，就连原本应该指向道路前方的机枪枪口也随着车辆行驶时的颠簸左右摇晃，完全没起到应有的警戒作用。

而在随后的几辆卡车中，天还没亮就从县城出发的皇协军士兵们全都是一副无精打采的模样。除了第二辆卡车车厢上还站着两个皇协军士兵应付前车中时不时看过来的日军士兵，其他四辆卡车中，大多数皇协军士兵都是坐在车厢里抱着怀中的晋造三八式步枪打盹，时不时有一杆步枪猛地脱手摔在了对面坐着的人身上，顿时便惊起了一片隐约的咒骂声。

眼看着第一辆卡车离一棵生在大路边的老榆树越来越近，莫天留的呼吸声也渐渐地变得粗重起来——就在那棵大榆树旁的道路上，薄薄的一层灰土下盖着的全是从大武村猎户家中搜罗来的狼牙钉，专门用来在山间围猎野猪的时候装在绳网上派用场。虽说莫天留亲眼见过这样的狼牙钉扎透了厚厚的野猪皮，可究竟这狼牙钉能不能扎透鬼子汽车的软皮轮胎，莫天留心里倒是着实没谱！

就在莫天留心头忐忑不安时，第一辆载满了鬼子的卡车已经开到了那棵大榆树旁。伴随着几声刺耳的轮胎爆裂声，原本还算行驶得平稳的卡车猛地一个扭摆，一头冲下了大路，把卡车车厢里的好几名日军士兵都甩了出来，摔到了路旁。

显然是没想到在这样平坦的大路上也会出现车辆失控的情况，紧随其后的第二辆卡车虽然飞快地刹车，可也止不住前冲的势头。伴随着再次响起的轮胎爆裂声，第二辆卡车也歪歪扭扭地横到了大路中央。

一片鬼子与皇协军士兵鬼哭狼嚎的叫喊声中，第三辆卡车猛地撞到了横在道路中央的第二辆卡车上。都还没等那些被骤然而来的撞击震得在车厢中摔得东倒西歪、头破血流的皇协军士兵回过神来，早已经举枪瞄准了卡车的苟大却深吸一口气，稳稳地扣动了手中三八大盖的扳机！

三八大盖那独特的尖利枪声中，原本就以精准度与射程见长的三八大盖打出的子弹，准确地击中了一名刚刚挣扎着从车厢中站起身来的日军士兵！伴随着那名被子弹穿透了头骨的日军士兵颓然倒下，几乎每一个在车厢中摔得东倒西歪的日军士兵，全都扯开喉咙叫喊起来："敌军袭击！"

几乎就在荀大却拉动枪栓退出弹壳，再次将子弹上膛的片刻之间，第一辆卡车上摔得七荤八素的日军士兵已经接二连三地从卡车上跳了下来，依托着大路旁的凹坑或石块举枪对准了荀大却的射击阵位开枪还击。原本架在车顶上的机枪也被两名日军机枪手搬弄着架在了歪倒的卡车车厢一侧，以长点射对荀大却所在的位置开始了火力压制。

被雨点般的子弹压得压根都抬不起头来，荀大却抱着怀中的三八大盖就地滚出去老远，方才在早已经选中的另一个射击阵位上端稳了手中的三八大盖，瞄准了一名日军机枪手扣动了扳机。

骤然变成了哑巴的日军机枪只消停了一眨眼的工夫，伴随着根本来不及看一眼自己战果的荀大却再次翻滚着转移射击阵位，飞快地补上了机枪射手位置的日军机枪副射手已经重新操枪朝荀大却方才射击的位置扫射起来。或许是因为荀大却在翻滚着转移射击阵位时带动了些灌木枝条，日军的机枪子弹几乎是追着翻滚中的荀大却不断袭来！

连滚带爬地蹿进了一块浅浅的洼地中，荀大却抱着怀中的三八大盖仰面躺了下来，一边拉动着枪栓重新退出弹壳、推弹上膛，一边扯着喉咙大吼起来："天留、棒槌，你们无论如何别动！小鬼子的机枪手应该是个老兵油子，枪子都能打得追着我脚后跟跑……"

不等荀大却把话说完，抱着脑袋趴在地上的莫天留已经扯着嗓门叫嚷起来："大却哥，这情形不对呀？鬼子光朝着你打枪，都没像是队长说的那样朝上冲……"

竖起耳朵听着日军机枪扫射的枪声，心中默默数算着日军机枪已经打出了多少子弹，当日军机枪的枪声骤然停歇的片刻，荀大却猛地一个翻身，单腿跪在了那浅浅的洼地中，举枪瞄准了那名正在更换机枪弹匣的日军机枪手，轻轻地扣动了手中三八大盖的扳机！

照例是看也不看被自己击中的日军机枪手是死是活，荀大却猫着腰朝远处疾跑了几步，猛地一个虎扑趴在了一团茂密的灌木丛后。眼看着那团灌木丛的枝条被尾随而来的日军步枪子弹打得断裂飞扬，荀大却这才回身朝着莫天留趴着的位置爬了过去，口中依旧是大声叫喊道："先不着急！等我再打死一两个鬼子，让那些鬼子听仔细了这儿就我一杆枪的动静，他们肯定就得朝上冲了！"

★ 第三十一章 鬼蜮伎俩

与那些在转眼间就从混乱中清醒过来，转而依托着有利地形朝苟大却还击的日军士兵相比，其他几辆卡车上坐着的皇协军士兵却全然是一副惊慌失措的模样。两辆撞在了一起的卡车车厢里，皇协军士兵的哭喊惊叫声此起彼伏，老半天都没见着有一个人从车厢上跳下来寻找隐蔽阵地，倒是有不少人抱着脑袋趴在车厢里一个劲儿哆嗦，连原本抱在怀中的晋造三八式步枪都不知扔去了哪儿。

而在其他的三辆卡车上，尽管有几名坐在驾驶室内的皇协军军官挥舞着手枪连吼带骂，可直到苟大却射杀了第三名日军士兵时，卡车上的那些皇协军士兵也只有七八个人从车厢中跳了下来，顾头不顾腚地撞进了大路旁干涸的积水沟中，手中的晋造三八式步枪枪口朝天便扣动了扳机，纯粹就是打出个响动来给自己壮胆的路数。

气急败坏地踢踹着从车厢中跳下来的皇协军士兵，白癞子挥舞着手里的南部式手枪，扯开喉咙叫骂起来："论吃喝玩乐抢先、提舞刀弄枪朝后，你们一个个全他妈是嘴把式！赶紧给我从车上下来，再要有装傻充愣的尿货，就算是日本人能饶了你们，我白癞子的枪子可也不认人！"

紧跟在白癞子身边，几个在白癞子当土匪时就跟着白癞子祸害百姓的皇协军军官也全都舞弄着手中的南部式手枪，像是赶鸭子似的将几辆卡车上的皇协军士兵驱赶到了大路边干涸的积水沟中，这才簇拥着白癞子半蹲到了大路旁的一块大石头后边，小心翼翼地伸头看向了被日军的子弹打得烟尘四起的灌木丛。

拿南部式手枪的枪管顶了顶帽檐，跟了白癞子好些年的一名皇协军军官眨巴着眼睛，很有些疑惑地朝白癞子开口叫道："大哥，这情形怕是不对呀？我方才恍惚着就听见三声枪响，除此之外就再没别的动静。难道说……打咱们埋伏的就一个人、一杆枪？"

横了那开口说话的皇协军军官一眼，白癞子冷哼着开口应道："我说你昨儿晚上喝的那顿酒，到这会儿还没醒吧？就一个人、一杆枪，就敢拦着咱们这二百来号人？！瞧着吧——不一定还有啥埋伏呢！"

下意识地一缩脖子，那开口说话的皇协军军官顿时把身子缩成一团躲到了石块后边："那咱们先缩着？"

朝着那些分散开来进行还击的日军士兵扫了一眼，白癞子慢慢摇了摇头："肯定不行！现在日本人还没来得及顾上瞧咱们，可一会儿缓过劲儿来，肯定就得催巴着咱们朝上冲！到时候咱们一脑袋扎进人家挖好的坑里，日本人可真不会管咱们死活……

何龅牙呢？谁见着何龅牙了？！”

也不敢站起身子张望，好几个皇协军军官在乱糟糟涌动着人头的积水沟中看了半天，终于有人朝着不远处一指：“那儿……何龅牙在那儿呢！”

“哪儿呢？我怎么没瞧见何龅牙那张长着蛤蟆嘴的脸？”

“谁叫你看脸了呀？瞧见那穿着日本军裤的屁股没有？清乐县里走一圈，除了何龅牙，那都找不着第二个能生成碾盘子模样的屁股！何龅牙……何龅牙！”

连喊了好几声，抱着脑袋跪趴在积水沟里的何龅牙都像是没听见一般。把抓在手里的南部式手枪朝腰间枪套里一塞，开口说话的那名皇协军军官弯腰疾跑了几步，伸手拖拽着已经吓软了腿脚的何龅牙回到了白癞子身边。

很有些鄙夷地看着吓得面如土色的何龅牙，白癞子在石块后半蹲着身子，带着几分奚落的口气朝何龅牙叫道：“何大少爷，就这点场面，也能把你吓成这副德行？当年你们家老太爷送你去日本长见识，你可也没学会日本人那杀人不眨眼的本事呀？”

哆嗦着手指指向了白癞子，何龅牙吭哧了好半天，方才断断续续地朝白癞子叫道：“姓白的，你看我笑话有意思没有？这还没到何家大集就遭了埋伏，肯定就是有人走漏了消息！等过了眼前这道坎，日本人要是追究起来，我倒是看你求不求着我？！”

眼睛一瞪，白癞子毫不客气地叫道：“这消息走漏关我个屁事？！我说何龅牙，你可别打那在日本人跟前给我栽赃的主意！”

短粗的脖子一拧，何龅牙也不甘示弱地叫嚷起来：“这话你跟我说不着！反正到时候日本人问起来，我照直了翻译就是……”

目露凶光地盯着何龅牙，白癞子狠狠地一咬牙：“何大少爷，我好不了，你也甭想消停！你不就靠着会说日本话来拿捏着我吗？把老子逼急了……我倒看你能不能天天躲宪兵司令部里不出门？！”

眼瞅着白癞子与何龅牙呛上了火，蹲在白癞子身边的一名皇协军军官忙不迭地开口低叫道：“大哥、何翻译官，这往后的事情咱们有的是时间细说，面前的事情可该怎么办？就方才这么一会儿的工夫，日本人那边都不算，咱们弟兄可干出去少说二百发子弹了！那可都是白花花的大洋啊！”

冷哼一声，何龅牙毫不客气地开口叫道：“我他妈就是个翻译官，手底下要兵没有、要枪没带，这事情跟我说不着！”

带着几分谄笑的模样，开口说话的皇协军军官忙不迭地挡在了又要发怒的白癞子身前，朝着何龅牙低声说道：“何大少爷，咱们兄弟都是舞刀弄枪出身，有时候说话难免冲了点，这还得请您多多包涵！看在大家伙都是本乡本土的乡亲分上……您受累给拿个主意？”

也斜着眼睛看着气哼哼模样的白癞子，何龅牙很是不屑地哼道：“这世上可也得有白出主意的事儿？！我说白队长，你倒是有句交代的话没有？”

强忍着心头怒气，白癞子无可奈何地耷拉下了脑袋：“行……今天我姓白的认栽！何大少爷，还请你指点条明路？”

贼眉鼠眼地看了看那些趴在隐蔽物后开枪还击的日军士兵，何龅牙压低了嗓门说道：“日本人打仗的路数来去就那么几下子——仗着手里头的家伙犀利压住了对手之后，再派步骑冲阵！我估摸着对面要是再没显露出啥能还手的模样……那差不离日本人就该命令皇协军朝上冲了！”

狠狠一拍大腿，白癞子急声低叫道：“可万一要是对面还有埋伏呢？！这年头有人有枪才能吃上口饱饭，要是一仗下来就把我手底下兄弟给拼光、拼残……怕是都不出俩月，这清乐县皇协军治安大队的队长，就得换了旁人！何大少爷，就当我姓白的欠你个人情——你给个能管用的法子不？”

带着几分诡谲的模样眨巴着眼睛，何龅牙压低了嗓门应道：“白队长，你手底下的兄弟……有懂日本话的没有？”

横了何龅牙一眼，白癞子没好气地低叫道：“我手底下要有懂日本话的兄弟，怕是你何大少爷都坐不稳翻译官的这把交椅了！”

“我教你一句日本话——托资寂寂！”

“啥意思？”

“就是突击的意思！那些日本兵只要听到这个命令，立马就会不管不顾地朝上冲！”

“我说何龅牙，你这是打算一把坑死我是吧？我叫我手底下的兄弟朝上冲，那命令都还不一定好使，你再叫我命令日本人？那日本人不翻手就得宰了我！”

“谁叫你光喊这一句呀？！你前头加上句中国话——皇协军，托资寂寂！喊完了就叫你手底下的兄弟把嗓门放大了吆喝，脚底下能跑多快……那还不是你说了算？”

“……这能成吗？那过后日本人要追究起来呢？”

“你傻呀？你不会说是为了训练皇协军的弟兄熟悉日本人的口令，这才学着用日语指挥打仗？再说还有我不是？到时候就算是日本人要追究，你我一唱一和、一搭一挡，还怕糊弄不了那些日本人？”

盯着何龅牙脸上神色看了好一会儿，再听着不远处日军士兵趴着的地方枪声已经开始稀疏下来，白癞子狠狠地一拳捶在了自己膝头：“行！只要能保住我治安大队的这点人、枪，老子就当是赌一回大的！那日本话怎么说来着？”

恨铁不成钢一般地朝着白癞子摇了摇头，何龅牙几乎是一音一顿地重复着那句日本话：“托资寂寂！”

与蹲在自己身边的几名皇协军军官一起反复念叨了好几遍何龅牙刚教的日语，在确认自己大概能念准了发音之后，白癞子方才朝着身边的几名皇协军军官一摆手：“招呼下面兄弟，等会儿咱们一喊这句日本话，让大家伙全都扯开嗓门吆喝，脚底下可千万慢着些！”

心领神会地连连点头，几名皇协军军官几乎是异口同声地低声应道：“大哥你就放心吧！就这样哄人的花活儿，弟兄们可是当真要弄得熟透了……”

眼看着几名皇协军军官猫着腰在积水沟里分头叮嘱过了那些皇协军士兵，再有朝着自己连连挥手示意，白癞子猛咳了几声清了清嗓子，就像是一只打鸣的公鸡般伸直了脖子，扯开嗓门尖叫起来：“皇协军的弟兄们，给老子托资寂寂呀……”

如同乡野间那些手艺不到家的草台班子唱戏一般，几个刚学会了一句日语的皇协军军官，全都接应着白癞子的吆喝声叫嚷起来：“弟兄们上啊！给队长托资寂寂呀……”

就像是百十头叫马蜂蜇了屁股的毛驴，几乎每个趴在积水沟里的皇协军士兵都扯开了喉咙叫嚷起来。也就在那些皇协军士兵的胡乱叫嚷声中，原本趴在隐蔽物后朝着苟大刦藏身的位置开枪还击的日军士兵，也都毫不迟疑地跳起了身子，端着上好了刺刀的三八大盖发动了冲锋！

短短二百米的距离，在训练有素的日军士兵极速冲击之下，几乎是转瞬即至。眼看着十几名日军士兵在眨眼间便冲出了百来米远近，蹲在路边石块后的白癞子倒是很有些纳闷地嘀咕起来：“嘿……还真是冲上去了。这打埋伏的人究竟是要的什么花样……”

都没等白癞子琢磨明白，几个冲在最前面的日军士兵却像是叫什么东西绊着了一般，猛地一头栽倒在地。几乎就在那几名日军士兵栽倒的同时，伴随着一声德造二十响手枪特有的脆亮枪声，从一片并不算是茂密的灌木丛后，两个黑漆漆的大包袱猛地被人扔了出来！

虽说趴在地上时使不上腰力，可就凭着胳膊上强于寻常人好几倍的力气，沙邦粹扔出去的两个炸药包也凌空飞出去了将近五十米的距离，还没落地就在天空中炸响开来。

两个各有十斤分量的炸药包中，紧紧包裹着的土制火药威力并不算强大，但也足够让那些被包裹在土制炸药药包外的小卵石四散迸飞开来，直打得那些端着三八大盖冲锋的日军士兵头顶钢盔叮当作响。而砸在了那些日军士兵身上、手上的小卵石，更是打得那些日军士兵痛叫连连。

不等半空中那爆炸引起的硝烟散去，莫天留已经猛地一拽想要抬头看看战果的沙邦粹，扯开嗓门大吼起来：“跑啊！”

耳朵被爆炸声震得嗡嗡作响，沙邦粹压根也没听见莫天留朝着自己喊了些什么，只是习惯性地朝着莫天留一点头，跟在莫天留身后扭头猫腰狂奔起来。

转头看着莫天留与沙邦粹两人已经朝着早已选定的撤离方向狂奔，苟大却倒是没着急跟上他们的脚步，反倒是从腰后摸出了个手榴弹塞进了一丛灌木当中，再将手榴弹拉弦从手柄尾部轻轻抽了出来，小心地弯下一根灌木枝条，将手榴弹拉弦捆在了枝条顶端，这才朝后倒退着爬了几步，起身朝着莫天留与沙邦粹撤离的方向追了过去。

★ 第三十二章 顾此失彼

尾随着那些皇协军士兵冲出去二三十步，白癞子眼睁睁看着那些冲在前面的日军士兵被凌空炸开的炸药包中迸飞的小卵石打得惨叫连连，顿时毫不犹豫地扭头冲回了路边的那块大石头后，朝着蹲在石头后的何龅牙讶声叫道：“还真他妈有后手等着咱们！这要不是叫日本人先去替咱们蹚了道路，怕是挨炸的就是我手底下的人马了！”

转悠着粗短的脖子四处打量着，何龅牙倒是并不在意白癞子说了些什么，只是有些惶急地自言自语：“奇了怪了……怎么没见着深井太郎军曹？这都打成了一锅粥的场面，怎么深井太郎倒是不见了人影了……”

漫不经心地朝着那些端着步枪冲锋的日军士兵看了一眼，白癞子一屁股坐到了石头后边：“说不定是胆小，躲起来了。这日本人也是肉体凡胎，枪子打身上也都是一穿俩窟窿眼……”

鄙夷地朝着白癞子瞥了一眼，何龅牙不屑地冷哼起来：“你当日本兵都跟你手底下这些皇协军似的？人家那军纪可是来真的——临阵脱逃，都不用等打完仗了回去处置，当场就是个枪毙！这深井军曹到底是跑哪儿去了……我说白癞子，咱们出发的时候，深井军曹坐着的是哪辆车来着？”

抬手朝着歪倒在路边的卡车一指，白癞子也像是琢磨过味儿似的，半蹲起了身子：“日本人在中国地面上，从来都拿着自个儿当皇上——肯定是第一辆车呀！”

“坏了坏了……白癞子，你赶紧跟我过去瞧瞧去！今天这场面，要是深井军曹死了，再绕进去几个日本兵，可你手底下的皇协军倒是全须全尾……你自己琢磨着回去能有啥事。”

“战场上枪弹不长眼，凭什么我皇协军的人马就能死，他日本人就死不得？这他妈是哪门子的道理……”

虽说嘴硬，可心里却着实有些发虚。跟在何龅牙身后的白癞子顺着积水沟猫腰蹿到了歪倒在路边的卡车旁，先抬眼看了看两名被打飞了天灵盖的日军机枪手，这才伸头朝着卡车驾驶室里看去，嘴里低声嘀咕道：“老天保佑，这深井军曹可千万别死……”

同样伸着脖子朝卡车驾驶室里瞧了一眼，何龅牙先就瞧见了那被方向盘顶断了肋骨、口鼻处涌出了不少血块子的日军汽车兵，再仔细朝着副驾驶的座位上看了一眼，何龅牙顿时伸手一拉白癞子：“没死！还喘气呢！深井军曹还喘气呢……”

翻手抓住了想要绕到卡车另一侧救助深井太郎的何龅牙，白癞子扭头看了看身边并没有日军士兵，这才压低了嗓门朝何龅牙叫道：“我说何大少爷，你是真傻还是假傻？这深井军曹都叫撞得满脸是血，咱们身上倒是一点伤都不带，这可说不过去吧？”

眨巴着一双绿豆眼，何龅牙只是略一犹豫，顿时便重重地点了点头：“说得是！白大队长，你有啥招儿？”

伸手从两名被击毙的日军士兵垂挂在车厢旁的尸体上抹了些鲜血，白癞子毫不犹豫地把鲜血涂了自己满头满脸：“这模样应该够意思了吧？”

看着白癞子毫不犹豫地将自己弄成了个满脸鲜血的模样，何龅牙无可奈何地点了点头：“这年头……干啥都不容易呀……”

有样学样地把自己头、脸上涂满了鲜血，再从地上抓了把灰土撒到了头、脸上，何龅牙与白癞子的模样看上去倒的确有几分像是经过了厮拼血战的架势。一前一后地绕到了卡车另一侧，何龅牙与白癞子一边费力地拽开撞得有些变形的卡车车门，一边分别拿捏着日语和中国话大声叫嚷起来：“深井太君，你没事吧？”

“深井阁下，要坚持住呀……”

将被撞得晕了过去的深井太郎拖出了有些变形的驾驶室，白癞子与何龅牙一边连声在深井太郎耳边吆喝着，一边招呼着不远处的皇协军士兵送过来了个水壶，一股脑地将水壶中的凉水倒在了深井太郎的脑袋上。

被冰凉的水一激，脑袋上被撞出了两个血口子的深井太郎顿时睁开了眼睛，死死地盯着蹲在自己身边的何龅牙看了好一会儿，方才猛然坐起了身子大叫起来：“怎么回事？是敌人袭击吗？！”

小心翼翼地扶着坐在地上的深井太郎，何龅牙殷勤地将半空的水壶送到了深井太郎的嘴边：“深井阁下，士兵们已经对伏击我们的敌人进行了还击，你还是先包扎好伤口……”

抬手便将何龅牙递到自己嘴边的水壶打飞了老远，满脸是血的深井太郎抓过被几个皇协军士兵从车厢里找出来的指挥刀，拄着指挥刀站起了身子：“不过是一些小伤口而已，怎么能让大日本皇军的武士就此躺下呢？！我大日本皇军的士兵呢？他们在哪里？”

几乎是福至心灵一般，白癞子毫不犹豫地抬手朝着卡车另一侧一指：“他们都冲上去了！不是您下的命令吗？就是那个——托资寂寂？”

狐疑地看了白癞子一眼，深井太郎扭头朝站在一旁的何龅牙叫道：“我下达过突击的命令吗？为什么我不记得了？！”

朝着不断对自己挤眉弄眼的白癞子瞟了一眼，何龅牙飞快地点了点头：“的确是这样的！即使是在深井阁下受伤晕厥的时候，也依旧不失大日本皇军武士的勇武气概，不断地命令大日本皇军士兵与皇协军士兵进行突击！像这样无所畏惧的勇武行为，简直堪比大日本战国时期的甲山猛虎啊……”

明知道何龅牙是在恭维自己，深井太郎却也多少有些自得。猛地抽出了指挥刀，深井太郎厉声喝道：“既然是下达了突击的命令，那么指挥官也是必须要率先冲锋陷阵的啊——突击！”

不必何龅牙翻译，白癞子看着挥舞指挥刀跌跌撞撞绕过了卡车朝前冲击的深井太郎，无可奈何地拔出了收在枪套中的南部式手枪，朝着何龅牙翻了个白眼：“这句就不用你翻译了……这日本人就是死心眼，脑袋上磕那么大两个血口子，刚醒过来就朝上冲……也不知道为啥这么喜欢赶着寻死……”

话音未落，从远处传来的一声爆炸巨响，顿时叫白癞子与何龅牙同时一缩脖子，猛地趴在了地上。有个同样蹲下了身子的皇协军军官眼尖，顿时便指着爆炸声响起的地方叫嚷起来：“有埋伏！冲上去的那几个日本人像是踩了地雷了……”

从身后骤然飞来的子弹，在那名眼尖的皇协军军官还没来得及把话说完的瞬间，干脆利落地穿过了他的脖子，余势未衰地在卡车车厢上嵌进去半截。而尖利的三八大盖枪响，也直到此时才传到了白癞子与何龅牙等人的耳朵里。

就像是发起总攻击的信号一般，伴随着那一声三八大盖尖利的枪响，从白癞子等人的身后，三八大盖、汉阳造、中正式的枪声，接二连三地响了起来，其间甚至还夹杂着几声土枪、火铳沉闷的轰鸣。

眼睁睁看着那跟在自己身边多年的皇协军军官颓然倒下，趴在地上的白癞子禁不住朝着另外几个跟在自己身边的皇协军军官大叫起来："这他妈才是当真的埋伏！吹哨子叫弟兄们都回来，这边才是当真的埋伏啊！"

慌不迭地伸手从各自怀中摸出了几个油光水滑的木哨子，跟在白癞子身边的几个皇协军军官不约而同地将那木哨子塞到了口中，亡命地吹出了一连串鹧鸪啼鸣般的哨音。

伴随着那一连串在战场上响起的鹧鸪啼鸣声，原本就进一步、退半步的皇协军士兵当中，不少人立刻止住了脚步，乱糟糟地朝着身边同伴叫嚷起来："大哥叫咱们回去……有人抄了咱们后路了！"

"并肩子滑呀……风紧……"

如同江河退潮一般，原本就没从路边冲出去多远的皇协军士兵扭头跑了个一溜烟，眨眼工夫便趴回了方才藏身的积水沟中。而方才刚刚被白癞子等人救醒后就举着指挥刀独自冲击的深井太郎，也被那些乱糟糟朝回奔跑的皇协军士兵裹挟着回到了歪倒的卡车旁。

不等被裹挟回来的深井太郎怒吼出声，何龅牙已经连滚带爬地蹿到了深井太郎身边，指点着各种枪声响成了一片的方向叫道："深井阁下，真正的埋伏在这边……"

尽管怒气勃发，但深井太郎也飞快地辨明了两处发起袭击的方向之中哪里的枪声更为密集。舞动着手中的指挥刀，深井太郎厉声咆哮起来："突击！皇军士兵重新收拢队形，皇协军士兵立刻突击！"

翻着白眼，何龅牙扭头看向了趴在地上的白癞子："白大队长，这回可真不是我不帮你了——深井军曹命令皇协军兄弟们立刻突击！"

狠狠一咬牙，白癞子趴在地上大声叫道："兄弟们，是福不是祸、是祸躲不过！今天这一锤子买卖，咱们是做定了——给我冲，打死一个赏大洋十块，抓到活的赏大洋二十！要有装傻充愣的尿货，我白癞子枪子可不认人！"

照旧是连踢带打，几个皇协军军官驱赶着那些万分不情愿的皇协军士兵跳出了藏身的积水沟，弯腰驼背地端着枪朝前冲去。而在草草搜索了手榴弹爆炸范围周遭的灌木丛之后，那些被小卵石打得鼻青脸肿、浑身青紫的日军士兵，也抬着几个伤员和几具尸体，急匆匆地朝着大路方向折返回来。

说来也怪，打从皇协军士兵被驱赶着开始冲锋起，方才还响成了一片的各种枪声，竟然在一瞬间全部停息下来。等得几个战战兢兢的皇协军士兵好不容易摸到了响枪的位置旁，却只在几块石头后找到了两三支锈蚀得连枪管都满是窟窿的火枪，烧成了灰烬的引火绳足有三四米长短，显然是有人拿来布置疑兵之计时派上用场的玩意。

看着那些被手榴弹炸伤或是被地弩发射的箭矢射伤的日军伤员，再看看几具被炸死的日军士兵尸体，满头鲜血的深井太郎禁不住破口大骂：“混蛋！究竟是些什么样的家伙，才会像老鼠一样躲在暗处偷袭？！为什么不站出来，堂堂正正地与我们战斗？！”

小心翼翼地看着深井太郎暴怒的模样，何龅牙朝着白癞子递了个眼色，这才低声朝怒气冲冲的深井太郎说道：“深井阁下，虽然我们打退了敌人的伏击，可是车辆却也有些……损毁！今天的行动，是不是就……暂时取消？”

猛地一挥手中的指挥刀，深井太郎厉声吼道：“行动必须按计划进行！所有的伤员集中到一辆车上，其他的人……尽量集中，朝何家大集出发！”

眼看着深井太郎像是看见了红布的公牛一般被怒气充斥了头脑，何龅牙与白癞子只得连连点头，按照深井太郎的吩咐将所有的皇协军士兵塞到了两辆卡车上，再在另一辆卡车上安顿了其他的日军士兵，这才继续朝着何家大集方向驶去。

胡乱让手下的日军士兵包扎过头上的伤口，再次坐到了第一辆卡车驾驶室中的深井太郎将指挥刀杵在两腿之间，紧紧地闭上了眼睛。

虽说在日军内部，丙种师团的战斗力并不被人看好，可是在应付治安战中的那些土匪或小股散兵游勇时，却也着实该是游刃有余。可在今天遭遇的这场伏击中，不仅折损了好几名士兵，就连对手的人影都没看见一个，说出去恐怕都会叫部队中的同僚笑掉大牙！

如果再因为途中遭受了袭击便仓皇撤回，恐怕清乐县城中的岛前半兵卫都会勒令自己切腹谢罪了吧？！

唯一能够逃脱如此下场的办法，就是继续执行作战计划，完美地剿灭涂家村中的所有居民，这样才能够换取个功过相抵的局面。

脑中胡思乱想着，当深井太郎耳中猛地响起了刺耳的刹车声时，整个身子已经不受控制地朝前扑了过去，杵在双腿中间的指挥刀刀柄，也狠狠地戳在了深井太郎的嘴巴上！

顾不得门牙都被磕掉了两颗所带来的剧痛，满嘴是血的深井太郎扭头便是一个耳光抽到了司机脸上：“混蛋！怎么开的车？！”

捂着被深井太郎打得火辣辣的脸颊，日军司机很有些委屈地叫道：“实在对不起！可是……阁下……”

顺着司机伸手指点的方向扭头看了过去，深井太郎顿时倒抽了一口冷气——就在车前不到三米的地方，一道横贯了整个道路的深沟赫然在目。在那条深沟的一侧，还插着一块显然是急就着做成的木牌，上面歪歪扭扭的几个大字墨迹未干。

扭头从车窗中探出了脑袋，深井太郎含混不清地朝站在车厢中的何龅牙厉声叫道："何，那牌子上写的什么？！"

捂着在骤然刹车时被撞到的胸口，何龅牙盯着那木牌仔细看了几眼，方才扬声朝深井太郎叫道："深井阁下，那牌子上写的是……前有地雷！"

★ 第三十三章 心血难舍

远远趴在离壕沟足有五里地的小山包上，集中到了一起的武工队员头戴着用杂草、藤条编织成的帽圈，屏住呼吸看着道路上被截住的卡车和从卡车上跳下来的日军士兵，彼此间偶然有些眼神交汇时，看到的也全都是兴奋的神色。

几副打猎时用的地弩、窝弓，几支日本人刚打过来的时候就埋到了地底下、早已经锈蚀得无法使用的土造火枪，还有那些已经板结成块的土制火药，哪怕是用来抵挡劫掠村庄的土匪，怕都有些不大管用，可经过了栗子群与那些老武工队员三两下摆弄，居然就能放翻了好几个鬼子，这不能不叫那些刚加入了武工队的大武村中壮丁啧啧称奇，甚至有些跃跃欲试——别看鬼子凶神恶煞、杀人不眨眼，可只要用对了法子，那照旧能收拾得了！

拿胳膊肘碰了碰趴在自己身边的莫天留，跑得浑身是汗的沙邦粹压低了嗓门叫道："天留，你和队长琢磨出来的那法子能成吗？就这么写一块牌子，就能挡着那些鬼子不敢朝前走？"

微微摇了摇头，莫天留低声应道："肯定不成！鬼子又不傻，能被几个字就吓得不敢朝前走？可鬼子要想过了这条壕沟，手里又没挖土搬运的家伙，那就只能去道边林子里砍树了，少说也得花费上半个时辰！有了这半个时辰，前面大路上估摸着又能多出来个大坑了吧？"

眨巴着眼睛，沙邦粹很有些纳闷地低叫起来："这怕是不成吧？这大路上的沙土都叫往来的人、车踩踏碾轧得结结实实，咱们刨坑花费的工夫，肯定要比鬼子砍树、填坑的时候长！照这么下去，怕是用不了多久，鬼子就能踏踏实实地在大路上坐着车跑了呀？"

斜了沙邦粹一眼，莫天留翻身仰面躺在了地上："要不说你就是个棒槌，只长身板不长脑袋呢。就这样的壕沟，前头那道肯定要比这道壕沟浅。等到了最后一道壕沟的时候，鬼子的汽车都能照直了冲过去，那时候咱们才能瞧上好戏呢！"

懵懂地摇了摇头，沙邦粹的眼睛里依旧是浓厚的疑惑神色：“我还是没明白……”

“……我可也没指望你明白！反正经过了这一路折腾，鬼子今天天黑透的时候能到何家大集，那都算是运气十足了！”

“那咱们现在干吗？”

“方才大家伙聚拢的时候，大当家的不是说了吗——抄近路，奔涂家村！”

像是听到了莫天留与沙邦粹的对话，趴在不远处的栗子群朝后倒着爬了几步，方才慢慢地蹲踞起身子，低声朝趴在地上的武工队员们说道：“趁着鬼子被拖住的时候，大家加快速度赶到涂家村！天留，你在前面带路！”

一骨碌爬起了身子，莫天留弯腰看了看早已经收拾利落的绑腿，朝着栗子群低声问道：“大当家的，咱们这就奔涂家村？就不再……干点别的？”

饶有兴趣地看着莫天留，栗子群低声应道：“天留，你又有啥想法？”

回手朝着山下大路上乱糟糟跳下车来的鬼子和皇协军一指，莫天留很有些兴奋地低叫道：“大当家的，咱们今天拦着鬼子打了一仗，虽说是把鬼子和二鬼子收拾得够呛，可要仔细算计起来，咱们也没得着啥实在好处啊。”

同样朝后倒着爬了几步，怀中抱着那支八成新三八大盖的苟大却慢慢坐起了身子，看着莫天留那眉飞色舞的模样笑道：“嗬……方才心里还一个劲儿打着小鼓，放过一枪之后就变得胆大了？天留，你倒是想从那些鬼子和二鬼子身上得着什么好处？”

伸手指了指苟大却怀里抱着的那支三八大盖，莫天留毫不迟疑地开口说道：“子弹！咱们大家伙眼下都不缺枪，可每个人身上也就那么些子弹。抽冷子朝鬼子放几枪还成，可要是硬碰硬地对上，咱们大家伙身上的子弹搁在一块儿，都还不如三五个鬼子和二鬼子带的子弹多！”

捏了捏身上子弹袋中当宝贝般收着的十几发子弹，再看看其他几个老武工队员身上同样干瘪的子弹袋，苟大却张了张嘴，却什么话也说不出来……

打从老部队中被选拔、抽调到武工队时，几乎每个武工队员随身携带的子弹，都是从其他战友身上挤出来的压箱底存货。就连新成立的冀南军分区司令李家顺，也都从自己身上掏出来些子弹交给栗子群，这才算是勉强凑齐了能打一场小规模遭遇战的弹药。

虽说在拿下了茶碗寨之后，原本连枪支都短缺的武工队总算是解决了枪械数量问题，做到了人手一支枪，可子弹上的短缺却依旧没能解决，大家伙的心里着实都有些不踏实。

扭头看了看山下那些将随身工兵用具扔给了皇协军士兵、吆喝命令着皇协军士兵砍伐树木的鬼子，苟大却叹息着说道：“可山下的鬼子和二鬼子加起来有一百多号人，咱们能有啥法子从他们身上得着子弹？就像是方才，咱们虽说打死了几个鬼子和二鬼子，可哪有时间打扫战场呀？跑还来不及呢……”

双手在膝盖上一拍，莫天留压着嗓门低叫起来：“谁说要打那些鬼子和二鬼子了呀？照着这些鬼子和二鬼子的脚程算计，他们肯定得天黑透了才能到何家大集不是？到时候人困马乏，肯定不能、也不敢连夜走山路去涂家村。只要他们在何家大集歇下来，那咱们可不就有机会了？”

微微皱着眉头，栗子群却在此时接上了莫天留的话头：“天留，你这主意倒是不错，可是……还是太危险了些！咱们在大武村制订阻击鬼子的计划时你就说过，何家大集周遭都有挺高的寨墙，进出三个寨门都是天黑就关。一旦咱们在何家大集闹出来动静……一百多鬼子和二鬼子，加上何家大集的地主家养的护院枪兵，怕是咱们就得吃大亏，说不定还得连累了何家大集的乡亲们。还是按照原订计划，咱们奔涂家村！”

张了张嘴巴，莫天留倒也没再出声说话，只是顺从地走到了众人前面带路。差不多在天近黄昏时，坐落在一处山洼中的涂家村已然映入了众人的眼帘。

或许是因为万一响与猴子两人先到了涂家村报信的缘故，原本应该在这时候生火做饭的涂家村中，此刻却没有一户人家房顶的烟囱上冒起炊烟。三三两两坐落在山洼中的屋子门前，却都有不少人进进出出收拾着东西，看着就是一副要出门的模样。

抬起胳膊用袖子擦了擦额头的汗水，莫天留指点着涂家村方向朝走到了自己身边的栗子群说道：“大当家的，看来万一响和猴子哥是早到了！看涂家村里现在的情形，估摸着村里人已经准备好了出村避祸。”

放眼打量着涂家村里的情形，栗子群缓缓点了点头：“能赶趟就好！只是鬼子和二鬼子到时候扑了空，怕是涂家村里乡亲们的房子和家当……难得保住了！咱们脚底下加紧点，赶紧到涂家村里帮着乡亲们收拾家当，尽量让乡亲们少受点损失！”

齐齐答应一声，一路疾奔而来的武工队员们立刻顺着通往涂家村的山路小跑起来。可还没等武工队员们跑出去几步，从路边山林中却猛地飞出一支短梭镖，狠狠地钉在了跑在最前面的莫天留脚下！

猛地停下了脚步，莫天留朝着那钉在自己脚下的短梭镖看了几眼，扭头便朝着那短梭镖飞来的方向叫嚷起来：“是涂家村里的乡亲吗？我们是清乐县武工队的，方才到涂家村里报信的，也是我们的兄弟！”

并不从小路旁的山林中现身，从短梭镖掷出的方向，一个颇为沉稳的声音飞快地接应上了莫天留的话头："方才报信的人是你们的兄弟？那你们是从哪儿得着的消息？"

"清乐县城'百味鲜'饭馆，涂扣儿兄弟连夜捎来的消息！害怕涂家村里的乡亲信不着我们兄弟捎来的信儿，还把涂扣儿身上打小戴着的长命锁给拿来了！"

显然是信了莫天留的话，伴随着树林间一阵窸窸窣窣的响动，一个穿着土黄色短打衣裳、手里抓着两支短梭镖的敦实中年汉子从树林中慢慢走了出来，迎着莫天留微微一拱手："涂家村涂山药，谢过了诸位好汉援救情分！"

扭脸看了看站在自己身边的栗子群并没动作，莫天留这才大大咧咧地朝着涂山药拱了拱手："好说好说！我去清乐县城收拾二鬼子的时候，也多亏了涂扣儿兄弟帮忙照应！都是本乡本土的乡亲，能伸手的时候自然不用说旁的——眼下涂家村里的乡亲，差不离该是收拾好了。趁着小鬼子还没来，大家伙赶紧走吧？"

无奈地叹了口气，涂山药重重地摇了摇头："我还正为了这事情犯愁呢！这回鬼子和二鬼子要来祸害涂家村，根子恐怕就在何家大集的地主何老财身上！小二十年前，何老财就想要霸占我涂家村的药材地，明里暗里使了不少阴损招数来祸害我涂家村，我涂家村里的那点家底子，也都被何老财摸了个差不离！要是鬼子和二鬼子得了何老财的指点，怕是我涂家村……"

狠狠一跺脚，涂山药像是下了决心般地低叫道："我也不瞒着各位好汉——我涂家村里这么多年来都是靠着种药、制药讨生活，村子里存下的药材也当真不少！要是就这么一走了之，怕是那些药材就全都得白扔给鬼子和二鬼子！村里不少老人舍不得，正闹腾得厉害呢……"

讶然看着满脸焦急神色的涂山药，莫天留禁不住问道："村子里存了不少药材？这不少……是多少呀？"

"各样药材加到一块儿……得有小一万斤！"

"那村子里有大牲口没有？"

"就两头骡子，顶天了能扛上几百斤。咱们要朝着没路的深山里躲，大车也都用不上……"

伸手拍了拍莫天留的肩膀，站在莫天留身边的栗子群沉声说道："在这儿站着说话也不管用，咱们赶紧进村瞧瞧去，看看能不能想出啥法子来！"

★ 第三十四章 留得青山

没费多大力气，栗子群等人便在涂家村中找到了先一步赶来报信的万一响和猴子两人。看着万一响和猴子脸上、手上叫树枝划出的血印子，再瞧瞧两人脚底下全都开了口子的鞋，栗子群伸出双手拍了拍万一响与猴子的肩膀：“辛苦了！”

朝着栗子群嘿嘿一乐，猴子很是不以为意地摇了摇头：“我倒是没什么，只是辛苦万一响了！为了抄近路尽快赶到涂家村，走的路全是山里野物钻出来的小道，走在前面领路可真是个遭罪的活儿！”

很有些不好意思地搓着两只比寻常人大了不少的巴掌，万一响颇有些腼腆地低下了头：“也亏得猴子哥一路上照应着我……”

赞许地点了点头，栗子群和声朝猴子与万一响笑道：“同志之间互相帮助，这本来就是咱们革命队伍里的好传统，值得表扬啊！你们啥时候到的涂家村？现在村里群众撤离的准备工作做得怎么样了？”

抬头看了看天色，猴子应声朝栗子群答道：“差不多到了两个时辰了。进村之后跟村里主事的人说清楚情况，又花费了好一会儿。眼下村子里的乡亲们虽说都在准备撤离，可不少人都舍不得自己辛苦攒下来的家当……尤其是涂家村里这些年积攒下来的那些药材，根本就没法子抢运走！不少老人都说……死也要死在这些药材旁边！”

像是早就见多了这样的情况，栗子群抬头看了看村子里忙活着收拾各样家当的乡亲：“村子里主事的人呢？现在在哪儿？”

回身朝着涂家村中最大的一幢屋子一指，猴子猛地压低了声音：“陪着涂家村里舍不下药材的老人在那儿磨牙呢！我刚才在旁边悄悄听了一耳朵，这涂家村里主事的人像是辈分不高，每回都是话刚出口，就叫村里老人指着鼻子骂得没了声。”

略一思忖，栗子群扬声朝着围拢在自己身边的武工队员们叫道：“大家分分工，老同志们分散到村外警戒，尽量把警戒哨放远一点。新同志两个人一组，去给涂家村里的乡亲们帮忙！天留，这涂家村周遭的地形你熟悉吗？”

“打小我就在山里乱撞，铁屏山里就没有我不熟的地方！”

“那你跟着我来！”

刚要抬腿朝着涂家村中最大的那幢屋子走去，栗子群却又看见沙邦粹眼巴巴地盯着莫天留，一副离了莫天留就不知道手脚朝哪儿放的模样，不由得苦笑着摇了摇头，朝着沙邦粹招了招手：“还有棒槌，也跟着来吧！”

涂家村原本不大，不过是顺着村中小路走了片刻工夫，栗子群与莫天留、沙邦粹已经走到了那幢大屋子门前。从敞开的大门中看去，十好几个上了岁数的涂家村中老人全都拄着一支短梭镖围坐在一起。而在那些气哼哼围坐在一起的老人中间，一个四十岁上下的壮年汉子双手抱头蹲在了地上，一支锋利的短梭镖也扔在了脚边。

压根也没看见门外来了生人，一个须发皆白的老人气呼呼地用手中的短梭镖连连顿着青石地面，厉声朝着那双手抱头蹲在了地上的壮年汉子喝道：“涂半夏，你倒是还记不记得涂家祖训？！善者不欺、恶人不惧！我涂家祖辈在这铁屏山中扎下根来，多少艰难都是咬牙扛过去的，从来也没像是今天这样叫人逼得举村出逃！”

同样是一副怒气冲冲的模样，另一个脸上有一道长长的刀疤、连眼睛都瞎了一只的老人赞同地点了点头：“九哥说得是！远了不说，就说这小三十年里，觊觎我涂家村中药材的恶人来了多少？不也是拿着洋枪、洋炮，一副耀武扬威的模样？可又有谁在涂家村得了便宜去？照着我说，舍得一身剐，敢把皇帝拉下马！不就是山外何财主勾连来的日本人吗？照准了心窝一梭镖扎下去，一样是两个窟窿眼！”

挥舞着各自手中抓着的短梭镖，围坐在一起的老人之中，又有几个人接上了话茬：“说得是呢！别看洋枪洋炮能打得远，可咱们涂家的功夫专门就是对付这路家什的！照着老祖宗传下来的打法——泥里钻、土里藏，近身了就能叫拿着洋枪、洋炮的对头抓瞎！”

“赶节气、抢露水，除虫、驱鸟，摘选、晒制，汗珠子掉地下摔八瓣儿，两辈子人辛苦得来的这好些药材，就这么白白便宜了何财主和他勾连的日本人？！我怎么也咽不下这口气！没别的，我就守在药材前面，拼死一个够本，干挺两个算赚着……”

双手握拳连连捶打着自己的脑袋，蹲在地上的涂半夏耳听着涂家村里老人宁死也不离开村子的话茬，急得猛地从地上跳了起来，连说话的调门都变得尖利起来：“我的个老祖宗们啊……扣儿兄弟这回捎来的信可说得明白，奔咱们涂家村来的鬼子和二鬼子足有小二百号人！再加上何财主家里养着护院的枪兵、家丁，怎么算也有三百号人、枪！咱们涂家村里能使唤得动家伙的男丁全都算上，那也不过几十号，就算浑身是铁，又能打几根钉？咱们眼下先避过了这风口浪尖的节骨眼，回头咱们照旧能种药材吃饭。可要是不走……人和药材就都没了！”

不等围坐在涂半夏身边的涂家村老人说话，栗子群已经亮开嗓门接应上了涂半夏的话头：“这话说得在理！老辈子人早就留下过话——留得青山在，不怕没柴烧！只要涂家村里最宝贝的东西没叫鬼子给祸害了，那以后涂家村里的乡亲，照旧能过上好日子！”

诧异地看向了大步走进屋内的栗子群，那须发皆白的老人顿时从椅子上站了起来，迎着栗子群一拱手：“这位好汉是……”

抢前一步，莫天留飞快地朝着那须发皆白的老人应道："九爷，您还记得我不？大武村莫天留啊……我小时候在铁屏山里胡乱转悠，叫石头磕破了腿，还是您老上山收药材遇见了我，亲手给我上的药呢。"

眨巴着眼睛朝莫天留看了好一会儿，须发皆白的涂九爷方才慢慢点了点头："是你个小兔崽子呀！我种得好好的两垄黄精，眼瞅着就能有收成了，倒是叫你领着人全给挖出来烤了吃！还是你身后那大个子实在，你跑了他不跑，还跟我商量要替我干几天活儿，算是折了我的药材钱。"

讪讪地低笑着，莫天留很有些不好意思地耷拉下了脑袋："九爷，您老真是好记性……要不说咱们有缘分呢——涂扣儿兄弟偏生就托着我们武工队来给涂家村送信了。九爷，这是我们栗大当家，专门领着我们来涂家村帮忙来了！朝着涂家村奔过来的鬼子和二鬼子也叫我们收拾了一把，估摸着今天晚上天黑透了才能到山外边何家大集！九爷，趁着我们武工队替涂家村抢出来的这点工夫，咱们赶紧走吧……"

倔强地朝着莫天留摇了摇头，涂九爷不容置疑地沉声说道："天留，还有这位栗大当家，你们对我涂家村一村老小的恩义情分，我涂家村上下百十口人，自然是牢记在心！可我涂家村两辈子人攒出来的这点心血家底，怎么也不能便宜了鬼子和何老财！"

赞同地点了点头，栗子群和声朝涂九爷说道："您老人家说得是！咱们中国老百姓辛辛苦苦种出来的好药材，怎么也不能便宜了鬼子！可要是您老容我说一句的话……我倒是觉着这涂家村里最值钱的，还真不是您说的那些药材！"

瞪大了眼睛，不光是涂九爷一时间没琢磨明白栗子群话里的意思，就连其他那些涂家村中老人也都是一副丈二金刚摸不着头脑的模样。

朝着慢慢从地上站起了身子的涂半夏点了点头，栗子群和声说道："我倒是觉着这位半夏兄弟说得对——只要人在，那往后咱们还能种出来药材。可要是人没了，药也保不住！要是照着我说，只要您诸位老人能保全了下来，那才是保住了涂家村的根本哪！"

掰弄着手指头，栗子群有板有眼地继续说道："老话不都说'家有一老，如有一宝'吗？这都不说种药材、制药材的精细手艺，那就是寻常庄户人家种地，一个老把式站在地头一眼瞧过去，年景收成、水肥多少一口就能说清！一户人家能有这么个老把式掌眼把舵，一亩地怎么也能多打几升粮食不是？九爷，还有诸位老人家，你们说是不是这么个道理？"

眼睛一亮，原本叫涂家村中老人逼得无话可说的涂半夏顿时来了精神："我说的也是这么个道理呀！九爷，这涂家村里要论起制熟地的手艺，谁还能比得过您？还有二叔，您收拾的天麻、草乌，清乐、南宫两县的药房哪回不是抢着收？”

狠狠瞪了涂半夏一眼，涂九爷执拗地低叫起来：“道理是不错，可那些药……带不走、藏不了，难不成一把火烧了不成？”

朝着涂九爷嘿嘿一乐，莫天留却在此时接应上了涂九爷的话头：“九爷，您还记得我小时候偷吃您种的黄精，见着您来了就跑吗？您就不觉着纳闷，为啥我转过涂家村药材地旁边的山口就不见了人？”

看着莫天留那带着几分得意的模样，栗子群禁不住朝莫天留低声笑骂道：“天留，这都啥时候了，还在大家伙面前卖关子？赶紧说！”

带着几分狡黠的笑容，莫天留神神秘秘地压低了声音：“就在那块药材地旁的山口，有块大卧牛石，石头底下有个牛腰粗的洞口！从那洞口朝着里面爬三十步，有个闷葫芦大洞，洞顶上还有个石天井！”

瞪圆了眼睛，涂九爷几乎是厉声朝着莫天留叫道：“那地方当真有个闷葫芦大洞？！有多大？里面有水没有？！”

“那闷葫芦洞子挺大的，少说能拴二十头牛！洞里挺凉快的，没见着有水。不过……那洞子里有不少锈坏了的铁器，瞧不出来是干吗用的……”

一屁股跌坐在了椅子上，涂九爷大口喘息着，老半天才瞪着眼睛喊出一句话：“祖宗保佑……祖宗显灵啊……”

诧异地看着满脸激动神色的涂九爷，那脸上有一道刀疤的独目老人不禁讶然叫道：“九哥，你这是怎么了？”

抬眼看着那独目老人，涂九爷急声叫道：“咱们涂家村里老祖宗刚到这儿的时候，正是兵连祸结的年月。为了防备万一，在村子附近备着了个能藏人匿物的地方！只是后来年深月久，就连村子里老人都说不清楚这藏身的去处到底在哪儿！原来……那卧牛石我从小到大差不离天天从前面过，就是没想到……祖宗保佑啊……这回村子里那些药材，可算是全都能保住了！”

颇有些嗔怪地瞪了莫天留一眼，栗子群悄声朝莫天留说道：“天留，下回再有这临阵抖包袱的时候，我可真收拾你！”

朝着栗子群露出了个夸张的委屈表情，莫天留毫不客气地喊起了冤枉：“大当家的，这可真不是我刻意要拿捏大家伙儿！要是今天没见着涂九爷，那我也想不起来小时候闹腾的那些事啊……就不算是有功，可你也不能怪罪我吧……”

闷哼一声，站在莫天留身边的沙邦粹却在此时抢过了话头：“好你个天留……有能躲起来的地方你不告诉我，你自己倒是偷溜了……打小你就坑我……”

眼睛一瞪，莫天留毫不客气地朝沙邦粹嚷道：“这能怪我？谁叫你小时候就生得五大三粗的？就那牛腰粗的窟窿，钻慢点就得叫人抓住，说不定你还能卡在洞口，到时候咱们俩一个都跑不掉！一个人倒霉和俩人一块倒霉哪个强？这账你算不过来？”

“反正……你就是坑我！”

顾不上搭理私下里争执不休的莫天留与沙邦粹，栗子群和声朝满脸激动神色的涂九爷说道：“九爷，既然咱们找到了个能收藏药材的地方，那咱们就赶紧把药材搬运过去吧。虽说今晚上鬼子和二鬼子不一定有胆子走夜路偷袭涂家村，可咱们还是得抓点紧啊。”

忙不迭地点着头，涂九爷猛地从凳子上站起了身子：“这就搬运！半夏，赶紧把村里人都聚拢起来，寻常的家什暂且不管了，先把药材藏到那暗洞里去……”

★　第三十五章　尔虞我诈

端坐在何家大集中央的大宅子里，深井太郎赤红着一双眼睛，任由一名日军士兵包扎着脑袋上的两处伤口，口中却在不断自言自语地嘀咕着：“简直是……混蛋！一定要杀光那些老鼠一样的土匪……大日本皇军的荣誉……不容玷污！”

小心翼翼地站在屋子角落，生得肥头大耳的何财主看着深井太郎那狼狈的模样，禁不住朝站在自己身边的何龅牙低声问道：“怎么就弄成了这副模样？不是说日本兵都挺能打仗的吗？怎么还没见着涂家村的正主儿，就已经叫几个截道的土匪弄得人仰马翻？”

乜斜着眼睛看了看何财主，何龅牙毫不客气地低声哼道：“您问我，我问谁去？从清乐县城到何家大集，一路上接连叫人打了两回黑枪还不算，眼看快要到何家大集了，还叫埋在路中间的手榴弹给炸毁了一辆车！人马折损了三成，六辆卡车也只剩下两辆能动弹的……这深井军曹回了清乐县城，怕是没好果子吃的！”

惊讶地瞪大了眼睛，何财主低叫起来：“会不会是走漏了消息，叫涂家村的那些人下了黑手？”

毫不迟疑地摇了摇头，何龅牙不屑地哼道：“涂家村那些土包子，也就有着些泥里钻、土里藏的本事。糊弄几个外行，收拾几个土匪还算勉强能行，可要论起行军布阵……涂家村里就没人有那本事！我倒是觉着……会不会是以往中央军被打散的那些溃兵在暗地里使绊子？”

同样把脑袋摇晃得如同拨浪鼓一般，何财主很是笃定地应道："不能够！在冀南地面上，那些被打散了的溃兵，不是卖了随身家什换钱回乡逃命，就是扎堆占山为王混了绺子。欺负欺负庄稼汉、土包子还成，就连咱们何家大集他们都不敢碰，也就更别提去招惹日本人了……可这到底是哪路的人马，敢朝着日本人动手呢？"

看着已经包扎好了头上伤口的深井太郎，何龅牙扭头看着站在自己身边的何财主说道："琢磨不明白的就别瞎琢磨了！眼下深井军曹已经叫一路上挨着的算计勾起了心火，憋着劲要灭了涂家村呢！今晚上咱们好好伺候着这些过路毛神，等明天他们灭了涂家村，回了清乐县城，咱们得着了涂家村的那些药材地，也就算是大功告成了！该备着的东西都备着了吧？"

朝着屋子外面歪了歪嘴，何财主低声应道："得着了你捎来的消息，住人的房子老早就腾出来了。杀了两口猪、五只羊，酒也备下了二十坛，白面硬馍的干粮管够！"

微微一点头，何龅牙满意地应道："自当是将本求利做买卖，叫这些日本人和皇协军的丘八吃饱喝足了，明天才好替咱们何家卖命！白癞子呢？安顿到哪儿了？"

"没叫他进家里，给搁到荷香酒楼去了。找了两个外路逃难来何家大集的粉头陪着灌黄汤，这会儿怕是都喝趴下了！"

"还有他手下那些兵？"

"咱们宅子里护院的枪兵头目陪着，就在寨墙下面寻了个宽敞院子安顿下来，出不了啥错！那些日本兵眼下就在后院厢房里歇着，家里管事的伺候着呢！"

再次点了点头，何龅牙堆起了一副笑脸，迎着已经包扎好伤口的深井太郎走了过去："深井阁下，不要紧吧？已经为您安排好了休息的地方和简单的食物，还请您……"

不等何龅牙把话说完，深井太郎已经猛地从椅子上站起了身子："集合队伍！立刻出发，征讨涂家村！"

瞠目结舌地看着深井太郎，何龅牙磕磕巴巴地叫道："可是……深井阁下，皇军的士兵们经过了一天的作战和行军，已经很疲惫了啊！还有那些皇协军士兵，也全都……"

狞笑着看向了何龅牙，深井太郎瞪着一双血红的眼睛低叫道："何，这一路上受到了好几次袭扰，你觉得是偶然发生的事件吗？那些老鼠一般的家伙不断地给皇军制造麻烦，目的只会有一个，那就是拖延皇军征讨涂家村的行动！"

猛地抽出了指挥刀，深井太郎挥舞着指挥刀怪叫着虚虚劈砍了几下，这才扭头看向了呆愣着站在一旁的何龅牙："马上集合，连夜征讨涂家村！何，你带路！"

朝着深井太郎连连摆手，何龅牙一迭声地叫嚷起来："深井阁下，这夜路……我可走不得呀！我……我是个夜瞎子，天一黑我就瞧不见路……再说从何家大集到涂家村，白天都得走好几个时辰，晚上看不见路，越发走不快。就算是现在队伍出发去征讨涂家村，等走到了也快天亮了……"

就像是一条受伤的恶狗，深井太郎疯狂地叫喊起来："大日本皇军的士兵是战无不胜的！夜间奔袭而已，对大日本皇军根本算不上难题！马上集合队伍，征讨……杀光……烧光……"

哭丧着一张脸，何龅牙的声音里都带上了几分哭腔："可这真不成呀……深井阁下，眼下皇军士兵没有受重伤的也就十来个……皇协军士兵可比不上皇军能征善战呀！"

猛地一挥刀，深井太郎将冰冷的刀刃架在了何龅牙的脖子上："再要推诿避战……死！"

两腿之间猛地一热，何龅牙顿时尿了裤子："是……全听您的……我这就去召集队伍………"

小心翼翼地避开了锋利的刀刃，何龅牙扭头便朝着门口冲去，顺势将站在门边吓傻了的何财主也拽出了屋门："还傻愣着站在这儿干吗？！这日本人已经叫气得犯了失心疯了……"

跌跌撞撞地冲出了屋子，何财主扭头看了看一个人在屋子里挥舞着指挥刀的深井太郎，心有余悸地朝着何龅牙叫道："这算是怎么回事呀？让你找日本人来帮忙，你倒是给寻来了个失心疯。刚才不还好好的吗？怎么就说几句话工夫，这就成了……"

夹着两条腿，何龅牙无力地朝着何财主摆了摆手："这工夫就别说那些个废话了——赶紧给我找条裤子来！我换了裤子还得去寻白癞子……"

"寻白癞子干啥？"

"这日本人非得连夜去灭了涂家村，逼着我召集队伍，还非得叫我给他带路呢！"

急匆匆换上了条干净裤子，何龅牙扭头便朝着何家大集里的荷香酒楼奔去。才刚进了荷香酒楼门口，何龅牙已经看见搂着两个粉头喝得东倒西歪的白癞子，还有几个同样灌得直眉瞪眼的皇协军军官。

气急败坏地冲到了白癞子身边，何龅牙一边拉拽着将两个粉头从白癞子怀里撕扯出来，一边急三火四地朝着白癞子叫道："我的白大队长，你可别再喝了——深井军曹有令，要你集合队伍，连夜讨伐涂家村！"

睁着一双惺忪醉眼，白癞子定定地看着站在自己身边的何龅牙，一把又将个粉头拽到了自己怀里："讨伐他娘个蛋！大早上就从清乐县城出发，一路上连口热水都没喝上，半道上好险没叫手榴弹给炸死……这还不叫老子喝两口压压惊？要征讨……叫他深井太郎领着那些日本兵作死去，我白癞子不伺候！"

耳听着白癞子那丝毫都没好气的吆喝声，几个同样喝得直眉瞪眼的皇协军军官也全都拍桌子打椅地嚷嚷起来："我说何龅牙，你到底给了那日本人多少好处，这才能撺掇着日本人这么替你卖力？"

"替你老何家忙活了一整天，脑袋别在裤腰带上的玩儿命勾当，到现在也就换了几口寡酒冷菜，一个大子儿的实在好处都没见着！怎么着？就这样还想着叫爷们带着兄弟替你何家下死力气？姥姥的！"

"想要在日本人跟前邀功卖好，你招呼你自己家养的护院枪兵去卖命就是！想要拉着我们兄弟替你挡枪子，没门！"

急得一个劲儿地跺脚，何龅牙指天誓日地吆喝起来："白大队长，诸位兄弟，我何龅牙要存着一点在日本人跟前卖好、拽着大家伙吃挂落的心思，我……我天打五雷轰！实在是深井军曹叫一路上挨着的黑枪、暗算招起了心头火，非得要连夜奔涂家村泄恨！你们几位是没瞧见，方才深井军曹就在我家宅子里耍弄他那日本刀，刀子都架到我脖子上了……"

盯着何龅牙那火上房般着急的模样看了好一会儿，白癞子这才松开了怀里搂着的粉头："何龅牙，你可别蒙我！"

"我的白大队长，这大晚上的走夜路奔涂家村，我又能得着了什么好？！你也是在这周遭左近混过绺子的人物，该是知道从何家大集到涂家村的山路不好走！尤其是那一木桥、漫水脊，白天走的时候都有人失足摔死，晚上走……就不说旁人，我不还得在前头带路？就我这身板、腿脚，半夜走一木桥和漫水脊，怕是摔死的头一个就得是我吧！"

将信将疑地坐回了椅子上，白癞子伸手抓了抓头皮："那要是这么说……深井军曹是当真叫气迷心了？可半夜逼着兄弟们去钻山越岭的……怕是还没走出去一半的路程就得趴下一半人马，走到了地头也没力气收拾涂家村的那些人了……"

随手拽过了一张椅子，何龅牙一屁股坐到了白癞子身边："谁说不是呢？可那深井军曹……听不进去劝，非逼着我来寻你召集队伍。我说白大队长，这事儿我可是一点办法也没有了，你给拿个主意？"

横了满脸惶急神色的何龅牙一眼，白癞子没一点好气地哼道："你都没辙，我又能有什么主意？说到头，咱们谁也得罪不起日本人哪……"

"那咱们就当真听深井军曹的，今晚上连夜进山去涂家村？"

转悠着眼珠子，白癞子摆出了一副讳莫如深的模样：“这……倒也不是全然没法子……”

眼睛一亮，何龅牙顿时来了精神：“白大队长，你有好主意？”

从鼻孔里哼哼几声，白癞子吊着眼睛看向了坐在自己身边的何龅牙：“这天底下……倒是也有白出主意的？”

“这都好说，往后……”

“何龅牙，这年头人命都不值钱，你觉着说句话还能顶用？真金白银瞧不见，我这主意怎么也出不来！一口价——二百大洋！”

“……行！反正要死也不是死我一个！我这就回去跟深井军曹禀告，就说你白癞子抗命不遵，拒不集合队伍，我倒看看是谁先倒霉！”

“你敢？！”

“反正去也是死，不去也是死，索性一拍两散！到了阴曹地府，我不还有你白队长陪着我上刀山、下油锅吗？”

眼看着两人越说越僵，一个多少清醒了些的皇协军军官连忙凑了过去：“大哥，何翻译官这是跟你闹着玩儿呢！咱们都在日本人手底下讨饭吃，从来都是一根绳子上的蚂蚱不是？都让一步……让一步……何翻译官，你看我大哥手底下带着这么些兄弟也不容易。这年头不见着真金白银，枪响了谁当真跟着你玩命呀？你说是这道理不是？”

怏怏地瞪了白癞子一眼，何龅牙心疼肉疼地伸出了一只巴掌：“就五十大洋，爱要不要！”

狠狠咬了咬牙，白癞子眼中凶光一闪，重重地点了点头：“行！今天就当我吃了个闷亏！你赶紧找几个你们家养着的护院枪兵，换了衣裳出寨墙放上几枪，呐喊一阵！我再叫我那些弟兄们上寨墙朝天放枪，就说是有人趁夜偷袭何家大集！这大晚上黑咕隆咚的，压根也弄不明白寨墙外边是啥情形，深井军曹也不敢冒冒失失叫人朝外闯！等到了明天天一亮，那不啥都好说了？”

朝着白癞子竖起了个大拇指，何龅牙猛地站起了身子，直奔着门外走去：“就这么办！一会儿听见寨墙外面枪响，你可千万叫你手底下兄弟把场面弄热闹点，要不怕唬不住深井军曹……”

阴沉着面孔，白癞子只等到何龅牙的身影消失在黑暗之中，方才朝着身边几个皇协军军官一摆手：“待会儿去找几个枪法准的弟兄，见着寨墙外边的人影就给我朝死里打！不叫他姓何的见识见识老子杀人见血的手段，他还真以为我白癞子行走清乐、宫南两县这好些年，靠的就是嘴上的把式！”

★ 第三十六章 因势利导

忙活了整整一宿，涂家村里两辈子人辛苦囤积下的草药，总算全都搬运到了药材地旁的暗洞里。就连涂家村里乡亲家中存着的粮食、用具，也都在那暗洞里藏起了大半。眼看着东边天空渐渐发白，栗子群与涂半夏先是安顿了涂家村中的老幼妇孺暂且休息，又将涂家村中的精壮汉子与武工队员们集中到了涂家村中最大的屋子里。

就着一大锅刚熬好的杂粮粥，忙碌了一晚上的精壮汉子们一手端着个粗瓷大碗，一手抓着块杂面干粮吃得很是香甜。而在这些狼吞虎咽的精壮汉子中，捧着一罐子老咸菜，时不时在那些粗瓷大碗里搁上一块咸菜疙瘩的涂半夏很有些讪讪的模样，尤其是在面对那些武工队员时，更是满含歉意地低声唠叨几句怠慢、辛苦之类的话。

眼看着涂半夏那副小心翼翼伺候着大家伙的尴尬模样，同样蹲在墙边、捧着个大碗喝着杂粮粥的栗子群禁不住朝着涂半夏招了招手："半夏老哥，你也别光顾着照应大家伙，一块儿吃点儿垫垫肚子吧。虽说村子里该收拾的东西都收拾好了，可一会儿咱们还得有一阵紧忙活呢！"

搁下了手中的咸菜坛子，涂半夏顺从地盛了碗杂粮粥蹲到了栗子群身边："栗大当家，这回可当真是怠慢了诸位了！等眼前这一关过去了，我涂家村必有报答！"

朝着涂半夏摆了摆手，栗子群和声笑道："都是穷苦人出身，知道靠着辛苦攒点家当有多不容易。有急有难的时候，大家伙相互帮衬也是应该的，扯不上啥报答不报答的！半夏老哥，眼下村里该藏的东西都藏好了，村里老幼妇孺也能有个踏实的藏身之所……我问半夏老哥一句——鬼子和二鬼子今天肯定要来涂家村祸害，你心里拿的是怎么个章程？"

眼睛一瞪，涂半夏重重把手中端着的粗瓷大碗朝脚边一搁，用力拍了拍厚实的胸膛："一个字——打！先前我心里拿不准主意，就是怕涂家村里老老小小的一大群人没个安稳的藏身地方，到时候一打起来，怕是全都得叫鬼子和二鬼子祸害了！可现在……栗大当家，我涂家村虽说只有百十来口子人，精壮汉子也才三十几号，可打从我涂家村在这地方立下村寨屋宅，那就从来没在恶人面前低过头！"

同样把手中端着的粗瓷大碗朝着地上一搁，栗子群朝着涂半夏高高竖起了个大拇指："好样的！那半夏老哥打算怎么打？"

抬手朝着大屋子里那些涂家村中精壮汉子一比画，涂半夏毫不犹豫地说道："咱们涂家村里祖上传下来的庄稼把式，练的就是贴身短打的功夫！到时候大家伙在村子里那些早安顿好的地方一藏，等鬼子和二鬼子一进村，咱们猛一下跳出来，一人干翻他三五个都不在话下！”

看着那些涂家村中精壮汉子别在腰后的短梭镖，栗子群犹豫片刻，方才开口朝涂半夏说道：“半夏老哥，打从进村的时候，我可就瞧见村子里的爷们随身都带着这短梭镖，估摸着你们看家的本事就是近身短打！可是……鬼子手里的三八大盖装上刺刀，对拼的时候也算是有几分章法，跟以往涂家村打退的那些土匪手上的功夫不一样啊……”

不等涂半夏开口搭腔，蹲在一旁的涂家村精壮汉子中，与栗子群等人见过一面的涂山药已经猛地站起了身子，闷雷般地低吼道：“能有啥不一样的？！我涂家村里祖传的功夫，原本是从双枪陆文龙马上的枪法得来的真传。虽说如今没了战马，可脚底下走的功架也是偏厢马的路数……”

眉头微微一跳，栗子群饶有兴味地开口打断了涂山药的话头：“双枪陆文龙的马上枪法？可我瞧着涂家村里的爷们，手里可都只拿着一支短梭镖。”

仰天打了个哈哈，涂山药很是带着几分得意地笑道：“栗大当家的，这你可就不知道了吧——我涂家村里的爷们，平日里手上只拿一支家什，那是祖上有过交代，说这马上双枪的功夫太过狠辣，出手就要人命，怕后代子孙杀伐太重损了阴德，这才定下了涂家子孙平日里只能使唤一支家什的规矩！不到当真要拼命的时候，谁也见不着涂家村里的双枪绝活儿！”

若有所思般地点了点头，栗子群扭头看了看蹲在自己身边的涂半夏：“半夏老哥，听山药兄弟这么一说，我倒是当真想要见识见识涂家村里祖传的绝活儿了！左右咱们还有点功夫，要不……咱们交手切磋一下？点到为止，也算是叫我多长几分见识？”

压根也不顾涂半夏连声劝阻，栗子群猛地站起了身子，顺手从大屋子里寻了根与三八大盖差不多长短的木杆子，稳稳地抓在了手中，脚下利索地摆出了个弓箭步的起手架势，朝着傻愣愣看着自己的涂山药一点头：“山药兄弟，咱们俩搭搭手？”

只一看栗子群摆出来的那看似不伦不类的架势，原本还有些愣怔的涂山药眼中顿时精光一闪，翻手便从自己腰后抽出了那支片刻不离身的短梭镖，很有些见猎心喜地站到了栗子群对面：“栗大当家还是个练家子出身？看栗大当家这手眼身法步……伺候的是杨家枪还是岳家枪的门子？”

微微摇了摇头，栗子群一双眼睛紧紧地盯住了涂山药的腰眼：“哪家的都不是，我这才当真是没名没姓没来路的瞎把式，打仗打多了琢磨出来的……山药兄弟，我可先动手了？”

看着涂山药略一点头，栗子群双眼猛地一眯，踩着弓箭步的双腿使了七分的巧力，口中炸雷般地大喝一声：“杀！”

眼见着毒龙般朝着自己心口捅来的木杆，已经翻手抓着短梭镖、脚下也站稳了偏厢马架势的涂山药同样闷吼一声，短梭镖猛然朝外一格，盘旋着身子借力朝栗子群撞了过去，挡开了木杆子的短梭镖也顺势反手朝栗子群腰眼扎了下来。

就着前冲的势头，栗子群看也不看朝着自己腰眼扎了下来的短梭镖，只是横过了手中的长杆子猛地一扫一带，长杆子的一头顿时敲到了涂山药的小腿肚子上。虽说栗子群动作时已经留下了七分力气，可那画龙点睛般的敲击，却依旧叫涂山药腿脚一软，整个人猛地扑倒在地！

旋身用木杆子的一头轻轻在涂山药后颈一点，栗子群朝后退了两步，方才朝着一骨碌从地上爬起来的涂山药说道：“这路数可还真不是我一个人会的绝活儿！我在战场上见过的那些鬼子，一多半也都会使这招数！山药兄弟，咱们再试试？”

狠狠一咬牙，涂山药一个鹞子翻身，整个人矮着身子舞动手中的短梭镖，直冲着栗子群的腰眼斜刺了过去，口中兀自低声吼道：“那试试这招！”

朝后一个小跳步，栗子群毫不费力地避开了涂山药那迅猛的斜刺，手中的长杆子微微朝上一拨，顿时便将涂山药握着短梭镖的胳膊拨弄到了一旁。

看着涂山药半蹲在地上、前胸空门大开的模样，栗子群微微摇了摇头：“山药兄弟，你说这时候我要是补上一脚……小鬼子脚上穿的可都是牛皮靴子，一脚下去都能踩碎了人肋骨！”

如同山中猛虎般咆哮一声，涂山药朝旁边围拢了观看自己与栗子群搭手对练的涂家村中汉子冲了过去，不由分说地从一名涂家村汉子手中抢过了一支短梭镖，双手一正一反地握着两支短梭镖，直冲着栗子群撞了过去。

只见涂山药手持两支短梭镖的架势，站在一旁观望的涂半夏顿时大惊失色，扯开喉咙叫嚷起来：“山药！你疯了……不许下重手！”

像是打发了凶性，涂山药对涂半夏的喝止声充耳不闻，手中两支短梭镖上下翻飞、左右盘旋，锋利的梭镖片刻不离栗子群身上要害，舞动梭镖时带起的尖锐风声，更是如同夜半鬼哭般摄人心魄！

眼看着手持长杆子的栗子群被涂山药逼得连连后退，涂半夏急得跳着脚大叫起来：“山药！你是疯了不是？栗大当家是咱涂家村的恩人……你咋使上了破帐枪法了？你快给我住手！”

喊声未歇，原本被涂山药的凌厉攻势逼得连连后退的栗子群却猛地朝前一个寸进，手中的长杆子几乎就从两支盘旋舞动的短梭镖之间穿了过去，轻轻点在涂山药的心口。也就在这同时，涂山药手中的两支短梭镖，也一先一后地停顿在了栗子群的咽喉与肚脐上！

面不改色地看着气喘吁吁、双眼赤红的涂山药，栗子群慢慢松开了握在手中的长杆子：“山药兄弟，咱们这算是个平手？”

瞪着栗子群的双眼，涂山药停顿了好一会儿，方才重重地摇了摇头，飞快地将顶在栗子群咽喉与肚脐上的短梭镖缩了回去：“栗大当家的好身手！方才你手里要拿着的是长枪……我心口老早多了个窟窿，哪儿还有气力朝着你下手？”

朝着涂山药竖起了大拇指，栗子群由衷说道：“山药兄弟，你方才这双枪的功夫倒是当真厉害！我这都快要退到屋子外边去了，这才勉强算是寻着了个空当出手。这也难怪涂家村里这些年从来没让恶人得着过便宜……”

脸上一红，涂半夏却在此时接过了栗子群的话头：“栗大当家，这真不怕你笑话……听村里老人说，这破帐枪法来去就七招，打的就是跟对手同归于尽的主意，得要战阵上见过血的人才能练得出来！以往村里跟土匪厮拼的时候，村子里当真见过血的……能懂这破帐枪法的也就三五个！”

张大了嘴巴，栗子群很有些故作惊讶地低声叫道：“见过血的只有三五个？那……半夏老哥，我说这话可有点不中听——眼看百遍，不如动手一回。咱们村子里的壮棒汉子虽说都有功夫在身，可毕竟……半夏老哥，这小鬼子可是杀人不眨眼，手上都有过咱们中国人的人命！咱们冒冒失失地就这么跟小鬼子近身厮拼，你心里当真有底？”

不等涂半夏回话，栗子群却又伸着胳膊朝门外涂家村中房舍一指：“再说了，真要是在村里打起来，乡亲们的房子和那些带不走的家当，怕是全都得遭了鬼子祸害！尤其是小鬼子随身都带着小炮，万一隔着老远就拿小炮先把村子里炸过一遍……咱们埋伏在村子里的人马，就得有老大的折损哪……”

抬眼看了看栗子群一本正经的模样，涂半夏犹豫片刻，方才朝着栗子群低声说道：“栗大当家，方才你跟山药过手，我心里就大概明白你那意思了……可咱们涂家村里的壮棒汉子只会这些抽冷子近身短打的功夫，跟小鬼子当面对阵的话，怕是还没冲到小鬼子近前就……”

抬手朝着蹲在一旁吃得酣畅淋漓的莫天留一招手，栗子群和声朝涂半夏说道：“半夏老哥，我昨晚上倒是琢磨过，要是咱们两家的人马联手，没准倒是能把小鬼子狠狠收拾一回！听昨晚上天留跟我说……从何家大集到涂家村，路上有叫一木桥和漫水脊的两处地方？”

毫不犹豫地点了点头，涂半夏应声答道：“的确是有这么两处地方！可离着涂家村还有一段路程，周遭山林也都是石砬子地，想要在那左近埋伏了跟鬼子近身厮拼……真要是鬼子多点心眼，一路上仔细踅摸，怕是藏不住人。”

“那要是鬼子不认真踅摸呢？”

★ 第三十七章 诱敌深入（上）

战战兢兢地在两名皇协军士兵的搀扶下走在队伍的最前面，何龅牙脚上穿着的那双日军翻毛皮鞋显然不适合在山林中行走，不过一个时辰的工夫，已经磨得何龅牙脚上起了几个老大的血泡。

照着与白癞子商量出来的阴损主意，何龅牙倒是当真从自家护院的枪兵中找了几个贪财胆大的家伙，换上一身旧衣服之后趁夜爬出了何家大集的寨墙，在寨门前朝天放了几枪，口中兀自吆喝不休，倒是当真折腾出了几分有人夜袭何家大集的模样。

可千算万算，何龅牙也没算计到白癞子居然能乘机下了黑手，在寨门口的门楼上一家伙安顿了二十几号积年老匪出身的皇协军。暗夜中照着那些站在寨门口不远处虚张声势的护院枪兵打了两个排枪之后，自家派出去的七八个枪兵全都叫打成了筛子一般！

而在深井太郎被枪声惊动，带领着那些日军士兵与何龅牙一起急匆匆赶到寨门口时，白癞子已经将那些被打死的护院枪兵尸体拖了回来，趾高气扬地在深井军曹面前夸功……

虽说心头一口恶气难消，可为了能拦住深井太郎逼着所有人连夜突袭涂家村，何龅牙也只能打落门牙和血吞。好容易熬到了天色微亮，倒是也不必再等深井太郎出声催促，何龅牙已经主动做好了带路前往涂家村的准备——再不把白癞子这样的瘟神弄出何家大集，天晓得还能玩出什么花样。

从小娇生惯养，再加上在日本厮混的时候几乎是夜夜笙歌，走平路时尚且要走半里歇一晌，在山间崎岖小路上走不过二里地，何龅牙已经喘得像是条死狗般狼狈，一屁股坐在路边的石块上，朝着怒气冲冲的深井太郎一个劲儿地摇头叫道：“深井阁下，我实在是……走不动了！为了不耽误皇军征讨涂家村的作战，还是……还是请白大队长在前面带路吧。我一定会……一定会努力地跟上队伍的！”

眼看着何龅牙朝着深井太郎一番说道之后，深井太郎的目光已经转向了自己，白癞子倒是异常精乖地嚷嚷起来：“怎么着？何翻译官，你这是走不惯山路不是？来啊……去两个机灵点的，好好伺候着何翻译官前面带路！”

话音落处，再加上白癞子递过去几个眼神，从皇协军队伍中立刻蹿出来两个跟随了白癞子多年的老匪，不由分说地架起了瘫坐在路边的何龅牙朝前走去。还没等何龅牙再开口说话，白癞子反倒是抢先吆喝起来：“何翻译官，你心里可得琢磨明白了——我皇协军里边小二百兄弟，为了给你何家抢这片药材地，已经折损了不少人！你要再仗着懂日本话，给我们兄弟使绊子、上眼药……战场上面枪子不认人，说不定一颗流弹就能要人命啊！”

扭头看了看目露凶光的白癞子，再看看架着自己带路的两个皇协军士兵满脸阴笑的模样，何龅牙无可奈何地闭上了嘴巴，在那两名皇协军士兵的挟持下走在了队伍最前面。

跌跌撞撞在山林中走出去两个时辰的工夫，天空中的日头也奔了头顶当中，浑身上下早已经叫汗水洗过了几遍的何龅牙终于支撑不住，整个身子猛地朝下一坠，跪在地上扭头带着几分哭腔朝紧随在自己身后的深井军曹叫道：“深井阁下，我实在是走不动了……拜托您，无论如何也要让我……让大家休息一下！如果让大家太过疲劳，恐怕到达了涂家村时，也会影响皇军的征讨作战啊……”

伸手接过了身边一名日军士兵递过来的水壶，同样走得口干舌燥的深井太郎一边打量着周遭的山势，一边将水壶凑到了自己嘴边：“走了多少路程了？”

同样抬头看了看周遭的山势，何龅牙忙不迭地应声答道：“走了能有一半路程了！再朝前走就是漫水脊，过了漫水脊之后，顺着山梁走一个时辰，过了一木桥就差不多能看见涂家村了！”

喝了几口带着土腥气的清水，深井太郎随手把水壶扔给了站在自己身边的日军士兵：“漫水脊？那是个怎样的地方？”

巴不得借着深井太郎问话的机会喘息片刻，何龅牙飞快地接口应道：“漫水脊是一道光秃秃的山脊梁，山脊上寸草不生，山脊两边都有陡崖。在山脊上还有不少比手指头还细的石窟窿慢慢朝外沁水，天长日久，那山脊上生着的全是滑腻腻的青苔，很不好走……以往有人走漫水脊的时候脚下一滑，顺着山脊旁的陡崖摔下去，尸首都摔得七零八落……”

扭头看了看身后那些在山林中走得盔歪甲斜的皇协军士兵，再看看跟在自己身边的日军士兵也全都显露出了疲惫的模样，深井太郎狠狠地吐了口闷气：“休息十分钟，然后……去漫水脊！何，你带着几名士兵，先去漫水脊侦查！”

哭丧着脸，何龅牙无可奈何地挣扎着站起了身子，顺手在山林间捡了根树棍当成拐杖，一步一拐地在几名日军士兵的驱赶下朝漫水脊方向走去。可还没走出几步，何龅牙却又猛地停下了脚步，朝着深井太郎扬声叫道：“深井阁下，如果是需要先去侦查的话，白大队长也很熟悉那里的地形，是不是请白大队长也跟我一起前去侦查？”

回头看了看刚在不远处坐了下来的白癞子，深井太郎重重地点了点头：“让白队长带上一个排的人去担任警戒吧！在大部队赶到之前，务必要保证漫水脊的安全！”

屁颠屁颠地点头答应着，何龅牙皮笑肉不笑地看向了已经猜到事情不妙的白癞子：“白大队长，深井军曹请您带上一个排的弟兄跟我一块儿去漫水脊，还叫您务必保证漫水脊的安全，您赏个脸，辛苦一趟？”

瞪着眼睛看向了满脸阴笑模样的何龅牙，白癞子一边拖泥带水地重新站起了身子，一边狠狠地朝何龅牙低声吼道：“姓何的，你他妈又给老子上眼药？你是当真不怕死？”

冷哼一声，何龅牙毫不客气地回应道：“白癞子，你还真别拿这话吓唬我！我左右不过是个翻译官，真打起仗来的时候，那也轮不着我冲在前头挡枪子！到时候我寸步不离日本人身边，我倒看你有没有那胆子朝我打黑枪？”

“你有本事一辈子别离开日本人！”

“老子我还就跟日本人绑一块儿了！我要是落不着好，死之前我也能有法子拉你垫棺材底！废话少说，走着吧！”

虽说嘴里都没说一句客气话，可白癞子与何龅牙在看向满脸疑惑神色的深井太郎时，脸上却都挂着一副谄媚的笑模样。胡乱点选了一个排的皇协军士兵，白癞子带领着那些嘴里不断小声嘀咕咒骂着的皇协军士兵跟在了何龅牙和几名日军士兵身后，拖泥带水地朝着漫水脊方向走去。

只能说天工巧妙、造化神奇，铁屏山中大部分山岭都是树木茂密的模样，可在靠近漫水脊左近的一大片山岭中，却全都是一片片裸露在外的石砬子地。除了有些稀疏野草点缀其间，就连大丛些的灌木都极其少见，叫人一眼望去便觉荒凉。

就在两座荒凉的山峰之间，一道如同鲤鱼脊背般的山脊突兀地将两座山峰连接到了一起。由暗青色的岩石构成的山脊上，不知为何生出了许多大有小指粗细、小如蜂窝方圆的窟窿，经年累月地朝外慢慢沁出滴滴山泉，顺着那些暗青色的岩石缓缓浸润而下，在那些暗青色的岩石上滋养出了厚厚一层滑腻腻的青苔。踩在那些青苔之上，稍不留神就是个摔落山脊、粉身碎骨的下场。

也正因为这漫水脊上的道路太过凶险，寻常时根本就没人愿意冒险从漫水脊上走过。即使是迫不得已要由此经过，有经验的行人也都会脱下脚上的鞋子，在漫水脊周遭山岭上寻来些枯草绑在脚上防滑，这才敢战战兢兢慢慢蹚过漫水脊。

气喘吁吁地站在漫水脊前的石砬子山山坡上，白癞子一屁股坐到了被太阳烤得略有些灼热的石砬子地上，龇牙咧嘴地朝跟在自己身后的几名日军士兵说道：“几位太君，前面就是漫水脊，道路非常湿滑，是不是先命令这些皇协军的士兵在前面开路？”

同样走得气喘吁吁的几名日军士兵只是稍微打量了一下漫水脊周遭的山势，顿时便放下心来——像是这样的石砬子山上全无遮挡，根本就不适合埋伏人马进行伏击作战。

朝着何龅牙点了点头，几名日军士兵也都在石砬子地上坐了下来，朝着何龅牙扬声叫道：“命令这些皇协军的士兵开路吧，到达山脊对面后，让他们设立警戒阵地！”

“命令他们找些水来……走了整整一个上午，水壶里的水早就喝完了，口渴得很呢！”

“这些家伙简直就是傻瓜！难道没有看见皇军士兵就在这样的太阳下忍受暴晒吗？让他们脱了衣服搭建个凉棚……”

一脸谄笑地答应着几名日军士兵的吩咐，何龅牙在转脸看着白癞子时，却飞快地换上了一副狐假虎威的模样：“白大队长，皇军有话，叫你赶紧去漫水脊对面设立警戒阵地，再给皇军搭个凉棚、寻点干净水来，皇军可口渴了！”

眼睛一瞪，白癞子咬牙切齿地低吼起来：“这满山都是石砬子地，我倒是叫人上哪儿给他们寻干净水去？还搭凉棚……这左近连棵比你高的树都没有，哪来的搭凉棚的物件？”

冷笑一声，何龅牙扭过脸朝着几名日军士兵谄笑着点了点头，这才爱搭不理地吆喝起来：“这我可就管不着了！不过皇军方才说了，叫你们脱了衣裳给搭个凉棚，这也算是给你们指点了个法子不是？”

“姓何的，你……行！这份人情，老子给你记下了！来人，扒了衣裳给这几个日本人搭个凉棚，再去寻点尿水给他们喝！去一半人在漫水脊那头瞧瞧动静……”

★ 第三十八章　诱敌深入（下）

就像是害怕踩死了蚂蚁的小脚老太太一般，二十几号皇协军士兵在战战兢兢地慢慢挪过漫水脊、踏上了对面山峰的石砬子地之后，总算是长长地舒了口气……

也都不知道今年是不是天时的缘故，漫水脊上的青苔生得格外茂盛。虽说是在脚上绑了不少半枯的杂草，可在慢慢挪过漫水脊的时候，有好几个皇协军士兵都脚下打滑，在漫水脊那坚硬的岩石上摔得鼻青脸肿。如果不是彼此间相互扶持拉扯，恐怕早有几个皇协军士兵摔到了漫水脊旁的陡崖之下！

三三两两地散坐在石砬子地上穿着鞋，刚刚走过了漫水脊的皇协军士兵看着对面那几个坐在用衣服搭成的凉棚下喝水休息的日军士兵，全都嘀咕着低声咒骂起来："他娘的……就知道叫老子们在前头蹚路，自己倒是会偷闲歇晌！"

"亏得漫水脊这头没人埋伏！要是走一半的时候叫人打了冷枪，怕是不叫冷枪打死，也得脚下打滑摔死……"

"姓何的就是他妈铁公鸡！明明是给他老何家捞好处，可别说见着真金白银的好处，就连吃喝上头都抠抠搜搜！昨晚上端上来的菜，翻到底了都见不着几块肉……"

"也不全然是没好处。听说昨晚上何家大集寨墙上闹的那一出，咱们白队长可是没白干活！可把话说到头，除了那些跟了白队长多少年的老人还能稍稍得着点，有好处啥时候轮得着咱们？"

"说得就是啊！有好处没咱们的份儿，像是这样蹚路、挡枪子儿的活儿，倒是从来落不下咱们！行了……闲话少说，趁着那边日本人还没朝着咱们龇牙，差不离摆个架势糊弄一下吧……"

叫苦连天声中，走过了漫水脊的皇协军士兵各自端着手中的晋造三八式步枪，背靠着漫水脊方向形成了个松散的防御圈。有几个皇协军士兵左右打量着光秃秃的石砬子山地，禁不住朝着那些年岁大些的皇协军士兵叫嚷起来："就这石砬子山上无遮无挡的，连棵比裤裆高的树都没有，咱们蹲这儿能警戒个什么呀？真要有人从远处树林里朝着咱们下手，那可就是打活靶子……"

狠狠朝着身边的石砬子地上吐了口唾沫，几个年岁大些的皇协军老兵禁不住连声喝骂起来："你他妈会说人话不？当兵吃粮、扛枪打仗，咱们是混一天算一天，命都不是自己的，全攥在老天爷手里呢！没事就红口白牙地胡说八道，小心老天爷当真收了你！"

"你就盼点好吧。这趟活儿从出县城起就不顺，命不硬的这会儿可都还躺路边呢，你也盼着有这一出落你自己头上？"

"咸吃萝卜淡操心！铁屏山里来去就那么几股绺子，撑破了天也就二三十条破枪，哪儿还敢跟咱们这小二百人较劲？这时候能歇着就省着点力气，等后晌到了涂家村……那才是咱们替自个儿卖力气的时候呢！"

"说得就是！别看着涂家村里就百十口子人，可这些年靠着种药材、制药材，该是没少存下硬货！到时候大家伙可机灵着点！”

“别掰扯闲话了！后边那些日本人可都上来了……”

耳听着那些皇协军中的老兵油子吆喝，几个蹲在石砬子地上装模作样警戒的皇协军士兵回头看去，刚巧望见深井太郎率领着其他的日军士兵与皇协军士兵赶了上来。估摸着是对那些坐在凉棚下喝水休憩的日军士兵很不满意，深井军曹大声呵斥着那些忙不迭站起了身子的日军士兵，捎带手地还把同样坐在凉棚下喘息的何龅牙狠狠扇了一记耳光。

幸灾乐祸地扭过了身子，已经越过了漫水脊的皇协军士兵全都装模作样地端稳了手中的晋造三八式步枪，朝着视线可及的林木摆出了一副认真举枪警戒的架势。而在他们身后，同样脱下了鞋子，在脚上绑上了杂草的深井太郎，也在几名日军士兵的小心护卫下，慢慢地走到了漫水脊那光滑的岩石上……

几乎就在这一刹那的工夫，从不远处的林木当中，猛地走出来七八个挑着担子的精壮汉子。或许是因为挑着担子走了许久山路的缘故，走在最前面的那精壮汉子压根也没抬头朝着远处看上一眼，只是一边撩起衣襟擦拭着额头上的汗水，一边亮开了嗓门吆喝起来：“脚底下加点紧，等过了漫水脊咱们再歇脚！今晚上把这些药材挑到何家大集，晚上咱们吃白面条子，一人再饶半斤猪头肉！”

同样挑着一副颇为沉重的担子，另一名壮汉同样只顾着埋头赶路，口中却是打趣般地吆喝道：“半斤猪头肉、一顿白面条子就打发了咱们？这回送去宫南县的药材，少说也够换村里人小俩月的嚼裹和咸盐、洋火，到时候咱们还得把换来的东西挑回来！穿州过境地走这么一遭，怎么也得再饶四两老白干……哎呀……有枪兵……”

像是乍然间抬头发现了那些在漫水脊旁举枪警戒的皇协军士兵，伴随着那壮汉的一声吆喝，七八个挑着担子的壮汉全都止住了脚步，傻愣愣地看向了那些同样有些愣神的皇协军士兵。

耳听着远远传来的那一声惊叫，原本双腿发软、战战兢兢走在深井太郎身后的何龅牙只一看那几个挑着担子的壮汉，顿时便扯开喉咙嚷嚷起来：“是涂家村里外出贩药材的！抓住他们，千万不能叫他们跑了啊……”

如同惊弓之鸟一般，伴随着何龅牙扯开了喉咙的吆喝声，七八个挑着担子的壮汉顿时乱糟糟地扭头朝树林里跑去。其中一个壮汉也不知道是被什么绊了腿脚，一个狗抢屎扑倒在地，担子里满满装着的药材顿时撒成了一摊。

眼瞅着那摔倒在地的壮汉挣扎着爬起来，手忙脚乱地朝着翻倒的箩筐里捡拾着药材，几个已经越过了漫水脊的皇协军士兵顿时吆喝着跳了起来，“哗啦啦”扯动着枪栓朝着那正在收捡药材的壮汉冲去：“站住！”

“不许动！老子可开枪了……”

显然是舍不得精心炮制好的药材白白落入了旁人手中，那蹲在地上不断收捡着药材的壮汉只等到几个枪兵冲出了好几十步远近，方才恋恋不舍地重新挑起半满的担子，心疼肉疼地扭头冲进了茂密的树林。

几乎是抢步冲过了深井太郎的身边，原本在漫水脊上走得胆战心惊的何龅牙几乎是撕裂着嗓门吼叫起来：“抓住他们啊……涂家村送去宫南县的药材肯定都是铁屏山里的灯台参！七八挑子灯台参……卖去保定府都能换五百大洋了啊……”

虽说听不懂何龅牙在吆喝些什么，但看着骤然间变得勇猛起来的何龅牙，被几个日军士兵小心护持的深井太郎也禁不住厉声吼叫起来：“冲过去，抓住那些家伙，一个都不许放过！”

如同听话的牵线木偶一般，伴随着深井太郎一声令下，围拢在深井太郎身边的日军士兵全都加快了脚步，也都顾不得脚下岩石湿滑、一个失足就会是尸骨无存的下场，径直朝着漫水脊另一头冲了过去。而在那些日军士兵身后，眼见着所有日军士兵都开始加速冲击的白癞子也不得不扯开嗓门吆喝起来：“都快着点儿！这世道从来都是富贵险中求，想发头注财的，给我上啊！”

乱哄哄的答应声中，诸多皇协军士兵也全都加快了脚步，一步三出溜地朝前冲去。也都不知道是不是老天爷当真开眼，百十号日军与皇协军士兵居然全都有惊无险地冲过了漫水脊！

胡乱套上了鞋子，何龅牙跌跌撞撞地冲到了那些正蹲在地上将散落的药材朝自己衣兜里揣着的皇协军士兵身边，弯腰从地上捡起一支只有拇指长短、生有两个分叉的药材看了一眼，再把那药材塞进嘴里轻轻一咬，顿时便跳着脚大叫起来：“在这儿捡这点零碎能值几个钱？赶紧追上去抓住那些涂家村里贩药材的人！这要是叫他们逃回了涂家村中报信，再让涂家村里的人把值钱的好药材都藏起来，那才是当真亏大了！”

同样胡乱套上了鞋子，白癞子隐约听着何龅牙那气急败坏的叫嚷声，顿时也来了精神：“一个个的都给老子打起精神来，先抓住那几个挑着担子的家伙，可千万不能叫他们逃回涂家村报信！这趟买卖是吃肉、是喝粥，就看这一把抓的功夫了！”

轰然而起的答应声中，百十号皇协军士兵顿时像是闻到了骨头气味的野狗般，乱哄哄地直冲着那些壮汉逃走的方向冲去，反倒是将十几号日军士兵与深井太郎甩在了身后。眼看着白癞子也从自己身边冲了过去，何龅牙也顾不得自己脚底板上磨出来的血泡钻心般疼痛，一迭声地冲着正坐在地上穿鞋的深井太郎吆喝起来：“深井阁下，方才逃走的那些人都是涂家村的……土匪呀！要是被他们先逃回去报信，恐怕皇军征讨涂家村的战斗，就无法做到全歼了！”

三两下穿上了很有些笨重的翻毛皮鞋，深井太郎猛地从地上跳了起来：“展现我大日本皇军勇武的时候到了！帝国的勇士们，突击！”

齐刷刷地答应了一声，所有刚穿上了鞋子的日军士兵全都平端着手中的三八大盖，跟随着深井太郎与何龅牙朝树林深处冲了过去，却没有一个人注意到远处的山林中，有十几个浑身披挂着树叶藤蔓作为伪装的壮棒汉子，正压抑着粗重的呼吸，紧紧地盯住了他们的背影……

★　第三十九章　一木天堑

顺着山林间被杂草、灌木遮掩覆盖了大半的小路，百十来个皇协军士兵在山林中跑成了个一字长蛇的阵势。冲在最前面的皇协军士兵隔着一段路程，就能在小路中看见一些散落的药材。而在弯腰捡拾那些药材时，身后追上来的皇协军士兵却又立刻冲到了前面。

尾随着那些衣兜里鼓鼓囊囊塞满了药材的皇协军士兵，跑得浑身是汗的白癞子很有些气不打一处来的模样，挥舞着手中的南部式手枪不断踢打着那些慢下了脚步的皇协军士兵，口中更是叫骂不迭：“都他妈是一群饿痨饥荒鬼，见着狗屎都得上去舔一口的玩意儿！赶紧给老子朝前追，要是叫那几个家伙跑了，老子可有的是法子收拾你们这群王八蛋！”

全然不在意白癞子的踢打辱骂，那些在衣兜里塞满了药材的皇协军士兵只是闪到了小路旁，等到白癞子怒气冲冲地走到了前方之后，方才小声地嘀咕起来：“一个月饷钱只发六成，要再不自个儿想法子捞点，倒是叫老子喝西北风去？”

“他娘的！人家都说阎王吃肉、小鬼喝汤，这白癞子可比阎王爷狠多了——连汤锅都能叫他舔干净了……”

“瞧着吧！一会儿到了涂家村，估摸着好处又得是他白癞子一个人独吞！”

“别唠叨了——日本人和何龅牙跟上来了！咱们赶紧走……”

装出了一副体力不支、但却努力向前的模样，收捡了不少药材的皇协军士兵有意无意地让开了山林间崎岖的小路，任由深井太郎率领着的日本兵和跑得上气不接下气的何龅牙冲过了自己身边。

虽说早知道那些让开了道路的皇协军士兵在耍弄心眼，可何龅牙也当真顾不上眼前这点零碎好处，只顾着玩命跟在了深井太郎身后朝前赶路。当小路前方的皇协军士兵骤然扎堆停下了脚步时，何龅牙看看周遭的山势地形，顿时便急三火四地吆喝起来："深井阁下，前面就是一木桥！"

像是没听见何龅牙的吆喝声一般，深井太郎毫不客气地挥动着手中指挥刀的刀鞘，将挡在自己前面的几名皇协军士兵抽打得避让开去，口中恶狠狠地吼叫道："为什么停止前进？"

忙不迭地抢前几步，何龅牙断断续续地将深井太郎的问话翻译成了中文，却又朝着站在道路前方的白癞子补上了一句："姓白的，这二十四拜可就差这最后一哆嗦了！你我都知道，要是叫人毁了这一木桥天险，咱们这趟可就全然白费功夫了！到时候一点好处都捞不着，回了清乐县城吃挂落，怎么说你也得占大头！"

讨好地朝着深井太郎鞠了半躬，再看向何龅牙时，白癞子却又换上了一副混不吝的嘴脸："这话还用得着你说？！你自己到前头来瞧瞧就明白了！"

很有些疑惑地皱起了眉头，何龅牙分开挡在身前的皇协军士兵朝前一看，一张脸顿时耷拉了下来……

也不知是何年何月，原本生在两座相邻断崖旁的一株大樟树轰然倒塌，恰巧在天堑般的两座断崖之间形成了一座勉强可以供人通行的桥梁，经霜不朽、浸水不腐，着实算得上是天地造化的一处奇景。再加上往来的猎户、药农多年整饬修缮，原本两人合抱的树干上滑溜溜的树皮都被仔细剥了下去，甚至还在树干上刻出来半寸深浅的棋盘格子防滑。有那胆大心细些的山民猎户，都敢推着独轮车走一木桥往来于两座断崖之间，如同行走康庄坦途一般。

可也不知道是因为兵荒马乱导致山中猎户、山民都极少出山的缘故，原本隔三岔五就有人修缮打理的一木桥上，居然积满了随风坠落的腐朽树叶，把原本刻在一木桥上防滑的棋盘格子遮挡了个严严实实。就连那几个方才挑着担子经过一木桥的涂家村村民留下的脚印，也都是一步一滑的模样……

伸头看了看一木桥下深不见底的悬崖，何龅牙怯怯地缩了缩脖子，扭头朝着白癞子叫道："那些个涂家村的人已经过了桥？"

抬手指了指山崖那头还在微微晃动的一些灌木枝条，再又朝着一木桥旁胡乱扔着的几副挑子歪了歪嘴，白癞子压根也没好气地哼道："倒是都跑过去了！只不过……家什挑子全撂下了，捎带着还把一木桥那头垫桥头的石块给搬开了好几块！要不是我手底下兄弟追得紧，怕是真就叫涂家村那些土包子把一木桥给毁了！"

看了看扔在小路边的那些半空的药材挑子，再看看好几个皇协军士兵身上鼓鼓囊囊的衣兜、裤兜，何龅牙顿时心知肚明：“我说白大队长，你手下的弟兄顺手发财，我姓何的也知道光棍不挡人财路的道理，自当是没看见！可不管怎么说……这趟活儿你得替我摆弄明白了吧？”

不屑地冷哼一声，白癞子抬手指了指一木桥：“眼瞅着一木桥那头垫桥头的石块给搬弄松了，你还叫我派弟兄上去送死？我说何翻译官，你到底是做买卖的人家出身，这小算盘打得可真精呀。我还把话说在头里——你甭想再拿着日本人来吓唬我！这深山老林里头，十天半个月都见不着个人影。当真把我手底下这些弟兄逼急了……火拼了你们，回县城了我也能有话朝岛前队长交代！”

眼看着围拢在一木桥头的皇协军士兵全都是一副凶恶模样，何龅牙情不自禁地打了个寒噤……

虽说仗着日本人的势，何龅牙在清乐县城这些皇协军士兵面前，从来都是一副趾高气扬的模样，跟白癞子也敢有来有往地硬碰上几个回合，可要是这些皇协军士兵当真借着山高林密、周遭无人的当口儿下黑手，光凭着深井太郎和他身边那十几个日本兵，自然是护不住自己平安。

更何况白癞子手下的这些皇协军士兵，有不少原本就是土匪出身，手上多少都挂着几条人命，黑吃黑的路数早就耍弄得炉火纯青，绑了肉票吃两头的买卖也干得驾轻就熟……

狠狠咽了口唾沫，何龅牙强忍着心中惊惧与怒气翻涌，朝着白癞子强笑着说道：“白大队长，这世上从来是亏本的买卖没人做，可杀头的买卖有人求！当真真佛不烧假香——头一位过了一木桥的弟兄，二十块大洋，干完这单买卖之后，到何家大集就给现钱！”

朝着几个眼睛放光、直朝前凑的皇协军士兵一瞪眼，白癞子吊着嗓门吆喝起来：“二十块大洋就想叫我手下弟兄玩命？”

“我……再添五块！”

“甭那么多废话——五十块大洋，回了何家大集就给现钱，我替你找兄弟接下这趟卖命的活儿！”

眼见着何龅牙心疼肉疼地点头应允，白癞子这才扭头看向了身边那些一个劲朝后退缩的皇协军士兵：“都听见了吧？谁敢头一个过一木桥，回了清乐县城，我赏他个排长当当！”

你推我让地朝后躲闪着，一个嘴快些的皇协军士兵躲在人背后低声嘀咕起来：“五十大洋的现钱换个排长？那平日里排长的饷钱也只发八成啊……这亏本买卖，谁接应谁是傻子！”

看着手底下的皇协军士兵一个劲朝后躲闪的模样，白癞子顿时瞪起了眼睛吆喝起来：“怎么着？一个个都给脸不要脸？我可把话说明白了，自个儿出来领了这活儿的，回去还能有个排长当着。要是叫我点将了……”

耳听着白癞子撂了狠话，被几个同伴推搡着，一个没来得及后退到旁人身后的皇协军士兵万分不情愿地站到了目露凶光的白癞子面前：“队长，这活儿……我接应了！”

打量着眼前那压根都叫不出名字的皇协军士兵，白癞子这才点了点头：“我姓白的说话算话——这趟活儿做完，回去你就是排长！”

无可奈何地点头答应着，那被其他同伴推搡到了白癞子跟前的皇协军士兵大背了晋造三八式步枪，再仔细捆好了绑腿、鞋带，这才颇含着几分幽怨地看向了与自己相熟的几个皇协军士兵：“哥儿几个，可都帮我在心里念着点好……”

都没敢站直了身子，那被迫接应下来先闯一木桥任务的皇协军士兵才走到一木桥头，已然跪在地上，手脚并用地朝着一木桥上爬了过去。虽说爬行的速度着实慢得像是爬上沙滩晒太阳的乌龟，可总还算是一步步顺着微微摇晃的一木桥爬向了另一端。

当那名皇协军士兵好不容易爬到了对面山崖上时，目不转睛盯着那名皇协军士兵的白癞子顿时长长舒了口气，扯开嗓门吆喝起来：“赶紧把桥头被弄松开的石头都垒上！再来几个手脚利索些的，赶紧过去先追涂家村那些土包子，可千万不能叫他们跑回涂家村里报信啊！”

乱哄哄的答应声中，几个没来得及在自己衣兜里揣上些值钱药材的皇协军士兵顿时站了出来，一个个摩拳擦掌地候在了一木桥头。当率先爬过了一木桥的那名皇协军士兵重新用石块固定住了一木桥之后，几名着急发财的皇协军士兵立刻鱼贯登上了一木桥，脚底板蹭着被枯枝败叶掩盖住的棋盘格子，飞快地朝着一木桥那头走去……

还没等那几名皇协军士兵走到一木桥中央，从一木桥另一头茂密的树林中，一支足有胳膊长短、小指头粗细的弩箭，却带着呼啸声钉在了率先抢过一木桥的那名皇协军士兵身上。伴随着一声凄厉的惨号，刚还做着回清乐县城当排长美梦的那名皇协军士兵，顿时一个趔趄栽下了山崖！

变生肘腋，不但站在一木桥这边的白癞子等人压根都没回过神来，就连好几个走到了一木桥中央的皇协军士兵，也全都傻愣在了原地。直到第二支弩箭再次呼啸着钉在了一木桥上走在最前面的那名皇协军士兵胸口时，白癞子方才在那惨叫着坠落山崖的皇协军士兵的长声哀号中怪叫起来：“有埋伏！都别傻愣着，给我打！狠狠打呀……

★ 第四十章 知难而退

除了十几名日军士兵和深井太郎在皇协军士兵遭到攻击的第一时间各自寻找隐蔽处趴了下来之外，其他的皇协军士兵全都是在白癞子开口吆喝之后，方才如梦初醒一般，端起了手中的晋造三八式步枪胡乱朝着一木桥对面开了火。

爆豆般密集的枪声当中，一木桥对面山崖上的树木枝条被打得纷纷断裂，一些经秋未落的树叶更是被打得四散飘飞。也都不知道那些皇协军士兵中是不是有人叫骤然而来的袭击吓昏了头，一片爆响的枪声之中，一木桥对面的伏击者是不是被打着了尚且未知，走到了一木桥中央的几个皇协军士兵，却全都被一顿乱枪打得惨叫着坠下了悬崖！

半蹲在一棵朽倒的大树后，白癞子眼看着几个走到了一木桥中央的皇协军士兵被自己人杀了个干干净净，禁不住扯开嗓门大骂起来："都他妈眼瞎呀？朝哪儿打呢？！"

伸手按着脑袋上的帽子，紧随在白癞子身边的一名皇协军军官缩着脖子附和着白癞子叫骂了几句，却又压低了嗓门朝白癞子说道："大哥，咱们倒是叫兄弟们朝哪儿打呀？方才我一个愣神，压根没看见一木桥对面哪儿藏着人哪……"

眼睛一瞪，白癞子扭头看了看身后不远处站在大树后观察着一木桥对面动静的深井太郎，这才恶狠狠地朝着身边蹲着的皇协军军官叫道："老子也压根没瞧见哪儿藏着人！可不打……日本人能答应？去，叫兄弟们盯住了一木桥对面瞧着能藏下人的地方，不管有枣没枣，先打三杆子再说！再挑几个刚进了皇协军治安大队的，叫他们朝一木桥上冲！还是那句话——冲过去就赏个排长，敢退后的……"

话说半截，蹲在白癞子身边的那名皇协军军官已经心领神会地一点头："敢退后的，立马崩了！大哥，你就瞧好了吧！"

猫着腰蹿出了白癞子藏身的树干，那名皇协军军官左右看了看散布在山林间朝一木桥对面开枪的皇协军士兵，连踢带打地将几个穿着旧军装的皇协军士兵驱赶到了一木桥头："白队长有话——冲过去，当排长！敢退后，老子的枪子儿不认人！身后一百多弟兄开枪替你们撑腰，给我冲！"

哭丧着脸，几个连新军装都被老兵强行抢走的皇协军新兵无可奈何地端着手中的晋造三八式步枪，战战兢兢地朝着一木桥上走去。而在这几名皇协军新兵身后，威逼着他们走上了一木桥的皇协军军官却蹲下了身子，挥舞着手中的南部式手枪玩命吆喝起来："弟兄们，带着的子弹别省着了！大哥有话，一木桥对面瞧着能藏人的地方，全都拿子弹过一遍！弟兄们，给我打呀……”

话音未落，从一木桥对面的树林中，却又猛地飞出了一支弩箭，狠狠地钉进了打头弯腰走上一木桥的皇协军新兵额头！

眼见着走在自己前面的同伴一声不吭地从一木桥上栽下了悬崖，紧随其后的几名皇协军士兵吓得怪叫一声，不约而同地扭头朝后跑去。可还没等几名吓破了胆子的皇协军新兵朝回跑出去两步，蹲在一木桥桥头左近的皇协军军官已经毫不客气地举起了手中的南部式手枪，一枪将离桥头最近的那名皇协军士兵打得从悬崖上摔落了下去，口中兀自厉声喝道：“后退的就是个死！给老子掉头朝前冲！再敢装孬卖呆，老子手里枪子可管够！你，还有你们几个，也给老子上！”

再次驱赶着几名皇协军士兵走上了一木桥，蹲在一木桥桥头的那名皇协军军官却眯起了眼睛，仔细盯着一木桥对面那些大概能藏人的树木或石块左近的动静。当走在一木桥上的又一名皇协军士兵被弩箭射中了心窝时，蹲在一木桥桥头的那名皇协军军官猛地跳起了身子，指着一处压根都不起眼的灌木丛大叫起来：“我看见了！藏在那儿呢……给我打！就藏在那儿……”

如同被兵蚁指明了攻击方向的蚁群般，所有皇协军士兵手中的枪口，全都指向了那处压根都不起眼的灌木丛。只不过眨眼的工夫，那处原本不过一尺来高、水缸方圆的灌木丛，竟然被暴风骤雨般密集的子弹打得不见了踪影，露出了灌木丛后被子弹打得片片斑驳痕迹的一块岩石。

眼看着本该十拿九稳的攻击却什么都没打着，指点出了攻击方向的那名皇协军军官禁不住呆愣着慢慢站起了身子：“他娘的……见了鬼了？我明明看见……”

如同传说中活在山林间的鬼魅一般，几乎就在众目睽睽之下，一支弩箭却从一木桥山崖上的一棵大树上激射而出。而在那支弩箭刚刚从大树上激射而出的瞬间，一个穿着褐色衣裳的身影却像是石块般从大树上坠落下来，在落地后便是一连串的翻滚，飞快地朝着大树旁的一块岩石后蹿去。

都还没来得及吆喝着让目瞪口呆的皇协军士兵掉转枪口，从诸多皇协军士兵身后，却猛地传来了一声三八大盖步枪独有的尖利枪声。伴随着枪声响起，那穿着褐色衣裳不断翻滚的人影顿时像是叫一头无形的犍牛撞到了身上，猛地朝着斜刺里一个扑趴，这才连滚带爬、颇为狼狈地蹿到了近在咫尺的岩石后。

扭头看了看刚把三八大盖扔给了身边一名日军士兵的深井太郎，白癞子顿时扯开嗓门吆喝起来：“深井军曹好枪法呀……我说兄弟们，还不趁着这时候朝上冲，还等什么呀？给我冲呀……”

几乎就在白癞子喊声刚落，从一木桥对面的山林中，却也猛地响起了一声三八大盖的尖利枪声。几个战战兢兢站在了一木桥上的皇协军士兵还没回过神来，胸前已经多出了一个透明窟窿，脚下顿时一软，先后栽下了一木桥下的山崖。

下意识地一缩头，白癞子忍不住低声惊叫起来：“涂家村……那些在县城里折腾出事情来的人物，还真就在涂家村！”

连滚带爬地从一木桥桥头蹿回了白癞子身边，方才督阵逼着皇协军新兵强冲一木桥的那名皇协军军官刚巧听见了白癞子那自言自语般的话语，禁不住低声朝白癞子叫道：“大哥，你说啥？县城里杀了咱们两个人，还杀了两个日本人的主儿，就在涂家村？你怎么知道的？”

很是心虚地勾起了脑袋，白癞子低声叫道：“你就光知道喝酒吃肉嫖堂子，连听个枪声动静也不会？方才那枪响可是正经的日本造三八大盖才有的动静，一枪能把站在一木桥上的好几个人打了个串糖葫芦的，也肯定就是日本造的三八大盖子弹！这铁屏山里能有三八大盖的绺子本来就不多，那就是能得着一两支三八大盖的，也都是咱们皇协军使唤的晋造三八枪！正经日本造的三八大盖和子弹……那不就是在县城里丢了的那两支？”

懵懵懂懂地点了点头，那名皇协军军官却又低声应道：“这可还真是巧了！原本咱们这趟活儿就是应付日本人的差事，捎带着替何家抢来涂家村的药材地，自个儿也能得些好处！可没想到……歪打正着啊！大哥，我这就再寻人去冲一木桥……”

一把拽住了扭头要冲出去的皇协军军官，白癞子气急败坏地低叫起来：“你给老子回来！这趟买卖折损了好几十号人，你还嫌不够赔本？！都到了这场面了，你还没瞧出来个子丑寅卯？！”

“大哥，你知道我脑子笨……”

“打从一路上过来的时候叫人打了埋伏，我这心里头就犯嘀咕，觉着打埋伏的人像是打了多年仗的老手。再看看眼前这场面——一把弩弓、一支枪就能灭了我们七八号人，顶着百十杆枪都能不惊不怕、借着一木桥天险跟我们泡蘑菇……我觉着对面这些人肯定不是寻常绺子里的人物，说不准……”

“大哥，你觉着像是啥来路？”

“我倒是记得听人说过一句，说是冀南地面上最近来了些外路人马，报号叫八路军！要是我没记错的话，这些人马原来可是红军的老底子！”

“红军？就是那时候在南边跟中央军打成了一锅粥的赤匪？听说中央军加其他各省的人马，飞机大炮都使唤上了，也没能拦住这些人从南边一路打到了陕西！大哥，这样的人物……咱们怕是惹不起吧？”

“咱们惹不起，那不还有日本人吗？去，给我把何龅牙找过来！”

“找那家伙干吗？刚才枪一响，何龅牙当时就吓得尿了裤子，这会儿就在深井军曹身边抱着脑袋趴着呢！”

“还真是学聪明了，知道死跟着日本人不挪窝。”

转悠着眼珠子，白癞子略一踌躇，扭头便弯着腰直奔深井太郎藏身的那棵大树走去。离着那棵大树还有老远，白癞子已经大声吆喝起来：“深井太君，这一木桥冲不过去呀……何龅牙，对面可是有硬茬子堵着路呢，你可亲眼见着我折损了七八个弟兄！再不想法子叫日本人朝前顶，我可就真压不住弟兄们的邪火了！”

★ 第四十一章 沙场练兵（上）

几乎就在白癞子扯开了嗓门号叫的同时，从一处离小路不远的林间空地上，两声几乎分不出先后的大正十年式掷弹筒发出的闷响，轻而易举地吸引了白癞子的目光！

伴随着两发榴弹翻滚着掠过了白癞子的头顶，都还没等白癞子回过身去，一木桥对面的树林中已经暴起了两团耀眼的火光。剧烈的爆炸轻而易举地将两团茂密的灌木掀得不见了踪影，就连几块酒坛子大小的石头，也被炸得四分五裂地迸飞出去。

而在林间小路的另一侧，一个用朽倒的树木与石块搭建的机枪工事后，两名日军士兵操作着的轻机枪，也开始了那令老兵听来都腿软的短点射。两发或三发连射的枪声中，一木桥对面树林中的几处石块全被打得火星四射。不过是眨眼的工夫，从那些石块后便纷纷跳出来些穿着褐色衣裳的人影，连滚带爬地朝着树林深处躲去。

几乎是尾随着那些身穿褐色衣裳的人影，日军士兵操控着的两具大正十年式掷弹筒发射的榴弹，全都压着那些狼狈逃窜的人影不断爆响。当一条身穿褐色衣裳的人影被榴弹爆炸的气浪掀得高高飞起、又重重地砸落到地上时，已经被这场面看得目瞪口呆的白癞子禁不住扯着嗓门吆喝起来：“好！打得好……”

虽说听不懂白癞子在吆喝着些什么，可站在一棵大树后观察着战场情况的深井太郎脸上，却依旧浮现出了一丝得意的笑容。

即使是丙种师团中的日军士兵，在作战训练上也都很是下了一番功夫。再加上有不少被二次征召入伍的日军老兵作为战斗骨干，即使是对上那些挂着中央军字号的嫡系部队，也能打得难分伯仲，更何况是对付这些几乎不知道什么是现代战争的土匪？

早在第一名皇协军士兵遭受袭击的瞬间，深井太郎已经命令跟随在自己身边的日军士兵构筑机枪工事，同时也在树林中寻找合适发射榴弹的掷弹筒射击场。而在第二波针对皇协军士兵的袭击到来之时，这一切反击与压制手段已经准备完毕。

看着那些做好了反击准备的日军士兵望着自己的目光，深井太郎倒是并不着急命令那些与自己一样怒气十足的日军士兵立刻发动袭击，反倒是躲在大树后仔细地观察着一木桥对面的树林，默默地记下了每一次射出了弩箭的树丛或巨石，直到将处于己方射界中的每一个敌方可能隐藏的地点全部记在了心中，深井太郎这才取过了身边一名日军士兵携带的步枪，朝着那名胆大的袭击者射出了一发子弹。

毫无疑问，深井太郎的射击技术早已经到了弹无虚发的境界。可也不知道是偶然原因抑或是那名暴露了自己形迹的伏击者真能感觉到有一支步枪瞄准了自己，原本应该打在那名伏击者后背的子弹，居然只是射穿了那名骤然伏低了身子的袭击者晃动的胳膊。

而在那之后，就像是报复或是示威一般，从一木桥对面的树林中射出的子弹，居然将站在一木桥上的几名皇协军士兵打了个串糖葫芦！

看着被手下的日军士兵打得无处藏身，只能朝着树林深处狼狈逃窜的那些伏击者，深井太郎满意地点了点头，一脚踢在了趴在自己脚边的何龅牙身上：“何，命令皇协军士兵，突击！”

不知是不是被骤然而来的袭击吓破了胆，何龅牙只等到深井太郎在自己身上重重地踢了好几脚，这才像是从恍惚中回过了神，语无伦次地冲着站在不远处的白癞子吆喝起来：“深井太君叫你们冲锋……白队长，冲锋啊……”

看着已经被榴弹炸成了一锅粥场面的树林，再看看那些穿着褐色衣裳的伏击者已经逃进了树林深处，原本还指望着坑骗日本兵冲锋的白癞子心中多少也有了些底气，挥舞着手中的南部式手枪朝趴在树林间的皇协军士兵吆喝起来：“都起来！日本人给咱们镇压住场面了……赶紧给我冲……”

趴在离一木桥足有一百来米的树林中，万一响从灌木枝条的缝隙中看着那些被白癞子踢打着站起了身子的皇协军士兵，低声朝肩并肩趴在自己身边的荀大却说道：“大却哥，还真跟你说的一模一样啊。鬼子先是叫二鬼子送死，等找出来咱们的人藏在啥地方了，立马就是炮炸枪打，然后再叫那些二鬼子接着朝上冲！”

微微点了点头，荀大却慢慢拉动着枪栓推弹上膛，口中却是低声朝万一响说道：“小鬼子打仗来去就那么几招，经的多了就知道他们的路数了！仔细看着，等那些二鬼子走到了一木桥中间，你再朝着打头的那个来一枪！”

忙不迭地答应着，万一响一边举枪瞄准了几个靠近了一木桥桥头的皇协军士兵，一边却是低声朝荀大却问道：“大却哥，咱们都知道鬼子打仗用的招数了，那干吗还要叫有田哥拿着他那家什露脸？方才鬼子那一顿炮炸得天崩地裂的，我可瞧见有人像是伤着了……

死死盯着几个战战兢兢走上了一木桥的皇协军士兵，苟大却沉声应道：“一响，方才鬼子的炮炸得天崩地裂的时候，你怕不怕？”

讪讪地点了点头，万一响脸上骤然一红：“我……怕……”

“那你咋不跑？”

“我……想跑来着，可我……”

“腿软跑不动？还是……尿了？”

下意识地夹紧了双腿，万一响面红耳赤地耷拉下了脑袋：“我也不想……可我一听见炮响，再瞧见那么老大的石头都给炸得散了花……我一下子……我没憋住……”

伸手在万一响脑袋上一拍，苟大却低声喝道：“眼睛盯着前边目标！战场上讲究的就是眼观六路，耳听八方。尤其不能恍神打岔！”

用眼角余光看着万一响重新眯起眼睛瞄准了目标，苟大却这才低声说道：“战场上边尿了不丢人！这都不说你，多少打仗打了好些年的老兵，也都有在战场上吓得尿裤子、哭鼻子的时候。我还见过叫大炮炸得迷了心窍，在战场上胡乱叫喊、四处乱跑的……”

仿佛是在诉说着很久之前的往事，苟大却的声音渐渐地变得格外低沉：“都说新兵怕大炮、老兵怕机枪，可到了战场上，子弹贴着头皮飞、手榴弹就在脚底下滚，大炮炸得山崩地裂，叫人根本站不住脚，就连喘气都能叫硝烟呛得人肺管子疼……不怕？谁不怕呀？啥又不可怕呀……

“可是在战场上，越是害怕，死得就越快，捎带手地还会害死身边的生死弟兄！一响，你方才不是觉着鬼子那炮打得你心里发慌吗？我教你一招——你竖起耳朵听半空中炮弹下来的动静！”

“炮弹下来的动静？那……咋听啊？”

“炮弹下来的时候，那动静要是又尖又厉，你用不着慌神，那炮弹离着你还有老远一截，估摸着都炸不着你！可要是你听着半空中跟有啥东西被撕扯开的响动，千万别犹豫，赶紧朝着旁边扑过去，那就是炮弹照着你顶门心落下来了……”

“噢……我记下了！大却哥，还有啥战场上的门道，你再教教我呗。”

“门道多了，一时半会儿也跟你说不完！你只要先记住了一句话——胆大心细脑子活，越是不怕死的，那才越是能在战场上活得久的！瞧见走在头一个的那二鬼子了吗？”

“早瞄着了！瞧我打他个透心凉……”

“别啊！打他小腿！”

尽管不知缘由，但万一响还是微微降低了枪口，瞄准了那战战兢兢走到了一木桥中央的皇协军小腿位置，轻轻扣动了扳机。伴随着一声尖利的枪响，万一响压根都没顾上看一眼自己是不是打中了预想中的目标位置，只是麻利地跟随着趴在自己身边的苟大却接连几个翻滚，迅速离开了方才的射击位置。

也就在万一响与苟大却刚刚翻滚着离开射击阵位后的眨眼工夫，天空中已经传来了榴弹落下时的啸叫声。趴在离方才射击阵位不远处的一处洼地中，万一响一边晃动着脑袋、抖落着落在自己身上的枯枝败叶与泥沙尘埃，一边朝着趴在自己身边、已经举枪重新瞄准了一木桥位置的苟大却低叫道：“大却哥，又叫你说着了——鬼子当真是眼尖，咱们开完枪就得赶紧躲，要不非得被鬼子的小炮炮弹炸飞了不可！”

微微吸了口气，苟大却一边慢慢扣动了手中的扳机，一边低声答应着万一响的话语：“咱们不能怕鬼子，可在战场上也不能小瞧了鬼子打仗的功夫！准备好，我枪一响就朝着下一个地方冲！”

耳听着万一响答应的话语，苟大却这才朝着早已经被瞄准了的一名日军士兵扣动了扳机，枪声才响便拽着万一响从洼地中蹿了出去。借着几棵大树的遮掩躲到了一块巨石后面。

看了看大口喘着粗气的万一响身上并没带上伤痕，苟大却背靠着巨石坐了下来，一边将手中的三八大盖退壳上膛，一边朝着早已经撤回了巨石后预设阵地的武工队员们低叫道：“怎么着？没吃大亏吧？”

用一块从衣裳上面撕扯下来的布条胡乱捆着胳膊，钟有田龇牙咧嘴地朝着苟大却摆了摆手：“小鬼子里头有打老了仗的人物！要不是我觉着不对劲，贴着地皮矮了下身板，怕是这一枪就不是穿了我这胳膊——得在我后心上穿个窟窿！”

脱光了身上衣裳，另一名老武工队员一边强忍着剧痛，趴在地上任由身边同伴从自己脊背上拔出些能看见的弹片，一边闷哼着接上了话头：“鬼子的小炮也不含糊，都是追着咱们脚后跟打过来的！我是紧跑慢跑也没躲开，生生叫那一炮给炸蒙了！要不是有田回头拖着我紧蹿了几步……”

话说半截，那被榴弹气浪掀翻的老武工队员却猛地看到了万一响裤裆里的一片湿痕，顿时嘿嘿低笑起来：“尿了？”

讪讪地耷拉下脑袋，万一响脸上红得像是新媳妇的盖头一般。可还没等万一响吭哧着开口说话，那背上被弹片扎得像是马蜂窝一般的老武工队员却是正色说道：“尿了真不算啥！就咱们武工队里这些老同志，当年哪个没在战场上被吓尿过？经过几回场面之后，自然就没事了！都不说你，你大却哥当年……”

眼看着那背脊受伤的老武工队员要开口揭自己的短，背靠着巨石的苟大却赶忙打断了那老武工队员的话头："这时候先别扯这些个没用的！咱们差不多都把一木桥对面的鬼子和二鬼子打出了火气，估摸着要不了多久，他们就该玩命朝桥这边冲了！咱们的土机关枪呢？"

低头看了看巨石后燃着的一盘只剩下半寸长短的线香，胳膊上叫子弹穿了个窟窿的钟有田朝着不远处的一处洼地努了努嘴："早备好了！就等着时候一到，准能叫一木桥对面的鬼子和二鬼子好好开开眼！"

"尽量多放过来几个！要是能把那十几个鬼子全都骗过来……队长他们的压力就没那么大了！"

"我还想着把这些鬼子和二鬼子都包圆呢！大却，你可别忘了队长说的——贪多嚼不烂，饭要一口一口吃！哪怕咱们一回只杀一个鬼子，那也是胜利！"

"那……放过来二十个？"

"最多就是二十个，大半还只能是二鬼子！真鬼子要是多放过来几个，咱们虽说也能拾掇得下，可说不定就得赔血本！我说大却，一会儿你可千万别贪多！看着差不多够数了，你就……"

一挥手中的三八大盖，苟大却信心十足地拍了拍胸脯："把心踏实放肚子里吧！摸到五十步开外，拿这正经日本造的三八大盖，我还打不着个拳头大的靶子，我苟大却名字倒着写！"

★ 第四十二章 沙场练兵（下）

冷眼看着一木桥上那个被打断了小腿，正趴在桥上哭喊哀号的皇协军士兵，深井太郎毫不犹豫地抓过了身边日军士兵携带的三八大盖，一枪将那名受伤的皇协军士兵打得摔下了悬崖！

在深井太郎经历过的战斗中，通常在对面阵地上的中国士兵只要遭受了炮火突袭和机枪扫射，少不得就是个阵脚大乱场面，有时甚至是溃不成军。即使是有少数中国士兵保持着悍不畏死的作战状态在阵地上死拼到底，可也都会因为作战经验上的欠缺和武器装备上的劣势，在日军的一个冲锋之后被屠杀得干干净净。

可是在一木桥对面的山林中藏匿的对手，却完全不像是那些曾经见过的中国士兵作战的模样！

在刚刚遭受炮火突袭和机枪定点压制的瞬间，那些藏匿得极好的伏击者居然毫不迟疑地放弃了他们占据的阻击阵地，扭头便朝着茂密的山林中逃去，其中有一名伏击者甚至还有勇气回身救护自己受伤的同伴！

而在皇协军士兵依托着炮火掩护突进时，那些毫不犹豫脱离了炮火袭击范围的伏击者们，却又从树林深处准确地开枪击中了走在一木桥上的皇协军士兵，成功地让那名被打断了腿、只能趴在一木桥中央哀号惨叫的皇协军士兵阻挡了后续人员突击的道路。

接下来的一枪，与其说是伏击者对于遭受炮火突袭的愤怒反击，倒还不如说是针对所有日军士兵的挑衅——挨了一枪的日军士兵只是将半个脑袋伸出了藏身的树干一侧观察动静，目标可谓小得可怜。而与之相比，有为数众多的皇协军士兵甚至在各自寻找的掩体后露出了半个身子……

熟练地将手中的三八大盖退壳上膛，深井太郎扭头看向了两名蹲在自己身边的日军士兵："佐藤、久保田，你们上！"

低沉地答应一声，两名被深井太郎点名的日军士兵敏捷地跳出了各自的藏身之处，弯着腰朝一木桥方向交替着掩护跃进。而在那两名日军士兵身后，两门大正十年式掷弹筒与一挺轻机枪，也再次开始了掩护射击。

不徐不疾地逼近了一木桥桥头，冲在了前面的日军士兵佐藤摆动着手中的三八大盖，凶狠地驱赶着几名皇协军士兵朝一木桥上走去，自己却猫着腰尾随在了那几名战战兢兢的皇协军士兵身后。而另一名日军士兵久保田却从腰间摸出了一颗手榴弹，拉燃了引信之后在自己钢盔上一磕，抬手便将"哧哧"冒烟的手榴弹扔到了桥对面的空地上。

轰然而起的爆炸声中，被气浪冲起的枯枝败叶裹在浓厚的硝烟中，顿时遮挡住了不少皇协军士兵的视线。重新躲回了朽倒树干后的白癞子只一看眼前情形，顿时便低声咕哝着自语起来："这日本人打仗……还真是有两手！也怪不得能从关外一路杀过了卢沟桥……"

同样伸头看着一木桥对面桥头升腾而起的硝烟，蹲在白癞子身边的一名皇协军军官也频频点头附和道："这法子倒是当真管用——虽说这手榴弹炸起来的硝烟挡住了咱们瞧见桥对面的动静，可桥对面的那些人也看不清咱们了……我们怎么就没想到用这招呢？"

狠狠白了那名皇协军军官一眼，白癞子没好气地低哼道："你也得长了那心眼？再说咱们的手榴弹都是晋造的货色，一炸五瓣花，烟气都冒不出来多少，想出来了这法子也没家伙可用！废话少说，等这俩日本人过了一木桥，站稳了脚跟，你赶紧再弄一个排的人冲过去！”

“大哥，咱们可都填进去一个班了，还朝里头填？”

“要不说你傻呢？！硬朝着枪子上撞肯定赔本，可日本人要占了上风头了，咱们可就得赶紧跟上，不赚买卖也得赚个吆喝钱，懂不懂？”

几乎就在白癞子与那皇协军军官说了几句话的当口儿，几名皇协军士兵已经在佐藤的催逼之下冲过了一木桥，而扔出了手榴弹的久保田也在疾步冲上了一木桥的瞬间，再次朝着一木桥对面扔出了一颗手榴弹！

眼瞅着几名冲过了一木桥的皇协军士兵忙不迭地趴到了地上，而先后冲过了一木桥的佐藤与久保田也在一木桥对面刚刚炸出来的弹坑中趴了下来，蹲在白癞子身边的皇协军军官立马跳了起来，扯开嗓门叫嚷道：“再上去一个排！跟着日本人后头朝上冲啊……”

皇协军士兵大多都是土匪出身，没有投靠日本人之前，就已经把顺风添油、逆水滑脚的功夫练到了炉火纯青的境界。看到已经有两名日军士兵和几名同伴冲过了一木桥，蹲在一木桥桥头附近的一些皇协军士兵全都跳起了身子，乱哄哄地叫嚷着朝一木桥上冲去，不过眨眼的工夫，便有七八个人冲过了一木桥！

却在此时，从被炮弹炸得七零八落的树林中，沉闷得像是金鼓轰鸣的机枪扫射声猛地响了起来。也不知是哪个加入了皇协军中的老兵油子侧耳一听，顿时便扯开喉咙大叫道：“是马克沁哪……对面有马克沁重机枪啊……”

枪声入耳，更兼得有了那老兵油子一声吆喝，刚刚冲到了一木桥上的皇协军士兵顿时大乱。有几个冲在前面的皇协军士兵眼瞅着回头无路，索性咬牙闭眼地朝着一木桥对面狂冲了过去，才跳下了一木桥便慌忙双手抱头趴到了地上。而另外几个刚刚踏上了一木桥的皇协军士兵，却是毫不迟疑地转过了身子，一头扎进了方才藏身的所在。只苦了几个刚巧走到了一木桥中央的皇协军士兵，全都被那骤然响起的马克沁重机枪扫射的声音吓得进退不得，只能趴在一木桥上，双手死死抱着粗大的树干闭目战栗……

被手榴弹炸起的硝烟遮蔽着视线，在一棵大树后观察着战场上动静的深井太郎在马克沁重机枪扫射的枪声响起时，也是猛然朝下一趴，可心里却是骤然间犯起了嘀咕。

即使在入侵中国的正面战场上，那些中国军队中配备的机枪也少得可怜。数百米长的作战锋线上，有时候连一挺轻机枪都难得配备。而那些被中国军队当成了看家宝贝的重机枪更是凤毛麟角般稀少，开火时也通常都是阵地即将被突破时，才会极其吝啬地打上几梭子子弹……

可从什么时候开始，就连铁屏山中的土匪，都能有马克沁重机枪压阵作战了？

甚至他们的扫射，从一开始就没有停止过？就这么片刻的工夫，至少也要消耗几百发子弹了吧？！

还有那枪声……

虽说听着的确很像是马克沁重机枪击发时那沉重的铜音，可细听起来，却又夹杂着些脆亮的回响。

而且打了这么久，为什么自己会完全没有听到弹头击打在石块或树木上的声音？或是……那些皇协军士兵被击中后的惨叫与哭喊声？！

猛地跳起了身子，深井太郎几乎是咆哮着吼叫起来："是骗人的！那些土匪根本就没有重机枪，突击！所有士兵立刻突击！"

虽说抱着脑袋趴在了地上，可吓得胆战心惊的何龅牙却依旧下意识地把深井太郎的吼叫声翻译成了中文，尖细着嗓门吆喝出去。可还没等已经听从深井太郎的命令发起冲锋的日军士兵冲出去几步，更不等那些惊魂未定的皇协军士兵犹豫着从藏身处钻出来，伴随着一声三八大盖尖利的枪响，一木桥下已经猛地传来一声爆响！

爆炸声起处，足足两人合抱的树干顿时被炸得腾空飞了起来，在半空中便断裂成了两截。几个抱着树干趴在一木桥上的皇协军士兵嘶号着被爆炸掀到了半空中，残破的躯干和肢体四散飞落，夹杂在漫天飞舞的树干残骸中，如同血雨般地撒落下来。

伴随着被炸成了两截的一木桥朝着悬崖下坠落，几个刚刚跳下了一木桥的皇协军士兵也被爆炸的气浪波及，震得大张着嘴巴喷吐着鲜血，眼见着是活不长了的模样。就连那些已经找到了藏身之处的皇协军士兵也都被爆炸震得头晕眼花，手脚瘫软地趴在了地上。

肩并肩躲在弹坑中的佐藤与久保田也没能幸免，胸腹贴地、举枪警戒的标准作战姿势，让他们对突如其来的爆炸产生的震荡全无一点抵抗能力，活生生被震得原地弹起老高，再重重地摔回了弹坑中，连手中握着的三八大盖都扔出去了老远！

弥漫的硝烟在群山间回荡，爆炸声中，几个身穿着褐色衣裳的身影，如同山林间亘古以来便存在的幽灵一般，静悄悄地冲到了那些被爆炸震得昏聩了的日军士兵与皇协军士兵身边，利落地将用藤条挽成的绳套套在了他们的脖子上。不过是眨眼间的工夫，那些处于半晕厥状态的日军士兵与皇协军士兵，全都被拖拽着隐没在了硝烟背后，再也没发出丝毫的动静……

哭丧着脸，何龅牙几乎是呻吟着朝目瞪口呆的深井太郎叫喊起来："深井阁下……一木桥被毁了……我们过不去了……涂家村，是真有土匪呀……"

全然没听出何龅牙话语中的漏洞，深井太郎一把抓住了何龅牙的领口，生生把何龅牙提得双脚离地，厉声朝何龅牙吼道：“还有没有别的路通往涂家村？！皇军的讨伐……不允许失败！”

“真没有了……一木桥被毁了，再想去涂家村就只能走另一条山路……从县城出发，少说也得走一天多啊……深井阁下，我们撤吧？咱们从县城出来的时候差不多两百多个人、两百多条枪，这可都快折损一半了啊……哪怕是要再征讨涂家村，那也得先回县城搬兵啊……”

★ 第四十三章 衔尾追杀（上）

连拉带拽、好说歹劝，更兼得深井太郎冲到悬崖边，亲自看过了两处间隔颇宽的山崖根本无法用旁的方式越过，白癞子与何龅牙总算是盼来了深井太郎咬牙切齿地下达了撤退的命令。

尽管憋着一肚子无处发泄的邪火，可在经历了方才的一场战斗之后，深井太郎却全然收起了从何家大集出发时，自以为可以将涂家村一举拿下的轻佻念头，反倒是中规中矩地派出了三名前出尖兵，摆出了一副搜索前进的阵势。

能够充分利用地形环境打伏击战，或许不少经历过基础军事训练的底层军官都能做到。但能够在伏击战中逐渐诱导对手一步步踏入早已经设置好的陷阱，并且在对手自以为胜券在握的时候，毫不迟疑地截断对手前出突击部队与后续部队之间的联系，以局部绝对优势的兵力与战斗力一口吞掉对手被截断的突击部队……

这一切说来简单，甚至在任何一个近现代化国家的专业军事学校里都可以看到相似的战例记录，可是在中国，即使是那些黄埔军校毕业的学生之中，也难得有人能精确地完成这样一场战斗！

既然如此，那么在一木桥那边的山林中，究竟隐藏着一个怎样精通战阵的对手？

这可绝不是一个土匪头目能明白的作战模式啊……

回想起自己在率领着大队人马冲过漫水脊时，压根都没有派出侦搜人员对路径周围的山林进行侦查搜索，深井太郎顿时不寒而栗！

扭过头看了看那些盔歪甲斜跟在自己身后的皇协军士兵，深井太郎禁不住低声朝走在自己身边的日军士兵喝道：“通知前方尖兵加快侦搜速度！无论如何，也要用最快的速度抢过前方的漫水脊！如果在漫水脊对面，还有一支伏兵等着我们的话……”

话说了一半，深井太郎不禁猛地打了个寒噤，没再接着把话说完，就连那几名围拢在深井太郎身边的日军士兵，脸上也全都变了颜色！

去路已断，归程再阻，所有人就免不得要在这深山老林里兜圈子绕路，哪怕不再遇见敌人袭击，万一要是迷路，也会是个全军覆没的下场！

不知不觉之间，深井太郎与所有的日军士兵全都加快了脚步，就连气喘吁吁跟在深井太郎身边的何龅牙也觉出了不对劲，顾不得脚上血泡钻心般疼痛，亦步亦趋地死死跟在了深井太郎身边，亡命地朝前奔去。

而在深井太郎与那些日军士兵身后，勉强收拢了残余队伍的白癞子早已经走得摘了头上帽子，敞开了胸前衣襟不断扇风。身边几个皇协军士兵携带的水壶也叫白癞子抢了过来，仰着脖子将水壶里不多的存水喝了个干净。

从方才收拢了队伍时粗粗点算来判断，从县城带出来的一百多号皇协军，眼下却只剩下了七八十号人，将近有一半的皇协军不是在半路上遭遇袭击时阵亡，就是在一木桥丧命。一想起自己好不容易拉扯起来的人马转眼间就叫打得七零八落，白癞子禁不住心疼得直咬牙，恶狠狠地盯着前面何龅牙的背影哼道：“何龅牙……这回要不叫你何家大集出够了本钱，我白癞子还真就跟你姓！”

亦步亦趋地走在白癞子身边，同样走得摘了帽子、敞胸露怀的一名皇协军军官耳听着白癞子那自言自语般的狠话，禁不住心有戚戚地点了点头：“大哥，这趟活儿咱们可是赔了血本了！人没了还能再想辙招兵，实在不行抓壮丁也能充数！可是那些枪和子弹……大哥，那卖出去可就是真金白银哪……”

斜眼看了看走在自己身边的皇协军军官，白癞子冷声哼道：“赔本？我白癞子啥时候做过赔本的买卖？等回了清乐县城，你赶紧找几个靠得住的弟兄，把剩下的枪藏起来二十支，再把子弹拿走一半……不，全给我拿走，到时候我再去日本人那儿要去！”

“那日本人能给？”

“不给？这清乐县城里的日本兵来去就那么二百号，压根就镇压不住清乐县城周遭的场面，就算是想护住了清乐县城，怕也是按下葫芦浮起瓢！不靠着我们皇协军的弟兄，不出三天他们就得叫人钻了空子、闹出事！再说了，没了咱们皇协军给日本人带路、寻人、打探消息，日本人在清乐县城就是瞎子、聋子！这事情就算是日本人猜出来咱们在里头耍了花招，那也只能捏着鼻子认了！”

朝着白癞子竖了个大拇指，跟在白癞子身边的另一名皇协军军官抢着朝白癞子谄笑着说道：“大哥，等回了清乐县城，咱们藏起枪和子弹怕就不方便了吧？”

眼睛一瞪，白癞子扭头朝着那满脸谄笑的皇协军军官叫道：“这能有啥不方便的？”

紧走了几步，那名满脸谄笑的皇协军军官压低了嗓门朝白癞子应道：“大哥你想啊——咱们这回出来可是没得着一点彩头，怕是一回清乐县城……说不定一到何家大集，日本人就得让咱们点兵、验枪，算计这一仗输赢胜负上的各样损耗。等经了日本人的手验算过了枪、弹数目，怕是咱们就不好再做手脚了吧？”

恍然大悟一般，白癞子重重地点了点头：“还真是忘了算计日本人这点毛病……你赶紧朝后走一趟，算计明白咱们剩下的人马手里还有多少枪、弹！等过了漫水脊，走到靠近何家大集的时候，再把枪、弹全都找个合适的地方先藏起来！把这事情办好了……查老三，从今往后，你就是我的贴身副官！”

在其他几个皇协军军官饱含着嫉妒与羡慕的目光中，查老三忙不迭地朝着白癞子一点头，扭头便朝着身后走成了一字长蛇阵模样的队伍跑了过去。不过是一碗茶的工夫之后，查老三屁颠屁颠地跑回了白癞子身边，喘息着朝白癞子低声叫道：“大哥，这回……这回咱们可当真是蚀了老本了！方才我大概齐数算下来，枪还剩下七十六杆，子弹还有……”

都没等查老三报出个大概的子弹数目，白癞子已经瞪圆了眼睛：“不对！咱们拢了人马朝后撤的时候，我可记着少说还有八十来号人、枪，怎么这一转眼的工夫，就剩下七十六杆枪了？！”

幸灾乐祸地看着查老三，一名没来得及捞上这美差的皇协军军官禁不住奚落地朝查老三笑道：“我说查老三，你倒是识数不识数？要不就是你那过手打折的本事，都耍弄到大哥跟前来了？”

索性拽着白癞子停下了脚步，查老三信誓旦旦地朝白癞子低叫道：“大哥，好歹我也跟了你不少年头了，你也知道我查老三——旁的本事没有，数个人头、验算个枪、弹，我还能出错？咱们干脆在这儿停一步，大哥你自己数算一回？”

将信将疑地看了看满脸认真模样的查老三，白癞子略一踌躇，方才在路边停下了脚步，一五一十地数算着那些没精打采从自己眼前走过的皇协军士兵。不过是转眼的工夫过后，白癞子顿时朝着空荡荡的林间小路皱起了眉头：“不对呀……查老三，你方才数了多少人、枪来着？”

掰弄着手指头，查老三也是一脸疑惑模样地看向了空空荡荡的林间小路：“大哥，我方才数了是七十六杆大枪，可现在……怎么成七十三杆枪了？难不成有人掉队、开了小差？”

疑惑地摇了摇头，白癞子低声说道：“这荒山野岭的地方掉队、开小差？没吃没喝还不认识道路，那就是找死！你们几个朝着回头走二百米，看看有啥不对劲的地方。要是真有啥事……响枪为号！再去个人，叫前面队伍压着步子走……”

“大哥，咱们本来就走得比日本人慢了不少，要是再叫队伍压着步子走，那可就离日本人越来越远了啊……这要是万一……”

“万一个什么？前面漫水脊地界，日本人也走不快，到时候咱们肯定能撵上日本人。要是漫水脊那儿还有埋伏，日本人也能替咱们打一回前锋！可要是咱们的人马再走散了花……这深山老林里头，可不一定还有啥花样藏着呢，还是小心着点好，稳当！”

站在路边，白癞子一边借着这片刻工夫活动着走得酸麻的腿脚，一边却是紧盯着几个皇协军军官前去查看动静的背影。当带着几个皇协军军官前去查看动静的查老三猛地脚下一顿、扭头便朝着自己这边飞奔而来时，白癞子情不自禁地伸手拔出了别在腰间的南部式手枪，朝着一脸惊惶神色奔回了自己身边的查老三压着嗓门低吼道：“怎么回事？！急三火四地瞎跑什么？！”

颤抖着手指头，查老三回手指向了空荡荡的林间小路，一脸惊惶地低声叫道：“大哥……咱们后头……怕是真有人跟着！那地上有……有血，还有一只鞋！我瞧了一眼，那是我的鞋……”

低头看了看查老三脚上穿着的一双新鞋，白癞子顿时心领神会：“他娘的……这帮人还当真是阴魂不散了？走，赶紧追上队伍，老子倒要叫他们知道，白爷我可不是软柿子！”

★ 第四十四章 衔尾追杀（中）

紧紧捂着不断挣扎的皇协军士兵的嘴巴，莫天留很有些妒忌地看着沙邦粹毫不费力地拧断了另一名皇协军士兵的脖子，禁不住低声朝沙邦粹叫嚷起来：“棒槌，你就光顾着自己痛快？也不知道过来帮帮我呀？”

很有些懵懂地点了点头，沙邦粹大步走到了莫天留的身边，狠狠一拳捣在那不断挣扎的皇协军士兵肚子上，顿时便将那皇协军士兵打得佝偻了腰身，这才朝着莫天留低声应道：“天留，这是第几个了？”

一把将那佝偻了腰身、再也没力气挣扎的皇协军士兵按在了地上，莫天留朝着身后树林中有人影晃动的地方努了努嘴：“差不多得有十个了吧。赶紧把这个也堵上嘴捆好，拖过去交给大当家的！”

像是薅麦草般地从身边大树上扯下一根坚韧的老藤，沙邦粹张开蒲扇般的巴掌握住了那老藤一撸，顺势将满把抓着的叶片捏成了个团子模样，狠狠塞进了那皇协军士兵口中：“方才可还真有些玄乎！谁想到那二鬼子刚巧就回了下头。要不是我一拳打他嘴上，估摸着就让他给喊出来了！”

恨铁不成钢一般地伸手在沙邦粹肩头一拍，莫天留一边帮着沙邦粹捆上脚下踩着的皇协军士兵，一边低声应道：“都跟你说过了多少回了，要偷摸着从背后收拾人，下手就得狠！就你那身板气力，一拳砸他后脑勺上试试，保管他叫不出来了！”

摇晃着脑袋，沙邦粹低声嘟囔道：“就我这拳头使劲砸人后脑勺上，那还不把脑浆子给人打出来？队长可是说了，二鬼子能不杀就先不杀，要争……争取啥来着？”

“争取一切可以团结的抗日力量！我说棒槌，你就不能留着几分力气再下手？”

“可你方才还说下手要狠……”

“你……棒槌，你以后要死，那一定就得是笨死的！别废话了，赶紧把这俩也给大当家的提过去！”

一手一个提起被捆好的皇协军士兵，沙邦粹顺从地跟在了莫天留身后朝密林深处走去。转过了几棵挡路的大树，莫天留迎着蹲在一棵大树下的涂半夏低声叫道：“半夏哥，这儿又给弄来两个！”

默不作声地一点头，蹲在树下的涂半夏拿着手中的短梭镖轻轻在背后树干上敲打了两下，发出了啄木鸟在树干上啄食害虫时的动静。伴随着那轻微的敲击声，几乎就在莫天留与沙邦粹的脚边，看似毫无出奇之处的落叶下却猛地跳起了两条涂家村的壮棒汉子，同样一声不吭地接过了沙邦粹提在手中的两名皇协军士兵，飞快地将那两名皇协军士兵拖到了一旁，三两下便将那两名皇协军士兵浑身上下的零碎摸了个精光。

看着眼前两个涂家村壮棒汉子如同行云流水一般顺畅的动作，莫天留禁不住啧啧赞叹道：“好家伙……还真是三百六十行，行行出状元！这要是换了我，那可做不成这么漂亮的活儿！”

话音刚落，扛着个皇协军士兵的涂山药却猛地从另一个方向的树林中冒了出来，一脸愧疚神色地将扛在肩头的那名皇协军士兵朝着地上一扔：“半夏哥，我……现眼了！”

低头看了看那身上多出来了个血窟窿眼的皇协军士兵，涂半夏猛地站起了身子：“咋回事？”

指了指那皇协军士兵身上的血窟窿，涂山药低声应道：“这人该是练过几年庄稼把式，我才贴过去他就咂摸出味儿了，矮身端枪就要搂火！我实在是……就给了他一下子……也亏得栗队长就在我身边，收拾另一个二鬼子的时候，捎带手地还帮我封了这个二鬼子的嘴……”

同样扛着个昏迷过去的皇协军士兵，栗子群也从山林中钻了出来，轻轻将扛在肩头的那名皇协军士兵搁在了地上，这才朝着满脸羞愧神色的涂山药低声安慰道：“山药兄弟，这战场上就没个定数，啥古怪都能撞见，你也别太朝心里去了！咱们的人都回来没有？”

朝着栗子群一点头，涂半夏低声应道：“都回来了！就是那身上带着好几把刀的孟兄弟回来得早，说是只拿下一个二鬼子不过瘾，又一个人出去了……”

仿佛是一条游走于丛林中的巨蟒一般，孟满仓悄无声息地从一棵大树后转了出来，迎着栗子群低声叫道：“队长，那些二鬼子怕是醒过味来了，正压着步子收拢队伍呢！真是可惜了……我都瞧上他们两支九成新的晋造三八式步枪了……”

带着几分惋惜的模样，栗子群微微点了点头：“咱们也算是不错了！从鬼子和二鬼子撤退时的人数看，有田带着其他同志，至少在一木桥附近收拾了二三十号鬼子和二鬼子，再加上咱们拿下的这十来个二鬼子……这一仗，倒也算得上是不小的胜利了！”

眨巴着眼睛，莫天留若有所思地朝着孟满仓低声问道：“满仓哥，你是说那些二鬼子扎了堆，咱们就不好下手了，那要是他们不扎堆呢？”

疑惑地看向了眼珠子骨碌碌乱转的莫天留，孟满仓很有些莫名其妙地应道：“不扎堆？鬼子精，二鬼子也不傻，都琢磨出来咱们悄悄跟在他们后边，拾掇他们掉队落单的人了，哪还能不扎堆自保？方才我可都瞧见了，那些二鬼子走在路上都布成了个七歪八扭的圆阵，咱们只要一露头，少说就能有二十支晋造三八式步枪招呼过来了！”

打量着莫天留欲言又止的古怪模样，栗子群顿时接口说道：“天留，你是不是又琢磨出啥法子来了？”

朝着栗子群点了点头，莫天留回身指了指来时的方向：“方才我和棒槌收拾这俩二鬼子的时候，倒是在林子里瞧见了好几丛酸枣枝子，上边蓄着三四个牛眼蜂的窝……”

只一听“牛眼蜂”三字，涂半夏顿时瞪圆了眼睛：“牛眼蜂？这东西可是大毒的物件，一片林子里但凡有几窝牛眼蜂，寻常大牲口闻着味儿都不敢朝林子里边走！别说是人了，那就是牛叫蜇一下，都能疼得发了疯似的拿犄角撞树……”

嘿嘿坏笑着，莫天留朝着地上几件刚被扒下来的皇协军军装努了努嘴：“大当家的，只要你舍得这几件二鬼子的衣裳，我倒是能叫那些二鬼子散了他们拢成的人堆！”

只是略作思忖，栗子群顿时想明白了莫天留的主意：“天留，你这法子可有点不稳定吧？我知道你是想把那些牛眼蜂的蜂窝扔二鬼子堆里去，可到时候蜂窝一散，虽说二鬼子肯定是叫牛眼蜂蜇得四处乱跑，可咱们躲在附近，怕是也逃不开。万一被蜇伤了……为了几支枪就叫大家伙冒这么大风险可不成！天留，这太危险了，你不能这么干！”

弯腰抓起了扔在地上的几件皇协军军装，莫天留嬉笑着朝栗子群摇了摇头：“大当家的，我可没说咱们也得藏在路边！我……这一两句话可也说不明白，你就等着瞧好戏吧！棒槌跟我走，你们可都别跟来——没这么多衣裳护着大家伙的身子和脑袋！”

不由分说地拽着兀自莫名其妙的沙邦粹，莫天留一边把几件皇协军军装扔给了沙邦粹，一边将另外几件皇协军军装裹在了自己身上，在树林间三蹿两跳便不见了踪影。

眼看着莫天留与沙邦粹一眨眼工夫就跑得不见了人影，栗子群顿时急得皱起了眉头，低声朝着站在一旁的孟满仓喝道：“满仓，快追上去拦着他们俩……算了，我跟你一块儿去！”

虽说莫天留与沙邦粹只是先走了片刻工夫，可铁屏山中山高林密，等得栗子群与孟满仓急急追了过去时，却已经看不见莫天留与沙邦粹的人影。

弯腰看了看地上刚被踩断了的野草草茎，再抬头看看还在微微晃动着的灌木枝条，孟满仓伸手朝着树林中的一个方向指了指，拔腿便朝着那处密林中追了下去。借着树林间被莫天留与沙邦粹触碰到的灌木枝条引路，不过是一碗茶的工夫之后，栗子群与孟满仓已经看见了树林间几丛茂密的酸枣枝子。

打量着在酸枣枝子左近盘旋飞舞、足有小手指头大小的牛眼蜂，孟满仓无奈地摇了摇头：“晚了一步！队长，看这牛眼蜂都叫惊动了的架势，怕是天留和棒槌已经取了蜂窝走了。咱们不能朝着这些被惊动了的牛眼蜂撞过去，那就只能……绕路了？”

左右看了看身边茂密的山林，栗子群犹豫片刻，却是用力摇了摇头：“这山里的林子太密，等咱们绕远了，恐怕轻易都寻不着天留和棒槌走过时留下的痕迹了！再说绕远也花时间，万一他们俩冒冒失失地动手，招惹上了麻烦，咱们可都来不及救了……”

“话是这么说……可队长，咱们还能有啥法子呀？这牛眼蜂挡着路呢……”

狠狠一咬牙，栗子群三两下脱下了身上的衣裳，朝着头脸上一裹：“顾不上这么多了——硬闯！”

★ 第四十五章 衔尾追杀（下）

双手各提着个用皇协军军装包裹起来的牛眼蜂蜂窝，莫天留与沙邦粹亡命地在茂密的树林中跑出去老远，方才算是勉强躲开了那些因为巢穴被毁而疯狂追逐着两人蜇咬的牛眼蜂。

心有余悸地喘着粗气，沙邦粹看着手中那糊满了烂泥的皇协军军装，很是带着几分庆幸地朝莫天留叫道："天留，幸亏咱们运气好，撞见了个烂泥洼，拿着烂泥把这几件二鬼子的衣裳外面糊满了烂泥。要不然……怕是隔着老远都能叫人听见这衣裳里牛眼蜂折腾的动静。"

同样大口喘息着，莫天留顺手将两个提在手中的牛眼蜂蜂窝朝着身边大树下一搁，这才伸手解开了包裹在自己头脸上的衣裳："这哪儿是运气的事情？我是早看中了那地方有一处烂泥洼，这才领着你朝那儿跑的！棒槌，你摘了两个多大的蜂窝？"

双手一举，依旧用衣服裹着头脸的沙邦粹闷声应道："那几丛酸枣枝子里面最大的蜂窝都叫我取来了，少说也有小酒坛子那么大！天留，再算上你取下来的两个蜂窝，总该是够用了吧？"

略一点头，莫天留却又再次用几件皇协军的衣裳将自己头脸包裹了起来："棒槌，一会儿你顺手捡几块石头拴到这几件包着蜂窝的衣服上头！"

"捡石头？要石头干吗？"

"就这轻飘飘的蜂窝，再加上包着蜂窝的衣裳一兜风，你觉着能扔出去多远？反正你力气大，十好几斤的石头你都能扔出去十来丈，这回的活儿能不能成，可就全在你这膀子力气上头了！等翻过了前面那山头，你脚底下可放轻点！"

"前面那山头？天留，方才这一通猛跑把我都跑迷糊了——前头是哪儿啊？"

"翻过前面山头，抬眼就能瞧见漫水脊了！"

稍稍歇息了片刻，莫天留与沙邦粹两人再次小跑着朝前面山头上爬去。仗着从小在铁屏山中钻来钻去练出来的爬山本事，不过是一会儿的工夫，莫天留与沙邦粹两人已经站在了离漫水脊不远的山顶上。

从地上胡乱挑选了几块石头，莫天留一边小心地将挑选出来的石头扔进了皇协军军装扎成的口袋中，一边朝着还看不见人影的漫水脊努了努嘴："棒槌，一会儿只要瞧见那些鬼子和二鬼子开始朝着漫水脊上走，你就朝着漫水脊当中扔出去两个蜂窝。等鬼子和二鬼子叫牛眼蜂蜇得乱了营，你再朝着漫水脊这头二鬼子扎堆的地方扔俩蜂窝，然后咱们就朝着山下林子里钻，记住了没有？"

瞪大了眼睛看着远在山边的漫水脊，沙邦粹禁不住为难地咂了咂干涩的嘴唇：“天留，从这儿到漫水脊可少说有二十丈远近哪！我力气再大，可也不能把十来斤重的玩意儿扔这么远啊？”

回手指了指身后大树上攀附着的几根树藤，莫天留头也不回地应道：“去把那几根树藤扯下来拴这些口袋上，到时候你拽着这些藤条的尾巴使劲悠几圈，再把口袋朝着半空中斜刺里扔出去！咱们站的这地方地势高，扔出去的东西朝着低处落，怎么也比你在平地上扔出去要远一丈多！再说这蜂窝里的牛眼蜂都是活物，只要左近有人，它们自个儿就能寻人蜇咬去！”

将信将疑地照着莫天留的嘱咐扯下了几根藤条，沙邦粹一边蹲在莫天留身边，帮着莫天留将那些藤条拴在了用皇协军军装急就着扎成的包袱上，一边低声嘟囔着：“这法子能成吗……我这心里可真没底……”

头也不抬地摆弄着那些藤条，莫天留随口答应道：“还记得小时候咱们站在大武村打麦场上比谁能把石头扔得远不？”

微微点了点头，沙邦粹闷声答道：“咋不记得？每回你都隔着打麦场旁边那颗大榆树跟我比扔石头，还非不叫我瞧见你怎么扔的石头，说是你的独门手艺……天留，这事儿我后来都纳闷着呢——你平日里力气肯定没我大，为啥扔石头的时候你就是能比我扔得远？每回都把我手里刚得着的吃食赢走了。”

提起了一个栓好藤条的包袱试探着抖动了几下，莫天留嘿嘿坏笑着看向了满脸疑惑模样的沙邦粹：“棒槌，那些年你就光看着我从大榆树后扔出去的石头飞得比你远，可没细看过我扔出去的石头吧？”

“没……天留，你又蒙我？！那石头上你也拴了藤条？可我……我没见着石头飞出去的时候拴着藤条呀？”

“这也就是你傻……我那些石头上，都拴着从二婶家得来的丝线呢！就头发丝那么细的丝线，你就是盯着瞧也难得瞧出来……”

“好啊！天留，你赔我那些年的吃食……”

看着沙邦粹瞪圆了眼睛朝自己扑了过来，莫天留忙不迭地后退了几步，嬉笑着朝沙邦粹笑道：“这都是多大时候的事情了，这会儿倒是还来找补？棒槌，你要真想找补回来……一会儿这活儿办完，算你头功！你可想明白了，大当家的要是见着咱们俩得回去好些大枪，那肯定是重重有赏啊！”

看着莫天留那一脸诡谲的笑容，沙邦粹很有些不甘地停下了脚步：“就咱们俩人，还隔着这么远，那就算是二鬼子叫牛眼蜂蜇得炸了营，到时候人全在林子里跑乱了套，咱们在林子里寻半天，又能捞着几条大枪？”

猛地朝前蹿了几步，莫天留拽着沙邦粹的胳膊，拉着沙邦粹蹲下了身子，朝着漫水脊附近山林中隐约可见的小路一努嘴：“鬼子来了！”

抬眼望去，沙邦粹顿时看见三个列成了倒三角阵势的日军士兵猫着腰钻出了茂密的山林，手中平端着的三八大盖不断地平行移动着，一看就是在搜寻可能存在的目标。

而在那三名日军士兵走到了漫水脊附近，举枪蹲在了地上时，被其他日军士兵簇拥着的深井太郎与何龅牙也从树林中钻了出来。或许是因为漫水脊周遭根本就没有什么茂密的植被遮挡，看不见任何埋伏迹象的深井太郎几乎是毫不犹豫地坐在了地上，扒拉起了脚上的鞋子。

轻轻将一根藤条递到了沙邦粹的手中，莫天留压着嗓门低声叫道：“瞅见那个当官的鬼子了没？只要他一走到漫水脊当中，你就照着他脑门心把这蜂窝给扔出去！”

紧握着莫天留递到了自己手中的藤条，沙邦粹紧紧抿着嘴唇，用力点了点头，一双眼睛也死死地盯住了已经脱了鞋、在脚上捆绑上了枯草的深井太郎。

几乎就在三名日军尖兵走上了漫水脊的当口儿，将所有皇协军拢成了一堆的白癞子，也率领着所有的皇协军士兵从树林里钻了出来。眼瞅着深井太郎和其他的日本兵已经走上了漫水脊，白癞子立马挥舞着手中的南部式手枪吆喝起来，瞧着就是一副招呼手下皇协军士兵尽快通过漫水脊的架势！

深深吸了口气，沙邦粹猛地从遮掩身形的杂草后站起了身子，抓着藤条的巴掌微微一抖，藤条另一端拴着的包袱顿时跳起了老高。借着藤条的那股韧劲，沙邦粹双脚分开站成了个平行马的架势，高举着的胳膊带着七分的腰力舞动着很有些分量的包袱耍了三五个圆圈，猛然间吐气开声地松开了巴掌：“打！”

就像是在半空中飘荡着的一片树叶般，被沙邦粹用尽了全身气力甩出去的包袱，几乎是慢悠悠地在天空中划了一道弧线，这才骤然摔落到了漫水脊下……

狠狠一跺脚，沙邦粹急声叫道：“够不上……太远了，够不上啊……”

猛地跳起了身子，莫天留也急得连连吆喝：“棒槌，你是吃干饭的啊？使劲啊……鬼子已经瞧见我们了，使劲砸……”

不等莫天留那急三火四的吆喝声落下，沙邦粹已然弯腰抓起了另一根拴在包袱上的藤条，三两下便将那根藤条拽得短了一截，这才提着足有十来斤分量的包袱朝后退了二三十步，闷吼着舞动了只拴上了短短一截藤条的包袱，朝前冲刺着狠狠将那包袱扔了出去！

众目睽睽之下，被沙邦粹拼尽全力甩出去的包袱，飘飘荡荡地砸到了漫水脊当中！伴随着包袱落地之后骤然摔得散开，几个站在漫水脊中央、原本已经举枪瞄准了沙邦粹的日军士兵，顿时手舞足蹈地胡乱蹦跳起来！

喜不自胜地蹦跳着，莫天留一迭声地冲着已经抓起了又一根藤条的沙邦粹叫嚷起来："成了！我就说能成！赶紧朝着那些二鬼子下手，可千万不能叫他们腾出手来……"

话音未落，好几个还没来得及走到漫水脊上的皇协军士兵已经举枪朝着显露了身形的沙邦粹开了火，而三个已经走过了漫水脊的日军尖兵连鞋子也顾不得穿上，也都举枪朝着沙邦粹扣动了扳机。

几乎是贴着耳边飞过的子弹带起的呼啸声中，沙邦粹却是毫不在意地再次后退了一段距离，双手同时抡起了两个包裹着蜂窝的包袱，闷吼着挥舞起来……

翻手抽出了别在腰后的德造二十响手枪，莫天留双手把住了手枪枪柄，眯起眼睛瞄准了几个扎堆站在一起的皇协军士兵，口中兀自低声骂道："不蒸馒头争口气，打不着你我也吓死你！"

几乎就在莫天留扣动扳机前的瞬间，从茂密的山林中，却猛地响起了一支德造二十响手枪的枪声，顿时吸引了大部分皇协军士兵掉转枪口，朝着茂密的树林中胡乱射击起来。

也就趁着这片刻的工夫，朝前急冲的沙邦粹猛地挥动着双臂，将两个沉重的包袱甩向了已经乱成一团的皇协军士兵……

★ 第四十六章　家中传讯

耷拉着脑袋，莫天留没精打采地坐在茶碗寨前山缝一侧的山顶上，嘴里叼着的一根苦涩的草茎都被嚼得只剩下了短短一截，可莫天留却像是全然感觉不到那草茎的苦涩味道一般，只顾着慢悠悠地磨蹭着后槽牙，将含在口中的草茎嚼得稀烂。

怀里抱着一杆足有八成新的晋造三八式步枪，坐在莫天留身边不远处的沙邦粹一双眼睛瞪得老大，来回扫视着山缝前林地中的细微动静，可嘴里却是不停地朝莫天留嘟囔："天留，咱们不也没吃大亏吗？就在漫水脊底下，还摔死了好几个叫牛眼蜂蜇得昏了头的二鬼子呢。虽说队长和满仓哥叫牛眼蜂蜇伤了，到现如今还挂着彩，可咱们毕竟得着了五杆大枪……"

长叹一声，莫天留狠狠地将口中嚼得稀烂的草茎吐了老远："丢人败兴啊……本指望练出来个出头露脸的活儿，可到最后……虽说大当家的嘴上没说啥，可我自个儿心里不能没数啊……"

伸手抓了抓头皮，沙邦粹挪动着屁股坐到了莫天留的身边：“可我觉着这事情也不能全怪咱们啊，咱们也不知道那牛眼蜂扔出去之后炸了营，愣是一股脑地直冲着林子里撞，反倒是不蜇身边那些个二鬼子呀？再说了，那不还是有好几个二鬼子叫牛眼蜂蜇得四处乱撞，刚好就撞到了队长和满仓哥的手上吗？照着我说……咱们这回就算是没得着彩头，可也算不得丢人不是？”

斜了沙邦粹一眼，莫天留顺手从身边又扯下了一根草茎叼到了口中：“种一晌麦子收二两白面，这是赔了还是赚了？我莫天留但凡伸手的事情，啥时候不是捞足了便宜……”

话还没说完，眼睛一直盯着山缝前林地动静的沙邦粹却猛地一把抓住了莫天留的胳膊：“天留，林子里有人！”

猛地吐掉了口中的草茎，莫天留一边飞快地趴到了地上，一边顺手抓起了早就搁在身边的一块拳头大的石头，瞪大了眼睛朝着林地间望去，口中兀自低声喝道：“啥地方？”

趴在了莫天留身边，沙邦粹很有些笨拙地举枪指向了林地间几棵生得极其茂盛的大油松：“就在那几棵树后头，我瞧见树底下那些酸枣枝子动弹了一下……”

“你瞧准了？不是啥野物？”

“肯定不是！那几棵大油松左近都安了绊索、藤圈，要是叫野物踩中了那些绊索、藤圈，肯定就是连蹦带跳地折腾。只有人踩中了那些东西，才会赶紧蹲下来慢慢解开腿上拴住的绊索……”

抬手将握在手中的那块石头朝着山缝里扔了下去，顺势再把身边戳着的一棵枯干的小树按倒在地，莫天留扭脸看了看山缝对面的山崖上放哨的苟大却与万一响也都趴在了地上，这才再次朝着那几棵大油松的方向望了过去，口中自言自语地嘀咕着：“这附近几个小村子里的人都知道茶碗寨里有绺子人马，平日里压根都不会朝着这附近凑……能朝着茶碗寨跟前悄悄摸索的，会是哪路人物？”

还没等莫天留琢磨出个头绪，从那几棵生得极其茂密的大油松后，却猛地走出个背着赶山筐、手拿采药锄的中年汉子，毫不遮掩地朝着茶碗寨前山缝方向走了过来。离山缝还有老远，那看着像是采药人模样的中年汉子，已然亮开嗓门吆喝起了赶山调：“山神爷爷土地公，各路仙家各方灵，赶山采药求活路，还请怜我苦命人！渴了抬眼有口水，饿了伸手得野粮，抬脚就有顺畅道，松针铺盖歇身子……”

耳听着那中年汉子唱得很是荒腔走板的赶山调，山缝对面山崖上趴着的苟大却顿时从地上跳了起来，扯开嗓门朝着那唱着赶山调的中年汉子大声叫道：“野戏子，你倒是能有一回把你那戏文唱对了调门不？这好好的赶山调，生生叫你唱得跟丧曲儿似的，听着都打心里瘆得慌！”

像是听出了苟大却的声音，那被叫作野戏子的中年汉子顿时哈哈大笑着加快了脚步，扬声朝着苟大却喊话的方向用一口地道的河南方言叫道：“苟大却，你个鳖孙站那么高干甚？还不下来迎接你家戏子爷？”

话音刚落，从莫天留身后却传来了钟有田那中气十足的叫嚷声：“野戏子，这才几天不见，你这辈分都长了？见人都敢称爷？瞧你这身衣裳埋汰成这样，出来不少日子了吧？你可别耽误了李司令交代的正经事！”

笑声不绝，那被叫作野戏子的中年汉子却猛地换了一口陕西腔调，扬声朝着另一侧山崖上应道：“李司令身边用过的几十号通讯员，我野戏子敢说是排名第二，那就没人敢认第一，啥时候都不能耽误了正经事！有田，我可听说你们跟着栗队长发了洋财了？等会儿见面招呼的这顿饭，可是得管饱，还得有肉哇……”

扭头看着带着一名武工队员前来换哨的钟有田，莫天留回手指了指山崖下那快要走到山缝前的中年汉子：“有田哥，这人是……”

脸上一副喜不自禁的模样，钟有田朝着莫天留一摆手：“冀南军分区来的通讯员，估摸着是从李司令那里带了啥命令来了。这可是咱们清乐县武工队娘家来的人，可是得好生招待着！天留，你跟棒槌腿快着些，叫伙房做点白面硬馍，再把咱们从涂家村得着的那点酒也备上。还有昨儿晚上撞到咱们绊索里头的那两只兔子，也赶紧炖了！”

看着钟有田那乐呵呵的模样，刚从地上爬起来的沙邦粹禁不住憨笑着朝钟有田应道：“有田哥，打从咱们认识，可是头回见你这么高兴，都快赶上人家娶新媳妇了。”

弯腰把莫天留刚刚按倒的消息树扶了起来，钟有田嘿嘿低笑着说道：“那可不？咱们武工队要在清乐县扎下根来，再跟清乐县临近的几个县打成一片、连成一大块抗日根据地，不光要靠咱们武工队的同志敢跟鬼子玩命、能替乡亲们做主，还得要靠上级领导给咱们指出来抗日的方向啊！要不然，闷头拉车可走不了远道！”

伸头看了看在山缝关卡前跟几个老武工队员亲热寒暄的野戏子，莫天留很有些好奇地朝钟有田问道：“有田哥，老听你们提那李家顺李司令，这人到底是有多大能耐呀？比咱们大当家的都厉害？”

一屁股坐到了山崖上搭建起来的石头掩体上，钟有田双手在膝头上用力一拍：“有多大能耐？当年红军长征的时候，李司令大小打过几百场仗，身上二十几处伤疤全都在身子前边，两条腿都叫子弹穿了窟窿，爬着都把敌人的碉堡给炸了！脑袋上叫刺刀挑了的巴掌长的豁子，白花花的头盖骨都能瞧见，头皮耷拉下来遮住了眼睛耽误事，李司令愣是一把拽掉了那块头皮，领着同志们冲开了敌人的包围……”

耳听着钟有田如数家珍地说道着李家顺李司令的过往战绩、功勋，莫天留禁不住赞叹着点了点头：“这还当真是个猛张飞似的好汉！有这样的人当了八路军冀南地面上的总瓢把子，倒是真能叫人觉得心里有底！”

很有些言犹未尽地咂了咂嘴，钟有田朝着莫天留又一摆手：“赶紧去跟队长报告一声，就说家里来人了！这野戏子可是李司令身边最稳当的联络员，能把他派出来找我们清乐县武工队，怕是李司令有什么重要任务要交代给我们了！”

答应一声，莫天留与沙邦粹齐齐转身，径直顺着山崖上的小路朝茶碗寨中奔去。不过是一碗茶的工夫，莫天留与沙邦粹已经看见了坐在茶碗寨中空场上、正与几个武工队员商量着事情的栗子群。

眼见着莫天留与沙邦粹急急奔来，不光是栗子群伸手朝着自己腰间摸了过去，就是其他几个围拢在栗子群身边的老武工队员，也全都探手抓住了自己片刻不离身的武器，有那嘴快些的老武工队员，更是开口朝着莫天留扬声叫道：“天留，是不是有情况？”

在栗子群面前站定了脚步，莫天留重重地喘了几口粗气，这才朝着栗子群开口说道：“大当家的，外边来了个叫野戏子的，有田哥说是咱们八路军冀南地面上总瓢把子派来传信的，怕是有大事要咱们去办！有田哥还说……叫伙房准备好吃食，要好好款待那来传信的人呢！”

话音刚落，莫天留的身后已经远远地传来了野戏子那豪爽的笑声：“这才多久不见面，我的个栗队长，你这脸上可是发福了？看来这清乐县武工队的伙食就是要比咱们老部队开得好，都把你给养胖了？哟……满仓，咋你脸上也胖了这好多呢？吃啥大补的玩意儿了？”

朝着脸色骤然变得赤红的莫天留与沙邦粹看了一眼，脸上叫牛眼蜂蜇得肿起老高的栗子群含笑站起了身子，也是远远地朝着由苟大却陪伴着朝茶碗寨中走来的野戏子应道：“好你个野戏子，一双眼睛生得不大，瞧得倒是老远。”

哈哈大笑着，快步朝着栗子群走来的野戏子洪声应道：“当通讯员的本行功夫老三样——眼尖、耳灵、腿脚快，这吃饭看家的本事可不能稀松了！老栗子，我可想死你了……”

★ 第四十七章 百样艰难

围坐在一张很是破旧的桌子旁，栗子群看着野戏子狼吞虎咽的那副吃相，伸手抓过了茶壶替野戏子倒了碗热水，再把茶碗推到了野戏子手边："慢着点吃，今天管饱！伙房还给你炖着野兔肉呢……"

使劲咽下了一口滚烫的白面硬馍，再把栗子群倒好的热水喝了个干净，野戏子这才长长地舒了口气："可算是……混了个肚儿圆！这一路上折腾过来，也就几天前寻着了遂平县武工队的时候，在他们那儿吃了顿苞米面的饼子，旁的时候全是啃的野果、吃的山药，一点热乎食儿都没下肚，都快把我吃成兔儿爷了！"

上下打量着野戏子那颇为狼狈的模样，挤在桌子旁的莫天留禁不住开口朝野戏子说道："戏子大哥，你从遂平县八路军的绺子来，他们也不给你捎带上些干粮？就叫你这么空着两手出门赶路？"

朝着满脸好奇模样的莫天留看了一眼，野戏子倒也并没在乎莫天留口中对武工队的别样称呼，反倒是嘿嘿低笑着朝莫天留应道："这小同志是刚加入咱们清乐县武工队的吧？"

看着莫天留连连点头，野戏子这才接茬说道："咱这做通讯员的，出门在外执行任务的时候可都有讲究，尤其是得留神些不打眼的地方。眼下冀南地面上鬼子和二鬼子这么多，真要是撞见个出门赶山、采药的庄稼汉身上还带着硬面干粮，那还不当场就得露了馅？"

野戏子话刚出口，莫天留顿时回过味来——冀南地面上寻常赶山、采药的庄户人家，大都不会离开自己住着的村子太远，哪怕是要去远些的地方找些罕见的药材、野物，背着的赶山筐里最多也就带上几根老苞谷备着充饥，只有走远路行脚的人身上才会带些硬面干粮，以备在前不着村、后不着店的时候还能吃顿饱饭，这才能有力气接着赶路。

眼下冀南地面上鬼子和二鬼子在各处交通要道设卡盘查，对关卡近处的庄户人家倒是盘查得不算严密，但对那些外路来的人物却是盘查得异常严格。野戏子身上真要是带上了太多的食物，怕是压根都闯不过鬼子和二鬼子设下的关卡！

看着莫天留脸上那恍然大悟的模样，野戏子嘿嘿低笑着又抓起了一块白面硬馍，边吃边朝着坐在自己身边的栗子群说道："这回走的一趟，给冀南地面上的几个县武工队传下的命令都差不离。可我这一路走下来，从各处武工队看到的情况分析……怕是只有你清乐县武工队，能比较轻松地完成李司令交代的任务了。"

一听野戏子说起有关任务的话题，栗子群顿时瞪大了眼睛："啥任务还得好几个县的武工队一块办？"

三两口吃光了又一个白面硬馍，野戏子也端正了脸色，郑重地朝栗子群说道："跟在李司令身边的一个团老部队，这些天跟鬼子打了几场硬仗。照着李司令的算法……咱们是吃大亏了……"

讶然瞪着野戏子，栗子群很是惊讶地沉着嗓门喝道："吃了亏？跟在李司令身边的那一个团的人马，差不离全都是打了好几年仗的老兵，战场上的功夫可都不含糊啊！就这样一个团的人马拉开了跟鬼子拼都吃亏了？鬼子有多少人马？"

朝着栗子群摆了摆手，野戏子微微叹了口气："咱们老部队的情况，老栗子你又不是不知道——缺枪、缺弹、缺粮、缺药……只要是咱们能想到的东西，老部队都缺！有时候攻鬼子一个炮楼，冲锋号一响，鬼子的机枪也跟着响，当场就倒下一大片人！等逼不得已撤出战斗的时候，拖回来倒下的同志一看，一多半都不是叫子弹打倒的，是饿晕过去的！现如今老部队的同志们身上都揣着核桃大一疙瘩粮食，平日里饿得两眼发蓝都不敢碰，专门留着要打冲锋之前吃的，叫冲锋粮……"

重重叹了口气，野戏子翻手从自己后腰上摸出来一根竹尾巴烟杆和一个黑漆漆、油腻腻的烟袋，一边慢慢朝着竹尾巴烟杆那浅浅的烟锅子里装着粗劣的烟渣子，一边眯着眼睛絮叨着："派出武工队的时候，为了叫武工队的同志们能尽量多地带些枪支弹药，老部队里不少同志都是把自己留着救命用的子弹拿出来顶上的。跟鬼子硬碰硬打第一仗的时候，眼瞅着鬼子冲上来，咱们老部队的同志都只能打一个排枪就冲出去跟鬼子拼刺刀！枪里没子弹、肚里没粮食……牺牲好几个同志，有时候都拼不下一个鬼子……

"伤了的同志没有药，卫生员漫山遍野地寻来的草药也就那么点，压根都不顶事！就连洗伤口用的盐水，都……就连李司令，都半个月没见着盐花了……"

眉头拧成了个大疙瘩，栗子群沉声闷喝道："那眼下大部队在哪儿？"

"已经转移到了宫南县境内，暂时在宫南县小松庄附近驻扎。伤员实在太多，粮食也没剩下几粒了，李司令命令各县武工队尽量筹备老部队用得上的东西，尽快送到小松庄营地去！从我出来到今天，大部队已经在小松庄旁边藏了有小半个月了。最多还有七天就得换地方！老栗子，你这儿能给老部队腾挪出多少东西？"

只是默默思忖了片刻工夫，栗子群伸手在桌子上轻轻一拍："枪支弹药，我们这些天倒是还得着了一些，拣好的先给老部队送去一批！药材我们可以找涂家村的乡亲们买一些，再商量着借一点，差不离也能管点用！倒是粮食和盐……我们勒紧了裤腰带，总也能挤出来一些给老部队送去！"

略一犹豫，野戏子再次开口说道：“老栗子，你可别怪我占便宜没够——你能弄着棉花和布料吗？这眼瞅着就要入冬了，老部队里不少同志还都穿着单衣呢。晚上放哨都只能披一条被子，睡觉都只能钻麦草堆……”

低头看了看自己身上穿着的破旧夹衣，栗子群很有些为难地摇了摇头：“这可当真有些为难了……这铁屏山左近能找着棉花和布料的地方，恐怕就只有清乐县城，而且数量都还不多……”

“能弄着就尽量弄些，不拘多少，能有就成！老栗子，咱们再商量商量，怎么才能把你这儿弄着的东西送去老部队。”

在茶碗里倒了些水，栗子群伸手蘸着水在桌子上草草画了个铁屏山左近的地形图，抬头朝着站在一旁的莫天留叫道：“天留，从咱们这儿通往宫南县小松庄的路径你熟悉吗？”

一把推开了站在自己身边的沙邦粹，莫天留一副当仁不让的模样，伸手蘸了些水在栗子群刚画出来的铁屏山地形图旁画起来：“小松庄差不多就在清乐、宫南两县交界的地方，那地方出麻线和松漆，以往我也去转悠过几次……”

三两下画出了从铁屏山通往小松庄的路径图，莫天留指点着三条弯弯曲曲的痕迹说道：“从铁屏山到小松庄有三条路，一条是从涂家村走，过何家大集进宫南县境，然后就能到小松庄。可咱们前些天打那一仗，把一木桥给炸断了，再加上何家大集养着不少护院枪兵挡路，人冲过去不难，可带着这么多家当就费事了……这条路肯定走不成。

“剩下的两条路，一条是大路，路上少说有五六个鬼子的炮楼和关卡，空手过关卡的都得被搜身，带着这么多东西，咱们肯定也过不去。另一条路……大当家的，另一条路上倒是只有鬼子的一个关卡，运气好了倒是能糊弄过去，可这路挺险……”

颇有些奇怪地看了欲言又止的莫天留一眼，栗子群弯曲着手指敲了敲桌子：“天留，有话只管说！能成不能成的，咱们大家伙看着再商量就是了！再说咱们武工队里的同志也都是翻山越岭的好手，再险要的道路也都走过，多加些小心就是了。”

重重地点了点头，莫天留伸手朝着一条弯弯曲曲的路径指点着说道：“出山之后走青蟒河，从水路把咱们要送的东西运到小松庄附近上岸，再走八九里山路就能到小松庄！可要走青蟒河，肯定就得路过鬼子在三岔湾的炮楼。白天鬼子站在炮楼上，一眼都能看出去好几里地，河面上无遮无挡的，咱们肯定走不成。可晚上……青蟒河在靠近三岔湾炮楼的地方有个回水洼，小船走到那儿就转磨，很容易叫冲进那个回水洼里，有时候花老大力气都折腾不出来。万一动静闹大了，鬼子还是能发现咱们！”

紧皱着眉头，栗子群看着莫天留在桌子上用水渍画出来的路径图，沉吟着低声问道：“往日里有人在晚上走过青蟒河吗？”

微微摇了摇头，莫天留飞快地接应道：“青蟒河虽说水不算深，可有几处地方有浅滩和大石头，白天走都有船搁浅、撞沉，从来就没听说过有人夜里行船的。”

“那靠近三岔湾炮楼的地方，河水最深的地方能有多深？”

“我这身量的人走到河心就得没顶，棒槌这身量的……踮着脚尖扑腾几下，还能露出鼻子。”

“能找着熟悉青蟒河水性的老船工吗？”

“难！鬼子刚占了清乐县的时候，在青蟒河里搁下了两条小汽船来回巡游，连撞带打地弄翻了好几条以往在青蟒河上打鱼、运货的小船，逼得那些老船工都跑到外面去求活路了，就连能用的船都没剩下几条。大当家的，要是你觉着咱们走青蟒河这条路能成的话，估摸着咱们还得去青蟒河边的好几个村子里寻，才能大概凑齐了运货的木船。这一来一去地耽误了工夫，也都不知道能不能赶趟。”

★ 第四十八章 巧渡青蟒

挥舞着手中的开山斧，清乐县武工队中一多半队员都集中到了青蟒河畔的一片松林中，挑着那些足有碗口粗细的松树采伐着。不过一个晌午的工夫，堆积在树林边的松木已经垒成了一座小山。

而在那些生得格外粗大的树干上，几个身手敏捷的武工队员全都在腰间别着砍柴刀，攀高爬低地将那些大树上攀附着生长的老藤砍伐下来，盘绕成了一个又一个沉重的藤圈后送到了堆积如山的松木旁。

眼瞅着沙邦粹扛着两根新砍下来的松木走了过来，栗子群默默数算着堆积起来的松木数量，再看看地上整整齐齐摆放着的藤圈，这才扬声朝着沙邦粹叫道：“棒槌，扎木排的材料差不多够用了，去通知大伙儿来这里集合。”

答应一声，沙邦粹轻飘飘地将扛在肩头的两根松木扔到了一旁，扭头朝着树林中走去。不过片刻的工夫，树林中砍伐树木的声音便渐渐平息下来，肩头扛着松木或开山斧的武工队员也三三两两从树林中走了出来。

迎着站在松木堆旁的栗子群，肩膀上扛着把开山斧的莫天留扬声叫道：“大当家的，咱们要运的东西可不少，就这些木料扎出来的筏子，当真够用了？”

伸手摸了摸身边堆积着的松木，栗子群微微点了点头："这木筏看着模样不济，可要论起运东西，说不定比船还管用呢！"

把扛在肩头的开山斧扔到了脚边，莫天留随口朝着栗子群应道："大当家的，这木排我以往倒是也见过，运东西倒也不是不成。可就是走得实在是太慢了点……以往青蟒河发桃花汛的时候，有人借着桃花汛水大的时候放排，一天下来也就走出去几十里地。大当家的，咱们撑着木排过三岔湾的时候要是慢了，怕是不稳妥吧？"

与另一名武工队员一起抬着一捆足有一丈多长的竹竿朝着松木堆旁走，钟有田倒是恰巧听见了莫天留的话语，顿时接口朝着莫天留应道："天留，你见过的那是撑篙放排，水走多快，木排也就顺水走多快。可咱们在木排上多站上几个撑的篙，那就不怕水流得慢了！再说……冀南地面上的木排差不多都是鱼鳞排，四平八稳、上下三层，本身就太重。咱们要扎的可是梭子排……"

眼看着钟有田打开了话匣子的模样，栗子群却是随手拖过了一根松木，挥动着开山斧在松木上从头到尾开出了三指深浅、巴掌宽窄的沟槽，这才抬头朝着围拢到了松木堆旁的武工队员们说道："有样学样，把所有的松木都开出来这样的沟槽，再一顺一反地把松木扣到一块儿。猴子、有田，你们俩不用沾手干这个，只管着把这些藤条拾掇利索了，一会儿木排能不能扎好，一多半都看你们俩的手艺呢！"

顺手从腰后抽出了砍柴刀，钟有田与猴子两人齐齐答应一声，盘腿坐到了那些盘绕好的藤圈旁，小心地用柴刀修整着藤条上蔓生的叶片，捎带着在藤条上开出了间隔开一巴掌宽、拇指粗细的窟窿眼，再将三根开好了窟窿眼的藤条彼此串绕着扎成了足有小孩胳膊粗细的藤索。

宛若行云流水一般，栗子群熟练地在其他武工队员切割、拼装好的松木树干上用刺刀和开山斧开出了一个个榫口，再将早已经备好的木榫敲打进榫口中，三下五除二便构建出了一个两头窄、中间宽的梭状木排雏形。

用编制好的藤索从树干间刻意留出来的缝隙中来回串绕着，再用一个接一个的鸳鸯扣拴紧，当栗子群再次直起了腰身时，一具在冀南地面上都没人见过的梭子排已经大功告成。

将刚刚切割好的松木扣到了另外两根松木上刻出的凹槽中，莫天留扔下手中的开山斧，绕着栗子群刚刚扎好的梭子排转悠了好几圈之后，猛地朝着栗子群开口叫道："大当家的，我明白你拾掇的这梭子排为啥能走得快了！"

抬手擦了擦额头沁出的汗水，栗子群笑眯眯地看着莫天留说道："都说是外行看热闹、内行看门道，可没想到天留你还是个内行。就绕着这梭子排转悠了几圈，你就把里面的门道都瞧明白了？"

朝着栗子群嘿嘿一笑，莫天留弯腰敲了敲梭子排上的木榫头，又拿手指头戳了戳栗子群用藤条打出来的鸳鸯扣：“大当家的，你这榫头和藤索只要一下水，要不了多久就能被水给泡得涨起来，把这些松木勒得紧紧的。再加上松木入水后也会叫水给泡涨几分，这木排到时候就是个两头翘、中间弯的模样，说是木排，其实就是个小船！”

看着栗子群朝着自己含笑点头，莫天留越发来了劲头，索性跳到了栗子群刚扎好的木排上：“这些松木全都给抠去了好大一块，分量自然轻了不少，可一顺一反地搁在一块，入水的地方反倒是更多了，也就能装更多要运的东西！要不是这法子实在太毁木材，倒是当真能在不少水流得慢的河里派上用场！”

哈哈大笑着，栗子群朝着满脸得意模样的莫天留连连点头赞道：“都说这世上有人是天生机灵，心窍上都要比寻常人多出来俩琢磨事情的窟窿，我看天留你就是这号人物！行了，招呼着大家伙把备好的物资都运过来，这收集物资带转运，里外就花费了三四天的工夫，今晚上咱们要再不把物资送到小松庄，怕是小松庄旁边驻扎的老部队就真等不及了！天留，你跟棒槌俩人对环境熟悉，先去寻个不招人注意的地方，把咱们做好的木排入水泡上……”

伴随着栗子群一连串的命令，天色刚刚擦黑的工夫，所有做好的木排已经全部泡进了青蟒河旁的一个小回水洼中，而从各处收集来的物资，也全都运送到了木排上。

看着四五个木排上堆得老高的各种物资，忙得浑身是汗的栗子群一边大口地吃着随身携带的干粮，一边朝着同样抓紧时间吃饭、休息的武工队员们说道：“今天晚上的行动，大家一定要格外仔细，老部队的同志们可就等着我们收集的这些物资救急、救命呢！大却，咱们武工队看家的家伙什呢？都检查仔细了？”

一拍抱在自己怀里的一支花机关，苟大却信心十足地朝栗子群应道：“方才又抽空擦过了一遍，保管到时候能打得响、打得准！就是……子弹少了点，也就五十来发，满打满算也不够两个弹匣！要不……队长，我再从给老部队的子弹里留下点？不用多，再来三十发就好！”

看着苟大却那两眼放光的模样，栗子群不禁又是好气、又是好笑地朝苟大却嗔道：“你个苟大却，但凡见着能连发的武器就挪不动步子！这回给老部队匀过去一支花机关，我看你是老大不乐意吧？我还听说……你把两支花机关都给拆卸开来，用好些的零件拼出来了你手里这支枪？”

下意识地抱紧了怀中那支花机关，苟大却扯开喉咙叫起了撞天屈：“哪有这样的事情？我那是怕老部队的同志不会收拾花机关这样的家伙什，我好心帮着给拾掇……”

“那你这支花机关怎么瞧着成色不对？弹匣和枪身一看就是俩成色……”

“这……我擦过弹匣，可忘了擦枪身……”

眼瞅着苟大却语无伦次、越描越黑，栗子群无奈地摇了摇头，扭头看向了坐在一旁的钟有田：“有田，咱们武工队里懂行船撑排的就咱们俩，今晚上我打头、你殿后！”

使劲咽下了最后一口干粮，钟有田急急忙忙地朝着栗子群摆了摆手：“队长，撑排从来是打头辛苦收尾易，拼的不光是手艺，还得有一把子力气呢！队长，这拼力气的活儿……还是我打头吧。”

朝着钟有田摆了摆手，栗子群不容分辩地低声笑道：“别看我岁数比你大不少，可要论力气，还说不定谁输谁赢呢，就照着我说的办——头一条筏子上我撑篙，后头再加上棒槌给我帮手，他一个人能顶三个人的力气，我招呼着他撑篙也方便！天留，你和大却也跟我在头一条筏子上，其他的筏子上也都留下五名同志，三个人撑篙，其他两个负责警戒！再歇一锅烟的工夫，咱们就出发！”

低沉的应诺声中，所有的武工队员全都收拾齐整了各自的武器，挽起裤腿下河登上了木排。伴随着栗子群低沉的吆喝声，站在头一条木排上的沙邦粹紧握着长长的竹篙在河岸边的石头上用力一撑，拴成了一字长蛇阵的几条木排顿时在头一条筏子的牵动之下，缓缓地滑出了小回水洼，无声地朝着缓缓流淌的青蟒河中漂去……

同样手持一根竹篙，站在木排前方的栗子群熟练地将竹篙入水，在河底左右戳动着，慢慢调整着木排前行的方向。而在栗子群的身后，蹲在木排上的莫天留与苟大却全都紧握着各自的武器，一双眼睛紧盯着青蟒河两岸的动静。一时之间，除了微微河风掠过河面时发出的轻响之外，再也听不见其他的一点声音。

木筏在河中漂流了差不多半个时辰，在木筏前把控着前进方向的栗子群抬头看了看天空中乌云密布的模样，微微松了口气，扭头朝着蹲在自己身后的苟大却与莫天留低声说道：“今晚刚好是个乌云天，鬼子就算是在炮楼顶上也看不出去太远。这次的任务，总算是……”

话音未落，蹲在栗子群身后的莫天留却猛地指着前方河道低叫起来：“大当家的，不对劲！我方才瞧见前头闪过了一道光……”

★ 第四十九章 事急从权

几乎是在莫天留低叫出声的同时，蹲在木排另一侧的苟大却也猛地将枪口指向了河道前方，口中同样低声喝道：“队长，瞧着像是鬼子的探照灯？”

都没来得及回过头，栗子群手中紧攥着的竹篙已经狠狠地扎在了河底，口中也朝着站在木排尾部的沙邦粹低声叫道：“棒槌，定住了木排！”

闷声答应着，沙邦粹脚下微微一分，扎下个四平八稳的马步架势，一双结实的胳膊猛一用力，抓在手中的竹篙使劲朝着河底一戳，顿时便将顺水疾行的木排前冲的势头阻拦了七分。

深吸一口气，沙邦粹脚下横跨一步，摆出个弯弓射月的弓箭步，借势弯腰从脚边抓起了早就备着的另一根竹篙，同样用力扎进了河底。伴随着两根竹篙在河底沙石中戳得结结实实，整张木筏终于停止了前行，静静地漂浮在了青蟒河河心。

眼看着前方木排骤然停止下来，尾随在后的其他几条木筏上撑篙的武工队员们也全都有样学样地将几根竹篙扎进了河心，双手紧攥着竹篙撑住了木筏前冲的势头，将所有木筏在河心列成了个首尾相连的阵势。

紧盯着前方河道上不时闪过的光芒，再看看木筏前方绕着一座小山拐了个弯的河道，栗子群不禁低声说道：“好险哪……这要不是前头这座小山挡了挡鬼子炮楼上的探照灯光，怕是咱们现在已经叫鬼子给发现了！天留，鬼子的三岔湾炮楼上有探照灯，这事情你以前知道吗？”

把脑袋摇得跟拨浪鼓一般，莫天留急声叫道：“以往从来都没见过鬼子炮楼上有啥灯啊？说不定是鬼子最近才装上的玩意儿。大当家的，这是啥灯啊？隔着这么远都能照得河面上亮堂堂的？”

稳稳地把着手中的竹篙，栗子群低声朝莫天留说道：“这是鬼子的探照灯，装在炮楼顶上朝外边一照，能照出去二里地远近！以往过封锁线的时候，咱们可是在这玩意儿上头吃了不少亏呢！”

瞠目结舌地看着栗子群，莫天留禁不住着急地低声说道：“能照出去二里地的灯？那咱们这些木排只要一绕过前面这座小山，岂不是就刚好叫鬼子照见？这河面上无遮无挡的，鬼子炮楼上的机关枪一响，怕是咱们一个都跑不掉啊！队长，咱们能打灭了这遭瘟的探照灯不？”

飞快地摇了摇头，凑到了栗子群身边的苟大却压着嗓门抢着答应道：“咱们的地势低，等咱们能看见鬼子炮楼上的探照灯，怕是鬼子老早就看见咱们了！咱们手里能够得着那探照灯的枪就只有三八大盖，鬼子可是有机枪的……”

同样摇了摇头，栗子群也低声朝莫天留说道：“眼下咱们要送去老部队的物资可都在木排上，只要咱们在河道上一开枪，怕是鬼子立马就能招呼他们巡河的小汽船过来打咱们！到时候物资肯定保不住，说不好人都难得逃出去……”

使劲把住了戳在河心的两根竹篙，沙邦粹扭头接应上了栗子群的话头：“队长，要不咱们换条路走？咱们想法子把一木桥修好了……”

很有些烦躁地瞪了沙邦粹一眼，莫天留丝毫都没好气地低叫道：“等你修好了一木桥，怕是得小半个月后了，哪儿还能赶趟？踏实撑着你的竹篙，别在这儿添乱！”

顺着连成了一字长蛇阵的木排，钟有田蹦跳着从最后一条木筏上蹿到了栗子群等人的身边。抬眼看着河面上探照灯时隐时现的反光，钟有田也很有些着急地伸手挠了挠头：“队长，这可咋办？这河岸两边能上去人，可抬着东西就压根上不去，想撤都麻烦。想要回头就得逆水撑篙，怕是到天快亮才能回到咱们出发的地方……咱们就这么卡在河中间，可不是个事儿啊！”

微微皱着眉头，莫天留同样盯着河面上反射的探照灯光，突然低声嘀咕起来：“这鬼子的探照灯到还真是个古怪物件，怎么一会儿明、一会儿暗的？”

几乎是不假思索地，荀大却应声答道：“那探照灯从来都不是盯住了一个方向照，后头全都有放哨的鬼子拿手把着来回晃悠，要等照见了目标之后，才会死死照住目标、盯着目标走，鬼子的机枪手也会盯着被灯光照住的目标一个劲儿打！以往过封锁线的时候，有好些同志就是叫探照灯给照住了，叫鬼子的机枪给打得……”

似乎是想起了以往的伤心旧事，荀大却没再把话说完，而莫天留却像是想到了什么主意似的，猛地朝着眉头紧锁的栗子群低叫起来：“大当家的，我倒是想出来个主意——鬼子的探照灯不是照住了目标就一直追着目标跑吗？咱们给鬼子送个目标上门，等鬼子的探照灯没朝着青蟒河里照的时候，咱们的木筏不就能悄没声地溜过三岔湾炮楼了？”

耳听着莫天留说出的这番话，木排上的其他几个人全都没开口搭腔。尤其是站在木筏前方的栗子群，更是紧咬着牙关，眉毛也都拧成了个大疙瘩……

平心而论，莫天留琢磨出来的这法子，栗子群心里也不是没琢磨过。可一来对三岔湾鬼子炮楼周边地形较为熟悉的，全都是些刚加入武工队不久的新兵，虽说已经参加过两场战斗，跟鬼子也在比较近的距离上有过了接触，但作战经验依旧严重不足，肯定扛不下这么个危险的任务。

而那些老武工队员虽说战术和经验都有了几分火候，却又对三岔湾鬼子炮楼外的地形不甚熟悉，一旦被鬼子的探照灯和机枪咬住，几乎就是个十死无生的局面。

两相权衡之下，栗子群一时间也只能暂时打消了这派人吸引鬼子注意力，借机让木筏溜过炮楼火力控制范围的念头……

可要是再这么左右为难地拖延下去，非但不能把筹集来的物资送到老部队救急，就连身边这些武工队员们的安全都成了问题！

狠狠咬了咬牙，栗子群猛地扭头看向了站在自己身边的钟有田：“有田，筏子就交给你来掌控了，我上岸去……”

没等栗子群把话说完，钟有田与苟大却两人已经急声低叫起来：“队长，这可不成！你是咱们武工队挑大梁的人物，没了你指挥，咱们往后可怎么办？让我去！”

“下棋都有个老将不出营的规矩，这玩命的活儿哪能轮得着队长你上？没说的，这活儿归我了！”

不等栗子群再次开口，莫天留却是猛地接过了话头：“大当家的，这三岔湾鬼子炮楼前面的地势，你们可都不如我清楚。万一要是出点闪失，怕是你们还没摸到鬼子炮楼旁边就已经叫鬼子察觉了。我这儿说句丧气话——你们真要是三两下就叫鬼子的机枪给打着了，到时候鬼子的探照灯还是得来回乱转，咱们白白填进去几条性命，筏子也还是过不去眼前这道坎！叫我说……这勾搭着鬼子的探照灯不朝着青蟒河里照，讲究的还真不是打仗的本事。只要熟悉地势、能藏会躲，捎带着时不时露头勾搭几下鬼子，这活儿就有八分成事的把握！”

明知莫天留说得很有几分道理，可栗子群却依旧摇了摇头：“不成！这任务太危险，天留你……”

朝着栗子群一龇牙，莫天留却是猛地打断了栗子群的话头：“大当家的，我再问你一句——就算是你们把鬼子的探照灯引得不朝青蟒河里晃悠，等筏子过了炮楼之后，你们知道怎么才能抄近道追上筏子？就算是不追筏子，直接掉头回茶碗寨，这黑灯瞎火的大晚上，顺着大路肯定甩不开从炮楼追出来的鬼子，走小路……你们谁敢担保自个儿不在林子里抓瞎？”

看着莫天留一副认真的模样，栗子群犹豫片刻，方才无奈地点了点头：“那……天留，我跟着你一块去！”

“不成！大当家的，我琢磨着这活儿……去的人不能多，还都得是熟悉炮楼外面地势的人，动静场面还得闹得猛……大当家的，这活儿你就交给我吧！大却哥，把你那当了命根子的花机关给我，再给我个手榴弹！”

“这绝对不成！天留，这可不是逞能的时候，咱们得仔细……”

没等栗子群把话说完，莫天留却是猛地一伸手，飞快地从毫无防备的苟大却手中抢过了那支花机关。借着朝回缩手的那股子力气，顺势又从钟有田腰后抽出了一颗手榴弹，朝后一个骨碌滚下了木筏。

站在齐着脖子深的水中，莫天留双手高举着刚刚抢到手的花机关和手榴弹，一边踮着脚尖踩着河底的沙石朝岸边退去，一边朝着想要跳下木筏的钟有田与苟大却急声叫道：“都别下水！你们要敢下水，我可就搂火了！到时候叫鬼子听见了动静，咱们这趟活儿可就全砸了……”

眼见着莫天留放了狠话，差点就跳下了木筏的苟大却急得连声低叫道：“天留，你瞎胡闹个什么？这可真不是你逞能的时候！快回筏子上来……”

顺着水势飞快地朝河岸边倒退着移动，莫天留却是坚决地摇了摇头：“大却哥，我这回可真不是逞能！大当家的，一会儿你听见枪响，瞧见鬼子的探照灯不朝着河里晃悠了，你只管撑着筏子走！过了三岔湾后再走十里，有一处浅滩，我会到那儿再上筏子！棒槌，你下来给我搭把手！”

眼见着沙邦粹不管不顾地撂下两根竹篙滑到了河水中，苟大却与钟有田不得不抢上去重又撑住了竹篙稳住木筏，两人几乎是异口同声地低声叫道：“这天留……旁的不说，先斩后奏这一招倒是耍得地道！”

★ 第五十章 扰敌之计（上）

拽着河岸边陡坡上蔓生的野草，莫天留与沙邦粹两人拖泥带水地爬上了河边陡坡，立马便把身上衣裳扒了个精光，使劲拧干了之后再朝着干燥的沙土地中搓揉了几下，顿时便将两身衣裳弄成了与沙土地绝无二致的颜色。

也就是拧干了衣裳的片刻工夫，光溜溜的身子叫河风一吹，莫天留与沙邦粹全都狠狠地打了几个寒噤，不约而同地朝着对方低声说道：“先搓暖了身子再穿衣裳……”

狠狠白了沙邦粹一眼，莫天留一边摊开巴掌搓揉着自己的前胸，一边低声朝嘿嘿憨笑着的沙邦粹说道：“这事情还用得着你教我？小时候摸过河去偷人家晾在河滩上的风干的小鱼，眼瞅着就要得手了，就是你个傻棒槌叫河水激得连打了好几个喷嚏，闹得鱼干一条都没偷着，咱们还险些叫看守着鱼干的人给抓了去……”

同样伸手搓揉着身板，沙邦粹臊眉耷眼地低声应道：“那可也不能全怨我……都饿了两天了，肚里没食的时候身上本来就冷，再叫河水一激、冷风一吹……再说咱们不也没给抓住吗？”

“今晚上咱们可不是偷鱼干，要是真出了娄子，鬼子的机枪可是真要人命的！棒槌，你可千万不能犯傻慌神，啥事你都得听着我安排——上筏子的时候，我看见你带着的家伙什呢？”

“那不是搁旁边呢？俩手榴弹，还有满仓哥给我找来的一把大刀片！”

“大刀片估摸着用不上，一会儿你把大刀片背在身上绑好了就成！那俩手榴弹……再加上我这颗，你全都收好了。今晚上这活儿能不能出彩，一多半可都看你要弄手榴弹的本事了！”

“天留，上回咱俩没听队长的安排，可是捅了个不小的娄子啊！这回……”

“哪壶不开提哪壶！棒槌，我还不怕明着告诉你——就是因为上回咱俩捅了娄子、丢了面子，这回才要在这场面上找补回来！跟你说这么多也没用，赶紧穿上衣裳跟我走！”

“这黑灯瞎火的……天留，你真能摸准了道儿？”

“哪儿那么多废话？跟着来！”

三两下把半干不湿的衣裳重新穿了起来，莫天留抬头看了看河岸边的山势走向，领着沙邦粹直冲着河岸边的一处河滩地中走去，顺着河滩地中留出来的放水沟渠走了不过一壶茶的工夫，莫天留与沙邦粹几乎同时蹲下了身子，两双眼睛全都盯住了前方黑黝黝的炮楼轮廓，还有在炮楼顶上来回晃动着的探照灯灯光。

伸手摸了摸河滩地中收割后留下的麦茬，莫天留很有些惋惜地嘀咕起来：“可惜了……这是新割了的麦茬子，要是咱们能早个三五天来，猫着腰就能靠麦子遮掩摸到炮楼跟前！可现在……”

瞪大了眼睛看着前方一大片无遮无挡的麦地，沙邦粹也有些着急地低声应道：“那咋办？咱们再朝着前头走出去最多一里地，鬼子的那探照灯就能照见了咱们。这割了麦的地里光秃秃的，连只兔子都藏不住，咱们要是叫鬼子照见了……天留，你拿个主意？”

抬手一指麦地尽头的几个麦草垛，莫天留压着嗓门哼道：“走不过去，咱们就爬过去！咱们俩身上的衣裳刚在沙土地里滚过，颜色跟麦地里的样子差不多，只要鬼子的探照灯照过来的时候咱们不动，估摸着鬼子也瞧不真切。棒槌，你跟在我身后，我爬你也爬，我停你千万可别动。等咱们爬到了那几处麦垛后边，差不离这活儿就成了一半了！”

眯着眼睛看了看那几个不算是太大的麦草垛，沙邦粹皱着眉头应道：“天留，那几个麦草垛后头可还是麦地，再朝前就是大路了，一样是没有能藏人的地方啊！”

“我上回过三岔湾炮楼的时候，见着鬼子抓壮丁在炮楼前边的庄稼地里横七竖八地挖了不少沟，估摸着是想隔断趁着晚上走庄稼地摸过炮楼做黑买卖的人，可是糟蹋了不少庄稼。可后来听说挖沟的壮丁人数太少，不少沟渠都没挖成，只是刨了不少大大小小的坑。只要咱们摸到了那些个沟渠和大坑里……眼下我跟你说得太细也没用，先爬到那麦草垛再说！”

猫下了腰身，莫天留就像是一只趁着夜色摸进庄稼地里捕食田鼠的狸猫，飞快地朝着远处隐约能看出个轮廓的麦草垛蹿了过去。而在莫天留身后，身形巨大的沙邦粹也有样学样地尽量蜷曲了身子，跟在莫天留身后两三步远近的地方，犹如一头觅食的巨熊般，亦步亦趋地尾随前行。

寻常那些收割过的麦田中留下的麦茬，本该是高低一致，相差仿佛，可靠近三岔湾鬼子炮楼旁的麦田中留下的麦茬，高有半尺、矮贴地皮，显然是收割这些庄稼的农人害怕被鬼子抓壮丁做苦力，只能是趁着夜色草草收割而留下的。才不过在麦田中摸了百十来步远近，走在前头的莫天留已经叫高低不齐的麦茬绊得栽倒了好几次，跟在莫天留身后的沙邦粹更是结结实实地摔了好几个嘴啃泥！

夜深人静时，即使是一声咳嗽也能传出去好几里地，莫天留与沙邦粹两人在麦地里被绊倒的声音，自然也传出去老远。当沙邦粹再一次被一丛半尺高的麦茬绊倒在地时，三岔湾鬼子炮楼上的探照灯猛地一晃，几乎是径直朝着沙邦粹照射过来。

猛地一个回身，莫天留和身扑在了正要挣扎着从地上爬起来的沙邦粹身上，狠狠地将沙邦粹那健硕的身板按得平趴在了地上，贴着沙邦粹的耳朵低声喝道：“千万别动！鬼子的探照灯照过来了！”

几乎是在莫天留将沙邦粹按在地上的一瞬间，鬼子炮楼上探照灯的灯光已经直冲着莫天留与沙邦粹照射过来，顿时将黑漆漆的麦田照成了一片雪亮。或许是因为距离隔得较远，而沙邦粹与莫天留两人身上穿着的衣服也都是沙土的颜色，探照灯的光柱在莫天留与沙邦粹两人身前身后晃悠了半天，却又慢悠悠地转了开去。

轻轻吐出一口憋在胸中的闷气，莫天留才要松开按在沙邦粹身上的巴掌，心中却是猛地一动，急声朝着正要挣扎着起身的沙邦粹低叫道：“棒槌，别动！”

话音刚落，方才慢悠悠移动开去的探照灯光，猛地摇晃着照射在了莫天留与沙邦粹身上，足足停顿了有一锅烟的工夫，方才再次挪了开去。

依旧没挪动身形，莫天留慢慢地扭动着脑袋盯着慢慢挪开的探照灯光，直到那探照灯光再次慢悠悠地晃动着四处照射，这才松开了死死按在沙邦粹身上的巴掌。

用手捂着嘴巴呼出了一口憋闷了许久的浊气，沙邦粹心有余悸地抬头看着远处慢悠悠晃动着的探照灯光，压着嗓门朝半蹲在自己身边的莫天留说道：“天留，你咋知道鬼子的探照灯要杀个回马枪？”

微微晃了晃脑袋，莫天留低声应道：“我也说不明白，就是觉着鬼子明明是听到了咱们俩闹出来的那点动静，这才把探照灯对准了咱们照过来，那就不该胡乱瞧几眼就不搭理了！幸好啊……要是咱俩方才上了鬼子的当，怕是这会儿就得叫机枪打成了马蜂窝！”

伸手一抹额头沁出的冷汗，沙邦粹看着慢慢朝着远处移动的探照灯光，禁不住有些焦急地低叫道：“小鬼子这么鬼精鬼精的，稍微听见点动静就拿着那探照灯乱晃，这麦地里的麦茬又绊脚，咱们俩压根就走不快……天留，再这么耽误下去，怕是队长那儿就得等不及了呀！”

伸手在麦地里摸索着，莫天留像是没听见沙邦粹的话语一般，不仅没朝着麦草垛方向前进，反倒是掉头朝着来路摸索起来。还没等沙邦粹弄明白莫天留究竟想要做些什么，朝回摸索着爬出了十几步远近的莫天留却猛地朝沙邦粹低声吆喝起来：“棒槌，快过来！”

循声爬到了莫天留身边，沙邦粹刚要张嘴朝着莫天留问个究竟，一双手却在麦地里摸到了一条浅浅的凹槽，顿时惊喜地低叫起来：“天留，咱们俩这回可是犯傻犯到一块儿去了——麦地里头有墒沟，咱们怎么早没想到呢？”

伸手在沙邦粹脑袋上一拍，莫天留压根没好气地低叫道：“这是咱俩运气好，刚巧能摸到这两块麦地之间的墒沟！要不然……别废话了，赶紧顺着墒沟爬！”

忙不迭地答应一声，沙邦粹立刻顺着两块麦地之间的墒沟朝前爬去。因为脚下再没了绊脚的麦茬，才不过一碗茶的工夫，莫天留与沙邦粹已经爬到了一处麦草垛后，低声喘息着在麦草垛后坐了下来。

伸手从腰后抽出了一支南部式手枪，莫天留轻轻拉动着枪栓将子弹上膛，这才将那支南部式手枪递给了坐在自己身边的沙邦粹：“拿好了！这里头只有五颗子弹，一会儿你只要听见我手里的花机关打响了，枪声一停你就打一枪！”

顺从地接过了莫天留递过来的南部式手枪，沙邦粹却又伸手拍了拍别在自己腰后的三枚手榴弹：“那这家什呢？啥时候使唤？”

翻手抽出了别在另一侧腰后的德造二十响，莫天留同样将那支德造二十响推弹上膛：“听见我手里这家什响了，你就朝着炮楼扔一颗手榴弹！可千万记着，不管你是开枪还是扔手榴弹，鼓捣完了你立马换地方，可千万别傻乎乎地待在一个地方不动窝！”

“那咱们啥时候撤呀？”

“等你扔掉了第二颗手榴弹，再听见我喊冲锋的时候，你就赶紧跑！顺河走十里的那处浅滩还记得不？”

“记得！小时候咱们俩没少在那儿摸过鱼虾！”

“到那儿会面就成！”

“那我这儿还多出来一颗手榴弹，给你使唤吧？”

“又犯傻了不是？这颗手榴弹是留给你断后用的——万一鬼子追出了炮楼，你就拿着这颗手榴弹炸他们！”

“那鬼子要是追你咋办？”

“这你就别瞎操心了！”

★ 第五十一章 扰敌之计（下）

只是在麦草垛后稍稍喘息片刻，莫天留拽着沙邦粹猛地从麦草垛后蹿了出去，径直冲向了麦草垛后一条灌水浇地的沟渠，再顺着那条已经干涸的沟渠朝三岔湾炮楼附近的麦地中爬了过去。

因为靠近鬼子炮楼，时不时就有被鬼子抓壮丁的危险，鬼子炮楼附近的一大片上好的水浇地都很是欠拾掇，就连留在地里的麦茬也都有一尺来长，显见得是因为摸黑收割时仓促慌忙而导致的模样。

就在那些足有一尺多高的麦茬之间，不少深浅不一的坑洞星罗棋布，还有不少长短参差的壕沟散布其间，生生把一大片上好的水浇麦地弄成了个癞痢头的模样。挖掘坑洞和壕沟时掘出的泥土也没人收拾，全都胡乱堆积在坑洞和壕沟左近，叫人远远一望，都会觉着这是一大片乱坟堆子的模样。

趁着鬼子的探照灯正照射着青蟒河河面的当口儿，莫天留拽着沙邦粹跳出了麦地旁灌水的沟渠，猫着腰一路小跑着跳进了麦地中一条只有一丈多长、齐人肩膀高矮的壕沟里。

佝偻着身板，莫天留双手扒拉着壕沟边缘，只露出一双眼睛打量着麦地周遭的地势，好一会儿才伸手朝蹲在自己身边的沙邦粹肩头一拍：“仔细盯住了那几个高些的土堆子，打一枪就换个地方，可千万别弄错了！”

小心翼翼地伸头看了看麦地中几个较为高大的土堆，沙邦粹很有些莫名其妙地闷声低叫道：“这麦地里那么多壕沟、坑洞，干吗还非得朝着那几个土堆子旁边的壕沟躲？”

很有些恨铁不成钢地踹了沙邦粹一脚，莫天留狠狠地低吼道：“你也不看看你那门神似的身板？浅些的壕沟能藏得下你呀？”

“那你咋知道那几个土堆子后头的壕沟就能藏得下我？”

“挖出来的土越多坑就越深，这道理你都琢磨不明白？你长这么大个脑袋瓜子是干吗用的？摆设？！一会儿你可千万别犯傻，听明白没有？！”

瞪着一双眼睛，莫天留直到看着沙邦粹连连点头，方才轻轻跳出了藏身的壕沟，趴在地上朝着自己方才看准的一处土堆爬了过去。

虽说麦地中的麦子已经收割完毕，但在仓促收割的过程中，不少麦粒和麦穗全都掉落在了地上，白天引得鸟雀啄食，晚上更是逗引了不少田鼠或是野兔之类的前来觅食。才在麦地里爬出去不过两三丈远近，莫天留已经惊得不少在麦地里捡食麦粒的田鼠四散奔逃，撞得那些半尺来长的麦茬不断晃动，发出了一阵阵窸窸窣窣的响声。

似乎是听到了麦地里发出的动静，鬼子炮楼顶部的探照灯猛然朝着莫天留所在的位置移动过来。灯光所过之处，更是惊得那些在麦地中觅食的田鼠、野兔四散奔逃。有好几只田鼠慌不择路，在奔跑中径直撞到了莫天留的脸上，发出了一连串刺耳的尖叫声！

眼见着田鼠、野兔四散奔逃时全都避开了莫天留趴着的位置，操控着探照灯的鬼子顿时对莫天留所在的位置起了疑心，探照灯光柱几乎是不偏不倚地照射到了莫天留的身上。只是片刻工夫之后，显然看清了麦地中趴着个人影的鬼子顿时扯开了嗓门叫嚷起来，原本黑漆漆矗立在夜色中的炮楼射击孔中，也骤然亮起了微弱的灯光！

都没等被探照灯光柱照射得暴露了形迹的莫天留有任何的动作，从沙邦粹藏身的壕沟中，猛地响起了一声霹雳般的大吼：“小鬼子，你家沙爷爷在这儿呢！照沙爷爷我呀……沙爷爷我在这儿呢！”

伴随着那霹雳般的大吼声，从壕沟里跳出来的沙邦粹叉开了双腿，宛如一座铁塔般地站在麦地里，挥舞着手中的那支南部式手枪朝着炮楼上的鬼子不断吼叫着：“朝你沙爷爷这儿看哪！沙爷爷在这儿……今晚上就是来杀你们这些鬼子的啊……”

没有片刻的迟疑，方才还照射在莫天留身上的灯光飞快地移动着，照射到了沙邦粹的身上。或许是被那刺目的灯光照得迷了眼睛，沙邦粹一手遮挡在自己眉前，另一只手中抓着的南部式手枪却猛地举了起来，没头没脑地朝着炮楼的方向开了一枪！

就像是叫锥子扎了屁股一般，莫天留却在这眨眼的瞬间跳起了身子，一边猫着腰朝麦地中一处坑洞扎了过去，一边扯开了嗓门咆哮起来：“棒槌，别傻戳着啊……跑啊……跑出去十步，就朝着身后扔个手榴弹……”

如梦初醒般，被探照灯灯光笼罩着的沙邦粹猛地扭转了身子，亡命朝着方才莫天留指点过的一处土堆冲去。才冲出去不过三五步远近，鬼子炮楼上的射孔中已经喷吐出了机枪射击时迸出的火舌！

干巴巴的机枪射击声中，被子弹激起的烟尘足有三尺来高，几乎就贴着沙邦粹的脚跟移动，就像是一条急于吞噬猎物的巨蟒，在追击着猎物时反复朝着猎物伸出的舌头。要不是沙邦粹身高腿长、跑得异常迅速的缘故，恐怕早已经被机枪子弹撵上击倒！

如飞般奔跑当中，沙邦粹竟然没忘了莫天留的吩咐，一边迈开长腿在麦地里狂奔，一边扯开了嗓门算计着脚步大声数着数字，当数到十个数时，沙邦粹猛地用牙咬住了手榴弹导火索上的小瓷球，用力拽出了拉火绳后，头也不回地将哧哧冒烟的手榴弹朝着身后的麦地中抛去。

轰然而起的爆炸声中，被沙邦粹随手就抛出了十几丈远近的晋造手榴弹只迸出了少得可怜的七八块弹片，但却把土质疏松的麦地炸得尘烟骤起，顿时遮蔽了始终追着沙邦粹照射的探照灯光。借着那团被炸起的烟尘遮掩，疾奔着的沙邦粹猛地一拧身，朝着斜刺里一个颇为高大的土堆撞了过去，几乎是头下脚上地撞进了土堆后足有一人高的壕沟中。

无独有偶，就在沙邦粹跌进了壕沟的同时，刚刚跳进另一处坑洞中的莫天留都来不及喘上一口气，已经举起了手中的花机关，没头没脑地朝着炮楼方向扣动了扳机。

脆亮的花机关射击声中，都没等探照灯灯光朝着莫天留藏身的位置照射，炮楼中操控着机枪的鬼子已经根据莫天留开枪时枪口火焰所暴露的位置掉转了枪口，打出了一连串令老兵听了都会腿软的长点射。

抱着脑袋蹲在了坑洞中，莫天留耳听着头顶上方子弹飞过时发出的尖啸声，几乎是撕扯着嗓门叫嚷起来：“棒槌……棒槌，你还好着吧？”

喊声刚落，从远处已经传来了一声南部式手枪的枪声，沙邦粹扯开了喉咙的叫嚷声也接踵而至：“好着呢！鬼子，你沙爷爷在这儿啊……天留你快跑……”

耳听着沙邦粹的叫嚷声，再听听头顶上子弹飞过的尖啸声，莫天留狠狠一咬牙，几乎是把身子贴着地皮，慢慢从藏身的坑洞里爬了出去。人才从坑洞中爬出来，一只手已经从腰后抽出了那支德造二十响，掉转枪口朝着炮楼方向连开了两枪，这才翻滚着朝附近的另一个土堆溜了过去。

如影随形一般，就在德造二十响手枪的枪声刚落时，一声南部式手枪的枪响也再次响起。而在炮楼上的鬼子一时间也像是被这分别明显的枪声所迷惑，不但探照灯在几个响枪的地方来回乱晃，炮楼上的其他几个射击孔中也开始有三八大盖的枪声响了起来。

瞅了个探照灯灯光划过后的空子，趴在一处土堆后的莫天留端着手中的花机关，再次朝着炮楼方向扣动了扳机。也不知道是不是凑巧，伴随着花机关枪声响起，炮楼方向一直在接连不断响起的机枪射击声猛地停滞下来。隐隐约约地，还能听见炮楼中的鬼子声嘶力竭地吆喝着什么。

默默估算着从第一声枪响到机枪射击声停止的时间，莫天留扭头朝着沙邦粹方才开枪的地方大吼起来："棒槌，跟着我再打两枪就跑！就奔着方才我告诉你那地界去，怎么都别回头，听见了就放一枪！"

话音刚落，一声南部式手枪的枪响已经在黑暗中响了起来。而炮楼上的鬼子隐约吆喝的声音也骤然一停，机枪射击声也在片刻后再次响起，将方才沙邦粹开枪位置上的一处土堆打得烟尘四起！

眯起了眼睛，莫天留端着手中的花机关趴在了一座小土堆后，全神贯注地瞄准了炮楼顶部兀自不停晃动照射着的探照灯，慢慢地扣动了扳机，口中兀自低声自语道："叫你大半夜的胡乱照，老子非得灭了你个祸害不可！"

伴随着花机关那脆亮的枪声响起，鬼子炮楼上的探照灯猛地爆裂开来。也许是被探照灯爆裂的碎片击伤了要害，鬼子炮楼顶上骤然传来了几声凄厉的号叫……

连续几个翻滚，再顺着几个彼此邻近的小土堆爬出去三五丈远近，莫天留伸头看了看每个射击孔都冒出了火舌的鬼子炮楼，很有些得意地举起了手中的花机关，再次瞄准了鬼子炮楼方向："没了那探照灯，黑灯瞎火的我倒看你们能打着什么？老子再给你们添把火……"

才刚要扣动扳机，从莫天留身侧的一座土堆旁，却猛地传来了一个压低了嗓门的吆喝声："天留，别开枪！"

下意识地掉转枪口对准了喊声传来的方向，莫天留低声喝道："谁？"

"我是苟大却！你别开枪，我过来了……"

★ 第五十二章 杯水车薪（上）

虽说有怒不兴兵、夜不行舟的老话警喻，可在水流相对平缓的青蟒河上趁夜泛舟，倒也算不得有太大的凶险阻碍。尤其是在莫天留指引着栗子群避开了青蟒河中最后一处浅滩之后，几乎每一个乘坐着木筏顺水前行的武工队员，都略略放松了几分紧张的心情，彼此间也都开始低声搭话、打趣起来。

怀里抱着被莫天留抢走使唤后的花机关，苟大却一边数算着弹匣中仅存的七八发子弹，一边心疼得连连摇头："败家子啊……当真是败家子啊……一共就五十来发子弹，眨眼的工夫就糟蹋了一半啊……这晋造的花机关，可是叫我上哪儿淘换子弹去呀……"

奋力撑着竹篙，站在木排尾部的沙邦粹看了看苟大却那心疼肉疼的模样，禁不住朝着苟大却安慰着说道："大却哥，你那些子弹可也没白打呀。天留拿着花机关打炮楼里那些鬼子的时候，我可听见鬼子炮楼里有人像是叫打中了，一个劲怪喊怪叫呢！这要是你还觉着不划算，往后打仗的时候，咱们节省着点子弹打就是了。要是我遇见有合适这花机关使唤的子弹，我一准儿都给你留下……"

眼睛一瞪，苟大却几乎要从木排上跳了起来："二十几发子弹打出去，还都不知道是不是真把鬼子打死了，这买卖还不算赔本到家？再说这晋造花机关的子弹，鬼子和那些二鬼子身上都没有，你就是有心替我去寻，又能上哪儿得着去？还有那两颗手榴弹……我都扯开嗓门叫你只管跑了，你干吗还要扔出去一颗？幸亏你扔出去的那两颗手榴弹都是晋造的货色，这要是扔出去一颗鬼子的手榴弹……"

很有些不以为然地摆弄着手中的德造二十响手枪，莫天留随口接应上了苟大却的话茬："大却哥，咱们算计打仗的好处是没错，可不能照着你那法子算计。你想想看，这要是不豁出去几十发子弹和两颗手榴弹，咱们这好几条筏子上的东西可就没法送去小松庄。万一要是叫鬼子发现了咱们，那就是豁出去再多些的本钱，这筏子上的物件还是保不住啊……话说到这儿，我倒是想起来个事情——大却哥，你倒是怎么跟上了我和棒槌，也摸到鬼子炮楼前头去了？"

朝着站在木筏前专心调整着木筏前进方向的栗子群一努嘴，苟大却应声叫道："还不是队长怕你们两个有啥闪失？你们前脚上岸，我后脚跟着就追过去了。还算你们俩聪明，知道顺着墒沟溜到鬼子炮楼前边去，倒是着实省下了不少时间……"

看了看苟大却搁在脚边的一杆三八大盖，莫天留朝着苟大却龇牙笑道："这还幸亏大却哥你去打了接应，要不然……我还真以为鬼子的探照灯是我给打灭的呢。"

"你还好意思提这个？这花机关压根就打不了那么远，你朝着探照灯打出去的那点子弹，十有八九都胡乱飞到别处去了，还不是要靠我这三八大盖……"

话没说完，河道前方的一片临水灌木中，猛地响起了一连串黄鹂鸣叫的声音。站在木筏前方的栗子群只一听那黄鹂鸣叫的动静，顿时喜上眉梢地噘起了嘴唇，朝着临水的灌木丛响亮地吹了声口哨，这才扭头朝着莫天留等人说道：“到地头了，老部队接应咱们的人也都到了！棒槌，加把劲，帮着我把筏子靠岸！”

短促地答应着，沙邦粹弯腰捡起另一根搁在脚边的竹篙，双手同时用力将竹篙戳在了河底，撑着木筏朝河岸边靠去。而在河岸边生着的那些茂密的灌木丛后，几十条黑漆漆的人影也接二连三地站起了身子，默不作声地朝着河岸边奔了过来。

眯着眼睛打量着黑暗中向河边冲来的人影，栗子群轻易便从那些慢慢聚拢到了河边的黑影中认出了熟悉的同志，顿时喜滋滋地朝着其中最先冲到了岸边的黑影低声叫嚷起来：“老费头，你不在你那金銮殿一样的伙房里待着，反倒是舍得出来露脸？怎么着？是给我带了啥稀罕吃食，想着来犒劳我不是？”

大口喘着粗气，被叫作老费头的那条黑影明明听到了栗子群的招呼声，却并没立马回答栗子群的话语，只是朝着栗子群摆了摆手，这才有气无力地朝栗子群低叫道：“小栗子……有吃的没？快给口吃的……”

话没说完，老费头已经一头朝着河水中栽了下去，顿时砸起了一大片水花！

一把将手中握着的竹篙扔出去老远，站在木筏前方的栗子群猛地跃起了身子跳进了齐膝深浅的河水中，伸长了胳膊一把将老费头从水里捞了起来，拖拽着回到了岸边的沙地上。

不等其他人围拢到自己身边，栗子群伸手在老费头肚子上一摸，顿时便拧着眉头低吼起来：“快拿吃的来，再弄个能盛水的家什……”

眼疾手快地从木筏上堆积的物资里抓了顶英式钢盔，莫天留从木筏上跳到河水中时，顺手便用那英式钢盔舀了些河水，双手捧着端到了栗子群身边。而在另一张木筏上站着的钟有田，也从自己怀里摸出了一块杂面硬馍，远远地朝着栗子群扔了过去。

头也不抬地伸手抓住了钟有田扔过来的杂面硬馍，栗子群巴掌一用力，顿时便将那块干透了的杂面硬馍捏成了细碎的疙瘩，丁点不漏地撒落到了莫天留端着的英式钢盔中。

伸手胡乱搅拌了几下掺和着粮食渣的河水，栗子群接过莫天留端着的钢盔，小心翼翼地凑到了老费头的嘴边，慢慢地将钢盔中掺杂了些粮食的河水灌进了老费头的口中。看着老费头下意识地将混合了粮食渣的河水咽了好几口下去，栗子群这才低声闷喝起来：“怎么弄成这样了？我问你们，老费头怎么就能饿成了这样了？！”

仿佛没人听到栗子群的怒声喝问，在一片叫人难耐的静默之中，人群慢慢聚拢到了栗子群身边。其中一个与栗子群比较熟悉的老兵似乎是难耐这令人窒息的沉默，低声朝着给老费头喂着食物的栗子群说道：“老栗子，没法子……不光是老费头，大家伙都这样。实在是找不到粮食，能找着的野菜两天前就挖光了。就我们这些出来接应物资的同志，今天才一人分了半碗野菜汤……就连李司令都喝了两天的清水了……”

猛地抬起了头，栗子群的一双眼睛里几乎都要喷出火来，怒声低吼着应道：“哪怕是李司令断了顿，你们也不能断了老费头一口吃喝！你们有谁不知道，老费头家四个儿子全都参加了革命，全都牺牲在长征路上了？就连李司令，那都是靠着老费头从自己嘴里抠出来的一点青稞才走过了草地……”

在栗子群身边蹲下了身子，那与栗子群相熟的老兵无奈地摇了摇头：“老栗子，别人不知道，你还能不知道？每回部队一断粮，老费头最先封住的就是他自己的嘴！就今天出来接应物资的时候分的那半碗野菜汤，老费头都叫人给伤员端了去，谁劝都不听……”

或许是因为肚子里有了些食物垫底，又或许是因为栗子群与另一名老兵说话的声音惊扰的缘故，半躺在栗子群怀中的老费头慢慢睁开了眼睛，颤抖着抬起了耷拉在地上的胳膊，无力地拍了拍栗子群的膝头：“小栗子，你瞎嚷嚷什么呢？吵得我睡觉都不安生……”

只一听老费头开口说话，栗子群顿时没了脾气，忙不迭地把手中端着的英式钢盔凑近了老费头的嘴边：“老费头，你先别忙着说话，把这点水喝了再说……”

微微咂了咂嘴唇，半躺在栗子群怀中的老费头顿时低笑着摇了摇头：“好你个小栗子，这才几天没见着你面儿，你都知道糊弄我老费头了？我在队伍里干了这些年的火头军，我还能不知道你给我喂的是啥？是苞米面糊糊不是？还是拿干粮加河水糊弄着兑出来的？”

不等栗子群再次开口说话，老费头已经再次朝着栗子群摇了摇头：“小栗子，部队都断粮两天了，连伤员都只能一天喝半碗野菜汤，可是等着你带来的粮食救命哪……你先把我撂一边，让同志们赶紧搬运东西。这说话就天亮了，搬着这些东西走在路上，要是叫鬼子和二鬼子瞧见了，那可就真要招惹上麻烦了……”

看着老费头一脸坚决的模样，栗子群只能重重地点了点头，却又不由分说地将手中端着的英式钢盔塞到了老费头的手中：“老费头，你就踏实地坐在这儿看着我们就成，保管出不了错！这点粮食汤你全都喝了，咱们带来的粮食多着呢，大家都能管饱！”

宽慰地点了点头，老费头也不再多说什么，只是小心翼翼地捧着手中的英式钢盔，小口啜饮着掺和了粮食渣的河水。而其他那些围拢在栗子群与老费头身边的老兵也飞快地四散开来，朝着漂浮在河岸边的木筏上走去。

猛地站起了身子，栗子群看着那些饿得有气无力的老兵，顿时闷声低吼起来：“一个个的都给我回来！两天都没吃东西了，你们还有力气扛着这些东西走路呀？有田，招呼武工队的同志把身上带着的干粮集中起来，给来接应物资的同志们分分。哪怕是不管饱，肚子里总也能有点粮食垫底……”

★ 第五十三章 杯水车薪（下）

虽说每人就吃了一两块核桃大的干粮，可那些前来接应物资的老兵却像是吃了了不得的灵丹妙药一般，一个个全都来了精神，三下五除二地便将几条木筏上运载的物资搬到了岸边，再将几条木筏也都拖到了河岸边的沙地里掩埋起来。

像是守财奴见到了一座金山一般，只是喝了几口粮食渣的老费头像是全然忘记了肚子里还在“咕咕”作响，只顾着一样样清点着从木筏上搬运下来的各种物资，嘴里不停地咕哝着：“这苞米面能熬粥，该是够大家伙儿吃几顿……白面只能给伤号熬点糊糊，一多半还能拿着去换旁的粮食……”

大致数算着在河岸边堆积起来的物资，栗子群慢慢凑到了老费头的身边，伸手将一块拳头大的白面硬馍塞到了老费头的手中，不容置疑地朝着老费头说道：“都吃了！我看着你吃，一点都不许剩下！”

翻来覆去地看着栗子群递到了自己手中的那块白面硬馍，老费头下意识地将那块白面硬馍朝着怀里揣去：“这不刚喝了口带粮食的汤水吗？肚子还饱着，我一会儿……”

眼睛一瞪，栗子群一把抓住了老费头的胳膊：“一会儿这点干粮肯定就得扔大锅里，熬了粥给伤员送去！老费头，这些年下来，我就没见你朝着你自己嘴里搁过丁点的细粮，全都悄没声地喂了伤员！这回说啥也不能听你的了——我就看着你吃，没商量！”

讪讪地低笑着，老费头无可奈何地把那块白面硬馍举到了嘴边，轻轻地咬了一口，一边细细地咀嚼着，一边却又朝着栗子群说道：“小栗子，这回你弄来的这些物资，可当真算是能救命的东西呀！叫大家伙再休息一锅烟的工夫，这就赶紧朝着部队驻地搬运吧？伤员可还等着药治伤，大家伙也都等着粮食充饥呢。我说那边是谁呀？有你这么搬弄药材的吗？”

一把抓住了作势要走的老费头，栗子群眼睛一眨不眨地盯着老费头说道：“今天你不把这块干粮吃到肚子里，我是说死了哪儿都不去，就盯着你了！”

“我说你个小栗子，你怎么就不讲道理呢……”

“没二话——吃！”

盯着老费头把那块白面硬馍吃了个干净，栗子群这才放心地招呼着大家将所有的物资扛到了肩上，跟在了老费头身后，朝着大部队驻扎的营地走去。

离着营地还有五里地远近，走在前面的栗子群就已经看见了在山路边显露出了身形的哨兵，朝着走在前面引路的老费头挥手打着招呼。当栗子群鼻端闻到了一丝丝柴草燃烧的烟味时，走在最前面的老费头终于长出了一口气，扬声朝着几个从隐蔽处显露了身形的哨兵叫道：“赶紧叫伙房的人再开两眼大灶，咱们有粮食了，一壶茶的工夫，准保叫大家伙都能有口吃的下肚！”

眼看着一名哨兵欣喜地转身朝着大部队宿营的山谷中奔去，老费头这才转头朝着栗子群笑道：“小栗子，你就别跟着我去伙房了，赶紧去见见李司令。就你走了的这些天，李司令可是没少念叨你哪！”

“好啊！我也早想着向李司令汇报我这段时间的工作情况……李司令现在在哪儿呢？”

“跟了李司令这么些年，你还不知道他那点老习惯？阵地、伙房、卫生队，这三个地方他哪天都得巡一遍，这才会去指挥所办公！瞧着眼下这时辰，李司令该是在卫生队了……”

微微一点头，栗子群转身招呼着武工队员们按照老费头的要求将物资分送到各处储备，自己却迈开大步，朝着山谷中大部队宿营地里搭建得最好的一处草棚子走去。离着那草棚子还有三五丈远近，一个闷雷般的嗓门已经从草棚子里响了起来：“同志们，你们都是好样的，全都做到了轻伤不下火线，重伤不哭不喊，个顶个都是好汉子！别看咱们现在缺吃少穿，连给大家伙寻点治伤的药材都为难，可这些困难都只是暂时的！只要咱们撒出去的武工队把物资筹集回来，到时候咱们吃饱喝足治好伤，照旧能上战场、打鬼子……”

耳听着那闷雷般的大嗓门在给那些受伤的战士鼓劲打气，栗子群顿时加快了脚步，人还没走进草棚子里，已经亮起了嗓门朝草棚子方向吆喝起来：“报告李司令，清乐县武工队栗子群，奉命回老部队报到！”

也都不等那闷雷般的嗓门回答，栗子群已经撩开了草棚子门口低垂着的门帘，低头钻进了草棚子里，迎着那黑塔般健硕的壮汉一个立正，端端正正地敬了个军礼：“报告李司令，我回来了！给大部队送的物资也都带来了，粮食送去了伙房，枪支弹药也都送去了军械处，给伤病员治伤的药材马上就送到！”

身穿一套满是补丁的旧军装，脚上踏着双麦草打的草鞋，身形魁梧的李家顺习惯性地伸手摸了摸脑袋上那块足有巴掌大的暗红色伤疤，顺势朝着栗子群回了个军礼：

“带了些啥样的粮食、药材和武器回来？”

一挺身板，栗子群很是带着几分炫耀的神色大声朝李家顺应道：“报告李司令，这回来得急，也就给老部队淘换了些苞米面的粗粮，捎带着还给伤病员弄了些白面打牙祭。武器弹药都是一水的三八大盖，子弹也都配上了，足够咱们跟鬼子打几场硬仗！还有药材，那可都是清乐县涂家村好些年积存下来的好药，市面上卖出去都能开出大价钱的！”

满意地点了点头，李家顺脸上总算有了一丝笑意：“当初叫你去清乐县组建武工队，咱们老部队的同志可是跟嫁闺女一样，拿着从自个儿牙缝里省出来的东西给你添置的嫁妆家当！现如今你这新媳妇回门，还知道给娘家带点东西回来，总算咱们娘家人没白心疼你！废话不说了，赶紧带我去看看你弄来的药材，这伤病员同志可都等着用药治伤呢！”

大步走出了伤病员休息的草棚子，李家顺脸上的笑模样顿时不见了踪影，压着嗓门朝栗子群问道：“小栗子，你一共带来了多少物资？你才出去这些天的工夫，哪怕你是财神爷投胎，怕也没攒出来多少家当吧？这回……豁出来你的家底子了？”

脸上同样没了方才的得意模样，栗子群微微点了点头：“除了家里每人一杆枪、十几发子弹，其他的武器弹药全给送回来了！药材想法子弄了一些，勉强还能支应着使唤几天。可粮食……李司令，眼下虽说是刚刚麦收，可今年的雨水不好，收成也算不得丰年，老乡们自己都得算计着才能靠收来的粮食撑到明年麦收，咱们就是想筹粮，也是……”

微微叹了口气，李家顺无奈地伸手拍了拍栗子群的肩头：“难为你个小栗子了！这些天各处武工队都在想法子把弄到手的物资往老部队送，可送来的东西都不算多。还有两支武工队在半路上叫鬼子和二鬼子打了埋伏，东西全损失了还不算，人都搭进去十好几个……”

眼神骤然一凝，栗子群猛地低声叫道：“李司令，要是有其他武工队送物资的同志被鬼子打了埋伏……这地方恐怕也待不长了吧？小鬼子可是贼精贼精的，只要一看各处武工队朝着小松庄方向送物资，那肯定就能琢磨出来咱们老部队就藏在小松庄一带呀……”

“我也知道咱们部队在小松庄旁边待得太久，也该是到了要转移的时候了。可眼下这场面你也见了，眼下咱们说是有一个团的人马，可实打实也不过就是一个营，就算是补充了一些武器弹药，跟鬼子硬拼起来也费劲。咱们手里一点存粮都没有，伤员又这么多，带着伤员根本就走不快，更别提能有地方叫伤员安心养伤了……”

“下一步咱们老部队打算朝哪儿转移？”

“初步打算是走回头路，奔宫南、遂平和清乐三县交界的地方。派出去的侦察员回来报告了，那块地界属于三不管，鬼子和二鬼子也很少去那地方，估摸着能让大部队停留比较长的一段时间，也能让伤员有一段养伤的日子……”

还没等李家顺把话说完，与沙邦粹一起扛着两捆药材走到了草棚子附近的莫天留却猛地接应上了李家顺的话茬：“那地方不能去！”

扭头看了看扛着一捆药材的莫天留，再瞅了瞅身板比自己还要高壮了几分的沙邦粹，李家顺顿时笑眯眯地朝着莫天留开口问道：“这位小同志，为啥那地界不能去呀？”

顺手把自己扛着的药材朝沙邦粹怀里一塞，莫天留一边拍打着身上的尘土草屑，一边大大咧咧地朝着李家顺说道：“你说的那地界我知道，在清乐、宫南、遂平三县，有不少人都管那块地界叫冬不留。甭瞅着这时候那地界满山都是柴草灌木，勉强还能藏着人的模样。可只要再过十来天的工夫，头一场小北风一起，那地方的树叶就能落个精光，山上山下连只兔子都藏不住。再加上那地方缺水，啥庄稼都种不活，周遭压根也没一个村子，就是想就近寻粮食救急也没辙……”

眼看着莫天留说得口沫横飞的模样，李家顺脸上的笑意越发浓厚，和声打断了莫天留的话头：“这还真没瞧出来，你这小同志还是个土地爷，对这冀南地面上的情况这么了解？那要是照着你说……咱们这许多人马，还有伤员，得去哪儿才能寻着个合适驻扎的地方？”

扬扬得意地朝着李家顺一挑眉毛，莫天留嘿嘿坏笑着应道：“地方自然是有的，那就得看这八路军冀南地面上的总瓢把子有没有那胆子了！我说大当家的，老听你说八路军冀南地面上的总瓢把子是个赛张飞一般了不得的猛将，你倒是也给我和棒槌引见引见呀。在这儿空口白牙地跟个伙夫说闲话，能有啥劲头？”

低头看了看自己身上满是补丁的旧军装，再瞧瞧自己脚上那双麦草打的草鞋，李家顺与栗子群对望一眼，两人全都哈哈大笑起来，倒是把莫天留与沙邦粹俩人闹了个丈二金钢摸不着头脑，面面相觑地愣在了当场……

★ 第五十四章　黑虎掏心（上）

“丢人败兴啊……”

耷拉着脑袋，身穿着一套皇协军军装的莫天留扛着一支八成新的晋造三八式步枪，在通往何家大集的大路上走得拖泥带水，一副叫霜打了的茄子模样，嘴里不停地嘀咕着。而在莫天留的身边，同样穿着一身皇协军军装的沙邦粹一手提着一杆晋造三八式步枪，一手却在不停地拉扯着身上那明显小了三分的衣裳，嘴里也同样低声嘀咕着："这二鬼子的衣裳穿着就是别扭……哪儿都不合适……"

斜眼看了看沙邦粹身上穿着的那件皇协军军装，莫天留很是没好气地低声哼道："就你那身板，啥衣裳穿你身上能合适呀？行了……别再瞎撕扯你那衣裳了，这说话的工夫就要到何家大集了，要是叫何家大集护院的枪兵看出来不对劲的地方，你可真就得吃不了兜着走！"

慌不迭地松开了拉扯着衣襟的巴掌，沙邦粹跟着莫天留朝前走了不到一锅烟的工夫，却又很有些不甘心地朝着莫天留问道："天留，打从小松庄出来到现在，我看着你脸色都没好过。到底是啥事闹得你这么不高兴呀？你给我说说？"

扭头看了看走在身后不远处、同样穿着皇协军军装的栗子群，莫天留唉声叹气地摇了摇头："把八路军冀南地面上的总瓢把子认成了伙夫，还当着人家面胡吹了好一阵大气……这还不够丢人的？"

"这能有啥丢人的？咱们本来就不认识人家不是？再说了，那李……李司令不也没怪罪咱们，后来还说你出的这主意好，还一个劲夸你来着。我说天留，旁的事情咱们先搁在一边——就你出的这主意，到底是能不能成啊？"

只一说起莫天留出的主意，方才还蔫头耷脑、一副没精打采模样的莫天留顿时来了精神："咋不成？老人都说过那灯下黑、眼前瞎的故事，我不过就是照着这老人说过的道理琢磨了一回，肯定是能成事！再说了，那李司令不也派人去何家大集查访过了，弄明白了何家大集里只有几十个护院枪兵吗？咱们这满打满算有三百多人马，怎么也能把何家大集拾掇下来吧？"

"可我这心里还是觉着没底……咱们手里满打满算就只有十几套二鬼子的衣裳，照着队长的说法，咱们这十几个人在混进何家大集寨门之后，立马就得想法子抢下何家大集的寨门，这才能叫后头跟上来的弟兄们冲进来！尤其是咱们还不能打枪，要不然惊得何家大集里做买卖的生意人跑出去几个走漏了消息，咱们这许多人马要藏在何家大集的事情可就走漏了风声了……"

"所以咱们这十几号穿着二鬼子衣裳的兄弟，个顶个都是身上带着点功夫的人哪！你回头瞧瞧——那些个脸生的兄弟不算，光咱们武工队里头的钟有田、孟满仓和大当家的，跟人动起手来一个都能打好几个！放心吧，错不了……"

"他们一个能打好几个，我也有两把子力气，勉强也能凑个数……天留，我可记得你跟人动手，从来都是抽冷子、下黑手，可没见你跟人当面锣、对面鼓地厮拼过呀……”

“可我旁的本事，你们能有？钟有田、孟满仓加大当家的全是外路人，到了何家大集门前一开口，立马就能叫人听出来破绽。你个傻棒槌倒是本乡本土的人，可你这笨嘴拙腮、三棒子打不出来个响屁的主儿，你倒是也能诈开了寨门？”

就在莫天留与沙邦粹两人边走边嘀咕的当口儿，从大路边的一个看庄稼的破草棚子里，有几天工夫没见着的野戏子猛地冒了出来，迎着莫天留与沙邦粹嘿嘿低笑道：“来了呀？从小松庄着急忙慌赶回茶碗寨，再从茶碗寨马不停蹄直奔何家大集，这几天工夫，怕是你们脚底下就没停过吧？”

朝着野戏子点头打了个招呼，莫天留与沙邦粹赶紧停下了脚步，回头看向了走在身后的栗子群。而在看到了从破草棚子里钻出来的野戏子时，栗子群也是朝前紧跑了几步，迎着满脸堆笑的野戏子低声问道：“大部队都到了？”

回手朝着何家大集方向一指，野戏子低声朝小跑到自己面前的栗子群应道：“天不亮的工夫就到了，眼下大部分人马在何家大集外边隐蔽，伤员也都集中起来护着了。除了调派到你清乐县武工队里的那些好手，侦察排里还有一个班的人马，挑着柴火、粮食，一早就进了何家大集。只要你们一抢下寨门，他们立马就封住何家大集里何财主的宅子，保管一个都别想跑了！”

“今天何家大集里有多少护院枪兵？”

“跟天留汇报的情况差不多。自打上回鬼子偷袭涂家村的行动失败，退回何家大集之后，清乐县皇协军治安大队的白癞子不知道拿捏了何家大少爷何龅牙啥把柄，硬生生从何家大集护院枪兵里卷走了不少人，说是要填补皇协军战损士兵的人头亏空，连那些护院枪兵的枪也都裹走了。眼下何家大集里就五十来号护院枪兵，一天三拨、每拨十来个人地把守着寨门，连巡寨墙都腾挪不出人手来。不过……他们有一挺机枪！”

眉头一皱，栗子群顿时低声应道：“何家大集里有机枪？这可不是他何财主花钱就能买得来的玩意啊。是他那当翻译官的儿子给他弄来的？”

微微一点头，野戏子飞快地答应着：“估摸着是何龅牙担心何家大集的护院枪兵人数太少，怕压不住场面，不知道使了啥办法，从二鬼子那儿弄来了一挺机枪。得着了机枪的那天，还专门叫人抬着那挺机枪在何家大集里转悠了好几圈，打的就是个镇场面立威的主意！”

“那机枪现在在哪儿？”

“叫何财主当宝贝似的收着了，我昨天进了何家大集侦查，亲眼看见那挺机枪就架在何财主家宅子的影壁墙前边，枪口正对着大门呢！”

皱着眉头，栗子群沉吟着低声说道：“要是这样的话……怕是钻进了何家大集的那些侦察排的同志，就该为难了啊……万一要是咱们抢寨门的时候闹出了动静，何财主关上门自保倒也不怕。可要是他们仗着有机枪，几十个人朝着外边冲……侦察排的同志随身带着的，可都是短家伙吧？这怕是唬不住那些个护院枪兵啊……”

正自踌躇间，凑到了栗子群身边的莫天留上下打量着沙邦粹，猛地开口朝栗子群说道：“大当家的，我倒是有个法子……”

带着几分探究的神色，栗子群看着莫天留那骨碌碌乱转着的眼珠子，低声朝莫天留笑道：“天留，你又琢磨出啥法子来了？”

把歪斜着扣在脑袋上的皇协军军帽一摘，莫天留一边拿着那顶军帽扇着风，一边朝着栗子群说道：“大当家的，既然咱们大队人马都埋伏在何家大集外边了，那凭着咱们大队人马硬攻何家大集，该是手拿把掐的事情了吧？”

略一点头，栗子群却又微微摇了摇头：“要是强攻何家大集，就凭着咱们老部队这些同志的战斗力，估摸着一壶茶的工夫就能攻下何家大集的寨墙。可只要一响枪，这方圆几里的住家就全能听见枪声。只要有一个嘴不严实，把消息给传了出去，咱们大部队在何家大集休整、筹集物资的计划，可就全都得落空了！”

“既然不能响枪，那咱们就不开枪呗！大当家的，眼下咱们打的是穿着二鬼子的军装抢下寨门的主意，可咱们是不是也能穿着二鬼子的军装，先抢下何财主的宅子？”

“……天留，说说你具体的想法。”

“咱们先不抢寨门，进了何家大集之后直奔何财主的宅子，先把他那宅子抢下来再说！到时候咱们手里有了那机枪，捎带手地再把何财主家养着的那些护院的枪兵拾掇下来，还怕那些个傻呵呵守在寨墙上的枪兵？”

咂了咂嘴唇，站在莫天留身边的野戏子犹豫片刻，方才迟疑着低声说道：“这法子……听着还有几分可行，不过何财主能那么轻易地就让咱们混进他的宅子？我在何家大集侦查的时候了解过，上回鬼子和二鬼子在何家大集驻扎了一晚上，何财主都没叫二鬼子的几个军官进他的宅门，显见得就是防着二鬼子呢……”

嘿嘿坏笑着，莫天留伸手在沙邦粹背上一拍：“寻常时节要进何财主家的宅门倒是不易，可咱们不是有棒槌在吗？大当家的，我敢打包票——只要棒槌全都听我的，咱们肯定就能进了何财主家的宅门！”

盯着眉飞色舞的莫天留，栗子群思忖片刻，沉声朝莫天留问道：“天留，这回的行动可不光是咱们武工队小打小闹，这可关系到咱们大部队几百号人能不能吃上饭，伤员能不能有地方养伤，可千万不能出娄子呀……”

“大当家的，只要你能叫埋伏在何家大集外头的兄弟们堵住何家大集的寨门，我这法子就一准不会出错！”

★ 第五十五章 黑虎掏心（中）

歪戴着一顶皇协军军帽，背在身上的晋造三八式步枪也歪歪斜斜地挂到了肩头，嘴里哼哼着七荤八素的酸曲，莫天留在远远瞧见了何家大集的寨门时，更是拖沓着脚步，歪歪斜斜地朝着寨门方向撞了过去，叫人一看就是走了远路的人，好容易瞧见了歇脚之处时的疲惫模样。

而在莫天留身后，同样打扮成了盔歪甲斜模样的钟有田、孟满仓两人有气无力地横端着晋造三八式步枪，押解着被反绑了双手的沙邦粹一步三停地顺着大路挪动。或许是觉着沙邦粹走得实在太慢，钟有田与孟满仓两人时不时地用枪托在沙邦粹后背上打砸着，嘴里也不干不净地叫骂不休。

尾随在扎堆走在了一起的钟有田后边，一副老兵油子模样的栗子群和其他装扮成了皇协军士兵的武工队员散漫地挪动着脚步，有几个嘴里还叼着烟卷吞云吐雾，全然没有一点军伍行中人应有的模样。

像是因为看到了有人携带着武器朝着何家大集走来，看守在寨门上的何家大集护院枪兵顿时吆喝着关上了寨门。从寨墙上留着的几个垛口后边，几支步枪的枪管也飞快地伸了出来……

很有些心虚地看着飞快关上了的寨门，被五花大绑着的沙邦粹禁不住压着嗓门朝走在最前面的莫天留叫道：“天留，你那主意到底成不成呀？何家大集的寨门可是关上了呀……”

略微放慢了脚步，莫天留头也不回地应道：“寨门关上就不能再打开了？一会儿到了寨门前，你们都别说话，让我来就成！”

朝前紧走了几步，栗子群不露声色地与莫天留走了个并肩，一边打量着何家大集寨墙上的几个探头探脑朝着自己这边张望的护院枪兵，一边低声朝莫天留说道：“天留，咱们抢占何家大集的作战计划既然已经定下来了，那你就不用多琢磨旁的，照着咱们方才商量好的法子办就成！办成了，不光咱们清乐县武工队，就是冀南军分区李司令那儿，功劳簿上也得好好给你记上一笔！万一要是出了啥意外的情况……我给你兜着！”

很有些意外地扭头看了看走在自己身边的栗子群，莫天留禁不住低声朝栗子群回应道：“大当家的，这有便宜归我，背黑锅归你的事情，我莫天留可干不出来……”

话音未落，走在莫天留身后的沙邦粹却猛地接上了话茬：“这事情你就没少干！从小到大，哪回都是你偷驴、我拔橛，好处全是你得着，挨揍都是我受着！就这回咱们打何家大集，你不也给我弄了个五花大绑的活儿……”

哄然而起的低笑声中，面红耳赤的莫天留禁不住回头狠狠瞪了沙邦粹一眼：“就你个傻棒槌的样儿，给你我干的这活计，你能成？赶紧给我闭上嘴，说话就到了寨门前了！”

离着何家大集寨门还有好几丈远近，走在最前面的莫天留与栗子群俩人便停下了脚步，仰脸朝着寨墙上小心翼翼观望着自己的护院枪兵打量起来，全然是一副惫懒兵痞的模样。而走在后边的钟有田等人在走到了莫天留与栗子群身边后，也全都拄着手中的晋造三八式步枪，一个个歪眉斜眼地朝着寨墙上那些护院枪兵望了过去。

小心翼翼地打量着莫天留等人身上穿着的皇协军军装，把守在寨门门楼上的护院枪兵中，也不知是谁耐不住这诡异的寂静感觉，颤抖着嗓门叫嚷起来：“门外边来的是哪路的……老总？到我何家大集有……有啥贵干？”

低头朝着地上吐了口唾沫，莫天留懒洋洋地再次仰起了头，朝着寨门门楼上吊着嗓门叫道：“要说话就把脸露出来！藏垛口口头瞎叫唤，我知道是跟个什么东西在掰扯呢？”

耳听着莫天留很是带着几分蛮横无赖口气的话语，藏在垛口后开口说话的护院枪兵犹豫了好一会儿，方才扒着垛口探出了头来，朝着莫天留尴尬地笑道：“这位老总，不知你是……”

乜斜着眼睛，仰着脸看向寨墙上的莫天留不等那搭话的护院枪兵把话说完，已经毫不客气地打断了那护院枪兵的话头：“人都说是贵人多忘事、狗眼看人低，我就不知道何家大集这些个护院的是犯了哪条毛病？老子们上回替何财主家卖命去打涂家村，才在何家大集住过一晚上。这才几天的工夫，何家大集就没人认得老子了是吧？”

只一听莫天留说出前些天在何家大集驻扎过的事情，再仔细看看莫天留身上穿着的皇协军军装，那开口搭话的护院枪兵顿时便信了三分，讪笑着朝莫天留应道：“哎呀……原来老总是白队长的部下……”

伸手朝着那搭话的护院枪兵一指，莫天留再次打断了那护院枪兵的话茬：“知道老子们是打清乐县城来的，还不打开了寨门请老子们进去？上回替你们老何家扛活卖命，咱们一个大子儿好处都没得着，还白白折损了不少弟兄！这要不是看在何翻译的面子，还有那些个从何家大集出去参加皇协军的弟兄们面上，老子们今天就不该来你何家大集再替你们出这趟苦差！赶紧开门，把人犯交到了何财主手里，老子们也就算是交了差！剩下的事情，到时候你们自己去跟何翻译掰扯去！”

“大少爷要回何家大集？”

“废话！他不来，老子们跑这一趟的辛苦钱找谁要去？也不知道何翻译哪来的那么大本事，居然能哄得日本人都听他的主意，要再打一回涂家村！这不是……连上回打涂家村的时候，给涂家村那些个土包子通风报信的奸细都给抓了来！”

“这人是奸细？”

“还不光他一个奸细！来的时候何翻译审过这奸细，他说在何财主家里还有个奸细，跟他是一伙儿的！”

“这么大的事情，我家大少爷怎么没跟着诸位老总一块来？”

“嗬……你一个看家护院的，琢磨得还挺多？这事情你问不着我，是何翻译交代我们押着这奸细先走了一步，只要我们几个把何财主家宅子里的那奸细抓出来了之后回头报信，何翻译立马就带着大队人马回何家大集！赶紧开门，老子们走了这一路，早就乏透了……”

都没等那从垛口后探头出来搭话的护院枪兵琢磨几句，腰眼上被钟有田狠狠掐了一把的傻棒槌猛地横着膀子撞开了站在自己身边的孟满仓，一边朝着寨门旁的野地里跑去，一边扯开嗓门吼叫起来：“老马头，你快跑啊……老马头……逃命呀……”

耳听着傻棒槌那暴雷般的吼叫声，被撞了个趔趄的孟满仓与钟有田立马端着手中的晋造三八式步枪，大步朝着胡乱奔跑着的沙邦粹追了过去。而在寨门前，方才还一脸惫懒模样的莫天留更是跳着脚大叫起来：“还不开门？这大晌午的，又不逢集，牛叫一声都能传出去二里地！要是叫何家宅子里的奸细听见了这家伙嚷嚷，肯定拔腿就朝着涂家村溜！到时候何翻译再打涂家村的主意，可就得再落空了呀……”

眼见着寨门前转眼就乱成了一锅粥的场面，再瞧瞧好不容易把沙邦粹按在了地上的钟有田与孟满仓气喘吁吁地拽着沙邦粹站起了身子，站在垛口后的护院枪兵顿时一迭声地叫嚷起来：“开门！快开门，再去个人领着这些位长官朝宅子里去……”

伴随着刺耳的门轴转动声，站在大门前的莫天留反倒没急着朝缓缓开启的大门里闯，反倒是仰着脸朝那些站在垛口后探头探脑的护院枪兵叫道：“一个个的都打起精神，一只苍蝇都不能叫它从寨门飞出去！除了这儿，还有旁的能从何家大集出去的路没有？”

下意识地点了点头，趴在垛口上的那名护院枪兵忙不迭地答应道：“还有个暗门！不过不打紧，那暗门在何家宅子里，只有东家和大少爷知道暗门在哪儿，旁人不知道！”

带着几分惊讶地与栗子群对望一眼，莫天留低声朝栗子群急促地说道：“大当家的，这猛不盯又冒出来个暗门，咱们方才商量的路数得改改了！”

同样压低了嗓门，栗子群也是急声应道：“咱们得用最快的速度赶到何家宅子里，还必须要先抓住了何财主才行！要不然他从暗门一跑，咱们的行动可就算是砸了！”

“那我和有田哥、满仓哥带着棒槌先奔何家的宅子，大当家的，你带着其他的弟兄缓一步，先寻着那些已经混进何家大集的弟兄，叫他们千万别着急动手！”

看着栗子群点头答应，莫天留一边招呼着钟有田等人朝着大开着的寨门内走去，一边扯开嗓门朝着几个站在寨门后的护院枪兵叫嚷起来：“还一个个傻愣着干啥？还不赶紧带路去何翻译家的宅子？这要是真跑了奸细，你们一个个可全都得吃不了兜着走！”

★　第五十六章　黑虎掏心（下）

跟在几个带路的护院枪兵身后，莫天留与装模作样押解着沙邦粹的钟有田、孟满仓跑得飞快，嘴里兀自叫嚷不休：“再快着些！老子们走了这老远的路把这奸细押解了来，就是为了要抓住何家宅子里的奸细，可千万不能叫他偷跑了……”

慌慌张张地跑在了前头，一个护院枪兵一边朝前狂奔，一边随口接应着莫天留的吆喝声：“老总放心……眼下宅子里有三十多号弟兄守着，只要咱们堵住了大门，那就不怕奸细跑了！”

几乎是全然不被人察觉地，原本跟在了莫天留身后奔跑着的栗子群等人，此时却悄没声地两人一组朝着街道两旁的小巷中钻了进去。当他们再从那些小巷中钻出来时，身后全都跟着一个或是两个挑着柴火或是粮食挑子的壮棒汉子，闷声不吭地紧跟在了越拖越长的队伍后面。

当位于何家大集中心的何家宅子已然在望时，跑在前头带路的几个护院枪兵看着宅门前四个杵着大枪闲聊的同伴，顿时便松了一口气，连脚步都不自觉地慢了下来。其中一个护院枪兵更是扭头朝着紧跟在自己身后的莫天留说道：“老总，瞧着宅门前的这架势，怕是还没人得着你们押着奸细来了何家大集的消息。一会儿咱们封了宅门，不怕宅子里那奸细能跑上天去。”

仔细看了看何家宅子门前不远处两个把柴火挑子搁在身边、正坐在街边歇息的壮棒汉子，莫天留顿时亮开了嗓门吆喝起来：“奸细跑不了就好！咱们皇协军里的老栗子，那可是积年抓奸细的好手！只要他在，旁人都不必动手，那事情都能办成……”

耳听着莫天留那脆亮着嗓门的吆喝声，那两个看见了大队人马朝着何家宅子撞来、正要从街边石阶上站起身子的壮棒汉子，顿时又重新坐了下去，一双手也都伸到了捆扎得很是结实的柴火捆上拾掇起来……

回头看了看走在自己身后不远处的栗子群，再瞧瞧栗子群朝着自己微微点头的模样，莫天留顿时放下心来，跟在了几个护院枪兵的身后，朝着何家宅子的大门口走去。也都不等那几个守在宅门前的护院枪兵开口询问，莫天留已经扯开嗓门吆喝起来：“封住了大门，谁都不许出去！老子们可是奉了何翻译的命令，来何家宅子里抓奸细、护卫老太爷来了！”

任由几个带路前往何家宅子的护院枪兵与看守宅门的同伴解释事情由来，莫天留与所有装扮成了皇协军模样的武工队员夺门而入，直冲着大门后影壁墙前方架着的机枪撞了过去。都没等两个坐在机枪后边闲聊的护院枪兵回过神来，莫天留已经一把拽起了一名护院枪兵，趾高气扬地朝着那还没闹明白是怎么回事的护院枪兵叫道：“赶紧带我们去见何老太爷，有紧急军务！何老太爷在什么地方？还有你……也跟着一块去！”

几乎没有给那两名看守着机枪的护院枪兵留下片刻琢磨的工夫，莫天留与钟有田已经一人拽着一个护院枪兵绕过了影壁墙，直奔着何家宅子中的大院走去，口中兀自追问不休：“何家老太爷住哪屋？”

被连拉带拽地撞进了何家宅子的院落中，再被莫天留那车轱辘问话闹得头昏脑涨，两个原本看守着机枪的护院枪兵下意识般异口同声地答道：“老爷现在在后院……”

“还有谁在老爷身边呢？”

“早上倒是见着管家拿着个账册去寻老爷说话了！宅子里的规矩，老爷跟管家算账的时候，身边不能有旁人……”

“其他的护院枪兵在哪儿？”

“偏院里待着呢。这些天人手少，老爷不许我们歇班的时候出去逛，全都闷偏院睡觉……老总，你问这干吗？”

扭头看了看身后空荡荡的院落，莫天留猛地低声怪笑起来：“不问明白了，一会儿老子们可怎么好下手？棒槌，别装了！”

双臂微微一晃，原本看着像是被五花大绑了的沙邦粹毫不费力地挣开了绳索，两只蒲扇般的巴掌一握一捏，轻轻巧巧地便将那两个还没闹明白是怎么回事的护院枪兵捏着脖子提了起来。

看也不看那两个被沙邦粹捏着脖子、提得双脚离地的护院枪兵胡乱踢腾的模样，莫天留与钟有田飞快地摘下了那两个护院枪兵身上背着的子弹袋，再把那两个护院枪兵插在腰后的刺刀也摘了下来，这才朝着沙邦粹一点头：“搁下来吧，先别真捏死了！”

微微一点头，沙邦粹顺从地按照莫天留的吩咐，将那两个护院枪兵扔到了地上。看着那两个护院枪兵捂着脖子玩命咳嗽喘息的模样，莫天留飞快地弯下了腰身，朝着那两个虾米般蜷曲在地上的护院枪兵低声喝道：“不想死的就老实在前头带路，敢有一点花样，立马捏死了你们！”

眼看着沙邦粹伸开巴掌要来拿捏自己的脖子，两个在地上咳嗽不休的护院枪兵顿时挣扎着爬起了身子，一边剧烈地咳嗽喘息着，一边忙不迭地领着莫天留等人绕过了前院的屋子，径直冲着安静的后院走去。

也许是为了附庸风雅，何家宅子的后院里居然还挖了个算不得太大的池塘。在几处种着花草的地方，几块嶙峋山石赫然耸立着，倒是勉强替这北地宅院添了三分清雅之意。

顺着用青石板铺出来的平坦小路走了不过一锅烟的工夫，两个好容易止住了咳嗽的护院枪兵齐齐停下了脚步，怯怯地伸手指向了一处门窗紧闭的屋子：“老总……好汉爷，老爷和管家都在那屋里呢。我们都是替人卖命换饭吃的苦哈哈，您就高抬贵手……”

不等那俩护院枪兵把话说完，莫天留已经再次朝着沙邦粹使了个眼色，自己却疾步冲到了那座屋子的门前，一脚踹开了紧闭的房门！

门栓被踹断的爆响声中，正坐在屋里对着账本算计银钱的何财主与管家全都惊得跳了起来，瞪大了眼睛看着站在屋门口的莫天留。而在莫天留的身后，再次将两个护院枪兵捏着脖子提到了手中的沙邦粹，更是叫何财主与管家心惊胆战。

嘿嘿怪笑着，莫天留大大咧咧地迈步走进了屋子里，伸手便从桌上抓过了一碗温热的茶水喝了个干净，这才将茶碗朝着桌上一扔：“何老爷？”

上下打量着莫天留身上穿着的皇协军军装，何财主犹豫片刻，方才朝着莫天留拱了拱手：“这位……长官，不知……”

朝着满脸惊疑神色的何财主一摆手，莫天留一屁股坐到了桌子上：“何老爷，你就不用多琢磨了！我们兄弟不是二鬼子，别打那套近乎的冤枉主意！明白话告诉你——我们兄弟今天来，是要找你何财主借几样东西！”

只一听莫天留说出自己并不是皇协军，站在一旁的管家却是猛然接口应道：“这位兄弟，听你话音里的意思，你也是在外头走江湖、吃八方的好汉？这老话说得好，‘未晚先投宿、鸡鸣早看天，过山先问土地、行船要敬龙王。’想要伸手发财，那更是得摸准了这手是伸到了什么人的面前！你……”

毫不在意地抓起了桌上的茶壶，莫天留对着茶壶壶嘴猛喝了几口水，这才打断了管家的絮叨：“别扯那些个没用的江湖春典、码头规矩，你不就是想说何老爷家的少爷，现如今在清乐县城里给鬼子当翻译官吗？怎么着，想拿鬼子吓唬我们？不怕明白告诉你——上回何龅牙叫鬼子和二鬼子从何家大集出发偷袭涂家村，就是叫咱们兄弟半道上打了个人仰马翻！”

狠狠瞪了一眼面露惊惧神色的管家，何财主慌忙朝着莫天留抱拳说道：“哎呀……这么说来，是犬子无知，冲撞了各位好汉爷了！我这里先给诸位好汉爷赔个不是，诸位好汉爷要打要罚，我何家都老实接应下来，只求诸位好汉爷熄了心头火气……万事好商量，都好商量啊……”

朝着门外提着那两名护院枪兵的沙邦粹一摆手，莫天留指了指被沙邦粹再次扔到了地上的护院枪兵：“旁的闲话先不说了，让管家跟着我这些兄弟去偏院，把所有护院枪兵全都叫到前院等着！就说……就说是你何老爷体恤他们护院辛苦，每人发一块大洋的辛苦钱！”

“都听好汉爷的！管家，你还不……”

没等何财主把话说完，莫天留却猛地伸手从腰后摸出了一把刺刀，轻飘飘地搁到了何财主的脖颈一侧：“何老爷，我再给你交代个实底——你这何家大集的寨门，已经叫我们兄弟给封住了，保管一只苍蝇都飞不出去！就连你何家宅子里的暗门那头，也都有我们兄弟看着！一会儿你这管家要是敢胡说八道……我这人可胆小，到时候你那些护院枪兵要是一闹腾，我可就会害怕！我一害怕，我这手就哆嗦……”

感觉着锋利的刺刀刀刃在脖子上缓缓移动时的刺痛，何财主顿时哭丧着脸朝管家叫嚷起来：“管家，你可千万别闹什么玄虚，一切都听诸位好汉爷的吩咐！千万不敢胡来呀……”

★ 第五十七章　蛛丝马迹

扒着自家铺面的木头柜台，买卖开在何家大集寨门口左近的小饭馆伙计盯着又一队赶着大车走进寨门的护院枪兵，很有些奇怪地嘀咕起来：“今天这到底是啥日子……何老爷家的护院枪兵打从晌午就一队队地朝外走，还都赶着好几辆带着黑布车棚的大车。这平时要是不朝着何老爷家宅子里运啥细货，可也从来都见不着这样的大车出来呀……”

站在柜台后有一下没一下地扒拉着算盘珠子，小饭馆掌柜的看了看那些生面孔的护院枪兵，无奈地摇着头叹了口气：“这还能是啥日子？这肯定就是何老爷家瞧着原来的护院枪兵叫裹去了清乐县城，怕自己家宅不稳，这又重新招了护院枪兵呗！”

好奇地盯着那些缓缓驶向何家宅子、严严实实覆盖着篷布的大车，小饭馆伙计不禁讶然低叫道：“又招了护院枪兵？人在哪儿呢？”

头也不抬地朝着渐渐驶远的大车一指，小饭馆掌柜叹息着应道：“连人带家什，估摸着都在那些大车里边藏着呢！这何老爷刚叫人裹了不少护院枪兵去当了皇协军，自然是更能明白财不露白的道理，现在招的护院枪兵，也都是藏着掖着地进了宅子！瞧着吧……不出三天，这新招来看守寨门、巡视寨墙的护院枪兵，就该慢慢冒头了！”

“掌柜的，你咋琢磨出来这些事的？”

“这不明摆着的吗？大车出去的时候，拉车的骡子都走得轻快，可回来的时候，全都绷紧了脖子朝前使劲……”

“掌柜的，你这本事可真神了，瞧一眼就能看出来旁人想不着的东西，你也把这本事教教我呗？”

“这本事没法教！等你在这乱成了一锅粥的世道里活到了我这把年纪，自然也就明白了……行了，也别在这儿多说废话了，干活去！这些天嘴上多个把门的，没事别瞎胡说……”

与小饭馆掌柜几乎一样，在何家大集里做买卖的铺面当中，有不少人陆陆续续都瞧出来了何家宅子里猛地多出来了不少生面孔，而往日里那些熟脸的护院枪兵偶尔在街上露面的时候，身边也都有好几个生脸的护院枪兵陪着，一个个全都是一副没精打采的模样。见着了那些铺面掌柜、伙计上来打招呼、套近乎，也全都爱搭不理。

反倒是那些生面孔的护院枪兵，见了人都是不笑不说话，上何家大集的粮店、药号采买些粮食、药品，也都不像往常那些护院枪兵买东西的时候那样生占硬讹地要好处。虽说开口说话时口音多少有些难懂，可就这样乱成了一锅粥的世道，扛枪的人还肯讲道理，那已经算是老天爷开眼的好事了啊，谁还乐意去问这些扛枪的人物是打哪儿来的神仙……

唯一叫何家大集各路商铺觉着不方便的，就是何家大集的寨门处多了十好几号生面孔的护院枪兵。撞见了那些挑着各样货物进何家大集贩卖的人物，这些生面孔的护院枪兵倒是并不如何盘查，反倒是对在何家大集有铺面的常驻商户伙计，盘查得格外仔细。不说明白要离开何家大集办些啥事，顿时就要被打了回票，倒是着实叫不少商铺掌柜把那笨嘴拙腮的办事伙计骂了个狗血淋头！

蹲在寨门上的垛口后边，怀里抱着一杆晋造三八式步枪的莫天留看着寨门中来来往往的人流，很有些得意地长舒了口气："只要仔细盘查，不叫何财主派人出去通风报信，估摸着咱们就能在何家大集里舒舒服服待上一阵子了……"

同样抱着一杆晋造三八式步枪，站在莫天留身边的栗子群一边眺望着何家大集外道路尽头的动静，一边微微点了点头："天留，这回还真该记你个头功！咱们大部队的伤号能安顿下来养伤，又能吃饱饭、用上药，这才几天的工夫，好些重伤号都能吃得下干饭了，伤势一天比一天见好！通过咱们这些天的宣传教育，何财主家原本的护院枪兵里，也有好几个思想觉悟有所提高，加入了咱们八路军，咱们队伍的力量，也更加壮大了啊……"

低头看了看几个刚加入了八路军的护院枪兵，莫天留很有些不以为然地摇了摇头："就这样的稀松软蛋，听见棒槌一声吼就有好几个吓得尿了裤子，怕是收到八路的绺子里都派不上用场……再说了，人多、枪多是好事，可这花销、嚼裹也跟着多起来了！这才几天的工夫，何家大集里两处粮店里存着的那点粮食差不多就叫咱们买光了，今年的粮食收成不好，估摸着新麦子也收不上来多少……大当家的，咱们可是才吃了几天饱饭，到时候又饿肚子？"

不等栗子群开口答话，莫天留已经摇晃着腰背站起了身子："大当家的，这些天你跟李司令不断篇地跟我说什么纪律、规矩，就是不叫我朝着何财主下狠手逼问！可要是咱们不狠着点儿，那何财主能老老实实说出来他家那两处藏粮食的暗仓在啥地方？还有那处暗门……何财主也不知道是从哪儿看出来咱们并不知道暗门在哪儿，现在是打死也不说，问急了他就装疯卖傻地撞墙寻死……"

扭头看看站在自己身边的莫天留，栗子群和声笑道："咱们八路军的队伍，从来都有纪律管着，对敌斗争也都有政策，不能由着性子来！要说筹不着粮食、弹药和经费，我也着急，李司令更着急，可是……"

"可是什么呀？反正那何财主也不是什么好人，就凭着他那儿子给日本人当翻译，还领着鬼子和二鬼子祸害乡亲，一枪崩了他何财主都不冤枉！我说大当家的，眼下咱们虽说是寻着了能落脚的地方，可到底能在何家大集待多久，谁也说不准！万一要是明天就有鬼子来了何家大集，咱们是就在何家大集跟鬼子拼到底呢，还是想办法朝别处跑？要是咱们还得接着跑，那到时候可又是个肚里没粮食、枪里没子弹的场面。再要想寻个何家大集这样的地方，可就难了……”

虽说知道莫天留说的都是实情，但栗子群依旧没有松口答应莫天留话中带着的、要对何财主下狠手的要求。抬头看了看一队前来寨门前换岗的战士，栗子群伸手拍了拍莫天留的肩膀：“这事情咱们再商量，总能想法子拿出个解决的办法！换岗的同志已经来了，你先回何家宅子里休息……”

“那大当家的你呢？你可是昨天半夜就到了寨门口守着了，连着站了两班岗，你还不乏？”

“我这都上了岁数的人了，瞌睡少，能顶得住！你赶紧回去歇着吧……”

看着栗子群坚持要再站一班岗的架势，莫天留微微一点头，顺着寨门后的石阶走到了寨门后，径直朝着何家宅子走去。才走出去没多远，身后却猛地传来了沙邦粹那闷雷般的吆喝声：“天留，你等等我……”

扭头看了看朝着自己疾奔而来的沙邦粹，再仔细瞧瞧沙邦粹身上那件怎么看都不合适的皇协军军装，莫天留禁不住哑然失笑：“棒槌，你就不能想法子淘换一件合适点的衣裳？”

很有些委屈地跑到了莫天留身边，沙邦粹一边拉扯着明显短小了不少的皇协军军装，一边无奈地应道：“我也没法子呀……你知道我身量大，那就是穿上从何财主家翻出来的长袍，身上倒是勉强合适了，可脚底下还是短了一截！再说了，队长不是说了吗——咱们是八路军的队伍，一切缴获要归公，不能自个儿拿着啥就占着啥。我要是穿着何财主的长袍出来，那还不得挨队长说呀？何家大集的乡亲也得以为咱们就是绺子人马……”

若有所思地放慢了脚步，莫天留再次看了看沙邦粹身上那件短小了不少的皇协军军装：“大当家的说过那些话你且别说……你是打哪儿翻出来的何财主家的长袍？”

疑惑地看着莫天留，沙邦粹随口应道：“还能是哪儿呀？你不记得那天咱们俩一块去搜查何财主宅子后院的屋子了？那衣裳不就是在何财主睡觉的那屋子里？好家伙，满满几柜子的衣裳，冬天夏天穿的都有，还有好几件皮坎肩呢……”

“你先别打岔……我大概记得，何财主的那屋里，有七八个箱子，还有两个大柜子？”

“对呀！七八个樟木大箱子，都是包着紫铜皮子裹角的。还有俩大立柜，也都是樟木的，样式还稀奇古怪的，像是洋人的家具模样……”

“那俩大立柜，是贴着山墙放着的吧？”

“对呀！天留，那俩柜子说起来都怪，连柜子脚都没一个，就这么贴着地皮搁着，也不怕柜子里的衣裳受潮……”

猛地跳起了老高，莫天留一把抓住了沙邦粹的胳膊：“棒槌，虽说你脑瓜子是笨了点，可你这运气倒是真不错！赶紧跟我走！”

“去哪儿啊？”

“去抄何财主屋子里那俩衣柜！”

★　第五十八章　抽丝剥茧

急三火四地撞进了何家宅子后院，莫天留都没朝着站在后院与几个八路军干部商议军务的李家顺打上一声招呼，自顾自地便冲进了何财主的卧室中，一把便拽开了一个西洋立柜的柜门。

虽说叫莫天留强拉硬拽地冲进了何财主的卧室中，可沙邦粹却还是没闹明白莫天留想要做些什么。眼睁睁看着莫天留不管不顾地将挂在柜子里的衣裳扔得到处都是，沙邦粹禁不住讶声朝莫天留叫道：“天留，你这是要干啥呀？”

三两下将衣柜里挂着的衣裳清了个干净，顺手再将垫在柜子下面的两床丝绵被扔到了炕上，莫天留伸手在柜子底板上用力敲了几下，顿时喜滋滋地回头朝沙邦粹笑道：“棒槌，使一把子力气，狠狠朝着这柜子底板上跺一脚！”

还没等沙邦粹朝着那立柜挪动脚步，李家顺已经在几个八路军干部的陪同下走进了何财主的卧室。看着莫天留把立柜中的衣服扔得到处都是，李家顺只是微微皱了皱眉头，顿时便扭头朝着身边一名八路军干部低声说道：“去看看那立柜底下有啥花样，注意安全！”

低低答应一声，跟在李家顺身后的一名八路军干部翻手从腰后抽出一把锋利的匕首，几步跨到了空荡荡的立柜前，蹲下身子便用匕首试探着在立柜底板的缝隙中探查起来。不过片刻的工夫之后，那名八路军干部便扭头朝着李家顺说道：“李司令，这木板下头应该是空的，可像是有个门栓之类的东西给锁住了，要是找不着能挪动这门栓的机关，恐怕就只能硬撬开了。”

提了提短了不少的裤子，沙邦粹打量着那块显得颇为厚实的木板，闷着嗓门低声叫道：“那还是得我来……你们起开，瞧我的！”

朝前迈了半步，沙邦粹稳稳当当站住了身形，深深地吸了一口气，猛地提起脚跟朝着那块颇为厚实的木板蹬踹下去，口中兀自闷雷般地吼道：“开！”

伴随着木板炸裂时的脆响，立柜底部的厚实木板被沙邦粹那重重一脚踹得四散飞溅，就连安装在木板下的那胳膊粗的木栓也都断裂成了几截。伴随着一股散发着霉味的凉风从木板下的暗道喷涌而出，站在何财主卧房里的众人顿时惊喜地低叫起来：“暗道！这就是何财主死都不肯说的暗道！”

都没等李家顺再下命令，两名八路军干部已经抽出了随身带着的手枪，一前一后地朝着暗道中的石阶走去。才顺着石阶走了三五步，走在前面的那名八路军干部已经惊讶地低叫起来：“好家伙！这里还存着手电筒！还是日本货呢！”

伴随着手电筒的灯光在暗道中渐渐变得昏暗，站在何财主卧房里的李家顺瞅瞅一脸得意模样的莫天留，顿时朗声大笑起来：“哈哈哈哈……天留，你这又是打哪儿琢磨出来的？这屋子里我们都搜过两遍了，有一回你也在，怎么当时你不说，这会儿倒是……”

似乎是想起了刚刚见面时把李家顺认成了伙夫的尴尬场面，莫天留很有些讪讪地答应着李家顺的问话：“李司令，这事情……是棒槌……他衣裳不合适，又提起来何财主屋子里有不少衣裳……我就是琢磨着，这何财主屋子里放衣裳的柜子、箱子太多了些，尤其是两个洋人做的立柜，怎么看怎么别扭……要说功劳，这回倒真是棒槌的功劳！”

只一听莫天留说起发现了暗道是自己的功劳，原本在李家顺面前就很是拘谨的沙邦粹顿时连连摆手，赤红着脸朝李家顺说道：“李司令，我就是顺口一说……不是我……还是天留聪明……”

哈哈大笑着，李家顺大步走到了面红耳赤的沙邦粹身边，伸手捏了捏沙邦粹那结实得像是钢浇铁铸般的胳膊：“棒槌同志，别的先不说，你这一把子力气，往后打鬼子的时候倒是能用得上！听你们队长说，你和天留都练过些功夫？”

憨憨地点了点头，沙邦粹应声答道：“天留练过功夫，我……也就是个力气大……我人笨，学不会功夫……”

毫不在意地一摆手，李家顺和声笑道：“力气大也是本事，这老早不就有那么个‘一力降十会’的说法吗？棒槌、天留，你们俩发现何财主的暗道，这肯定是要记上一功的！既然有功，那就得有奖励——说吧，你们俩想要啥奖励？”

不等沙邦粹开口说话，站在一旁的莫天留倒是飞快地接过了话头：“李司令，棒槌这人实在，嘴也笨，估摸着想要啥也不好意思跟你明说！其实……棒槌身量大、力气大，饭量也比寻常人大。从小到大这么些年，棒槌就没几回当真吃饱过。你要真想给他个奖赏……你赏他一顿饱饭？”

含笑看着眼神闪烁的莫天留，李家顺习惯性地伸手摸了摸头顶上那块巨大的伤疤：“那你呢？天留，你也只要一顿饱饭？”

不自觉地躲闪着李家顺那双像是能看透人心的眼睛，莫天留很有些讪讪地耷拉下了脑袋：“我也不想要啥别的……咱们这回不是从何财主这儿得着一挺机枪吗？李司令，你就把那挺机枪赏给了我呗？”

话音刚落，站在李家顺身后的几个八路军干部顿时哄然大笑起来。其中一个缺了一只耳朵、左手巴掌上也有个枪眼伤痕的八路军干部更是边笑边指点着莫天留，上气不接下气地笑着说道：“机枪给你……你会使机枪？这我可没听老栗子说起过呀。”

很有些懊恼地瞪大了眼睛，莫天留高声朝着那笑得上气不接下气的八路军干部叫道：“我不会……可大却哥会！大却哥说过他是最好的机枪手，可咱们武工队没机枪，他有本事也使唤不出来……”

脸上同样带着几分笑意，李家顺却是和声朝莫天留说道：“天留，你知不知道咱们冀南军分区独立团，一共有几挺机枪？除了咱们刚缴获的这挺机枪之外，冀南军分区独立团一共就两挺轻机枪，还有一挺撞针坏了，只能拿着摆摆样子充数，就这样还被独立团的老同志们拿着当宝贝呢！好家伙……你这一张嘴就要拿走我这一半的家当？”

转悠着眼珠子，莫天留犹豫片刻，方才接应上了李家顺的话头：“李司令，我可也不白拿呀……何财主家的暗道我给找着了，眼下就剩下何财主家藏粮食的暗仓没寻到！要是……要是我能把何财主藏粮食的暗仓也找出来，那这机枪……你就交给大却哥使唤？”

眼睛一亮，李家顺盯着莫天留说道：“天留，你这打埋伏的本事不小啊？说说看，你又琢磨出点啥门道来了？”

很有些狡黠地朝着李家顺一笑，莫天留应声答道：“那咱们这就说定了？只要我找着何财主家藏粮食的暗仓，这机枪你就真给大却哥使唤？”

大手一挥，李家顺毫不犹豫地点了点头：“行，我答应了！不过你审问何财主的时候，可不能违反我们八路军优待俘虏的政策，更不许使唤上敌人刑讯的那些招数！”

朝着李家顺摆了摆手，莫天留很有些神秘兮兮地笑道：“李司令，我不问何财主，我自己都能寻着何财主家的那两处暗仓！不过……得请大家伙给我帮把手，不出一个时辰，我保准能寻出那两个暗仓！”

眼神中好奇的意味更重，李家顺毫不犹豫地点了点头：“那就这么说定了——你要大家伙帮你干啥？”

一边拽着沙邦粹朝着屋外走，莫天留一边朝李家顺说道："打水！不管是从井里还是后院的池子里，能存水的家什都使上，不够就到外面商铺、住家去借，不拘是水桶、水缸，越多越好，越大越好！"

伴随着李家顺丝毫都没犹豫的一声令下，在何家宅子里住着的所有八路军战士全都依令而行。不过半个时辰的工夫，何家宅子里宽敞的前院，已经摆满了装满水的水桶和水缸。

看着被水缸和水桶铺满了地皮的前院，守着一口巨大水缸的沙邦粹很是纳闷地看了看一直在前院四处溜达的莫天留，低声朝刚走到了自己身边的莫天留问道："天留，你这又是要弄的啥把戏？没事叫大家伙打这么多水干吗？"

扭脸看了看倒背着双手走到自己身边的李家顺，莫天留刻意地提高了几分嗓门："棒槌，咱们都把给何家扛过活儿的短工问了个遍，他们全都说没帮着何财主把粮食朝院子外边搬弄过，可第二天一大早再来扛活的时候，原本堆积在院子里的粮食就都没了影子！就凭着何财主和他那几个长工、管家，累死他们也不能一夜之间把粮食藏到外边去吧？那这藏粮食的暗仓，肯定就得在这何家宅子里！方才我在院子里溜达着瞧过了，这宅子里是个前院高、后院低的地势，后院还有个池塘，粮食肯定不能藏在后院受潮，那这暗仓就只能在前院！"

似懂非懂地点了点头，沙邦粹却又接口问道："可这么大的个前院，咱们怎么知道粮食藏哪儿了？这要是豁开了把前院都刨了……一来是费功夫，二来也怕动静闹大了，吓着了何家大集上的乡亲们啊。"

得意扬扬地指了指铺满了院子的水桶、水缸，莫天留怪笑着低声说道："刨院子的活儿劳神费力还不讨好，我才不用那笨法子呢！要想寻着藏粮食的暗仓，有了这些水就成！"

看也不看沙邦粹那依旧一头雾水的模样，莫天留干咳了两声清了清嗓子，这才扬声朝着站在水桶、水缸后的八路军战士叫道："都听我的号令，朝着地上，倒水！"

★　第五十九章　无心偶得

"天留，你给我讲讲呗，你到底是咋知道何财主家藏粮食的暗仓就在前院地底下？这朝着院子里倒水是个啥路数？你给我讲讲呗。"

莫天留大大咧咧地坐在何财主家前院正房前的台阶上，一手捏着个新烙出来的白面硬馍，一手端着一碗刚熬好的苞米面粥，吃得格外香甜，却全然不理坐在自己身边缠着自己问个不休的沙邦粹。

眼看着莫天留压根都不搭理自己，沙邦粹急得抓耳挠腮，就连搁在自己身边的那一簸箩白面硬馍都忘了吃上一口……

扭头看了看沙邦粹那副着急上火的模样，吊足了胃口、卖够了关子的莫天留这才朝着沙邦粹一伸头，大张开了嘴巴：“咸菜！”

只是略一愣怔，沙邦粹忙不迭地从簸箩里捏起一块咸菜疙瘩，讨好地憨笑着送到了莫天留的嘴边。看着莫天留有滋有味地嚼着咸菜疙瘩，沙邦粹这才再次朝着莫天留叫道：“天留，你就给我说说呗。”

喝了口苞米面粥润了润嗓子，已经吃饱喝足的莫天留长长舒了口气，这才仰身靠在了台阶上：“棒槌，你说这清乐县里稍微有点家当的财主，藏东西的时候都有啥讲究？”

懵懂地摇了摇头，沙邦粹闷声应道：“这我哪儿知道？我也不是有钱财主……”

眯着眼睛，莫天留看着在前院一间偏房里扛着粮食口袋进进出出的八路军战士，慢条斯理地说道：“就这些年下来，叫铁屏山中土匪绺子祸害过的财主少说也有十来家。眼看着要丢了性命，到最后全都离不了个破财消灾的路数。有从房梁上取下钱财的，有从夹壁墙里拿出粮食的，虽然藏东西的花样不少，可总还离不得一句话——钱粮不离身！”

“啥意思？啥钱粮不离身？”

“……这跟你说话就是费劲！钱粮不离身，说的就是这些财主藏钱粮的地方，总是在他一眼就能瞧见的地方！既然这何财主逃命时候的暗道就在他的卧房里，那他藏钱粮的地方，也就脱不了这钱粮不离身的路数。你看何财主这院子，前高后低，能藏粮食的就只能是前院。前院的屋子咱们都搜遍了，没瞧出来有夹壁墙和暗房，那这藏粮食的暗仓就只能是在地底下……”

“那你朝着前院地上倒水是个啥法子？我看你叫大家伙倒了水之后，低头在院子里转悠了一圈，径直就奔了偏房。你咋知道藏粮食的暗仓，门就开在偏房里？”

“……棒槌，你说你这脑袋瓜子不灵，怎么种地这点事你也不灵呢？这些天都没下雨，地上都干透了，这么多水泼上去，眨眼工夫就得朝地里渗。可藏在地底下的粮食窖为了防潮、防蛇虫鼠蚁糟蹋粮食，全都是石头箍起来的，水自然就渗不下去！顺着那水渗得慢些的地方一路踅摸过去……”

抬手指了指偏房方向，莫天留懒洋洋地就势伸了个懒腰，自顾自地换了个话题：

“这人哪……手不灵、脚不灵都不怕，就怕脑瓜子不灵，那就一辈子得是个吃亏的下场！这么多人挤在个偏房里进进出出运粮食，费人工、费力气还干不出活儿……我说，你们就不会脸对脸、花插着站成了两队，脚下不用挪地方，一个递一个地就把粮食给运出来了？”

话音刚落，从莫天留身后已经传来了李家顺那粗门大嗓的声音：“这法子好！大家就照着天留说的这法子，手上再加把劲，争取天黑之前就把这粮仓里的粮食都给搬运出来！”

一骨碌从石阶上跳了起来，莫天留迎着站在石阶上的李家顺与栗子群笑道：“李司令、大当家的，我这也就是顺嘴一说……”

伸手拍了拍莫天留的肩膀，李家顺洪声笑道：“顺嘴一说就是办法，眼珠一转就有主意，天留，你这脑瓜子还真就是比寻常人好使！棒槌，一簸箩白面硬馍够你吃不？不够你去跟老费头说，叫他再给你做，管饱！”

嘿嘿憨笑着，沙邦粹很有些讪讪地伸手指了指搁在身边的那一簸箩白面硬馍：“就这些……足够了……我也没做啥管用的事情，这都……”

眼见着沙邦粹那语无伦次的模样，莫天留倒是笑嘻嘻地凑到了李家顺面前，刻意提高了嗓门朝沙邦粹叫道：“棒槌，李司令都说了赏你一顿饱饭，那你就只管敞开了吃，不够就再去伙房找老费头要去。他要是不给，那你就问问他——李司令说话到底算不算数、管不管用？！”

与站在自己身边的栗子群对望一眼，李家顺哈哈大笑着朝莫天留说道：“天留，你是担心我答应下来的那挺机枪到不了手吧？还拿着棒槌当话引子来掰扯这事情。行了，方才已经跟你们队长说了，机枪归你们清乐县武工队，可子弹不能多给，这得靠你们自己去寻去！”

嘿嘿低笑着，莫天留涎着脸朝李家顺应道：“那我可就谢谢李司令了！机枪在哪儿呢？我这就去抱过来……”

“这还等着你去抱那挺机枪？苟大却刚得着了消息，就蹦着高地去寻军械处的同志了……嗯，这是嚷嚷什么呢？”

顺着李家顺与栗子群的目光指引的方向，莫天留扭头朝着列成了两队、正在飞快搬运着粮食口袋的战士望去，恰巧看见几名战士搬运着两个大木箱子从偏房里走了出来，顿时眼睛一亮，指着那两个大木箱子叫道：“抄着宝了！瞧着这两个大箱子的分量，肯定是何财主藏在粮食窖里的大洋！”

大步走下了台阶，李家顺等人疾步走到了那两口大木箱子旁，看着那两个大木箱子上的黄铜锁头，李家顺毫不犹豫地叫道：“砸了锁头瞧瞧，看看这何财主是在粮食窖里藏了什么宝贝？！”

伸手在沙邦粹后背上一拍，莫天留飞快地接应上了李家顺的话茬：“犯不着砸，有棒槌呢！棒槌，上手！”

答应一声，沙邦粹伸出蒲扇般的巴掌握住了两个黄铜锁头。也不见沙邦粹如何用力，只是胳膊轻轻一晃，木箱子上的搭扣已经叫沙邦粹连着锁头扯了下来。

迫不及待地弯腰掀开了两个大木箱子的箱盖，莫天留只是打眼一瞧大木箱子里装着的东西，顿时便像是泄了气的皮球般没了精神，怏怏地直起了身子：“我还当是何财主藏着的大洋呢……闹了半天，就是些零散铁器。就这些不值钱的玩意，倒是也犯得着藏在粮食窖里？这何财主倒是怎么琢磨的？”

与莫天留那没精打采的模样截然相反，站在木箱旁的李家顺与栗子群却全都是两眼发亮，愣怔了好一会儿，方才双双伸手朝着大木箱子装着的那些零散铁器抓了过去，各自抓了件模样古怪的铁器在手中把玩起来。

疑惑地看着李家顺与栗子群那欣喜的神色，莫天留弯腰从木箱中抓了几件铁器仔细瞧了瞧，这才恍然大悟般地嚷嚷起来：“这些铁器是……是枪的零件吧？”

再次从木箱里抓出了一根还没完全成型的枪管，栗子群微微点了点头：“不光是枪的零件，还是长枪的零件！李司令，能做出来短枪的枪匠我见过好几个，也听说过不少，可能做出长枪的枪匠……这算得上是宝贝了吧？”

赞同地点了点头，李家顺把玩着手中的枪支零件应声说道：“瞧着这零件上新锉出来的痕迹，这些东西都该是刚做出来不久的，估摸着这能做出来长枪的枪匠，眼下就在何家大集左近！咱们冀南军分区虽说有军械处，可一来是缺维修枪支的家什，二来也没几个这方面的好手。要是能把这枪匠给寻来、留下，咱们这军械处可就算是有了个开张的模样了……”

很有些莫名其妙地看着满脸欣喜神色的李家顺与栗子群，莫天留随手将抓在手中的枪支零件扔回了木箱子里：“李司令，大当家的，一个枪匠能有啥稀奇的？别的地方不说，光是清乐、宫南两县，我能叫得上名字的枪匠就有小二十号，造出来的手枪看着像是德造二十响，可打起来压根就不是那么回事，有的枪装个子弹都磕磕绊绊，有的枪打不上几颗子弹，枪管都能炸了……”

饶有兴趣地看着莫天留，李家顺猛地打断了莫天留的话题：“天留，这清乐、宫南两县的枪匠，你都认识？知道他们在啥地方不？”

下意识地点了点头，莫天留应声答道：“这些枪匠平日里就没个定准待着的地方，都是哪儿有人寻他们造枪，他们就奔哪儿去，真要想寻他们倒也有些费劲。可眼下正是麦子刚下来的时候，这些枪匠自己不种地，就只能拿着平时赚到的钱，抢在麦子刚下来、粮食便宜的时候买够吃一年的口粮！只要咱们奔着出麦子多的村寨去寻，自然能找着这些枪匠！”

“那做了这两箱子家什的枪匠，也是这样？”

“这可就说不好了。何财主叫人造枪，按理来说是枪不造成、人不离开。可眼前就这两箱子造枪的零件，枪匠倒是不在何家宅子里待着……要不就是这枪匠造枪的地方不在何家大集，要不就是这枪匠有啥急事，没等枪造完就走了……这我可拿捏不准了！”

话音刚落，平日里寡言少语的沙邦粹却是猛地接应上了莫天留的话茬：“要想拿捏准，那咱们问问何财主，不就啥都知道了？”

★　第六十章　耳听为虚

拢着袖子坐在后院的杂屋里，何财主微闭着眼睛，背靠着冰冷的砖墙假寐，瞧着倒也有几分定性凝神的模样，可心里边早就翻腾成了一锅粥。

几乎是在毫无防备的情况之下，有着五十几号护院枪兵和一挺机枪保护的何家大集，转眼间就是个城头变幻大王旗的场面，这已经叫何财主胆战心惊。更兼得这些占了何家大集的人物挑明了告诉自己，前些日子就是他们把清乐县城里来的日本人和皇协军打了个灰头土脸、铩羽而归，这就更叫何财主心中的惊惧浓厚了几分！

——即便是清乐县城里的皇协军在战阵上的功夫稀松寻常，可那些日本人打仗的本事不含糊啊，怎么也叫这些看着就缺衣少食的人物打得败下阵来？这帮人到底是什么来路？占了何家大集不走，又怀着怎样的心思？尤其是他们还要踅摸何家宅子里的暗门和藏粮食的暗仓，难不成，他们还真打算就在何家大集扎下根来，当个据险而守、抽粮征税的山大王？

思来想去，何财主却怎么也想不明白占了何家大集的这些人想要做些什么，只得无奈地叹了口气，自言自语地低声说道：“这世道乱的……就是打家劫舍的绺子，也都摸不准个来路，连一点江湖规矩都不讲了……”

同样把双手拢在袖子里、耷拉着脑袋坐在杂屋另一个角落的管家耳听着何财主那自言自语的叹息声，顿时便摇晃着身板站了起来，蹑手蹑脚地凑到了何财主身边：“老爷，您是说……摸不准这些人的来路？这些人不就是上门求财的绺子吗？估摸着是有日子没得着过粮食、大洋，饿疯了心，这才敢闯何家大集。”

睁眼看了看缩着身子蹲在自己身边的管家，何财主重重地摇了摇头：“管家，你也算是走过三州六县的人物了，都不说你见过，你听说过哪家绺子占了村寨地盘，不是玩了命地搜刮？”

“他们不是搜刮了咱们何家的宅子，还一个劲想要老爷你交代何家宅子里的暗门和藏粮食的暗仓吗？”

“可街面上那些买卖商铺呢？真要是他们朝着那些买卖商铺动手搜刮，咱们在后院能听不见一点动静？”

“那要照着这么说……难道这帮人是跟何家……跟大少爷有仇？”

“也不像！这都有几天工夫了，除了逼着我说暗门和粮仓的事情，也没听他们提别的话，应该不是有仇……”

“那为什么……”

话还没说完，杂屋门前已经传来了一阵轻微的脚步声。伴随着杂屋大门上锁头开启的声音响起，何财主赶忙闭上了眼睛，再次摆出了一副假寐的模样。管家也是一个健步蹿到了另一个屋角，勾头抱手地蹲了下来。

一把推开了杂屋大门，莫天留看着在杂屋中分头蹲坐着的何财主与管家，嘿嘿低笑着伸手指向了蹲在屋角的管家：“这好几天工夫都好言好语地待你们，吃喝上头也没少了你们的，咱也算得上是客气了吧？可你们俩倒好——敬酒不吃，非得吃罚酒。棒槌，咱们今天先打小鬼，再砸城隍，把他提出去，好生伺候！”

耳听着莫天留那明显带着几分威胁的话语，勾头坐在屋角的管家猛地抬起头来，却刚好瞧见了巨灵神一般的沙邦粹伸手朝自己抓了过来，顿时吓得尖声怪叫：“这位好汉爷，你可不能啊……我就是个管家，我啥也不知道……”

不由分说地一把抓住了管家的脖子，沙邦粹像是提着只小鸡般地将管家提得双腿离地，扭头便朝着杂屋门外走去，口中兀自闷声说道：“收拾成个啥样？”

抱着胳膊靠在门框上，莫天留爱搭不理地应道：“留口气就成！咱们跟人好言好语地说道，人家还真当咱们是嘴把式，见不得真章！我说，跟前边兄弟言语一声，竖蜻蜓、砸大夯、压乌龟、炸响铃，十八个花样慢慢玩，不着急叫他开口！”

耳听着莫天留那颇有些惫懒的话语，何财主虽说依旧保持着假寐的模样，可一双拢在袖子里的巴掌，却情不自禁地哆嗦起来！

历来土匪绺子劫掠村寨乡镇，无非就是奔着“钱粮”二字而来。有些村寨在猝不及防之下，积攒了许久的粮食、银钱自然是叫土匪绺子搜刮一空，再携带着抢来的东西呼啸而去。可还有些村寨中当家主事的财东、族长，平日里防备了会有土匪绺子前来劫掠，把积攒下来的银钱粮食全都藏了起来，叫那些占了村寨的土匪绺子费尽力气，也得不着多少好处。

每到了这样的时候，一些心狠手辣、饿疯了心的土匪绺子当中，就有那懂些江湖路数的人物跳将出来，把全村男女老少都驱赶到打麦场或宗祠前的空场中，从人群中随手抓几个倒霉的人物出来行刑示众！

有用芦席卷了人，大头朝下竖立起来的，诨名叫“竖蜻蜓”。被竖立在芦席当中的人不出半个时辰，就得是个七窍出血的模样。

有将人反绑了双手，用长绳吊上旗杆后再任由其坠落的，诨名叫“砸大夯”。哪怕是铁打的汉子叫砸上几回，也都会筋断骨折！

还有背上压沙袋，诨名叫作“压乌龟”；耳朵眼里塞爆竹，诨名叫“炸响铃”，哪一样都是叫人不死也残的毒法酷刑。把这些毒法酷刑一样样施展下来，到最后全都是那藏起了粮食银钱的财主、族长号哭着交出粮食银钱换命，从无例外。

要是将这些毒法酷刑施展到管家身上，怕是不出一锅烟的工夫，那平日里仗着何家的势力，在何家大集作威作福、养尊处优的管家，就得一股脑地把他知道的事情全说出来了吧？

虽说管家并不知道卧房里的那条暗道，可藏粮食的暗仓，管家可是知道的呀……

不等何财主在脑子里再转过别样的念头，从不远处眼睛看不见的地方，已经传来了管家的一声惨叫！

眼见着何财主被管家的那一声惨叫吓得猛一哆嗦，抱着胳膊靠在门边的莫天留顿时怪笑着开口说道：“我说何老爷，现在被上刑的也不是你，是你那贴身的管家，你倒是哆嗦个什么呀？你且先不忙，等你那管家受过了十八个花样的大刑，下一个可就轮到你了！瞧着你细皮嫩肉的……何老爷，你觉着你能熬多久？”

狠狠咬了咬牙，何财主紧闭着眼睛，依旧是一言不发，可拢在袖子里的手指头，却已经死死地抠进了胳膊上的肥肉里……

事到如今，藏起来的粮食肯定是保不住了，可暗道却绝不能叫这些占了何家大集的人物发现——那暗道除了关键时刻逃命的用处之外，何家这些年赚来的钱，可有一多半都藏在暗道里呢！

只要能保住了暗道里的这点家当，再靠着清乐县城里跟着日本人厮混的儿子，就不怕何家不能东山再起！哪怕是……

哪怕是赔上自己的一条老命！

也就在何财主暗自发狠的当口儿，杂物门外却猛地传来了沙邦粹那闷雷般的话音：“真没啥意思！十八个花样才动了头一件——抽了几鞭子，那管家就尿了裤子！

给他‘竖蜻蜓’的苇席子刚铺开，他就一五一十把知道的全说了——藏粮食的暗仓就在前院，暗仓的门户就在偏房里头！刚叫人去瞧过了，那管家没敢说谎！”

吊儿郎当地踱到了紧咬着牙关、死死闭着眼睛的何财主面前，莫天留慢慢蹲下了身子，朝着何财主戏谑地坏笑道：“何老爷，咱们这都处了好几天，估摸着你还没闹明白我们兄弟是啥来路吧？明白话告诉你，咱们兄弟不是寻常的绺子，咱们兄弟是八路军！”

眼看着何财主紧闭着的眼皮子微微一跳，莫天留脸上的笑容越发浓厚，拖腔拿调地朝着何财主继续说道：“何老爷，你心里琢磨的那点事情，其实我不问都能猜得到！你不就是想着，哪怕你豁出去一条命去，也得留下那条暗道和你这些年存下来的家当吗？只要有你那投靠了日本人的儿子在，有那些家当做本钱，你何家就能踏踏实实地当财主、赚银钱？可是……何老爷，你倒是仔细琢磨琢磨，要是你那儿子没了呢？”

猛地睁开了眼睛，何财主死死盯住了蹲在自己面前的莫天留，几乎是从牙缝里挤出了话音：“你们……你们别想吓唬我！我儿子现如今就在清乐县城，他有日本人护着！你们……你们不敢招惹日本人！”

重重地一点头，莫天留嬉笑着应道：“这话可真说得没错！就眼下我们这点人、枪，跟日本人死拼起来，谁输谁赢还当真没准，想要收拾你那投靠了日本人的儿子，也都不敢说十拿九稳！可要是……日本人帮着我们，把你那宝贝儿子给收拾了呢？”

看也不看何财主那带着几分愣怔的眼神，莫天留慢条斯理地站起了身子：“既然找出了何老爷你藏起来的粮食，那一会儿我们就贴告示，就说是你何老爷积极响应抗日号召，捐出家里存粮给抗日的八路军，还自告奋勇地要当八路军在何家大集的采买管事！何老爷，你说你跟八路军这么扯上勾连，你儿子投靠的那些日本人要是知道了……他们能拿你儿子怎么着？”

瞪圆了眼睛，何财主猛地跳起了身子，嘶声朝莫天留尖叫起来：“日本人不会信你们的！这是反间计！日本人也得讲凭据……”

猛地跨步站到了何财主面前，沙邦粹狠狠一巴掌拍在了何财主的肩头，生生拍得何财主跌坐到了地上，半天都挣扎不起来……

看着何财主在地上挣扎的狼狈模样，莫天留脸上笑意更盛：“反间计？凭据？要只是为了使个反间计，谁家舍得花费上那么多粮食？现如今的粮食，可是要比人命金贵啊……”

哭丧着脸，在地上挣扎了半天都没爬得起来的何财主眼看着莫天留与沙邦粹转身朝着杂屋外面走去，猛地扯着嗓子号哭起来：“哎呀……你们可不能啊……我何家三代单传，就这一根独苗呀……”

学着李家顺那倒背着双手的做派，莫天留缓缓转过了身子：“何老爷，你要是再这么装傻充愣地犯倔，问你啥你都装个锯嘴葫芦的模样……那你何家三代单传，怕是到了你手里，就得断了根儿咯……”

跪爬在地上，鼻涕眼泪糊了一脸的何财主朝着莫天留连连作揖：“我说！问啥我都说……只求你们高抬贵手，放过了我那独养儿子……”

朝着站在自己身边的沙邦粹一挤眼，莫天留顿时拿捏着腔调开了口：“何老爷，你说你这又是何苦呢？早这么干脆，不就啥事都没有了吗？暗道在哪儿？”

“就在我睡觉的卧房立柜下边，暗道里面还藏着我这些年攒下来的一点家当，全都归你们了……”

“粮食一共多少斤？”

“各样粮食加起来，差不离有小两千斤……”

“给你造枪的那枪匠，眼下在什么地方？”

“这我可真不知道，枪匠是管家出头接应的，你们得去问管家！”

耳听着何财主咬牙切齿说出的“管家”二字，莫天留顿时嬉笑着扭头朝门外叫道：“把管家带过来！”

满含着怨愤，何财主眼睁睁地看着管家被两个壮棒汉子挟着胳膊推到了杂屋门口。仔细打量着身上没有丁点伤痕的管家，何财主顿时惊讶地叫嚷起来：“你……你不是挨打了吗？怎么你……哎呀……上当啦！”

★ 第六十一章 立足之地

“天留，李司令和队长叫你去开会！”

眨巴着眼睛，正用一块布头擦拭着自己那支德造二十响手枪的莫天留疑惑地看着站在自己面前的沙邦粹，很是纳罕地朝沙邦粹叫道：“棒槌，你有听岔话了吧？李司令和大当家的叫我去开会？”

用力地点了点头，沙邦粹毫不犹豫地应道：“错不了！是李司令和队长一起点了你的名，还叫了万一响和我，说是要开什么……诸……诸葛亮的会？”

把手中擦拭得干干净净的德造二十响手枪朝着腰后一别，莫天留飞快地站起了身子："诸葛亮的会？还叫上了你、我和万一响？这是个啥意思？老话都说'三个臭皮匠，顶个诸葛亮'，这是把咱们三个当了'臭皮匠'了？这八路军还有这埋汰人的毛病？"

"这我哪儿知道？管他是不是啥皮匠，天留，咱们赶紧走吧，万一响老早就去了……"

很有些不服不忿地哼了半声，莫天留跟在沙邦粹身后，径直朝着何财主家前院的正房走去。离大开着的房门还有十好几步远近，莫天留已然亮开嗓门吆喝起来："李司令，大当家的，我和棒槌这俩'皮匠'，是该蹲屋角还是坐门框呀？"

莫名其妙地看着大步走来的莫天留与沙邦粹，栗子群诧异地接应上了莫天留的话头："什么皮匠？这蹲屋角、坐门框又是个啥典故？"

话才出口，已经在正屋里坐下的万一响顿时站起了身子，小声朝着栗子群说道："队长，是我不懂规矩……我这就坐门口去……"

一把抓住了刚要挪动步子的万一响，刚得着了一挺机枪、满脸都是高兴模样的苟大却疑惑地朝面红耳赤的万一响叫道："一响，你这又是闹的什么花样？什么跟什么的就不懂规矩，要坐到门口去？"

耷拉着脑袋，万一响讪讪地低声应道："冀南地面上的买卖人、手艺家，还有山大王的绺子里，新来的伙计要跟当家的在一个屋子里议事，都只能蹲屋角、坐门槛，不能跟当家的平起平坐……我也是一时忘了这老规矩了，下回我再不敢了……"

猛地一拽万一响的胳膊，苟大却强拉着万一响重新坐了下来："咱们八路军里可不兴这些个规矩，你踏实坐着就行！李司令和队长叫你们三个本乡本土的同志来开会，就因为你们对这周遭的地形、风土人情都熟悉，一些在地图上瞧不出来的事情，那不还得问你们？"

像是琢磨出了莫天留口中所说的"皮匠"是啥意思，李家顺也是朝着莫天留与沙邦粹洪声笑道："天留，你这脑袋瓜子里琢磨的事情不少呀？咱们八路军的诸葛亮会，那就是叫大家对作战计划提出自己的意见，尽量把咱们的作战计划完善起来，这才能保证咱们打胜仗！在这样的诸葛亮会上，咱们每个同志都是诸葛亮，可不是你脑瓜子里琢磨的'三个臭皮匠，顶个诸葛亮'！"

哄然而起的大笑声中，被李家顺一句话说破了心事的莫天留顿时涨红了面孔，狠狠在傻呵呵跟着大笑的沙邦粹腿上踢了一脚："你个棒槌传话都传不利索……"

捂着被莫天留踢得生痛的小腿，沙邦粹龇牙咧嘴地嚷嚷起来："这我也不知道啊……"

抬手招呼站在门外大眼瞪小眼的莫天留与沙邦粹进了屋子，李家顺这才朝着止住

深挖民族脊梁的抗战史

莫天留、杨超、孟满仓

三个人，三台好戏

震撼人心！

扫一扫

独家番外免费看！

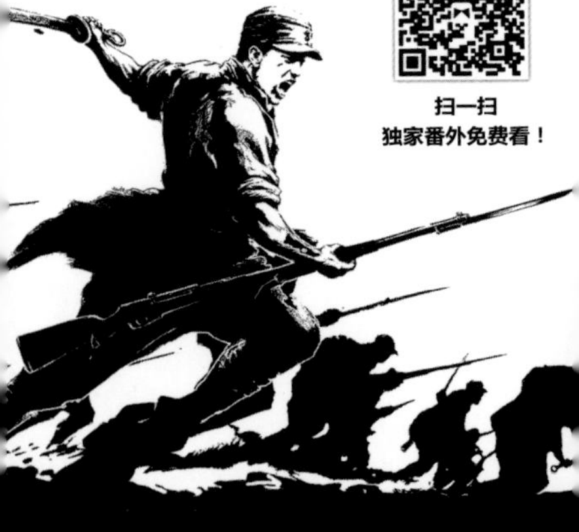

了笑声的众人说道："好了，大家笑一笑，会场气氛也活跃起来了，那咱们开会！先总结一下咱们现在的情况——后勤处长，自古以来就是兵马未动，粮草先行，你先来说说？"

从上衣兜里摸出了个小本子，后勤处长应声站了起来，对照着小本子上的记录朗声说道："从咱们占领了何家大集之后，一共收购了将近两千斤各样粮食，再加上从何财主的粮食窖里找到的两千斤粮食，加上各处武工队的支援，节省着点的话，足够咱们吃三四个月。也就是说，短时间之内，咱们在粮食的问题上犯不着伤脑筋了！缴获的枪支弹药，统计起来也基本上能让咱们大部队的同志人手一支枪，子弹也能保证每个人十发，有经验的老同志可以优先保证二十发！清乐县武工队的同志送来给伤员治伤用的药材还剩下一些，但是这些药材全都是草药，药棉、纱布和各种西药还是紧缺，得想办法囤积一批……"

仔细听取着后勤处长的报告，李家顺时不时地微微点着头，直到后勤处长汇报完毕之后，方才轻轻舒了口气："好啊……咱们大部队到冀南地区建立敌后根据地，从一穷二白、两手空空，到如今肚里有粮食、手里有枪弹，总算是朝前走出来一大步了！这就是个好的开端，也算是咱们取得了一个阶段性的胜利！大家鼓掌，庆祝一下！"

热烈的掌声之中，李家顺脸上的笑意却渐渐隐退了下去。当掌声渐停之后，李家顺方才沉声说道："能有个阶段性的胜利，这自然是成绩，可咱们眼下的困难却也不少！肚里有粮、枪里有弹，可咱们脚下却没根基，这可是个要命的大问题呀！"

赞同地点了点头，一名八路军干部接口说道："李司令说的这问题，的确是不能马虎的！咱们现在是在敌后作战，要是没个靠得住的落脚地方，部队得不到休整、伤员没办法治疗，哪怕是得着了些家当，那也不敢带着走——身挑重担脚下难，咱们运动的速度只要慢了，那就很容易被鬼子给咬上！到时候跟鬼子死拼几回阵地战，怕是咱们这三百来号人转眼就得拼光，这在第五次反围剿的时候，可是有血的教训的！"

像是出于习惯似的摸了摸头上那块巨大的伤疤，李家顺沉吟着说道："话是不错，可咱们在冀南地区是初来乍到，虽说撒出去了不少同志到各县组建抗日武工队，可毕竟时日都还短，自己能站住脚的都不多，能比较了解当地情况的就更少！就像是咱们在抢占何家大集之前，要不是莫天留同志一句话说透了咱们不了解的情况，怕是咱们现在就得在那号称'冬不留'的地方挨饿受冻了……话说到这儿，战勤参谋，冀南地区的地图画得怎么样了？咱们在这儿空口白牙地瞎说道，没个地图对照着比画，说的人、听的人可都糊涂着呢！"

话音刚落，坐在一旁的战勤参谋顿时涨红着脸站起了身子："李司令，咱们手里原有的地图都是清朝那年月划拉出来的玩意儿，跟实际地形错得不是一星半点，其实一点用处都没有。虽说这些天，有不少武工队的同志都把他们掌握的地形资料汇报回来了，可要想形成地图……李司令，这是个细致活儿，半年内能画出来个差不离的样子，那都得算咱们运气好了！”

紧锁着眉头，李家顺狠狠地摇了摇头：“这可不成啊！咱们本来就人生地不熟，再加上连个大概齐的地图都没有，行军打仗的时候就得是个睁眼瞎——总不能每回都靠着侦察处的同志在前面蹚路吧？就前些日子跟鬼子打了几回遭遇战，在前面给大部队蹚路的侦查处的同志，就牺牲了十几个！那可都是走了两万五千里长征下来的老同志啊……”

怯怯地张了张嘴，坐在一旁的万一响犹豫了好一会儿，方才接应上了李家顺的话头：“李司令，我倒是……我知道有人手里有地理图……”

眼珠子一转，莫天留都没等万一响把话说完，已经眉飞色舞地抢先说道：“一响，你说的是清乐县城里八方客栈喂马的朱豁豁吧？倒是一直都听人说，这朱豁豁当年没少牵着几匹骆驼给人拉货跑单帮，最远的都跑过关外，仗着的就是他手里一张老辈子骆驼帮传下来的地理图！可这人就是因为好赌，输光了家当才在八方客栈养马讨活路，谁知道他手里那张图还在不在？没准都叫他输出去了……再说咱们就算是现在奔清乐县城，还能得着那张地理图，那也是远水解不了近渴，眼下咱们不是急着要找个能让几百号人落脚的地方吗？”

盯着莫天留那眉飞色舞的模样，李家顺与始终都没开口说话的栗子群交换了个眼神，这才笑呵呵地朝莫天留说道：“天留同志，你说的这话也有道理，咱们做事情，总还得分个轻重缓急。那么……依你看，咱们有办法就近找水解渴吗？”

顺手抓过了摆在桌上的茶壶茶碗，莫天留伸手在茶碗里蘸了些茶水，在桌子上四散摆放的茶壶茶碗之间划拉出了几条线：“这茶碗就是何家大集，茶壶就是清乐县城，还有这……”

翻手抽出了腰后别着的德造二十响手枪，莫天留稳稳当当地将手枪搁在了桌子上：“这地方……是涂家村！李司令，咱们要是想找个大队人马能落脚的地方，那就得是涂家村！”

饶有兴趣地看着莫天留在桌上摆出来的阵势，李家顺只是略一琢磨，顿时伸手指向了莫天留摆放手枪的位置：“天留，你先说说，咱们为啥要把大部队拉到涂家村？”

“涂家村离清乐县城远，鬼子就是想冲着涂家村下手，走大路也得花上挺长的时间，尤其是路上还得经过好几个村寨，咱们只要在那些村寨里头安排人盯着，再用消息树报信，那鬼子还没到涂家村，咱们已经收拾好东西了。到时候要打、要走，都能由着咱们！”

“嗯……可就这么一条路，鬼子要是堵住了道路呢？”

“涂家村后头不还有小路能通何家大集吗？虽说一木桥叫咱们给炸了，可只要想辙重新架桥，那咱们就能前后都有路，不管鬼子从哪儿来，咱们都能有路走！再说了，这涂家村周遭的深山老林里头，咱们总能寻出来些旁人不知道的小路。哪怕是鬼子派兵封山，咱们只要朝着林子里一钻，鬼子就拿咱们一点办法都没有！”

“那涂家村的群众基础呢？”

“啥玩意？啥鸡？”

“就是涂家村的乡亲是不是在心里向着咱们八路军，是不是赞同咱们打鬼子？”

“就前些天的时候，涂家村乡亲还跟咱们一块儿打过鬼子呢！李司令，涂家村里的乡亲都是练家子，红脸汉子多，早忍不下鬼子欺负人，心里憋足了火气呢！只要是咱们不欺负乡亲，能打鬼子，那涂家村的乡亲肯定向着咱们！”

微微点着头，李家顺扭头看向了坐在自己身边的栗子群：“老栗子，天留说了这么多他的看法，你觉着呢？”

都没等栗子群开口说话，从何家宅子门前的影壁墙旁，却猛地冲出一名八路军战士，飞快地冲到了正屋门前：“报告李司令，鬼子……鬼子出来抢粮食了！”

★ 第六十二章 顺水推舟（上）

启明星才刚在天空中闪出第一道光芒，何家大集的寨门便豁然而开，一长溜满载着粮食口袋的大车从寨门中鱼贯而出，顺着大路直奔清乐县城方向驶去。

全都穿着一身何家护院枪兵的衣裳，肩头背着一杆晋造三八式步枪，莫天留与栗子群两人并肩走在满载粮食口袋的大车旁，眼睛盯着天空中渐渐开始闪亮的启明星，几乎同时从嘴里蹦出了一句话：“差不离到了下晌的时候，就能到清乐县城了！”

话一出口，栗子群与莫天留两人对望一眼，全都嘿嘿低笑起来……

今年天时不正，雨水也稀缺，地里的麦子都晚熟了好些日子。有好些麦秆上看着是挂了长长的麦穗，可用手一捏却全都是空壳，只能磨碎了做成麦麸面勉强充饥。

或许鬼子也都知道今年的庄稼收成太差，不少村庄里的麦子还在打麦坪上晾晒，下乡抢粮的鬼子已经带着二鬼子从县城和各处炮楼里涌了出来，蝗虫般地扑向了那些辛苦了一年、好容易才见着点儿收成的庄户人家。

猝不及防之下，清乐县境内的绝大多数村庄都遭到了鬼子和二鬼子的洗劫。晾晒在打麦坪上的麦子自然被鬼子劫掠一空，就连那些只能拿来磨麦麸面的麦麸，也都被鬼子抢去当军马的饲料。带着仅有的粮食逃到何家大集的乡亲说，经过鬼子这一回劫掠，清乐县城少说也得有七成村寨中的乡亲要出门要饭求活！

也都不必仔细侦察，几乎每个逃到了何家大集的乡亲都说起了鬼子抢了粮食之后，除了在各处炮楼中留下了一些之外，大多数抢走的粮食都送到了清乐县城中鬼子的粮库中。听那些抢粮食的皇协军士兵说，只等到整个清乐县境内村庄的粮食都被搜刮过一遍之后，收在鬼子粮库中的粮食就要走鬼子刚修好的小铁路送去保定。

在大致了解了鬼子下乡抢粮的各种情报之后，李家顺没有丝毫的犹豫，立刻定下了从鬼子手中抢回粮食的任务。但如何从鬼子手中抢回粮食，会场上的众人却各持己见。在综合了所有意见和建议之后，摆在众人面前的就剩下两个选择——趁着鬼子大部分兵力还散布在乡间抢粮的时候，派出大部队夺取鬼子的粮库，或是在鬼子将粮食装上火车之后半路拦截。

而这两种作战方式也是各有利弊……

趁着鬼子兵力空虚，派出大部队夺取鬼子的粮库，取胜的把握至少也有七成。可在夺取了鬼子的粮库之后，如何将那些粮食全部运走，这却是个很大的难题。一旦战斗打响，鬼子散布在乡间的部队就会迅速返回，从各个方向堵住大部队撤离的道路。哪怕是大部队能够找着安全的路径撤离、每个人也都能扛上几十斤粮食，顶天了也就能搬空小半个粮库，剩下的粮食还是得归了鬼子，得着的粮食也压根儿不够救济被抢的乡亲们。

而拦截鬼子的火车也并不容易！

自从鬼子在冀南地区铺设了为数众多的小铁路之后，行驶在小铁路上的鬼子火车上，从来都有至少一个排的鬼子随车警戒，有时候甚至还会有铁甲车在火车前后开道、压阵。即使是用破坏铁轨的方式逼停了鬼子的火车，在没有重火力支援的情况下，要想攻占鬼子的运粮火车，恐怕也绝非易事。

如果战斗时间过长，那么顺着小铁路前来增援的鬼子，更是有可能咬住部队不放，到时候不仅抢不回被鬼子夺走的粮食，恐怕连大部队都要遭受极大的损失……

一时之间，参加会议的八路军干部各执一词，彼此间争论不休。有几个脾气暴躁些的八路军干部说得兴起，拍桌子、打椅子之类的举动也都冒了出来，音量也一个比一个高。

眼瞅着会场中诸人吵成了一锅粥，坐在一旁的莫天留却是默不作声地转悠着眼珠子，只等到在场的八路军干部全都吵累了、各自端着茶碗喝水的时候，方才趴在栗子群耳边嘀咕起来。才说了三五句话，栗子群虽说依旧沉默不语，但一双眼睛却越来越亮。等到莫天留把话说完之后，栗子群更是喜笑颜开，站起身子走到屋门前关上了大门，这才转身与众人商议起了莫天留出的主意……

伸手拍打着大车上鼓鼓囊囊的粮食口袋，再看看跟在大车两旁亦步亦趋、穿着何家护院枪兵衣裳的八路军战士，栗子群很有些慷慨地低声说道："天留，这回咱们冀南军分区可算是下了血本了！除了伤员被熟悉当地情况的武工队员送去了涂家村之外，剩下的人全都参加了这次的行动！黄瓜打铜锣，一锤子拍卖，咱们听的就是这个响！"

像是听出了栗子群话里的含义，莫天留嘿嘿低笑着边走边回应道："大当家的，我琢磨出来的这主意肯定能成，咱们这当头炮也肯定能打响了，你就把心踏实地搁在肚子里吧！倒是咱们搁在粮食口袋里的那家什……保险吗？"

笃定地点了点头，栗子群朝着走在前方大车旁的一名八路军战士努了努嘴："韦正光同志是湖南浏阳人，那地方自古就是花炮之乡，造火药、造鞭炮是他家好几辈子的祖传手艺，从来也没出过娄子，你就放心吧！"

打量着佝偻着腰身走在队伍中的韦正光，莫天留随口应道："有大当家的打包票就成，那我就到前面去了。打头的大车上，棒槌还看着何财主呢，我怕棒槌心眼儿太实，还是我去看着何财主好些。还有……大当家的，你给我个手榴弹呗？"

伸手从腰后摘下了个日本造手榴弹，栗子群一边将手榴弹朝莫天留递了过去，一边讶异地低声问道："天留，你要这家什干吗？这家什带在身上可招眼，你记着用衣襟遮挡着些……"

朝着栗子群摆了摆手，莫天留伸手指了指栗子群腰后用衣裳遮盖着的另一枚手榴弹："这回要耍弄的招数，用日本造的手榴弹不好使。大当家的，你把那晋造手榴弹给我一个。"

看着莫天留那带着几分狡黠的笑容，栗子群倒也并不追问，只是伸手摸出了一枚晋造手榴弹交到了莫天留手中，却又关切地叮嘱道："这晋造手榴弹可有些不稳定，你拉着了火赶紧扔，可千万别在手里炸了！"

答应一声，莫天留抓过栗子群交到自己手中的晋造手榴弹，顺手从大车上备着捆绑粮食口袋的绳捆里抽出一截麻绳，撒腿便朝着走在最前面的大车追去。

像是听见了莫天留大步跑来的脚步声，坐在大车上装着的粮食口袋顶部、正瞪大了眼睛盯着身边何财主的沙邦粹微微一伸手，轻轻松松便将朝着自己伸出了巴掌的莫天留拽到了大车上。

手脚并用地从粮食口袋上爬到了何财主身边，莫天留嬉笑着看着被自己与沙邦粹夹在了当中的何财主，很有些诡谲地低笑着说道：“何老爷，这大清早就劳烦你从被窝里爬起来赶路，辛苦了啊！”

灰败着脸色，身上胡乱裹着一件长袍的何财主无精打采地耷拉着脑袋，像是没听见莫天留说话般一言不发，一双手却是不停地微微颤抖。

上下打量着何财主那颓丧的模样，莫天留也并不在意何财主没开口接应自己的话茬儿，反倒是自顾自地接茬儿说道：“这秋老虎发威，热得人心火都旺了几分……我说棒槌，这么热的天气，你就眼睁睁看着何老爷受这活罪？你也不知道招呼着何老爷宽宽衣？”

也不等沙邦粹回过神儿来，莫天留已经伸手拉扯起了何财主身上的衣裳，嘴里兀自胡乱叫嚷着：“这大热的天气还穿得这么板正，何老爷你到底是有钱人，就是讲究……”

胡乱拉扯之中，莫天留手脚飞快地将那枚刚从栗子群手中拿来的晋造手榴弹捆到了何财主的腰上，再将拴在手榴弹拉火环上的麻绳从何财主穿着的长衫袖子里穿了出来，这才轻手轻脚地替吓得目瞪口呆的何财主扣上了身上长袍的扣子。

将连接着拉火环的麻绳在自己手腕上绕了两圈，莫天留笑嘻嘻地抬起胳膊架在了何财主的肩膀上：“何老爷，知道你腰上多了个啥吧？”

惨白着一张脸，何财主哆嗦着点了点头：“我……我知道，手榴弹！”

满意地点了点头，莫天留伸出另一只巴掌在何财主腰上一拍：“何老爷，这手榴弹是方才我们大当家的给我的，还特意嘱咐我，说这晋造手榴弹不稳定，拉了火就得赶紧扔，要不然……说不定就在自己手上炸了！何老爷，你见过被手榴弹炸过的人没？”

看着何财主玩命地摇晃着脑袋，莫天留脸上笑意不减，巴掌却又在何财主腰上一拍：“你没见过，可我见过！我跟你说啊何老爷，这叫手榴弹炸过的人啊，要是隔着远了，身上也就是叫弹片戳出来几个大窟窿，一顿饭工夫之后，血流干了才能死！可要是叫手榴弹贴着身子炸了……哎呀……那个心肝肚肠漫天飞，可人一时半会儿还死不了，就得疼得在地上到处乱滚，胡乱抓挠，有时候一双手都能把地上刨出来俩坑……何老爷？何老爷？！”

一把扶住了软塌塌朝着大车下坠去的何财主，沙邦粹一看何财主那双眼翻白、口吐白沫的模样，顿时便闷着嗓门儿低叫起来：“天留，你这是干啥呀？你把何财主都吓得晕厥过去了……”

伸手朝着何财主人中狠狠一掐，莫天留看了看倒抽着冷气转醒的何财主，嬉笑着朝沙邦粹挤了挤眼睛：“干啥？一会儿你就知道了……”

★ 第六十三章 顺水推舟（中）

日上三竿的当口儿，运送着粮食的车队已经顺着大路走到了三岔湾左近。看着拉车的大牲口走得浑身是汗，装扮成了车把式的八路军战士只能把大车赶到了路边的树荫下，先把料袋套在了牲口嘴上，让走得疲累的牲口好歹吃上几口掺了豆面的草料，再取了车上带着的水桶，去路边青蟒河中打了些清水饮牲口，人喊马嘶折腾出来的场面，倒也颇为热闹。

从衣兜里摸出两块夹了咸菜的白面硬馍，莫天留顺手将其中一块干粮递到了沙邦粹的手上：“棒槌，你也去寻点水来。等拉车的牲口都歇过了劲儿，咱们可就得闯三岔湾鬼子炮楼了！要是不吃饱喝足，一会儿可就不得劲儿了！”

把莫天留递来的干粮朝嘴里一叼，沙邦粹顺从地从大车上跳了下去，眨眼的工夫便端着个半满的水桶奔回了车前。一边高举着水桶递给坐在粮食口袋上的莫天留，已经把干粮吃了个干净的沙邦粹一边朝莫天留扬声问道：“天留，一会儿咋闯三岔湾炮楼？有说好的章程没有？”

端着水桶猛灌了一气清凉的河水，莫天留顺手把水桶朝站在车旁的沙邦粹一递：“一会儿你只管把这连着手榴弹的麻绳拴在手腕上，再好生扶着何老爷，寸步不离地跟着我就是！旁的事情……大当家的说了，都交给我了！”

抬头看着莫天留那神气活现的模样，沙邦粹禁不住闷声应道：“天留，你又逞能……这回可是大事，咱们要是这事弄不成，怕是村子里不少乡亲就得出门要饭。那些连家门都出不起的，就得活活饿死！前些年清乐、宫南两县闹蝗虫，庄稼颗粒无收，你可是亲眼见过饿极了吃观音土的乡亲活活憋死……”

脸色骤然一黯，莫天留顿时没了方才那神气活现的模样。他沉默了老半天，方才看着那些正在收拾水桶、料袋的八路军战士说道：“棒槌，我心里……心里有数！无论如何，这回我一定能把粮食弄回去！你就瞧我的吧！”

虽说沙邦粹平日里脑瓜子并不灵光，可在方才话刚出口，自己便知道说出来的话戳到了莫天留心头痛处，只怕是让莫天留想起了自己饿死的爹娘。忙不迭地放下了水桶，沙邦粹一个纵身跳上了大车，闷头低声说道：“天留，我……我不会说话，你……你别往心里去呀……”

朝着小心翼翼扭头看着自己的沙邦粹无声地捏弄出了个笑，莫天留仔细地解下了拴在自己手腕上的麻绳：“棒槌，仔细拴在你手腕上，可别叫人瞧出来了！一会儿这何老爷要是敢乱说乱动……你就拉动了这麻绳，再把何老爷和他腰里拴着的那手榴弹扔出去！”

一把攥住了莫天留递过来的麻绳，沙邦粹重重地点了点头：“天留，这活儿你就放心吧！”

反手摸出了搁在粮食口袋上的一面膏药旗，莫天留很是厌恶地把卷在旗杆上的膏药旗舒展开来，迎风甩弄了几下，这才朝着已经收拾停当的车把式扬声叫道：“走着吧……”

经过了短暂的休憩，拉车的大牲口在脚程上明显地加快了一些。才不过顺着大路走出去一壶茶的工夫，三岔湾炮楼上飘扬着的膏药旗已经映入了众人眼帘，就连炮楼外站岗的皇协军扯开了嗓门儿的吆喝声，也清晰地传到了莫天留等人的耳中：“站住！你们是干什么的？”

伴随着运送粮食的大车应声停下，猛地一个纵身，莫天留高举着那面膏药旗，稳稳当当地站到了装满粮食的口袋上，扯开了嗓门儿朝问话的皇协军士兵叫道：“老总，我们是从何家大集来给皇军送粮食的！车上装着的全都是上好的麦子，足足三十辆大车，两千斤麦子呀！何家大集的何老爷怕咱们下面人办事不稳当，也跟着送粮食的车队来了，捎带着还能去清乐县城里边，看看他那给皇军当翻译官的独养儿子……”

像是在回头请示那些已经从炮楼射孔中伸出了枪管的日军，方才开口问话的皇协军士兵隔了好一阵工夫，才再次扬声喊道：“何家大集的何老爷既然来了，那你们旁人先别动，大车也不许再朝前走，先叫何老爷过来，皇军要跟何老爷当面说话！”

“好嘞！我们这就让何老爷过去跟皇军当面说话……”

扯开嗓门儿回应了炮楼方向那皇协军士兵的话语，莫天留回头朝着默不作声站在大车后的栗子群挤了挤眼睛，这才朝着坐在自己身边的何财主低声说道：“何老爷，没忘了你腰上还拴着个手榴弹吧？一会儿到了炮楼跟前，你可千万别说错了话、费多了心！要不然……”

朝着脸色惨白的何财主怪笑了几声，莫天留飞快地跳下了大车，再回身帮着沙邦粹将何财主从大车上接应下来，这才一左一右地摆出了搀扶伺候何财主的架势，慢悠悠地朝着三岔湾炮楼前走去。

迎着那站在炮楼外工事中平端着晋造三八式步枪的皇协军士兵，莫天留点头哈腰地抢前几步，扯着嗓门儿朝那名皇协军士兵谄笑着说道：“老总，我们何老爷过来回皇军的话了……”

不等莫天留把话说完，那名平端着晋造三八式步枪的皇协军士兵已经狐疑地皱起了眉头：“你是何老爷家里的护院枪兵？我怎么没见过你？”

只是微微一个愣怔之后，莫天留飞快地谄笑着应道：“这也难怪老总不认识我！我们这些押运粮车的伙计，都是何老爷新近招揽的人手。这不是原来那些护院枪兵，有不少人都攀上了高枝，去清乐县城里干上了皇协军嘛，何老爷家里看家护院的人手实在是不大够，这才招揽了咱们兄弟……”

“你们都是何老爷新招揽来的人手？你是哪个村的？”

“小松庄的！”

“清乐县境内有个小松庄？我怎么不知道？”

“不是清乐县，是宫南县小松庄！老总你也该知道，清乐县城里能扛枪吃粮的伙计，差不多全都在皇协军白队长手下了，何老爷要不从宫南县想法子招揽人手，那还能上哪儿呀？”

将信将疑地打量了莫天留几眼，那名皇协军士兵又看着面色惨白的何财主说道：“怎么我看着何老爷没精打采的模样？不是何家大集有什么事吧？”

回头看了看被沙邦粹半搀半挟的何财主，莫天留应声答道：“何家大集里还有五十几号何老爷家的老人手看着，能有啥事？这不是着急给皇军送粮食吗？昨晚上天还没黑，何老爷就盯着咱们把粮食装车，今天早上天没亮就从何家大集朝清乐县城走，这一晚上没合眼，路上也都没吃点东西……老总，咱们何老爷为了皇军，那可当真是尽心尽力了呀！老总你瞧瞧，何老爷都累得走不动道儿了，这不还得我们兄弟搀扶着……”

用手中晋造三八式步枪一拨挡在自己身前的莫天留，堵住了道路问话的那名皇协军士兵毫不客气地提着嗓门儿叫道：“给我躲一边去！何老爷，你老人家可还好着？”

问话的皇协军士兵话刚说完，被沙邦粹挟持住的何财主已然感觉到了腰后被沙邦粹的手指头狠狠戳了一下，直戳得脊梁骨都隐隐作痛。强打起了几分精神，何财主强笑着朝那名皇协军士兵叫道：“好着呢……好着呢！你是……你是吴大宝吧？我还记得上回我去清乐县城看我那儿子，守着城门口的就是你。怎么如今不守清乐县城的大门，反倒是跑到三岔湾守炮楼来了？”

看着何财主那强装出来的笑脸，吴大宝顿时垂下了手中步枪的枪口：“何老爷，这事情可别提了！就前些天，清乐县城里也不知道来了哪路人马，一晚上杀了我们皇协军的两个弟兄，还……还弄死了两个皇军！皇军警备司令部的岛前太君说我们兄弟那天晚上当班看守城门办事不力，一人赏了好几个大嘴巴不说，还把那天晚上守城门的弟兄全给发配到三岔湾炮楼来了！何老爷，我这儿跟你讨个人情，你老人家要是进城见着了何翻译，能不能帮忙说几句好话，把我调回清乐县城去呀？你老人家是不知道呀……前几天有人夜里偷袭炮楼，隔着老远愣是能从炮楼的射孔里把子弹打进去，当场就打死了一个皇军，连炮楼上刚安好的探照灯都给打灭了……”

喋喋不休地朝着何财主倒着苦水，吴大宝显然是相信了何财主当真是亲自押粮前往清乐县城的，在何财主胡乱点头答应了自己的要求之后，吴大宝顿时眉开眼笑地朝着炮楼外工事中持枪警戒的皇协军士兵叫道：“都起来……都起来！何老爷要给清乐县城里的皇军送粮食，赶紧把拦路的鹿砦搬开……”

话音未落，从炮楼中却猛地传来了一句生硬的中国话：“吴大宝……什么情况？”

飞快地转过身子，吴大宝捏弄着一口硬邦邦的中国话，点头哈腰地朝着炮楼射孔方向叫道：“太君，是何翻译的爸爸……粮食……送去县城，给皇军！”

“检查得……仔细！粮食的……留下一车！”

忙不迭地答应着，吴大宝回身朝着何财主谄笑着叫道：“何老爷，这可不是我们难为你老人家，实在是皇军要检查粮车，还得给炮楼里留下些粮食……”

不等何财主开口说话，莫天留已经抢先提着嗓门儿嚷嚷起来：“检查好……检查好呀……来啊，皇军要检查粮车，把大车都赶过来，再选上好的麦子，给皇军留下一车！”

心领神会地扬声答应着，守在第一辆粮车旁的栗子群顿时压着嗓门儿朝装扮成车把式和护院枪兵的八路军战士低声叫道：“都稳住了，把大车赶过去，备着的那几车真粮食打头！”

★ 第六十四章 顺水推舟（下）

几乎是在运粮的大车走到炮楼外工事前的节骨眼儿上，从三岔湾炮楼群正中央最高的主炮楼中，三四个端着三八大盖儿步枪的日本兵从炮楼下被曲尺状胸墙遮掩着的小门里钻了出来，大声吆喝着让几个守在炮楼下护城壕旁的皇协军士兵放下了木质吊桥。

一边与吴大宝随口打着哈哈，莫天留一边偷眼瞧着那被皇协军士兵缓缓放下的吊桥，尤其是将那连接着吊桥上绳索的、半藏在壕沟中的大辘轳，更是格外仔细地多看了几眼，默默在心中记准了那大辘轳安放的位置。

伸手在何财主腰后用力一戳，沙邦粹挟持着何财主朝前走了几步，恰到好处地凑到了莫天留的身边。而在沙邦粹身后不远处，领着大车队列走到了工事前的栗子群，也不露声色地凑近了沙邦粹，拢在袖子里的一只巴掌已经握住了藏在袖管中的一把锋利匕首。

耳听着吊桥放下的动静，被莫天留缠着打哈哈的吴大宝也顾不上再搭理莫天留那缺盐少油的话茬儿，扭头冲着刚刚踏上吊桥的一名日军士兵深深鞠了个躬：“横路太君，大车都赶过来了，还是照着以往那样查呀？”

朝着吴大宝一晃手中端着的三八大盖儿，打头的那名日军士兵硬着嗓门儿吼叫道：“检查……仔细的！”

点头哈腰地答应着，吴大宝顺势从腰间抽出了一把刺刀，扭头朝着何财主说道：“何老爷，这可真不是我们要难为您老人家，实在是皇军定下的规矩，您老人家多包涵……”

嘴上说着客套话，可吴大宝手上倒是没有丝毫的犹豫。摆手招呼了几个皇协军士兵跳出了工事，吴大宝凑到第一辆停在工事前的大车旁，挥动着手中的刺刀便朝着鼓鼓囊囊的粮食口袋扎了下去。伴随着吴大宝拔出刺刀的动作，从粮食口袋上被扎破的窟窿里，晒干的麦粒顿时像涓涓流淌的溪水般向地面滑落下来。

伸手接了些麦粒端详了一番，再将几颗麦粒扔进了嘴里咀嚼了几下，吴大宝顿时皱起了眉头，侧身朝着站在一旁的莫天留叫道：“这麦子……是今年下来的新麦子？”

忙不迭地凑到了吴大宝的身边，莫天留谄笑着伸手从吴大宝摊开的掌心里拈起了几颗麦粒，却是不露痕迹地将一块大洋搁在了吴大宝摊开的掌心中：“老总，今年的新麦子也好，往年的陈粮也罢，那不都是能吃的正经粮食吗？只要找人仔细磨了、筛好，烙出来的可都是白面硬馍！”

手指头一勾，吴大宝熟门熟路地将莫天留搁在自己掌心中的大洋收进了衣兜里：“可就怕皇军吃着不对劲儿，到时候……”

“长官，你也是本乡本土的人，自然知道这里头的路数。可皇军……那不还得听你的说法吗？不怕实话告诉长官，眼下皇军四处抢……征粮食，何家大集虽说眼下还没轮上，可皇军来征粮也是迟早的事情。左右都是个破财消灾的路数，咱们何老爷想给自己家里剩下几个体己钱，那不也是情理之中的事情？长官，只要这粮食能平安送到清乐县城里，不光是何老爷，那就是何翻译，也得记得长官你的好处呢。”

微微点了点头，吴大宝扭头看了看站在吊桥后的几名日军士兵，这才低声朝着莫天留说道：“那就把这一车粮食送炮楼里边去吧！剩下的大车上，装着的也都是麦子？”

抬手指了指其他运粮食的大车聚拢的方向，莫天留像是漫不经心般地随口应道：“哪儿能全是麦子呀？也就前边这几车运的是麦子，后头那些车上都是各色杂粮，高粱、苞米、黑豆都有，这才凑齐了分量呢！”

伸手一推装得满满登登的大车，低头看了看被粮食口袋压得颤巍巍的车板，吴大宝这才满意地低笑起来：“何老爷还真就是个天生做买卖的好手——自个儿把粮食送去清乐县城，总好过了让皇军上门硬拿！新麦子保住了，面子也挣足了，捎带着还能替何翻译在皇军跟前得着个好脸色……这算计，真不是寻常人能想着的啊……”

谄笑着点了点头，莫天留也不再与吴大宝搭话，只是冲着装扮成车把式的八路军战士叫道：“老总吩咐了，把这一车粮食给送炮楼里面去，还不赶紧的！再来几个人跟着卸车，这粗笨活儿，可是不能叫老总们上手，更不能叫皇军辛苦呀！你，还有你们几个……跟着韦头儿去卸车！”

耳听着莫天留点了自己的将，始终佝偻着腰身站在大车旁的韦正光抬头朝着栗子群看了看，在看清了栗子群朝自己挤了挤眼睛之后，方才默不作声地跟在了朝炮楼里慢慢驶去的大车后面，却又顺手从另一辆大车上摘下了个黑漆漆的瓦罐，悄悄地搁在了大车上……

眼看着经过了吴大宝等人检查的大车一辆又一辆地驶过了吊桥，而何财主也在沙邦粹与栗子群两人的挟持下朝着吊桥上走去，始终跟在吴大宝身边，陪着吴大宝检查粮食的莫天留这才微微松了口气，看着那几名站在吊桥旁虎视眈眈盯着大车的日军士兵说道：“老总，这三岔湾炮楼的规矩可还不少啊？我看那几个皇军一直都站在吊桥旁边盯着场面，这是不放心我们这些给皇军送粮食的人呢，还是不放心老总你办事啊？”

扭头看了看几名站在吊桥旁的日军士兵，吴大宝不屑地撇了撇嘴：“皇军能信得着的，那也只有他们自个儿！就咱们这些在皇协军里扛枪吃粮的弟兄，平日里哪个没吃过皇军的耳光？有时候一声招呼过来，只要是手底下慢了丁点儿的工夫，那说不准就得挨一顿好打！”

露出了一副同情的模样，莫天留低声朝满脸不屑神色的吴大宝低声说道：“这可真是……端人碗、受人管，哪行里头下苦力扛活的人物，那委屈都少不了啊……”

狠狠将手中的刺刀捅进了个粮食口袋，吴大宝很是愤愤不平地哼道：“说是端人碗、受人管，可那碗里的东西都不一样！旁的都不说，就是每天到嘴里的吃食，皇军吃的是白面硬馍，菜里头也能时不时见着荤腥，咱们兄弟吃的可都是杂粮饭，给块咸菜疙瘩就算是下饭菜了！瞧着吧……你们送去清乐县城的粮食，进粮库的时候还得细分，麦子送去保定府，其他的杂粮，说不准就送去了皇协军治安大队的军营！”

眉尖微微一挑，莫天留下意识地追问道：“皇军和皇协军的吃食上头，还有这讲究？老总，你咋知道其他的杂粮会送去清乐县皇协军治安大队的军营呀？”

“昨天下乡征粮的队伍回城的时候也打炮楼过，我听个相熟的弟兄说的。眼下清乐县城里的粮库中搁着的都是麦子，就等着保定府的火车一到，除了留下些给清乐县城里的皇军吃之外，全都得拉保定府去充了皇军的军粮。其他的那些杂粮，眼下全都搁在清乐县皇协军治安大队的军营里……”

陪着满脸不服不忿模样的吴大宝检查着剩下的大车上装运的粮食，莫天留好不容易等到最后一辆大车也经过了检查，再又看着在炮楼里帮着卸车的韦正光等人赶着空车走出了炮楼群另一头的吊桥，这才朝着刚刚收起了刺刀的吴大宝笑道：“辛苦老总了！等咱们运粮食的大车回头，老总有啥要捎带的东西没有？”

没精打采地朝着莫天留一摆手，吴大宝随口应道：“还捎带个啥呀……要是何老爷能帮忙在何翻译面前说几句好话，早点把我调回清乐县城，那就比啥都强——好歹在清乐县城里，馋了还能想法子出去打打牙祭不是？”

胡乱朝吴大宝点头答应着，莫天留跟在了最后一辆大车后过了三岔湾炮楼。当大车在通往清乐县城的大路上走出了几里地之后，莫天留这才加紧了步子，飞快地追上走在队伍中央的栗子群，低声在栗子群耳边说道：“大当家的，鬼子突然改了送粮食的规矩了……”

耳听着莫天留三言两语说明了清乐县城中的情况，栗子群也不由得紧紧皱起了眉头：“没想到鬼子还会耍弄这么个花样。咱们在大车上装样子的粮食里，只有两三车麦子，其他的都是各色杂粮，压在下边的粮食口袋里还全都是沙土！这要是鬼子按照粮食的种类，逼着咱们分头把麦子和杂粮朝着两处运，咱们的队伍可就分散开了。到时候咱们抢运粮食的时候，人手、大车可就都不够了。尤其是还得分出一部分同志担任警戒……”

同样眉头紧锁，莫天留一时间也没了主意，很有些焦急地低叫起来：“这鬼子还真是……又要二鬼子替他们卖命，还舍不得给二鬼子吃一口好粮食！这就跟有些村子里的抠门儿财主一样——自己吃白面，长工吃麦麸，跟牲口吃的一个样……”

眼睛骤然一亮，栗子群猛地接口低叫道：“天留，你方才说啥？自己吃白面，长工吃麦麸……”

愣愣地看着栗子群，莫天留下意识地点了点头：“是啊！有些村子里的财主不厚道，哪怕长工扛活再苦再累，也都舍不得给长工吃一口好粮食，自个儿倒是躲在屋里吃白面硬馍！”

“那长工……心里也该有怨愤了？”

“这是自然！胆小的长工不敢吭气，也就只能咬牙忍着。胆大些的长工，扛活的时候也就要弄些花样，哪怕是收拾不了那抠门儿的财主，好歹也能出口闷气……”

“天留，按照咱们得着的情报，鬼子在清乐县城的粮仓在哪儿？”

“城西，就在清乐县城墙外边呢！清乐县城里面原本就没有能当粮库的大屋子，鬼子也是刚刚占了城墙外面一家大户的宅子当了粮仓。”

“咱们运粮食的大车走的是由东往西的大路。可要是不走城外大路，从城里穿过去，算是抄了近道吧？按照咱们得来的情报，清乐县城里的鬼子，差不多都出城抢粮了。除了守着粮库的那些鬼子，看守城门的全都是二鬼子？”

“没错……大当家的，你问这个……你有主意了？”

“天留，你说要是守粮库的鬼子知道二鬼子私下里藏了些麦子，他们能咋样？”

★　第六十五章　偷驴拔橛

怀里抱着一杆晋造三八式步枪，脑袋上歪戴着帽子，嘴里还叼着一根皱巴巴的烟卷，守在清乐县城门口的几个皇协军士兵一个个全都是这副没精打采、百无聊赖的模样，就连眼面前小心翼翼进出城门的百姓，也都懒得像平日里那样检查，只是间或胡乱吆喝两声了事。

自打穿上了这身皇协军军装、在日本人手底下扛枪混一口饭吃，见了日本人就生生矮了一头。除了对那些日本兵要点头哈腰、殷勤伺候之外，就连那些穿着日本和服的商人，有事没事也会朝自个儿吹胡子瞪眼。两句话说得不对付，大耳刮子上脸那就是家常便饭，闹不好还得上日本宪兵队的刑房里走上一遭！

武器装备上不如日本人也就罢了，反正也没真指望拿着手里这些家伙替日本人拼命。可就连吃食上头，日本人也要卡脖子抠搜。除了几个当官的见天儿还能吃上白面、隔三岔五的有些荤腥、酒肉，当兵的一天三顿能吃上苞米面饼子，那已经算是得着了便宜、捞着了好处……

狠狠嘬了口叼在嘴角的烟屁股，一名看守城门的皇协军士兵一口将快要烧到嘴唇的烟屁股吐出去老远，顺势将手中拄着的晋造三八式步枪朝着墙边一搁，懒洋洋地朝着站在城门洞对面的同伴叫道："你给盯着点儿，我去上趟茅房……"

心不在焉地哼哼了两声，站在城门洞对面的皇协军士兵很是惫懒地应道："上个屁的茅房！不就是瘾头犯了，想偷空去当一回神仙？我说，你身上哪来的钱？这可都俩月没发饷钱了，你还能有钱买大烟？"

左右看看城门洞两头并没扎眼人物，那将步枪靠在了墙边的皇协军士兵压着嗓门儿怪笑道："八仙过海，各显神通！上头不发饷钱，咱们兄弟不能自个儿寻财路？"

只一听能有法子捞钱，几个在城门洞中站岗的皇协军士兵顿时来了精神，三步并作两步地凑到了那故作神秘的皇协军士兵身边："有发财的路数？这可不兴吃独食，说来让大家伙儿听听？"

"……行！都在一个锅里搅马勺，我也不能不仗义！我问你们，身上都带着多少子弹？"

"这还用问？不打仗的时候一人二十颗子弹呀！剩下那点子弹，不全都给上头拿去卖钱了吗！"

"上头会拿着子弹卖钱，你们就不会？都不用出县城，在城里就能寻着人收子弹，价钱还不低！"

"有做这买卖的人物？啥来路呀？再说了，这子弹要是都卖了，万一要是上头查问、点算，那可是吃不了兜着走啊……"

"这兵荒马乱的年月，眼前能得着一个就算一个，谁还管给钱的人是啥来路？！再说了，眼下不正好有机会吗？咱们出城抢粮食的人马是轮换着来的，只要轮着咱们出城抢粮食的时候，大家伙儿一起朝天放个几枪，回来不就能报个数目，把这子弹上的花账给抹平了去？"

"我说呢……昨儿出城抢粮食的时候，你咋那么卖力，人才刚进了村子你就朝天放枪。闹了半天，这花样在这儿呢！没说的，有好处咱们一块儿捞——那收子弹的主儿在哪儿？"

"嘿嘿嘿嘿……这我可就不能说了！要想拿子弹换钱，我替大家过手就是！说好了，见十抽三！"

"你这比利滚利的印子钱还狠啊？见十抽三？那不行……最多二十抽一……"

乱纷纷的吵嚷声中，谁也没留神城门外的大路上，有一长串大车正飞快地朝着城门方向驶来，直到拉车的大牲口发出的鸣叫声传入了这些皇协军士兵耳中时，聚拢在一起的皇协军士兵方才像是如梦初醒般，一个个惊讶地打量着那些大车胡乱自语起来：“这么多大车？哪家有这么大排场呀？”

“运的啥呀？就这年月，城里哪家买卖铺面敢豁出去这么大的手面进货啊……”

猛地一拍自己的大腿，那方才还想寻个地方抽大烟的皇协军士兵顿时来了精神：“我说兄弟们，好处送上门了！这么多大车，不管拉的是啥货，想要过城门……”

话一出口，守在城门前的皇协军士兵顿时心领神会地接口叫嚷起来：“说的就是！平日里有皇军在城门口看着，就是想弄点好处，还得先看他们脸色，到手的玩意儿也得叫他们拿走一多半！这些天城里的皇军差不多都下乡抢粮食去了，剩下几个也都在粮库那边守着，当真是该着咱们兄弟发财！”

纷纷端起了手中的晋造三八式步枪，几名皇协军士兵都没等大车走到城门口，已经扯开了嗓门儿叫喊起来：“站住！都给我站住了，要不老子们可开枪了啊！”

眼看着几名把守城门的皇协军士兵装模作样地将枪栓拉得山响，走在打头大车旁的莫天留赶忙从大车上抄起那面膏药旗，冲着城门前的几名皇协军士兵使劲挥舞起来，口中兀自大声叫喊道：“老总，我们是从何家大集来给皇军送粮食的！”

嘴里不断高喊着这句车轱辘话，莫天留脚下也没丝毫的停顿，举着那面膏药旗飞快地朝着城门走去。而几个守在城门前的皇协军士兵在听到了莫天留的高声叫喊之后，也都不由自主地垂低了手中的枪口……

高举着手中的膏药旗，莫天留脸上挂着谄媚的笑容，飞快地跑到了城门口那几名皇协军面前，点头哈腰地冲着那几名皇协军笑道：“几位老总，我们是从何家大集……”

不等莫天留把话说完，那名卖子弹换钱的皇协军已经横眉立目地打断了莫天留的话头：“老子管你是从哪儿来的？车上运的啥？过来检查！叫你们那些带着枪的人都远远地蹲着，别朝城门口踅摸！要不然，老子手里攥着的可也不是烧火棍！”

脸上带着一副愣怔的模样，莫天留有些傻乎乎地将手中举着的膏药旗垂了下来：“老总，我们可是从何家大集来给皇军送粮食的！何家大集何老爷的儿子，就在城里给皇军当翻译官啊！再说……咱们这些大车，可是都在三岔湾炮楼检查过了的，还给三岔湾炮楼的皇军留下了一车麦子哪……”

眼珠子一转，打头接话的那名皇协军士兵顿时软了几分腔调：“原来是何翻译家老太爷送来的粮食。那都是啥粮食呀？”

依旧是一副傻愣愣的模样，莫天留回身指了指那些聚拢在一起的大车：“就两车杂粮，其他的都是上好的麦子。何老爷说了，给皇军送来的粮食不敢马虎，他老人家都亲自押着车过来了。老总，这眼看着日头就要偏西了，赶紧放我们进城吧。赶紧把这粮食入了粮库，我们也好歇歇。这天不亮就从何家大集出来，可是把人走得腿脚都软了……”

只一听说何财主也随车来了清乐县城，把守城门的皇协军士兵全都泄了气，懒洋洋地将大枪背到了肩头：“麦子送去城西粮仓，杂粮送去皇协军治安大队的营房，赶紧滚吧！”

忙不迭地答应着，莫天留却又再次朝着几个把守城门的皇协军士兵谄笑着说道：“那再问老总一句，何翻译现在在哪儿呢？”

很不耐烦地瞪了莫天留一眼，一名皇协军士兵爱搭不理地哼道：“何龅牙在哪儿？那自然是哪儿有日本人，哪儿就能瞧见何龅牙呗！现如今城里能见着日本人的地方，也只有城西粮仓，你们要找何龅牙，上那儿踅摸去吧……”

连声答应着，莫天留扭头朝着停在城门外不远处的车队挥了挥手，招呼着运粮食的车队进城。等得打头的空车走到自己身边时，莫天留麻利地跳上了大车，顺手便将手里的膏药旗插在了大车上的鞭杆窟窿里，很是招摇地朝着清乐县城中走去。

时近黄昏，清乐县城中的街道上正是行人匆匆朝家中赶去的时候，可街面上往来的行人只一见到大车上那随风摇晃的膏药旗，顿时便像是见着了瘟神出巡一般，全都朝着街边屋檐下、胡同中躲避不及，倒是叫运送粮食的大车走得格外顺畅。

眼见着内城墙上那并不算是太过宽阔的城门已然在目，站在打头空车上的莫天留敏捷地跳下了大车，迎着走在大车旁的栗子群低声叫道：“大当家的，进了内城墙朝右边一拐，就是皇协军治安大队的军营了，我就不跟着送粮食的大车过去了，这活儿交给万一响办。”

微微一点头，栗子群回头看了看紧随在自己身后的万一响说：“一响，你可千万沉住了气！参加这次行动的同志里面，说话是冀南口音的也就你们几个，你们几个可得把这大梁挑起来！”

狠狠咽了口唾沫，脸上明显有着些紧张神色的万一响犹豫片刻，方才朝着栗子群点了点头：“队长，我……你再让天留教我一遍，见着了那些二鬼子，话该咋说？”

很有些恨铁不成钢地瞪了万一响一眼，莫天留无可奈何地低声叫道：“一响，你也用不着多说啥，说多了反倒容易露馅儿！你只要告诉那些把门儿的二鬼子，这是从何家大集送来的粮食，问他们卸在哪儿就成！不过有一点你千万记住了——车上卸下来的这些装着麦子的口袋，你不能朝着一个地方堆，你得花插着朝二鬼子抢来的粮食里塞……”

★ 第六十六章 驱虎吞狼

穿城而过，出了城门不过五里，一座被青砖高墙围拢起来的大院子已然在望。或许是因为这大院子是刚被日军强占了充作粮仓的缘故，在院子里面竖起的两座岗楼都是木头搭建而成，就连院门前用沙袋垒出来的两座工事，高低、大小也都很不一样，叫人一看就能觉出构建这些防御工事的人很是仓促。

也许是为了防御时的方便，好端端的青砖围墙上高低不等地凿开了许多充当射孔的窟窿，有好几个窟窿里，还伸出了带着刺刀的步枪枪管。而在院墙外十来丈远近，不少看着就是被日军强拉来的壮丁，正在几名日军士兵的看押下，将一捆捆柴草堆积成了许多柴垛，再将一桶桶煤油泼到了堆好的柴垛上……

眯着眼睛打量着那些堆积得足有一人来高的柴垛，走在莫天留身边的栗子群禁不住低声哼道："这小鬼子还当真是有点鬼门道……这大院子周围一坦平洋，没草木、没庄稼，想要强攻的话，白天压根儿都冲不到跟前，就得叫小鬼子的火力压回去。可想要在晚上动手，小鬼子只要把那些柴垛一点着，他们躲在暗处开枪、打亮处进攻的人，那就跟打活靶子一样，肯定是一枪一个准儿！"

很是不服气地低哼一声，莫天留朝着几个站在大院子门前的日军士兵努了努嘴："鬼子不也就是仗着人多、枪好吗？咱们手里也有机枪，只要人马够多，就不信拿不下这破院子！"

"天留，打仗的事情可是千万大意不得！你瞧见那些差不多贴着地皮开的墙窟窿没有？那窟窿后头，肯定就有日本人的机枪埋伏着！到时候子弹贴着地皮打过来，这一点坑洼都没有的地方，进攻的人想躲都没个地方躲！你再看那院墙的走向，要是那边开成了一高两低'品'字形状的射孔后都有机枪，交叉火力就能封死好大一片……"

一边慢慢朝着大院子方向走去，栗子群一边低声向莫天留指点着大院子周遭日军依托建筑物布防的情况和相关的道理，直到大院子门前把守的日军士兵拉动着枪栓、发出了一阵刺耳的吆喝声，栗子群方才停下了脚步，伸手在莫天留腰后一拍："天留，看你的了！"

微微一点头，莫天留一把拽下插在大车上的膏药旗，使劲冲着那几名据枪瞄准了车队的日军士兵挥舞起来，口中兀自大声叫道："我们是来给皇军送粮食的……何家大集何老爷也在……我们要找何翻译的……"

才刚吆喝了几声，从半开着的院门当中，生得肥头大耳的何龅牙已经跌撞着从院子里冲了出来，一迭声地朝着几名日军士兵用日语吆喝起来：“不要开枪！千万不要开枪啊……是我的父亲……亲善商人，来给皇军送粮食的……深井阁下，请您无论如何约束一下……”

伴随着何龅牙那惶急的叫喊声，上身只穿着一件衬衣、下身却穿着军裤长靴的深井太郎赤红着一双眼睛，手里抓着个半空的酒瓶子撞出了院门。看着不远处玩命挥动着膏药旗的莫天留，再瞧瞧莫天留身后的那一长串满载粮食口袋的大车，深井太郎这才朝着几名据枪摆出了射击姿势的日军士兵挥了挥手，示意那些日军士兵放下手中的三八大盖儿，却又盯着满脸惶急神色的何龅牙叫道：“是你那个在……何家大集的父亲吧？”

压根儿都顾不上深井太郎话中显而易见的语病，何龅牙慌乱地点了点头：“是！我的父亲亲自来给皇军输送军粮，还请深井阁下查收……”

举着酒瓶子，深井太郎猛灌了几口日本清酒，这才重重地冲着何龅牙的脸呼出了一口酒气：“你先去看看，如果不是麦子，那就叫他们送去皇协军的军营！”

答应一声，何龅牙伸手捂着脑袋上扣着的日本战斗帽，一路小跑着直奔运粮食的车队而来。离着车队还有老远，何龅牙已经朝着刚被沙邦粹扶下车的何财主叫嚷起来：“爹，你怎么凑这热闹来了？这是咱家粮食多还是咋的……”

边喊边跑，当何龅牙跑到了面色灰败的何财主身边时，这才感觉出了些不对劲儿的地方——怎么才几天的工夫，何财主身边就多了这么些生面孔的护院枪兵？

尤其是……连一个脸熟的都没有？

不等何龅牙下意识地伸手朝着挂在屁股后的枪套上踅摸，莫天留已经随手把手中的膏药旗朝着大车上一插，压着嗓门儿朝何龅牙低叫道：“何翻译官，你可千万别乱喊乱动！你爹身上可绑着手榴弹，一拉就炸！”

几乎就在莫天留低喝出口的同时，装扮成了护院枪兵的栗子群也不着痕迹地朝前走了几步，刚好逼近了何龅牙身边，借着何龅牙身板的遮掩，反手摸出了袖子里的匕首，轻轻顶在了何龅牙圆鼓鼓的肚皮上！

僵硬着身子，何龅牙强忍着心中的惊惧感觉，压着嗓门儿朝莫天留低叫道：“你们是……是哪路的？这可是清乐县城，我身后边就有百十号皇军，你们还敢在这儿闹事？不想活了？”

很是郑重地点了点头，莫天留同样压着嗓门儿应道：“何翻译，这话你算是说对了！清乐县境内十里八乡、各处村寨的粮食，差不离都叫鬼子和二鬼子抢光了，种地的庄户人家眼瞅着就得饿死！左右是活不下去，索性就来这儿求个不想活了！反正有你们何家爷俩垫背，咱们去阴曹地府的路上都还有个伴儿！”

轻轻用匕首尖在何龅牙肚子上一戳，栗子群几乎是在何龅牙的耳边低声喝道：“何翻译，真要我把刀子架你脖子上，你才肯撂实话？清乐县的鬼子和二鬼子差不多都下乡抢粮食去了，眼下在这粮仓里把守的鬼子，撑死了就二十来号！我也不怕明白告诉你，我们这次来，奔的就是叫鬼子抢走的粮食！你要不想死、也不想你爹陪着你死，那就乖乖听话！”

额头上的冷汗涔涔而下，何龅牙眼见着栗子群已经摸清了自己身后那些鬼子的底细，顿时便没了方才强撑着虚张声势的架势，颤抖着声音低叫道：“各位好汉，江湖上的规矩可是祸不及家人！你们来寻皇军的晦气，可犯不着把我爹也绑了来……”

猛地朝着何龅牙一瞪眼，莫天留低声厉喝道：“江湖规矩里可还有一条不许吃里爬外！你帮着鬼子祸害清乐县的乡亲，你自己说犯了这一条没有？再敢不听招呼，胡乱攀扯，老子立马照着江湖规矩点了你的天灯！少废话，告诉鬼子，大车上的粮食全是杂粮，麦子都叫皇协军弄去他们的军营了！”

只是略一愣怔，何龅牙顿时回过神儿来：“好汉，你这是要耍弄祸水东引、调虎离山的计策？可我要这么一说……皇军回头看见粮仓被你们劫了，那我……还有我爹，可还是个死……”

微微松开了顶在何龅牙肚子上的匕首，栗子群低声喝道：“只要你们父子俩好好配合我们，我们有法子让你们父子俩保住性命！赶紧的，照着我们吩咐的话跟鬼子说！”

抬眼看着何财主那灰败的脸色，何龅牙重重叹了口气，无可奈何地慢慢转过了身子，朝着站在院门前的深井太郎大声叫道：“深井阁下，恐怕……有一些小小的……错处。在运送粮食前往粮库的途中，一些麦子被皇协军拿到了军营里。送到了粮仓的，全都是一些杂粮。”

赤红着眼睛，已经把手中那瓶清酒喝了个精光的深井太郎几乎都不敢相信自己的耳朵！

自从征讨涂家村的行动失败之后，铩羽而归的深井太郎在岛前半兵卫的办公室里挨了十几个耳光。如果不是考虑到手边实在是无人可用的话，恐怕岛前半兵卫会毫不犹豫地命令深井太郎剖腹谢罪——大日本皇军的武士，居然被几个土匪打得灰头土脸，这世界上还有比这更加丢人的事情吗？

也基于此，在接到了征粮任务之后，岛前半兵卫几乎是不假思索地将改建、看守粮库的任务扔给了深井太郎，宁可自己亲自带领日军士兵下乡征粮，也不再信任深井太郎的办事能力。这在一个几乎无法以军功换取升迁的丙种师团来说，已经是宣判了深井太郎在仕途上的无期徒刑。往后的很长一段时间、或许到深井太郎退役的那天，恐怕深井太郎的军衔也绝不会有上升的可能了……

怀着满腔的怨气，被发配到了临时粮库的深井太郎很是自然地将自己遭受到的一切不幸归咎到了皇协军的身上——如果不是那些根本就不懂得如何作战的家伙畏首畏尾、临敌先乱，恐怕自己带领的日军士兵早已经杀过了木桥，屠灭了涂家村！

而现在，这些该死的家伙，居然还敢侵吞只能配发给皇军的上等粮食？

狠狠将手中的酒瓶子摔在了地上，深井太郎厉声朝何龅牙吼道：“那些皇协军怎么敢？！他们一共侵吞了多少本该送来粮库的麦子？”

伸手在何龅牙腰上一捅，莫天留低声在何龅牙耳边叫道：“这鬼子说啥？”

歪着嘴巴，何龅牙应声答道：“皇军是问，皇协军朝他们军营里拿了多少麦子？”

“告诉这鬼子，足足十车，原本就是要送来粮库的，是那些二鬼子硬把麦子抢去的，连大车都抢走了，要连夜把抢走的麦子换地方藏起来！”

★　第六十七章　袭杀搬运（上）

冷眼看着深井太郎暴跳如雷的模样，莫天留低声朝满脸惊惧神色的何龅牙说道：“何翻译，一会儿这鬼子肯定得叫上你去城里皇协军的军营。记住了，把去了皇协军军营的鬼子拖住一个时辰，让他们在皇协军军营里慢慢翻找麦子就成。”

苦着一张脸，何龅牙耳听着深井太郎咆哮着让看守粮库的日军士兵立即集合、准备前往城中皇协军军营，无可奈何地朝莫天留点了点头：“这位好汉，我只能说尽量照着你的吩咐去办，可到底能不能让皇军在城里耽搁一个时辰，我这真说不准……我就是个翻译官，遇见事情也轮不着我拿主意不是？这位好汉，你先把我爹放了成不……”

猛地瞪大了眼睛，灰败着脸色的何财主却像是猛然清醒过来一般，颤抖着声音朝莫天留叫道：“这位好汉爷，你们可别为难我儿子……这日本人杀人不眨眼，万一要是……我跟着你们走，我啥都听你们的，你们可千万别为难我儿子……”

冷哼一声，莫天留毫不客气地低声喝道：“这会儿你们父子俩倒是一个护崽子、一个疼亲爹了？平日里帮着日本人祸害乡亲的时候，你们就没想过，被鬼子祸害的乡亲也有儿子、也有爹娘？！”

看着讪讪低下头来的何家父子俩，栗子群反手将匕首收进了袖管里："何翻译，我们的要求你可全都记住了——把鬼子在城里拖住最少一个时辰！"

无奈地点了点头，何龅牙却又低声叫道："那……那我爹呢？你们肯定是奔着粮库里的这些粮食来的，到时候要是发现粮库出了事，不光是我一条命保不住，就是我爹……"

"早替你想好由头了！到时候你就把粮库被劫推到土匪身上去，我们捎带着也会把你爹带走，还会给你发一份绑票的飞叶子，让你交赎金！一个时辰之后，粮库就会着火，该怎么把话给鬼子编圆了，你自己琢磨去！"

狠狠一咬牙，何龅牙闷声叫道："那……粮库里剩下的皇军，可是……不能留活口！看守粮库的一共有二十二个皇军，我估摸着深井太郎能带走一半人……"

"这你就甭操心了！"

怏怏地答应一声，何龅牙扭头一路小跑地奔到了深井太郎身边。也不知何龅牙在深井太郎耳边嘀咕了几句什么，暴跳如雷的深井太郎竟然连连点头，吼叫着招呼了十几名日军士兵跟在了自己身后，大步朝着暮色笼罩下的清乐县城走去，却把何财主与那些满载着粮食口袋的大车撂在了一旁。

眼瞅着目光闪烁的何龅牙与深井太郎带领的日本兵走过了身边，莫天留默默计算着离开粮库的日军士兵人数，禁不住暗自松了口气。当离开粮库的日军士兵身影消失在暮色中之后，莫天留立刻朝着站在自己身边的栗子群挤了挤眼睛："大当家的，还是我来呀？"

略一踌躇，栗子群微微点了点头："你一个人去不成，我陪着你去！有田，把备好的东西拿过来！"

利落地答应一声，钟有田一把掀开一辆大车上压着的粮食口袋，从遮掩在粮食口袋下的一个木箱子里取出了几只烧鸡和几瓶老白干，却又很有些心疼地朝栗子群低声叫道："队长，这烧鸡也就罢了，这酒可是正经的衡水老白干啊……当真是可惜了的……"

接过钟有田手中用荷叶包着的烧鸡，栗子群一边示意莫天留拿上钟有田递过来的几瓶衡水老白干，一边低声朝钟有田说道："舍不得孩子套不着狼！再说了……这点东西，就算是给粮库里这些鬼子的断头饭吧！"

赞同地点了点头，莫天留晃悠着手中提着的几瓶衡水老白干低笑道："掺了雷公藤的酒、抹了七步倒的烧鸡——这可还真是正经的断头饭！"

朝着莫天留使了个眼色，栗子群迈步朝着把守在粮库大门前的几名日军士兵走去，手中高高地举起了几只用荷叶包裹着的烧鸡，扬声朝着几名日军士兵叫道："太君……烧鸡……米西米西啊……”

同样高举着手中的酒瓶，莫天留亦步亦趋地跟在了栗子群身后，有模有样地学着栗子群的话语叫道：“米西米西啊……好酒……老白干……”

平端着三八大盖儿，几名看守在粮库门前的日军士兵眼看着栗子群与莫天留手中举着的烧鸡和酒瓶，原本差点出口的呵斥顿时不见了踪影，枪口也渐渐地低垂了下去。其中一名日军士兵在略作犹豫之后，摆动着手中的三八大盖儿，硬着声音叫嚷起来：“吃的……拿来……”

满脸堆笑地朝着那开口说话的日军士兵点了点头，栗子群与莫天留两人慢慢走到了那几名日军士兵面前，很有些胆怯地停下了脚步，却把捧着烧鸡和酒瓶的双手伸得笔直，摆出了一副想要讨好、却又害怕的模样。

显然是对栗子群与莫天留两人表露出来的神色感到满意，守在粮仓门口的几名日军士兵互望了几眼，全都咧嘴大笑起来。其中两名日军士兵边笑边把端在手中的三八大盖儿依靠到了粮仓门前的工事旁，上前几步接过了栗子群与沙邦粹手中的烧鸡与酒瓶。

点头哈腰地朝后倒退着回到了大车旁，栗子群看着那几个迫不及待将烧鸡和老白干瓜分一空、狼吞虎咽的日军士兵，顿时紧紧皱起了眉头：“人数对不上！何龅牙说看守粮库的有二十二个鬼子，方才去清乐县城的鬼子有十四个，门口这儿有六个，还有两个鬼子没瞧见……”

摸了摸别在腰后的短刀，孟满仓紧紧盯着粮库门前那几个胡吃海喝的日军士兵，冷声低哼道：“不就是两个鬼子吗？等门口那几个鬼子药性一发作，交给我就是了！”

用力摇了摇头，栗子群低声说道：“怕是不成！烧鸡和老白干里下的药，发作的时候也不会马上让人动弹不得、叫不出声！到时候门口这几个鬼子一叫唤，粮库里待着的两个鬼子肯定就能醒过神来！万一鬼子开枪，那咱们这次行动可就砸了……”

狠狠一跺脚，紧握着刀把子的孟满仓禁不住急声叫道：“这小鬼子可也真是……怎么就知道吃独食呢？干吗就不把另外的两个鬼子叫出来一块儿吃呢……”

转悠着眼珠子，莫天留伸着舌头舔了舔干枯的嘴唇，猛地朝着眉头紧锁的栗子群叫道：“大当家的，让我和满仓哥试试？”

疑惑地看着莫天留，栗子群应声说道：“天留，你有啥主意？”

伸手抓过了大车后边挂着的水桶，莫天留低声说道：“我试试跟那几个鬼子说说，看看能不能拉着满仓哥进粮库打水？只要那几个鬼子叫我和满仓哥进了粮库，就凭着满仓哥手里的两把刀，我还真不信有哪个鬼子能躲得过！再说我还能在旁边给满仓哥打个下手，这法子该是能成！”

几乎是毫不犹豫地点了点头，栗子群看着那几个在粮库门前胡吃海喝的日军士兵说道："也只能用上这法子了！有田，你那家什也准备好！只要看见粮仓门口的那几个鬼子药性发作，你立马就得下手，无论如何不能叫他们开枪！"

飞快地从粮食口袋下摸出了自己惯用的弩弓和弩箭，钟有田重重地点了点头："外面的交给我了！满仓，里头那俩货色可就看你的了！"

摸了摸腰后别着的两柄短刀，孟满仓默不作声地点了点头，顺手抄起了两个水桶，与莫天留一起朝着粮仓大门口走去。

似乎是沉浸在美食的诱惑中无法自拔，几名把守在粮仓门前的日军士兵全然没有注意到莫天留与孟满仓走到了自己身边。直到莫天留在离着那几名日军士兵二十来步远近站定时，一名日军士兵方才像是如梦初醒般地看向了莫天留，硬着嗓门儿朝莫天留叫道："滚开……滚……"

高举着手中空荡荡的水桶，莫天留迎着那名开口说话的日军士兵叫道："太君……我们都口渴了，让我们进去打点水吧……打水……我们想喝点水啊……"

举着手中半空的酒瓶，开口说话的那名日军士兵毫不客气地挥了挥手："滚开……滚开……"

转头看了看站在自己身边的孟满仓，莫天留微微叹了口气，细声细气地朝着孟满仓说道："这鬼子油盐不进，满仓哥，估摸着咱们要硬闯了。"

微微一点头，孟满仓轻轻放下了提在手中的水桶，把手背在身后上下摇了摇，顺势握住了腰后两柄短刀的刀柄："二十步，我杀左边那两个，你站着别动，别挡道就成！"

莫名其妙地看着同时紧紧咬住了牙关、从鼻孔中深深吸气的孟满仓，莫天留低声叫道："满仓哥，什么叫我站着别动、别挡道就……"

话没说完，孟满仓已经像是一头饿虎般，默不作声地朝前扑了过去。人才朝前扑出去三五步远近，双手中已经一正一反地握住了两柄只有一尺来长的短刀！

★ 第六十八章 袭杀搬运（下）

乍然间看见孟满仓紧握着两柄短刀朝着自己扑了过来，那开口说话的日军士兵反应倒也不慢，抬手便将握在手中的酒瓶朝着孟满仓掷了过去，顺势一把抓起了靠在粮仓门前工事上的三八大盖儿。而另外几名日军士兵也在片刻的愣怔之后，纷纷伸手抓向了身边近在咫尺的武器。

不等反应最快的那名日军士兵抬起枪口，朝前急冲的孟满仓已经避开了朝着自己面门飞来的酒瓶，合身扑到了那名日军士兵面前，手中的两柄短刀交错绞杀之下，几乎将那名日军士兵的脖子完全割裂开来。

漫天喷溅的血雨中，孟满仓看也不看两名嘶声吼叫着、端着上了刺刀的三八大盖儿朝自己撞来的日军士兵，反倒是侧身一脚踢在了另一名日军士兵已经抬起的枪管上。借着这一脚踹出的力量，孟满仓朝前一个弓箭步站稳了身形，手中紧握着的两柄短刀如同毒蛇般由下至上一挑一扎，顿时便将另一名日军士兵开了腔子！

几乎在同时，犹如鬼哭枭啼般的弩箭冲破风声呼啸而至。只是眨眼的工夫，几名端起了三八大盖儿的日军士兵或是被弩箭射穿了脖子，或是被弩箭钉在了脑袋上，全都一声不吭地软倒在地……

没有丝毫迟疑，孟满仓抬起胳膊擦了擦满头满脸的血水，回头朝着傻愣愣站在原地的莫天留低喝道：“别傻愣着了，朝粮库里面闯！”

瞪大了眼睛，莫天留就像是做梦般地看着眼前六名日军士兵眨眼间被杀了个干净，耳边似乎还能听见弩箭与自己擦身而过时的啸叫。直到孟满仓急声低喝传到了耳中时，莫天留方才如梦初醒般地急叫着应道：“满仓哥，你别闯！千万别闯！”

紧攥着手中的水桶，莫天留朝前急冲几步，弯腰抓起了个半空的酒瓶捏在手中，这才朝着已经贴着大门旁站好了撞门架势的孟满仓急叫道：“让我先进去哄住了里面的鬼子！要不你这一身血的架势朝里面闯，鬼子肯定见了你就开枪，那可就全砸了！”

转头看着栗子群等人已经悄无声息地朝着粮仓大门前冲了过来，孟满仓看看自己满身鲜血的架势，无奈地点了点头：“那你可加小心……”

顾不上跟孟满仓再说什么，莫天留伸手将粮仓大门推开了条窄缝，却是背对着粮仓大门朝门缝里挤了进去，口中兀自大声吆喝着：“太君……你们米西……我去打点水……米西……”

才朝着门缝里挤进了半个身子，莫天留已经听见了身后不远处传来了两名日军士兵的吼叫，还有拉动枪栓的脆响！

僵硬着身子，莫天留慢慢把提在手中的酒瓶子先朝后伸了过去，一边微微摇晃着酒瓶子，一边大声吆喝起来：“太君……好酒……你们米西……”

嘴里吆喝不停，手上也连连摇晃着酒瓶，慢条斯理地转过了身子，迎着两个离粮库大门足有三十米开外的日军士兵叫道：“太君，外边的太君在米西啊太君……叫我送酒进来给你们也米西啊……”

脸上带着谄媚的笑容，莫天留点头哈腰地慢慢朝着那两名日军士兵走去，就像是一只拿着大米逗引母鸡的狐狸般，一步步地靠近了那两名端着三八大盖儿、朝自己虎视眈眈的日军士兵。

很是狐疑地看着摇晃着酒瓶子朝自己走近的莫天留，守在粮库里面的两名日军士兵对望一眼，再看看莫天留手中摇晃着的酒瓶子，总算是慢慢垂下了对准莫天留的枪口。其中一名日军士兵眨巴着眼睛琢磨了好一会儿，方才朝着莫天留吆喝出了一句日本话。

在脸上挤出了一副迷惑的模样，莫天留努力让自己的脚步不要走得太快，几乎是扯开了嗓门儿朝着那两名日军士兵叫道：“太君，你说的是个啥呀？是叫我过去呀……还是叫我过去……”

眼看着已经凑到了离两名日军士兵十步远近的距离上，还没等莫天留攥着酒瓶子的巴掌蓄上力气，两名日军士兵的眼神却是猛然一凝，几乎同时盯住了莫天留的双脚。

下意识地低头看了看自己的双脚，莫天留顿时惊出了一身冷汗——方才急匆匆从被孟满仓斩杀的日军士兵身边捡起酒瓶时，双脚居然沾满了鲜血。虽然在暮色之中，隔远了看得并不真切，可走近了却是能叫人一目了然！

没有丝毫的犹豫，莫天留猛地向前一个纵身，手中紧攥着的酒瓶与水桶几乎同时脱手，朝着两名已经抬起了枪口的日军士兵砸了过去。伴随着那两名日军士兵下意识的躲闪，莫天留飞快地从腰后摸出了一把锋利的匕首，怒声大吼着朝其中一名日军士兵扑了过去：“杀呀……”

吼声刚起，一支弩箭已经呼啸着钉在了一名日军士兵的眼眶中。几乎就在那名被弩箭射中的日军士兵仰天倒下的瞬间，莫天留手中抓着的匕首也狠狠地捅在了另一名日军士兵的胸口。

瞪圆了眼睛，那名被莫天留刺中了胸口的日军士兵一时未死，已经搭在扳机护圈上的手指顿时向扳机上滑了过去。也顾不得在脑中多转任何念头，合身扑到了那名日军士兵眼前的莫天留几乎是下意识地伸手抓住了日军士兵紧握着的三八大盖儿，一根手指也只朝着扳机后那狭小的空隙中抓了进去。

濒死之时，被莫天留刺中了胸口的日军士兵几乎使出了吃奶的力气，玩命地扣动着扳机，顿时将莫天留伸在扳机与护圈间隙中的手指夹得皮破血流。剧痛之下，莫天留不禁惨叫着用力拔出了刺在日军士兵胸口的匕首，狠狠地朝着那名日军士兵一刀接一刀地捅了下去……

几乎就在莫天留大声怒吼的同时，原本守在门后的孟满仓已经撞开了粮库大门，直冲着莫天留面前的两名日军士兵冲杀过来。眼见着其中一名日军士兵被弩箭射杀，而另一名与莫天留纠缠在一起的日军士兵却并没倒下，反倒是只听见莫天留惨叫连连。惊怒之下，孟满仓几个箭步冲到了莫天留身边，手中短刀闪电般地刺进了另一名日军士兵的咽喉，这才朝着莫天留急声叫道："天留，你受伤了？！"

被那名与自己近在咫尺的日军士兵喉咙上喷出的鲜血糊了一脸，莫天留猛地将卡在扳机与护圈之间的手指抽了出来，疼得连连跳脚大骂："可是疼死老子了……狗日的鬼子……"

一把抓过了莫天留的手仔细看了看，孟满仓顿时松了口气。再看看倒在脚下的日军士兵尸体，孟满仓更是忍俊不禁地低笑起来："天留，我还真没看出来，你还是个狠角儿？我要是再慢点过来，怕是这鬼子都要叫你收拾成饺子馅儿了。"

胡乱抹了一把脸上的鲜血，莫天留先把手上的手指举到自己眼前看了看，这才低头看了看倒在地上、被自己把前胸肚腹捅得血肉模糊的鬼子尸体，余恨未消地怒声叫道："这鬼子都叫我捅了心口了，还憋着一口气要开枪！我这手指头要是再慢一点，怕是就真叫他把枪打响了……"

话音未落，已经安排了其他八路军战士搜索粮库、肃清战场的栗子群也疾步走到了莫天留身边。只一看莫天留那血肉模糊的手指，栗子群飞快地从自己衣襟上扯下一根布条，三下两下便将莫天留受伤的手指包扎起来，这才朝着莫天留与孟满仓说道："天留、满仓，你们俩上岗楼负责警戒，尤其是要注意城门方向是不是有鬼子出现！"

捧着受伤的手，莫天留却是朝着栗子群摇了摇头："大当家的，咱们要把粮食运去的地方，只有我和棒槌熟悉，警戒的活儿你找旁人吧，我还是跟棒槌一块儿领路，咱们赶紧把鬼子的粮食弄走！"

略作思忖，栗子群飞快地点了点头，扭头朝着其他八路军战士叫道："大家抓紧时间肃清战场，会赶车的同志马上把大车赶到粮库里来！韦正光，你负责在粮库里装上你拿手的那些玩意儿，一定要保证一个时辰之后，粮库的大火烧得谁也拢不了边儿！其他的同志，立刻把粮库里的麦子装车运走，天留、棒槌带路！"

整齐的答应声中，一些八路军战士飞快地冲出了粮库大门。不过片刻的工夫，满载着粮食口袋的大车便鱼贯从大门驶进了粮库中。

把吓得浑身颤抖的何财主交给了另外一名八路军战士看管，沙邦粹三下两下扒拉掉了身上的衣裳，伸着两只长长的胳膊，眨眼间便将大车上用来打马虎眼的、装满了沙土的粮食口袋扔了一地。而在粮仓中列出了两行队伍的其他八路军战士，也飞快地将装满了麦子的粮食口袋运到了大车上。

眼看着一辆辆大车上重新装满了粮食，捧着受伤的手站在一旁的莫天留禁不住得意地低笑起来：“嘿嘿嘿嘿……这可是好几万斤麦子啊……鬼子就是做梦也想不到，也就是一个时辰的工夫，这好几万斤粮食怎么就能不见了踪影？”

★ 第六十九章 几近穷途

把地上捡回来的两捧麦种磨了面，用被砸豁了半边的铁锅烙了干粮，汪老栓一手捏着一个烫手的硬馍递到了两个孩子手里，然后又将剩下的一块干粮掰成了两半，把一多半扔给了坐在灶边抹泪的媳妇，闷声朝媳妇说道：“打你过门儿到今天，也没叫你吃过几顿饱饭！嫁到我老汪家，算是……亏了你了！”

捧着汪老栓扔过来的半块干粮，再看看两个大口吃着硬馍的孩子，汪老栓的媳妇终于忍不住心中悲苦，捂着嘴巴痛哭起来……

穷门小户人家，土里刨食、靠天吃饭，一年辛苦能换来个半饥半饱，日子也就算是能熬下去了。赶上老天爷开眼赏了个丰收年景，拿地里多打的那点粮食换个蚕豆大的长命锁片、麻绳粗的银丝镯子，估摸着都能当传家宝一辈传一辈。真要是咬牙扯了花布给媳妇做一件大袄，一村子的娘们儿都能在背地里羡慕得咬碎银牙！

眼瞅着今年天时不正，地里压根儿就没打上来多少粮食，哪怕是汪老栓家媳妇精打细算，也只盘算出个拿麦子换杂粮、熬粥糊弄到来年的主意。家里两个孩子哭闹了好多回，想要吃一口新麦子烙出来的干粮，汪老栓家媳妇都把手伸到了扬净晒干的麦子里，却还是狠着心把手缩了回来……

可还没等汪老栓把扬净晒干的麦子拿去清乐县城里换了杂粮，十几个鬼子已经领着一群二鬼子冲进了村子。三十来户人的村子里有一家算一家，不管是麦子还是其他的各样杂粮，全都叫那些鬼子和二鬼子抢了个干净。村口有两家人抱了一口袋粮食想跑，可还没跑出去百十步远，鬼子手里的大枪就响成了一片。汪老栓眼睁睁看着那几袋子染血的粮食被扔上了大车，腰后衣襟又被媳妇死死拽着，只能低头扔下了已经攥在手中的砍柴斧头……

粮食被抢光了，出村去寻亲戚求告些粮食的乡亲也哭丧着脸空手回了村，只捎带回了个令人绝望的消息——清乐县境内十里八乡的村子，差不离全都遭了鬼子劫掠，一点粮食都没剩下！

四下求告无门，更兼得兵荒马乱的年月，哪怕是出门要饭逃荒也是走投无路。才不过两天的工夫，村子里已经有心气儿窄的人家一把火烧了自家房子，一家三口齐刷刷在村口大树上上了吊。眼看着再没活路，汪老栓只能把心一横，招呼着媳妇用地上捡回来的两捧麦种磨面做饭，自己却坐在被鬼子折腾散了的麦草垛旁，红着眼睛用麦草扎了三个草标……

几乎要把拿在手中的半块干粮捏成了粉末，汪老栓赤红着一双眼睛在两个懵懂的儿子与哭泣的媳妇之间来回扫视着，嘴张了好几次，却还是一个字也说不出来。眼看着抢先吃光了干粮的两个儿子全都盯住了自己手中那半块干粮，汪老栓只得硬起心肠，使劲闭上了眼睛："明天……咱们就去清乐县城，给你们娘仨找条活路……"

睁着一双泪眼，汪老栓家媳妇哽咽着看着身边两个孩子，老半天才从嗓子眼儿里挤出了一句话："俩孩子……可才四五岁呀……这就没了爹娘了……要不，你把我给卖了吧？给你们爷仨换点粮食活命……"

重重地摇了摇头，汪老栓涩声应道："这兵荒马乱的年月，能找着个管饭吃的地方，就算是祖上积德了，谁还能再拿粮食出来买人丁啊……"

"可我舍不得孩子……爹娘都不在身边了，孩子苦啊……"

"这年头，能活就不错了，苦……啥是苦？哪儿又能不苦啊……"

耐不住心头悲苦无奈，汪老栓双手紧握着拳头，使劲捶打着自己的额头，终于忍不住失声痛哭。而两个懵懂的孩子看见自己爹娘痛哭的模样，也全都尖声哭泣起来！

正在一家四口痛哭时，从汪老栓家屋子外面，却猛地传来了个低沉的声音："屋里乡亲，先别哭了！这里有点粮食，你们先拿着。熬过七天，自然有活命的法子！"

讶然止住了哭泣，汪老栓猛地从灶台旁站起了身子，顺手抄起了灶台旁砍柴的斧头，哑着嗓门儿朝屋外喝道："外边是谁？！"

就像是全然没听见汪老栓的喝问声，屋外的那个声音依旧沉稳异常："记住了！七天后，就有活命的法子，心里可千万别乱了章法！"

伴随着那沉稳异常的声音，一个算不得太大的粗布口袋也从半敞开着的房门处扔进了屋子，屋外也响起了轻轻的脚步声。还没等汪老栓回过神儿来，不远处的邻舍院子里，已经隐约传来了一个有些尖细的嗓音："……熬过七天，就有活路！"

犹豫着放下了手中紧握的砍柴斧头，汪老栓迈步走到了那个被人扔进了屋子的口袋前，弯腰捡起了那只有三五斤分量的口袋。只是打开口袋瞧了一眼，汪老栓顿时惊讶地瞪大了眼睛——口袋里居然是扬净、晒干的黑豆！

睁着一双婆娑泪眼，汪老栓家媳妇看着汪老栓捧着口袋愣在当场的模样，禁不住怯怯地站起了身子，朝着汪老栓颤声问道："孩子他爹，这口袋里是啥？"

一把攥紧了袋口，汪老栓急三火四地关上了房门，这才朝着自家媳妇低声叫道：

“是粮食！黑豆……就这些黑豆，再掺上些野菜什么的熬些稀汤，当真够咱们一家子活七天！”

讶然张大了嘴巴，汪老栓家媳妇惊声叫道：“还真是粮食？这是哪路神仙，知道咱们家活不下去了，半夜来给咱家送这救命的粮食呀？”

朝着自家媳妇摆了摆手，汪老栓侧耳聆听着村落中几条看家狗看见生人时折腾出来的动静，好半天方才低声说道：“不光是咱们家，怕是村里被鬼子抢走了粮食的人家，都得着了这救命的粮食了！孩子他娘，赶紧找个能藏东西的地方，把粮食好好藏起来！我出去看看……”

眼看着汪老栓顺手又把砍柴斧头抓在了掌中，汪老栓家媳妇急得一个箭步冲到了汪老栓身边，不管不顾地抱住了汪老栓结实的腰杆：“当家的，你可别出去呀……这兵荒马乱、黑灯瞎火的，外面给咱们送粮食的人也都不知道是啥来路，万一要是……你可叫我们娘仨怎么活呀？！”

轻轻一晃身板，汪老栓轻而易举地挣脱了媳妇的撕缠：“我不走远，就是去隔壁汪二狗家看看！”

“汪二狗家也跟咱家一样，粮食让鬼子抢了个精光，你去他家能看出来个啥？”

“那二狗子不是农闲的时候，爱挑着个货郎担走村串寨地挣零花钱吗？跑得最远的时候，他都去过保定府进货，该是见识过些世面的！我就是想去问问二狗子，看看他能不能知道这半夜不露面、挨家送粮食的人到底是啥来路。”

好说歹说，汪老栓总算是哄着自家媳妇让自个儿出了门。借着村中道路两旁的树木遮掩，汪老栓没走几步，已经站在了同村的汪二狗家院门外。弯腰捡了块土疙瘩，汪老栓抬手将那土疙瘩轻轻扔到了汪二狗家的房顶上，这才低声朝院子里叫道：“二狗子，我是老栓，你给出来开开门！”

很是带着几分惊惧的意味，伴随着汪老栓话音落下，汪二狗的声音也飞快地在屋里响起：“是……是老栓呀？家里都睡下了，有啥事，明天天亮再说吧。”

耳听着汪二狗屋子里搬弄物件时发出的细碎声音，汪老栓不禁提高了几分嗓门儿：“睡下个啥呀？赶紧来开门，我有事要问你！”

似乎是害怕汪老栓的叫喊声惊动了更多的人，在片刻的沉默之后，汪二狗总算是蹑手蹑脚地从自己屋里走了出来，小心翼翼地打开了院门，却堵在院门口朝汪老栓强笑着说道：“老栓，这大晚上的，你有啥……”

打量着身形瘦小的汪二狗那躲躲闪闪的模样，汪老栓索性伸手把汪二狗推进了院子里。反手关上院门，汪老栓压着嗓门儿凑在汪二狗眼前问道：“你们家也得着了？”

“得着……得着啥？”

“还给我装？！粮食！刚才有人朝着我屋里扔了些杂粮，我可听着你家院子里也有动静，你还给我装啥？”

“老栓，你也得着粮食了？那送粮食的那人说的话，你记下了没有？”

“说是叫咱们熬过七天，家里人就能有活路。二狗，你平日里挑着货郎担走村串寨的，也算是村里见过世面的人，你知道这趁着半夜送粮食的人，是啥来路？”

“来路……这我可说不准！可我倒是听说了个旁的事情……”

“啥事？”

“就两天前，鬼子在清乐县城旁边的粮库，叫人一把火烧了个干净。守着粮库的鬼子一个也没跑出来，全都叫烧死在粮库里面了！”

“该！死得该！可那粮库里的粮食都给烧了，倒是真可惜了……”

“谁跟你说粮库里的粮食叫烧了呀？烧了的就是个空粮库，粮库里面存着的差不离小十万斤麦子，就这么生生不见了影子。听清乐县城里面的人说，是从铁屏山上下来一股绺子，一个时辰的工夫就把粮库里的麦子搬运光了，捎带手地还把跟鬼子套近乎的何财主绑了票！可说来也奇怪，清乐县城里的鬼子是见着火头起来，就领着那些二鬼子撒开了追，愣就是没见着那股绺子的人影！”

“带着小十万斤粮食，小路肯定是没法走，大路……可走不快呀。再说了，大路上不还有鬼子的炮楼卡着吗？这股绺子倒是使唤上了啥神通？是不是请了封神榜里头的土行孙上身，从地底下遁走了？”

“这我也琢磨不明白……我要能把小十万斤粮食眨眼就弄没了，一定得是五鬼搬运的神通才成！眼下清乐县境内十里八乡，手里能有粮食周济咱们的，估摸着也就是这些劫了鬼子粮库的人物。要是照着这路数来看……七天后，咱们怕是真能有条活路走？”

“二狗，你是说……这些人真能让咱们吃上饭？”

“我琢磨能行！只是……这饭怕也不是白吃的啊……”

★ 第七十章 敲山震虎（上）

耳听着鬼子和皇协军搜查隔壁铺面时闹出来的动静，“百味鲜”饭馆里打下手的几个小徒弟手里的活儿都有些乱了章法。剥蒜的老半天扒拉不下丁点儿蒜皮，择葱的愣是把葱白掐下去老长一截，就连烧火的小徒弟也都心不在焉地一个劲儿朝着灶膛里添柴火，只把个灶膛里填得满满当当，生生把原本燃得旺盛的火苗憋成了一股股浓烟……

相比之下，大师傅余锁柱手上抓着的菜刀却是稳定异常，切出来的羊羔子肉依旧是大小均匀、薄如纸片，捎带着还不耽误招呼着另一口灶眼上炖着的羊杂汤。眼看着在灶下烧火的小徒弟手忙脚乱地拿着吹火筒一个劲儿朝灶膛里吹气，余锁柱抬脚踢开了几根半截塞在灶膛里的长柴火，瓮声瓮气地朝着那烧火的小徒弟叫道："人要实心、火要空心，这话跟你说过多少回了？手里有活儿的时候，那就是天要塌下来，你也得先照应着手里的活儿，少胡思乱想！"

急三火四地鼓起腮帮子吹灭了几根刚燃起火苗的长柴，烧火的小伙计犹豫了片刻，方才怯怯地抬头看向了拾掇着羊杂汤的余锁柱："师……余师傅，这都三天了，城里的鬼子和二鬼子就没个消停的时候，一天好几回地搜查、抓人，我……我……"

用大勺慢慢搅和着羊杂汤，余锁柱头也不抬地应道："心里害怕？"

下意识地点了点头，烧火的小伙计低声说道："昨天下晌的时候，街口粮食铺子叫鬼子抄了，掌柜的和伙计也都叫抓去了宪兵队。听说是鬼子从他们关了张的铺子里抄出来几十斤细粮，就给他们安了个啥……经济犯的罪名，说交不出两千斤粮食，就要枪毙……"

重重地把手中大勺朝着案板上一扔，余锁柱丝毫没好气儿地哼道："鬼子这是急疯了心了！前天晚上，鬼子在城外边的粮库叫人给劫了，看守粮库的鬼子也给杀了几个，憋着这股邪火，鬼子还能怎么着？还不就是靠着抓人、杀人，逼着老百姓交粮食？"

很是紧张地看了看灶间低垂的门帘，烧火的小伙计压低了嗓门儿说道："余师傅，那咱们这饭馆……不会有啥事吧？"

冷哼半声，余锁柱重又抓起了菜刀，狠狠地朝着搁在砧板上的羊羔子肉切了下去："不会！咱们这饭馆的掌柜可是跟鬼子穿一条裤子的主儿，不到鬼子饿急眼的时候，鬼子还舍不得杀了这条狗下汤锅！"

撩起灶间门帘看了看店堂内的动静，另一个打杂的小伙计微微叹了口气："余师傅，怕是鬼子不来找咱们麻烦，咱们也没几天好日子过了……连着三天工夫，咱们铺面里头除了鬼子和二鬼子上门打秋风，一个正经客人都没有。再要这么下去……买卖黄了，咱们可也就没了吃饭的地方了……"

运刀如飞，余锁柱三下两下将案板上的羊羔子肉料理停当，顺势把手中菜刀朝着砧板上一剁："老爷们儿只要有手有脚、勤快肯干，哪儿还混不着一碗饭吃？清乐县城找不着合适的下家，就不能去宫南、遂平？真要是手里攥着绝活儿，保定府也能平蹚！”

“余师傅，这话也就是你能说——就凭着你的手艺，上哪儿扛活，人家饭馆掌柜的也得好生供着你不是？可我们……这鸡零狗碎的活儿谁还不会呀？哪儿就能那么简便地找着活儿？”

抄起砧板旁边的一张干荷叶，余锁柱利落地包了几斤切好的羊羔肉，顺手又抓了几块新烙出来的苞米面饼子，这才朝着坐在灶边烧火的小伙计一努嘴：“把后窗户给我打开，我师娘一家老小还都没吃呢，我给送点吃的回去！要是前边有人问，就说我……”

不等余锁柱把话说完，坐在灶边烧火的小伙计已经跳起了身子，轻手轻脚地打开了灶间的后窗户，这才朝着余锁柱挤了挤眼睛：“就说你肚子痛，刚去茅房了……”

朝着那烧火的小伙计点了点头，余锁柱利落地从灶间后窗户跳了出去。顺着灶间后边的小路两转三拐，不过是一碗茶的工夫，余锁柱已经站在了一处临街的破败院子门外。左右看看街上并没什么扎眼的人物，余锁柱这才伸手在院门上轻轻敲了三下，压着嗓门儿朝院子里低叫道：“师娘，我是柱子，您给开开门。”

话音刚落，破败的小院中已经传来了轻微的脚步声。伴随着千疮百孔的院门轻轻开启，一个白发苍苍的老太太已经迎着余锁柱站在了院门口，朝着余锁柱低声说道：“柱子来了呀？今天铺面里活计不忙？”

朝着那白发苍苍的老太太微微一点头，余锁柱也是压低了嗓门儿应道：“眼下县城里都乱了套了，压根儿就没几个正经人上馆子里吃饭，我这不就偷空来看看师娘嘛！师娘，家里都还好着呢？没人来这儿瞎闹腾吧？”

让开了进院的门户，白发苍苍的老太太悄声说道：“见天儿都有人来闹搜查，今天来搜查的人都是刚走。可咱们这穷门小户人家，屋里屋外一眼就能看个干净，能搜查出来个什么？柱子，别在这儿站着了，有话屋里说……”

迈步进了院门，余锁柱麻利地反手关上了院门，这才朝着那白发苍苍的老太太低声说道：“师娘，那几位客人……”

朝着院子里一间连门扇都没有的偏房努了努嘴，白发苍苍的老太太悄声应道：“都藏在那屋里呢！柱子你只管去寻他们说话，师娘帮你留神着门户就成了！”

从荷叶包里抓出了两块干粮和一些羊羔子肉，余锁柱不由分说地将这些吃食塞到了老太太的手中，这才大步走进了那间连门扇都没有的破屋子里，伸手在屋角搁着的一口破水缸上敲了三下。

耳听着那破水缸下面也传来了两声轻轻的敲打声，余锁柱抓着缸沿儿猛一用力，硬生生将那装着大半缸水的水缸从屋角挪了开来，露出了水缸下一个水桶粗细的窟窿。

迎着从水缸下窟窿里露脸的莫天留，余锁柱蹲下身子朝莫天留说道："天留兄弟，赶紧出来松快松快、吃些东西吧。在这地洞里憋了三天，可也真是难为你们了！"

双手在地洞出口边缘一撑，也都不见如何用力，莫天留已经轻飘飘地从地洞里跳了出来，顺势接过了余锁柱朝自己递过来的荷叶包："余师傅，这回可是当真辛苦你了——又得替我们查探街面上的动静，又得想辙给我们弄吃喝……"

朝着莫天留摆了摆手，余锁柱看着从地洞里露脸的涂扣儿，低声打断了莫天留的话语："天留兄弟，客套话咱们就不多说了！别的不论，就凭着你上回收拾了刘红眼，这次还能宰了那么些鬼子，我余锁柱都得对你说声佩服！有啥用得着我余锁柱的地方，你也都不必客气！"

紧随在涂扣儿身后，栗子群也悄无声息地从地洞中钻了出来，朝着站在地洞旁的余锁柱和声说道："余师傅说得是，咱们八路军跟老百姓，本来就是一家人，自然用不着说两家话！余师傅，昨天你没得着机会回来，眼下清乐县城里的情况是个啥样？"

扭头朝着站在院门口扒着门缝观望动静的老太太瞧了一眼，余锁柱压低了嗓门儿说道："栗队长，鬼子和二鬼子还是在满城搜查，三天工夫下来，光在日本宪兵队里边，就关了有十好几号清乐县城里的商铺掌柜、伙计，都是寻了个没法说的由头，逼着他们交粮食赎命呢！听来"百味鲜"吃饭的二鬼子说，清乐县的鬼子头儿岛前这几天就跟疯了一样，抽了不少鬼子和二鬼子的大嘴巴，还把看守粮库的那个鬼子小头目给关起来了……"

"鬼子和二鬼子没再出城抢粮食？"

"倒是也有人马出了城，可全都是天擦黑就空着手回来了，瞧着像是没能再抢着粮食的模样。"

"晚上鬼子巡城的人手多吗？"

"多！天一擦黑鬼子就巡城，都是两三个鬼子领着七八个二鬼子，枪也都不背在肩膀头上，全都是端在手里头的！昨晚上有一户人家，家里人得了急病，天黑了上街想请大夫，小鬼子连问都不问，立马就开了枪……"

微微点了点头，栗子群沉吟片刻，方才扭头朝着站在自己身边的莫天留说道："天留，估摸着火候快到了！从今天晚上开始，你和满仓、有田上街写标语去！可千万记住了——不能跟巡城的鬼子和二鬼子打照面儿，标语最好是能写在大街上，离鬼子的宪兵司令部、皇协军军营越近越好！”

利索地点了点头，莫天留一边大口吃着干粮，一边朝着栗子群含混不清地说道：“大当家的，这几天在地洞里，你教我写的那几句标语的词儿……我觉着是挺好的，可就是不提气呀。”

“不提气？”

“对呀！文绉绉的——打倒日本帝国主义、日本鬼子滚出中国去……道理是这么个道理，可就是觉着不提气！我说大当家的，我能加上点别的词儿不？”

“别的词儿？啥词儿？”

“这个你就甭问了，保管是提气上劲儿的好词！”

★ 第七十一章 敲山震虎（下）

一大清早，岛前半兵卫的办公室里就传来了岛前半兵卫那怒不可遏的叫骂声，捎带着还时不时有打耳光的脆响间或响起……

这可也真是怪不得岛前半兵卫怒不可遏。

眼看着已经差不多够数的军粮，眨眼的工夫就叫人弄得不翼而飞，连看守粮库的几名日军士兵也都叫人杀鸡般收拾了个干净。从保定府按时到达清乐县的运粮火车没能把粮食运回去，保定府日军司令部打来的电话，自然也不会对岛前半兵卫有多客气。少说一天三顿的“八格雅鹿”“弱虫”“马鹿”，直骂得岛前半兵卫祖坟生烟！

都没等岛前半兵卫回过一口气、腾出手脚再想法子掠夺粮食，清乐县城中却又猛不丁地出现了不少抗日标语。尤其是在离清乐县日军宪兵司令部不到二十米的大街上，居然有人用大白灰龙飞凤舞地写上了斗大的一行字——小鬼子，我操你姥姥……

封城大索、穷搜之下，非但是没能找出来在清乐县城里趁夜写抗日标语的人来，反倒是有一队夜里巡城的巡逻队遭到了伏击。虽然那些伏击巡逻队的人只来得及用弩箭射杀了一名日军士兵，可这种显而易见的挑衅行为，已经足够让岛前半兵卫怒气冲天了！

瞪着在办公室中站成了一排、脸上都带着紫红色巴掌印记的日军和皇协军军官，岛前半兵卫一屁股坐到了办公桌后的椅子上，恶狠狠地朝着几名日军与皇协军军官吼叫道：“都是一群混账！敢于与皇军对抗的家伙，都已经摸到了皇军宪兵司令部旁边，就在皇军的眼皮子底下挑衅皇军的尊严，可你们……牟口田，城里的夜间巡逻是你具体负责的吧？你来说说看，为什么会出现这样的情况？”

顾不得挨了好几个耳光的脸颊火辣辣地疼痛，牟口田沙比猛地一个立正：“岛前阁下，这的确是我的失职！只是……在发现了有人书写反日标语、挑衅皇军尊严之后，卑职已经将整个清乐县城搜查过了好几遍，却还是没能发现可疑的人物！根据卑职的推测……这些人很有可能是趁着晚上关闭城门之前进入县城的，在写好标语之后藏匿起来，再在第二天早晨城门开启后离开县城！这样的话，我们在白天的搜查，自然是找不到那些家伙的踪迹的……”

同样被打得脸颊赤红，刚从禁闭室里放出来的深井太郎犹豫片刻之后，方才接应上了牟口田的话头：“岛前阁下，我怀疑袭击粮库的人和在清乐县城里写反日标语的人……是同一批！”

疑惑地瞪着深井太郎，岛前半兵卫厉声喝道：“不是说袭击粮库的人是土匪吗？那些家伙不但袭击了粮库、抢走了皇军的军粮，还绑架了何翻译的父亲！反日的土匪……有这样的可能吗？”

飞快地摇了摇头，深井太郎低声应道：“恐怕不是那么简单！岛前阁下，土匪或许敢于趁着皇军兵力不足时，发动对皇军的偷袭。可是明目张胆地袭击皇军的粮库、抢夺军粮，这恐怕不是一般的土匪敢于进行的行动，反倒像是……共产党的游击队，或者是国民党的小股作战部队才有的行动啊！”

扭头看向了站在自己身边的何龅牙，岛前半兵卫紧皱着眉头叫道：“何，你是怎么看待这两件事情的？”

很有些心虚地咽了口唾沫，何龅牙瞄了一眼嘴角都被打得沁出了血丝的白癞子：“这件事情……恐怕要问问白队长才清楚。毕竟白队长对清乐、宫南两县的情况比较熟悉……”

耳听着岛前半兵卫从鼻孔里“嗯”了一声，何龅牙赶忙朝站在办公桌前面的白癞子叫道：“白队长，岛前太君想听听你对粮库被劫、街上有人写标语的事情怎么看？”

很是没好气儿地哼了半声，白癞子刚要开口说话，嘴角上的伤口便被牵扯得疼痛难耐，顿时便是狠狠一个激灵：“我哪儿知道怎么看？！就这些天，老子带着皇协军的人马，没黑没白地带他们下乡抢粮，好处一点没得着，小腿肚子倒是跑细了一圈！到头来……我皇协军军营都叫他们带人给抄了，留下来看守营房的弟兄也叫打了！人都说卸磨杀驴、过河拆桥，这还没卸磨、没过河呢，就已经朝着老子下手了……”

苦着一张脸，何龅牙无可奈何地朝白癞子应道：“白队长，都到了这节骨眼儿上了，你可就别再跟皇军怄气了！真要是把皇军又给惹毛了，你不还得再挨一顿大嘴巴？好歹寻个说法，把眼前这事情想法给糊弄过去就得——我这儿还着急上火的，不知道该怎么救我家老太爷呢……”

看着岛前半兵卫那凶狠的模样，白癞子只得狠狠地咽了口唾沫：“这事情要叫我说，估摸着该是共产党八路军的人马干的——打涂家村那一仗我就觉着不对，一般的绺子人马，哪儿有那打仗的本事？国军的队伍里，懂这种一沾就走、见好就收的打法的也不多，唯独是共产党八路军的人马，这些年下来，跟国军斗、跟日本人斗，早就练成了这钝刀子杀人慢慢来的功夫！”

讶然瞪大了眼睛，何龅牙急迫地低叫道：“你是说……烧了粮库的人马，是共产党八路军？！”

很是自信地点了点头，白癞子飞快地接应道：“十有八九！尤其是瞧见了这些天在清乐县城里写的那些标语，我这心里就更觉着像了——只有共产党八路军，喜欢用这法子来亮字号、显威风，招揽人心！”

“那……能有啥法子应对这共产党八路军？”

“这帮人的老底子可是当年的红军，差不多全都是死人堆里爬出来的煞星，哪儿是那么好应付的？不是我说丧气话，就凭着清乐县城里这点日本人，哪怕是再捎上我皇协军治安大队的人马，怕是都难得在共产党八路军面前落了好处！”

“这……不能吧？好歹皇军有枪有炮，还有飞机、坦克，当面锣对面鼓地打起来，那八路军真能顶得住？”

“可人家压根儿就不跟你当面顶呀！你大队人马杀过去，他当面不打，等你稍微有个不留神，他再抽冷子咬你一口……”

扭头看了看满脸狐疑神色、眼看着又要发火的岛前半兵卫，何龅牙赶忙打断了白癞子的话茬儿：“我的个白队长，你就先别说这些没用的吧！赶紧想个法子，先把这在清乐县城里写标语的人抓起来再说！实在不成……把他们赶出去也行啊，自当是求个眼不见为净！”

同样注意到了岛前半兵卫快要发火的模样，白癞子转悠着眼珠子，沉吟着说道：“要说办法……倒是也有一个——平日里搜查都是白天，今天咱们反过来，等晚上关了城门之后再搜查。把各处的保长、里长全都叫上，一家家对着人头搜，有脸生的、没人作保的，全都抓起来！能不能抓着八路军暂且不说，至少今儿晚上，肯定是没人能上街再写标语了！”

忙不迭地把白癞子出的主意掐头去尾地翻译给了岛前半兵卫，都还没等何龅牙喘上一口气，岛前半兵卫已经猛地从椅子上站了起来：“就按照这样的办法实施吧！马上召集所有的保长、里长去皇协军军营集中待命，今天提前一小时关闭城门，让那些保长、里长配合皇军和皇协军，在全城进行搜查！”

伴随着岛前半兵卫一声令下，清乐县城中的大部分日军和皇协军士兵立刻遵照岛前半兵卫的命令，将那些不明就里的保长、里长生拉硬拽地塞进了皇协军军营，直闹得清乐县城中鸡飞狗跳，一片乌烟瘴气的场面。

也就在这一片混乱的场面之中，得着了余锁柱传信的莫天留等人，却分散离开了清乐县城，在前几天被大火焚烧过的粮库左近的树林中聚集起来。

派出了几名八路军战士放哨，栗子群看着树林中一大片枯萎的山茱萸，很有些赞许地拍了拍莫天留的肩膀：“天留，这倒还亏了你记得粮库左近有这么个地方。要不然……差不多小十万斤粮食，想要运走还真是个麻烦！”

伸着脚尖扒拉着地上枯萎的山茱萸，莫天留看着拨开了浮土后隐约露出来的粮食口袋，嬉笑着朝栗子群应道：“这地方我小时候常来，采些山茱萸去药店换钱打牙祭，自然是知道这地方有个大坑，藏个十万斤粮食一点都不费力。再加上有这么多山茱萸，就是猎狗都闻不出味道来！嘿嘿嘿嘿……鬼子怕是做梦也想不到，咱们就是把粮食从粮库挪出来不到二里地，就藏在他们眼皮子底下！”

轻轻舒了口气，栗子群曼声应道：“这也亏得涂家村的乡亲帮忙，天不亮就翻山越岭地赶到了这片林子里接应我们，捎带着还帮忙给其他村子里被抢光了粮食的乡亲送去了应急的吃食……等今天晚上，咱们趁着鬼子封城搜查的时候，安安稳稳把粮食运走，这次的行动，也就算是大功告成了！”

像是骤然间想起了什么似的，莫天留猛地朝着栗子群开口问道：“大当家的，你是怎么知道鬼子今晚上要封城抓人的？”

“咱们在城里折腾了这些天，为的就是逗引出鬼子的火气，让鬼子觉着我们就藏在城里。鬼子这些天都是白天搜查，可没见丁点儿的用处，那自然就想着要在晚上逼着人面熟、环境熟的保长、里长认人、抓人。眼下鬼子把清乐县城里的保长、里长都拽到了二鬼子的军营里，这还有啥不明白的？”

“那还有……咱们干吗非得要等到七天后，再给遭了鬼子祸害的乡亲送粮食去？”

“鬼子这些天不是又下乡抢粮食吗？咱们要是把粮食给乡亲们早早送去，保不齐又叫鬼子给抢了呢？只有等鬼子再去下乡搜过一遍之后，这才算得上保险……”

“那今儿晚上咱们招呼了乡亲们过来运粮，可难保不闹出点动静啊？这儿离城墙也不算太远，夜深人静的时候，有一点儿声音都能听得真切，要是鬼子发觉了……”

“所以咱们晚上还得替运粮食的乡亲们再上一道保险！”

★ 第七十二章 声东击西

离天黑还有好大一会儿工夫，把守着清乐县城几处城门的日军和皇协军士兵几乎同时摘下了挂在肩头的大枪，不由分说地关闭了城门！好些要进城或出城办事的客商、乡亲被阻住了去路，顿时便挤在城门口喧哗起来。有些跟那看守城门的皇协军士兵熟络些的，更是扯开了嗓门儿大声叫嚷："黄班长，今天是怎么回事呀？怎么这么早就关城门了？我专门进城抓药来的，家里可还有病人等着吃药救命啊……"

"吕爷，您帮帮忙，放我进城行不行？我这刚出城踅摸的两条活鱼，要给我家老太爷办寿宴用的，可是耽搁不起时辰……"

喧闹叫嚷声中，把守在城门前的日军士兵固然是吹胡子瞪眼的大声呵斥，推搡着那些奓着胆子挤到城门旁的行人、客商，而那些同样横着大枪维持场面的皇协军士兵中，却有几个心肠软的压着嗓门儿朝相熟的行人、客商低叫起来："老田家的，你可别再朝着城门口凑了！今天你家老太爷的寿宴是肯定办不安稳了——这会儿关城门，一会儿皇军可就得全城挨家搜查，里长、保长跟着认人头，有一个说不清来路的都得抓进日本宪兵队的大牢！赶紧走，就在城外边寻个地方待着，明天天亮城门开了再说！"

"还顾得上家里什么病人呀？孔二哥，你且先顾着你自己吧！城里有交情深、面子够的朋友家，你赶紧寻着去躲了！一会儿城里抓人，找的就是你这样的生脸儿！要是没里长、保长认账，再没个铺保扛着，日本宪兵队的大牢，可从来是活人站着进去，死人抬着出来呀……"

只一听那些皇协军士兵的提点话语，堵在城门口想要进城、出城的人群顿时一哄而散。有几个跑得急了些的庄稼汉或许是太过慌张，竟然连背在肩头的粪筐都撂在了城门口，只顾着抱头跑了个一溜烟！

眼瞅着城门内外再无行人，几乎也是在同一时间里，从日军宪兵司令部驻军的兵营里，一队队荷枪实弹的日军士兵猛地冲出了军营，与从皇协军治安大队军营中涌出来的皇协军士兵会合到了一起。其中一部分日军士兵飞快地把住了清乐县城中几条主要街道的路口，而另一部分日军士兵，则是统率着一些皇协军士兵，押着老早就被拘押在皇协军兵营中的保长、里长，挨家挨户地开始了大搜查！

生逢乱世，寻常人家的一张门户不过是形同虚设。耳听着门外皇协军士兵为虎作伥的吆喝声，胆大些的赶忙去开门答应，自然少不得劈面就得挨上几句喝骂。胆小些的还没等颤巍巍挪到门边，家中大门已经叫那如狼似虎的鬼子一脚踹了开来，雪亮的刺刀立马就顶在了心口上……

翻箱倒柜、拆瓦破砖，寻常百姓家两三间屋子，眨眼工夫就叫折腾成了瓦砾场的模样。从屋里各处搜出来的值钱物件自然被皇协军和日军士兵卷进了腰包，有女眷生得端正些的，哪怕用锅烟灰涂了脸，也都躲不过一场猥亵！

耷拉着脑袋躲在人后，被强抓了来认人的保长、里长一个个没精打采，只能等到日军与皇协军士兵劫掠完毕之后，方才被推搡到平白遭了一场祸端的乡亲眼前，没口子地应承下这些乡亲的身份。人都还没随着那些呼啸而去的日军与皇协军士兵出门，身后已经传来了满含恨意的怒哼声……

也就因为这捎带着抢劫、祸害乡亲的搜查方法，虽说是早早就关闭了城门，可只等到夜幕低垂、华灯初上，清乐县城里住在内城墙外边的住家，也才叫日军和皇协军士兵搜了大半，倒是一个生面孔的外路人也没抓着。

都没等捞足了好处的日军和皇协军士兵喘口气，从紧闭的城门外，却猛地响起了一声尖利的枪响。伴随着那枪声响起，把守在城门门楼上的日军士兵也飞快地发出了警报：“敌袭！”

仿佛是为了印证日军士兵发出的警报，从另外两个方向的城门外，也接二连三地传来了枪声。有个多少打过几场仗的皇协军士兵竖着耳朵仔细一听，顿时便皱着眉头嘀咕起来：“三八大盖儿，汉阳造，中正式……连花机关都有？这是哪路的人马呀？家什这么杂？”

话音刚落，从最先响枪的城门方向，一连串爆豆般的重机枪射击声猛然响了起来。从那全然没有停滞的枪声判断，操控着机枪的射手显然是个新丁，几乎是死死抠着扳机、一口气打光了一整条弹链！

面面相觑之下，那多少打过几场仗的皇协军士兵禁不住再次嘀咕起来：“今天这可是邪门了。哪路人马能用这么个新兵把着重机枪？就这么一眨眼的工夫，一整条弹链就糟蹋出去了，那可都是白花花的大洋啊……”

就像是为了解答那名皇协军士兵心头的疑惑，在重机枪扫射的枪声停歇后，一个很是带着些粗野的嗓门儿，几乎紧贴着城门响了起来：“城里的鬼子都听着，老子们是冀南地面上的抗日先锋军，今天我们全伙兄弟五千人马，是专门来打清乐县城，杀鬼子、救乡亲的！为了不伤着清乐县城里住着的乡亲们，我们决定慈悲为怀，晚半个时辰再进攻，也好让乡亲们都朝着内城墙里躲躲枪弹！半个时辰之后，我们可就要攻城了啊……”

耳听着那粗野的吼叫声，几乎每个参与了搜查行动的皇协军士兵都松了口气，有几个嘴快的还在私下里嘀咕起来：“这他妈的是哪儿来的绺子？半夜跑清乐县来糊弄事？还五千人马……能有二百人就顶天了吧？”

“慈悲为怀都喊出来了，这喊话的爷们儿莫不是当过几天和尚吧？”

与那些私下嘀咕的皇协军士兵不同，正巧在城门左近搜查的白癞子听着城门外传来的吆喝声，眉头却是猛地一皱，扭头便朝着站在自己身边督阵的岛前半兵卫叫道：“岛前太君，咱们这回的搜查怕是折腾着了——城里肯定有藏着的抗日分子，城外面折腾的也肯定是他们的同伙。看见咱们把抗日分子闷在城里出不去、迟早是个被抓住的下场，他们急眼了……”

忙不迭地把白癞子的话翻译给了岛前半兵卫，何龅牙一边侧耳听着城门外间或响起的枪声，一边很有些担心地朝着白癞子说道：“白队长，你可也别忙着得意你琢磨出来的办法管用——城外边可是好几处都响枪了，连机关枪都有，这声势可真不算小了！万一叫他们打进来……”

很有些鄙夷地朝着何龅牙撇了撇嘴，白癞子顺手抽出了别在腰间的南部式手枪：“我说何翻译，你可当真就是个兔子胆儿——听见风吹就怕树叶砸头？城外面的人要真有那攻城的本事，还犯得着吆喝什么半个时辰之后再打的闲话？照我看……城外边拢共也就十来号人，枪顶了天，连方才那机关枪声，我听着也有些不对劲儿，只要咱们把城门一开、朝外一冲，管保城外面那些人就得跑个一溜烟！”

像是也觉出来城外枪响和喊叫声有些异常，岛前半兵卫扶着腰间制式军刀犹豫片刻，猛地朝着紧随在自己身边的深井军曹一摆手：“深井，你去城楼上，指挥城楼上的守卫士兵火力掩护！何，命令白队长打开城门，率领他的部下冲出城门，对那些躲在暗处的敌人进行火力侦察！”

耳听着何龅牙传达了岛前半兵卫的命令，手里攥着南部式手枪的白癞子脸上顿时浮现出了一丝得意的神色，很有些炫耀般地朝着何龅牙笑道：“怎么着？何翻译官，我就说城外边动静不对吧？连岛前太君都跟我想的一样！一会儿我开城门再抓几个抗日分子回来，今天晚上这趟活儿，我白癞子可就是第一功！”

也不等何龅牙开口搭话，更不看何龅牙脸上那显而易见的鄙夷神情，白癞子高举着手中的南部式手枪，大声吆喝起来：“皇协军的弟兄们，皇军有令，这就开城门去抓城外边那些装样糊弄人的家伙！弟兄们可都给我打起了精神，当着皇军的面儿，可不能给我白癞子丢脸！”

乱纷纷的答应声中，几十名跟随在白癞子身边的皇协军士兵顿时黑压压地挤进了城门洞，三下两下便将城门后的粗大门闩卸了下来，捎带着再将七八根顶门杠子挪到了一边，众人合力拽开了城门！几乎就在城门被拽开时门轴发出的刺耳摩擦声中，城门楼子上担任警戒的日军士兵也操控着机枪朝城外野地里打出了一连串的短点射。

黑灯瞎火，更兼人多杂乱，挤在城门洞里的皇协军士兵耳听着头顶上日军士兵操控着机枪开火掩护，顿时一窝蜂般地朝着城门外涌了出去。有几个嘴头子琐碎的，更是举着手里的晋造三八式步枪叫嚷道：“冲啊！冲得上、杨六郎，冲不上……”

几乎就在喊声刚起的片刻，被人群推搡着走在最前面的几名皇协军士兵，脚下已经踢到了被人扔在城门口左近的几个粪筐。皇协军士兵来不及察觉到有丝毫异样，被踢到的几个粪筐就已经猛地炸出了一大团火焰！

剧烈的爆炸声中，城门左近的岛前半兵卫等人全都被震得跳了起来，冲进了城门洞中的几十名皇协军士兵更是被炸得顺着城门洞方向飞出去老远，乱糟糟地摔了一街。等了足有一锅烟的工夫之后，那些被炸蒙了的皇协军士兵之中，方才有人撕扯着嗓门儿惨嚎起来……

几乎是毫无间歇地紧跟着爆炸巨响，方才喊话的那粗野嗓门儿却在此刻亡命地叫喊起来：“城门洞子开了呀……弟兄们，朝着城里灌啊……杀一个鬼子赏大洋五十，宰一个二鬼子赏大洋十块！想发财的弟兄们，给我朝着城里冲呀……”

虽说是听不懂城外那粗野的嗓门儿在呐喊着什么，可在脚下城门洞中巨大的爆炸声响起后，在城门楼之上督阵的深井太郎却是飞快地做出了反应，大声吼叫着命令被爆炸震得东倒西歪的日军机枪手朝城外黑暗中喊声传来的方向扫射起来！

而在城墙内，捂着被震得嗡嗡作响的耳朵，岛前半兵卫瞪大了眼睛看着黑烟滚滚的城门洞，再看看街道上渐渐增多的、扶老携幼朝着内城墙方向涌去的老百姓，猛地一把抓住了身边同样被震得头晕眼花的何龅牙，厉声在何龅牙耳边大吼起来：“命令皇协军，登上城墙防御！把机枪架到城门后，无论如何要封锁住城门，不能让一个人冲进城来，更不许有人趁乱冲出城去……”

同样揉着被震得嗡嗡作响的耳朵，白癞子也扯开了嗓门儿号叫起来：“这……这他妈的是浑水摸鱼的计策！城里一乱，城门再一开，藏在城里的人一会儿的工夫就能跑出去……封死城门啊……抓……抓抗日分子啊……”

★ 第七十三章 明目张胆

趴在另一处城门外的荒废沟渠中，莫天留与栗子群侧耳聆听着远处传来的爆炸声，两人几乎同时兴奋地低叫起来：“成了！这下子鬼子是不敢轻易开城门了……”

彼此对望一眼，莫天留却是抢先笑出声来：“大当家的，正光哥的那炸弹做得还真是地道，听方才这爆炸的动静，怕是那炸弹周遭二三十步远近，就留不下啥活口了吧？”

微笑着点了点头，栗子群应声答道：“韦正光做炸弹、地雷的手艺，在冀南军分区里也算得上是一绝！只可惜咱们手里头的炸药不多，凑合着用上的土炸药威力也不太大。要不然……只要把他做的炸弹放对了地方，清乐县城的城墙怕也顶不住那炸弹的威力！”

扭头看了看不远处紧闭的城门，再听了听城门楼子上传来的日军士兵大声吆喝的动静，莫天留仰面朝着沟渠中一躺，长长地嘘了口气：“这回成了！只要鬼子不敢出城折腾，有了涂家村的乡亲们帮忙，再加上左近几个村子里叫来的壮棒汉子，小十万斤粮食，不到天亮就能全都运走！到时候想法子换成了粗粮，再掺和上些能吃的野菜，总能叫乡亲们凑合着混到明年……”

朝着身边几名担任警戒任务的八路军战士叮嘱了几句，栗子群顺势一拉仰面躺在沟渠中的莫天留：“天留，咱们赶紧上后边去。今晚上除了涂家村的乡亲之外，其他几个村来的乡亲，对咱们武工队还都不熟悉，你领着从大武村参加武工队的新同志给照应着，一定要叫乡亲们把心放在肚子里，踏踏实实把本该归他们的粮食拿回去。”

很是不以为然地撇了撇嘴，莫天留虽说顺从地站起了身子，可嘴里却是低声嘀咕着：“白得粮食这么好的事情，谁知道了不得抢着来呀？这还有啥不放心、要人照应的……”

一边领着莫天留朝埋藏粮食的地点走去，栗子群一边微微摇了摇头：“这话可不能这么说。当年我刚参加革命的时候，大家伙儿打土豪、恶霸，分浮财、粮食，有不少乡亲就是因为害怕日后遭到土豪恶霸的报复，哪怕是我们再三动员，也不敢去领取浮财、粮食。有些乡亲当着我们的面领了浮财和粮食，可背地里又悄悄给那些恶霸土豪送回去……”

“可咱们眼下的情形不一样啊……要说打了本乡本土的财主、恶霸，分他们的家产粮食，大家伙儿全都知根知底，自然是害怕那些财主、恶霸缓过来之后上门找后账。可咱们是从鬼子手里替他们抢回了粮食，鬼子可是不能知道哪村的乡亲又把粮食得回去了吧……”

低语交谈之中，莫天留与栗子群两人脚下却是走得飞快，不一会儿便赶到了藏着粮食的树林中。朝着蹲踞在树林外的孟满仓挥手打了个招呼，栗子群低声朝孟满仓叫道：“满仓，火候差不多了！让乡亲们开始运粮食吧！”

从地上抓起了个不大的石块，孟满仓反手用那石块在身后一棵大树上敲打了三下，这才迎着栗子群低声叫道：“队长，怕是出了娄子了……涂家村里的乡亲倒是都没二话，壮棒汉子全都到了，连半大的孩儿也都来帮手。可其他几个村……”

耳听着孟满仓那带着几分犹豫的话音，栗子群顿时皱起了眉头：“其他村子里来了多少人？”

朝着栗子群比画出了一只巴掌，孟满仓低声应道：“清乐县城周遭六个村子，满打满算来了五十号人丁，一多半都是上了年纪的老头、老太太，连半大孩子都少见！”

话音刚落，满头大汗的涂山药已经大步从林子里跑到了栗子群眼前，重重地喘着粗气低叫道：“栗队长，这事情……都是我的错！我压根儿就没想到……”

伸手轻轻拍了拍涂山药的肩膀，栗子群和声说道：“山药兄弟，你先别着急，到底是怎么个情况，你慢慢说。”

胡乱抹了把脸上的汗水，涂山药焦急地低声说道：“前几天给那些村子送粮食的时候，清乐县城旁边几个村子的乡亲们倒是都收了我们送去的粮食。可也不知道是哪儿来的一股风，有人愣说咱们这粮食不是白给乡亲们的，但凡拿了咱们送去的粮食，那就得每家每户抽壮丁扛枪吃粮。以往冀南地面上的宝瓶会，这会儿也不知道是从哪儿钻出来了，满天下地在那些得着了粮食的乡亲家门上画符，还一个劲儿说送粮食去的是他们宝瓶会的人。吃了宝瓶会的粮食，那就得信宝瓶娘娘……”

诧异地看着涂山药那焦急的模样，栗子群讶然低叫道：“这怎么……莫名其妙地又出来个宝瓶会？”

不等涂山药开口接话，站在栗子群身边的莫天留反倒是飞快地接应上了话头：“宝瓶会不是老早就叫官家给剿灭了吗？这都多少年了，怎么这时候又有人拿着宝瓶会说事了？山药哥，你没弄错吧？”

使劲摇了摇头，涂山药急声叫道：“这哪能弄错了呢？早些年宝瓶会闹得最凶的时候，也有人上涂家村里画宝瓶会的符，生拉硬拽着要村子里的乡亲入会、拜宝瓶娘娘。眼瞅着咱们涂家村里没人信那一套，宝瓶会里当家的还发了话，说是咱涂家村冒犯了宝瓶娘娘，要带人来打我们涂家村呢！要不是后来宝瓶会的头目犯了失心疯、跑到保定府去讹诈官家内眷失风被抓，怕是咱涂家村早就叫宝瓶会的那些个失心疯给祸害了……”

抬手止住了涂山药与莫天留的话头，栗子群沉声低喝道：“这宝瓶会的事情先搁在一旁！山药兄弟，从现在到明天天亮，差不多还能有三四个时辰，原本咱们制订的、朝着几个村子分头运粮食的计划，估摸着只能改改了——咱们朝着离这儿最近的村子送粮食！按照眼下咱们能有的人手和大车，能赶趟吗？”

略一犹豫，涂山药狠狠点了点头：“车满载、人满挑，豁出去一夜工夫不歇脚，明天天亮之前，差不离能把这些粮食都转运出去。”

“离这儿最近的村子……是汪家沟吧？那地方有能藏粮食的地方没有？”

都不用涂山药开口，莫天留已经飞快地答应起来：“村子里没有，可穿过了村子之后，山沟里有个荒废了的五通庙，倒是能勉强搁下这些粮食！那地方平日里没人去，只要把住了通往五通庙的口子，粮食在那儿藏个三五天，该是不碍事！”

略作思忖，栗子群猛地一摆手：“那就这么办，把粮食先转移到汪家沟后边的五通庙！山药兄弟，你让其他村里来的那些老人先拿些粮食回去，他们能拿走多少就拿多少。把话跟他们说明白了——这粮食是八路军清乐县武工队替乡亲们从鬼子手里抢回来的，原本就是乡亲们自己的东西。拿了粮食的乡亲，绝不抽丁派役，让他们把心搁在肚子里！再让涂家村来的乡亲们辛苦一下，配合我们八路军的同志赶紧把粮食装车运走！这一路上带路的活儿，可就全拜托涂家村的乡亲们了！”

眼看着涂山药领命而去，栗子群这才一拽站在自己身边的莫天留：“别愣着了，抓紧帮着运粮食！”

嘴里答应着栗子群的命令，可莫天留脚下却走得并不算快。尤其是在走到了黑灯瞎火的树林中之后，莫天留隐约看见在树林中挤成了一堆的大车和搬运着粮食的八路军战士，顿时朝着栗子群低叫起来：“大当家的，这么干可不成，窝工啊！”

赞同地点了点头，栗子群咂着嘴唇应声说道：“黑灯瞎火的看不清道路，林子里地方又窄，大车赶不进林子里……要是照着这么干下去，怕是到天亮的时候粮食都弄不走……”

回头看了看远处清乐县城黑漆漆的城墙轮廓，莫天留转悠着眼珠子琢磨了片刻，猛地弯腰从地上捡起了几根枯枝，三下两下便扎成了一个火把：“大当家的，反正鬼子也不敢轻易开城门，咱们遮遮掩掩的也耽误工夫，索性点上火把干！”

同样回头看了看清乐县城城墙方向，栗子群缓缓点了点头：“这倒也是个法子……大却，你带上几个枪法好的同志，去城门口增援担任警戒任务的同志们。一旦发现鬼子有要开城门的迹象，你们就主动开枪！韦正光，你手里还有多少炸药？”

伴随着栗子群的低喝声，忙得浑身大汗的韦正光从挤成了一团的人群中应声而出，仰着脸朝栗子群叫道：“还有差不多五斤炸药，压箱底儿的就这点存货了，全都是从臭弹里面抠出来的好货色！”

“做几个地雷，要是鬼子当真开城门朝外冲……”

朝着栗子群重重一点头，佝偻着身子的韦正光飞快地接应上了栗子群的话头：“队长，你就放心吧！有大却掩护，再加上我做的地雷……我保证叫鬼子冲不出城门！”

一把抓过莫天留刚刚扎好的火把，栗子群扬声朝着黑暗中挤成了一团的八路军战士叫道：“大家先把手里的活儿停一下，马上收集林子里的枯柴点几堆火照亮，再多扎一些火把，全都插到前几天被咱们烧了的鬼子粮仓去，把场面弄得越大越好！再去几个腿脚麻利的，通知在其他几座城门外负责袭扰任务的同志，豁开了闹出响动来！”

只是略一犹豫，莫天留顿时琢磨明白了栗子群的想法。朝着站在自己身边的栗子群一龇牙，莫天留嬉笑着朝栗子群叫道：“大当家的，你是当真要折腾出个要攻县城的架势？要是这样的话……我再给出个招儿？”

“天留，你又有啥主意？”

“光有火怕还不够威风，咱们再给添上点烟。这林子里生了不少山茱萸，今儿晚上的风向也是朝着县城方向吹，咱们在火堆上搁点山茱萸、再撒上点湿土焖出烟来，一来能挡住小鬼子的眼睛，二来……熏死他狗日的小鬼子！”

“就这么办！”

★　第七十四章　细察民情（上）

天明时分，小十万斤粮食总算是全都转运到了汪家沟后的五通庙里。看着累得直打晃的八路军战士，再瞧瞧横七竖八躺了一地、呼噜打得震天响的涂家村乡亲，栗子群强打着精神、扯着嘶哑的喉咙朝同样满脸疲惫模样的钟有田叫道：“有田，清乐县城外边担任袭扰任务的同志，都撤回来没有？”

转动着脑袋朝四周或坐或躺的人堆里看了几眼，钟有田沙哑着嗓门儿朝栗子群应道：“都回来了！走在最后打扫战场，收拾车辙、脚印的同志，估摸着一壶茶的工夫后也能回来了！队长，你就放心歇着吧……”

微微点了点头，栗子群却是再次开口叫道：“这时候还歇不下……有田，你再辛苦一下，带几个眼神利落些的同志，把岗哨朝外再放出去五里地，尤其是要注意大路上的动静！我再去迎一迎断后掩护的同志……”

话音未落，跟在栗子群身边忙了一夜的莫天留顿时跳起了身子：“大当家的，我和棒槌跟你一起去！”

扭头看了看忙活了一夜、可精神头还算是旺盛的莫天留，栗子群轻轻点了点头："也好！等迎上了断后的同志之后，咱们再去汪家沟里走一遭，好好跟汪家沟里的乡亲们说说话，倒是要弄明白为啥乡亲们不敢去拿回自己的粮食。"

或许是因为昨夜运粮的车队彻夜不息地从汪家沟中的村落穿过，被惊扰了一夜的村落当中，几乎所有的庄户人家都是一夜未眠，全都扒着门缝朝外观望着动静。等到天色大亮之后，原本应该开门下地拾掇庄稼活计的庄户人家，反倒全都是关门闭户，连一个出门的人都没有。

栗子群、莫天留与沙邦粹等人才刚刚穿过了寂静的村落，迎面便看见了担任扫尾掩护任务的孟满仓等人疾步而来。看着出来迎接着自己的栗子群，孟满仓脚下加紧，小跑着便冲到了栗子群面前，朝着栗子群点了点头："队长，一路上的车辙、脚印，我们全都净扫过一遍，还撒了不少揉碎了的山茱萸枝叶。鬼子就是用上了他们的大狼狗，也寻不出我们到底是朝着哪儿去了！"

"鬼子那边有啥动静？"

"天刚蒙蒙亮的时候，城头上的鬼子像是瞧见了咱们昨晚上四处点着的柴火堆，倒是扯着嗓门儿嚷嚷了好一阵，可到底还是没敢出城。就是……"

看着孟满仓那欲言又止的模样，栗子群顿时皱起了眉头："有啥说啥，吞吞吐吐的干吗？"

回身指了指佝偻着腰身、背着个粪筐的韦正光，孟满仓讪讪应道："韦正光心疼他的那点炸药，趁着天色蒙蒙亮的时候朝城门前头摸，想把他做的那些炸弹、地雷给捡回来，结果叫鬼子给发现了……"

微微抽了抽鼻子，闻到了一丝血腥味道的栗子群脸上顿时罩上了一层寒霜，压着嗓门儿厉声喝问道："谁伤着了？！"

心虚地扭头看了看佝偻着腰身默不作声的韦正光，孟满仓低声应道："老韦腿上叫子弹咬掉了一块肉，还有……队长，我们都没大事，也就是擦破点皮……"

看着孟满仓那躲躲闪闪的模样，栗子群一把抓在了孟满仓的肩膀上，毫不费力地扭转了孟满仓的身子。看着孟满仓后背衣服上留下的长长一条烧灼痕迹，栗子群顿时倒抽了一口凉气："这还叫没大事、擦破点皮？这颗子弹只要再低了半分，那可就不是擦着后背过去……怕是你脊梁骨都得被打成了两截！就为了这点家当，命都不要了？人都没了，还要那些个家当有啥用？！"

耷拉着脑袋，像是从来都没挺直过腰身的韦正光耳听着栗子群的怒喝声，总算是从嗓子眼儿里挤出了一句话："老栗……队长，这事情怪不得满仓。咱们家底子薄，冀南地区又不像是老根据地……能省下点家当，要紧的时候就能救命……你要怪罪，那就怪罪我好了……”

低头看了看韦正光腿上胡乱裹着的伤口，栗子群张了张嘴，却是什么也说不出来，只是微微叹了口气，这才朝着孟满仓低叫道：“赶紧回五通庙休息，再把老韦腿上的伤口仔细处理一下。虽说眼下天冷，伤口不大容易发炎化脓，可还是不能大意了！”

眼瞅着栗子群再没过多责怪自己的意思，孟满仓赶紧涎着脸凑到了栗子群跟前，朝着栗子群谄笑着叫道：“队长，让其他同志歇着去，我倒是一点都不觉着乏累……队长，领着天留和棒槌从五通庙出来，怕是不光要迎着我们吧？是不是还有啥任务？你交给我呗……”

看着孟满仓那副想要蒙混过关的模样，栗子群轻哼半声，不置可否地扭头朝着汪家沟村落中走去，口中却是曼声朝着莫天留问道：“天留，这汪家沟的情况你熟悉吗？”

伸手一拽呆愣在原地的孟满仓，莫天留一边促狭地朝着孟满仓挤了挤眼睛，一边紧跟上了栗子群的步伐：“汪家沟里住家不多，来去就是二三十户顶天了。村子里的住家不分厚薄，自家都有些田地，日子也算过得踏实。要是细数起来，汪家沟村子里最穷的人家，估摸着就是村尾的汪老栓，家底子最厚实的，那得数村子中间汪牛儿一家，汪家沟左近的田地，能有一半他家的，还都是上好的水浇地……”

缓步朝汪家沟村落中走着，莫天留指点着道路两旁错落分布的屋子，如数家珍般将汪家沟中的情形说了个通透。眼看着一行人走到了村尾，栗子群终于在路旁一户人家前停下了脚步，打量着那破损的院门说道：“这家……就该是天留你说的汪老栓家了吧？”

飞快地点了点头，莫天留指点着那破损的院门说道：“就是汪老栓家，早两年汪老栓来大武村打短工割麦，还跟我打过些交道。大当家的，咱们上汪老栓家瞧瞧去？”

看着栗子群点头首肯，莫天留飞快地蹿到了汪老栓家破损的院门前，扬声朝着院中紧闭门户的屋子叫道：“汪老栓……老栓哥，我是大武村的莫天留啊！家里有人没有……”

接连喊了好几声，门扇紧闭的屋子里总算是传来了汪老栓那带着几分犹豫的答应声：“是……是大武村的天留兄弟呀？有啥事呀？”

扭头看了看站在自己身后的栗子群等人，莫天留再次朝着屋子里叫道：“也没啥大事，就是跟几个兄弟路过汪家沟，走得渴了，上老栓哥你屋里寻口水喝，再借个火收拾些吃食……”

伴随着屋子里一阵压低了嗓门儿的争执声，隔了差不多一碗茶的工夫，躲在屋里的汪老栓像是下定了决心一般，猛地打开了房门，迎着站在院门口的莫天留等人叫道："家里有水、有柴，可就是没啥吃食。天留兄弟，你们也别站在院子外边了，进院来歇着吧……"

笑着谢过了汪老栓，莫天留伸手推开了破损的院门，领着栗子群等人走进了院落中，很是自来熟地搬弄着院子里的几个木头疙瘩坐了下来，这才朝着站在屋门口的汪老栓扬声叫道："老栓哥，你和家里人也都没吃呢吧？这一把柴烧不了两灶火，一口锅熬不成两样粥，索性咱们打个平伙——你舍些劈柴、借个锅灶，我们兄弟拿些粮食出来，咱们一块儿吃顿饭？"

嘴上说着话，莫天留一双眼睛却是朝着栗子群连连使着眼色，一双手也只朝着汪家沟后五通庙方向比画。眼见着莫天留这副挤眉弄眼的模样，栗子群只是愣怔了片刻工夫，顿时便明白过来，扬声朝着跟在自己身后的孟满仓叫道："满仓，你赶紧去拿些粮食过来。这忙活了整整一晚上，大家伙儿可早就饿得前胸贴后背了！"

堵在门口的汪老栓开口答应，刚刚坐下的莫天留已经跳起了身子，自说自话地走到了院子里一副许久没用过的石磨旁，拍打着石磨朝汪老栓笑道："老栓哥，你家这石磨可真是不错——半指深的磨道、扇子花的石牙，老枣木的磨杠……就这么一副石磨，搁在太平年景，没个两斗新麦子，怕是换不来吧？我要是没看错……老栓哥，这是你自家的手艺吧？"

耳听着莫天留夸赞自家手艺，堵在屋门口的汪老栓脸上总算是浮现出了一丝笑意，闷声朝着莫天留应道："这手艺……太平年景的时候，倒也真能拿出去换个仨瓜俩枣的嚼裹儿。可现如今……家里有磨都用不上了——谁家还能有粮食呀……"

使劲抽了抽鼻子，莫天留很是赞同地点了点头："瞅着这磨道跟水洗过似的干净，就知道这石磨有日子没派上用场了。老栓哥，我闻着你屋里都没烧灶的烟火气，这是有几天没动烟火了？大人还好说，孩子……可遭罪了吧？一会儿等我那兄弟拿了粮食来，咱们也都不讲究那许多了，粗粗磨个一道的麦子，先熬些麦面粥给孩子们喝。"

只一听莫天留说有麦面粥入口，藏在屋子里的两个孩子顿时尖细着嗓门儿叫嚷起来："好啊……有麦面粥喝了……"

"麦面粥好喝……比黑豆糊糊好……"

才叫唤了两声，躲在屋子里的汪老栓媳妇已经忙不迭地捂住了两个孩子的嘴巴，颤抖着声音朝堵在门口的汪老栓叫道："孩子他爹……咱家……咱家可不能掺和那些事儿啊！就是一家人饿死，你可也不能啊……"

扭头看了看抱着两个孩子、满脸惊惧模样的媳妇，再瞧瞧两个饿了好几天的孩子脸上渴望的神色，汪老栓无奈地重重一跺脚，转头朝着莫天留叫道：“天留兄弟，旁的话咱们也都不说了——就我这身板，这性命，你看着能换多少粮食，给了我媳妇和孩子就是！我……我跟你们走！”

★ 第七十五章 细察民情（下）

穷门小户家当少，人丁稀薄炉灶小。眼瞅着孟满仓扛了一大袋新麦子进门，再瞧瞧院子里坐着的栗子群与莫天留，尤其是身形魁梧的沙邦粹，汪老栓扭头看了看自家屋里那眼小灶，只能由着莫天留自说自话地找来了石块，在院子当中垒起了个七星大灶。

挽起了袖子，犹如耍弄孩子玩具一般转动着辘轳，从院子里的水井中打上来几桶清水洗刷了汪老栓家的大锅，又添了半锅水坐在了大灶上。都没等大锅里晃悠着的水波纹稍停片刻，沙邦粹已经撸起了袖子站在了磨盘旁边，一手轻飘飘地推着磨杠，一手还没耽误了捧着满满一簸箕麦粒，慢悠悠地朝着磨眼中倒了下去……

搬过了个当作板凳的木头疙瘩，莫天留不由分说地拉扯着汪老栓坐到了栗子群对面，自己也寻了个木头疙瘩坐在了汪老栓旁边，这才朝着汪老栓龇牙笑道：“老栓哥，方才听你说的那话，我们心里可都没明白——怎么你就打算豁出去身板、性命，给一家老小换这活命的粮食了？这倒是哪儿来的由头呀？”

扭头看了看搂着两个孩子、面带惊惧神色在门后探头探脑的媳妇，汪老栓重重地叹了口气：“这话可都在四邻八乡传遍了，你们还问我啥由头？天留，我可是真不知道你也入了绺子……看在咱们俩好歹也有些交道的分上，给家里多留一口粮食成不？”

朝着坐在自己对面的栗子群望了一眼，莫天留很是带着几分诧异地低叫起来：“老栓哥，我入了八路军武工队的队伍不假，可我们八路军武工队，啥时候也没说过要拿粮食换人加入的话呀。我说老栓哥，咱们俩也别一人说一头的把话说拧巴了。我先问你——几天前半夜有人给各家乡亲送粮食，你家得着了没有？”

下意识地点了点头，汪老栓抬手指了指自家房门后躲闪着观望的媳妇和孩子：

“吃了得认，就是靠着那点黑豆熬汤，家里头几口人才能撑到今天……”

“那昨晚上有没有人来村里传话，让乡亲们跟着去清乐县城外边运粮食？”

“也有！可谁敢去呀……”

“为啥不敢？”

“这十里八乡都传遍了，说你们绺子都是些外路人当家，刚来冀南地面上就占了铁屏山里茶碗寨，还杀了茶碗寨里原本的当家立威。涂家村里的人就是借重你们的人、枪，打跑了清乐县城里面的日本人，现在整个涂家村都已经叫你们绺子里的大队人马给占了！谁要是想从你们手里得着粮食，那就得入了你们绺子扛枪卖命！要不然……吃一口、还一斗，拿一升、赔一担！有粮食的还粮食，没家当的填命……”

哭笑不得地看着汪老栓那言之凿凿的模样，莫天留禁不住叹息着叫道：“这话倒是从哪儿出来的？都说十里八乡都在传，可传话的根子在哪儿？老栓哥，你知道不？”

茫然摇了摇头，汪老栓闷声叫道：“这我上哪儿知道去？反正……十里八乡，都这么传！还说要想不被你们绺子的人给盯上还粮食，那就得拜宝瓶娘娘。有宝瓶会画的符护着，你们绺子的人也得给三分面子，不敢上门……”

话说到一半，汪老栓这才意识到自己口中所说的茶碗寨绺子人马已经坐到了自家院子当中，禁不住低头叹了口气：“这世道……今天睡下，都不知道明天能不能醒。反正粮食我也吃了，一会儿我就跟你们走。只盼着你们说话有信用，能把该给我家的粮食留下……这一顿吃的可不能算里头哇……”

始终仔细聆听着汪老栓与莫天留的对话，栗子群却在这时候猛不丁地接应上了汪老栓的话头：“老栓兄弟，这十里八乡传过来的话，要寻根由来处，倒也当真是不容易。可这传话、听音，总还有个朝着你开口说道的人吧？你是打哪儿听来的这些话的？”

像是话赶话的时候嘴上缺了把门儿的，汪老栓下意识地抬手朝着隔壁院落一指：“我是听隔壁二狗子说的……”

飞快地站起了身子，莫天留都没等栗子群再次开口说话，已然朝着栗子群低声说道：“大当家的，隔壁住着的汪二狗我也认识，我这就去把他找来？”

微微一点头，栗子群和声应道：“也好！把隔壁住着的汪二狗也请过来，可对人家客气着些，别吓着人家老乡了！”

答应一声，莫天留脚步飞快地走出了院门。才不过眨眼的工夫，隔壁不远处的院落中，已经响起了汪二狗那惊惶的叫嚷声：“天留兄弟……天留大哥……我啥也不知道……我肚子痛……哎呀……你别抄家伙，我跟你走……我跟你走……”

伴随着这一迭声的吆喝怪叫，被莫天留提着耳朵的汪二狗一路趔趄地撞进了汪老栓家的院落中。莫天留刚松开了捏在汪二狗耳朵上的手指头，一脸苦相的汪二狗不等站稳了身形，已经跳着脚朝坐在院子里的汪老栓叫嚷起来："好你个汪老栓！这好事你没想着我，倒霉吃挂落的事情你倒是头一个惦记着我！我可是叫你给坑苦了……"

朝着栗子群挤了挤眼睛，手中抓着自己那把德造二十响手枪的莫天留不等汪二狗拿出来全套撒泼耍赖的本事，已经冷着嗓门儿朝汪二狗低喝起来："汪二狗，把你那套走江湖的横赖手段收拾了！要是再敢装傻充愣……瞧见我棒槌兄弟没有？他能把你塞磨眼里跟麦子一块磨了，现成的下锅熬了荤面汤！"

扭头看着像是盘弄麦草般转动着石磨的沙邦粹，原本就生得很有些干瘦的汪二狗顿时一缩脖子，快快地闭上了嘴巴……

拿着手里德造二十响手枪的枪管在汪二狗后脑勺上轻轻一敲，莫天留很有些装腔作势地吊着嗓门儿叫道："汪二狗，就是你在汪家沟里传的什么……茶碗寨的绺子要拿粮食换人扛枪卖命？吃一口、还一斗，拿一升、赔一担！有粮食的还粮食，没家当的填命？"

浑身一个激灵，汪二狗顿时把脑袋摇得如同拨浪鼓一般："没有的事！这是哪个满嘴嚼蛆的栽赃陷害我汪二狗呀？告这黑状的……他可不得好死……"

嘿嘿怪笑两声，莫天留倒背着双手，慢悠悠地转到了汪二狗眼前："二狗子，你好本事呀？当着我们大当家的面儿，你居然还敢拿捏出你那滚刀肉的江湖路数装傻充愣？行……有本事你就嘴硬，我看你能嘴硬到啥时候！棒槌，来把这二狗子收拾了塞磨眼里边去，咱们今天喝荤面汤！"

眨巴着一双铜铃般的眼睛，沙邦粹很有些憨憨地闷声叫道："这……这么大个人，可也塞不进磨眼呀！"

"……就说你笨不是？你就不会把他胳膊腿什么的剁下来慢慢塞？赶紧的，忙活了一晚上了，肚子里早唱空城计了……"

眼看着沙邦粹闷声答应着、撂下手中端着的簸箕便朝自己撞了过来，汪二狗顿时吓得尖叫起来："这可真没我什么事儿啊……我也是听人说的呀……"

一把薅住了汪二狗的脖领子，莫天留毫不客气地将德造二十响手枪的枪管顶在了汪二狗的眉心上："听人说的？你听谁说的？"

感受着眉心处被枪管顶住的冰冷坚硬，汪二狗吓得浑身都哆嗦起来，不假思索地扯着嗓子叫道："是陈得福……盘马寨的陈得福！"

"盘马寨的陈得福？汪家沟离盘马寨足有二十几里地，你闲着没事上盘马寨去听人扯淡？还一五一十地回来跟汪家沟的乡亲掰扯？"

"我是上盘马寨走亲戚……这才从陈得福那儿听了些话……"

“你家在盘马寨有啥亲戚？你家亲戚姓啥、叫啥？住盘马寨啥地方？”

“是我嫡亲的二舅爷在盘马寨，大名叫魏九斤，家住在盘马寨……”

不等汪二狗把话说完，莫天留已经厉声喝道：“放屁！盘马寨里住着的全都是姓陈的人家，从来都没一个小姓！你说你二舅爷姓魏？他是入赘了盘马寨陈家不成？”

猛地掰开了德造二十响手枪的击锤，莫天留瞪圆了眼睛，朝着浑身颤抖的汪二狗厉声喝道：“都死到临头了，还敢在我面前胡乱掰扯？！陈得福都许了你啥好处，让你这么帮着他在汪家沟散闲话？”

“当真没有啊……”

“宝瓶光照十八州！”

“万千善信拜真神……天留兄弟，你也是我宝瓶会……”

话刚出口，汪二狗脸色已经变成了一片惨白，哭丧着脸哀声叫道：“天留兄弟，我……我也是没法子呀！我这挑着货郎担走村串寨，没个码头护着身，我也害怕呀……我下回再也不敢了……你就饶了我这一遭吧……”

很有些得意地撇了撇嘴，莫天留毫不客气地朝汪二狗喝道：“你啥时候信的宝瓶会？”

“老早就信了……”

“陈得福在宝瓶会里是个啥人物？”

“摇橹五哥……”

“为啥要传我们八路军武工队的闲话？为啥要吓唬乡亲们？！”

“这……天留兄弟，你就饶了我吧……宝瓶娘娘驾下三千神兵、九百黄巾力士，天察地听啊……要是知道我露了宝瓶会的根底，他们怕也饶不了我呀……”

抬手一指站在磨盘旁的沙邦粹，莫天留冷声喝道：“宝瓶会有没有三千神兵、九百黄巾力士且还两说，你眼面前可就有我八路军武工队的黄巾力士！再不说实话……棒槌，给我撕了他！”

“别……我说……”

★　第七十六章　妖言根由

“天留，你咋知道那汪二狗就是在汪家沟里传闲话的人物？”

“这不是秃子脑袋上的虱子——明摆着的？汪家沟来去就这么些人家，一年下来能去一回清乐县城的人都数得清楚，差不离都是一辈子老实本分、土里刨食的庄稼汉。这么算计起来，脚底下走村串寨、嘴头子上也活络的人物，也就汪二狗一个！能把这瞎话传得活灵活现的，还能有谁？”

“那你怎么知道汪二狗跟宝瓶会扯上了勾连？”

“宝瓶会画的符我见过，寻常被人哄了去拜宝瓶娘娘的人家门口，画的都是一个瓶子三炷香。只有在宝瓶会里担着些事由的人，画在门口是一个瓶子和其他的一些玩意儿。方才我去抓汪二狗，看见他家门上画的就是一个瓶子加两个车轮，这一看就是宝瓶会里跑腿卖嘴的人物呀！”

“那汪二狗说的那陈得福……是个什么摇橹五哥？”

“那也是宝瓶会里折腾出来的勾当。听那些知道宝瓶会路数的老辈子人说，宝瓶会里面信众最多的时候，有扯旗、打扇、鸣锣、响鼓、摇橹、行车、燃香、添油八门舵口，明里暗里有好几千人呢，清乐、宫南、遂平三县的县城里面，都有人张罗着立了宝瓶会的神坛。虽说后来宝瓶会当家的叫官家给抓了，宝瓶会的神坛也都叫人给砸了，可有不少在宝瓶会里担着些事由的人物藏起来躲过了那场风头。倒是真没想到……他们在这时候蹦出来了！”

端着个装满了新麦子的大簸箕，莫天留一边随口答应着沙邦粹的问题，一边小心地将麦子倒进了磨眼当中。而在磨盘旁边支起来的七星大灶旁，汪老栓家里的两个孩子已经捧着大碗喝上了第一锅麦面粥，眼睛还都盯着大锅锅沿儿上贴着的、渐渐黄熟的麦面饼子，很有些迫不及待的模样。

同样捧着个老大的土碗，汪老栓一边小口吸溜着滚烫的麦面粥，一边很有些讪讪地朝坐在自己对面的栗子群搭着话：“大当家的，我这可真不是冲你告黑状……都是本乡本土的乡亲，我想着二狗子也不是当真要害我……大当家的，二狗子这也就是个散闲话的罪过，他……他不会……”

扭头看着耷拉着脑袋蹲在院子角落的汪二狗，栗子群微微一笑，顺手搁下了手中捧着的大碗，扬声朝汪二狗叫道：“二狗兄弟，你怕是也有日子没正经吃过一顿饭了吧？锅里还有些麦面粥，你也过来喝一碗，暖和暖和肚子？放心，这粥喝了就喝了，用不着你吃一口、还一斗！”

伴随着莫天留那刻意提高了嗓门儿的怪笑声，蹲在院子角落的汪二狗犹豫了片刻，总算是慢悠悠地站起了身子，磨磨蹭蹭地朝着熬着麦面粥的大锅凑了过来，却是朝着坐在锅边的汪老栓狠狠斜了一眼，这才伸手抓起个大碗，拣稠的捞了满满一碗麦面粥吸溜着喝了起来。

脸上带着一丝微笑的模样，栗子群也不搭理蹲在自己跟前喝粥的汪二狗，反倒是朝着坐在自己对面的汪老栓笑着说道："老栓兄弟，这话不说不清，理不辩不明。咱们今天既然是把话说开了，一会儿你就跟着天留搬粮食去！把话说到头儿，这粮食还就是你家自己种出来的，我们八路军武工队，不过是替你把鬼子抢走的粮食夺回来。这自家种的粮食自家吃，天经地义！"

感激地朝着栗子群连连点头，汪老栓连声笑道："这可是……真是做梦都梦不来的好事啊！你们豁出去性命替我把粮食抢回来，还连个辛苦钱、腿脚钱都不提，这……打娘胎里出来，头一回见着扛枪的丘八办好事呀！"

似乎是知道自己话中"丘八"二字犯了军伍中人的忌讳，汪老栓顿时憋了个大红脸，赶紧带着几分掩饰的模样接口叫道："大当家的，人都说知恩图报，我汪老栓有家有口，不能豁出去跟着你们扛枪吃粮，可我汪老栓有……我有手艺！清乐县城周遭十里八乡，我汪老栓的石匠手艺敢说是头一份！往后你们绺子里要用得上啥石头物件，你只管言声！"

嘿嘿轻笑一声，帮着沙邦粹又磨好了些麦面的莫天留搁下了手中的大簸箕，扬声朝着汪老栓笑道："老栓哥，就我们八路军武工队，那可是见天儿要跟鬼子和二鬼子打仗的，倒是真没多少时候能用上你这手艺！你要真想给咱们八路军武工队帮忙……那你跟汪家沟的乡亲们说说，让乡亲们赶紧去搬运粮食，也省了我们武工队的兄弟一家家跟人掰扯，人家还半信半疑！"

朝着莫天留张了张嘴，汪老栓却又犹豫着看向了蹲在自己身边的汪二狗，讪讪地耷拉下了脑袋："我……我可嘴笨，就怕把话传不明白！倒还不如……"

顺着汪老栓的眼神，栗子群抬眼看了看闷头喝粥的汪二狗，顿时哑然失笑："哈哈哈……老栓兄弟倒是个实在人，琢磨出来的法子也都是扎实法子，管用！我说二狗兄弟，人都说解铃还须系铃人，这汪家沟里的闲话是你散开的，是不是也劳烦你把这闲话给收拢了回去？"

忙不迭地几口喝光了碗里的麦面粥，汪二狗顾不得自己被烫得龇牙咧嘴的模样，慌忙朝着栗子群点了点头："这活儿交给我，大当家的你就放心好了！只不过……大当家的，你们不在汪家沟常住着，万一要是你们走了之后，宝瓶会其他的人再闹腾出些啥事来，那可就真不能赖我了呀。"

微微眯起了眼睛，栗子群和声朝着汪二狗说道："听二狗兄弟你这话里的意思……宝瓶会除了让你传我们八路军武工队的闲话，还打算干点别的？"

鸡啄米似的点着头，汪二狗猛地压低了声音："这我也是听陈得福说的……眼下世道不太平，有枪就是草头王。你们茶碗寨绺子有枪有人就能抢到粮食，那宝瓶会为啥就不行？眼下宝瓶会不知道从哪儿找来了七八个枪匠，就在盘马寨里没黑没白地造枪呢！等枪造得差不离了，再裹上些人马、占个山头，抢不来日本人手里的粮食，那还抢不来清乐县地面上这么多村寨的钱粮？”

深深吸了口气，栗子群不露声色地点了点头：“这陈得福是这么跟你说的？让你在汪家沟传闲话，也就是为了叫乡亲们不敢领回自己的粮食，等乡亲们都饿急了眼，他才好下手裹挟乡亲们吧？”

“就是这个意思呀！这人要是饿急了眼，啥事干不出来呀？反正饿死也是死、打死也是死，手里要再有几杆枪，说不定还能混个吃香的、喝辣的……”

“打头的人物是陈得福？”

“倒不是陈得福，是个当年在宝瓶会里当打扇二哥的人物，叫路熏经。早年间宝瓶会势头最猛的时候，他在宝瓶会里坐的就是第三把交椅。跟着当年宝瓶会会首一块去保定府的人里边有他一个，在会首失风出事之后，大家伙儿都以为他也被抓进了大牢里。这么多年也没个音信，还当他是死了呢……可没想到几个月之前，这路熏经悄没声地又在清乐县地面上冒了出来，身边还带着七八个江湖上打混的壮棒汉子，只说是得了宝瓶会会首的真传，要在清乐县地面上重立起宝瓶会的旗号。”

眉尖微微一挑，站在一旁的莫天留却在此时接口叫道：“那路熏经还找了七八个枪匠？都在盘马寨造枪呢？”

忙不迭地转过了身子，汪二狗很有些讨好地朝着莫天留点了点头：“一共八个枪匠，听说已经造出来十几杆枪了！也不知道路熏经是寻了哪里的路数，居然还叫他找着了个能造长枪的枪匠，一天三顿好酒好肉地伺候着，听说都造出来两支长枪了！”

沉吟着点了点头，栗子群很有些不经意般地开口问道：“那这路熏经说没说，他打算在哪儿开张立起宝瓶会的旗号。”

陀螺般地再次拧过了身子，汪二狗飞快地开口应道：“就在盘马寨！再有三天就是十五的好日子，盘马寨还有个逢十五的集面。听陈得福说，到时候路熏经要当众开坛作法，招收信众，还要……还要……”

眼看着汪二狗目光闪烁、吞吞吐吐的模样，站在一旁的莫天留顿时提高了些嗓门儿，朝着汪二狗冷声喝道：“二狗子，你这人都跳井里面了，耳朵还挂在井沿儿上，倒是也有意思。眼下让你说你不说，可别到时候你想说了，我们也都不用你说了啊……”

使劲咽了几口唾沫，汪二狗缩着脖子低声叫道：“这话……这话我也是听陈得福说的，我也不知道是真是假……他们说开坛作法之后，就要领着信了宝瓶娘娘的信众去……去洗了盘马寨周遭的几个村子！有粮食抢粮食，没粮食的……搬家当！”

话音刚落，站在大灶旁搅和着新一锅麦面粥的汪老栓家媳妇已经尖声叫嚷起来：

“盘马寨周遭的几个村子？孩子他爹，那可是我娘家啊……我娘家离盘马寨也就八九里山路……你个汪二狗子，你都祸害到我娘家人那儿去了，我……我打死你……”

急怒交加，汪老栓家媳妇两步绕过了灶台，舞弄着手中搅和麦面粥的铁勺没头没脑地朝着汪二狗身上打去。猝不及防之下，蹲在地上的汪二狗都没来得及站起身子，脑袋上已经叫那铁勺敲出来好几个大疙瘩，顿时抱着脑袋玩命躲闪着叫喊起来：“这可没我什么事啊……我就是传个话儿……汪老栓，你倒是管管你家里的……打死人了啊……”

★ 第七十七章 兔死狗烹

哪怕是顶着凄寒的小北风，生得很有些强壮的陈得福也是敞开了胸前夹袄的领口，扯着嗓门儿朝那些聚拢到神坛前上香跪拜的宝瓶会信众吆喝着：“老王家的，人都说心诚则灵，我可瞧着你心不诚啊。拿着一盘子杂面干粮就来给宝瓶娘娘上供，倒是把白面藏哪儿了？你别想赖——我可知道你家藏了几斗今年的新麦子！”

“五个大钱就想要求宝瓶会的护家符？陈老头儿，你家可算得上是盘马寨里的殷实人家了吧？前年我去你家扛活儿，可是亲眼见过你家有好樟木的箱子——宝瓶娘娘要的就是个心诚，你把那好樟木的箱子供奉上来，我陈得福亲手给你家门口挂上护家符，保管你家宅平安！”

“啧……这是老查家嫁来盘马寨的新媳妇吧？这小模样……我瞅着你就跟宝瓶娘娘有缘分！今晚上赏你个听经的好处，记得晚上换上素净衣裳过来这儿听经！要敢不来，宝瓶娘娘发怒，那可是要屠家灭门的！”

扯开了嗓门儿的吆喝声中，陈得福倒也没忘了死死盯着搁在神坛前面的供奉箱子。尤其是在几个家境殷实的信众朝着供奉箱子里扔了几块大洋之后，陈得福立马挤到了供奉箱子后面，麻利地打开了供奉箱子后的活门，伸手把那几块大洋收到了自己怀里……

还没等陈得福从供奉箱子后站起身子，一个宝瓶会中打杂的信众已经费力地挤到了陈得福身边，压着嗓门儿朝陈得福叫道：“五哥，二爷请你上后边说话！”

很有些不满地斜了那信众一眼，陈得福几乎是从鼻子里挤出了一句话：“我陈得福是宝瓶会里的摇橹五哥，他路熏经倒是成了爷字辈的人物？这么多年下来，也没见着他路熏经在宝瓶娘娘座下多上几炷香，这会儿靠着我陈得福在盘马寨撑起了这么大场面，他倒是坐等着拿大了？”

嘴里阴阳怪气地说着闲话，陈得福倒也像是真有些怕了路熏经，丝毫都没犹豫地站起了身子，扭头朝着神坛后边的院子里走去。人都还没走到院子里正房门前，陈得福脸上的不忿模样已经换上了谄笑的架势，一边伸手推开屋门，一边朝着屋子里端坐的路熏经叫嚷起来：“二哥，你这宝瓶会里打扇二哥就是有办法！这支起坛口才两三天的工夫，光白面、新麦子就得了有几百斤，大洋也见了不少！我说二哥，要是往后都能过上这吃白面、得大洋的日子，那才当真是美呢！”

脸上挂着淡淡的笑意，生得一副白面书生模样的路熏经看也不看推门而入的陈得福，只是自顾自地扭头朝着站在自己身边的一名壮棒汉子低声问道：“今天还能造出来几支枪？”

穿着一身精干短打衣裳，站在路熏经身边的那壮棒汉子微微弯下了腰身，低声朝路熏经应道：“二爷，今天早上刚去瞧过那些枪匠，估摸着到正午的时候，还能有一长两短的家伙做成。要是能再等个几天工夫，那些枪匠还能拿得出七八支短枪！还有……”

微微抬起了头，路熏经看着身边那欲言又止的壮棒汉子：“有话就说！”

朝着路熏经又一点头，那壮棒汉子低声应道：“那些枪匠里面手艺最好、能造长枪的闹着要走，答应了给他加工钱他都不干，只说要回去寻他老娘。”

冷笑半声，路熏经微微垂下了眼帘：“没看出来，他还是个孝子。打听出来他老娘是啥地方人了吗？”

“……没！话里话外都试过了，还找了另外的枪匠去打听，也都没问出来他家到底在哪儿。二爷，这枪匠行里有规矩，怕外人拿捏了家人逼着枪匠造枪，从来都是游村串寨、不露根底的！”

“那……既然他不识抬举，咱们也就用不着他了！等他把手里的长枪造完，你就照规矩把事情给办了吧！能管用的人呢？招揽了多少？”

“回二爷的话，盘马寨里倒是来了不少想借着旗号吃红的人物，可当真能狠心办事、手上还有点功夫的真不多。这些天下来，能用得上的拢共只有十来号人。倒是昨天晚上，有七八个外地口音的壮棒汉子进了盘马寨，话里话外也有借着旗号吃红的意思。人我都仔细瞧过了，该是叫日本人打散了的溃兵。多许点好处，还能管用！”

“心思细密着些！这年月兵荒马乱的，饿疯了心、杀红了眼的人到处都是，可别叫人鸠占鹊巢坏了咱们的好事！”

“二爷放心！这七八个人现在都拢在一处，有兄弟带着家伙看守着呢！二爷要不要去过过眼？”

“用不着！一会儿办大事的时候，叫兄弟们看着他们纳个投名状！盘马寨周遭的几个村子，摸清海底了吗？”

“二爷，还当真就是应了你那句话——包子有肉不在褶子上！盘马寨周遭的几个村子，瞧着是没啥大户人家，又刚叫日本人洗过了一遭，可各家压箱底儿的东西差不多都还在！尤其是眼下缺粮，不少人手里都攥着家里头压箱底儿的钱，打算想法子买粮食活命呢！只要咱们手快，这回准能吃一票肥的！”

像是对身边那壮棒汉子的回答很是满意，路熏经微微点着头，目光总算是飘到了被晾在门口的陈得福身上。

上下打量着陈得福那副壮实邋遢的模样，路熏经很有些鄙夷地扭动着身子，淡淡地朝着被晾在门口的陈得福哼道：“得福啊，怎么说你也是这宝瓶会里的摇橹五哥，出入做派上头，大概也要讲究一些才好！这两天我也有些事情要忙着筹划，倒是真没腾出时间来跟你说道说道——听说，这几天收拾供奉箱子的都是你？”

脸上青一阵、红一阵，被晾在门口生了一肚子闷气的陈得福耳听着路熏经的话音，顿时粗着嗓门儿哼道：“二哥你要忙大事，这外头的小事情，我也就只能自个儿拿主意了！这几天的供奉箱子都是我收拾的，可得着的供奉钱，不是都交给二哥你身边带着的兄弟了吗？”

“都交了公账，还是过手发财了？”

下意识地伸手摸了摸怀里揣着的大洋，陈得福顿时拉下脸皮，拿捏出了一副滚刀肉的架势：“二哥，自打你来了盘马寨，跟我提起这重立宝瓶会旗号的事情开始，里里外外不少事情，可都是我陈得福一手张罗的！就算是没功劳，也得有几分苦劳吧？我在外头扯着嗓门儿吆喝一天下来，从供奉箱子里拿些零钱买碗茶喝，这也算得上是应当应分的吧？”

冷笑着点了点头，路熏经却是沉着嗓门儿低声喝道：“那这几天晚上，你叫了不少女信众上黑屋子里听经摸香，这事情也是为了酬答你那些苦劳？就是昨天晚上，要不是我身边这几位兄弟手快眼尖，怕是从你屋子里光着身子跑出来的女信众，就该跳了井吧？！”

“我……我哪儿知道那娘们儿性子那么烈，才扒了她衣裳，摸都没摸上几把，她就一口咬我肩膀头上……”

猛地伸手在椅子扶手上一拍，始终都保持着一副斯文模样的路熏经厉声低喝着打断了陈得福的话头：“成事不足、败事有余，说的就是你这样事事只顾眼前的蠢物！当年宝瓶会大好的局面，就是因为会首在保定府与官家内眷兜搭，这才弄得宝瓶会一蹶不振，生生浪费了十数年光阴！陈得福，你可别忘了，我宝瓶会里可也是有规矩的！”

眼睛一瞪，陈得福看着路熏经那副气急败坏的模样，禁不住亢声叫嚷着应道：“宝瓶会里有规矩，我陈得福自然知道！可我陈得福好歹也是宝瓶会里的摇橹五哥，管的就是兜搭信众、筹措钱粮。二哥你可是宝瓶会里的摇扇二哥，照着规矩来说，你可怎么也不该在人前露面，只能在……”

话还没说完，路熏经已经朝着站在自己身边的一名壮棒汉子使了个眼色。还没等陈得福觉察出有什么不对劲儿的地方，站在路熏经身边的那名壮棒汉子已经猛地朝着陈得福扑了过去，手中一把锋利的匕首，也毫不客气地顶住了陈得福的心口！

阴沉着面孔，路熏经盯着已经被手下人制住的陈得福，很有些阴恻恻地冷声哼道：“给脸不要脸的东西！让你陈得福能吃上几口饱饭，那就是因为要借你陈得福的这张嘴，把宝瓶会里四散的老人都聚拢起来。原本还想着，等我办完了大事，好歹赏你个衣食无忧！可现在……索性就送你个六道轮回！”

路熏经话音刚落，被那壮棒汉子用匕首顶住心口的陈得福都还没来得及叫喊一声，心口已经猛然一凉。低头看了看刺进了自己心口的匕首，陈得福颤抖着手指指向了路熏经，大张着的嘴里却是一个字也说不出来，只是不停地涌出了大口的鲜血……

熟门熟路地扶住了陈得福慢慢软倒的身子，刺杀了陈得福的那名壮棒汉子扭头看向了坐在椅子上、再次低垂了眼帘的路熏经：“二爷，接下来怎么处置？”

“照着老早吩咐你们的——正午时分，聚众开坛！先去洗了盘马寨周遭的几个村子，等到了晚上……把盘马寨也洗过一遍！”

★　第七十八章　以身做饵

全都亮着别在肚子前边的一支二十响手枪，两个穿着紧身短打衣裳的宝瓶会信众一个靠在门框上，一个斜倚在窗边，冷眼看着在屋子里或坐或蹲的八个壮棒汉子狼吞虎咽地吃着杂面干粮，嘴角上还都挂着一丝不屑的冷笑。

兵荒马乱的年月，有枪就是草头王。尤其是有个眼光毒辣、心思敏捷的人当了领头羊，少说也能混个吃香的、喝辣的，腰里揣着大洋钱来过日子。

就像是跟在路熏经身边的这些壮棒汉子，原本不过是保定府街面上的闲汉破落户。平日里仗着皮厚心黑、好勇斗狠，专一朝着那些良善百姓下手，生讹硬诈地捞些好处度日。可上得山多终遇虎，有一回讹诈的穷门小户人家，背后居然还有一门官面上的亲戚，踢到铁板的这些个闲汉破落户，终于轮着了去大牢里面走了一遭！

老话说衙门八字开，有理无钱莫进来。刚进了大牢中的这些破落户手里没钱，自然叫那些从他们身上讹不出好处的狱卒收拾得天昏地暗。眼看着就要一命呜呼的当口，倒是在大牢里待了十几年的路熏经朝着狱卒开了口，也不知道是从哪儿许了一笔大洋，换下了这些破落户的性命。

有了救命之恩，更加上路熏经虽然身陷囹圄，可倒也真有些莫名其妙的招财手段。每每写一张二指宽的条子交给狱卒，那狱卒就能照着条子上写的地方寻着一笔不多不少的银钱。用这些银钱换来的酒肉美食，自然大多是落入了那些破落户的口中。除此之外，每天由狱卒准时送来的报纸，路熏经倒是从头看到尾，就连报纸上那些用来充数的、荒诞不经的乡野故事也不放过。

凭着从报纸上得来的消息，路熏经在日军攻陷保定府之前的两个月，花了一大笔钱，将自己和那些对自己死心塌地的破落户从大牢里赎买了出来，捎带手还花钱从溃兵手中买下了几支长短枪械。凭着这些有了枪壮胆的破落户护卫，路熏经几乎是轻而易举地寻了个荒僻村寨躲过了日军兵锋。直到一个月之前，路熏经方才领着那些快要在荒僻小村中憋得发狂的破落户溜到了盘马寨，重新竖起了宝瓶会的旗号。

借着熟悉人面的陈得福扯起了大旗，再想办法招揽了几个枪匠造枪，路熏经更是从四方来投的闲汉中甄选胆大敢为的闲汉。都不消路熏经再多说些什么，几乎每个跟在路熏经身边的破落户，都隐约感觉到了路熏经想要折腾出来一件大事。一个说不好，怕是下半辈子的好日子，就着落在这大事上头！

眼瞅着那七八条壮汉又吃光了一笸箩杂面干粮，守在门口的那名宝瓶会信众不禁冷笑一声，怪腔怪调地朝着那几个像是意犹未尽的壮棒汉子叫道："我说几位爷们儿，你们这肚量可真不小啊！足足二十斤苞米面做的干粮，你们这一顿就造了个干净！怎么着？还能吃得下不？要不要爷们儿再给你们淘换些旁的吃食？"

稳稳当当站起了身子，一个看面相能有三十好几的壮棒汉子抬手朝着开口说话的宝瓶会信众一抱拳："这位爷们儿，我们兄弟初来乍到贵宝地，见佛没钱烧香、拜神无力上供，要有得罪冒犯，还得请诸位当家爷们儿海涵！"

爱搭不理地朝着那壮棒汉子摆了摆手，把守在门边的宝瓶会信众嘿嘿低笑着应道："嗬……还是个走过江湖、踩过码头的？江湖路数还懂不少！明白话告诉你，这儿用不上你那些江湖路数！想要在宝瓶会里混得滋润，就得亮出来真本事！我说几位爷们儿，宝瓶会的饭你们也吃了好几顿了，这时候还不亮海底，这可不地道吧？"

略一踌躇，那开口说话的壮棒汉子重重叹了口气："这也没啥不能跟当家爷们儿亮的——我们兄弟原本是二十九军大刀队出身，这些年多少也经过几回大场面。跟日本人在喜峰口一场恶战下来，我们兄弟都受了伤。等伤好了……日本人都占了老大一块地盘，我们想回家都回不去了！这才想在宝瓶会的旗号下边……"

朝着那开口说话的壮棒汉子一摆手，把守在门边的宝瓶会信众懒洋洋地笑道："早知道你们是丘八出身，还一个劲儿藏着掖着，有意思没有？既然跟日本人都打过仗，那……不怕见血吧？"

"这年月当兵吃粮，脑袋别在裤腰带上厮混，一条命都不如一个窝头值钱，还怕见什么血？"

"不会是光说不练——嘴把式吧？"

"这位爷们儿，有啥活儿，你只管交代！到时候看着咱们兄弟把活儿做了，不就知道是真把式还是嘴把式了吗？"

话音刚落，从门外猛地传来了个很有些阴沉的声音："好！既然话都说到了这地步了，那咱们也都用不着再拿着捏着了！屋里的爷们儿，都出来见见天光、提提神吧！"

朝着门旁让开了一步，把守在门口的那名宝瓶会信众毫不掩饰地拔出了别在肚子前面的二十响手枪，费力地扳开了不甚灵活的击锤。而守在床边的另一名宝瓶会信众，也默不作声地把自己那支二十响手枪抓到了手中，枪口微微抬起，对准了屋子里的那几个壮棒汉子。

左右看了看手持枪械、摆出了一副戒备模样的宝瓶会信众，那开口说话的壮棒汉子脸上倒是平静如常，只是低声朝两名宝瓶会信众说道："两位爷们儿，我瞧着你们手里的家什不像是正经路数来的，倒像是寻了外面的枪匠做的玩意儿，可是要留神走火啊……"

嘴里说着话，那壮棒汉子脚下倒也没有丝毫迟疑，大步走出了很有些闷气的屋子。而其他几个壮棒汉子也都沉默如常，亦步亦趋地从屋子里走了出去。

眼看着那七八个壮棒汉子从屋里鱼贯走了出来，站在院子里的另外两名持枪的宝瓶会信众全都阴沉着面孔，手里抓着的二十响手枪也都微微指向了扎堆儿站到了一起的那七八个壮棒汉子。其中一名宝瓶会信众微微摆动着手中的枪口，冷声朝着那七八名壮棒汉子说道："诸位爷们儿，既然是要在咱们宝瓶会的旗号下站脚吃红，那怎么着也得亮亮手里的本事、见血添彩才成！说来可也巧了，眼下咱宝瓶会里正好有这么一桩活儿，几位爷们儿……试试手艺？"

毫不迟疑地点了点头，那开口接应话茬儿的壮棒汉子抬手一抱拳："这没二话，全都听当家爷们儿的吩咐就是！还请当家爷们儿赏个家什、指个路径。”

上下打量了几眼那开口接话的壮棒汉子，院子里站着的宝瓶会信众顿时点了点头：“行！我就喜欢这干脆利落的劲儿——跟着来吧！”

看也不看跟在自己身后的七八个壮棒汉子，院子里站着的两名宝瓶会信众转身推开了院落中的一处小角门，大摇大摆地走到了小角门外的巷子里。顺着七弯八拐的巷子走了能有一锅烟的工夫，两名引路的宝瓶会信众在一处荒僻院落外齐齐停下脚步，扭头看着那七八个跟在自己身后亦步亦趋的壮棒汉子怪笑起来：“几位爷们儿，就这院子里搁着的那人，你们把他给料理干净了，往后大家伙儿就都是宝瓶会里贴心的兄弟！”

毫不迟疑地朝前走了两步，开口接话的那壮棒汉子朝着两名宝瓶会信众一伸手：“还请当家爷们儿赏个家什。”

朝后退了半步，两名宝瓶会信众齐齐摇了摇头：“八个拾掇一个，还是拾掇个捆好了的主儿，这还犯得上用家什？早就听说行伍出身的爷们儿手狠力气大，今天……就不能叫咱爷们儿开开眼、长长见识？”

回头看了一眼跟在自己身后的几名壮棒汉子，那开口接应话头的壮棒汉子微微冷哼半声，方才低声朝那两名宝瓶会信众叫道：“两位爷们儿要想开眼长见识，倒也不为难！只不过……就拾掇一个人，怕是你们二位瞧得过瘾了，这周遭左近藏着的几位爷们儿，都还没看明白是怎么回事吧？要不……把这周遭左近藏着行迹的几位当家爷们儿都请出来见见？”

脸色一沉，走在前边带路的一名宝瓶会信众顿时闷声叫道：“到底是露相了啊……二爷料事如神，老早就知道你们几个混进盘马寨是没安好心！既然你们都瞧出来了，那咱爷们儿也叫你死个明白！我说兄弟们，亮相吧！”

话音落处，从那荒僻院落周遭的屋顶上，猛地露出了四五个手里抓着短枪的宝瓶会信众。而在一幢草房子的屋顶上，还有个宝瓶会信众端着一杆长枪，据枪瞄准了那七八个站成了一团的壮棒汉子！

虽说被七八支长短枪械围了个结实，可那打头接应话茬儿的壮棒汉子脸上却是没有丝毫的慌乱神色，反倒是好整以暇地低笑着开口说道：“既然都落到了诸位当家爷们儿手里，那还有啥可说的？不过就是一刀、一枪、一条小命归西的路数！只是……我这心里就纳闷儿——你们是怎么瞧出来破绽的？”

★ 第七十九章 走脱狡狐

微微摆弄着手中二十响手枪的枪口，堵在那七八个壮棒汉子跟前的宝瓶会信众耳听着问话，禁不住怪笑着抬了抬枪口：“还跟着二爷一块儿在保定府蹲大牢的时候，二爷就说过那话——世上从来锦上添花，哪里见过雪中送炭！在这兵荒马乱的世道上讨吃求活，只要是撞见瞌睡了就能有人送枕头的事情，那就先要留九分的心眼儿——说不定人家送来的就不是枕头，而是点着了阴火的震天雷！”

同样抓着把二十响手枪，另一名在街边屋顶上现身的宝瓶会信众也是怪声叫道：“二爷刚在盘马寨立起宝瓶会的旗号，神坛上香灰都才半寸来厚，你们七八个壮棒汉子就搭伙进了盘马寨，身上还都是带着行伍功夫！把话摊开了说——就凭着你们这些人的本事，哪儿洗个村子都能混口饭吃！有皇上不当、抢着来当太监？天底下有这么傻的人？”

微微点着头，另一名宝瓶会信众赞同地接口说道：“进了盘马寨，你们八个人老老实实在屋里待了几天，一句话也不多问，这哪儿是来投效宝瓶会的，分明就是要等机会、抽冷子抢我们宝瓶会地盘的路数！可惜啊……就你们这点心眼儿，全都架不住二爷掐指一算！明白话告诉你们，今天二爷发了话了，咱们宝瓶会扯旗号、洗村寨，先就拿你们几个外路子祭旗！”

虽然被人叫破了行藏，更兼得身边有七八支长短枪械威逼，那七八个操着外路口音的壮棒汉子脸上倒也没有一丝慌乱的神色。尤其是那开口搭话的壮棒汉子，竟然还微微点着头、沉吟着低声自语道：“这还是……小瞧了这些装神弄鬼的恶霸势力！往后的工作当中，还真是要留神这些细节啊……”

压根儿也没听懂那开口说话的壮棒汉子唠叨了些什么，一名宝瓶会信众费力地扳开了手枪上的击锤，据枪对准了那七八个站成了一团的壮棒汉子：“死到临头了还折腾这些花样，我看你……”

话音未落，那开口说话的壮棒汉子却是猛地一抬手，闷雷般地沉声喝道：“动手！”

伴随着那壮棒汉子的低吼声，端着长枪趴在屋顶上的那名宝瓶会信众连哼都没哼一声，手中握着的长枪已经从屋顶上摔落下来，脑门上也多出来一支黑漆漆的弩箭。而在街边的另外几处屋顶上，不知啥时候冒出来的几名壮棒汉子，也都端枪瞄准了那些宝瓶会的信众。其中一名手中端着花机关的壮棒汉子更是沉声厉喝道：“谁要敢动一下，老子把他打成个肉筛子！”

低沉的吼叫声中，又一支弩箭呼啸而来，狠狠钉在了另一名下意识想要扣动扳机的宝瓶会信众胳膊上。还没等那宝瓶会信众惨叫出声，扎堆站在了一起的七八名壮棒汉子当中，已经有两人闪电般地朝着离自己只有三五步远近的宝瓶会信众冲了过去，几乎是整齐划一地双手托举起了那两名宝瓶会信众持枪的手腕。借着前冲几步的劲道，膝盖也毫不客气地直奔着那两名宝瓶会信众的鼠蹊撞了过去。

被那纯属战阵打法的膝盖重击撞到了鼠蹊，两名宝瓶会信众全都大张着嘴巴，却是只能从喉咙里发出嗬嗬的低声惨呼，整个人也全然没了分毫的气力，如同被抽了脊梁骨的癞皮狗般朝着地上瘫软了下去。

顺势夺过了那两名宝瓶会信众手中的二十响手枪，两名出手袭击的壮棒汉子毫不迟疑地抬手将枪口指向了离各自最近的另外两名宝瓶会信众。而在其他那些依旧扎堆站着的壮棒汉子中，那名三十来岁模样的壮棒汉子微微提高了嗓门儿，朝着其他几名被骤然而来的袭击吓呆了的宝瓶会信众叫道："怎么着？看明白眼下的场面没有？自己可都琢磨明白了——再想打歪主意，那可就是个死！"

惊惧地抓着手中的短枪，几名侥幸躲过了第一波攻击的宝瓶会信众彼此对望了几眼，全都扔下了手中的武器，挓挲着双手从屋顶上跳了下来。双脚才一落地，又全都抱头蹲在了地上。其中有两个胆大的，哆嗦着嗓门儿低声叫嚷起来："各位爷们儿，冤有头、债有主，要夺宝瓶会的旗号，当家的二爷就在立着神坛的宅子里面，眼下正等着我们回话呢！"

"各位爷们儿，咱们往日无冤，近日无仇啊……求各位爷们儿高高手放我们一马！我们兄弟也都是为了求口吃的……"

理也不理那些个被驱赶着蹲成了一堆的宝瓶会信众，始终蹲在屋顶上、手里紧握着花机关的苟大却瞪大了眼睛朝着一条荒僻小巷中张望着，好一会儿方才朝着那三十来岁的壮棒汉子点了点头："队长，成了！跟在后面的一个也叫拾掇下来了！"

微微一点头，站在几个壮棒汉子之中的栗子群轻轻舒了口气，抬头朝着在一处屋顶上显露了身形、手里还端着一张弩弓的钟有田叫道："有田，摸清楚那些枪匠关在哪儿没有？"

利索地从并不算高的屋顶上跳了下来，钟有田抬手一指眼前的荒僻院子："就在这院子里头！他们在院子里修整了个地窖，外头用大木杠子给别住了，从里面怎么也打不开！估摸着他们把人弄到这儿再动手，也就是想顺势吓唬吓唬那些枪匠，好叫那些枪匠老实跟着他们走！"

"他们这些天在乡亲们那儿讹诈、坑骗来的粮食呢？"

"在陈得福家里搁着呢！倒是有三四个人轮班看守着！队长，咱们现在怎么办？”

略微数算了一下蹲在一堆的宝瓶会信众人数，栗子群一边伸手接过了一名武工队员递给自己的德造二十响手枪，一边朝着眼前荒僻院子努了努嘴：“那个路熏经身边领着的贴身人马，差不多就都在眼面前了！再加上看守着粮食的四个人……咱们先把那些枪匠从地窖里解救出来，再去收拾路熏经和陈得福！”

很有些讨好地抬起了头，一名蹲在地上的宝瓶会信众谄媚地朝着栗子群低叫起来：“这位当家的，那陈得福……陈得福已经让二爷给收拾了……”

微微一个愣怔，栗子群略作踌躇，顿时低声朝聚拢到自己身边的武工队员们低声叫道：“这路熏经倒还真是个心狠手辣的人物！眼下……咱们兵分两路，有田，你带几个同志去解救关在地窖里的枪匠。记住了，无论如何不能叫他们跑散了，尤其是那个会做长枪的枪匠，更是不能叫他走！其他的同志跟我走，咱们去收拾那个装神弄鬼、祸害乡亲的路熏经！”

话音落处，刚刚从屋顶上跳下来的莫天留已经飞快地接应上了栗子群的话头：“大当家的，这两天可是把我憋屈坏了……天天躲在人堆里烧香拜神，时不时地还得被这些个宝瓶会里的家伙盘来问去，我还都只能装傻充愣！这才两天的工夫……都不提别人，光是蹲在那儿的那家伙，少说就骂了我十几回傻子！”

耳听着莫天留抱怨的话语，刚刚抢到了一把二十响手枪的孟满仓禁不住嘿嘿怪笑起来：“这可也真是难得！天留，平日里就见着你骂棒槌是傻子，可总算也有你被人骂傻子的时候！可惜了这回棒槌没来，要不然……好歹也叫棒槌出口气！”

脸上骤然一红，莫天留狠狠白了孟满仓一眼，顺势从孟满仓手里抓过了枪匠制作的那支二十响手枪，领着几名武工队员便朝着不远处架设着神坛的宅子跑了过去。

或许是因为盘马寨中大部分的村民都聚拢到了神坛前拜神的缘故，莫天留一路上竟然没遇见一个闲人，几乎是丝毫痕迹都没外露便冲到了架设着神坛的宅子旁。

将手中的二十响手枪朝着怀里一揣，莫天留扭头看了看紧随在自己身后赶来的栗子群等人，一马当先地便朝着神坛方向撞了过去。

眼瞅着莫天留不管不顾地朝着神坛挤了过来，在神坛前面支应场面的宝瓶会信众顿时挓挲着胳膊朝莫天留拦了过来，口中兀自吊着嗓门儿叫嚷道：“嘿嘿嘿……这直眉瞪眼地朝哪儿撞呢？这可是宝瓶娘娘的神位，冲撞了可是要……”

不等莫天留有所动作，紧随在莫天留身后的几名武工队员已经毫不客气地挤到了那几名宝瓶会信众身边，悄没声地伸手抓住了那几名宝瓶会信众的手腕。

微微敞开衣襟，朝着那几名宝瓶会信众亮出了怀中揣着的二十响手枪，莫天留扭脸看了看神坛前毫无察觉、依旧在烧香磕头的乡亲，冷着嗓门儿低声朝那几名宝瓶会信众喝道："不想死就别吭声！路熏经人在哪儿？"

被几名武工队员捏得手腕生疼，再看着莫天留亮出来的二十响手枪，在神坛前面支应场面的几名宝瓶会信众顿时惊惶低叫起来："这是怎么说的……二爷就在后边宅子正屋里……老少爷们儿，有话好说，可别动家什呀……"

冷哼一声，莫天留还没等紧随在自己身后的栗子群开口说话，就猛地从几名被制住的宝瓶会信众身侧挤了过去，径直朝着宅子中正屋扑了过去。借着朝前飞奔的势头，莫天留飞起一脚踹开了虚掩着的正屋房门，口中兀自大吼道："姓路的，给老子滚出来……"

吼声方落，房门洞开，原本想要在栗子群跟前抢个彩头的莫天留却是愣在了当场——正屋中桌子上一碗粗茶还在冒着袅袅热气，可屋子里却已经空无一人……

★　第八十章　以诚相待

赶着两架大车摸黑出了盘马寨，坐在车板上的莫天留回头看着盘马寨上空渐渐浓厚的炊烟，长长地舒了口气："好家伙……就为了叫聚拢到盘马寨的这些乡亲信咱们说的话，足足一天一夜的工夫，舌头都在门牙上磕出血，好容易才算是叫乡亲们信了个八分。这上赶着求人得好处的事……说出去可是真没人信！"

心有戚戚地点了点头，坐在莫天留身边的沙邦粹闷声应道："还真是！可队长想出来的法子倒是真对——聚拢到盘马寨的乡亲从咱们手里分了粮食，再回自己住着的村子里一说，一传十、十传百，知道咱们八路军武工队在给大家伙儿分粮食的人就多了！到时候再踏实地把粮食领回去，可是要比咱们一个个村子去传信快多了！"

很有些得意地回手拍了拍搁在大车上的几个大木箱子，莫天留嘿嘿低笑着朝沙邦粹挤了挤眼睛："还有这些让咱们从宝瓶会手里抢出来的枪匠，只要送到涂家村李司令那儿，可又得算得上是大功一件——李司令可是唠叨了好几回，想要把冀南军分区的军械处给折腾起来……"

扭头看了看坐在第二辆大车上那些枪匠，沙邦粹压低了嗓门儿说道："天留，你给我说说呗，为啥队长和大刯哥他们把嘴皮子都说干了，那些枪匠一个个都装傻充愣、不乐意跟着咱们走，反倒是你过去跟他们嘀咕了几句，这些枪匠就都跟着咱走了？"

朝着沙邦粹挤了挤眼睛，莫天留得意地低声笑道：“牵牛拽鼻绳、赶马甩响鞭，这世上三百六十行，只要能拿捏准了他们的关节，那就不怕他们不服帖着！瞧见这些大箱子没有？”

扭头看了看搁在大车上的几口巨大的木箱子，沙邦粹愣愣地点了点头：“嗯……我还一直想问你呢，这一天一夜的工夫，你睡觉都躺在这几个大箱子旁边，这到底是啥宝贝呀？能让你都这么金贵着？”

故作神秘地把嘴凑到了沙邦粹耳边，莫天留低声应道：“这些箱子里装着的，都是那些枪匠吃饭的家伙！要是没了这些造枪的家什，哪怕他们手艺能通了天，那也是巧媳妇没锅——生看着麦子干着急！”

疑惑地瞪大了眼睛，沙邦粹闷声低叫道：“这些枪匠做枪的家什叫你给收了？那他们回头再整治一副不就得了吗？”

“你当枪匠造枪的家什是种地用的锄头，寻个铁匠铺就能拾掇出来？就不说旁的，能在好钢上头钻出窟窿来的钻头，你这辈子见识过几回？还有那能把好钢一点点磨顺溜了的锉刀，别说是在清乐县城，就是在保定府，也是有钱没处寻的好东西！尤其是……”

朝着后边大车上抱着胳膊坐着的一名枪匠努了努嘴，莫天留越发压低了几分嗓门儿：“就那大当家的都留上了心思的、能做长枪的枪匠，仗着的不就是他手里那套能拾掇长枪管的家什？”

回头看了看那抱着胳膊、耷拉着脑袋坐在后边大车上的枪匠，沙邦粹犹豫着摇了摇头：“天留，我可还是觉着不稳当！旁的枪匠还都好说，那能造长枪的枪匠可是一直都没怎么开口说话！吃喝送到眼前，旁的枪匠都扯开了腮帮子胡吃海喝，可他一块干粮捏手里，半天才咬了一口……”

伸手在沙邦粹肩膀上重重一拍，莫天留嬉笑着开口说道：“棒槌，这才一两天工夫没仔细盯着你，你倒是还长了心眼儿了？连那枪匠心里藏着事，你也都看得出来？”

叫莫天留几句话挤对出了个大红脸，沙邦粹闷闷地哼道：“我……我又不傻！我爹还在的时候，只要是心里有事，吃饭就不香！有时候还一个人耷拉着个脑袋琢磨，我叫他他也不爱搭理我……你再看那枪匠，不也是这副模样吗？”

端正了脸色，莫天留低声说道：“既然你个棒槌都瞧出来这枪匠心里有事，咱们武工队还有谁能看不出来呀？可是……好赖话都跟这枪匠说尽了，他就是闷着头不吭气。问急了就一个劲儿拿拳头砸自己脑袋……”

“咱们问不出来，那跟他一块儿造枪的枪匠呢？有他相熟的没有？说不定还能问出来点事由？”

“枪匠都是一个师傅带一个徒弟，其他同行从来都是见面不相认，免得给自己和同行招惹麻烦。其他那些枪匠虽说跟他一块儿造过枪，可也都摸不准他的根底！就听说他家里有个老娘，像是没人看顾！被宝瓶会关起来造枪的这些天，那能造长枪的枪匠就一直闹着要走……”

“家里头有老娘没人看顾？那……天留，咱们这么硬生生把人留下，会不会闹出事来啊？尤其是鬼子刚去清乐县各处村寨抢过粮食，这要是那枪匠家的粮食也叫抢光了，老人再没个看顾，怕是真会出事的啊！”

“那咱们还能怎么着？难不成还真把这么个会做长枪的宝贝疙瘩撒手放走？大不了……等咱们回到了涂家村，再让李司令拿个主意。”

“从盘马寨回涂家村，走大路都得两天，路上还有不少鬼子的关卡挡着道儿。咱们带着这好些造枪的家什和长、短枪，到时候还得想法子摸黑绕小路。等咱们平安到了涂家村，怕是得耽误三四天呢！我说天留，这事情……你要不要跟队长说道说道？家里老人这么长日子没人看顾，这可是……”

话没说完，从后边疾步追上了大车的栗子群已经接应上了沙邦粹的话茬儿：“天留、棒槌，有啥事要跟我说道呀？”

朝着栗子群张了张嘴，沙邦粹吭哧了好一会儿，还是没能吐出一句囫囵话，急得一个劲儿地用手指头捅着莫天留的腰眼儿：“天留，你……你来跟队长说！我嘴笨……我说不明白……”

嘿嘿坏笑着，莫天留一边躲闪着沙邦粹一个劲儿戳过来的手指头，一边阴阳怪气地低叫道：“你叫我说啥呀？方才你嘴头子不是挺利索的？这会儿怎么就笨了……”

笑闹了好一会儿，莫天留才朝着同样跳上大车、坐在车板上的栗子群说道：“大当家的，我和棒槌都觉着那能造长枪的枪匠，家里头怕是当真有事！可要是就这么放走了他，往后要找他可就为难了……”

微微点了点头，栗子群扭头看了看后边那辆大车上坐着的七八个枪匠，曼声朝着莫天留应道：“这事情倒也好办啊——放他走不就是了？”

惊讶地瞪大了眼睛，莫天留讶声低叫起来：“放他走？那……大当家的，这可是能造长枪的枪匠，李司令都觉着是宝贝的人物啊！真要是放走了，往后可上哪儿寻他去？要不……大当家的，你先把他给放了，我领着棒槌悄悄跟着他。只要能摸着了他家在哪儿，到时候说不定还能想些旁的法子？”

朝着莫天留摆了摆手，栗子群低声说道：“方才我们几个党员在后边开了个临时支部会，做出的决定就是放枪匠走！不光是放那个能做长枪的枪匠，所有的枪匠，我们都要放！不光要放走这些枪匠，咱们还要给人家发足了钱粮！”

“为啥要全都给放了？还给发钱粮？这到底是为啥？”

“强扭的瓜不甜！这些枪匠给宝瓶会做的那些枪，现在可是拿在咱们手里了！不管怎么说，枪匠也算是手艺人、靠手艺吃饭，咱们拿了人家凭手艺做的东西，哪能不给钱粮？再说……这样的事情，在我们老部队还叫红军的时候，可就是有过样板的！”

“以往……咱们的老部队，也放过枪匠？”

“不是枪匠，是大夫！当年红军长征路过贵州的时候，有不少的伤病员。当时为了救那些伤病员，从当地找了几个大夫帮忙。后来部队要转移，当时有很多同志都想把那几个大夫留在部队里。可后来大家一讨论，觉着咱们不能学国民党拉丁抽夫那一套，更不能仗着手里有枪就欺负老百姓！所以就把那些大夫该得的诊金付了，还派人把那些大夫送回了家！”

“好家伙……这行军打仗的时候，身边跟着个大夫，那就是多了条性命啊！宁可自己不要命，也不坏了规矩……大当家的，你们真行！”

“什么叫‘你们真行’呀？现在啊，是我们真行！行了，前边也差不多到岔路口了，停车，放人！”

答应一声，莫天留与沙邦粹齐齐跳下了大车，熟练地挽住了拖拽大车前行的牲口嚼子，而同时跳下大车的栗子群却是大步走到了第二辆紧跟着停下来的大车旁，朝着那些没精打采的枪匠扬声叫道：“各位师傅，这一天一夜的工夫，叫大家伙儿担惊受怕的，我先代表我们八路军清乐县武工队，给大家伙儿赔个不是！这世上从来都没有牛不喝水强按头的路数，虽说我是真心想把各位师傅留下来替我们八路军造枪，可是……怕各位师傅心里对我们八路军不摸底，也多少有些不情愿……”

很是带着几分惊惧的神色，几个坐在大车上的枪匠几乎是同时朝栗子群低叫起来：“这位当家说的哪里话？当家的赏饭吃，那是抬举我这手艺人呢……”

“情愿的！都是情愿的！当家的要觉着工钱高了，我再让个一两成也行！”

“当家的高抬贵手啊！我跟那宝瓶会当真是扯不上瓜葛，我是被他们硬掳来的啊……”

看了看那依旧耷拉着脑袋一言不发、能造长枪的枪匠，栗子群这才朝着那些面带惊惧神色的枪匠摆了摆手：“各位师傅，旁的客套场面话也都不必说了！眼下就跟各位师傅交个实底——乐意跟我们去根据地、帮着我们八路军造枪、修枪的，我们热烈欢迎！要是各位觉着不放心，还是想单干的，那我们也不强拦着——立马给各位结算清楚该得的钱粮，咱们往后有机会再见！”

话音落处，那始终都没精打采的、能造长枪的枪匠却是猛地抬起了头，一双眼睛死死地盯住了站在大车旁的栗子群：“这位当家，你说的是真的？”

不等栗子群开口，悄没声凑到了栗子群身边的莫天留却是飞快地接应上个话头：“你出去打听打听，我们八路军武工队说话，啥时候有过不算数的？！”

“那……我们吃饭的家什呢？”

“那些个玩意儿原本就是你们的，想要走的，跟结算给你们的钱粮一并带走！”

“那……我可真要走？”

“后边去取了你该得的钱粮，走你的！”

★ 第八十一章 鬼子夜袭

连着五六天的工夫，汪家沟村寨中往来的乡亲一天比一天多。尤其是在天黑之后，胳肢窝里夹着麻袋、肩膀头上挑着箩筐的各处乡亲，全都静悄悄地从各处村寨聚拢到了汪家沟后五通庙前，在报出了自家名姓和居住的村寨名称之后，按照家中人头多少领取了粮食，再急匆匆地消失在黑暗之中。

因为近水楼台先得月的缘故，率先从五通庙中得着了粮食的汪家沟中乡亲，除了女眷和孩子待在家中没出来抛头露面，其他的男丁不论老少，全都自发地聚拢到了五通庙前，一来是帮着八路军武工队分发粮食，二来也是为了验证来领取粮食的人里面有没有虚报人头、冒领多占的奸猾之辈。

眼瞅着存在五通庙中的粮食已经分出去了大半，帮着武工队员们忙活了足足五天、每天也就裹着衣裳在篝火边胡乱打个盹儿的汪老栓睁着一双赤红的眼睛，使劲伸了个懒腰：“好家伙……小十万斤粮食，堆得跟小山一样，才五天工夫就分出去这么多！估摸着再有个两天的工夫，这粮食也就该分光了！”

凑在汪老栓身边，汪二狗手里捏着半块干粮嚼得起劲儿，含混不清地接应着汪老栓的话头：“可不是！我都打听过了，遂平县今年麦子差不多绝收了，可硬糜子倒是收了不少！在遂平抢粮食的日本人估摸着是没见识过硬糜子，倒是真没抢走多少。到时候拿着麦子去换了硬糜子，凑合着都能吃到来年头茬庄稼结穗了！左右就是搭进去些脚程、力气，这一家人就能活命了啊……”

扭头看了看正在指挥着武工队员们分发粮食的栗子群，汪老栓重重地叹了口气：

“就是……这人情可是欠大发了！人家八路军武工队帮着咱们抢回了粮食，丁点儿好处都没要，就连这些天的吃食，我们这些帮忙的吃白面干粮，他们吃的都是他们自己带的黑豆面窝头，一口新麦子都没吃啊……这八路军武工队，都是好人啊！”

耳听着汪老栓由衷赞叹的话语，汪二狗看了看手中剩下的半块白面干粮，讪讪地将那半块白面干粮塞到了自己怀里，却是吊着嗓子朝一个正在抖着麻袋要领粮食的半老头子吆喝起来：“水杨村的姚家老二，你倒是还有点羞臊没有？昨天叫你那儿子过来领的粮食，今天你自己再来领过一回？好处都叫你一家占尽了，你倒是叫其他乡亲喝西北风去呀？”

被汪二狗一口叫破了自己想要多得些麦子的念头，那抖弄着麻袋要领粮食的半老头子顿时闹了个大红脸，吭哧着朝汪二狗叫嚷起来：“我……我老早就跟我儿子分家另过了！你个二狗子，你不好生去摆弄你的货郎担，你在这儿咸吃萝卜淡操心？你瞎胡乱叫嚷什么呢？”

眼睛一瞪，汪二狗几步冲到了那半老头子跟前，劈手便将那半老头子手里的麻袋夺了过来，直着脖子朝那半老头子叫道：“我汪二狗哪里胡乱叫嚷了？别人我不知道，你姚家老二是个啥人，我还能不清楚？放屁肥田、滴汗当盐，人家枣树长得伸过了你家墙头，你就愣说那枣子是你家的！你要说你跟你儿子分家另过了也成——昨天你儿子可是领了五口人的粮食，你想要麦子，回家找你儿子要去，别想在这儿得便宜！”

怏怏地伸手抓过了被汪二狗夺走的麻袋，那半老头子眼瞅着占不着便宜，一边扭头朝回走，一边却是咕哝着自言自语：“狗拿耗子——多管闲事！这又不是你汪二狗家的粮食，倒是犯得着这么替人把着脉门……也不知道得了人家多少好处……”

一蹦老高，汪二狗就像是被马蜂蜇了屁股一般，跳着脚大叫起来：“姚家老二，你要再敢满嘴胡吣，我骂你们家十八辈祖宗！这些粮食都是叫鬼子从各处的乡亲手里抢走的，是这些八路军武工队的爷们儿豁出命去从鬼子手里抢回来的！小十万斤的新麦子，他们一口都没吃，全都还给大家伙儿了，为的就是叫大家伙儿能有条活路！在这些好汉子手里占便宜，你……你就不怕生儿子没屁眼？！”

话音刚落，从远处的黑暗之中，猛地传来了一声尖利的枪响。伴随着枪声乍响，不光是忙碌着给乡亲们分发粮食的栗子群猛地反手抽出了别在腰间的德造二十响手枪，其他正在五通庙内外忙碌着的武工队员，也全都摘下了片刻不离身的武器，紧紧握在了手中！

纵身一跃，栗子群敏捷地跳上了五通庙外坍塌了一半的院墙，朝着站在院墙上放哨的孟满仓低声叫道：“满仓，啥情况？”

凝神注视着传来枪响的方向，再侧耳听了听夜风中隐隐约约传来的细微响动，孟满仓的脸色顿时凝重起来："方才是鬼子的三八大盖儿开枪的动静，咱们派出去警戒的同志手里全都是晋造三八式，打枪的动静跟这不一样！听着风里传来的动静……怕有百十人，正朝着这边来了！"

"还有多远？"

"最多还有十一二里地！"

手中攥着一把德造二十响，站在半塌围墙下的莫天留耳听着栗子群与孟满仓的对话，禁不住低声朝着孟满仓叫道："满仓哥，这黑咕隆咚的晚上，你一耳朵能听见十里地外边有多少人朝着这边来？你不会是……听差了吧？"

不等孟满仓开口辩驳，栗子群已经敏捷地从半塌的围墙上跳了下来："满仓是西北刀客世家出身，晚上骑在马上能边走边听二十里外的动静，从不出错！天留，你熟悉路径，马上带上大却和其他几个枪法好的同志去枪响的方向摸摸情况！记住了，万一有情况，不许恋战，马上回报！"

"那要真是鬼子来了怎么办？我们回头跑了，鬼子说不定踩着我们脚后跟就上来了啊！"

"再带上韦正光！有老韦给你们殿后，再加上这晚上黑灯瞎火的看不清道路，鬼子不敢冒进！"

低声答应一声，莫天留立刻领着苟大却等人朝着黑暗中传来枪响的方向奔去。而在片刻的踌躇之后，沙邦粹也大步走到了栗子群跟前，朝着栗子群伸开了蒲扇般的巴掌："队长，给我几个手榴弹，我也去！"

摘下了挂在自己腰后的两颗手榴弹，再从其他几名武工队员身上摘下了好几颗手榴弹，栗子群一边将手榴弹亲手插在了沙邦粹的腰带上，一边扬声朝着愣在了五通庙前的乡亲叫道："大家都先别慌乱，等我们武工队的同志去查探过情况之后再说……"

耳中听着身后那些前来五通庙领取粮食的乡亲带着惊惧的议论声，莫天留脚下飞快地顺着山谷中的小路，径直朝着枪声传来的方向冲去。才不过朝前跑出了两三里远近，前方的黑暗中已经隐约传来了急促的脚步声。

敏捷地闪身蹲到了路边的一块岩石后，莫天留一边轻轻搬开了手中德造二十响手枪的击锤，一边扭头朝着同样隐蔽到了路边的几名武工队员压低了嗓门儿叫道："别动枪，拿活口！"

话音刚落，黑暗中隐约传来的急促脚步声却猛地停息下来。不过片刻的工夫之后，黑暗中却传来了一声低低的问话："队长？我是猴子……"

只一听见猴子的问话声，手里紧紧握着花机关的苟大却顿时松了口气，同样低声朝着黑暗中声音传来的方向低叫起来：“猴子，啥情况？过来说话！”

急促的脚步声再次响了起来，不过是片刻工夫之后，身形瘦小的猴子已经急匆匆地冲到了莫天留眼前，压着嗓门儿朝端着花机关站起了身子的苟大却叫道：“是鬼子！一百多号鬼子，七八个二鬼子，正摸黑朝着汪家沟里摸过来呢！要不是有个鬼子摔倒了、弄得手里枪走了火，就连我们放哨的同志都没发现！”

很有些纳闷地瞪大了眼睛，苟大却急声问道：“一百多号鬼子？！整个清乐县城里边的鬼子，怕是有一多半钻出来了吧？可要是鬼子是奔着汪家沟来的，半夜走火响枪了之后，知道暴露了行迹，肯定就得玩命朝着汪家沟里冲啊，怎么反倒是没了动静了？”

“我也不知道啊……我悄悄摸过去看了一眼，发现鬼子倒是亮了手电筒在四下乱照，好像地上还躺了个二鬼子，瞧着像是叫鬼子走火的那一枪给打死了。”

转悠着眼珠子，蹲在岩石后的莫天留只是略一琢磨，顿时便跳起了身子，压着嗓门儿朝苟大却与猴子叫道：“我知道怎么回事了！鬼子肯定是得着了我们在五通庙发粮食的消息，想着趁夜来偷袭咱们！可这黑灯瞎火的，他们带来指路的二鬼子凑巧又叫枪走火给打死了！眼下……鬼子是进退两难！猴子哥，你方才朝着五通庙这边来的时候，瞧见汪家沟村子里的乡亲都起来没有？”

猛地点了点头，猴子应声朝莫天留答道：“这大半夜的响了一枪，汪家沟村子里的狗都惊得叫成了一片，早把一个村的乡亲都惊醒过来了！我朝着这儿走的时候，村子里不少乡亲都出了院门呢……”

脸色骤然一变，莫天留急声叫道：“坏了……猴子哥，你赶紧去五通庙寻队长报信，我们朝前赶，尽量拖住鬼子，好让汪家沟村子里的乡亲们赶紧跑……”

诧异地看着莫天留，猴子眨巴着眼睛刚要说话，脸色却也是猛地一变：“狗叫的动静！咱们能听见鬼子的枪声传出来这么远，鬼子也能听见狗叫的动静！朝着狗叫的动静走，哪怕是不走山路、径直翻山，怕也只有五里地就能撞进汪家沟的村子里了！”

几乎在猴子低叫出声的同时，与莫天留琢磨的一模一样，在汪家沟村落中的看家狗被枪声惊扰得狂吠起来时，亲自率领着几十名日军士兵的岛前半兵卫和率领着一个排皇协军士兵的白癞子，几乎同时低声叫嚷起来：“朝着狗叫的方向走！”

★ 第八十二章 节节阻击（上）

老话说人多嘴杂，哪怕是得着了消息上汪家沟里领粮食的乡亲再三小心，却还是有消息走漏了出去，兜兜转转地传到了白癞子的耳中。

叫武工队半夜里埋设在城门洞前的地雷炸死了十几号皇协军士兵，受了重伤等死的还有七八个，就连白癞子自己的耳朵也叫震得好几天听不清楚动静。心中早憋了一股子邪火的白癞子才听到这消息，立马就蹦着高地冲进了日军宪兵司令部，几乎是按着何龅牙将自己得来的消息报告给了同样怒气十足的岛前半兵卫。

莫名其妙丢光了抢来的粮食，又叫人堵着城门吓唬了一晚上，被保定日军司令部一天三顿臭骂着的岛前半兵卫几乎是在何龅牙战战兢兢翻译完毕之后，立刻从椅子上跳了起来，亲自率领着八十几名日军士兵，再加上白癞子率领的一个排皇协军，连夜冲出了清乐县城，朝着汪家沟方向扑了过来。

可人算不如天算，虽说岛前半兵卫出兵的速度也称得上兵贵神速，但在冲出县城、离开大路之后，岛前半兵卫和白癞子才发现自己犯了个巨大的错误——百十来人的队伍中，居然只有一个皇协军士兵能在黑暗中认出前往汪家沟的道路，而这唯一一个可以充任向导的皇协军士兵，居然还是个不折不扣的大烟鬼、双枪兵！

眼瞅着那唯一一个能在黑暗中辨识道路的皇协军士兵跑得犯了大烟瘾、双眼翻白、口吐白沫的模样，再看看其他皇协军士兵那有气无力的德行，岛前半兵卫不得不强忍着怒气，指派了两名日军士兵搀扶着这唯一的向导摸黑前行，甚至默认了白癞子时不时地朝着那犯了大烟瘾的皇协军士兵口中灌几口兑了大烟的凉水……

好不容易，当百十人的队伍走到了离汪家沟还有十里地远近时，那名皇协军士兵脚下一滑，在拖拽着两名架着他的日军士兵倒下的同时，无巧不巧地撞得一支摔落在一旁的三八大盖儿走了火，干脆利落地打穿了他的太阳穴！

原本的趁夜偷袭被这突如其来的意外弄成了不得不进行的强袭行动，在下达了朝着犬吠声响起的方向突击的命令之后，岛前半兵卫与白癞子分别率领着各自的部下，也顾不得用手电照明、寻找山间的道路，只是顺着一条相对的直线朝自己面前的小山上爬去。

时已深秋，山上的草木大都枯黄凋落，很多灌木也都只剩下了枯萎的枝条，原本深深扎进泥土中的根系也承受不住太大的力量。朝着并不算是陡峭的山坡上爬了不过十几米远近，好几个想要抓着枯萎的灌木借力的日军士兵已经翻滚着摔了下来。虽说并没有什么严重的损伤，但也全都摔得龇牙咧嘴。

反倒是那些惯常偷奸耍滑的皇协军士兵，每走一步便要喘上几口气，脚下倒是稳当异常。有几个常跟在白癞子身边的皇协军军官，甚至还能腾出手来拉扯走在大多数人后边的白癞子一把。不知不觉之间，八十多名日军士兵已经全都冲在了前面，而所有的皇协军士兵则是落在了后头。两股人马之间，少说也拉开了十几米的距离。

被几名皇协军军官围在了当中，摸黑走了老远山路的白癞子使劲喘了几口粗气，再抓过个皇协军军官递过来的水壶猛喝了一气，这才呻吟着低声叫道："这他娘的……黑灯瞎火的翻山越岭，脚下一个踩空就能摔死！早知道会有这么一出，我就该明天早上再把这消息告诉日本人！"

偷眼看了看打着手电奋力爬山的日军士兵，一名皇协军军官心有戚戚地点了点头："方才枪一响，怕是把汪家沟里的老百姓全都惊动了，就连那些抢了粮食的八路军，怕是也有了防备！我说白队长，咱们这回可是得格外加些小心啊！上回在城门洞子里那一出，咱们生生折了十几号弟兄。万一要是……"

朝着那些默不作声爬山的日军士兵一努嘴，白癞子悄声叫道："岛前这回是真红了眼，一家伙把清乐县城里一多半的日本人给拉出来了，估摸着是下了狠心要找回粮食被抢的场面！既然日本人乐意出这个头儿……悄悄告诉弟兄们，还是照着老规矩——嗓门儿要大、脚步要小！赢了争先，败了快跑！"

话音刚落，一声晋造三八式步枪的枪响，猛地从日军前方的山顶上传来！伴随着枪声响起，一名打着手电筒在山坡上奋力攀登的日军士兵哼也不哼地栽倒在地，手中的手电筒也顺着山坡一路翻滚着摔落下来！

没有丝毫的犹豫，甚至没有任何多余的声音，所有打着手电筒在山坡上攀爬的日军士兵，几乎都在第一时间里熄灭了手电筒。而在眨眼的工夫之后，两三支三八大盖儿已经瞄准了山顶上枪响的位置打出了第一波反击的子弹！

尖利的枪声之中，打出了第一波子弹的日军士兵连退壳上膛的动作都欠奉，全都在第一时间翻滚着离开了方才的射击位置。虽然身处黑暗之中，但那三名开枪的日军士兵全都凭借着方才手电筒亮起时的照明条件，记住了身处位置周遭的地形，无一例外地潜藏到了另一处可以遮蔽身体的地形后。

没有丝毫的间隙，再次响起的三八大盖儿射出的子弹，准确地朝着山顶上响枪的位置飞去。而在第二波由日军士兵发起的掩护式攻击中，另外几名日军士兵却借着己方提供的火力掩护时间，飞快地朝前扑出了几米距离，据枪开始了第三波火力掩护……

周而复始的火力掩护射击与静默跃进当中，不过是一碗茶的工夫，身处黑暗中的日军士兵已经朝山顶方向扑出了足足二十几米距离，几乎已经能够凭借着天幕的反光，看清山顶的地形地貌。

彼此间对望一眼，冲在了最前面的几名日军士兵伸手在地上抓了把有些潮湿的泥土，轻轻抹到了刺刀上，佝偻起了身子蹲踞在地上，做好了朝着山顶位置冲锋的准备。而在那几名做好了冲锋准备的日军士兵身侧，七八名略微落后些的日军士兵也全都趴在地上，据枪做好了随时进行掩护射击的准备。

还没等那些做好了最终冲击准备的日军士兵再有丝毫的动作，原本黑漆漆的山顶上，却猛地亮起了一丝微弱的火光。还没等那些据枪瞄准了山顶位置的日军士兵做出反应，山顶上亮起火光的位置竟然像是闪电般地蔓延开来。不过是眨眼的工夫，山顶上竟然燃起了二十几处火焰。

瞪大了眼睛，做好冲击准备的日军士兵眼睁睁看着山顶上燃烧的火焰将山顶上照得一片通明，却始终也看不见有任何阻击的敌人。在片刻的犹豫之后，一名日军老兵闷吼一声，率先站起了身子，端着上好了刺刀的三八大盖儿，朝着山顶上急冲而去！

紧随其后，另外几名做好了突击准备的日军士兵也纷纷跳起了身子，端着手中上好了刺刀的三八大盖儿朝山顶方向冲击。而在第二波发起冲击的日军身后，几乎全部日军士兵也全都跳起了身子，交替掩护着默不作声地朝山顶摸了上去。

低沉地喘息着，冲在最前方的那名日军老兵几乎是在一眨眼的工夫便冲到了山顶。放眼看着几乎无遮无挡的山顶地形，再看看那些在山顶上熊熊燃烧着的篝火，端着三八大盖儿的那名日军老兵心头不由得一紧，几乎是扯开了嗓门儿尖叫起来：“是……”

乍响的晋造三八式步枪枪声，毫不客气地打断了那名日军老兵的尖叫声。伴随着那名日军老兵踉跄着跌撞倒地，其他几名冲到了山顶上的日军士兵也察觉出了不妙……

整个山脊上全然无遮无挡，就连能叫人勉强藏身的洼地都欠奉。在那些篝火火光的映照之下，每一个站在山脊上的日军士兵，看上去都像是一个个让人练习射击的枪靶，显得格外引人注目！

而在山脊的另一侧，如同浓墨般的黑暗当中藏身的对手，却能轻易地隐蔽自己的身形，好整以暇地射杀着每一个冲上山脊的敌人！

尽管冲上了山脊的日军士兵飞快地做出了卧倒的动作，但在他们卧倒之前，再次响起的枪声，又让另一名日军士兵捂着肚子摔倒在地，嘶吼着惨叫起来：“我被打中了……”

如同在暗夜中亮出了獠牙的幽灵一般，那个藏身黑暗中的枪手很是利落地转换了射击阵位。不过是眨眼的工夫之后，又一名卧倒在地的日军士兵肩膀上，猛地绽开了一朵血花！

压根儿不敢站起身子，更不敢去探查受伤的同伴究竟是何样状况，几名卧倒在地的日军士兵如同蛆虫般蠕动着身子朝后退去。其中一名日军士兵更是从腰间摸出了一枚手榴弹，拉出保险栓后狠狠在自己头盔上一砸，抬手便将哧哧冒烟的手榴弹朝着方才枪声响起的地方扔去……

★ 第八十三章 节节阻击（下）

轰然而起的爆炸声中，那潜藏在黑暗中的枪手显然是被四散迸飞的弹片击中，不由自主地发出了痛苦的呻吟声。但在几名日军士兵猛地跃起，试图再次发起冲击时，那明显受伤的枪手却又执拗地扣动了扳机。虽说没能击中任何一名日军士兵，但也吓得几名刚刚发起冲击的日军士兵再次匍匐在地。

接二连三地，几名被逼得再次卧倒的日军士兵纷纷朝着目标人物大致所在的方向扔出了手榴弹。在几声几乎听不出间隔的爆炸声之后，隐藏在黑暗中的枪手终于不再发出痛苦的呻吟声……

小心翼翼地从地上爬了起来，几名日军士兵弯着腰冲到了被手榴弹炸得七零八落的灌木丛旁，壮着胆子按亮了手电筒，顿时瞠目结舌地怪叫起来："这家伙……玉碎攻击！后退！隐蔽！"

话音刚落，那被手榴弹炸成了重伤的武工队员，已经惨笑着拽开了手中晋造手榴弹的引线，嘶哑着喉咙笑骂起来："小鬼子……我操你妈……"

晋造手榴弹的闷响当中，几个飞快闪避开来的日军士兵并没有受到任何的伤害，只是被爆炸溅起的泥土泼撒了满身满脸。而在稍远些的山顶上，刚刚冲上了山顶的岛前半兵卫一边从地上爬起了身子，一边瞪着眼睛闷吼道："受伤之后居然……玉碎攻击……这样的家伙，难道是支那共产党的正规军军人吗？"

小跑着冲回了山顶，一名刚刚避过了晋造手榴弹爆炸的日军士兵迎着刚刚站直了身子的岛前半兵卫叫道："阁下，方才施行玉碎攻击的那个家伙，看穿着并不像是支那正规军军人，反倒像是……土匪的武装！"

粗暴地挥了挥手，岛前半兵卫厉声喝道："什么土匪武装？！这些家伙一定是支那共产党的正规军军人！在山顶上收拢作战人员，马上派出侦搜小队！这些支那共产党的正规军军人，可是要比支那国民党的军人更不拘泥作战手段，一定要小心他们偷袭的伎俩！"

干脆利落地答应一声，那名回头汇报情况的日军士兵略一踌躇，方才朝着岛前半兵卫身后看去：“阁下，那些皇协军……是不是可以利用一下？”

扭头看了看那些还在身后几十米的地方磨蹭着爬山、一个个气喘吁吁模样的皇协军士兵，岛前半兵卫鄙夷地摇了摇头：“靠着这群废物能做什么？等冲进了前方村子，让这些家伙在外面担任警戒吧！”

朝着岛前半兵卫猛一鞠躬，那名打着手电筒的日军士兵立马转身朝几个惊魂未定的同伴冲了过去。在简短的几声命令之后，那些差点被武工队员炸死的日军士兵麻利地将按亮的手电筒绑到了枪管上，端着上好了刺刀的三八大盖儿摆出了侦搜前进的队形，顺着并不算陡峭的山坡朝山下传来犬吠声的方向走去……

眼瞅着登上了山顶的日军展开了搜索前进的队形朝着另一侧山坡走去，只差几步就要登上山顶的白癞子一屁股坐到了地上，呻吟着朝身边围拢着的几个皇协军军官伸出了巴掌：“快给老子来口水……半夜爬山的活儿，老子可是有日子没做过了！可是……可是累死老子了……”

赶紧把半空的水壶递到了白癞子手中，一名皇协军军官抿了抿干涩的嘴唇，沙哑着嗓门儿朝大口喝着水的白癞子说道：“队长，今天日本人可不大对劲儿呀？往日里要干那些个卖命的活儿，日本人从来都是逼着咱们兄弟冲在前头挡枪子儿，今天怎么都不搭理咱们，反倒是他们自个儿一个劲儿朝上冲？”

心有戚戚地点了点头，另一名皇协军军官也是沙哑着嗓门儿叫道：“就方才一眨眼的工夫，山顶上就叫干趴下两个日本人，可岛前那家伙倒是连个磕巴都没打，愣就是招呼着那些日本人一个劲儿朝前冲……队长，这里头不会有啥不对吧？”

一口气喝干了半壶水，白癞子随手将空荡荡的水壶朝着地上一扔，很是没好气儿地低声哼道：“你们懂什么呀？这岛前心里该是真着急了，这才能有这副不管不顾的做派呢！”

莫名其妙地看着坐在地上喘气的白癞子，一名皇协军军官愣头愣脑地低叫道：“岛前着急？他一天蹲在宪兵司令部里，有吃有喝，着的哪门子急啊？”

乜斜着眼睛闷哼半声，白癞子低声应道：“那宪兵司令部的办公室，可也不是那么好坐的！就丢了粮食之后的这些天，保定府里的日本大官一天三顿地打电话过来骂岛前，听宪兵司令部里打杂的几个兄弟私底下说……岛前每回接电话，那脸上都阴得跟要下雨似的，可还只能一个劲儿点头答应，‘哈依’说个没完！这回要是能把粮食弄回去，岛前怎么着也能少挨几回骂。可要是弄不回去粮食……怕是岛前的好日子，就该到头了！”

“岛前怎么说也是个日本军官，就算是好日子到头了……那也不过是罢官撤职的事情。眼下在中国地面上，是个日本人就能横着走，哪儿都能混个吃香的、喝辣的……”

“你那脑瓜子里面除了吃喝嫖赌，还能剩下点啥？！我听说……日本人常把他们部队里面要受罚的人调去前线当敢死队，运气窄的一仗下来就是个一命呜呼的下场，命好的虽说能多活几天，可末了也还是个死……”

“嗬……这日本人的招儿，可是真毒啊！”

“不毒那还是日本人？行了，今晚上这出大戏，咱们就是那跑龙套、打边鼓的角色，悄悄跟在日本人后边挪动就成了，不求有功，但求无过，走着吧！”

且不论白癞子与那些皇协军军官暗地里商量着自家主意，已经翻过了山头的岛前半兵卫夹杂在撒开了侦搜队形的日军士兵之中，不过一壶茶的工夫便走到了山脚。耳听着犬吠的声音越来越清晰，岛前半兵卫不由得兴奋地拔出了腰间的战刀，沉声朝着身侧的日军士兵叫道：“加快前进速度，一定不能让村子里的人逃走！”

飞快地答应着岛前半兵卫的命令，走在岛前半兵卫身边的一名日军士兵应声答道：“阁下，那个被走火打死的皇协军向导不是说了吗，这个叫汪家沟的村子后面没有路，只要堵住了村子的出口，村里的人一个也跑不掉！”

冷哼一声，岛前半兵卫随手一刀，劈断了身侧的一棵小树：“那个村子里的人并不重要，重要的是那个村子里到底有没有粮食！”

“那么在找到粮食之后，村子里的人……”

“你是傻瓜吗？！在甲种师团，可是不会有任何一个士兵向上官提出这样的问题的！”

话音刚落，走在最前面的几名日军士兵当中，猛地有人惨叫着跳了起来，重重地摔倒在地上，手中紧握着的三八大盖儿也远远地摔了出去。伴随着那名摔倒的日军士兵身体着地，还没等他身边的其他日军士兵做出任何反应，倒地的那名日军士兵却是又发出了一声惨叫，嘶号着吼叫起来：“有……竹钉啊……是竹钉吧……”

忙不迭地将绑在枪管上的手电筒朝地上照射着，几名担任前出尖兵的日军士兵只是朝着地上扫了一眼，顿时便乱纷纷地叫喊起来：“都不要乱动！地上有很多三角钉……”

“关闭手电筒啊，笨蛋！”

“看到埋伏的敌人了吗？”

混乱的叫喊声中，几名担任前出尖兵的日军士兵忙不迭地关闭了绑在枪管上的手电筒，慢慢在原地蹲踞下来，端着三八大盖儿左右移动着瞄向了有可能藏匿敌人的方向。

同样蹲踞着身子，岛前半兵卫只是犹豫了片刻，立马扭头看向了蹲在自己身边的日军士兵，压低了嗓门儿低声叫道：“到后边去，把皇协军的那些家伙叫上来，让他们给我们冲出一条道路！”

答应一声，蹲在岛前半兵卫身边的日军士兵飞快地站起了身子朝队伍后方冲去。不过是一碗茶的工夫之后，苦着一张脸的白癞子已经让那名日军士兵拽到了岛前半兵卫的身边。

瞪着一双眼睛，岛前半兵卫如同一条蹲踞在黑暗中的饿狼般，狠狠地用手中的战刀指向了前方那名受伤的日军士兵发出呻吟的方向：“突击！”

虽说对日语几乎一窍不通，可岛前半兵卫发出的突击命令，白癞子却能听懂。苦着一张脸，白癞子一边在岛前半兵卫身边蹲踞下来，一边压着嗓门儿朝岛前半兵卫低声叫道：“岛前太君，这……黑灯瞎火的，这个……托资寂寂怕是不成吧？万一要是跑散了队伍，那可就成了放鸭子，怎么也收拾不回来了啊……”

手臂微微一晃，岛前半兵卫毫不客气地将手中握着的战刀刀刃搁在了白癞子的脖颈上：“突击！”

被冰冷锋利的日本战刀一碰，白癞子脖子上顿时起了厚厚一层鸡皮疙瘩，几乎是带着哭腔地连声答应起来：“行……岛前太君，我这就……这就叫兄弟们托资寂寂！你……你那刀先拿开……”

★ 第八十四章 以身为盾（上）

耳听着远处山梁上传来的日式手榴弹接二连三的爆炸声，苟大却脸上已经变了颜色，撒开双腿与冲在队伍最前边的莫天留跑了个并肩，扯开嗓门儿大声叫道：“是头一道岗哨，已经跟鬼子硬顶上了……咱们得再快点！”

脚下狂奔，莫天留也顾不得张嘴说话时被扑面而来的寒风呛得嗓子眼儿生疼，撕裂着声音朝苟大却应道：“头道岗哨上有多少人？”

“就一个！”

“就一个人？那他发现鬼子了还不跑回来报信？他跟鬼子拼个什么啊？他就一个人、一杆枪啊……”

“他肯定想先把鬼子挡一步！狗日的方大力……东北山炮那宁死不退的性子就是改不了！”

“是那个身量跟棒槌都有得一比的大力哥？”

“就是他！当年是东北军手枪队出身，受不得鬼子的窝囊气，在陕西投的八路……”

话还没说完，从远处传来的晋造手榴弹那沉闷的爆炸声，顿时让苟大却惨叫起来："大力……大力怕是……快走啊！"

一路狂奔之下，莫天留等人转瞬间便冲出了好几里地山路，一头扎进了汪家沟中的村落里。看着那些走出了自家院子、正惊魂未定地朝着爆炸声传来方向张望的乡亲，莫天留与苟大却几乎是异口同声地大声吼道："鬼子来了！大家赶紧朝着村子后面五通庙跑啊！"

喊声刚起，汪家沟中村落里顿时乱成了一锅粥。有机灵些的乡亲扭头就冲进了自家屋子里，三下两下用炕上的被窝卷了粮食口袋，再提着一口锅便冲出了院子。而大部分乡亲则是惊叫着撞进了屋子里，也都不敢点灯照亮，只是在黑漆漆的屋子里手忙脚乱地翻找着自家那点可怜的家当，老半天还没见人从屋子里出来……

急急刹住了步伐，苟大却看着乱成了一团的村子，再看看不远处山头上隐隐燃烧的篝火，急得连连跺脚："大力放哨的地方离村子就五里地，后头虽说还有两道岗哨，可也就三个人，压根儿就顶不住多久……"

同样四下打量着乱成了一锅粥的村子，莫天留踌躇片刻，扯开嗓门儿大吼起来："乡亲们都别乱，都听我招呼！家里的家什都别拿了，就带上被窝、粮食和一口锅！没拿走的家什要是叫鬼子给毁了，咱们八路军武工队包赔包管！就是房子叫鬼子烧了，咱们八路军武工队也包重建——别怕新建的房子不合心意，一间草房换一间瓦房，四明大亮的青砖瓦房啊！咱们八路军清乐县武工队大当家的说话从来算数，一口唾沫一个钉……"

瞠目结舌地看着扯开喉咙吆喝的莫天留，不光苟大却与韦正光等老武工队员全都愣在了当场，就连始终跟在莫天留身边的沙邦粹也急得连连跳脚，恨不能伸手捂住莫天留的嘴巴："天留……你这是干啥啊？！队长啥时候也没说过要包着给乡亲们盖被鬼子毁了的房子啊？！你这胡乱许愿的……"

狠狠瞪了沙邦粹一眼，莫天留压着嗓门儿朝沙邦粹低吼道："都到了这要人命的节骨眼儿上了，你还能有啥法子叫乡亲们丢了家什赶紧逃命？真要是叫鬼子冲进了村子，别说是房子、家什，命都保不住！赶紧跟着我喊，使劲喊！"

只是略一犹豫，苟大却已经率先扯开嗓门儿吆喝起来："乡亲们，只要人保住了，房子、家当、粮食都还能有啊！咱八路军武工队给乡亲们打包票了……"

有样学样，几乎所有武工队员全都扯开了嗓门儿大喊起来。有些机灵些的武工队员甚至冲进了那些还在黑灯瞎火中收拾家当的老乡家中，连劝带拽地将那些舍不得家当的乡亲从屋子里拽了出来。

正自忙碌之间，栗子群也领着一些武工队员和汪家沟村寨中的男丁，从五通庙方向赶回了村子。耳听着莫天留与其他武工队员扯开了嗓门儿吆喝的声音，栗子群只是略一愣怔，立马便朝着莫天留微微点了点头，这才朝着跟在自己身后的那些汪家沟村中的男丁叫道：“乡亲们先都别忙乱，各自先把家里人找齐，再统一朝着五通庙方向撤！要是有乐意给我们武工队帮忙的，那就带着我们武工队的同志们从村口一间间屋子清理，一定不能落下一个乡亲！”

话音落处，汪老栓已经从人群里钻了出来，朝着栗子群使劲一拍胸脯：“栗队长，这活儿我接应了！方才我已经瞧见我媳妇领着孩子朝五通庙去了，我就没啥不放心的了！”

摸了摸自己怀里揣着的半块白面干粮，汪二狗也飞快地从人群中钻了出来，凑到了栗子群跟前：“也算上我一个！平日里走村串寨的，早把我腿脚练出来了，保管误不了事情！”

一把抓住了汪二狗的肩膀头，栗子群急声朝着汪二狗低喝道：“二狗兄弟，你先别着忙！我问你一句话——汪家沟后头还有道路吗？”

眨了眨眼睛，汪二狗下意识地点了点头，却又犹豫着摇了摇头：“要说有也有，可要说没有……那也没有……”

双眼一瞪，站在栗子群跟前的汪老栓扯开了喉咙朝着汪二狗吼道：“二狗子，这都啥时候了，你还拿捏着你那做小买卖、话说两头圆的毛病不放？！有就是有，没有就没有，给栗队长说句痛快话！”

或许真是老实人发火时更加吓人的缘故，汪二狗愣是叫汪老栓那一声大吼，吓得猛地一缩脖子：“有！顺着五通庙后门再朝着沟里走二里地，有个陡坡！只要翻过了那座陡坡，再朝着坡下面走十里山路，就能瞧见奔水杨村的大路！可是……那陡坡壮棒汉子空手爬都费劲，这村子里老的老、小的小，还带着这好些家当……”

皱着眉头，栗子群沉声低喝着打断了汪二狗的话头：“难走也得走！要不然，来五通庙领粮食的乡亲，还有汪家沟里老老小小这些乡亲，就全都得叫鬼子祸害了！二狗兄弟，你回五通庙领路！再来两个人，陪着老栓兄弟把村子里各处屋子都检查一遍！在所有乡亲都撤离之后，再派人来通知我们！其他人跟着我出村，寻找有利地形，准备战斗！”

低沉的应诺声中，集中在栗子群身边的武工队员们纷纷抓着各自的武器，朝着村口方向涌去。远远看着村口外山梁上渐渐黯淡下来的篝火光芒，跑在栗子群身边的苟大刧涩声朝栗子群叫道：“队长，方大力怕是……”

黯然点了点头，栗子群强忍着心中翻涌的哀痛感觉，硬着嗓门儿朝苟大刧叫道：“后边两道岗是谁？”

“是艾窝头和艾馒头兄弟俩，还有盖哨子……”

话音未落，从前方黑暗的道路旁，已经猛地响起了一声轻微的竹哨声。伴随着竹哨声响起，几条黑漆漆的人影也从道路两旁的山林中闪了出来。其中一个稍微高大些的人影更是低声朝着疾奔而来的栗子群等人叫道：“队长，我是盖哨子，馒头和窝头两兄弟也撤下来了！”

微微松了口气，栗子群一边放缓了脚步，一边朝着盖哨子低叫道：“前头啥情况？”

猛地低沉了声音，盖哨子应声答道：“大力没了！估摸着是瞧见鬼子听着狗叫声朝山上爬，他想着要挡住鬼子，好让我们有工夫朝后头传信，也好让后头的乡亲们能有时间撤下去……队长，乡亲们都撤了吧？”

微微摇了摇头，栗子群左右看了看道路两旁的山林地势，狠狠地咬了咬牙：“汪家沟后头就只有一条很难走的小路，要等乡亲们全都撤下去，一时半会儿工夫怕是还不成！大家散开，各自寻找掩蔽，准备战斗！在乡亲们全都安全撤离之前，咱们一定要把鬼子顶在村子外边！”

再次响起的低沉应诺声中，盖哨子却是朝着背着个竹筐站在人群中的韦正光叫道：“老韦，窝头和馒头撤下来的时候，在地上撒了不少三角钉，估摸着还能把鬼子拖住一会儿！趁着这会儿工夫，你到前头去给鬼子准备着些点心？”

话音刚落，远处已经传来了一连串撕心裂肺的惨叫声。只是略略凝神一听，盖哨子脸上顿时变了颜色，狠狠地低声骂道：“这狗日的鬼子……黑灯瞎火看不清地上的三角钉，亮着手电筒又怕挨枪子儿，干脆就叫那些二鬼子在前头蹚路了！老韦，你可快着点——窝头和馒头布下的那些三角钉也就七八米宽窄，硬蹚的话一锅烟工夫就冲过来了！”

默不作声地点了点头，身上背着个竹筐的韦正光飞快地朝着前方黑暗中冲了出去。眼瞅着韦正光的身影消失在黑暗之中，栗子群一挥手中的德造二十响，低声朝着正准备散开隐蔽的武工队员叫道：“都先别着忙！身上带着手榴弹的，都匀一半交给棒槌！天留，你和棒槌就跟在我身边，哪儿都别去！鬼子手里有掷弹筒，咱们要想压住鬼子的掷弹筒，可就只能靠棒槌了！”

三下两下扒拉下沙邦粹身上的衣裳，莫天留一边用衣服把其他武工队员递过来的各种手榴弹收集到了一起，一边朝着光着膀子的沙邦粹低叫起来：“棒槌，露脸出彩可就在这一遭了！只要你今晚上这趟活儿做好了，回茶碗寨我请你吃白面硬馍！”

叫冷风一吹，光着膀子站在寒风中的沙邦粹顿时打了个寒噤，嘟囔着朝抱着一兜子手榴弹的莫天留低叫起来：“光会说嘴，啥时候也没见过你不坑我……咋就不能拿你的衣裳包手榴弹，非得让我光膀子……”

★ 第八十五章 以身为盾（中）

几乎是在片刻之间，扑入黑暗中埋设地雷的韦正光已经回到了武工队员们埋伏的作战锋线后。也就在韦正光扑回作战锋线之后，远处传来的那些皇协军的惨叫声，也骤然停息下来。一时之间，浓厚如墨的夜色之中再没一点声响，着实寂静得可怕！

趴在一块只有山羊大小的石头后边，莫天留竖起耳朵听了好一会儿，却也没听到任何声音，禁不住压着嗓门儿在栗子群耳边低声说道："大当家的，我怎么一点儿动静都听不见？就连方才那些叫三角钉扎了的二鬼子也都不叫唤了……鬼子这是在闹什么玄虚呢？"

微微抽了抽鼻子，栗子群伸手指向了前方的黑暗之处："天留，你闻着啥味道没有？"

有样学样地抽了抽鼻子，莫天留疑惑地皱起了眉头："有山上柴草烧着的味道，还有一股子硝烟味，再有……我可真没闻出来啥……"

"有没有闻到一丝血腥味？"

"好像……是有那么一星半点。"

"方才鬼子逼着二鬼子硬蹚开了那些三角钉，二鬼子受伤之后留下的血迹，肯定沾染到他们腿脚和身上了！闻着这股子越来越浓的血腥味……估摸着他们也快摸到眼前了！天留、棒槌，没我的命令，你们俩不许开枪、不许投弹！"

话音刚落，在栗子群埋伏位置前方不过五十米远近，猛地响起了地雷爆炸的巨大声响。伴随着腾空升起的火光，莫天留与沙邦粹几乎同时指着前方被火光映照出的鬼子人影吼叫起来："鬼子，摸上来了！"

吼叫声中，莫天留与沙邦粹顿时把栗子群方才的叮嘱扔到了脑后。只不过一眨眼的工夫，莫天留已经横着手中紧握的德造二十响手枪，朝着那些被火光映照出了身影的日军士兵扫出了一个扇面，而沙邦粹也干脆利落地朝着前方的日军士兵扔出去了三颗手榴弹！

一把抓住了莫天留的衣襟，栗子群在用力将莫天留拽倒的同时，狠狠一脚踹在了沙邦粹的膝盖弯上，顿时把沙邦粹踹得直愣愣地趴在了地上。还没等莫天留与沙邦粹回过神儿来，阵地对面已经响起了日军大正十一年式轻机枪的扫射声。

几乎将脸庞紧贴在地皮上，莫天留耳中全是子弹从自己头顶呼啸而过时的尖叫声。而在莫天留身边，同样趴在了地上的沙邦粹也是面如土色，哑着嗓门儿闷吼起来："狗日的小鬼子……下套坑我们！"

一手拽着莫天留的衣襟，一手将紧握着的德造二十响手枪举过了掩身的石块扫了个扇面，栗子群怒声闷吼道：“不是叫你们别开火？！赶紧跟着我爬……棒槌，把你那大屁股给我放低点！”

紧随在栗子群身后，莫天留一边贴着地皮爬行着离开了那块山羊大小的石块，一边朝着爬在自己身边的沙邦粹连连咂舌：“狗日的小鬼子……这机枪打得也真太准了……方才要不是大当家的拉扯一把，估摸着我们都得给打得稀烂！”

心有余悸地点了点头，沙邦粹一边像是一条巨大的蟒蛇般跟着栗子群朝前爬行，一边朝着莫天留低声应道：“方才是险了点……不过咱们也没吃亏吧？就你打出去那一夹子子弹，再加上我扔出去的那几颗晋造手榴弹，怎么也能弄死三五个鬼子。”

回头瞪了一眼莫天留与沙邦粹，栗子群低声朝两人喝道：“弄死个屁的鬼子！小鬼子都是拿中国人的人命练出来的打仗功夫，在战场上机灵着呢！就方才地雷一炸，天留的枪还没响，小鬼子就已经开始卧倒了……你们俩就躲在这儿，再不许胡闹了！”

眼瞅着栗子群将自己与沙邦粹安顿到了一棵粗大的老榆树后，自己却朝着另一个方向弯腰摸了过去，莫天留禁不住急声叫道：“大当家的，那我和棒槌就在这儿傻待着呀？你去哪儿啊？”

敏捷地借助着山间地势遮掩着身形前进，栗子群头也不回地扔下一句话：“鬼子冲阵从来都是三板斧！一会儿他们肯定会朝着咱们这边涌过来，等摸清楚咱们这边的重火力在啥位置，接着肯定就是用掷弹筒炸！我去看看苟大却，再给鬼子倒腾几挺机枪出来……”

莫名其妙地看着栗子群朝苟大却埋伏的方向潜行而去，莫天留扭头看了看蹲在自己身边的沙邦粹，压低了嗓门儿朝沙邦粹叫道：“棒槌，想不想长长见识？”

很有些木愣地看着满脸兴奋神色的莫天留，沙邦粹使劲摇了摇头：“这回我说死了哪儿都不去！方才就是没听队长的话，差点儿叫小鬼子的机枪给打了个稀烂……”

狠狠一拍膝盖，蹲在大树后的莫天留很有些恨铁不成钢模样地冲着沙邦粹低叫起来：“棒槌，你咋就这么死心眼儿呢？我问你，往后咱们是不是还得跟鬼子和二鬼子打仗？”

“都参加了武工队，那往后肯定少不了跟鬼子和二鬼子厮拼！”

“多学一门打仗的手艺，打起仗来是不是就利索许多？”

“这话……倒是也有三分道理……”

“老人可都说过，自古是艺多不压身，一招鲜、吃遍天，咱们多学点手艺，这是不是好事？”

“是……”

“那跟我走着！趴低点——你那赛碾盘的大屁股撅着，隔开二里地都能瞧见……”

顺从地趴低了身子，沙邦粹一边跟着莫天留悄悄朝栗子群方才行进的方向摸去，一边却是低声嘟囔着自语：“道理是没错……可我觉着你还是在坑我……”

小心翼翼地隐藏着身形，莫天留与沙邦粹才顺着栗子群前进的方向摸出去了十几米，阵地前方已经传来了一声刺耳的吼叫声：“突击！”

伴随着那声让莫天留与沙邦粹都听不明白的命令，原本卧倒在地的日军士兵之中，顿时有七八个人跃起了身子，端着手中上好了刺刀的三八大盖儿朝前冲击起来。而在那七八名日军士兵开始冲击的同时，其他那些依旧趴在地上的日军士兵，却是各自据枪开始了掩护性射击。

眼睁睁看着那七八名日军士兵朝前冲出了十几米的距离，而己方埋伏起来的武工队员却还是一枪不发，莫天留急得抬起手中的德造二十响就要搂火。可就在莫天留的手指刚刚碰到扳机上的一瞬间，远处的黑暗中却猛地响起了花机关的射击声。

干脆得像是锣鼓点般的短点射射击声中，两名冲在最前面的日军士兵顿时打着旋子摔到了地上，而另外的几名日军士兵也都忙不迭地原地卧倒，躲避着花机关那精确的短点射狙杀。

几乎是在同一时间，另外几名原本趴在地上的日军士兵却猛地站起了身子，号叫着朝花机关射击声传来的方向冲击起来。刚刚被花机关的短点射压制住的日军士兵，也都据枪开始了新一轮的掩护射击，顿时将花机关射击阵位附近的树枝、树叶打得四散飞落！

就像是被几名日军士兵精准的掩护射击压得抬不起头来一般，方才还打得有声有色的花机关顿时哑了火。但在离那花机关射击阵位不远处的地方，却猛地响起了一挺日制九二式重机枪的扫射声。也许是因为操控着那挺日制九二式重机枪的射手技术太过生疏，居然在一次压制性扫射中足足打出了十几发子弹，其中绝大部分子弹都飞到了高高的树冠上！

眼瞅着日军的冲击被那支抓在荀大却手中的花机关和不知道从哪儿冒出来的重机枪打退，莫天留很是疑惑地朝前摸了几步，这才隐约看清了正在将几个老武工队员聚拢到一起的栗子群，耳中也隐隐传来了栗子群那压低了嗓门儿的话语声：“方才打得不错，一会儿你们十来个人分成三组，就绕着这周围左近朝鬼子开枪。不管能不能打着鬼子，你们开完了枪就得立马换地方！要是叫鬼子的掷弹筒给咬上了，那可就真麻烦了！记住，枪声一定要黏在一块儿，不能叫鬼子听出来咱们是用步枪扎堆打出来的机枪动静！荀大却，荀大却……”

伴随着栗子群的低声呼唤，刚刚转移了射击阵位的荀大却抱着那支赛过他性命般宝贝的花机关，悄没声地从黑暗中冒了出来，迎着栗子群低声叫道：“队长，我这儿子弹可真不多了！再打两个长点射，这花机关可就成了烧火棍……”

像是没听见苟大却那心疼肉疼的抱怨声，栗子群抬手指了指阵地前方漆黑的树林：“鬼子的轻机枪在哪儿，你大概摸清楚了没有？”

眯起眼睛朝远处黑暗中打量着，苟大却很有信心地点了点头：“鬼子也不傻，方才打过了那一梭子子弹之后，立马就把机枪换了地方！这会儿……怕是早等着我们这边的重火力点一露头，他们就跟咱们拼火力压制呢！我说队长，咱们家底子薄，跟鬼子当面锣、对面鼓地拼消耗、斗本钱，咱们可吃亏啊！”

“这我能不知道？等一会儿咱们这土造机枪再打个两梭子，鬼子的机枪肯定就得开火！到时候你手里的花机关再朝着鬼子机枪射击阵位上一盖……估摸着鬼子就该拿出来掷弹筒了吧？”

★ 第八十六章 以身为盾（下）

还没等栗子群话音落下，半空中已经猛地响起了日军用掷弹筒发射的榴弹撕裂空气的声音。几乎是在栗子群等人飞快地四散隐蔽起来的同时，两枚榴弹几乎分毫不差地砸在了那些武工队员们方才用步枪集中射击的阵位上，顿时将一棵大腿粗的老槐树炸得齐腰断裂开来。

眼瞅着被炸断的大槐树吱嘎作响地朝着自己这边倾倒下来，莫天留忙不迭地一拽紧跟在自己身边的沙邦粹，扭头便朝着栗子群方才指点的藏身之处跑去。可还没跑出去三五步远近，身后却已经传来了栗子群那压低了嗓门儿的吆喝声：“天留、棒槌，还瞎跑个啥？还不给我过来！”

苦着一张脸，被栗子群一口叫破了行藏的莫天留与沙邦粹无可奈何地转过了身子，扭头蹿到了刚刚跳进弹坑中的栗子群身边，涎着脸朝栗子群低声叫道：“大当家的，我们俩是……”

朝着莫天留一摆手，栗子群趴在滚烫的弹坑中，眼睛死死地盯住了阵地前方的一片黑暗：“这小鬼子可太贼了……根本看不见他们的掷弹筒在啥地方，只能大概地估摸个方向……不成，还得再摸摸鬼子的底细！”

诧异地看着脸色凝重的栗子群，莫天留低声叫道：“还要摸鬼子的底细？咋摸呀？”

“让大却和其他几个同志再开火试试……”

“大当家的，这怕是不成吧？小鬼子的掷弹筒打得太准了，方才就耽误了这么几句话的工夫，小鬼子的掷弹筒就差点儿打到了咱们的脑门上！再靠着大却哥他们豁出命去兜搭鬼子开火……怕是得出危险啊！”

无奈地叹了口气，栗子群沉声应道：“鬼子现在是不摸咱们的底细，这才没敢冒冒失失地摸黑朝上冲！要是等鬼子回过味来，知道咱们就这点人、枪，光是靠着他们那两具掷弹筒和歪把子机枪，就能压得咱们抬不起头来！要是不想法子干掉鬼子的那两具掷弹筒……五通庙那边的乡亲没安全撤离之前，咱们说什么也不能叫鬼子冲过去！大却，准备……”

话音未落，蹲在栗子群身边的沙邦粹却是猛地闷着嗓门儿低叫起来：“队长，要想灭了鬼子的那掷弹筒……倒也不是啥难事！只要知道鬼子的掷弹筒大概在啥方向，隔着咱们有多远……说不准我就能办成这事！”

诧异地看了沙邦粹一眼，栗子群缓缓摇了摇头：“鬼子现在使唤的是他们那种大正十年式掷弹筒，最远差不多能打二百米呢！照着方才打那两发榴弹的架势来看，估摸着那两具掷弹筒离咱们能有百十米远近，要不也不能在大晚上的打得那么准、那么快！要想把手榴弹扔出去百十米远近，还能刚好炸到鬼子掷弹筒藏着的位置……棒槌，我知道你力气大，可这也太……”

瞪大了眼睛，沙邦粹朝着阵地前方树林与天空之间的轮廓剪影看了片刻，闷着嗓门儿朝栗子群叫道：“队长，从这儿……到那地界，差不多能有百十米了吧？”

只是略一打量沙邦粹伸手指点的方向，栗子群顿时点了点头：“差不多，能有一百二十米远近！估摸着鬼子的掷弹筒，也就在棒槌你刚才指着的方向……棒槌，你要干啥？”

埋头在用衣服包裹起来的手榴弹中翻检着，沙邦粹闷声应道：“今儿晚上风是朝着对面林子刮的！说不准……我试试……”

抄起了几个晋造手榴弹，沙邦粹猛地跳出了藏身的弹坑，朝着武工队员设置的防线后方跑了十来步远，猛地一个拧身，撒开大步朝着弹坑位置冲了过来。借着那像是能撞碎一座大山般的冲劲，沙邦粹猛地一挥胳膊，两枚拿捏在巨大手掌中的晋造手榴弹顿时哧哧冒烟地掠过了栗子群与莫天留的头顶，径直朝着远处的黑暗中飞了过去！

也顾不得等到那两枚晋造手榴弹炸响，压根儿就收不住前冲势头的沙邦粹再次扑进了弹坑之中，瞪大了眼睛朝自己扔出手榴弹的方向看了过去。

爆炸延时只有七秒的晋造手榴弹炸响之前，栗子群与莫天留全都下意识地屏住了呼吸，瞪圆了眼睛看向了远处的黑暗。当两团巨大的火焰骤然暴起时，借着那火光的映照，栗子群与莫天留几乎同时指着几个弯着腰在树林间奔跑的日军士兵吼叫起来：

“没炸着！棒槌，再来一下！”

眼看着几名扛着掷弹筒急速朝远处退去的日军士兵跑得飞快，半蹲在弹坑中的沙邦粹顿时从弹坑里跳了出来，撒腿便朝着那几名扛着掷弹筒撤退日军士兵追了过去，口中兀自炸雷般地大吼道：“我就不信你跑得过我……”

众目睽睽之下，沙邦粹一手攥着两个晋造手榴弹，如同追日夸父一般朝前狂奔起来，口中兀自呼喝不休！而几个藏身在阵地前方不远处的日军士兵，似乎也被这暗夜中突然冒出来的、如同巨灵神下凡般的壮硕汉子震慑，一个个虽说全都据枪瞄准了朝自己这边冲了过来的沙邦粹，但却没有任何人记得扣动扳机……

莫天留同样被沙邦粹那不管不顾的冲击惊得瞠目结舌，虽说已经举起了手中的德造二十响手枪，但却也忘了要朝着几名已经显露了身形的日军士兵扣动扳机，只是在口中喃喃自语地低叫道：“棒槌……你这可是真傻了吧……”

只是略微一个恍惚，同样被沙邦粹的举动震惊的栗子群已经回过神儿来，举起手中的德造二十响便朝着前方几名暴露了行迹的日军士兵打出了个扇面，口中兀自厉声喝道：“掩护棒槌！开火！”

伴随着栗子群一声令下，原本基本保持着火力静默的武工队员们几乎在同一时刻扣动了扳机。几十支晋造三八式步枪打出的排枪，顿时便将几名暴露了身形的日军士兵打翻在地。而在武工队员们拉动枪栓重新将子弹上膛的瞬间，同样回过神儿来的日军士兵也开始了疯狂的回击！

似乎是对沙邦粹那近乎挑衅的冲击行为感到格外愤怒，原本十分注意射击阵位隐秘性的日军机枪手毫不犹豫地转动着枪口，朝着大步狂冲的沙邦粹射出了一连串的子弹。每一颗子弹的落点也都紧贴着沙邦粹的脚步，直打得沙邦粹脚下沙尘四起，半截身子都叫那些子弹激起的烟尘笼罩。

眼睁睁看着日军机枪手对准沙邦粹开始了拦阻射击，端着花机关、刚刚转移了射击阵位的荀大却顿时从藏身的石块后蹦了出来，狠狠地将花机关的枪托抵在了肩头，狞声朝着日军机枪所在吼叫起来：“老子不过日子了……”

不过是五六十米的近战距离内，荀大却抵肩射击的花机关子弹几乎没有产生任何太大散布，几乎全都笼罩到了日军士兵的机枪阵位上。伴随着日军机枪射手吭也不吭地仰天翻倒，蹲踞在歪把子机枪旁边的日军机枪副射手却像是被同伴的阵亡激起了凶性，号叫着重新把控了歪倒的机枪，不甘示弱地与荀大却对射起来。

骤然间没了日军机枪手的拦阻射击骚扰，狂奔着的沙邦粹顿时压力大减。在凌空跃过了一截翻倒在地上的枯树之后，沙邦粹猛地挥舞着胳膊，接连不断地将四枚晋造手榴弹朝着急速后退的那几名携带掷弹筒的日军士兵扔了过去。

山中林密，虽说已经到了深秋时节，大多数树木上的树叶都掉了个七零八落，但那些横空而生的树枝却依旧坚实，居然将沙邦粹扔出去的一枚手榴弹架在了半空中。伴随着四枚手榴弹轰然炸响，几名携带着掷弹筒后撤的日军士兵顿时被炸得惨叫不迭，两具掷弹筒也被爆炸的威力掀飞了老远，重重地摔在了坚硬的山石上，眼见得是再也用不成了。

眼睁睁看着两具掷弹筒被炸飞了老远，尤其是那枚被搁在树枝上空爆的晋造手榴弹，更是将几名已经卧倒的日军士兵炸得惨叫连连，喜不自禁的沙邦粹全然忘了自己还在战场锋线之上，竟然傻呵呵地停下了脚步，指着几名被炸得惨叫不迭的日军士兵大笑起来："哈哈哈哈……我就说不信你们能跑得过我……"

眼瞅着沙邦粹那副得意忘形的模样，已经打光了一个弹匣的莫天留急得连连跳脚，扯开了嗓门儿朝着沙邦粹吼叫起来："棒槌！你个缺心眼儿的……你快给我回来……回来啊……"

无独有偶，眼睁睁看着沙邦粹一击得手之后，居然在两军交战的锋线上驻足大笑，好几名武工队员也着急得大叫起来："棒槌！快回来……"

"棒槌！你疯啦！快朝这边跑啊……"

喊声放起，一名日军士兵已经从藏身的大树后撞了出来，挺着上好了刺刀的三八大盖儿号叫着朝沙邦粹刺了过去。可就在那柄闪着寒光的刺刀即将刺进沙邦粹腰腹的瞬间，仰天大笑的沙邦粹却刚好回过神儿来，很有些手忙脚乱地一把抓住了三八大盖儿的枪管，就像是个从顽童手中夺去玩具的巨人般，轻而易举地将那支三八大盖儿拽到了自己手中。

没有丝毫迟疑，回过神儿来的沙邦粹猛地一旋身子，空着的另一只巴掌猛地捏住了那名乍然间就被夺走了武器的日军士兵的脖子，毫不费力地将那名日军士兵甩到了自己背上，这才扭头朝着焦急万分的武工队员们跑了回来，口中兀自大声笑道："队长，天留，我给拿了个活鬼子……"

★ 第八十七章 狂袭断拼

眼睁睁看着己方携带的两具掷弹筒被炸毁，就连一名士兵都被一名身材高大的对手强掳而去，原本还打算按部就班、以火力压制后再行冲击的岛前半兵卫终于忍不住心头勃发的怒气，挥舞着手中的战刀厉声号叫起来：“突击！机枪压制，全员突击！”

狼嚎般的吼叫声中，日军原本隐藏起来的两挺机枪也加入了集火压制射击的行列，三挺歪把子机枪的火力轻而易举地便将操控着花机关扫射的荀大却压得抬不起头来，就连几名武工队员也都被枪法精准的日军士兵打翻在地。除了有两名被子弹打穿了肩部的武工队员咬着牙从地上挣扎起身、再次投入了战斗之外，还有三四名武工队员全都是头部中枪、当场牺牲！

赤红着眼睛，被日军火力压得抬不起头来的武工队员们都不必等候栗子群的命令，全都从腰间抽出了晋造手榴弹，将拉火引线猛地拽了出来，紧握着哧哧冒烟的晋造手榴弹，在心中默默数到了三个数之后，齐刷刷地将晋造手榴弹扔了出去。

依仗着长期作战积累的战场经验，武工队员们掷出的手榴弹几乎全都是在半空中爆炸，完全没有爆炸死角，弹片迸飞之下几名冲在最前面的日军士兵顿时号叫着翻倒在地，而大多数处于冲击状态下的日军士兵却只是被爆炸震得一缩脖子，却又再次朝着武工队员们射击的方向急冲过来。

从藏身的岩石后看着几乎没有受到太大损伤的日军士兵继续朝着己方阵地冲击，钟有田急得狠狠一巴掌拍在了坚硬的岩石上：“嗨……这晋造手榴弹不顶事！一炸五片花，根本就不好使！上好货，上鬼子的手榴弹啊……”

趴在钟有田身边，黑着一张脸的孟满仓耳听着钟有田的吼叫声，猛地从背后抽出了那把轻易都不动用的长刀：“不顶事了！鬼子冲近了，手榴弹会把咱们自己人也裹进去！上刺刀啊，准备跟鬼子厮拼！”

几乎就在孟满仓呼喝出声的瞬间，强掳了一名日军士兵扛在背后的沙邦粹也已经冲回了方才藏身的弹坑，不管不顾地将那名日军士兵朝着弹坑中一摔，喘着粗气朝栗子群叫道：“大当家的，我拿了个活口，还抢了支好枪啊……”

又是心疼，又是心焦，栗子群一把将沙邦粹拽得蹲了下来：“棒槌，你不要命了啊！下回再这样，我可真要用战场纪律处分你了！”

已然看到沙邦粹平安归来，莫天留脸上倒是没了方才那副紧张的模样，反身便是一脚踩在了被沙邦粹扔进弹坑的日军士兵脖子上，口中兀自低声吼道：“小鬼子，你可也有今天……棒槌你个夯货，你弄个死的回来干吗？”

愣愣地眨巴着眼睛，蹲在弹坑中的沙邦粹闷声应道：“不能啊……我抓的明明是活的……”

伸脚一拨那被沙邦粹摔进弹坑的日军士兵诡异扭曲着的脖子，莫天留很没好气地叫道：“活个屁！肯定是你捏着这鬼子的脖子跑回来的时候使大了劲儿，愣是把这鬼子的脖子给拧断了……”

“那我也不知道这鬼子这么不扛造啊……我都没使上太大的劲儿……”

狠狠瞪了莫天留一眼，蹲在弹坑中的栗子群沉声吼道：“死了就先扔一边，鬼子都要冲上来了，你们还在这儿胡扯啥？准备战斗！”

吼声方落，栗子群已经抬枪朝着几乎要冲到自己眼前的几名日军士兵扫出了一个扇面，德造二十响手枪的大威力枪弹毫不费力地撕开了几名日军士兵的胸腹，将那几名日军士兵打得肚破肠流。

麻利地换上了一个弹匣，栗子群看着如同疯狗般朝着己方防线狂冲的日军士兵，嘶哑着嗓门儿吼叫起来：“拼啊……”

如同山谷回声，又犹如海啸来袭，隐蔽在树木或石块后的武工队员们全都应和着栗子群的吼叫声呐喊起来：“拼啊……”

如雷般的吼叫声中，几乎所有的武工队员全都将手中的晋造三八式步枪装上了刺刀，毫不犹豫地朝着已经冲到了眼前的日军士兵撞了过去。才一个照面的工夫，几名武工队员已经被狂冲而来的日军士兵刺中了要害，挣扎着倒在了地上，而几名稍微露出了些破绽的日军士兵也被拼刺经验丰富的武工队员挑开了胸腹、咽喉，挣扎着歪倒在一旁。

除了那些手持长枪的武工队员硬碰硬地朝着日军士兵冲撞过去之外，栗子群与莫天留还有另外两名配备着短枪的武工队员却并没有着急冲撞过去，反倒是紧贴着双方拼刺的战场外围，时不时地抽冷子朝着那些没来得及防备的日军士兵扣动扳机。不过是眨眼的工夫，已经有七八名日军士兵倒在了栗子群等人的枪下。

虽说有栗子群与莫天留等人用短枪在拼刺战场上抽冷子助阵，但在人数和拼刺技术上占据了绝对优势的日军却依旧在短时间内抢占了上风。才不过一眨眼的工夫，已经有七八名武工队员被捅翻在地。即使是那些有着丰富拼刺经验的武工队员，也都被一些日军士兵压制成了几个小圈子，左支右绌地抵挡着日军士兵凶猛的攻击。

眼看着好几个武工队员在短促得如同闪电的拼刺对战中倒下，只比栗子群与莫天留慢了一步冲出弹坑的沙邦粹捏着手里那轻飘飘的三八大盖儿舞弄了几下，甩手便将那在肉搏战中很不对自己胃口的三八大盖儿扔回了弹坑，弯腰从地上抱起了一截足有大腿粗细、一丈多长的枯树，虎吼着朝七八名围困了两名武工队员的日军士兵撞了过去。

人未至，舞弄着树干发出的恶风已然呼啸磅礴，逗引得几名自以为稳操胜券的日军士兵转移了注意力。还没等那几名日军士兵看明白呼啸而至的那一大团黑影到底是什么东西，活像是古时筤筅般的树干已经横扫着拍飞了两名日军士兵。

没有丝毫的停顿，猛然刹住了脚步的沙邦粹一拧腰身，反手扳弄着粗大的树干再次横扫，逼得几名惊慌不已的日军士兵连连后退，口中兀自霹雳般大吼道：“小鬼子，有种跟我打！来啊……别跑！跟我打……”

有了沙邦粹解围，两名被困住的老武工队员顿时抓住了机会，两支装好了刺刀的晋造三八式步枪微微上挑，脚下接连不断地几个连环突进，雪亮的刺刀直奔着两名在后退时乱了脚步的日军士兵胸前刺去，异口同声地大吼着：“杀！！！”

就像是古时抗倭名将戚继光发明的鸳鸯阵一般，有了沙邦粹这巨灵神般的汉子抵挡着日军正面突击，在两名拼刺经验丰富的老武工队员手中步枪连环突刺之下，不过眨眼的工夫便将三四名日军士兵捅翻在地，其他的几名日军士兵也被逼得脚步散乱，全然没了方才围杀武工队员时的攻杀有度。

偷眼瞧着沙邦粹那一力降十会的打法奏效，栗子群与莫天留几乎同时将手中的德造二十响换上了个新的弹匣，一边各自据枪朝着日军士兵射击，一边扯开喉咙吼叫起来：“跟上棒槌，跟鬼子搅和到一块儿，把鬼子压下去啊！”

吼叫声中，沙邦粹已经再次杀散了一群围困了武工队员的日军士兵，舞动着树干朝另一群日军士兵撞了过去。而在沙邦粹的身侧，脱出困局的武工队员们来不及喘上口气，也全都端着手中的晋造三八式步枪加入了追杀日军士兵的阵列。短短一碗茶的工夫，被围困住的武工队员已然全部被沙邦粹从困局中解救出来。

眼看着己方困局稍解，莫天留顿时松了口气，跳着脚朝沙邦粹冲杀的方向撞了过去，口中兀自大声叫道：“棒槌，追着小鬼子别放，这一趟就得杀他娘个够本啊！”

同样注视着战场上的环境，再次打光了一个弹匣的栗子群眼瞅着被沙邦粹杀散的日军士兵次第后退，心中却是猛地一紧，几乎是撕裂着嗓门儿叫喊起来：“别追了！朝后退……小心鬼子的机枪……”

话音刚落，方才还杀成了一团的拼刺锋线上，已经响起了日军大正十一年式机枪那干巴巴的射击声。几个离沙邦粹稍微远些的武工队员猝不及防之下，全都倒在了如同雨点般袭来的机枪子弹之下。

急得额头青筋毕露，栗子群也顾不上手中的德造二十响射程根本够不着日军机枪的射击阵位，抬手便朝着日军不知什么时候移动到了战场侧向的机枪阵位扫出了一梭子，撕裂着嗓门儿咆哮起来：“撤回来！苟大却，你死哪儿去了？！压住鬼子机枪啊……”

同样急得连连跳脚，老早打光了花机关子弹的苟大却急冲几步，从地上捞起了一支牺牲的武工队员扔下的晋造三八式步枪，瞄准了日军机枪阵位上枪口焰暴起的位置，稳稳地扣动了扳机！

★ 第八十八章 风林火山（上）

重重喘着粗气，被鬼子机枪压得重新回到了预设阻击阵地位置的栗子群一边朝弹匣中装填着子弹，一边沙哑着嗓门儿竭力叫道：“报个名，清点弹药！我手里还有……一个晋造手榴弹，二十二发子弹！”

应和着栗子群的命令声，其他武工队员那明显带着疲惫的声音，也在预设阻击阵地后逐渐响了起来：“苟大却在啊……花机关成烧火棍了，步枪子弹还有十五……十六发！”

“孟满仓在，子弹早没了，手榴弹还有一个，也是晋造货！”

“钟有田在，子弹九发，还有五只弩箭，手榴弹没了……”

“我是艾窝头，跟馒头在一起呢！咱们哥俩一共八发子弹，刺刀也都拼弯了，旁的也没剩下啥！”

“韦正光在，就剩下两个地雷了，用的炸药还是自己配出来的……”

默默计算着武工队员们的人数和仅存的武器弹药数量，再看看朝着自己摊开了双手的沙邦粹和只剩下一个弹匣的莫天留，栗子群深深吸了口气，狠狠地扳开了德造二十响手枪的击锤……

只是方才的一次硬拼，带在自己身边的武工队员就折损了十几号，剩下的十几名武工队员手里剩下的武器弹药，恐怕都不够抵御鬼子的下一波冲击。哪怕是在肉搏战中，己方有着沙邦粹这样拥有着惊人力量的人物上阵，恐怕到最后也是个饿虎架不住狼多的下场！

而身后，却始终没能传来乡亲们都已经撤离的消息……

抬眼看了看正在将子弹上膛的莫天留，栗子群和声问道：“天留，你怕不怕？”

满不在乎地摇了摇头，莫天留利落地扳开了德造二十响手枪的击锤：“怕也得打，不怕也得打，那还怕个啥？鬼子也是肉身凡胎，一枪照样穿两个眼儿，咱们照死了跟鬼子拼就是了！杀一个够本，宰俩还赚了一个呢！”

使劲点了点头，赤着膊、裤子上至少叫鬼子的子弹穿了七八个窟窿、但却连肉皮都没伤着的沙邦粹闷声附和着莫天留说道：“我也不怕！只要那些鬼子跟我拼刺刀，我一个人就能干翻他们好几个！”

狠狠白了沙邦粹一眼，莫天留没好气地从自己腰后摸出了个晋造手榴弹，扔到了沙邦粹的怀中：“鬼子也不傻！方才是叫你猛不丁一下给打蒙了，这才让你抽冷子占了点便宜。等会儿你要是再敢抱着棵树就朝上冲，怕是鬼子的三挺机枪立马就能朝着你一个人招呼！你个傻棒槌就是力气再大，你能大得过子弹？”

把莫天留扔给自己的那颗晋造手榴弹摆在了脚边，沙邦粹伸着胡萝卜粗细的手指点了点剩下的手榴弹数量，叹息着摇了摇头：“这就剩下五颗手榴弹了，还有四颗是晋造手榴弹，光能炸响崩不出花……”

扭头看了看阵地前方的动静，莫天留低声叫道：“有家什使唤就不错了……一会儿子弹打光了，咱们大家伙儿都得跟鬼子玩命！棒槌，到时候你眼睛瞪大些，哪儿鬼子扎堆，你就把手榴弹朝着哪儿砸！”

“啊？！天留，鬼子只有在跟咱们的人厮拼的时候才会扎堆，那时候使唤上手榴弹，肯定就得把咱们自己人也炸里边啊……”

“咱们人少、家什也缺，要跟鬼子拼到头儿，左右都离不得个死！可哪怕就是死，那咱们也得多拖几个垫背的！”

毅然决然地点了点头，沙邦粹顺手把仅存的一枚日式手榴弹紧紧攥在了手中：“天留，我跟着你！你脑子活、眼睛快，看清了哪儿鬼子最多，你给我指个路数，我就拿着这鬼子造的手榴弹拉了弦再去砸鬼子的天灵盖！连砸带炸，我肯定能捞回本来！”

凝神看着全然满不在乎的莫天留，再瞧瞧很有些跃跃欲试模样的沙邦粹，栗子群轻轻叹了口气，伸手将沙邦粹搁在脚边的四枚晋造手榴弹抓到了自己身边，又从莫天留手中拿过了那支德造二十响手枪，麻利地卸下了弹匣：“天留，棒槌，你们俩现在马上赶到五通庙，让还没撤离的乡亲们加快撤离速度！咱们武工队的人现在全都顶在前边，后面撤离的乡亲们没人管束，这才会到现在还没撤完！你们俩记住了，无论如何，你们要维持住乡亲们撤离的秩序，确保所有的乡亲一个不剩地从五通庙后边撤出去！然后……你们俩赶紧回涂家村向李司令报告……”

话还没说完，沙邦粹已经把脑袋摇晃得如同拨浪鼓一般，沉着嗓门儿朝栗子群叫道：“队长，你叫旁人去办这差事吧！我……我力气大……我不去！”

眨巴着眼睛，莫天留倒是没像沙邦粹那样着急反对，反倒是笑嘻嘻地指了指被栗子群拿走的那支德造二十响手枪：“大当家的，这家伙可是我刚参加武工队的时候你赏我的，这会儿拿回去……这意思就是要把我撵出武工队？既然是这样，那我可就犯不着听你的差遣调派了。棒槌，咱们走，到一边自个儿打鬼子去，别在这儿碍大当家的眼……”

一把按住了作势起身的莫天留，栗子群低声喝道：“天留，这可不是你闹脾气的时候！咱们豁出命来跟鬼子拼，为的就是能保住乡亲们的性命！有些时候，拼命容易，做事艰难！这要是一般二般的人物，我还真不放心把这样的大事给交托出去！天留，你脑子活，棒槌力气大，你们俩对附近的地形也熟悉，除了你们俩，咱们武工队里，我是真挑不出人来扛这副重担了……”

朝着栗子群张了张嘴，莫天留犹豫片刻，方才低声朝栗子群应道："大当家的，你说的这话……最多占着三分道理！要说地形熟悉，汪家沟村子里的乡亲也都熟悉左近的地形！要说回涂家村找李司令报信……你再找个人，我把回涂家村的路径交代明白不就是了？大当家的，眼瞅着大家都要跟鬼子玩命，我要是这时候走了……往后清乐县十里八乡的地盘上，我莫天留的名头就得顶风臭十里！"

也不搭理还想要开口朝自己说道些什么的栗子群，莫天留抬手指点着五通庙方向说道："翻山到了水杨村，从水杨村出村朝西边走，遇见有一大片油松林子就朝南拐，走不出多远就是一片苦栎树。每年的这时节，都会有左近村子里的人在那儿砍枯了的苦栎树当烧柴……"

话说半截，莫天留却猛地打住了话头，探身朝着被沙邦粹当成了狼筅使唤的那截树干旁一摸，脸上顿时泛起了一丝惊喜的神色，急匆匆地朝着沙邦粹低叫道："棒槌，你方才是从哪儿寻来这家什的？"

伸手朝着阵地前方的林地中一指，沙邦粹很有些木愣地应声答道："就在前面林子里顺手捞的啊。这一大片树林里面，一多半都是苦栎树，能寻着根断了的树有啥稀奇？"

反身扑到了栗子群面前，莫天留不由分说地伸手朝着栗子群的衣兜里抓了过去，口中兀自急促地叫道："大当家的，洋火……把你的洋火给我……"

诧异地看着莫天留那着急忙慌的模样，栗子群顺手从衣兜里摸出了几乎要被汗水浸透的洋火，随手扔到了莫天留怀里："你要洋火干啥？"

哆嗦着手指，莫天留三下两下从那棵枯树上撕扯下一小块树皮插在了地上，小心翼翼地划燃了一根洋火，将那在寒风中不断抖动的火苗凑到了那一小块树皮上。

仿佛冥冥中有鬼神作祟一般，只是被那弱小得有如豆粒的火苗一撩，插在地上的那一小块苦栎树树皮猛地爆燃起来。不过是一眨眼的工夫，插在地上的那一小片苦栎树树皮已经烧成了拳头大小的一团火焰。

手忙脚乱地抓了几把泥土压灭了火焰，莫天留眉飞色舞地看向了满脸纳闷的栗子群："大当家的，我有法子了！咱们放火……放火烧鬼子！这苦栎树的树皮、树枝沾火就着，平日里都是当引火柴卖的……"

只是微微愣怔了片刻，栗子群脸上顿时浮现出了一丝欣喜的神色，急声朝着莫天留叫道："天留，你是说……这前头一大片林子，都是苦栎树？"

朝着栗子群连连点头，莫天留毫不迟疑地应道："今儿晚上的风是朝着林子那边刮的，只要咱们能把林子给点着了，鬼子就是人再多，也得被咱们烧起来的这把大火给逼退。照着这么大一片林子算计起来，这把火怎么也能烧到天蒙蒙亮。到了那时候，五通庙的乡亲就是爬也爬到了水杨村了！"

一把抢过了莫天留捏在手中的洋火，沙邦粹很有些急不可耐地低吼着站起了身子：“那还等什么？队长，我这就去点火……”

狠狠一脚踹在了沙邦粹的膝弯上，莫天留瞪着被自己踹得重新跌坐在地的沙邦粹，压着嗓门儿低喝道：“你个傻棒槌添个什么乱？！就靠着你手里这点洋火，你能点得着一堆火就不错了！你当对面的小鬼子跟你一样傻？眼睁睁地瞧着你点火烧林子？再说了，要是只点一两处火头，鬼子扔几个手榴弹，说不定就能把火给炸灭了，到时候咱们可就真没法子了！”

★ 第八十九章 风林火山（下）

紧锁着眉头，栗子群翻身趴在了仓促构筑的简易掩体上，眯着眼睛看向了阵地前方那一大片隐藏着日军的苦栎树树林……

就像莫天留所说的那样，放火烧山、逼退日军，的确是眼下能用的唯一一个可以克敌制胜、至少也能争取更多时间的作战方法。

可同样如同莫天留所顾虑的那样，如果只靠着仓促点起的一两个火头去引燃整片山林，那除了需要很长的时间才能达到效果之外，恐怕那些单兵作战能力很是强悍的日军士兵，也会很快地看穿自己的作战意图。

一旦日军士兵用手榴弹炸灭仓促点起的火头，甚至是利用刚起的火头之间足够宽敞的空隙进行渗透冲击，那么几近弹尽粮绝的武工队员们，甚至都顶不住日军的第一波冲击……

看着栗子群那副为难沉吟的模样，像是同样想通了其中关节的沙邦粹狠狠一拳砸在了地上：“唉……柴米油盐都备下了，可就是缺了个锅灶！眼瞅着吃食，还只能饿肚子……天留，你脑袋瓜子灵醒，你再琢磨个招儿？！”

伸手从那棵被沙邦粹拿来当成了武器的苦栎树树干上撕扯下一块树皮，莫天留很有些无可奈何地摇了摇头：“我也没招儿……这么宽一片林子，少说也要点起二三十个火头，才能叫鬼子一时间没法子灭火！要想等整片林子都烧起来，那还要再耽搁上好一会儿工夫。真要是鬼子也大发了凶性，趁着火头不旺的时候硬冲……到时候咱们照旧是顶不住！”

猛然之间，一个沙哑的嗓门儿，几乎就贴着莫天留等人藏身的弹坑位置低低地响了起来："那要是……能一下点着了十来米宽的火头，再有人在火头前面顶住鬼子一会儿呢？"

闪电般地一拧身，栗子群顿时朝着那趴在弹坑旁的武工队员低叫起来："老闷罐，你怎么爬过来了？不是叫你们几个重伤员在后面安全的地方休息吗？"

惨笑着朝栗子群摇了摇头，那被栗子群叫作老闷罐的武工队员猛地咳嗽了几声，这才朝着栗子群露出了个艰难的笑容："不光是我，受了重伤的几个都来了！队长……老栗子，我们几个都不成了……哪怕是咱们有药、有大夫，都不成了……"

看着不断咳嗽着从嘴里喷出些血沫子的老闷罐，再看看那几个同样匍匐着趴在弹坑旁的、身负重伤的老武工队员，栗子群重重地叹了口气，颓然低下了头……

就在方才与鬼子的拼刺厮杀中，有好几名武工队员在一个照面之下，就叫拼刺技术精湛的日军士兵捅翻在地。日军士兵在刺杀时习惯性拧动枪身、利用刺刀旋转扩大伤口的刺杀动作，更是在几个老武工队员身上留下了不规则的T形或是U形伤口。

即使是有着足够的药物和技艺精湛的医生在场，在面对这种几乎无法缝合的外伤和严重的脏器伤害时，也会有着束手无策的感觉……

换而言之，如果不出现奇迹的话，这几名老武工队员……撑不了多久！

狠狠咳嗽了几声，老闷罐猛地吐出了一口几近凝固的血块，整个人倒像是猛地来了精神一般，连说话都变得利索起来："老栗子，咱们哥俩在一口锅里搅马勺，可也有年头了吧？都是当兵当老了的人了，死活都见多了，也就那回事！我比你先走一步，你也用不着耷拉着个脑袋，那模样丧气……"

很有些无力地抬起了头，栗子群耳听着老闷罐那猛然间变得流畅了许多的话音，艰难地开口低笑起来："行！你先走一步，说不准我跟着就来……"

朝着栗子群摆了摆手，老闷罐很是坦然地低笑起来："千年王八万年龟，你且还没到时辰呢！行了，废话不多说，我们几个受重伤的老哥们儿，就是回去了也熬不过几天，还得受不少活罪！反正左右都是个死，那这扛住了鬼子放火的活儿，就交给我们几个老哥们儿吧！"

打量着几个趴在弹坑边、连站起来行走都很费力的老武工队员，莫天留涩声接应上了老闷罐的话茬儿："闷罐老哥，你们怕是……不成！你们都受了重伤了，行走坐卧都不利落，怕是刚点着了几个火头，鬼子就会冲过来了！哪怕你们拼命，怕也是……"

顺手在弹坑边拾起了个小土疙瘩，老闷罐抬手将那小土疙瘩扔向了莫天留："你才打了几天仗？这就敢在我们这些老兵油子面前充大个儿了？想当年，老子们在川西放排、抢水路时，跟人拼命干仗的时候，你怕是还穿着开裆裤呢！老栗子，你发个话，叫韦正光把他那压箱底儿的几斤火药给了我们就成！"

朝着老闷罐张了张嘴，栗子群却是再次低下了头，闷着嗓门儿低声朝沙邦粹叫道：“棒槌，去把韦正光叫过来！顺路再去找大家伙儿收集些子弹……”

再次咳嗽了几声，使劲咯出了又一块黏稠血块子的老闷罐伸手朝着蹲踞起了身子的沙邦粹摆了摆手：“子弹用不着了！就我们几个这样子，怕是连枪都端不稳，到时候子弹就全白瞎了！棒槌兄弟啊，你把你那晋造的手榴弹都给了我们使唤，你看成吗？”

扭头看了看沉默不语的莫天留与栗子群，沙邦粹狠狠地朝着老闷罐点了点头，话音里顿时有了几分哭腔：“闷罐老哥，这……”

强打着精神，老闷罐惨笑着朝沙邦粹说道：“挺大个子的一条好汉子，你倒是哭天抹泪地给谁看呢？赶紧去寻韦正光过来，再把你那几颗手榴弹给我们几个老兄弟一人分一个！还有……往后打仗，可不兴仗着自个儿身量高、力气大，就不管不顾地朝前猛撞了啊……”

絮絮叨叨的诉说之中，眼睛里已经泛起了泪花的沙邦粹一边连连点头，一边将四颗晋造手榴弹分发给了几名受了重伤的老武工队员，这才弯着腰朝韦正光方才说话的方向蹿了过去。不过片刻的工夫之后，韦正光已经跟在了沙邦粹身后，悄无声息地摸了回来。

只一看弹坑边几名受了重伤的老武工队员将手榴弹绑在了各自胸前的模样，已经从沙邦粹那里得知了大致情况的韦正光也没再多说什么，只是从自己片刻不离身的背篮里摸出了一大包用油布包裹起来的火药，沉默地递给了老闷罐。

接连不断地咳嗽着，接过了那一大包火药的老闷罐一边小心翼翼地解开了那个油布包，将火药分配给了几个身受重伤的老武工队员，一边朝着默不作声的韦正光低声笑道：“老韦子，人家都说我是老闷罐，可我觉着你比我还闷罐，罐子底下总能藏着些私货……我跟你说个事——茶碗寨里我住着的那屋床底下，有个用碗扣住了的黑土罐子，里面有我从鬼子炮弹里抠出来的炸药！原本是想着老部队的军械处开张了，拿着这些炸药换几颗鬼子手榴弹，可现在……便宜你了！”

闷着嗓门儿答应了一声，韦正光在怀里摸索着掏出了个用油纸包着的小包，伸手递给了老闷罐：“老刀牌的香烟，就两根了……”

惨笑着推开了韦正光的巴掌，老闷罐低声说道：“下回有好东西，你可记得早拿出来！眼下我这肺都叫捅穿了……抽不成了……行了，也都没啥话要留下了吧？那走着！”

也不去看一眼满脸悲痛神色的栗子群，老闷罐一马当先地朝着阵地前方的林地中爬了过去。而在老闷罐的身后，几名身负重伤的老武工队员也各自朝着不同的方向匍匐前行。不过片刻的工夫，即使莫天留等人瞪大了眼睛，也都再看不见老闷罐等人的身影。

似乎只过去了一瞬，又像是过去了一年，阵地前方的树林中，猛地闪过了一道几乎微不可察的亮光。伴随着那亮光的闪动，一条足有五六米长的火龙，如同闪电般地在林地间腾空而起，轻而易举地引燃了一列间距极近的苦栎树。

仿佛是听见了战斗的号角鸣响，原本漆黑一片的苦栎树树林中，又有几条火龙接二连三地腾空而起，将原本漆黑的树林照得如同白昼般明亮。

借助着骤然而来的火光照明，莫天留只是朝着苦栎树树林方向扫了一眼，顿时指着苦栎树树林中那些列成了散兵冲击线的人影吼叫起来："是鬼子……鬼子趁黑摸上来了！"

似乎是没想到己方趁着黑暗发起的袭击会突然暴露在火光之下，形成了散兵线的日军士兵几乎全都在骤然而来的光亮中愣怔了片刻，继而全都飞快地做出了最正确的战场动作——卧倒！

即使是刚刚踏进了行伍中的新丁，也都知道夜战时的大忌之一便是敌暗我明。如果对方有一批熟练的枪手和一两挺机枪，只是方才的片刻愣怔，已经足够让至少半数的攻击人员倒在突如其来的弹雨中……

眼看着原本打算偷袭的日军士兵骤然卧倒，已经点燃了火药、在林地间烧出了几米长纵火带的老闷罐剧烈地咳嗽着怪笑起来："哈哈哈……鬼子……是属兔子胆的……咳咳……一把火就叫……吓成这样……"

混杂在摸黑偷袭的日军士兵当中，岛前半兵卫虽说也在火光骤起时卧倒在地，但在片刻之后，没有听见一声枪响的岛前半兵卫飞快地反应过来，几乎是扯开了嗓门儿朝身侧周遭卧倒在地的日军士兵叫道："他们要放火阻隔进攻路线！突击！冲过去啊……"

伴随着岛前半兵卫的命令下达，几名走在最前方的日军士兵飞快地跳起了身子，平端着手中上好了刺刀的三八大盖儿，闷声不吭地朝着刚刚燃起的纵火带冲了过去。

可也就在那几名日军士兵刚刚冲到纵火带前方的瞬间，从一丛并不茂盛的灌木枝条后，一个剧烈咳嗽着的中年汉子却猛地从灌木丛后跳了起来，大笑着一把拽下了绑在胸前的手榴弹拉火绳，口中兀自厉声狂吼道："小鬼子，乖乖地给爷爷垫棺材吧……"

（未完待续）